ÁTILA

ÁTILA

WILLIAM NAPIER

VOL 3. O JULGAMENTO

Tradução de
ALDA LIMA

1ª edição

EDITORA RECORD
RIO DE JANEIRO • SÃO PAULO
2015

CIP-BRASIL. CATALOGAÇÃO NA FONTE
SINDICATO NACIONAL DOS EDITORES DE LIVROS, RJ

N172a Napier, William, 1965-
Átila, o julgamento / William Napier; tradução de Alda Lima. – 1. ed. – Rio de Janeiro: Record, 2015.
(Átila; 3)

Tradução de: Attila: The Judgement
Sequência de: Atila: o prenúncio da tempestade
ISBN 978-85-01-09341-7

1. Ficção inglesa. I. Lima, Alda. II. Título. III. Série.

15-21765 CDD: 823
CDU: 821.111-3

Título original: ATTILA: THE JUDGEMENT

Publicado originalmente por Orion, Londres

Texto revisado segundo o novo Acordo Ortográfico da Língua Portuguesa.

Editoração eletrônica: FA Studio

Direitos exclusivos de publicação em língua portuguesa somente para o Brasil adquiridos pela
EDITORA RECORD LTDA.
Rua Argentina, 171 – Rio de Janeiro, RJ – 20921-380 – Tel.: 2585-2000,
que se reserva a propriedade literária desta tradução.

Impresso no Brasil

ISBN 978-85-01-09341-7

Atendimento e venda direta ao leitor:
mdireto@record.com.br ou (21) 2585-2002.

LISTA DOS PRINCIPAIS PERSONAGENS

Os personagens marcados com asteriscos foram figuras históricas reais. Os outros podem ter sido.

Aécio* – Flávio Aécio, nascido em 398 d.C. na cidade fronteiriça de Silestria, atualmente na Bulgária. Filho de Gaudêncio, general comandante da cavalaria, foi, mais tarde, supremo comandante do Império Romano do Ocidente

Aladar – guerreiro huno, filho de Chanat e um dos oito generais de Átila

Amalasunta* – única filha do rei Teodorico dos visigodos

Andronicus – capitão da Guarda Imperial de Constantinopla

Arapovian – conde Grigorius Khachadour Arapovian, um nobre armênio

Ariobarzanes – soberano de Azimuntium

Athenaïs* – esposa do imperador do Oriente Teodósio II, renomeada Eudóxia

Átila* – nascido em 398 d.C., rei dos hunos

Bela – general huno

Cadoc – bretão, filho de Lúcio

Candac – general huno

Chanat – general huno, pai de Aladar

Checa* – primeira esposa de Átila

Crisáfio – um cortesão bizantino

Csaba – general huno

Dengizek* – filho de Átila
Ellak* – filho de Átila
Enkhtuya – feiticeira huna
Gala Placídia* – nascida em 388 d.C., filha do imperador Teodósio, irmã do imperador Honório e mãe do imperador Valentiniano III
Gamaliel – idoso e viajado homem da medicina
Genserico* – rei dos vândalos
Geukchu – general huno
Honória* – filha de Gala Placídia e irmã de Valentiniano III
Idílico – menina de Borgonha
Jormunreik – senhor-lobo visigodo
Juchi – general huno
Leão* – bispo de Roma
Lúcio – também Ciddwmtarth, um líder britânico entre seu povo
Malchus – capitão da cavalaria
Marciano* – imperador do Oriente de 450 d.C. a 457 d.C., casado com Pulchéria
Nemesianus – homem rico de Aquileia
Nícias – alquimista de Creta
Noyan – general huno
Orestes* – nascido grego, companheiro de toda a vida de Átila
Pássaro Miúdo – xamã huno
Prisco de Pânio* – humilde escriba
Pulchéria* – irmã de Teodósio II
Rômulo Augusto* – o último imperador
Odoacro* – chefe militar godo
Punhos – nascido Anastácio, legionário da Renânia
Sabinus – embaixador legionário da VII em Viminacium
Sangiban* – rei dos alanos
Tarasicodissa Rousoumbladeotes* – chefe isáurico, também conhecido como Zenão I
Tatullus – primeiro centurião da VII em Viminacium

Temístio* – orador
Teodorico* – rei dos visigodos de 419 a 451 d.C.
Teodorico* – príncipe visigodo, filho mais velho do rei Teodorico
Teodósio* – imperador do Oriente de 408 a 450 d.C.
Turismundo* – príncipe visigodo, filho do rei Teodorico
Valamir – senhor-lobo visigodo
Valentiniano* – imperador do Ocidente de 425 a 455 d.C.
Vigilas* – cortesão bizantino

PARTE I
A FÚRIA

CAPÍTULO 1
FEIRA DE MARGUS

MARGEM SUL DO DANÚBIO, 449 D.C.

Uma manhã de começo de verão. O grande rio serpenteia lentamente pelas férteis planícies da Mésia, rumando para leste até o mar Euxino. Uma colcha de retalhos feita de fazendas e campinas, e, mais além da cidade, pomares em florescência e matas de florestas antigas. O modesto rio Margus desce das colinas do norte até se juntar ao majestoso Danúbio.

Passando acima da superfície da água, os verdes lampejos metálicos e brilhantes de donzelinhas e colunas de pequenas libélulas sobem e descem em meio ao ar quente de verão. Salgueiros às margens do rio e amieiros ao lado dos leitos úmidos. Álamos soltam suas sementes brancas e peludas em nuvens, pousando, rodopiando e flutuando pela corrente do rio. Peixes reluzentes nadam em cardumes, trutas em meio aos pedregulhos amarronzados, belos tímalos. Prímulas oscilantes refletidas na água e os prados em volta salpicados com o amarelo das flores e lírios dos pântanos. Não há som além do vento farfalhando nos juncos, nem um único pio de um patinho qualquer nadando de volta para sua mãe, batendo as asinhas atarracadas sem surtir efeito.

A natureza fluvial era tão pacífica e serena nesta manhã de início de maio que, por um breve momento, alguém poderia achar que estava de volta à época do Jardim do Éden, muito antes da Queda.

Mas então vem a sombra de uma garça-real acima das águas, voando baixo e em silêncio, os olhos amarelos frios e impassíveis fixos no chão, em busca de uma presa.

Aproximando-se da pequena cidade de Margus, com suas muralhas antigas e sua torre de catedral com um solitário sino de ferro, podem-se escutar os sons de alvoroço e falatório. Crianças nuas brincam e se banham nas águas rasas, amarronzadas e brilhantes como pedregulhos, abrindo maliciosamente as armadilhas de madeira para capturar peixes e deixando-os fugir. Ouve-se riso nas estradas, assim como nas pradarias que se estendem até as fronteiras da cidade, onde, construída em muitas cores e ressoante com os idiomas de vários povos diferentes, ocorre a grande e festejada feira de Margus.

Um acampamento vasto, turbulento e poliglota, cheio de energia, empreendedorismo e ganância. Tendas de lona com aberturas laterais, toldos e barracas de madeira esculpida e pintada. Pessoas compram e vendem, negociando em diversas línguas e com toda uma gramática de gestos, piscadelas e sinais com as mãos. Compradores tiram lentamente de dentro de suas mantas surradas bolsas de couro, e vendedores mordem moedas para verificar seu valor — muitas moedas de cobre foram lavadas com arsênico para fazê-las passar por prata. Mercadores do norte distante, além do Império Romano, vendem peles de urso e de marta, de castor e zibelina. Pássaros cantantes de olhos brilhantes assoviam dentro de suas gaiolas de vime. O aroma de peixe cozido e de carne assada permeia a atmosfera, e garotas vendem doses de vinho servidas diretamente dos barris em xícaras de madeira. Bem elaboradas hospedarias e tavernas por baixo de tecidos. Ladrões, sem cerimônias, atacam bêbados e desavisados, e mulheres procuram maridos, ou pelo menos dinheiro, andando a passos leves com olhos semicerrados, balançando os quadris entre grupos de homens.

Mais longe, pode-se sentir o cheiro forte dos animais em currais de madeira. Vendedores de gado e ovelhas comunicam-se em línguas secretas e números ocultos, usando imperceptíveis acenos de cabeça e piscadelas para fechar negócio. E por toda parte ouvem-se cumprimentos e xingamentos, galhofas e comentários lascivos, gritinhos agudos de crianças agitadas, o cacarejo dos gansos e um único macaco que berra numa jaula. Viera da terra dos núbios, dizia o vendedor do macaco, sem muita convicção. O animal estendia a mão e puxava o cabelo dos pedestres distraídos. E todo esse abundante caos humano se mantém sob a suposta vigilância de um punhado de tropas fronteiriças da altaneira fortaleza legionária de Viminacium, 16 quilômetros ao leste.

Havia ali uma garota gentil e sonhadora de lábio leporino, pois uma lebre havia atravessado o caminho de sua mãe durante a gravidez. É o que diziam. Ela carregava um punhado de baldes de madeira e vendia xícaras de leite de cabra, mas não era uma vendedora nata ou ousada e, portanto, ganhava pouco dinheiro. Com muita frequência, dava xícaras cheias de leite para crianças de olhos famintos que a importunavam. Quando voltava para casa no final do dia, sua mãe a repreendia por não ter vendido o suficiente, acusando-a de sonhar acordada o tempo todo, e ralhava ainda mais com a filha por não ter achado um marido para tirá-la das mãos da pobre e velha mãe.

Ela não gostava de multidões, sentia-se mais confortável à margem da feira, onde as espalhafatosas tendas e barracas davam lugar a prados abertos e, mais à frente, à baixa fileira de colinas a oeste, e a saliente Mons Aureus, a montanha dourada, com suas extraordinárias minas. As criptas de Viminacium eram cheias de ouro, diziam. Quando o metal precioso era transportado pela grande estrada imperial até o imperador em Constantinopla, seguia sob os cuidados de mil homens. E o imperador... A garota sempre o imaginara feito de ouro, sentado em seu trono alto e folheado a ouro, como uma estátua, imóvel, inacessível. Um deus vivo.

Agora ela demorava-se timidamente diante da tenda de lona suja de uma mulher mais velha, apoiada sobre varais retorcidos.

— Entre aqui, garota, pode entrar. Na sua idade, deve estar querendo um amante!

A idosa sorriu e acenou em meio a seus estranhos artefatos, fazendo praticamente uma pequena dança, os cabelos brancos presos num coque e os dedos retorcidos se agitando. A velha não era uma bruxa, nem fornecia instrumentos de crueldade, vingança ou malignos; era apenas uma vidente. Um pregador havia deixado a cidade mais cedo para se instalar diante de sua tenda e pregar o verso da Bíblia que dizia "não deixarás viver uma feiticeira", mas o povo apenas fazia careta e seguia caminho, deixando o pregador impotente e a velha mulher, sozinha e ilesa.

A garota colocou hesitantemente os baldes no chão, e a velha pegou sua mão e a puxou para dentro. Em meio às sombras da tenda havia patas e rabos de animais, pedras de formatos estranhos como conchas, grandes penas pintadas de garças e abetardas, trapos coloridos amarrados em volta de cajados com pequenos sinos de bronze, sacos de couro contendo ervas, garrafas de conteúdo duvidoso. Então outra coisa chamou atenção da garota, algo muito bonito, que a princípio ela achou ser um espelho. Um pequeno luxo com o qual as senhoras ricas admiravam a si mesmas quando eram carregadas aos banquetes em suas liteiras douradas pelas grandes e largas ruas das grandes cidades. Mulheres com muitas joias, com rostos e braços empoados de branco e pequenos espelhos lisonjeiros.

A velha vidente percebeu imediatamente o que a garota queria e cambaleou até ele para buscá-lo. Era uma estranha caixa feita de vidros coloridos, com dobradiças presas por arames prateados. Provavelmente era muito cara e a garota não tinha dinheiro, a não ser pelos poucos cobres que havia ganhado até então naquela manhã. Mas, mesmo assim, a velha trouxe a caixa de vidro colorido para a luz do sol e entregou-a sem zombarias.

— Olhe dentro dela — disse. — Segure-a contra a luz. Alguns veem o mundo como ele é, porém em diversas e belas cores. Mas outros, que possuem o dom, veem o mundo como ele vai ser.

A garota hesitou. Achava que acreditava em tais coisas. Não realmente. Além disso, quem não teria o poder de ver o próprio futuro? Especialmente uma pobre leiteira com uma mãe rabugenta e um lábio leporino.

A mulher assentiu, encorajando-a.

— Olhe, criança. O futuro pode ser encantador, e você possui o dom.

Em algum lugar ao longe se ouvia um garoto aos berros perto do rio, subindo com seu barco. Gritando, berrando por causa de alguma coisa. Correndo na direção da feira. Era apenas a empolgação, sem dúvidas, nada mais.

Então a garota segurou a pequena caixa de vidros coloridos diante do rosto e abriu uma das pequenas e delicadas dobradiças. Foi o vidro de um vermelho intenso que ela levou aos olhos, e, quando olhou através dele, estremeceu. Porque ela viu o mundo como se estivesse coberto de sangue. A montanha de ouro a oeste era uma montanha de sangue. Os gritos do garoto que subia o rio ficaram mais altos, mais próximos. Ela viu os campos isolados abrindo-se às margens do rio, grupos de pessoas carregando cestas, empurrando padiolas, atravessando a grama alta em direção à feira naquele agradável dia de verão. E, além delas, a baixa fileira de colinas ainda refletia a luz do sol, mas todas vermelhas, cobertas de nuvens vermelhas. O futuro.

Ela sentiu a velha senhora tocar seu ombro, ouviu-a dizer algo, e estava prestes a afastar os olhos daquela visão pavorosa, daquele mundo de futuro vermelho-sangue, quando uma movimentação ao longo chamou sua atenção e, em vez de abaixar a caixa amaldiçoada, ela continuou a olhar através da névoa vermelha.

Ela viu uma fileira de cavaleiros subindo pela crista das baixas colinas a oeste. Bandeiras balançavam com a brisa e lanças se erguiam ao céu.

CAPÍTULO 2
A QUEDA DE MARGUS

Nunca aquelas pessoas — as poucas que sobreviveram, tropeçando pela grama encharcada de sangue para confessarem, aos prantos, sua história diante de ouvidos tomados de horror — esqueceriam aquele dia, nem a primeira vez em que viram os cavaleiros vindos do leste.

Eles cavalgavam em pequenos pôneis musculosos com grandes e desajeitadas cabeças, brutas e monstruosas como as de um touro. Eram peludos até o final das patas, com peitorais e ancas robustas que exibiam sua imensa força e energia. Seus cascos e crinas estavam tingidos de vermelho pelo sangue de insetos esmagados ou pelas ressecadas frutas vermelhas do outono passado, fervidas mais de uma vez em água e gordura. Os cavaleiros tinham braços compridos e tórax fortes, pernas curtas e olhos estreitos e puxados, cheios de astúcia e uma crueldade brilhante. Alguns, enquanto desciam em direção à indefesa feira, desdenhavam do uso de capacetes, parecendo ter crânios deformados e moldados de alguma maneira perversa quando eram crianças. Outros usavam chapéus de couro citas, os *kalpaks*, com franjas de pele de lobos cinzentos. Como lobos, caíram sobre os arrasados habitantes da cidade, não durante o escasso inverno, mas em pleno e abundante verão, movidos não pela resoluta necessidade da fome, e sim pelo puro amor à destruição.

Alguns tinham nas laterais da cabeça cicatrizes de queimadura que extinguiram o cabelo na região, outros eram grosseiramente raspados, e quase todos tinham as bochechas e laterais da cabeça arranhadas e tingidas profundamente com tatuagens. As ralas e escassas barbas em seus queixos eram adornadas com fitas, ou então torcidas em pequenas tranças, e as orelhas carregavam pesadas argolas de ouro. Alguns cavalgavam descalços enquanto outros usavam calças de couro, segurando-se às laterais de suas montarias com tanta força que pareciam ser um só com seus cavalos. Usavam calções bárbaros, mas a maioria estava despida até a cintura, exceto por colares de ossos chacoalhantes, os peitos e costas escuros tatuados com cobras e rostos grotescos. Seus pulsos e sinuosos braços estavam envoltos por anéis de ferro, braceletes de ouro, panos e tiras de couro, e usavam gargantilhas de prata com miçangas e dentes de lobos e de chacais enfileirados ao redor de pescoços sujos e musculosos. Suas rédeas exibiam os crânios esfolados de inimigos esquartejados, com escalpos humanos ou madeixas de cabelo cheias de sangue seco.

Cada guerreiro avançava com uma variedade de armas em mãos. Punhais curtos para esfaquear, compridas facas de aço, espadas curvas penduradas atrás das costas fortes e acocoradas, machadinhas curvas cheias de pregos, e, preso ao pulso direito, o mortal arco curvo das estepes, com um punhado de flechas preso na lateral. Flechas que os cavaleiros miravam e atiravam, atingindo incessantemente a feira.

As pessoas davam voltas e corriam entre as tendas caídas e os estábulos já em chamas, mas não havia escapatória. Uma coluna da horda de assassinos já havia contornado e ocupado as colinas ao sul, impedindo o povo de fugir por ali. Ao norte havia apenas o rio. Alguns fugitivos se atiraram e tentaram fugir nadando. Dentre eles, alguns poucos carregados pela correnteza sobreviveram, para depois rastejarem de volta até a margem sul a quilômetros de distância, como animais afogados, e contarem sua história.

Destacando-se entre as lamentosas massas estava o punhado de estupefatos soldados de Viminacium. Os primeiros foram atingidos onde estavam, rodopiando no mesmo lugar em meio a um jato de sangue, sem poder acreditar que a simples tarefa de guardar uma feira de verão havia subitamente se transformado em um massacre, e que esse dia ensolarado havia se tornado um pesadelo.

O capitão da guarda, um centurião chamado Pamphilus, contou o número de bárbaros e imediatamente gritou ordens para que alguns de seus cavaleiros fossem rumo ao leste, direto a Viminacium, no intuito de trazer a legião inteira para ajudar. Por precaução, ele despachou outra esquadrilha, um *contubernium* de oito homens, para buscar um barco e seguir até Viminacium pelo rio, caso seus cavaleiros fossem interceptados na estrada. Apesar disso, duvidava que bárbaros tomassem precauções quanto a tais coisas.

Mas como conseguiram atravessar o rio? O que acontecera com os vigias do Danúbio? E as estações de alerta que se espalhavam por toda a fronteira imperial, do mar Euxino até a embocadura do rio Reno? Como isso poderia ter acontecido sem aviso? Onde estavam os agentes de patrulhamento? Por que os *exploratores* não haviam enviado um relatório prévio? Grupos de ataque como aquele não apareciam do nada.

Nada fazia sentido. Tudo o que podia fazer agora era levar seus homens de volta à ponte da cidade para formar linhas de soldados. Era uma decisão difícil.

Seu *optio* o encarava.

Pamphilus balançou a cabeça.

— Não é um massacre geral. A maioria será tomada como refém.

— Um bom destino.

— Cale a boca, *optio*. Correremos até a cidade se pudermos. Do contrário, defenderemos essa maldita ponte até a legião chegar.

Independentemente de quem fosse essa horda, não importava quantos fossem, ele ainda tinha completa confiança na Legio VII, Claudia Pia Fidelis. "Seis vezes corajosos, seis vezes leais", era o lema da legião. Estacionados aqui nesta longínqua fronteira do norte há quatro longos séculos, tomavam conta do Danúbio e dos campos da Cítia. Esperavam pelos bárbaros. E, enquanto o faziam, construíam a imponente fortaleza de Viminacium, com largas estradas ao sul, leste e oeste, e 9 quilômetros de refinados aquedutos. Bons construtores, como todos os soldados romanos, usavam mais pás do que espadas. A VII não era forte como já havia sido, de fato. Nenhuma das legiões era. Havia menos soldados, e os melhores tinham sido levados ao exército acampado em Marcianópolis; o restante hoje era ridicularizado como nada mais que uma "hereditária milícia camponesa". Uma milícia. Cuidando de uma fortaleza qualquer.

Ainda havia mil e quinhentos deles, apesar de metade ficar em suas fazendas ou oficinas na maior parte do tempo. E quem poderia culpá-los? Não havia muito a se fazer no forte além de escavar e esperar, debaixo dos olhos severos do legado legionário. Fora isso, eles bebiam, jogavam, apostavam o magro salário, raramente recebido no prazo. Mas uma legião ainda era uma legião, ou parte dela, com suas orgulhosas lembranças. E o legado da VII, aquele barrigudo Gallus Sabinus, não era nenhum tolo.

Pamphilus organizou seus homens em fileiras sobre a estreita ponte.

— Bárbaros surgidos da selva, como esses invasores oportunistas, podem ser velozes, mas não têm poder de permanência, nem capacidade para um cerco. — Pamphilus estava falando com seu *optio* mais uma vez, sabendo que estava apenas tentando tranquilizar a si mesmo. — E nenhum cavalo vai arrancar contra quatro fileiras de homens com lanças.

"Vamos segurá-los aqui pelo maior tempo possível. Voltaremos para a cidade assim que pudermos. Não podem nos ultrapassar nesta ponte. E esperaremos a legião e os catafractários. Queremos o maior número de cavalaria pesada possível. Veremos se esses demônios seminus vão gostar de serem derrubados por uma fila de lanceiros em armadura completa. E mais arqueiros em montaria. E então a boa e velha máquina trituradora da infantaria. Não me importa quantos eles são. Números não significam nada. Até então, esperaremos. Não há problema."

Era possível ver do que a horda esmagadora de assassinos era formada: criminosos comuns, tirando vantagem de uma cidade fronteiriça maldefendida antes de atravessar novamente o rio para voltar aos campos da Cítia. Por mais que a princípio parecessem aterrorizantes, era apenas isso: um ataque de terror. Matariam alguns poucos, capturariam muitos para escravizá-los. Mas se dissipariam rapidamente assim que a VII viesse marchando pela estrada.

Pamphilus se perguntou rapidamente quem essa nova horda poderia ser. Gépidas? Sármatas? Alanos? Eram todos cachorros das planícies usando calções. Ele sorriu amargamente consigo mesmo. Uma coluna qualquer de ladrões e saqueadores maltrapilhos, comedores de carne crua, uma gangue de presunçosos estupradores e incendiários que se consideravam grandes guerreiros. Roma já se deparara com outros assim antes. Preenchendo o vazio deixado pelos hunos, presumia Pamphilus, depois que o imperador do Ocidente emitira a ordem para que a VII partisse numa expedição punitiva pelo rio. Não na jurisdição de sua Divina Majestade, é claro, mas o prefeito da Panônia concordara com o pedido. Uma ação mal-aconselhada, na humilde opinião de Pamphilus; mas não estava a cargo de um centurião júnior como ele julgar políticas estrangeiras, graças ao Cristo crucificado.

Então algumas alas da cavalaria de Viminacium haviam atravessado o riacho do Danúbio e desembarcado num remoto acampamento huno. As ordens eram fazer prisioneiros para algumas engenhosas execuções mais tarde, num vívido e educativo quadro ou numa peça de curta duração na arena de Constantinopla ou na de Ravena, com legionários de olhos duros e sem remorso massacrando bárbaros acorrentados e submissos, com pescoços obedientemente curvados perante as espadas romanas. Uma encenação com direito a mortes ao vivo. O povo gostava daquele tipo de coisa: isso os tranquilizava naqueles dias inquietos.

Mas os selvagens seminus haviam irrompido de dentro de suas tendas e atacado os homens da cavalaria. A pé, praticamente desarmados e surpreendidos, ainda assim resistiram bastante. Claramente não com a força que antes tiveram nos tempos de Uldin, quando lutaram como auxiliares para o grande Estilicão. Mas eram remanescentes ferozes daquele povo mesmo assim. Haviam puxado alguns cavaleiros de suas montarias, quebrado seus pescoços com as próprias mãos e esfaqueado outros. Depois disso, o comandante da cavalaria dera a ordem geral de execução. E dois dias depois o resto do povo huno, de acordo com relatos dos espiões do império, juntou suas varas, dobrou suas tendas, queimou o recém-construído palácio de madeira de seu rei até as cinzas e rastejou para o norte e para o leste até as desconhecidas terras da Cítia, devidamente castigados e humilhados.

Uma jogada suja, mas era o preço da liberdade.

As duas tropas de Margus frearam seu galope furioso na estrada quente e poeirenta.

A nuvem de terra baixou devagar, e ali na frente deles estavam os bárbaros. Montados em seus cavalos atarracados numa perfeita coluna, seis homens lado a lado na frente, de forma tão ordenada quanto uma legião. Flechas estavam encaixadas frouxamente em seus arcos. Na frente estava um homem de rosto redondo, montado num pônei pequeno e sujo.

— Viminacium? — perguntou o bárbaro. E então balançou a cabeça, sorrindo, chacoalhando seus brincos de ouro. — Ai de mim. Hoje não.

As cordas dos arcos rangeram.

O esquadrão de oito homens procurou o barco mais leve que podia encontrar, um esquife com uma vela esfarrapada. Arrastaram-no até a margem, entraram, e então começaram a remar furiosamente juntos à corrente. Não haviam remado mais de 800 metros quando o timoneiro parou de berrar e ficou em silêncio. Os remadores ergueram o olhar, viram a expressão em seu rosto e pararam. O barco flutuou um pouco e então eles olharam em volta, piscando para tirar o suor dos olhos.

Na margem oposta, estava sendo rebocada por um pequeno barco a remo uma das grandes barcaças da frota do Danúbio. De Viminacium. Pendurados nas laterais onde haviam sido atingidos estavam os corpos dos marinheiros, cravejados de flechas.

Além dela, quase incompreensíveis à primeira vista, estavam outras incontáveis barcaças e embarcações de fundo plano transportando cavalos, capturados de sabe-se lá onde, atravessando e reatravessando, trazendo inúmeros homens e cavalos do norte. Um pouco mais longe, na margem sul, viam-se os resquícios negros e ardentes de uma torre de observação de madeira.

A horda de mil ou dois mil em Margus: aquilo fora só o começo. Esse não era um ataque momentâneo de terrorismo. Era uma invasão completa.

Aterrorizados, os oito homens tentaram virar o esquife, ainda carregados para a frente pela forte correnteza do Danúbio. Porém, em seu pânico desordenado, não ouviram os gritos do timoneiro pedindo que coordenassem suas remadas, bombordo para a frente, estibordo para trás. Ao longe no rio, remando rapidamente contra a corrente, outro barco vinha na direção deles, comprido e fino, e vagamente o esquadrão viu mais dos guerreiros tatuados aparecerem na margem à direita, surgindo em meio aos juncos, assustando as aves aquáticas, que voavam em fuga. Os soldados agitavam e batiam na água ensolarada com tanta violência que sequer escutaram o zunido das cordas dos arcos, e seu terror só cessou quando as afiadas pontas de ferro das flechas atingiram os alvos.

Nas pradarias a oeste, a feira de Margus se transformava em um verdadeiro caos; o povo torturado e empurrado diante dos uivantes cavaleiros tatuados. Na única ponte da cidade, pouco mais larga que uma carroça de feno, estavam Pamphilus e seus trinta homens. Como o antigo Horácio, a cantiga para crianças dizia: três deles, então dois, e então apenas o próprio Horácio, um único homem para defender a ponte de todo o exército de Lars Porsena. Mas isso só acontecia em histórias de guerra para crianças.

Atrás deles, a cidade de Margus estremecia. A fronteira já havia sido redesenhada.

Lentamente, os bárbaros começaram a empurrar as pessoas em direção à ponte. Vez por outra ameaçavam com suas lanças, tratando a população encurralada e amedrontada como se fosse gado.

Pamphilus assistia a tudo austeramente.

— Senhor — chamou-lhe o *optio*.

Ele apertou com mais forca sua lança.

— Senhor — repetiu o *optio*. — Atrás de nós, senhor.

Pamphilus olhou para trás e deu um grito.

Os bárbaros já haviam derrubado os portões e estavam na cidade. Margus estava em chamas. Atrás das muralhas, os telhados de tijolos vermelhos estavam fumegando, e labaredas já lambiam a estreita torre de são Pedro e são Paulo. O sino de ferro em breve estaria brilhando de tão vermelho. Pamphilus pensou ter escutado gritos distantes.

Devem ter se movido como raios. Como haviam atravessado o rio? Exceto pela ponte da cidade, não havia como atravessar a não ser pelo rio quilômetros acima. Seria possível que, na verdade, essa arruaceira horda de bárbaros estivesse altamente organizada? Que por trás dessa aparência de sangue e caos houvesse uma afiada e controladora mente trabalhando?

Bárbaros idiotas, mesmo assim. Os guardas nas muralhas de Viminacium, com seus olhos afiados, teriam visto a fumaça e já estariam enviando cavaleiros para averiguar. Uma preguiçosa dona de casa de Margus que não cuidara de sua fogueira, uma rua de casas de madeira queimando? Ou algo pior? Em seguida, algum de seus cavaleiros ou um dos fugitivos chegaria até eles, e a legião seria chamada para ajudar.

Era bom saber que o reforço estava a caminho. Enquanto isso, deveriam tentar manter suas posições e sobreviver. Cercados.

— Últimas duas fileiras: reviravolta!

Então na margem afastada das colinas, a 1,5 quilômetro ou mais de distância, achou tê-lo visto: o líder bárbaro. Um grupo de homens estava reunido em volta dele, mas aquele era o rei. Segurava uma espada acima de sua cabeça e a movia em precisos golpes para baixo, à esquerda e à direita diante de si. E, na planície diante dele, seus guerreiros montados em cavalos em perfeita ordem, disciplinados como colunas da cavalaria imperial. Mais ainda. Mais ágeis. Moviam-se como uma revoada de estorninhos pelo céu, como se fossem um só corpo.

Agora se aproximavam gradualmente, reunindo-se em vez de matar, esmagando o povo de volta contra a ponte.

Pamphilus os amaldiçoou.

Teria lutado como Horácio nesta ponte, junto com seus homens, contra esses cavaleiros desprezíveis. Seu sangue fervia agora. Muitos dos que ele havia mandado montar guarda já tinham tombado. Haviam assistido aos selvagens atravessarem a feira a cavalo, chicoteando e enlaçando, destruindo e queimando, escolhendo vítimas selecionadas para se divertir e praticar suas miras. Na maior parte, homens em idade de lutar, tolos que se lançavam contra eles com forcados ou estacas. Mas, às vezes, eles cortavam qualquer um em seu caminho — garotas em fuga, bebês e pessoas segurando bebês. Aquelas faces com largas maçãs do rosto sem qualquer expressão, aqueles olhos amarelos impassíveis.

Mas como Pamphilus e seus homens poderiam revidar, com essa maré humana a seu redor? Aquele, com certeza, era o plano desse chefe de guerra, desse rei.

Ele olhou mais uma vez e o chefe havia descido da encosta a galope até o meio de seus guerreiros. Logo os legionários encurralados podiam vê-lo se aproximando com seu pequeno bando de capitães, e em seguida parando. Pamphilus o observou através das cabeças do povo acuado e amontoado e da névoa de fumaça que pairava. O rosto daquele bárbaro senhor da guerra, duro como pedra. O cabelo cinzento como ferro preso num nó no alto da cabeça, marcas azuis no rosto, uma gargantilha de ouro em volta do pescoço forte e encardido. Calças de couro empoeiradas, botas de pele de veado. Nada sofisticado. Despido até a cintura a não ser por espirais de tatuagens, sua aljava, seu arco e a bainha atravessadas nas costas. Não era um grande rei, então. Ainda lutava na linha de frente com seus guerreiros. A seu lado, um homem de pele mais clara, de cabeça raspada bem rente ou até mesmo careca e de olhos azuis. Muito imóvel, seguro e silencioso.

Uma interjeição muda tomou conta das pessoas.

Olhos amarelos cintilantes caíram sobre ele.

— Seu nome? — exigiu o chefe.

Ele respondeu.

— De Viminacium?

Pamphilus fez que sim.

O senhor de guerra acariciou sua barba rala.

— Foram forças de Viminacium que executaram meu povo. Poderia chamar isso de uma expedição punitiva. — Ele falava latim perfeitamente, com a pronúncia correta e bastante aristocrática.

A cabeça de Pamphilus girou, e ele olhou de lado para seu *optio*. Esses eram os hunos. Não desapareceram após aquela incursão sangrenta, afinal, como disseram seus contatos, e sim apenas simularam uma retirada. Demônios ardilosos. Pela primeira vez, Pamphilus sentiu que estavam ali não apenas para fazer alguns saques e conseguir escravos, de maneira alguma, mas sim para um ato de vingança mais memorável. Ele se obrigou a não demonstrar medo, conteve o pânico que só aumentava, apertou o cabo da lança com ainda mais força dentro de sua mão suada e tentou o melhor que pôde para afastar de sua mente todos os rumores sobre as torturas bárbaras. Crucificações, escoriações, empalações...

Junto a ele, seu *optio* tremia. Seus homens estavam recuando uns contra os outros. Atrás deles, a cidade em chamas começava a rugir debaixo do sol do meio-dia. Onde estava a VII, por Júpiter, Mitra, Cristo? Já deveriam ter visto os incêndios a essa altura. Se pudessem apenas resistir mais um pouco, a primeira cavalaria poderia chegar a tempo. Ele rezou para que chegassem logo.

O chefe estava falando de novo, sua voz baixa, grave e chiada como aço velho. Pamphilus balançou a cabeça como resposta ao que ouvira, então o senhor de guerra se repetiu.

— Ou matamos todas essas pessoas na sua frente — disse o líder bárbaro —, ou matamos você.

Ele gritou de volta:

— O preço que seu povo vai pagar depois disso será terrível.

O chefe sorriu, um horrível sorriso de lobo, e seus homens ergueram suas espadas.

— Serão bons escravos! — deixou escapar seu *optio.*

— E vocês serão bons cadáveres.

Um dos selvagens atingiu sua primeira vítima, um velho que cambaleara na sua frente, empurrado pelo povo em volta; seus olhos cheios de puro terror.

— Deixe-os ir! — berrou Pamphilus.

A obediência deles foi instantânea. Seu líder concordou, e os cavaleiros em círculo levantaram suas armas. Cada um dos feiosos pôneis deu vários passos para trás com um simples comando.

O aglomerado de pessoas continuou imóvel por um instante, como presas. Então o chefe disse mais alguma coisa em sua voz baixa, e o povo, enfeitiçado e cambaleante, se virou e fugiu correndo na direção sul, até as colinas.

O líder olhou de volta para Pamphilus.

O centurião baixou sua lança, encaixou-a debaixo do braço direito e apoiou a outra ponta numa das pedras da ponte. Então descansou seu peso contra ela.

— Bem, homens — disse Pamphilus. — Não se entreguem fácil.

A cidade queimou durante toda a tarde de verão e até a noite. Nenhuma ajuda chegou. Ao longo do pôr do sol vermelho-sangue, o massacre continuou. Esse era o início da vingança, o início do sofrimento.

Um guerreiro kutrigur acertou mais uma vítima. Usando um tridente como lança, enfiou-o nas costas de uma garota que fugia.

Ela cambaleou e caiu de joelhos, finalmente soltando o punhado de baldes de madeira que carregara durante todo aquele longo dia, mesmo em meio a toda a matança. Tocou a ferida em suas costas antes de deitar-se bruscamente e morrer. O leite de cabra escorreu através do solo duro, misturando-se com o seu sangue. O guerreiro puxou as rédeas de sua montaria, que ficou erguida apenas sobre os cascos traseiros, e bateu em suas ancas com o lado achatado do brutal e sangrento tridente. Em seguida, riu sob a luz alaranjada do fogo, urrando e voltando a cavalgar.

Seus companheiros guerreiros urraram e sorriram também, triturando criminosamente as últimas vítimas do sacrifício. Homens parecidos com lobos, mas lobos que amam o caos e a luz do fogo. Lobos que no inverno vêm do frio e das estepes cobertas de neve e das fronteiras das grandes florestas do norte, quando as gotas de orvalho congelam em gelo transparente sobre as agulhas lustrosas dos abetos. Eles vêm famintos em busca de cidades bem guarnecidas e de confortáveis fogueiras com seus insondáveis olhos amarelos, indo para oeste através das planícies congeladas pelo vento, na direção do quente brilho das noites do Ocidente. Andam pelas ruas escuras, passando por tavernas iluminadas por lâmpadas e casas onde mercadores robustos, banqueiros e burocratas bem remunerados do império estão sentados em suas amplas salas de jantar, brincando, regalando-se e bebendo seus bons vinhos vindos do rio Moselle até o Danúbio, para aquelas províncias orientais da Mésia e da Trácia.

Nenhum deles ciente de que os lobos estão chegando — na verdade, já estão lá, uma onda de pele cinzenta varrendo as estepes. De olhos amarelos acesos e dentes brancos prontos para a matança.

Esses homens-lobo chegam no começo do verão, mas seus dentes brancos refletem na escuridão do mesmo jeito. Atiram suas cabeças peludas para trás e riem em direção ao céu, agradecendo, com os braços envoltos em cobre e erguidos para seus deuses do vento, da tempestade e do céu: para Astur, a Águia; e Savash, o Senhor da Guerra; e para a senhora Itugen, cada um deles um rosto diferente do Senhor do Universo, que ama as batalhas, que cavalga com eles e que estará sempre com eles. Sorriem à luz do fogo, e seus olhos amarelos piscam de satisfação enquanto a cidade some em meio às chamas e o povo indefeso corre diante deles, caindo como grama aparada sobre as estepes, enquanto os saques são empilhados num canto da cidade abatida e ardente com a mesma rapidez com que cadáveres são empilhados uns sobre os outros. Os sinos da igreja ainda soam num pânico profano, mas são os guerreiros estrangeiros que os tocam agora, em tom de alegria e vitória. Os padres já foram despidos e assassinados, em meio aos prantos do povo, aos uivos dos cachorros e aos gritos de crianças abandonadas.

Assim Margus tombou.

Mais tarde, bêbados de vinho, foram embora, ainda celebrando, passando pelos restos de carvão preto da antes colorida feira de Margus, de volta às pradarias. Não são homens da cidade, e as ruínas das tendas e das construções já estão assombradas pelos fantasmas daqueles que assassinaram. Eles recolhem-se então de volta às suas tendas e carroças nos campos.

Entre os diversos corpos estavam uma velha mulher e uma garota. A garota do lábio leporino, caída imóvel entre os baldes de madeira. Ela vira mesmo o futuro, como dissera a velha mulher. De fato, possuía o dom.

CAPÍTULO 3
A VII

Viminacium: na confluência do Danúbio e do rio Mlava, sede da VII Claudia Pia Fidelis, erguida pelo próprio Julio César em 58 a.C. para derrotar os gauleses e depois fazer o mesmo com seus primos na Bretanha. Uma legião antiga com mais de quinhentos anos de lembranças, estacionada aqui nos limites entre a Mésia e o Danúbio desde os dias de Trajano. Quatro longos séculos desde a crucificação do Cristo.

Gallus Sabinus, legado legionário, veterano de batalhas e do tédio na fronteira, com a cabeça como a de um touro e careca, dobras de gordura na nuca e uma impressionante e rechonchuda barriga, porém com musculosos braços ainda fortes o bastante para erguer um saco de areia acima da cabeça sem demonstrar qualquer esforço. Ele está à sua velha mesa de trabalho manchada de tinta, analisando os relatórios mensais do contramestre à luz de uma lamparina crepitante. Só faria esse trabalho estúpido e burocrático mais três vezes. Apenas mais três meses, e então partiria para seu vinhedo na Trácia, com direito a uma bela casa e um pátio com chafariz e tudo, até mesmo com piso de mosaico, apesar de um bem vagabundo feito por um charlatão qualquer da região, com um golfinho que em sua opinião mais parecia uma enguia obesa. Mas Domitilla tinha muito orgulho daquilo, varrendo-o toda manhã ao raiar do dia. A mulher que ele mal conhecia, sua esposa, Domitilla: de língua afiada, traseiro largo, expressão fria, mas bastante útil, apesar de tudo.

Ele se inclinou para a frente e sua mesa oscilou. Um dia acertariam o comprimento de todas as suas pernas.

Sentiria falta de seus homens. Não eram tão ruins para um bando de cansados *limitanei*: lobos da fronteira. Dálmatas, ilírios, trácios, germanos, um bando de vira-latas. Mas Sabinus protegia os seus. Não tendo sido promovido por indicação de algum político de uma família de senadores, que inclusive desprezavam tais postos espartanos da fronteira daqueles tempos, Sabinus era um soldado dos pés à cabeça e tinha orgulho das tradições da VII. O campo móvel do exército poderia ser a juventude dourada da atualidade, os meninos de ouro do general, uma força de elite pronta para marchar e lutar contra quaisquer incursões bárbaras que pudessem ameaçá-los. Mas os lobos da fronteira estavam estacionados ali permanentemente, treinando como cachorros, armando-se e esperando o dia passar. Reduzidos em número, tanto em provisões quanto em armamentos, mas ainda orgulhosos por serem uma legião, com seu estandarte de águia e insígnia de touro comum a todas as legiões cesarianas. Esperando a chegada dos bárbaros.

Em seus anos ali, Sabinus dera o melhor de si. Não podia fazer nada quanto aos salários, mas ensinara-os, treinara-os e instituíra exercícios práticos dos quais gostavam, mesmo sob resmungos. Tanto as armas quanto artilharias estavam quase zeradas. Quanto aos próprios muros, ele apenas tinha esperança de que ficassem de pé. Especialmente a Porta Praetoria, com sua sinistra rachadura na torre esquerda. Algum dia, o prefeito mexeria a própria bunda por tempo suficiente para fazer uma reforma geral, ou talvez a distante Constantinopla percebesse que o velho forte estava precisando de uma ou duas camadas de tinta.

Até lá, só mais três meses...

Ele ergueu o olhar.

— Então?

O *optio* estava em pé, hesitante na escuridão.

— Margus ainda está em chamas, senhor.

Sabinus baixou sua caneta, recostou-se e apontou para os próprios olhos.

— O que é isso, *optio*?

— Olhos, senhor.

— Correto. E com eles posso ver que Margus ainda está em chamas e, da mesma maneira, posso ver que você ainda é um idiota inútil. Por "então", quis dizer "o que há de novo?". *Por que* ela ainda está em chamas?

— Nós não... Isto é, os cavaleiros ainda não retornaram, senhor.

— Quando foi que partiram?

— Por volta das nove horas.

— Como estão as estradas?

O *optio* olhou de relance nervosamente para a porta aberta.

— Relatos não confirmados de incursões, senhor. Perto do rio. Cavaleiros bárbaros, segundo um velho que rastejou para fora do rio coberto de lentilhas-d'água. Disse que havia boiado segurando um pedaço de madeira desde a própria Margus. Estava tagarelando e meio louco.

Sabinus manteve seu olhar inexpressivo sobre o infeliz *optio*.

— Então... Já ordenou que a legião inteira se armasse, por segurança?

— Vou fazê-lo, senhor.

— Esqueça. Eu mesmo irei. — Sua cadeira caiu para trás quando ele se levantou. — Vá limpar a porcaria das latrinas.

A fortaleza da legião em Viminacium ficava bem atrás de espessos muros de pedra com 9 metros de altura, ameias, bastiões e torres gêmeas em cada portão, norte, sul, leste e oeste. Dos flancos da fortaleza corria uma muralha muito menor, larga e que envolvia os abundantes acres da orgulhosa cidade com suas igrejas e capelas, amplas ruas, casas belamente decoradas, esplêndidas basílicas e mercados em meio a pórticos, e, além dela, seu próprio hipódromo com dez mil lugares. As pessoas viajavam quilômetros para assistir aos espetáculos dali. *Mas agora,* pensou Sabinus com um sorriso triste, *outro tipo de espetáculo completamente diferente e mais real irá fazê-las viajar quilômetros para longe.*

Ele encontrou um decurião alto e jovem.

— O que está acontecendo na cidade?

— Muitos já estão partindo, em direção às colinas.

Como ele pensara.

— Alguém pediu refúgio aqui?

O decurião negou com a cabeça.

Ambos sabiam o que aquilo significava. O povo já havia chegado à sua conclusão. Que eles estavam acabados. Ele sorriu para si próprio mais uma vez. Não mesmo.

Os urros de touro do legado soaram através do forte escuro onde ele estava, na torre do portão oeste, seguidos por um som distante de tumulto, e então um crescendo constante de portas batendo, passos, solas de couro se chocando com as desgastadas escadas de pedra, armamentos tinindo, vozes, pesos sendo arrastados e manivelas rangendo.

Suas ordens ricocheteavam pelos muros da fortaleza como projéteis.

— *Tubernator*, mande que voltem! Faça entrar cada último soldado que ainda estiver lá fora. O mesmo nas fazendas. Famílias em suas casernas. Reúna os pães para contagem. Cada um dos centuriões nas muralhas. Alas da cavalaria armadas e prontas no portão sul. Unidades de artilharia nas torres. Quatro máquinas em cada bastião, duas para bombardeamento frontal, duas para a linha de fogo, posições-padrão, será que preciso explicar? Todos os portões duplamente bloqueados. E espero que tenha mandado consertar os suspensórios do portão pretoriano como instruí, decurião!

— Sim, senhor!

— Estamos esperando um ataque noturno?

— Estamos esperando o diabo em pessoa, como devem fazer os bons soldados. Quero uma parede de artilharia completamente abastecida. Soldados a pé, movam seus traseiros! Não é uma visita da vovozinha. Quero abastecimentos para todas as armas subindo até o teto. Primeiro, quarto e sétimo centuriões no portão sul com a cavalaria. Parem de brincar e se mexam, seus preguiçosos cheios de banha! Ninguém dorme até o amanhecer, isto se forem dormir. Finalmente têm trabalho a fazer! Ferreiros, acendam as fornalhas, se ainda não estão acesas. Médicos, confirmem comigo se têm suprimentos. Contramestres, cada homem nas muralhas deve estar abastecido de água e bolachas. E certifiquem-se de que a palha do telhado está inteiramente encharcada. Todos os barris de água devem estar cheios até a borda, apesar de eu presumir, para o bem de vocês, que já estejam. *Primus pilus*, reporte-se a mim no portão oeste. Não perambulem, nem conversem.

— Concentrar tropas da muralha a oeste, senhor?

— Se já tomaram Margus não serão tão burros. Posicionem as tropas em todos os lados.

Sabinus desceu os degraus de pedra até a sala da guarda inferior, onde se deparou com um impressionante estado de agitação silenciosa. A exceção era um pobre novato que empilhara pedras para fundas numa pirâmide tão malfeita que desmoronou assim que Sabinus passou por ela. Então ele lhe deu uma boa surra e mandou que refizesse o trabalho.

— Até os egípcios sabem construir pirâmides, garoto! — rugiu no ouvido do trêmulo novato. — E eles fodem as próprias irmãs e idolatram *gatos*!

O legado assumiu sua posição mais uma vez na torre esquerda do portão oeste junto ao seu imprestável *optio*, e os dois observaram o sol se pôr. Estava brilhante demais, vermelho demais. No horizonte, a meras duas horas de marcha intensa, Margus ainda estava em chamas. As labaredas pulavam e se misturavam ao holocausto do sol.

— Uma incursão e tanto, senhor — comentou o *optio*.

O portão sul permanecia aberto e as famílias dos fazendeiros e homens da fronteira entravam sem parar: mulheres, crianças de colo, parentes idosos, crianças corredias de olhos esbugalhados, parecendo mais empolgadas do que assustadas. Para dentro dos seguros e musculosos braços do poderoso e legionário forte. Que Deus os protegesse.

Tatullus apareceu silenciosamente na torre. O legionário *primus pilus* — primeira lança —, seu centurião sênior. Graças a Cristo por ele, pelo menos. Já adentrara sua quinta década, mas não havia um grama de gordura em seu corpo, suas pernas eram puro músculo e tendões, os braços cruzados com firmeza. O rosto duro e castigado pelo tempo e o nariz ossudo eram acentuados pelo capacete simples que usava nas batalhas, com o comprido e sinistro protetor de nariz protegendo seus olhos profundos que não piscavam, uma malha de aço protegendo seu pescoço. Um soldado de qualidade em um forte de fronteira negligenciado em dias ignóbeis como esses.

Atrás de Tatullus estavam mais dois soldados, um deles suando sem parar.

— Quem diabos é você? — grunhiu Sabinus, aproximando-se dele.

— É um desertor — respondeu Tatullus friamente.

— Não estava perguntando a você, centurião.

Por mais molhado que estivesse o soldado — na verdade estava encharcado —, ele não tremeu.

— Anastácio, senhor — disse o soldado, com uma voz tão grave e rouca que soava como um gargarejo com cascalho. — Mas nunca combinou comigo, é o que dizem. A maioria das pessoas me chama de Caestus. Punhos.

Punhos. Sabinus se virou e examinou-o mais atentamente. Aquele nome combinava mais com ele do que Anastácio, de fato.

Ainda tinha seu *caestus*, sua luva de couro em volta do braço grosso. Suas juntas eram cheias de pelos escuros e não ficavam muito longe do chão. Não se deixe enganar, se ele tivesse endireitado a postura teria 1,80 metro de altura ou mais. Um bom recruta para a Legio I Italica naquele aspecto, no mínimo. Apesar de Sabinus duvidar que Punhos tivesse as conexões familiares necessárias para entrar naquela legião socialmente exclusiva. E, por outro lado, amedrontaria os cavalos da cavalaria. Causaria uma maldita debandada.

Seus imensos ombros arredondados, um ligeiramente mais caído que o outro, fazia-o parecer quase corcunda, mas ainda tão forte quanto um cavalo de carga. Suas mãos eram grandes como espadas. *Uma toupeira humana que poderia cavar um túnel só com aquelas mãos*, pensou Sabinus. Grandes pés apontados para fora, joelhos valgos, a barriga caída, o peito como um barril com capacidade para duzentos litros, o pescoço grosso como um tronco de árvore, um grande nariz ossudo, diversas vezes quebrado, boca torta e inchada de surras, um cenho pesado com grossas sobrancelhas negras, mas olhos grandes e sinceros, apesar de uma pálpebra ser ligeiramente caída por causa de um antigo ferimento de espada. Cabelo preto e grosso num corte em formato de cuia, nem um único centímetro de pele livre de cicatrizes.

Sabinus gostou do que viu. Isto é o que chamava de um verdadeiro soldado. Feio como um diabo e quase tão resistente quanto.

— E desertou? De Margus?

— Não, senhor. Não desertei. Só estava a trabalho. Mas fiquei preso em Margus. Uma substituição imprevista, pode-se dizer.

Sabinus fez uma careta.

— Está fazendo-me perder meu tempo, soldado. Diga-me a verdade.

Punhos se endireitou um pouco.

— Senhor. Legionário da XIV em Carnuntum. Descendo o rio com um carregamento de vinho. Uma empreitada particular.

— Fugindo da alfândega. Contrabandeando.

Punhos apressou-se em continuar:

— Meu barco afundou durante a noite. Pisei em terra em Margus. Um centurião de lá, Pamphilus, prontamente me cooptou em sua guarda.

— E o que aconteceu?

— Fomos arrasados dois dias depois, foi o que aconteceu. Ou seja, esta manhã. Todos menos eu. Eram hunos, segundo o centurião.

Sabinus refletiu. Que confusão. Se for para espantar uma tribo bárbara, que seja com um bom embate de espadas, e não com alfinetadas. Senão eles voltam. Como moscas atrás de merda de cavalo. Ele bufou. Que porcaria de bagunça.

— Continue, soldado.

— Bem, o centurião mandou cavaleiros para cá em busca de reforço, mas... Os hunos os alcançaram antes de chegarem.

— Evidentemente. E depois?

— Um completo e sangrento massacre.

— Quantos?

— Não saberia dizer. Não muitos, ao que parecia, mas organizados.

— Organizados?

— Organizados — repetiu Punhos obedientemente.

Sabinus alisou sua barba por fazer. Ele se virou e berrou mais algumas ordens para seus homens, então perguntou:

— E você?

— Bem, senhor, eu estava na ponte, encurralado e prestes a ser esquartejado pela frente e por trás, se é que me entende, já havíamos perdido a formação, e as flechas não paravam de cair, então, para dizer a verdade, pensei, que se dane, e decidi tentar a sorte pulando, mas então achei que devia também tentar levar um daqueles sujeitos azuis junto.

— Azuis?

— Tatuagens. Pretas e azuis, no corpo todo. Aparentemente fazem com agulha e fuligem. Horríveis. Não têm nenhum amor-próprio, senhor, aqueles bárbaros de merda. Então, sendo assim, achei que poderia afogá-lo e até mesmo salvar seu cavalo e fugir com ele pela margem oposta para longe. Assim, pulei, agarrei o pescoço do sujeito e segurei, depois caímos da ponte para dentro do rio, com o selvagem ainda em cima de seu cavalo e eu em cima dele. Por sorte, com as bênçãos de Júpiter, Senhor de Toda a Criação, consegui dominar suas rédeas enquanto ele ainda flutuava na água lamacenta e enrolá-las em volta de seu pescoço. Ele ainda lutava e resistia, um selvagem de verdade, e nada covarde também. Uma confusão. Mas havia um grande espigão da ponte apontando para mim e saindo da água. Ainda estávamos lá embaixo com os peixes, e eu precisava recuperar o fôlego, mas ainda não havíamos terminado nossa conversa, por assim dizer. Segurei a cabeça dele com as próprias rédeas, enforcando-o, pois o cavalo já estava longe a essa altura, aquela besta. Então comecei a sacudir sua cabeça, e ele é que estava precisando pegar fôlego a essa altura, pelo que pude perceber, e é seguro dizer que não estava mais lutando tão bem, então o mergulhei e ainda assim... Não sei se já tentou manter a cabeça de um homem debaixo d'água, senhor?

Sabinus nunca havia tentado.

— Mas ela se move terrivelmente devagar, por causa de toda a água, e assim bati e bati e bati sua cabeça contra aquele maldito espigão de madeira não sei quantas vezes até que finalmente, depois de muitas batidas vigorosas, ele parou de resistir e eu o deixei afundar gentilmente, e presumo que foi até o fundo para servir de jantar aos peixes. Não fiquei ali para conferir, para ser sincero, considerando que eu mesmo estava quase me afogando também, então nadei na direção da luz do sol e finalmente recuperei o fôlego. De volta na ponte acontecia um massacre, então me deixei ser carregado pelo rio e fui descendo. Se isso conta como deserção, bem...

— Conta — interrompeu Tatullus.

— Todos os outros guardas foram mortos? — perguntou Sabinus.

— Todos. Vi o comandante, Pamphilus, ser colocado num pilar no final da ponte enquanto nadava. Ele não era má pessoa.

— Então desceu o rio?

— Sim, senhor, num cavalo.

— Não brinque comigo, homem.

— Quis dizer um cavalo morto, senhor. Devia estar morto há uns três dias ou mais, imagino, e exalava um cheiro bem horrível, apesar de, para ser sincero com o senhor, já ter sentido cheiros piores com oito homens dentro de uma barraca. Ou naquela taverna que costumávamos frequentar em Carnuntum, senhor, com uma moça no andar de cima, um pouco velha, apesar de bem amável à sua própria maneira...

— Menos detalhes, soldado, mais rapidez.

— Bem, então me segurei nesse cavalo morto; suas patas traseiras estavam viscosas e pedaços dela saíam em minhas mãos, e a barriga estava toda inchada e soltando gases como o senhor não poderia imaginar. Devia estar morto há alguns dias, como eu disse, provavelmente não por causa da batalha, mas servia muito bem como boia, e desse modo vim descendo o rio até o forte, senhor. Porque achei que era hora de parar atrás de algumas muralhas decentes. O senhor sabe como são esses hunos.

Sabinus pensou por um momento. Então disse a seu *optio* para dar ao homem uma taça de vinho.

Tatullus começou:

— Senhor...

O legado se virou para ele.

— Vá cuidar da sua vida, centurião. Não sou um filhotinho mimado de alguma família senatorial rica de Ravena ou Roma. E não preciso que questione minhas ordens.

Os lábios finos de Tatullus fecharam-se até quase sumirem. Depois de uma pausa, ele falou mais uma vez, em voz muito baixa e suave:

— Senhor.

Punhos ergueu uma das enormes patas.

— Não, senhor, de qualquer maneira agradeço imensamente. Nada de vinho para mim. Nunca mais desde aquele incidente em Carnuntum com a filha do peixeiro e meu infeliz acidente.

Sabinus ergueu as sobrancelhas.

— A rede de informações da fronteira nunca relatou esse incidente em particular.

— Fico feliz em saber, senhor. Uma história pouco edificante no geral. Mas jurei nunca mais tomar vinho até o fim da vida.

— Muito bem. — Sabinus desviou o olhar e colocou uma das mãos num dos muros baixos da torre. — Você pode ser melhor contador de histórias que soldado, eu não sei. Mas, de agora em diante, está na minha guarda.

— Quanto eu ganho por mês, então?

— O bastante para alguém que só bebe água. — Então Sabinus voltou sua atenção para o outro homem, em silêncio até então, e ordenou que se aproximasse.

Um sujeito magnífico, de pele morena, alto e magro, a postura ereta enfatizando a altura. Oriental, com certeza. Uma espada comprida estava numa bainha de arabescos ao seu lado, o bigode fino e escuro imaculadamente penteado em volta da boca, o rosto macio, o nariz como o de um falcão, todo o seu porte supremamente aristocrático.

— E você é?

— Conde Grigorius Khachadour Arapovian — respondeu o recém-chegado.

Atrás dele, Punhos riu.

— Cale a boca, soldado — grunhiu Sabinus. Ele olhou para o recém-chegado mais uma vez. — Armênio?

— A Armênia foi a terra em que nasci e de sessenta gerações de meus antepassados desde os dias de Adão. Mas agora não tenho terra. Ela vendeu sua alma para quem pagasse mais. Agora luto apenas por Cristo, meu senhor.

— Jesus — sussurrou Sabinus.

— Ele mesmo — respondeu gravemente o armênio.

— Certo — começou Sabinus —, você está dentro. Precisamos de todos os homens que pudermos conseguir. Por enquanto, está junto dele nos suprimentos, na muralha sul. Andem logo.

Arapovian não olhou para Punhos, e disse:

— Não vou ficar na companhia desse boi repugnante. Ele me dá nojo.

— Vocês se conhecem? — Sabinus gargalhou. — Deixe-me adivinhar: estavam contrabandeando vinho juntos? Eram sócios?

— Os filhos de Arapovian não mancham suas mãos com comércio há sessenta gerações — respondeu o armênio rispidamente. — Este imbecil estava simplesmente me transportando. Estive com este homem por algumas horas, antes de nos separarmos de novo. Mas foi tempo o bastante para desejar que nunca mais o encontrasse.

— Qual é o problema?

O armênio curvou os lábios finos.

— É um macaco.

Sabinus olhou para Punhos.

— Você o encantou.

Arapovian não sorriu. Parecia genuinamente magoado.

Mas Sabinus estava sorrindo largamente agora.

— Está resolvido. São uma dupla. Agora andem logo.

Lentamente, com a dignidade ferida, Arapovian se virou e desceu as escadas. Punhos arrastou-se pesadamente atrás dele.

— Isso não foi deserção — disse Sabinus por cima do ombro para Tatullus. — Sabe como é uma deserção de verdade. Isso foi uma retirada.

O centurião permaneceu imóvel.

— Nenhum toque de retirada foi dado.

— Porque não havia para onde se retirar. Como agora.

CAPÍTULO 4
DEZENAS DE MILHARES

Punhos e o armênio arrastaram pedras de 50 quilos pelos degraus estreitos até o topo da torre do portão sul. Arapovian parou no alto quando largaram sua carga e enxugou o suor das sobrancelhas compridas e arqueadas. Ele olhou fixamente na direção das colinas, que pareciam fantasmagóricas sob a lua crescente de verão.

— Quem diria que eu, Grigorius Khachadour Arapovian, filho de Grigorius Nubar Arapovian, filho de Grigorius Ardzruni Arapovian, seria encontrado carregando pedras como um presidiário. Junto com um camponês que não sabe nem quem foi seu pai.

Mas insultar Punhos era como insultar uma estátua.

— Tem razão — grunhiu ele, secando seu rosto na própria axila. — Mas eu sei que minha mãe era uma prostituta. Filha de uma prostituta, descendente de uma longa linhagem das mais estimadas prostitutas do Reno durante sessenta gerações. — Ele arrotou e sorriu.

Arapovian não sorriu de volta.

Sabinus marchava pela ameia do forte ao fim da tarde, encarando cada vez mais nervosamente a profunda escuridão No horizonte, Margus ardia, as chamas subiam e a fumaça fazia espirais, a derretida e alaranjada luz do fogo misturando-se sanguinariamente com o sol que se punha. Naquela luz laranja, cabeças decapitadas de seus próprios homens e do bom centurião chamado Pamphilus decoravam as estacas de madeira na velha ponte da cidade.

Malditos.

Tivesse ouvido relatos diferentes, ele teria despachado duas alas da cavalaria fortemente armadas, com seus temíveis catafractários, para atravessar o inimigo, salvar a cidade e pendurar os corpos dos bárbaros em suas muralhas. Mas achara melhor agir diferente desta vez. A expedição pelo Danúbio, por aquela mesma cavalaria, havia sido uma lambança, apesar de ordens serem ordens e de que alguma paz poderia ter resultado daquilo. Mas não resultara. Aquela desastrada e equivocada agulhada numa tribo outrora poderosa e ainda problemática havia apenas trazido os hunos de volta pelo vermelho caminho da vingança.

Não era a quantidade que o incomodava, era o planejamento. "Organizados", dissera aquele bruto atrapalhado do Reno, Punhos, e Sabinus confiava em sua opinião. Margus havia sido invadida e saqueada com grande discrição, planejamento e controle. Agora o inimigo continha-se, sem continuar marchando, urrando, na direção da próxima cidade, cheios de orgulho. Estavam aguardando o momento certo, planejando. Mas planejar era coisa dos romanos, não dos bárbaros.

— Então — continuou —, nada das estações da colina? Nada dos postos de sinalização no alto do rio? Nenhuma *informação*?

Tatullus estava parado e de pernas separadas no telhado da plataforma como uma estátua de bronze, olhando a planície escura fixamente.

— Nada, senhor.

Da própria Margus, também não havia nada. Da estrada nacional imperial a sul de Naissus, nada. Do leste do rio, despontando através do desfiladeiro escuro das portas de ferro da Ratiaria, quartel-general da frota do Danúbio, nada. E agora nem mesmo a vigília nas estações das colinas respondia. E Margus queimando como uma fogueira em um vilarejo durante a Saturnália.

Passar pelo sul sem serem vistos e tomar cada uma das estações e torres de vigia com antecedência, sem disparar um único alarme — aquilo teria exigido inteligência. Organização.

— Vou lhe dizer uma coisa, centurião. Estou tendo a desagradável sensação de que estamos isolados.

Tatullus concordou sem demonstrar nenhuma emoção.

Sabinus queria conseguir parar de falar. Mas alguma coisa escura e sinistra no ar daquela noite fazia-o falar, mesmo com um ouvinte tão insensível quanto seu centurião de ferro.

— É claro que nenhuma horda de bárbaros jamais poderá tomar uma fortaleza legionária. Mas se lutarmos e não conseguirmos vencer, *se*, seria bom saber que alguém providenciaria uma vingança decente em nossos nomes. O que acha?

— Gostaria de saber, senhor.

Ambos sabiam o que aquilo significava. Poucas chances.

Os corruptos e ruidosos generais do Oriente. O exército de Marcianópolis, sob aquele oriental impetuoso, Aspar, muito pouco experiente e testado — certamente nunca contra um inimigo como os hunos. O imperador Teodósio em suas câmaras folheadas a ouro em Constantinopla, praticando caligrafia.

Tatullus disse:

— Seria bom ter reforços do Ocidente.

Ambos sabiam o que aquilo significava, também.

O general comandante Aécio. Que não tinha a confiança de ambos os imperadores. A última esperança do império.

Outro refugiado chegou, um homem pequeno com feições de rato e cabelos grudados no crânio estreito, com água ainda esguichando de suas sandálias de couro ensopadas. Usava o uniforme marrom sem graça dos *exploratores*. Um batedor.

— Por que diabos todo mundo chega tão molhado aqui? — questionou Sabinus.

— Senhor — ofegou o homem quase afogado —, o rio foi a única escapatória dos bárbaros. Citas.

— Hunos.

O homenzinho encarou o legado.

— É mesmo? — Não parecia muito reconfortado. — Bem, seus cavalos não gostam muito de água. Não devem estar acostumados a ela nas planícies, imagino.

Sabinus fez uma anotação mental.

— Mais alguma coisa?

— Quantidade, senhor.

— Ouvi dizer que eram mil. Em Margus.

O homem pareceu pesaroso.

— Não, senhor, receio que não. Aquilo era apenas uma parte. — Ele limpou a água que ainda escorria de seu nariz. — Talvez até mesmo uma distração. Há mais deles descendo pelo rio o tempo todo.

— Sem serem vistos?

— Todos os postos de observação foram derrubados, senhor. O resto dos meus vigias foi morto com espadas. Eles sabem o que estão fazendo.

Sabinus estava começando a perceber isso.

— Então... Quantidade?

— Ao todo? — O homem respirou fundo. — Num vale no alto das colinas ao sul, pude ver com meus próprios olhos... Dez mil?

Sabinus sentiu Tatullus se agitar a seu lado.

— Mas outros relatos dizem que é apenas um grupo, por assim dizer. Podemos chamar de uma legião. A mesma quantidade encontra-se em... Outros vales.

— Dezenas de milhares?

— É possível, senhor.

— Mas apenas um terço, ou um quarto deles são guerreiros. — Sabinus refletiu. — Que maneira estúpida de avançar, com suas mulheres e filhos juntos para assistirem ao espetáculo. — Ele olhou para Tatullus. — Poderíamos tentar falar com Singidunum, para...

O batedor ousou interromper:

— Não, senhor. Não desta vez, não este grupo. São todos homens. Nenhuma família, nenhuma mulher nem criança, apenas guerreiros.

Sabinus encarou-o enquanto absorvia as notícias cada vez piores.

— Merda. — Ele levou o dorso de sua mão até a boca, depois a baixou de volta. Um gesto impróprio.

Então a fuga deles para o norte depois da expedição punitiva fora um estratagema. Apenas para esconder suas mulheres e crianças em algum lugar ao norte ou leste, naquele local selvagem e interminável.

— Poderíamos tentar encontrá-las, usar forças especiais, os *superventores*. Trazê-las até aqui, fazê-las de reféns, moeda de troca para acordos.

Mas Tatullus já estava balançando a cabeça.

Não, Sabinus também não conseguia ver nenhum tipo de operação pelo Danúbio acontecendo. Não agora. E teria homens para isso, aliás? Não. Não tinha a porcaria dos homens.

— Desgraçados malditos — sussurrou Tatullus. — Aprenderam bastante.

Houve um longo silêncio, então Sabinus disse ao batedor:

— Vá embora e pegue roupas secas.

Tatullus gritou em seguida:

— E uma arma.

Sabinus deu um soco na parede.

— Tentar expulsá-los da planície Trans-Panônia com uma alfinetada. Com *minha cavalaria*. Maldito seja aquele tolo em Ravena. Ele e sua mágica.

— Senhor?

— O imperador Valentiniano. E eu diria isso para sua cara doente agora mesmo, e para o diabo com as consequências. Sacrificando galos debaixo da lua cheia. Expedições punitivas. Acha que ainda estamos vivendo no reinado de Trajano. Os bárbaros de hoje em dia são...

— Organizados.

Sabinus manteve o olhar distante, sombrio, e não disse nada.

— Então agora precisamos enfrentar dezenas de milhares de hunos. Mas eles não entendem nada sobre cerco.

— Verdade. Apesar de serem espertos o bastante para usar apenas o número de guerreiros suficientes em cada tarefa. Mais que mil em Margus e estariam tropeçando uns nos outros. Porém ainda não apostaria neles contra uma legião e cavalaria pesada numa batalha aberta. — Ele apoiou o peso do corpo contra os punhos. — Precisamos eliminá-los. Os hunos foram uma força a se reconhecer no passado. Não quero mais perdas como as de Margus nesta província.

— Ainda assim — começou Tatullus. — Dezenas de milhares...

E aquele centurião não era nenhum covarde.

Ambos sabiam qual era a única opção.

Depois de um tempo Sabinus se recostou e disse:

— Muito bem. Ficamos sentados aqui. Mantemos todos afastados. Esperamos a notícia se espalhar, em pouco tempo isso vai acontecer, e a unidade do exército virá a galope de Marcianópolis. E então... acabamos com eles.

— Fácil — completou Tatullus.

Sabinus olhou de lado para seu centurião, mas era impossível decifrá-lo.

*

O legado jantou uma refeição leve no terraço da torre, em pé. Pão, lentilhas, algumas fatias de peito de pombo. Nada de álcool. Não essa noite.

Ele revirou seu cérebro, tentando se lembrar do nome. Os rumores eram muitos. A temível mãe do imperador Valentiniano, Gala Placídia — prima do imperador do Oriente, pensando bem — sempre sentira algo especial pelos hunos, diziam.

E seu comandante-geral — perdão, o comandante-geral do *imperador* — Aécio falava huno, entre outros idiomas. Havia convivido com hunos quando era garoto. Deviam ser aliados, mas alguns diziam que aquilo havia ficado no passado. Os hunos eram inimigos declarados de Roma agora, e era melhor o império ir se acostumando.

Qual era o nome do líder deles?

Ele mandou um funcionário até seu escritório para achar o comunicado.

Isso mesmo. Ele bateu no pedaço de papel. O novo chefe da tribo huna.

Seu tio, Ruga, havia sido um cliente beberrão e solícito. Tinham todos os motivos para crer que o sobrinho mais velho de Ruga, Bleda, seria seu sucessor na mesma posição embriagada e obediente. Foi quando um irmão mais novo subitamente aparecera, vindo da selva. Desaparecido por três longas décadas, mas ainda assim nunca esquecido em Roma nem em Ravena, aparentemente. Havia sido prisioneiro — um refém, na verdade — na capital, dentro do próprio palácio imperial, nos tempos de Honório. Tentou fugir várias vezes, e um dia conseguiu escapar para o norte através da Itália, no auge da invasão gótica. Levou a melhor sobre cada uma das tentativas de captura, o fedelho, e voltou para sua terra natal. Sabinus lembrava--se vagamente da história. O menino devia ter 10 ou 12 anos quando fez aquilo. Diziam que a mãe do imperador ainda se lembrava dele amargamente, ainda queria vê-lo morto. E de uma maneira ou de outra, aquele velho beberrão Ruga havia prestativamente se livrado dele, por mais alguns goles de vinho barato.

Mas não para sempre, aparentemente.

Agora ele estava de volta, nem um pouco mais calmo com a idade, pelo visto. Os espiões da fronteira relataram que prontamente massacrara seu tio, seu irmão, colocara a coroa em sua própria cabeça, reunira uma horda completa de tribos diversas daquela vastidão esquecida e então os liderara de volta pelos Cárpatos até os velhos pastos dos hunos ao norte do Danúbio. Uma provocação deliberada. Fora então que Valentiniano ordenara um ataque para puni-los. Teodósio concordara. Idiotas, os dois. Valentiniano era burro e corrupto, e Teodósio apenas burro. O fracasso mais estúpido deles fora subestimar aquele espinho de Roma desde sua infância. Agora a própria VII teria que resolver o problema.

Como sempre, eram os reis e imperadores que gastavam e os soldados que pagavam a conta.

Sabinus engoliu um último pedaço de pão.

A calada da noite chegara.

Átila. Era esse seu nome.

O céu no Ocidente continuava ardendo.

CAPÍTULO 5
MISERICÓRDIA E TERROR

Numa cavidade das colinas, algumas dúzias de retardatários se acotovelavam. Seis ou sete famílias, crianças e bebês, cachorros, um cabrito, uma única carroça cheia de itens domésticos, utensílios de cozinha escolhidos aleatoriamente durante o pânico para se salvar. Não acenderam fogueiras. Haviam ouvido notícias sobre o terror que invadira Margus e fugiram de Viminacium quando ainda estava escuro. Fugiram da ira que estava por vir. Em Margus, segundo os rumores, os selvagens massacraram a todos. Cada ser vivo. Cachorros e gatos, padres e ovelhas, crianças de colo e idosos em suas camas. O sangue corria nas sarjetas. Os quintais estavam tão revirados que só sobrara lama.

Um refugiado de uma fazenda, com o braço ensanguentado enrolado em ataduras imundas, chegara de Viminacium e espalhara as notícias. Alguns sugeriram abrigarem-se entre as paredes da fortaleza, mas o refugiado riu, uma risada horrível e fraca.

— Não com esses — dissera o fugitivo. — Seríamos nada mais que iscas vivas para um lobo.

— Com uma legião inteira para nos proteger?

O refugiado balançou a cabeça.

— Aquela legião está acabada. É passado. Pobres coitados.

Eles fugiram para as colinas.

Agora era uma noite fria de verão, mas não acenderam fogueira. O fogo de Margus a oeste ainda ardia. A próxima seria sua amada cidade de Viminacium, seus prédios e seus lares. Agora não tinham nada além de suas famílias e alguns potes e panelas. O povo não conseguia nem se entreolhar em busca de consolo. Acima deles, as puras e brancas estrelas moviam-se. Apenas o silêncio e a noite. Por favor, Deus.

Em resposta, houve um barulho distante. Homens a cavalo. Os cavaleiros pagãos.

Com as mãos, as mães taparam as bocas de seus filhos. Um homem abaixou o cabrito com força até o chão e colocou um saco sobre sua cabeça. O barulho se aproximou. Muitos cavaleiros. Estavam subindo a colina por todos os lados. Com olhos arregalados de pavor, o povo fitou a beira da colina onde se mantinham escondidos, deitados. Acima deles as estrelas brilhavam. A lua despontava atrás das nuvens, mas o povo vagabundo estava vivamente iluminado pela luz das estrelas.

E então, sob o céu estrelado, silhuetas escuras surgiram. Cavalos batiam no chão com suas patas da frente enquanto suas narinas fumegavam. Os cavaleiros puxaram suas rédeas e olharam para baixo.

A beirada da colina estava repleta das silhuetas dos cavaleiros pagãos, espetadas de tantas lanças e arcos. O povo abaixo deles, encurralado e desarmado, gemia baixo. Mães seguraram seus filhos contra o peito como se aquilo pudesse salvá-los. Alguns enterraram seus rostos em seus mantos. Crianças bem pequenas começaram a chorar, sentindo o terror dos pais.

Depois de uma pausa agonizante, a fileira de cavaleiros se separou e uma única figura veio descendo a encosta na direção deles. Os gemidos do povo cessaram e eles esperaram. O cavaleiro parou ao lado deles. Estava nu até a cintura, mesmo naquela noite fria. Suas faces eram profundamente sulcadas e cheias de tatuagens tribais azuis. Ele olhou para o povo, então falou, com uma voz profunda e rouca:

— Vejam como o exército de vocês os protege. Vejam como seu imperador os ama. — Ele balançou a cabeça.

Um ou dois refugiados ousaram olhar para cima.

— O exército que não os protegeu será destruído. Assim como seu imperador e seu império. Tudo que amam vai ser, e deve ser, destruído. Está escrito. Mas vocês... — Ele balançou a cabeça mais uma vez, e aqueles que ousavam olhar acharam tê-lo visto sorrir. — Vocês, eu não irei destruir. Agora sigam caminho. Fujam para o sul. Ou para o leste, oeste, norte, não me importa. Mas lembrem-se: eu estou chegando.

Ele deu meia-volta com o cavalo e galopou até a beirada da colina. E em segundos, seus guerreiros haviam sumido atrás dele.

O povo se entreolhou.

As estrelas brilhavam.

Numa das tendas dos hunos, um prisioneiro de Margus encontrava-se de olhos vendados e com as mãos atadas para trás. Usava a roupa branca, feita sob medida, de padre da Igreja, além de um cristograma *chi-rho* de madeira sobre o peito.

Ele sentiu mãos fortes agarrando sua venda e em seguida arrancando-a.

Ele piscou.

À luz do fogo da única tocha acesa dentro da tenda pôde ver diversos chefes bárbaros. Na sua frente estava um selvagem seminu com o cabelo amarrado no topo da cabeça, com um nó. Grandes brincos de ouro balançavam contra seu rosto. Os braços e o peito do homem tinham cicatrizes e tatuagens, e eram muito fortes.

O homem sorriu e, para surpresa do padre, falou num latim perfeito:

— É um padre cristão, não é?

Ele concordou.

— Bebe o sangue de seu deus e come sua carne — disse um homem pequeno e estranho no fundo da tenda.

Era Pássaro Miúdo, o xamã. Ele mexeu a cabeça, fazendo o nó cheio de laços em seu cabelo balançar.

— Que bárbaro deve ser você.

O chefe sinalizou e outro de seus guerreiros levantou a aba da tenda. Sentado lá fora, à beira de uma fogueira, havia uma mulher num vestido vermelho imundo e três crianças: duas garotas e um garoto.

— E essa é sua família? O nome do menino é Teófilo, assim como o seu.

O padre engoliu em seco.

— Não os conheço.

— E três vezes Pedro negou Jesus.

O padre ficou ainda mais estupefato. Um selvagem que falava latim e citava as Escrituras.

— Até mesmo os demônios do inferno acreditam em Deus, e tremem. — O chefe sorriu. Não era um sorriso reconfortante. — Você não é apenas um padre, mas também bispo. O bispo de Margus.

Ele balançou a cabeça.

— Eu, eu...

O chefe de guerra estendeu o braço e colocou sua grande mão direita em volta da garganta do padre. Ele a descansou debilmente ali.

— Não minta para mim novamente, ou vou espremer sua alma pela goela.

— Ele vai mesmo, sabe — acrescentou Pássaro Miúdo prestativamente. — Já o vi fazer isso antes.

— Você é o bispo de Margus, e essa é sua família. Ela é sua esposa, ou talvez sua concubina. As crianças são descendência sua.

O padre chorou.

— A minha família é a de Cristo. Não tenho família. Deixe-os em paz.

O chefe de guerra apertou a garganta do padre brevemente.

Após o padre ter se recuperado da falta de ar e se endireitado novamente, esfregando as lágrimas dos olhos, o chefe de guerra recomeçou:

— Você a conhece. — Ele ergueu o tom de voz. — Ela é sua concubina, sua meretriz. Você desdenhou da ideia de casar-se com ela.

Ao ouvir essas palavras, a mulher levantou os olhos. O guerreiro olhou de volta, notou sua expressão de fúria e sorriu.

Os ombros do padre desabaram e ele baixou a cabeça.

O chefe o soltou.

— Agora me escute — começou. — Assim como seu deus o redimiu, você também pode redimir sua família. Irá até seu imperador em Constantinopla, o Calígrafo. Eu lhe darei um cavalo.

O bispo estava olhando para sua família novamente. O chefe assinalou para o guerreiro fechar a abertura da tenda.

— Precisa escutar — disse.

O bispo levantou os olhos e o fitou.

— Não é uma grande tarefa, mas você vai se lembrar de minhas palavras. Este é um trabalho para um bispo de grande lábia e perito em diplomacia, como você.

O bispo estremeceu com seu tom de voz.

— Cavalgue para o sul pela estrada imperial até Naissus.

— Meu senhor — gaguejou ele —, não mande a mim, eu imploro. As colinas estão cheias de selvagens. — O chefe mostrou seus dentes. — De... De bandidos, de salteadores. Posso ser assassinado até mesmo por destacamentos romanos, por reforços confusos, espantados...

— Não há reforços a caminho.

— Ou por ladrões comuns, ou ursos, ou lobos...

— A vida é imprevisível — admitiu o chefe de guerra jovialmente.

— Então por que eu? Por que não mandar um dos seus?

— Porque a vida é imprevisível. — Seus olhos amarelados faiscavam de divertimento. — Podem ser assassinados por ladrões comuns, ursos, lobos. — Mais severamente, acrescentou: — Além disso, meus guerreiros foram feitos para coisas maiores que simplesmente cumprir tarefas.

"Agora, sua tarefa é a seguinte: usará esta capa que estou lhe dando. Meus homens nas colinas vão saber que não devem incomodá-lo, já estão avisados. Terá um bom cavalo, bom o bastante para um bispo cristão, pelo menos. Em Naissus, irá dirigir-se diretamente ao prefeito da cidade. Seu nome é Eustachius. É claro que você o conhece bem; é seu primo. — O chefe estava gostando do espanto do prisioneiro. — Diga a ele que Margus foi devastada, porém nada mais, e exija uma escolta imediata até Constantinopla. Chegando lá, exija com o imperador.

"Fale diretamente com ele, e mais ninguém.

"Diga dizer que ele insultou o povo huno. Que seus exércitos atacaram e massacraram nossos inocentes. Pisotearam os túmulos de nossos antigos reis e saquearam nossos cemitérios sagrados. — A voz do chefe estava áspera com uma raiva fria. — E repita para o imperador minhas seguintes palavras: se me ignorar, se fizer oposição a mim, ou tentar me trair, irei destruí-lo. Se não admitir sua culpa no que diz respeito à profanação de nossos montes sepulcrais e ao massacre de nosso povo, vou destruí-lo."

— Meu senhor — gaguejou o mensageiro —, não posso dizer essas palavras à Sua Divina Majestade. Sua cólera será terrível.

— Sua cólera não será nada perto da minha. Repita-as. Repita-as exatamente como me escutou dizendo-as para você, palavra por palavra. O imperador, em seu palácio perfumado, vai ouvi-lo. Não vai destruí-lo, mas se falhar comigo, eu o farei, assim como farei com seus descendentes, para sempre. Assim como vou destruí-lo junto com seu império: cada muralha, cada pedra, cada homem, mulher e criança lá dentro. Entenda-me. Olhe nos meus olhos. Pareço um mentiroso para você?

O padre não conseguia falar.

— Diga ao imperador que se ele não me pagar com metade de seu império como recompensa, vou destruí-lo.

— Metade... do império?

— Seus ouvidos estão funcionando bem. É claro que vou destruí-lo de qualquer maneira, mas ele ainda não precisa saber disso. E pode acrescentar para ele o velho lema romano *Nemo me impune lacessit*, ninguém me insulta impunemente. Adequado, não?

O bispo não respondeu.

— Saberei se tiver entregado essa mensagem na íntegra e da forma correta, e quando. Se o fizer, poderá voltar para cá e se juntar à sua família. E então, se tiver algum juízo, vai fugir para longe deste império fadado a ruir. Se não voltar em vinte dias, sua família será crucificada, a meretriz e as crianças.

O bispo gemeu.

O chefe o socou. Ele caiu para trás. Com as mãos amarradas nas costas, não podia limpar a boca. Então lambeu, deitou-se de lado e cuspiu o sangue que saíra de seu lábio cortado.

A voz do chefe de guerra ficou mais agressiva:

— Quantas vezes na vida você já teve a chance de salvar sua família inteira da morte com um único ato de bravura? Nunca. Estou certo? É claro que estou. É um padre provincial de uma diocese da fronteira. Sua família era de meros fazendeiros, filhos lentos da terra com barro no lugar de sangue.

Ele desviou os olhos.

— Deve ir agora. Naissus fica a dois dias de distância, e a capital a mais dez. Então precisa se apressar para voltar daqui a vinte dias e recolher seu prêmio. — Ele colocou uma das mãos no ombro trêmulo do homem, de uma maneira quase gentil novamente. — Vai precisar cavalgar com rapidez. Entendeu?

O bispo se controlou e concordou.

O chefe se dirigiu aos seus guerreiros:

— Arranjem um cavalo para ele.

Enquanto saía, o padre olhou para trás:

— Meu senhor, ainda não sei em nome de quem devo falar.

— Átila. Meu nome é Átila.

Orestes o observava da entrada da tenda. Grande Tanjou. Lembrou-se do dia em que os dois voltaram ao acampamento dos hunos, um povo pequeno e humilde, antes de Átila pegá-los pelos punhos e refazê-los. E quando Átila escavara os montículos sagrados, alcançando os ossos de seu próprio pai, Mundzuk, com uma espada comum. Agora pregava a profanação dos cemitérios hunos como pretexto para a guerra. Mas ainda assim, Átila não era um hipócrita. Não era essa a palavra.

Uma mesma lei para o leão e para o boi é opressão. Aquela era a crença de Átila, ou algo parecido.

Átila disse:

— Deixemos que usem dos seus para transmitir mensagens de desastre, para emitir ameaças a seu imperador. — Com as pernas cruzadas, ele sentou-se em frente à fogueira. — Deixemos que usem seus próprios *cursus* para transmitir minhas palavras.

Orestes murmurou:

— Como da vez que deixamos aqueles bandidos turcomanos roubarem nosso ouro. Grandes carroças de ouro chinês.

Um velho guerreiro de cabelos grisalhos longos olhou para ele. Era Chanat.

— Conte a história.

Orestes deu um sorriso discreto.

— Deixamos arrastarem o ouro pelas passagens montanhosas, por rios de correntes velozes em cima de jangadas, através de desertos secos e cheios de cascalho. Uma terrível jornada de volta até a casa deles nas estepes. Nós os seguimos o caminho todo. Nunca suspeitaram. E quando gentilmente terminaram de transportar todo aquele ouro chinês para nós com segurança, de volta às estepes do norte, atacamos ao cair da noite e matamos todos.

— E pegaram seu ouro de volta?

— E pegamos nosso ouro de volta — confirmou Orestes.

Chanat mastigou com alegria sua perna de carneiro. Gostava daquela história.

— Esse imperador vai mesmo nos pagar com metade de seu império? É tão mulherzinha assim? Dizem que usa perfume e botas costuradas com pérolas.

— Não duvido que use — respondeu Átila. — Mas quanto a entregar metade de seu império, se não o fizer, vou destruí-lo. E se entregar... — Ele sorriu. — Vou destruí-lo mesmo assim. E depois... Roma.

— E depois?

— Ah. Depois.

Ficaram em silêncio. Chanat bebeu. Lembranças da China.

— Não importa o que aconteça, Teodósio vai pedir ajuda ao Ocidente — disse Átila. — Mas nenhuma ajuda irá até ele.

Orestes franziu o cenho.

— O garoto romano, esse general comandante, Aécio...

— Lembro-me dele. Corria em auxílio de cada donzela em apuros, até mesmo Teodósio. Mas ele não irá. Tenho outros planos. Constantinopla tem muralhas fortes, mas as legiões mais fortes continuam no oeste. As próprias legiões de Aécio são as melhores. Poderíamos atacar ambos os impérios ao mesmo tempo, mas é mais fácil dividir e governar, como os próprios romanos costumavam dizer quando colonizavam terras novas. Dividir e destruir, é o que digo.

"Iremos nos concentrar primeiro no leste. Rapidamente Teodósio vai mandar uma mensagem por mar até Ravena. E também para seu exército em campo em Marcianópolis, e talvez aos fortes legionários em Sirmium e Singidunum para que ataquem nosso lado. Tais mensagens serão... interceptadas."

— Em alto-mar?

— Os vândalos dominam a maior parte do Mediterrâneo agora. Rei Genserico.

Orestes o encarou.

— Um dos irmãos que também foram mantidos cativos em Roma na sua infância.

— Com seus sofisticados navios naquele belo porto da capturada Cartago. Que ironia.

— É seu aliado agora? Não sabia disso.

— Ele não é meu aliado, é meu servo. — Átila sorriu. — Mas não sabe disso. — Ele tomou um grande gole de *koumiss*.

— Você deveria dormir — comentou Orestes. Havia passado a noite inteira acordado, falando, com a sede de sangue de Margus ainda pulsando em suas veias.

Átila o ignorou. Orestes colocou uma das mãos em seu ombro. Nenhum outro homem teria feito isso. Átila sacudiu-se, afastando-o.

Finalmente, ele disse:

— Que sonhos tenho tido ultimamente. Você não faz ideia. Que sonhos...

— Que sonhos — repetiu Pássaro Miúdo do fundo da tenda, balançando a cabeça pesarosamente.

Orestes não sabia se eram sonhos bons ou ruins, se seu amigo acordava colérico no frio da meia-noite por causa de sonhos de conquistar o mundo ou tremendo por tipos totalmente diferentes de visão.

— Eu não durmo — disse Átila. — Não consigo dormir.

Mais dois guerreiros entraram na tenda: Aladar, filho de Chanat, e um dos hunos kutrigur.

— Mais um dos escolhidos está morto — relatou Aladar.

O guerreiro kutrigur assentiu.

— Fala de lorde Bela. Eu o vi cair na água. Um dos romanos, um brutamontes, atacou-o e o arrastou de cima da ponte, afogando-o.

Átila observou o mensageiro. Primeiro o ansioso Yesukai, condenado a morrer jovem. Agora Bela, um dos três inabaláveis irmãos.

O rei não disse qualquer palavra, não fez qualquer som, mas num único e explosivo movimento esmigalhou sua caneca de madeira contra o chão. Pássaro Miúdo choramingou. Ninguém mais se moveu.

— E seu corpo?

— Não foi encontrado.

Os olhos de Átila se voltaram para o chão molhado de *koumiss*, murmurando:

— Afogado. Que final para meu guerreiro Bela.

Bela, com seu pescoço e torso de touro. O forte e silencioso, de pensamento devagar, tranquilo Bela. Leal até a morte, como todos os seus escolhidos.

Chanat disse:

— Os irmãos terão sua vingança, meu senhor.

— Não duvido — grunhiu Átila.

Aladar respirou fundo:

— E Candac também se foi.

O esperto, cauteloso, bochechudo Candac.

— Então o encontrem. Encontrem seu corpo. Vai receber completas e honrosas...

— Não, Grande Tanjou. Ele se foi. Eu o vi indo embora.

A expressão de Átila se tornou feroz. Dois grandes sulcos se formaram entre suas sobrancelhas, sua testa enrugando até ficar escura. Três antigas cicatrizes paralelas ficaram visíveis, finas e brancas. A marca daquele traidor. Sua voz saiu suave e baixa, em seu tom mais perigoso:

— Deserção não — disse. — Não meu Candac, não meu escolhido. Ele não desertaria.

— Também o vi partir, senhor — revelou Pássaro Miúdo, balançando a cabeça furiosamente. — Cavalgou para o norte, sem falar nada, imensidão adentro.

A surpresa de Átila transformou-se em violência.

Pássaro Miúdo ganiu e correu para o lado mais escuro da tenda, onde se agachou e cobriu a cabeça com os braços como um macaco.

Orestes se abaixou para escapar do banco de madeira que o rei atirou furiosamente, quebrando-o contra o poste que segurava a tenda até restarem apenas farpas. Ele observou seu braço. Não era adequado um grande homem demonstrar tamanha paixão. Átila congelou e olhou para Orestes como se não conseguisse reconhecê-lo. Seus olhos em brasa estavam cheios de loucura. Orestes retribuiu seu olhar com firmeza. Átila gradualmente retomou a calma, largou os restos do banco a seus pés e se virou.

— Expliquem — recomeçou depois de um tempo. Seus ombros pareciam caídos. — Expliquem para mim a deserção de meu escolhido, de meu amado Candac.

— Meu senhor — começou Aladar gravemente. — Não posso. Exceto que...

— Ouvi-o falando — interrompeu Chanat.

Átila olhou para trás.

O velho guerreiro olhou para seu rei solenemente.

— Eu o vi observando a matança em Margus, as pilhas de corpos e os feitos dos hunos kutrigur, nossos irmãos de armas: tirando escalpos, debochando dos mortos, divertindo-se como sempre.

O guerreiro kutrigur, mensageiro da morte de Bela, continuava impassível na entrada da tenda.

— O terror é uma excelente arma — disse Átila. — E barata.

Chanat não discutiu.

— Nossos irmãos de armas — repetiu ousada e amargamente —, nossos camaradas cavalgando conosco na grande e gloriosa conquista do poderoso império romano. Vi Candac parado em meio às chamas, e o vi largar seu arco no chão e não o pegar de volta. Ele assistiu aos kutrigur fazendo o que fazem, seus feitos exóticos e suas violações, com o chefe dos kutrigur, o próprio Céu-em-Frangalhos, entre eles. E escutei lorde Candac dizer: "Esse não é o tesouro pelo qual lutei."

Houve um momento de silêncio. Então:

— Por que não me contou isso mais cedo?

— Não teria me escutado mais cedo.

O velho Chanat.

— Argh — murmurou Átila. Uma suave e triste sílaba. Não havia mais nada para dizer.

Depois de certo tempo, seus guerreiros se levantaram e se retiraram da tenda. Até mesmo Orestes foi atrás deles, deixando-o com seus sonhos.

Temperamentos orgulhosos trazem tristes mágoas para si próprios.

Orestes procurou por Pássaro Miúdo, mas não conseguiu encontrá-lo. Como Candac, havia entrado na selva, apesar de não ser para sempre, apenas por um tempo. Nunca abandonaria seu mestre, não importava o que acontecesse. Sempre seguiria com ele através da tempestade até os próprios portões do inferno, fazendo piada durante todo o caminho.

Nas colinas ao sul, acima das cinzas latentes de Margus, sentada de pernas cruzadas numa pedra entre as estevas amarelas, palidamente iluminada pela lua, estava uma estranha criatura adornada com fitas. Usava um cordão enfeitado com um pequeno pássaro e crânios de animais em volta do pescoço, e uma camisa rasgada de couro de cabra decorada com pequenos homens pretos de palitinhos.

Uma garota solitária fugindo para o sul, uma pastora, tropeçou nele e deu um grito de horror, mas ele nem se mexeu, sequer a notou. Ela continuou fugindo.

Apesar de toda a sua idade, ainda tinha rosto de criança, de cores fortes e agitadas em suas proeminentes maçãs do rosto. Uma pequena fogueira de gravetos queimava a seus pés, e ele atirava estranhas sementes no fogo e se inclinava para a frente a fim de inalar a fumaça.

Sua atenção estava fixa bem além da cidade arruinada. Ele viu estrelas girando, fogueiras e uma noite negra, e teve medo. Balançou-se para a frente e para trás e agitou as mãos no ar. Viu seu nobre mestre, o senhor fazedor de viúvas, Grande Tanjou, cã de todos os cãs, trazendo uma noite negra sobre o mundo como uma tenda que cobriria e sufocaria a todos. Não apenas o odiado império de Roma, mas o povo huno também seria tomado por ela, e sufocaria e morreria debaixo daquele céu negro e pesado de tanto ódio. Ele choramingou. A tenda do mundo se retorcia e se transformou num monstro feito de chamas vermelhas como sangue e de noite negra, que se voltaria e devoraria a todos eles.

CAPÍTULO 6
O NAVIO DA TORTURA

Sabinus bebeu uma taça de vinho, afinal. Ela não o deixaria lento numa noite daquelas, apenas acalmaria seus nervos.

Suas mãos suavam. Ele acalmou sua respiração.

Pelas ameias podia ver os rostos pálidos e tensos de seus homens. Lá embaixo, os inquietos cavalos da cavalaria estavam acorrentados. Os cavaleiros descansavam de novo, sentados sobre a poeira, seus capacetes protegidos em seus colos. Pequenas fogueiras improvisadas ardiam. Ninguém falava.

Rezavam para que viesse logo.

Alguns já nutriam fantasias de escutar o som distante de cascos e tambores, e o grito vindo das torres sul, com vista para a estrada em direção a Ratiaria e Marcianópolis: "Estão chegando! O exército está chegando!"

Mas tal grito não chegava.

Das muralhas, podiam ver o fogo nas colinas: vilas em chamas. Podiam ouvir os cantos altos das aves noturnas, o latido de um cachorro. Mas havia uma terrível sensação de solidão. Como se fossem os últimos homens vivos na Terra, cercados pela escuridão e pelas forças das trevas.

Ninguém mais sequer sabia. O resto do império dormia em paz e desavisado essa noite. Nenhum pastor, nem um único refugiado perdido havia alcançado Naissus das Cinco Estradas, ou Ratiaria com suas fábricas de armas, para relatar a incursão, aparentemente. Nenhuma ajuda viria para esta luta que encaravam contra dezenas de milhares de selvagens, descendo mais uma vez dos vales onde estiveram escondidos. Sob o comando de Sabinus estavam não mais de dois mil homens, no máximo, muitos deles meros auxiliares. Adequadamente armados, equipados e treinados, somavam apenas quinhentos homens.

Tufos de nuvem na frente da lua, uma bruma espessa no rio, um terrível mal-estar. Apenas algumas horas antes ele estivera sentado, fazendo a contabilidade dos legionários. Agora aquilo parecia ter sido há muito tempo.

Um grito na noite. O legado se endireitou e aguçou seus ouvidos. Os sons estavam sendo abafados pelo nevoeiro. Seriam gritos ainda vindos de Margus? Não, aquilo era impossível. Margus estava a 16 quilômetros de distância. Apenas o grito de um pássaro, uma garça-real voando sobre o rio escuro.

Ele se virou para falar com Tatullus a seu lado, e então congelou.

Ouviu-se o som dos tambores.

Havia uma grande agitação entre os homens da torre noroeste. Estavam se empurrando para ver alguma coisa. Sabinus foi até eles.

Os arqueiros e artilheiros abriram caminho para ele passar. Tatullus seguia-o de perto. O bruto Punhos estava lá mais uma vez, seus braços grandes como os de um urso, e as imensas mãos envoltas por tiras de couro encravadas de letais espetos de bronze, arrastando um bastão simples de madeira, como alguma espécie de Hércules troglodita.

— Onde está sua lança, homem? — questionou Sabinus.

— Lá embaixo, senhor. Estou de olho nela, não se preocupe. Mas perdi meu último porrete na ponte de Margus, então fiz um novo para mim. Gosto de porretes, senhor, quando as coisas ficam íntimas. Não enferruja e não prende na bainha, e não quebra nem fica preso nas tripas de ninguém, além de nunca te abandonar. Sempre conto com um bastão, senhor, quando a luta fica feia.

O porrete de Punhos tinha uma adaptação especial. Cravado na ponta havia um grande pedaço de solda de chumbo que um dos ferreiros havia colocado para ele mais cedo. A maioria dos homens teria dificuldade até mesmo de levantar aquilo.

— Uma vez, senhor, precisei acabar com a agonia de uma égua, e meu bom e velho porrete fez o trabalho numa tacada só.

Sabinus não duvidava.

Um vislumbre de alguma coisa chamou sua atenção. Ele olhou através do rio e viu que algo estava errado. Estava pegando fogo.

Da escuridão ainda vinha o som dos tambores. Altos e efervescentes tambores bárbaros.

A noite brilhava, uma boca de chamas vermelhas se abrindo na escuridão, com grandes faixas de chama refletida lambendo a superfície do lento rio. Foi quando um navio saiu deslizando do meio da névoa.

Uma galé, coberta em chamas. Uma das galés da frota do Danúbio, capturada de só Deus sabe onde. Deslizando rio abaixo como um navio fantasma infernal, navegando vazio em direção à escura eternidade. Silencioso, exceto pela crepitação do fogo e dos pedaços que caíam e pelas chuvas de faíscas. No entanto, ainda havia pessoas a bordo. Pendurados nos mastros, estrangulados, enforcados, obscenos, como se estivessem dançando entre as chamas que lambiam as solas de seus pés, estavam os corpos nus dos soldados massacrados. Decoravam o barco como adereços do inferno. O fogo dançava em seus membros crucificados. Seus cabelos queimavam. O navio passou deslizando perto o bastante da muralha norte do forte, a ponto de serem vistos a pele das vítimas borbulhando e seus rostos derretendo.

Sabinus apoiou-se na parede.

— Por Deus — murmurou Punhos —, isso é digno de um espetáculo de arena, isso sim.

Tatullus pegou sua vara num piscar de olhos e deu um golpe tão forte na nuca de Punhos que teria conseguido abrir o crânio de um homem menos forte. Punhos se sobressaltou, recuou e cambaleou, com as pernas mais arqueadas que nunca, seus olhos se revirando até só aparecer a parte branca, antes de desabar contra as ameias baixas da muralha. Tremendo e suando frio, ele respirou fundo, deixando gradualmente a dor ir embora e sua visão retornar.

Tatullus não ergueu o tom de voz. Havia algo nesse centurião frio como gelo que deixava até mesmo Sabinus arrepiado.

— Aqueles que você viu torturados e crucificados lá embaixo eram seus camaradas, soldado. Fale deles com respeito.

Punhos, ainda se segurando à ameia como se ela fosse uma rocha em meio à correnteza e ele estivesse se afogando, pálido e quase enjoado por causa do golpe, conseguiu assentir de leve e responder:

— Senhor.

Outros soldados se juntaram ao longo das muralhas para assistir, abismados. Alguns mantiveram os braços em volta dos ombros dos outros enquanto o navio da tortura passava. Quatro deles ficaram lado a lado, testemunhando silenciosamente aquele espetáculo, como gladiadores tentando reunir confiança ante a ruína iminente. Dois irmãos, o pai e o tio. Garotos locais, fazendeiros na metade do tempo, a VII em toda a sua glória. Em breve, estariam lutando por suas vidas.

Outro mastro do navio se desprendeu até o convés numa nuvem de faíscas, um pedaço soltou-se livremente e chiou ao encontrar-se com a água negra do rio. Mas até mesmo aquele som pareceu abafado pelo nevoeiro e pela noite.

Agora eles finalmente seriam testados, talvez além de suas resistências. Lutariam por si próprios e pelos outros, por suas famílias e suas casas. Nunca haviam visto Roma ou Constantinopla. O imperador estava longe, o império era uma coisa em suas mentes, apenas. Hoje lutariam somente pela sobrevivência. Sem reforços.

O navio da tortura passou em direção ao leste, sua luz medonha diminuindo em meio à escuridão. Eles o imaginaram finalmente descendo pelo desfiladeiro sombrio dos Portões de Ferro, reduzido a essa altura a destroços escurecidos e enfumaçados, para se desfazer em pedaços, bem ali nos estreitos. Pedaços de madeira e mastros como turfas negras nadando até a costa em Ratiaria. Ossos enegrecidos.

A oeste, os tambores pararam.

O mais velho dos quatro homens virou-se para ver Sabinus passar.

— É o nosso fim?

O legado parou, e então colocou uma das mãos no ombro do homem: uma intimidade sem precedentes.

— Não, homem — respondeu gentilmente —, de maneira alguma. Nenhuma força bárbara jamais tomou um forte legionário romano. Não durante sete longos séculos.

— De volta aos seus postos agora, rapazes — ordenou Tatullus atrás dele. — Tempestade a caminho.

Outro soldado veio correndo, suando com a luz da tocha.

— Senhor! Há um homem no portão oeste. Acho que veio para uma conferência.

Eles desceram apressados para o primeiro andar e passaram entre as ameias até o portão oeste. Sabinus observou da torre.

Debaixo dos muros de Viminacium um único homem estava sentado num pônei encardido. Estava nu até a cintura, exceto por uma couraça puramente decorativa feita de ossos finos, e não usava armadura, exceto por um capacete apertado que brilhava sob a luz da lua.

Deve ser louco.

O homem olhou para cima e fixou seus faiscantes olhos em Sabinus, sem nunca duvidar que era ele quem estava no comando do forte. Parecia precisar de uma noite de sono. Seu rosto tinha marcas profundas e parecia acinzentado, com um tufo de barba grisalha na ponta do queixo, mas ainda assim seus olhos amarelados ardiam. Não pareceu erguer a voz, embora todos na torre tenham escutado cada palavra nitidamente:

— Não vim para uma conferência — começou. — Não vim por suas palavras. Vim por suas vidas.

O suor escorria pela espinha de Sabinus. Sentia frio. Como o huno os escutara falando sobre uma conferência? Como sabia? Havia algo de sobrenatural naquele visitante. Seria o próprio Átila?

Bem atrás dele, Sabinus percebeu que o armênio, aquele que se denominava conde Arapovian, colocava ágil e silenciosamente uma flecha em seu arco. Um curto e poderoso arco oriental, um arco composto, como os que os próprios citas usavam. O legado não o interrompeu.

Tudo aconteceu num piscar de olhos. O guerreiro em seu pônei permaneceu imóvel. Arapovian deu um passo à frente com uma agilidade treinada, mirou e disparou a flecha. No mesmo instante, outra veio da escuridão, uma única flecha em resposta. Ela se arqueou através da noite e acertou o alvo. O armênio arfou e andou para trás, largando seu arco no chão com barulho e segurando o antebraço. A ponta havia atravessado diretamente os dois ossos de seu braço saindo do outro lado, tão cirurgicamente que ele mal sangrou — pelo menos não até a ponta da flecha ser retirada.

Havia sido atingido apenas um momento antes de lançar a própria flecha. Por apenas um fio de cabelo, por causa da distância, a flecha de Arapovian atingiu o chão ao lado dos cascos do pônei encardido e imóvel.

Arapovian recostou-se contra a muralha.

— Levem-no para os médicos — grunhiu Tatullus.

Ele recebeu ajuda para descer as escadas.

— E depois o tragam de volta para cá — gritou Tatullus enquanto saíam.

— Eu voltarei — disse o armênio. — Não tenha dúvidas.

— E que ninguém tente mais nada.

Como se comentando o que acabara de acontecer, tendo visto ou previsto tudo, o imóvel homem lá embaixo disse:

— Tolos. O sangue de meu povo está em suas cabeças. Vim para destruí-los.

De suas costas ele tirou uma lança simples, cujo único detalhe era uma única pena negra, e enfiou-a no solo duro na frente do forte. Em seguida, deu meia-volta com sua montaria e cavalgou de volta escuridão adentro.

Sabinus e seu *primus pilus* se entreolharam. Tatullus descansou uma das mãos no cabo de sua espada. Agora sabiam que tipo de homem era seu inimigo.

Até terem visto o navio em chamas e o homem cuja mente sonhara tal atrocidade, Sabinus ainda se agarrava à esperança de um resgate iminente. Pensara em enviar barcos, se todas as rotas por terra estivessem tomadas. Poderiam descer remando até Ratiaria, até Marcianópolis, ter todo o exército de 30 mil fortes homens do Oriente em alguns dias... Mas com o navio de fogo disseram — entre outras coisas: "Temos controle do rio também. Nunca conseguirão passar."

Os hunos e seu Átila: mentor do pânico, invocador da histeria. Esse senhor de guerra bárbaro com a mente de uma raposa. Colocando pressão, trazendo à tona seus medos mais íntimos, destruindo sua razão e determinação com monstros e ameaças tanto reais quanto imaginárias.

*

A abandonada cidade de Viminacium, dentro de sua reles cortina de muralhas, começou a queimar. Nenhum cidadão corria das chamas. Todos já haviam partido. A remanescente legião, a VII em sua fortaleza, estava completamente sozinha.

Exceto por seus inimigos declarados à sua volta. Podiam ouvir uivos baixos e guinchos de triunfo. Na cidade, os selvagens saqueavam tudo que ainda não estivesse pegando fogo, e fora dela estavam revistando a capela do cemitério. Quebraram em pedaços um elaborado túmulo e abriram o sarcófago de chumbo que havia dentro para roubar do morto um lindo tecido bordado em ouro. O cadáver putrescente de um jovem foi largado grotescamente com a metade para fora do sarcófago violado. Outros corpos foram espalhados pelo lugar, de maneira que parecia que os mortos haviam voltado à vida. Como se houvessem acordado durante a noite e dançado até morrer de novo sob a luz da lua, para desmoronarem mais uma vez, meio pútridos, onde dançaram.

Emergindo como que do próprio coração da destruição, vinha mais uma vez a batida baixa e monótona da guerra. A bruxa Enkhtuya estava sentada de pernas cruzadas em algum lugar na escuridão, batendo num tambor com um osso, murmurando em voz baixa:

"Tecer a teia carmesim da guerra,
E as bandeiras ensanguentadas no alto erguer,
Façam ser como antes era,
Todos devem lutar, todos devem morrer.

O terror cobre todo o matagal,
As nuvens do massacre cobrem o sol,
Irmãs, teçam a teia da morte,
Irmãs, parem, o trabalho está feito."

Sabinus acenou para seu *optio*, deu ordens de que os porta-estandartes fizessem um relatório e voltou à sua *principia* para colocar sua armadura e olhar uma última vez a seu redor.

Uma última olhada. A frase ecoava em sua cabeça, mas ele preferiu não a analisar.

Marcharam ligeiramente pelo pequeno porém elegante pátio de colunatas até o átrio, passando pelo triclínio. Era estranho olhar para os confortáveis sofás ainda dispostos ali, como se esperassem pelo próximo modesto banquete com dignitários locais. Contudo, as acomodações do legado não estavam mais em sua melhor forma. Estorninhos haviam feito seus ninhos nas calhas, e sapos colonizaram as adegas. O dever dos soldados manteve o lugar limpo e arrumado, mas seu abandono não podia ser disfarçado. Nenhum convidado bem-vestido vinha jantar ou visitar agora, poucos habitavam as cidades fronteiriças. Todos haviam migrado para o sul, para Constantinopla, a fim de enriquecer suas famílias e a si mesmos com o patrocínio da corte. Famílias senatoriais sonhavam com doações imperiais e sinecuras, ignorantemente confortáveis em suas casas luxuosas em Naissus, Marcianópolis, Adrianópolis, ou na própria capital dourada. Os velhos deveres provinciais eram coisa do passado. Apenas os pobres pagavam impostos, costumavam brincar. E como aquilo ficava evidente! Mas os ricos pagariam por seu egoísmo com o tempo. Numa moeda vermelha como sangue.

Como Tatullus dissera: "Tempestade a caminho."

CAPÍTULO 7
AS TORRES

Depois de seu *optio* ter prendido sua armadura, Sabinus pegou seu esplêndido capacete com plumas que balançavam, e em seguida levou seus porta-estandartes para a capela. Lá ficava o santuário central, a águia, a insígnia do touro e as bandeiras centuriais. Abaixo do santuário, debaixo do próprio altar, ficava o cofre do forte, cheio de lingotes de ouro carimbados das minas de Mons Aurea.

Um dos centuriões porta-estandarte tremia tanto que quase deixou cair o mastro que Sabinus lhe entregara. Um mero rapaz de 16 ou 17 anos, que só precisava se barbear uma vez na semana, recém-saído do ovo. Seu nome era Julianus. Sabinus dirigiu-se a ele severamente, mas não cruelmente:

— Segure-o direito, garoto — orientou calmamente. — Sim, estamos isolados. Sim, há muitos deles. Mas este ainda é um forte legionário. Ele está de pé há quatro séculos, contra bárbaros tão perversos quanto esses. — Ele falava ao rapaz, falava a todos que odiassem seus inimigos. — Pensem em suas famílias. Pensem no que vai ser delas... E jurem ódio aos bárbaros — continuou. — Seu ódio vai espantar o medo, e então lutarão como leões.

Enquanto o estandarte de urso da legião era baixado e passava pela porta da capela noite adentro, Sabinus fez uma breve reverência a ele em idolatria.

Sozinho, visitou o hospital e viu que estava tudo em ordem. Os médicos estavam a postos. Apenas quatro pacientes estavam lá agora, um deles nitidamente agonizando. Outro, cheio de feridas nas pernas, estava sendo limpo satisfatoriamente por larvas trabalhadoras, coletadas recentemente de esterco de cavalo. Havia cataplasmas, ataduras e compressas, recipientes de cobre nos fogões, jarras de infusão de folhas de salgueiros esverdeadas para os ferimentos.

Ele retomou seu lugar na torre oeste, ao lado de Tatullus. O centurião nem se mexia. Uma fortaleza de homem.

A espera sempre era a pior parte. Oh, que começasse logo.

Mas continuaram esperando. Esperaram a noite inteira até a luz do amanhecer surgir atrás deles.

Uma neblina matinal baixou, mais espessa sobre o rio silencioso ao norte. A fumaça ainda pairava acima da cidade perdida, onde outrora estivera orgulhosamente erguida sobre as verdes planícies de verão. A fumaça lentamente viajava para o leste em direção ao forte, misturando-se a fiapos de neblina nas frias sombras da muralha norte.

Durante toda a noite as estrelas arderam, e na planície ao redor as infinitas fogueiras pareciam formar um chão estrelado. Eram seus inimigos, naturalmente, mas proporcionaram uma estranha sensação de companhia. Então, beirando o amanhecer, com a temperatura ainda caindo drasticamente depois do dia quente, a neblina subira do rio e dos prados pantanosos ao redor, ficando cada vez mais espessa em direção à luz do sol. Agora ela estava densa e branca como leite em volta deles, e Sabinus, na torre, parecia o capitão no convés de algum navio fantasma abandonado em remotos e desconhecidos mares.

— Essa visibilidade é ruim — observou.

— Ruim para nós — respondeu Tatullus afiadamente. — Não para nossos atacantes.

O ataque viria em breve. Os soldados nas muralhas batiam os pés e sopravam nas mãos em posição de concha. Seus ossos tensos doíam dentro de suas geladas couraças. A neblina grudava nelas, formando gotas de orvalho em cima do metal frio.

Todos usaram seus capacetes pesados durante a longa noite, de forma que seus pescoços doíam. As tiras de couro cortavam suas gargantas. Os pés estavam brancos de tão gelados. A artilharia da muralha, preparada e carregada. Espadas, perfeitamente afiadas. O mundo ao redor estava em silêncio. Nenhum pássaro cantava.

Na torre noroeste, um legionário encarava fixamente a direção do rio, tentando concluir se a neblina estava se dissipando com o sol nascente, e o quão rápido. Ainda não se via a margem oposta. Então ele franziu o cenho. Havia algo errado. A névoa estava escurecendo. Sombras se moviam dentro dela. Acima do afluente do canal, ao longo da parede. Algo estava acontecendo. Aproximando-se.

A corrente estava guardando a entrada perto das torres de observação do rio, não estava? Haviam falado sobre as hidrovias na noite anterior. Aparentemente, os refugiados relataram que os invasores usaram um tipo de transportes para os cavalos: jangadas. Mas se alguns bárbaros tentassem seriamente atacar pelo rio, seria uma confusão sangrenta. A corrente do imperador estaria na frente do portão de ferro, com auxiliares a postos no penhasco acima, e os marinheiros da frota do Danúbio estariam prontos para remar de Ratiaria, se fosse necessário, para acabar com eles. Não havia chance ali.

Mas supunha-se que o plano deles, presumindo que tivessem um plano, era tomar Viminacium e em seguida ir para o sul, pela estrada imperial, até Naissus e as ricas colheitas de Sardica. Como se fossem chegar tão longe. Não com uma fortaleza legionária no caminho, e seu conhecimento em tecnologia de projéteis se resumindo a atirar flechas mergulhadas em alcatrão. As muralhas de Viminacium deviam ser capazes de resistir a algumas daquelas.

Mas agora...

— Senhor — dirigiu-se ao decurião.

— Sim?

O oficial subalterno havia retirado seu capacete, o colocado em cima das ameias, e estava polindo-o com seu lenço de lã, de modo que a primeira flecha acertou sua cabeça. Seu capacete rolou de cima do muro e caiu silenciosamente, enquanto ele tombou para a frente, sobre a muralha.

O soldado abriu a boca para gritar de horror, mas em vez disso gargarejou sangue quando outra flecha atravessou sua garganta e parou em seu crânio. Ainda com as mãos em volta da garganta, ele tropeçou e desceu rolando os degraus de pedra até as ameias.

Os artilheiros olharam em volta, aturdidos.

Foi quando um deles viu o que estava acontecendo. Da neblina saíam barcos, descendo lentamente o afluente do canal. Não, não era a frota do Danúbio que vinha de Ratiaria para resgatá-los. Esses barcos eram outros, inteiramente diferentes, capturados de só Deus sabe onde, movendo-se lenta e serenamente como grandes cisnes na branca neblina de verão. Cada um estava repleto de arqueiros, prontos para criarem uma chuva de flechas nas muralhas da fortaleza.

— Inimigo na muralha norte!

Mas a muralha oeste já estava com os próprios problemas.

Sabinus ouviu seu centurião grunhir. Ele mesmo deu um passo à frente num horror fascinado, seu corpo todo tremendo. Ele viu, mas não compreendeu imediatamente. Apoiou-se na parede para se estabilizar.

Os bárbaros não tinham estratégia de cerco, ele repetiu para si mesmo. Os bárbaros não tinham estratégia de cerco.

Tatullus falou por ele:

— Que diabos é isso, uma guerra civil? — Em seguida, abaixou-se para se proteger quando uma única flecha bateu na pedra a seu lado. Dando cobertura para...

Sabinus não se abaixou. Ele bateu suas sandálias pesadas, as tachas se chocando nas grossas tábuas de madeira. Não era um sonho.

Era real. E este era o dia em que morreria.

A névoa se dissipou mais um pouco. Lá estava a lança solitária da noite anterior, decorada com a única pena preta, ainda presa no solo em frente ao portão oeste. Um vento frio e leve soprou, um vento muito suave, e a neblina se afastou do pasto molhado em direção ao rio. Porém, eles não podiam ver aqueles prados molhados. Estavam cobertos de cavaleiros.

Na sua frente estava um grupo de nobres hunos de cabelos longos, seminus e tatuados, generais, talvez, com ouro cintilando em volta de seus braços e pescoços; e outro homem de raça diferente, de pele clara e cabelo cortado rente. Na frente deles, por sua vez, olhando para as muralhas de Viminacium, sorrindo de forma alegre, com a espada balançando frouxamente de sua mão direita como se estivesse pronto para cavalgar e atacar a fortaleza só com aço, estava o líder deles. O da noite anterior. Átila.

— Senhor, barcos estão passando pela muralha norte. Homens atirando.

Sabinus o ignorou. O que estava emergindo diante de seus olhos tomados de horror, saindo da névoa a oeste, era tudo que importava agora. Pois não era a vasta horda de cavaleiros decorados e selvagemente armados parados diante deles que gelava seu sangue, nem as armas que traziam consigo. Contra toda a informação e expectativa. Em meio ao bando, ainda em parte encoberto pela neblina fina, estavam duas imensas torres para captura em grandes e sólidas rodas, dois poderosos onagros com pedras já preparadas em suas bacias, um aríete com testa de bronze habilmente protegido debaixo de uma cobertura de tábuas de madeira e chapas de ferro e, espalhados entre os cavaleiros, uma quantidade de outras artilharias menores, fundíbulos e balistas. Coisas que bárbaros não deveriam ter.

Em meio aos onagros havia uma grande mistura de homens, bois e carroças, e o distante ruído de cordas, manivelas e tiras de couro. Logo seria ouvido o crescente e enervante guincho de molas de torção que pareciam gritar, e então o estalo e baque da liberação, a viga solta levantando e batendo na travessa acolchoada, e a pedra lançando-se no ar em direção às muralhas de Viminacium.

— Agora temos uma batalha em nossas mãos — murmurou Tatullus.

Sabinus espantou seu transe de horror.

— Virem as catapultas! — rugiu. — Artilharia da muralha! Todas as unidades nas torres. *Imediatamente*!

Subitamente os bastiões em formato de U tomaram vida com o pânico e o barulho da artilharia da muralha, das balistas e das máquinas de balestra sendo arrastadas para então serem viradas em suas sólidas bases de ferro e preparadas para os disparos iniciais. Molinetes produziam uma quantidade feroz de energia nas grossas bobinas, puxados para trás com uma força poderosa em uma alavanca de madeira comprida, fazendo os braços dos homens incharem, as correntes se esticando cada vez mais, a corda do arco puxando para trás e um dardo de ferro pesado sendo encaixado na frente. Quando o gatilho fosse liberado, toda aquela energia acumulada soltaria o dardo com uma força letal. Um dardo tudo bem, mas uma ladeira inteira cheia de tais máquinas soltando seus dardos em voleio poderia derrubar uma fileira inteira da cavalaria, arrastando junto os que estivessem na traseira num amontoado estupefato. Os hunos certamente nunca teriam se deparado com tais coisas antes.

— Dardos de longo alcance carregados! Baldes de alcatrão em cada bastião. Acendam-nos!

Os *pedites*, os militares corredores, correram.

— E fardos, rochas, carroças viradas, *qualquer coisa*, empilhem dentro do portão oeste. Não vamos usá-lo por algum tempo.

Não havia homens suficientes.

— A questão é — disse Sabinus, olhando para fora mais uma vez —, esses onagros... eles sabem como usá-los?

E então do meio da névoa, a distância, inalcançáveis, os onagros começaram a atirar. Escutaram o choque abafado de uma imensa viga batendo numa alavanca acolchoada e o murmúrio sinistro, quase inaudível, dos grandes mísseis voando baixo, habilmente mirados nas pedras que sustentavam o forte. Cada uma das duas máquinas exigia precisamente uma mira a certa distância. Uma grande pedra caiu antes de atingir o alvo e despencou no solo, seu peso e força tão grandes que o terreno se enrugou ao redor dela. Sabinus aguardou, mal respirando. A segunda pedra atingiu a torre sudoeste um minuto depois. O barulho parecia saído das entranhas da terra, como um trovão subterrâneo. Homens cambalearam do alto, segurando suas lanças.

— Eis sua resposta — disse Tatullus friamente. — Sim, sabem usá-los.

Os onagros pararam. Na planície, a vasta máquina de guerra huna estava começando a avançar novamente. E os hunos, apesar dos ignorantes e analfabetos bárbaros que eram, sua própria linguagem sendo nada mais que uma série de rosnados e grunhidos indecifráveis, sabiam que não se devia tentar usar onagros ao mesmo tempo que suas próprias filas avançavam na sua frente. Sim, sabiam exatamente o que estavam fazendo. Deviam ter formado uma aliança com algum poder experiente em artes de guerra. Quem? Poderia ser uma traição? O general comandante Aécio havia sido próximo dos hunos quando criança. Poderia ter se aliado a seus velhos amigos para conquistar o império do Oriente todo para si?

Mas não. Não Aécio. Então quem?

Grandes e maciças rodas de madeira rangiam e gemiam debaixo da inércia de suas cargas gigantescas. Bois eram chicoteados debaixo de seus dosséis de madeira. Guinchos e gemidos de animais, homens e máquinas, tudo horrivelmente misturado. E indo na direção das duas torres de cerco. O zurro de trombetas de guerra, tímpanos altos como trovão, cada batida com a baqueta feita de osso como um soco no estômago, o barulho de instrumentos hunos ou de címbalos, da própria terra tremendo.

Sabinus esbravejou mais uma ordem:

— Todos os não combatentes vão para os calabouços, e todos os prisioneiros para a masmorra de execução.

Um soldado empalideceu.

— Famílias, senhor? Crianças?

Sabinus olhou para ele.

— Você tem família?

— Uma irmã, senhor, no quartel VI, e os dois filhos dela.

— Então acredite em mim, homem, logo estará me agradecendo. — Ele voltou a olhar para a planície. — Os calabouços são os melhores lugares para eles.

Nas ameias logo abaixo, um arqueiro puxou a corda de seu arco, apesar da horda a caminho ainda estar fora de alcance. Era Arapovian mais uma vez, o impossível, incansável armênio, seu autocontrole absoluto em meio ao barulho e ao pânico da artilharia. Seu braço esquerdo, o braço do arco, havia sido enfaixado fortemente pelos médicos, mais ainda se via em seu antebraço um pequeno círculo de sangue vermelho escuro. O rosto aquilino de pele cor de oliva estava salpicado de gotas de suor, mas sem demonstrar qualquer expressão. Ninguém tinha dado ordens para atirar, mas

Arapovian claramente considerava-se um autônomo, e não estava sujeito a ordens de meros mortais. Sabinus observou, intrigado apesar de tudo. Enquanto Arapovian puxava a corda de seu arco, Sabinus pensou ter visto o pequeno círculo de sangue expandindo--se. O que aquilo devia custar a ele. Seu bíceps inchou quando puxou a corda daquele letal arco oriental, sinuosamente curvado e recurvado em cada ponta. A cabeça da flecha estava acesa com uma gota de piche. Ele mirou por cima da seta e atirou.

Outros soldados se viraram surpresos para acompanhar seu trajeto.

A flecha atingiu o solo aos pés da estaca huna, ainda em pé como uma espécie de insulto e sentença diante do portão oeste, com sua pena negra balançando com a brisa leve. Em seguida, ela se apagou. Houve um pouco de fumaça, e depois mais nada. Atirara com força demais, a ponta da flecha enterrara-se na terra poeirenta e se apagara. Um presságio infeliz. Mas então viu-se um novo tufo de fumaça, e o fogo reacendeu. Uma comprida língua de fogo lambeu a lança de baixo para cima e ela começou a queimar.

Nas torres, a incansável atividade das balistas e fundas parou por um instante enquanto os homens paravam para olhar. *Deixe que olhem*, pensou Sabinus. Momentos como esse valiam um exército a mais.

Fora um tiro surpreendente, de primeira.

Agora a ponta da flecha e a lança queimavam juntas. Depois de apenas alguns segundos, as chamas alimentadas pelo alcatrão alcançaram a longa pena negra que dançava no topo e a reduziram a alguns montes de cinza. O que parecera um símbolo tão poderoso de intimidação sumira com uma labareda, um sopro do vento.

Ele era impossível, esse armênio. Mas não inteiramente burro. Um grande grito de comemoração subiu dos baluartes. Arapovian não se virou, tampouco demonstrou reconhecimento ou reagiu de qualquer maneira.

— Filho da puta convencido— grunhiu de perto Punhos.

Ele merecia uma condecoração por aquele ato extravagante. Sabinus foi até ele e falou:

— Quando isso acabar você sairá daqui com uma *corona obsidionalis*.

— Quando isso tudo acabar — respondeu Arapovian, nunca tirando o olhar da horda cada vez mais próxima —, ficarei feliz de sair daqui com vida.

Ele encaixou outra flecha em seu arco, descansou o braço ferido nas ameias e esperou.

O inimigo se aproximava.

Podiam ver agora que as torres de cerco hunas eram construções sérias, de fachadas forradas com enormes pedaços de couro cru de costura reforçada, preenchidas de erva daninha e crinas de cavalo e completamente ensopadas como uma defesa contra as flechas acesas. Avançavam em uníssono em direção à muralha oeste, uma para a esquerda e outra para a direita. Boa disposição. A fileira de cavaleiros de apoio diminuiu a velocidade e parou, ainda fora de um alcance eficaz.

Sabinus gritou para sua artilharia:

— Concentrem-se nas torres!

Do norte, vieram relatos de barcos à deriva no lento afluente trazendo uma chuva mortal de flechas. Ancorados ali, com total confiança, como se pretendessem ficar por um longo período. Então Sabinus deu ordens para abandonarem as muralhas norte. A água os deixaria ali.

Do portão leste, a *Porta Praetoria*, descendo a via Lederatea para Ratiaria, só se via estrada vazia. Nenhuma nuvem de poeira. Nem sombras de urubus no céu matinal. Nenhuma ajuda a caminho.

Os dois homens na torre do portão oeste, o legado e seu *primus pilus*, observaram atentamente as torres se aproximando.

— Está vendo o que estou vendo? — perguntou Tatullus suavemente.

— Sim — respondeu Sabinus, e depois abriu um leve sorriso. — Amadores.

Apesar das maciças torres parecerem bastante imponentes, os hunos, ou seus construtores e carpinteiros escravos, talvez deliberadamente, falharam em dar a elas uma cobertura suficientemente longa. As quatro grandes rodas de madeira que levavam à frente cada torre estavam desesperadamente expostas.

— Vamos deixar que se aproximem primeiro — sugeriu o legado. — Atirar em falso para começar.

Ele deixou a torre do portão oeste e se dirigiu ao sul.

— Unidade III, abaixem suas fundas! Decurião, diminua a trajetória. Quero pedras atingindo o alto da torre. Fundas a postos. Quero as torres sob bombardeio a 180 metros. Que ângulo é esse?

— Cerca de 12 graus da horizontal, senhor.

— Então dê a ordem.

— Poderia fazer a cinco graus, senhor, atingi-los a apenas 90 metros, mas seria ainda mais difícil.

Sabinus balançou a cabeça.

— Perto demais. Que seja a dez graus, então.

As máquinas foram preparadas.

— E esqueçam a torre inteira, atinjam apenas o topo. Colocaremos fogo no resto.

Ele repetiu as ordens para a torre do portão noroeste, fazendo uma rápida inspeção na unidade de lá. Tinham duas grandes balestras e duas fundas de ferro. Dirigiu palavras calmas de instrução ao jovem comandante da unidade, então voltou a sua posição na torre do portão oeste. De frente para o inimigo.

A 180 metros, as primeiras pedras e flechas foram atiradas contra as torres. Havia uma brutalidade satisfatória e curta naqueles voos.

Tiros a distância poderiam impressionar ao subirem num arco e cair a 800 metros de distância, mas grande parte do poder de impulsão estava perdida àquela altura, e o projétil viajava tão devagar — até dez segundos desde o tiro até ele cair em terra — que havia tempo o suficiente para o inimigo vê-lo chegando e evitá-lo. Mas, sob as ordens de Sabinus, ouvia-se o barulho vibrante das cordas feitas de crinas, do estalo de molas se retorcendo, do som dos elásticos, e apenas um segundo ou dois para as pesadas fundas de chumbo e pedras voarem quase horizontalmente das máquinas e chocarem-se violentamente contra as laterais das torres que se aproximavam. Os bem-treinados artilheiros se abaixavam e ajustavam as frações mais um pouco. Após os enervantes ruídos de molas, mais tiros. Satisfatórios e altos estrondos de impacto, a comprovação das fraturas quando bolas e flechas atingiam seu alvo. No entanto, ainda não se via grande dano às torres, até um disparo de sorte passar diretamente entre uma das estreitas aberturas da torre e um grito de dentro dela sugerir um acerto em cheio.

As torres não seriam derrubadas, nem perderiam seus topos. Suas pontes levadiças de vime já estavam sendo baixadas, como escuras e famintas mandíbulas abrindo-se nas ameias do forte.

Sabinus esperou um pouco mais, analisando o momento, as mãos apertando o muro. Então, finalmente gritou:

— Agora! Unidades inferiores, acertem as rodas!

Com imediata disciplina, as unidades de artilharia no primeiro nível das torres iniciaram um punitivo fogo-cruzado, acertando as rodas das máquinas no maior ângulo que conseguiram. Fundas de médio porte e grandes flechas de ponta de ferro das balistas, lançadas das torres de esquina, atravessavam as trajetórias umas das outras antes de acertarem embaixo. Quase imediatamente um bom disparo tirou a beirada de uma roda dianteira.

Tatullus assentiu e murmurou:

— Foram deliberadamente malconstruídas. Muito astuto. Mas pobres deles quando seus senhores hunos perceberem.

Sabinus não disse nada. Haveria muitos mortos para se ter pena até o final do dia.

Ele ordenou que uma única unidade de oito homens de sua cavalaria ficasse a postos dentro do portão sul com todas, menos uma, das alavancas puxadas para trás e a postos. Tatullus olhou para ele.

Mais ajustes cuidadosos foram feitos no arco. As pancadas não paravam. Dentro das torres os exaustos cativos gemiam, suando e ofegando. Então ouviu-se um gemido mais intenso também. Um urro...

— *Amadores!* — repetiu Sabinus, batendo com o punho na própria palma da mão. — Escute só isso!

Ele estava certo. Contra todas as regras, os hunos amarraram bois dentro das torres para fornecer aquela velocidade. Poderia ter parecido boa ideia na calma fria e racional antes da batalha começar, mas batalhas não continuam assim o tempo todo. E bois amarrados com cordas poderiam começar a causar problemas sem-fim para seu próprio lado quando começassem a ser atingidos, homens começassem a gritar, nocivas flechas em chamas começassem a queimar descontroladamente...

Sabinus deu a ordem imediatamente:

— Fogo e alcatrão, quero chamas ao redor deles! Elas logo vão fazer as bestas fugirem.

A torre à direita recusava-se teimosamente a queimar, mas anéis de fumaça começaram a contar uma história diferente a respeito da outra torre. E, assim que sentiram a fumaça, como era de esperar, os bois dentro dela começaram a urrar, entrar em pânico e lançar-se de lado em seus jugos. Terríveis manguais cheios de espinhos desceram sobre as costas ossudas das criaturas, mas o par enlouquecido, um deles já sentindo o calor das chamas em seu flanco castanho, apenas se distanciou mais, seu medo do fogo mais forte que de qualquer chicotada. Ambos davam guinadas simultâneas com esperança de que aquela harmonia fosse suficiente para partir uma das correias de seus jugos, quando então cambalearam estranhamente e um deles caiu de joelhos e não conseguiu mais se mover. A torre inteira ficou inclinada para um lado, os cativos no interior ofegando desesperadamente, nus e cegos por seu próprio suor, suas costas marcadas pelos longos chicotes usados pelo pequeno grupo de guerreiros hunos cavalgando bem atrás deles, protegidos pela torre. Mas não adiantava. A torre desequilibrada, com um aro da roda já quebrado e afundado na terra, saiu ainda mais dos eixos por causa do miserável boi, e subitamente a lateral desprotegida da grande torre revelou duas enormes e descobertas rodas de madeira, que ficaram expostas a um ataque romano.

— Muito bem! — rugiu Sabinus, com um contagiante tom de vitória na voz. — Unidades de artilharia: ambas as torres, derrubem-nas e incendeiem-nas! Quero as rodas despedaçadas e as torres incineradas! *Andem!*

A ordem foi comunicada pelos *pedites* às torres de esquina. Seguiu-se mais um alvoroço de resoluta atividade, e logo todas as oito máquinas nos bastiões estavam atirando em voos baixos e curtos contra as rodas desprotegidas. Uma funda ou uma flecha atingia a roda mais próxima a cada cinco segundos num ritmo implacável. Lascas de madeira voavam do aro, uma das quilhas corrediças já estava partida, o próprio eixo causando uma chuva de faíscas quando um dardo de ponta de ferro a atingiu.

— Na mosca! — gritaram os artilheiros, gargalhando.

— Perda de tempo! — bramiu Sabinus. — Quebrem as tábuas!

Mais disparos se seguiram. Abrigados pela torre vacilante, os cavaleiros hunos haviam acabado de chicotear um cativo até a morte de tanta fúria, e ele ainda estava pendurado em suas correntes, que brilhavam com seu próprio sangue.

Mas era necessário ser ainda mais implacável. Se fossem derrotar essa horda, nenhuma trégua poderia ser dada. Nem por um segundo.

Sabinus levou um esquadrão de balestra para perto. A infantaria arrastou mais baús cheios de dardos atrás deles.

— Há um grupo deles atrás, fazendo-a avançar. Façam uma linha atrás da torre. Qualquer vislumbre de um daqueles desgraçados nus e vocês o derrubam. Mas não antes de vê-lo. Quero um morto para cada dardo que dispararem.

Os atiradores agacharam-se entre as ameias, arcos de castanho e cinzas, retesados e cheios de um poder explosivo. Um pônei huno saiu do abrigo da torre um pouco demais e imediatamente teve uma das patas traseiras atingidas. Ele andou para trás e tombou, fazendo seu cavaleiro rolar na terra. Mais três disparos das ameias atingiram-no instantaneamente. Os outros cavaleiros hunos agora se apertavam em busca de proteção atrás da torre danificada.

O tempo todo Sabinus manteve um olho na distante cavalaria huna. Estavam se aproximando de novo, lenta e ordenadamente, mas ainda estavam longe. Por algum motivo, aquele senhor de guerra com rosto de pedra — podia enxergá-lo claramente, mesmo em meio a nuvens de poeira de 20 mil cascos barulhentos — estava permitindo que as torres fizessem o seu melhor sozinhas. Talvez não tivesse muita fé nelas. Ainda não. Estava disposto a deixá-las serem destruídas, de modo que pudesse observá-las de longe e aprender.

As torres podiam ter sido derrotadas, mas a batalha estava longe de terminar. Aqueles 10 mil cavaleiros com sua assassina chuva de flechas chegariam em breve.

Finalmente uma pedra, ou possivelmente duas pedras sortudas disparadas simultaneamente, atingiram a roda partida e uma das tábuas centrais em cheio, fazendo-a desprender-se. Toda a torre pareceu hesitar por um momento, soltando um rangido lento, o eixo esticando-se e tremendo. Então a roda danificada desfez-se em pedaços abruptamente sobre suas partes constituintes, e a estrutura desajeitada estremeceu, inclinou-se num ângulo íngreme e pousou duvidosamente sobre a quina onde a roda estivera. Dentro dela, um dos bois atormentados quase foi estrangulado por sua parelha quando foi erguido do chão pelo impulso. Ele grunhiu e deu patadas, e o restante das largas tiras de couro da parelha finalmente se dilacerou. A aterrorizada besta conseguiu espremer-se dentro do estreito espaço e saiu, mugindo, pela parte de trás da torre para o meio dos lívidos e surpresos cavaleiros hunos. O boi avançou em meio a eles, ignorando algumas últimas chicotadas, e fugiu cambaleando. Os homens deram ré e se separaram, e imediatamente mais uma saraivada de implacáveis dardos vindos das ameias os acertaram. Pelo menos metade foi atingida. Os abalados remanescentes viraram e cavalgaram em desgraça de volta à sua linha de soldados. Chamas lentas subiam pela lateral da torre quebrada enquanto no alto a leve ponte levadiça de vime rugia. Dentro dela, os cativos acorrentados estavam exaustos demais para gritar.

— Agora a outra! — rugiu Sabinus, batendo seus punhos vitoriosamente contra a parede. — Nada de parar. Recarreguem as balestras. *Pedites*, continuem correndo. Quero vê-los suando sangue!

Ele fez uma curta pausa, então mandou a artilharia parar de novo com um movimento para baixo com uma das mãos.

— Arqueiros, fiquem atentos. Se alguém sair da torre, atinja-nos. Guardas, abram o portão! Cavalaria — ele sorriu e balançou seu grande e grosso braço no ar —, são todos seus.

A última alavanca foi baixada, abrindo facilmente os pesados portões duplos em suas dobradiças engraxadas, e os oito homens da cavalaria pesada avançaram furiosamente em suas montarias, indo de estacionados ao trote e ao galope num piscar de olhos.

O par da retaguarda se separou e desapareceu atrás da torre de cerco em chamas. Agora realmente seriam *clibanarii*, "garotos da caldeira", suas longas cotas de malha e sólidos capacetes de bronze quentes como fornos. Mas fizeram seu trabalho, abrindo e alavancando os grilhões no escuro, engasgando com a densa fumaça, protegendo-se dos cativos que se debatiam, cegados enquanto esforçavam-se tanto para os libertarem.

Finalmente as miseráveis, castigadas, escravizadas criaturas se soltaram e cambalearam, ainda meio sem enxergar, até o portão aberto.

Durante todo o tempo, Sabinus manteve sua atenção dividida em duas coisas. A qualquer momento aquele senhor de guerra de rosto pétreo poderia enviar uma companhia de seus letais arqueiros galopando pela planície para atacar o pequeno grupo de cavalaria pesada. Mas ele não fez nada. Na verdade, as fileiras hunas pareciam ter freado completamente, a ainda uns bons 800 metros de distância, talvez mais. Não eram necessariamente boas notícias, no longo prazo. Estavam observando. Aprendendo.

A segunda torre à direita deles, quase intacta até agora, chamuscando de leve, ainda avançava quando os cavaleiros hunos atrás dela subitamente perceberam o que estava acontecendo. Oito deles, armados com manguais e laços, os arcos pendurados nas costas, escutaram o trovão se aproximando. Quando olharam em volta, viram seis, depois oito lanceiros cobertos de ferro e capacetes de bronze a todo galope quase em cima deles, suas compridas lanças cinzentas apontadas para baixo. Era a primeira vez que aqueles guerreiros hunos se deparavam com qualquer coisa como a pesada cavalaria romana, e estavam impotentes. Deram meia-volta com suas montarias, enfiaram-lhe os calcanhares prontos para galope, arrancaram para a frente — e a onda de ferro atingiu seus flancos. Os leves pôneis hunos foram acertados de lado e lançados para o chão, seus cascos debatendo-se no ar antes de caírem, sem fôlego e machucados. Os cavaleiros voaram para longe, um deles num arco espetacular pelo ar poeirento, suas costas côncavas, até cair de volta no solo e ser imediatamente despachado por um único golpe de uma comprida espada da cavalaria.

Nem uma única flecha huna foi atirada, nenhum iatagã curvo foi sacado, nenhum grito de guerra foi dado. O choque e a força do ataque os esmagaram como uma tempestade. Os soldados de ferro erguiam suas espadas em silêncio, e oito soldados logo se encontravam mortos. O comandante, um capitão chamado Malchus, puxou as rédeas, puxou seu capacete e observou a distância, o suor escorrendo, cabelos negros grudados na testa, a visão borrada. Ele piscou com força. A qualquer momento os soldados cavalgariam em busca de vingança... Mas não, as fileiras hunas nem sequer se mexeram. Então amarraram os pôneis sobreviventes, libertaram os cativos acorrentados, mataram os dois bois desgovernados que mugiam em suas parelhas e acorrentaram os cadáveres atrás deles, arrebentando por fim o eixo traseiro da torre. Malchus voltou com seu cavalo e apontou na direção da torre destruída. Deixe que o fogo comece.

Cavalgaram de volta num trote forte, arrastando as bestas mortas, deixando as chamas terminarem a destruição.

Aplausos barulhentos vieram das ameias.

— Boi assado esta noite!

— Viva os Garotos das Caldeiras!

O portão sul estava seguramente fechado e trancado, e Malchus subiu correndo os degraus até a plataforma do legado, o capacete debaixo do braço.

— Segunda torre inutilizada, senhor!

A fileira de hunos não se mexeu. Uma brisa suave, bandeiras negras, nenhum movimento. Milhares de expressões de pedra. Um inimigo aterrorizante, tão silencioso e disciplinado.

Mas Sabinus sentia-se bem. Um pouco de esperança. Agora o inimigo vira como os romanos ainda podiam lutar.

Eles esperaram.

Na torre à direita de Sabinus, um dos barris de alcatrão usados para atear fogo na torre de captura começou a queimar descontroladamente, mandando para o alto grandes nuvens de fumaça negra e oleosa, e então, subitamente, grandes chamas. Os homens afastaram-se por causa do calor intenso, protegendo os olhos.

— Apaguem essa merda *imediatamente*! — rugiu Tatullus, indo até lá. — *Pedites*, tragam baldes de água aqui para cima!

O barril queimava furiosamente. A água demorou muito a chegar. Tatullus enviou mais homens, inclusive Punhos, para levar mais dois imensos baldes de ferro presos numa parelha de madeira. Mas o fogo só piorava. As chamas subiam, multiplicavam-se, venciam quaisquer baldes de água atirados sobre elas, cuspiam-nos de volta em nuvens de vapor, e então subitamente engolfaram o teto de madeira, a única proteção que os homens dali tinham contra flechas atiradas na direção deles.

Sabinus bradou mais ordens. E em seguida, com sua visão dupla ainda funcionando, viu um rebuliço. Na planície abaixo, o guerreiro com olhos e coração de falcão virou a cabeça. Se Sabinus estivesse um pouco mais perto teria observado seus olhos amarelos brilharem. Mas viu seu sinal de perto o bastante. Seu braço envolto em cobre se esticou e um pequeno grupo de cavaleiros começou a galopar.

— O que em nome de Deus...?

Havia outra surpresa. Dois deles arrastavam um pequeno pedaço de artilharia de campo. Os outros se dividiram em círculos num galope letal e começaram a atirar flechas acesas na torre que queimava em meio às chamas. Os homens lá em cima, engasgados com a fumaça e cegos pelas labaredas descontroladas, começaram a ser atingidos também. O teto de madeira que servia como proteção começou a ceder e a despencar.

Um segundo grupo de guerreiros correu de alguns metros de distância dali, montou sua máquina de guerra com inacreditável rapidez e eficácia e começou a disparar pedras duras do tamanho de punhos contra o muro da torre em chamas. Eles mudaram o ângulo da viga e o disparo seguinte fez uma curva por cima do muro, caindo bem em cima da lateral do barril de alcatrão pegando fogo. Estavam tentando derrubá-lo. O fogo tomaria conta do lugar, as tábuas de madeira queimariam, e aquela torre, aquele bastião de esquina essencial, estaria arruinada.

As unidades de arco e flecha começaram a atirar nos selvagens um a um, mas, a cada vez que acertavam, outro guerreiro tatuado aparecia a galope e o substituía.

Maldito senhor de guerra e suas artimanhas desumanas. Cada tropeção, fraqueza ou falta de sorte eram aproveitados.

Dois, e logo três outros auxiliários tentando controlar as chamas foram atingidos. Um caiu dentro do próprio barril de alcatrão. Ficou pendurado com as pernas para fora, morto. Mais dois tentaram apagar o fogo. Um caiu para trás, engasgado com tanta fumaça, os pulmões em brasa. A situação estava ficando desesperadora. Até mesmo Tatullus parecia momentaneamente perdido.

— Foda-se — murmurou Punhos, abrindo caminho. — Estou ficando com dor de cabeça. Esse barril tem que sumir.

Ele se agachou e empurrou com o ombro a beirada do barril em chamas, de forma que se apoiasse contra a baixa muralha de pedras. Escorregou as grandes mãos por baixo da base e então, lenta e inacreditavelmente, começou a se levantar de novo. O barril arranhava a muralha. Ele observou, com olhos embaçados em meio à fumaça negra, a planície lá embaixo.

— Certo, qual de vocês, malditos inúteis, quer levar isso na cabeça?

Ele tomou um último e incrível fôlego, e o barril, queimando agora mais furiosamente do que nunca, com as tábuas começando a escurecer como carvão pelo calor que vinha de dentro e a se desintegrar, foi lançado para o lado. Ninguém foi atingido diretamente — teria sido sorte demais —, mas o barril caiu no chão com a força de uma explosão, cuspindo farpas acesas e pedaços de alcatrão em fogo nas costas de dois ou três cavalos aterrorizados, que empinaram e rolaram sobre o chão, urrando, para apagar os traseiros em chamas. O fedor de pelo de cavalo queimado encheu o ar. Os cavaleiros hunos escaparam, cambalearam confusos, olharam em volta — e um, e depois outro foram atingidos por flechas. Tombaram para a frente e morreram. O terceiro havia começado a correr, com outro guerreiro galopando logo atrás, pronto para içá-lo por trás. Mas outra flecha o atingiu em cheio nas costas e ele caiu morto. Seu aspirante a salvador deu meia-volta e galopou para fora de alcance novamente.

Fora Arapovian, disparando das ameias sem misericórdia. Ele se abaixou quando um punhado de flechas hunas voou em sua direção. Em seguida, os cavaleiros começaram a galopar em retirada. A pequena arma de guerra foi arrastada atrás deles.

— Agora encharquem o teto, ou o que restou dele! — gritou Sabinus. — Limpem a torre e coloquem-na em ordem novamente. Andem!

Os auxiliares correram.

Punhos bamboleou de volta até Arapovian e deu um tapa em suas costas.

— Nada mal — grunhiu.

Arapovian virou-se para olhar para ele, sem dizer nada. Seus olhos se arregalaram um pouco. A pele de Punhos estava coberta de carvão. Metade de uma sobrancelha havia sido queimada. Sua franja rala estava notavelmente mais curta do que antes, e seu cabelo parecia estar ardendo em chamas. O armênio olhou para baixo e viu que piorava: aquelas mãos gigantescas estavam ensanguentadas e cheias de horríveis bolhas. Silenciosamente, tirou uma pequena garrafa de dentro de suas mantas e passou para Punhos.

— Um gole — orientou. — Conhaque armênio. O melhor.

Punhos grunhiu e obedientemente pegou a pequena e delicada garrafa, parecendo um gigante segurando o dedal de uma moça. Bebeu com delicadeza. Era bom.

— Só um gole, é?

Arapovian pegou a garrafa de volta.

— Só um gole. — Ele tampou-a com a rolha e guardou a garrafa de volta em sua roupa. — Nós vamos precisar de mais depois.

— Agora somos "nós"?

Arapovian olhou para trás em direção às planícies da batalha. Talvez a sombra de um sorriso tenha se insinuado em suas feições aquilinas. Ele movimentou seu braço esquerdo ferido, soltando sangue mais uma vez através dos curativos, mas seu rosto não mostrava uma pitada de dor sequer. Em seguida, encaixou mais uma flecha no arco e esperou.

Punhos abriu caminho entre as ameias, até Tatullus parar na sua frente.

O centurião o analisou.

— Nada mal para um desertor.

— Obrigado pela gentileza, Excelência.

— Mostre-me suas mãos.

Punhos as mostrou, sem dizer nada.

— Não preciso de atenção médica, senhor, realmente não preciso. Tenho certo problema com médicos, para falar a verdade, desde aquela vez em Colônia, quando peguei algo de certa jovem de disposição muito prestativa, e o médico de lá me fez...

— Para o hospital — interrompeu Tatullus. -- É uma ordem.

Parecendo receoso pela primeira vez naquele dia, Punhos foi lenta e relutantemente até a enfermaria.

Não precisava ter se preocupado. O médico da legião, um jovem e aparentemente tímido sujeito da Tessália, era experiente. Cobriu a mão de Punhos com gordura de ganso infundida em alho para evitar que as bolhas infeccionassem. Ardeu como o diabo no começo, mas depois, precisava admitir, não era tão ruim. Não como se suas palmas estivessem prestes a derreter até o osso a qualquer momento. Completamente diferente daquela infeliz experiência em Colônia.

Havia pouco tempo para comemorações.

Sabinus chamou Tatullus e os dois observaram as fileiras hunas avançando de novo. As linhas da frente dividiram-se em dois grandes círculos giratórios de arqueiros a galope, se aproximando em espiral.

— Muito bonito — murmurou Tatullus.

Cavalaria leve? Flechas? Sabinus estava intrigado.

— O que estão armando? Não se toma um forte romano com cavaleiros.

Os hunos avançavam rápido, e então, como se fossem um só corpo, soltaram uma saraivada de flechas. Elas faziam trajetórias altas, nenhuma delas mirada em qualquer coisa em particular, apenas em direção ao forte. Mas eram milhares, escurecendo o céu como estranhos e pequenos pássaros. O ar encheu-se com a chuva de ferro.

— Protejam-se!

Choveu flechas sobre os tetos de madeira das torres, sobre as ameias expostas e os homens espalhados. Gritos foram ouvidos. Um infeliz arqueiro desceu rolando os estreitos degraus de pedra.

— Médicos!

— Mais uma saraivada a caminho!

Alguns correram para as torres, outros se abaixaram contra a baixa mureta, seus escudos protegendo as cabeças e ombros. Resguardados o bastante, por enquanto, porém tornando-se inúteis: abaixados, sem poder revidar ou se mexer mais que uma pedra. A artilharia havia sido castrada, também. A unidade sudoeste tentou disparar pesadas flechas contra o redemoinho de guerreiros a cavalo, mas eram imediatamente atingidos por cima das baixas ameias. Os arqueiros hunos conseguiam mirar cuidadosamente, mesmo a galope, e disparar entre os estreitos nichos das torres. Ouviram-se gritos distantes. Cristo, como eram bons naquilo. Sabinus havia ouvido falar que um guerreiro huno atirava sua flecha apenas quando os quatro cascos de seu cavalo saíam do chão, para que voasse suavemente e em linha reta. Era absurdo, naturalmente. Mas agora que os via em ação...

Mais um soldado, um artilheiro, caiu por cima do muro. Um cavaleiro huno imediatamente foi até ele e o amarrou, arrastando-o para longe pela planície, uivando, o corpo balançando e esfolando-se contra o solo. Heitor diante das muralhas de Troia. Sabinus viu até mesmo o bruto Punhos fazer o sinal da cruz diante da cena, e rezou para que o soldado já estivesse morto. Ele deu ordens para que a artilharia cessasse fogo.

A chuva de ferro não cessou, e quem a mandava através dos céus por cima das muralhas não parava de se movimentar. Formavam um alvo impossível. Era uma visão apavorante. Dois vastos círculos a galope, bem espaçados, evitando graciosamente os obstáculos duplos das arruinadas torres de captura que ainda queimavam. As unidades romanas de arqueiros agachadas atrás das torres de guarda, mais bem-protegidas em seus estreitos nichos, davam o melhor de si; contudo, poucas de suas flechas atingiam alguma coisa a não ser poeira. E seus estoques de flechas eram limitados. Sabinus ordenou que cessassem fogo, também, e ponderou. Não, não se tomava um forte romano com cavalaria.

Mas se esvaziava suas muralhas e castrava seus guardas com uma chuva de flechas intensa daquele jeito.

Então o estágio seguinte da batalha ficou evidente. A horda galopante atrás das muralhas os imobilizara, ao contrário de antes, com as torres. Pararam de atirar e galoparam 200 ou 300 metros para longe, fora de um alcance eficaz. Poderiam voltar num piscar de olhos depois de recarregarem seus arcos nas carroças. Se algum dos guardas ficasse ou tentasse revidar, seria atingido por uma dúzia de flechas. Com apenas quinhentos bons homens para perder, a matemática não era nada boa. Enquanto isso, ainda havia outra máquina para chegar. E estava se aproximando agora.

Tinham um aríete.

Sabinus agradeceu aos céus pelo portão oeste estar bem protegido. Ele ordenou aos *pedites* que trancassem o portão sul também, caso o inimigo mudasse de direção. O portão leste deveria ficar livre para sua própria cavalaria.

Enquanto os *pedites* atravessavam na direção do portão, um destacamento de cavaleiros veio galopando rapidamente rente à muralha, e mais uma saraivada de flechas subiu e desceu quase verticalmente. Como sabiam? O próprio solo da fortaleza estava tomado de flechas bárbaras cheias de penas. Assim como vários *pedites*, atingidos ou aos urros. Muitos deles. Sabinus estremeceu. Os pobres restantes arrastavam-se à sombra do portão sul o melhor que podiam, mas ainda assim chovia flechas. Finalmente Sabinus deu ordens para que buscassem cobertura de novo. Dos vinte que partiram, apenas oito voltaram. Ele rangeu os dentes de tanta raiva.

Os cavaleiros viravam e se afastavam como se fossem um só, como um bando de estorninhos, antes que qualquer estrago pudesse ser feito. Sumiram em meio ao resto da neblina matinal, atravessada pela luz do sol do leste.

CAPÍTULO 8
O ARÍETE

O legado deu uma rápida volta pela muralha norte. Do lado de fora, no rio, não muito longe da margem, estavam os navios roubados operados pelos hunos. Ele manteve-se abaixado. Sua muralha norte estava em segurança. Não havia necessidade de muitos homens ali. Não poderiam sair por aquele caminho para fugir pelo rio até Ratiaria, e tampouco os hunos poderiam entrar. Havia feito a coisa certa em negligenciá-la. A batalha seria nas muralhas sul e oeste, em planície aberta. Eles não gostavam de água. E, pensou, não gostariam de guerra nas montanhas também.

Agora lá vinha o aríete — um adversário muito mais ameaçador que as altas e instáveis torres. Era uma viga rebaixada, modelada de um único abeto e com uma bruta ponta de bronze, protegida debaixo de algo que parecia, dessa distância, ser uma finamente modelada e trabalhada tartaruga com casco de ferro. Sabinus já podia ver que desta vez as grandes rodas estavam inteiramente protegidas. E então pôde ver que desta vez não eram rodas, e sim sólidos rolos feitos de troncos inteiros de abeto. Inquebráveis.

Ninguém vinha junto. Imaginou que a estratégia huna seria forçar uma brecha no portão, e em seguida a cavalaria, tendo esperado em segurança e fora de alcance até então, chegaria em zigue-zague, como um relâmpago.

A grande máquina virou e o monstruoso aríete, debaixo de seu abrigo armado, começou a rolar na direção deles. O portão oeste era forte, mas não tão forte, mesmo com suas barras duplas de carvalho. Mesmo protegido como estava, precisava de algo mais. Sabinus olhou em volta, desesperado.

— Todas as tropas auxiliares para fora das muralhas. Protejam o portão oeste o máximo que conseguirem. Encontrem pedaços de colunas, barris de areia, qualquer coisa. Quero aquele portão sólido como uma rocha. Andem!

Sem as tropas auxiliares, as legiões enfileiradas em volta das muralhas pareciam realmente esparsas.

Tatullus fez uma careta.

— Não podemos nos dar ao luxo de perder mais ninguém.

No topo das torres, uma delas queimada e enegrecida, enquanto a outra, por enquanto, ainda intacta, as unidades de artilharia trabalhavam incansavelmente. Grossos pedaços de meada trançada eram puxados em poderosas molas de torcida. Barris de alcatrão, cuidadosamente supervisionados, queimavam em fogo baixo. Os longos arcos das máquinas de disparo de flechas estavam retesados e prontos. Um dardo de ponta de ferro de uma daquelas máquinas poderia atravessar uma armadura de ferro se acertasse no ângulo certo.

Então, para surpresa de Sabinus, veio o som metálico distante quando os dois onagros hunos inclinaram-se para trás e soltaram suas titânicas cargas novamente. O longo e baixo murmúrio de seus projéteis veio em seguida. Depois, pancadas gêmeas em meio à poeira. Agitação lá fora, enquanto os hunos ordenavam-se de volta, atirando à medida que seus próprios homens avançavam. Deviam estar odiosamente confiantes de sua precisão.

— Peritos? — balbuciou. — Ou estúpidos?

Ali perto, Arapovian interrompeu:

— Os hunos nunca foram estúpidos. Pergunte ao rei Chorsabian.

— Nunca ouvi falar.

— Exatamente — respondeu Arapovian, os lábios semicerrados. — Ele governou um reino certa vez na Cordilheira de Zagros. E então chegaram os hunos.

Ainda assim, Sabinus agora tinha esperanças. A proporção entre a quantidade de seus homens e os inimigos era ridícula, mas que importância isso tinha? Roma sempre fora excedida em número por seus adversários e nunca se assustou com isso. Estavam ganhando até agora. Nenhum bárbaro jamais tomara uma fortaleza de legionários, e não deixaria esta se tornar a primeira.

Quanto às máquinas de cerco deles, elas existiam, mas eram deficientes. Tatullus sugerira que haviam formado uma aliança com um bando de mercenários alanos, um povo viajante iraniano ou sármata. Ou talvez vândalos renegados, uma mistura heterogênea de desertores. Existiam até histórias sobre os hunos formando uma confederação cruel com o rei Genserico e seu povo no norte da África, que aprendera muito rapidamente as artes de navegar e cercar com seus próprios inimigos.

Talvez. Bem, que venham. A Legio VII estava pronta para a próxima onda, todos os seus quinhentos homens — talvez somando apenas 480 ou 460 agora. O exército de todo um povo estava cercando o forte — um império nômade inteiro. E o destino, ou os deuses, ou quem quer fosse, apontara a VII para derrotá-los sozinhos.

Ele pediu mais uma taça de vinho, aguada.

Tatullus não bebia nada.

O grande tronco tosado de abeto com sua crua, mas sem dúvidas brutalmente eficaz ponta de bronze — não mais que um caroço de metal devidamente polido —, lembrou Sabinus do porrete de Punhos. Nada das elaboradas esculturas reais de cabeças de carneiros para esse exército itinerante.

Ordenou uma primeira saraivada. As flechas romanas tiniram inutilmente contra as chapas de ferro dos hunos — como poderia ser diferente, desse ângulo? —, e Sabinus ergueu o grosso antebraço para que parassem de disparar. O aríete avançava.

Os onagros hunos emitiram aquele som oco novamente. Dessa vez, a torre sudoeste tomou um enorme golpe perto da base. A parede oeste inteira tremeu com o choque. Inferno.

— Decurião! Conte os estragos e saia de lá!

O segundo onagro também não estava longe do alvo.

Hora de revidar.

Ele ordenou que algumas fundas lançassem projéteis numa trajetória alta e caíssem na cavalaria huna que aguardava a 400 metros, só para deixá-los receosos. As pedras voavam para o alto e para baixo, curvadas como um arco-íris, e os cavaleiros as viam se aproximar e corriam para os lados. Algumas pedras eram pintadas de azul-claro para não serem facilmente distinguidas contra o céu enquanto caíam, mas os guerreiros das estepes, com seus olhos afiados, ainda conseguiam acompanhar todas elas. As munições caíam no chão. Ele mandou que os homens disparassem de novo.

O que uma cavalaria pesada não seria capaz de fazer àqueles cavaleiros sem armaduras? Uma cunha de ferro os atingindo a todo galope? Levando em consideração o que ela fizera aos motoristas atrás das torres de cerco...

Lá estava o grupo de cavaleiros hunos fazendo o aríete avançar. Seu líder era um sujeito jovem, de olhos selvagens e cabelos como cobras, montado num cavalo castrado branco. Encorajava os prisioneiros com uma canção e um chicote. Aqueles que empurravam o aríete contra a fortaleza que antes foram sua maior proteção eram, mais uma vez, os escravizados e supérfluos prisioneiros da cidade de Viminacium, ofegando e sangrando sob o mangual.

Arapovian se aproximou.

— Precisa derrubar esta coisa.

— Eu sei. — Sabinus o fitou. — Está em boa forma, homem?

— Respirando.

— Ainda consegue usar um arco?

— Melhor do que nunca. A dor ajuda a mente a se concentrar maravilhosamente.

Sabinus fez uma careta.

— Acerto o líder deles?

Sabinus balançou a cabeça.

— Espere. Deixe que se aproximem. Os pegaremos nos portões. Não terão chance lá.

E para os prisioneiros escravizados, os coitados, seria mais um dia ruim.

Mas o aríete estava mudando de rumo novamente, comandado de dentro. Estava indo para longe dos massivos obstáculos do portão oeste. Que porco astuto. Sabinus estava momentaneamente perplexo.

— Terceira unidade de balestras apenas — grunhiu. — Atinjam quantos puderem. Para onde eles forem, continuem atirando.

Tinha poucos homens, mas flechas o bastante. Armazéns cheios delas.

— E *pedites*, quero vê-los suar!

Os pobres coitados já pareciam exaustos. Mas ficariam muito pior se aquele aríete passasse pelos portões, seguido por 10 mil cavaleiros tatuados.

A máquina virou lenta e desajeitadamente para a direita, em direção à trajetória de um dos próprios onagros hunos, atirando pedregulhos na torre sudoeste. Bárbaros idiotas. Destruiriam seu próprio aríete desse jeito.

Mas não. Conforme Arapovian avisara, não eram tolos.

A máquina se endireitou de novo e o aríete apontou diretamente para a base da muralha da fortaleza, a apenas 18 metros de onde o onagro estava atingindo. Estavam mesmo odiosamente confiantes na precisão de sua artilharia, e entendiam de aríetes e muralhas de pedra.

Durante as guerras pérsias contra aquele osso duro, Sapor, o exército oriental descobrira rapidamente, para a própria surpresa, que as muralhas das fortalezas no Eufrates, como Nisibis, resistiam bem a aríetes. Feitas de nada mais que tijolos baratos de barro e palha, endurecidos sob o sol da Mesopotâmia, soltavam nuvens de poeira vermelha, mas absorviam o choque. Enquanto isso, as belas muralhas de pedras tremiam e quebravam: muito mais caras, bem mais bonitas... E vulneráveis.

Como as muralhas de Viminacium. Bonitos calcários de Ilíria protegendo um interior de escombros. Assim que a superfície fosse eliminada, o interior desmoronaria, vazando das pedras partidas como sangue coagulado cinzento. Mas como sabiam? Aquele líder tatuado e cheio de cicatrizes. Ele sabia de coisas demais.

Então estavam concentrando o ataque no canto. Uma estratégia nada ruim. Os mísseis do onagro estavam chegando até a torre sudoeste numa frequência constante, 20 ou 30 quilos de projéteis a cada minuto ou dois, de talvez 360 metros de distância. Quando o aríete se aproximou, Sabinus pôde ver que era bem construído. Até a ponta bruta como caroço do aríete estava protegida por um telhado. Era um erro comum esquecer-se daquele detalhe. Os godos sempre erravam nessa parte. Levavam um aríete até as muralhas do inimigo, todo bem-esculpido, oculto por um telhado íngreme — e com a ponta do aríete para fora. Ele se aproxima pronto para o primeiro movimento, e aí se lança uma grande pedra por cima do muro. Ela atinge a ponta protuberante do aríete, a ponta desce, o resto da viga sobe, provavelmente matando alguns dos homens junto, bate no próprio telhado protetor, frequentemente demolindo-o pela metade. Ou arrebenta as próprias cordas, ou se embola nelas na hora de descer novamente — todo tipo de problema. Mas não desta vez.

O aríete estava perfeitamente protegido. Já estavam levantando-o com boas e compridas cordas de suspensão, todos com muita experiência. Sabinus quase amaldiçoou a vista privilegiada que tinha daquela maldita torre do portão oeste.

Um forte estampido, um tremor distante, gritos lá embaixo. As pedras haviam resistido por ora. Mas não por muito tempo. Enviou os *pedites* que tinha de reserva. A muralha precisava de reforço por trás — pedregulhos, sacos de areia, qualquer coisa. Estavam ficando sem recursos, então mandou que levassem marretas até os blocos de quartel mais próximos e pegassem o que conseguissem das ruínas. Avaliou que seus homens dormiriam bem o bastante sob o céu aberto depois que aquilo terminasse.

Rapidamente, outro estampido. Muita poeira. As pedras estavam cedendo.

Um projétil de onagro atravessou o alto da torre sudoeste. Houve uma terrível colisão e gritos de outro mundo. Nenhum dos arqueiros sequer olhou para a esquerda. Com o aríete ainda batendo e aquele ataque concentrado do onagro, toda aquela esquina do forte rapidamente estaria acabada. E assim os hunos estariam do lado de dentro.

Hora de revidar.

Se tivesse um esquadrão de *superventores* — forças especiais, "vencedores"... Mas hoje em dia estavam todos com o exército. Ou alguns soldados da soberba e reformada legião palatina de Aécio, do Ocidente. Esperavam que as legiões da fronteira se cuidassem sozinhas. E assim fariam.

Mas a situação não estava boa. As duas máquinas de arco e flecha na torre sudoeste tinham sido esmagadas por aquele ataque dos onagros. As tábuas estavam envergadas. A maioria dos homens fora esmagada também. Era um massacre. Ele desviou o olhar. A torre noroeste estava da cor do carvão. As flechas acesas que os arqueiros conseguiam disparar não eram suficientes, e a estrutura do aríete estava bem protegida por placas de ferro.

Lá embaixo galopava o comandante do aríete, agitando seu chicote, ignorando a chuva de flechas. Ainda estava ordenando que seus prisioneiros puxassem o aríete de volta e o lançassem contra as muralhas mais uma vez, mesmo debaixo de ataque.

Sabinus teria que enviar homens lá para baixo.

Tatullus leu seus pensamentos:

— O urso com o porrete não vai adiantar. Precisamos de homens rápidos.

Sabinus concordou.

— Eu vou — disse uma voz atrás deles. — Tenho experiência.

Era o armênio mais uma vez.

— Você tem?

Arapovian não se dignou a repetir.

Malchus estava desesperado para se oferecer, também. Parecia loucura enviar seu melhor oficial da cavalaria, mas Sabinus havia visto a rejubilante crueldade daquele homem durante uma luta. Adorava lutar. Quanto mais homens matava, quanto mais de seu próprio sangue derramava, mais adorava. Era um predador puro e sorridente.

Mais um.

Tatullus deu um passo à frente.

Sabinus concordou.

— Coroas cívicas e medalhas para vocês todos, quer voltem ou não. — Ele olhou fixamente para eles. — Mas é bom que deem um jeito de voltar. Estou com poucos homens.

Pequenos grupos de cavaleiros hunos estavam disparando na direção da muralha numa incursão letal, soltando leves e imprevisíveis saraivadas de flechas por cima das ameias expostas, dando cobertura para o aríete. Os três defensores fizeram reverências com as cabeças e correram. Não precisavam falar. O que tinham de fazer estava evidente, e deviam manter-se abaixados, mover-se depressa e causar o máximo de estrago possível. A última coisa que Arapovian fez foi tirar seu amado arco oriental e entregá-lo nas mãos enfaixadas de Punhos. E logo estavam bem atrás das baixas ameias, logo acima da estrutura do aríete, a muralha estreita estremecendo debaixo de suas botas cheias de tachas por causa dos choques do aríete, dos gritos vindos de baixo e da poeira. Mais uma pancada titânica se ouviu quando um onagro lançou outra pedra de longo alcance na torre à esquerda deles, e outra saraivada de flechas enfeitadas com penas retiniu em volta deles. Haviam sido vistos. Houve uma pequena pausa, uma respiração, na chuva de pontas de ferro, de forma que tomaram um único fôlego e em seguida subiram por cima das ameias e sumiram. Os distantes cavaleiros hunos já galopavam em sua direção. Teriam que se mover na velocidade da luz.

— Unidades de balestra, acertem os cavaleiros! — rugiu Sabinus. — Esqueçam o aríete! Derrubem qualquer cavaleiro que se aproximar!

Os arqueiros bem treinados, com seus arcos já em posição, ajoelharam-se rapidamente em seus nichos e dispararam. Os raios cortavam o ar e acertavam os cavaleiros em cheio. Muitos caíram. Outros freavam receosos. Um ou dois arriscaram suas flechas na direção das ameias, mas era inútil. Já estavam aprendendo. Ninguém atirava tão bem, não daquela distância. Começaram a desistir. Mais uma saraivada de flechas chegou voando até eles. A cabeça de um cavaleiro pendeu, arrancada pela metade, e seu cavalo fugiu.

— Continuem — gritou Sabinus. — Não deixem que se aproximem.

Malchus, Tatullus e Arapovian haviam chegado ao cume da máquina de guerra e estavam engatinhando ali, com suas facas entre os dentes. O comandante huno os viu e imediatamente voltou a galope, agitando seu chicote. Malchus e Tatullus conseguiram arrancar dois grandes pratos de ferro da estrutura e rolaram pelo telhado íngreme, fugindo dos cavaleiros hunos e protegendo-se dos disparos com o próprio telhado. Caíram no chão, ignorando as feridas, e levantaram-se de volta como gatos. O comandante huno rapidamente usou seu chicote e enlaçou Tatullus em volta do pescoço. O centurião simplesmente agarrou a tira de couro, cortou-a com sua espada, desenrolou-a de sua garganta e a atirou de volta. O guerreiro huno soltou um estranho rosnado.

Arapovian estava no cume, agachado, segurando as beiradas das tábuas enquanto descia. Ele aterrissou na garupa do cavalo de um huno, que sentiu seu cavalo empinar e se perguntou o que poderia tê-lo atingido. Então alguém agarrou seus cabelos por trás, puxou sua cabeça e ele sentiu o jorro quente de sangue descendo por seu peito nu enquanto sua garganta era aberta. Arapovian desceu do cavalo, desviou de um selvagem golpe de outro guerreiro e levou seu punhal com força até a barriga do cavalo huno. A criatura agonizante se ergueu, urrando. Tatullus apareceu por detrás do telhado do aríete, e em seguida Malchus, de espadas em punho, iniciando a algazarra.

Na planície, o líder com expressão de pedra no rosto em pessoa estava a caminho, com algumas centenas de guerreiros eriçando suas lanças e espadas. Os três defensores tinham cerca de meio minuto para terminar sua missão antes de serem mortos. E aquilo era impossível.

— Rajada de flechas no grupo principal chegando, quando eu mandar — disse Sabinus, com o olhar fixo nos cavaleiros se aproximando. — E o homem que derrubar o chefe de guerra com aquela espada extravagante ganha um biscoito a mais no jantar.

Ele aguardou. O suor pontilhava as sobrancelhas franzidas, escorrendo pelos narizes. Os nós dos dedos estavam brancos de tanta força. Estavam quase no aríete. Sabinus ficou imóvel. Suor pingava nos arcos e brilhava como orvalho.

— Apontar — começou Sabinus. — E... *fogo*!

Oito setas procuraram os cavaleiros agrupados e cada uma delas encontrou seu alvo. Sabinus manteve os olhos tão fixos no senhor de guerra de cabelos grisalhos que pensou tê-lo visto mostrando os dentes como um lobo. Então o guerreiro ergueu um dos braços e ordenou que seus homens saíssem de alcance mais uma vez. Pareceu inclusive momentaneamente perplexo. Atrás de seus cascos em retirada deixaram oito de seus camaradas mortos como pedras no chão.

Sabinus grunhiu de satisfação.

Os selvagens realmente estavam aprendendo.

Foi quando começou uma gritaria dentro da estrutura do aríete.

Sabinus observou com aprovação que os três homens haviam conseguido soltar alguns dos pratos de ferro, e com isso deu a ordem de atear fogo. Os *pedites* começaram a rolar pequenos barris de alcatrão em chamas por cima das ameias até o cume da estrutura, tentando atingir onde as placas de ferro haviam estado antes. Um barril caiu bem em cima do teto e o abriu. Tábuas se espalharam, e o alcatrão aceso se derramou para os lados.

Era um começo.

Sabinus virou sua unidade de balestra novamente para os motoristas atrás do aríete.

— Derrubem-nos quando puderem.

Em meio à confusão, dois guerreiros hunos deixaram a cobertura e arquearam-se para trás, gritando, suas costas cravejadas de setas. Seus cavalos ergueram-se em pânico.

— Recarregar e apontar.

— Sim, senhor — confirmou seu *optio*.

Haviam lançado uma rede por cima do muro sobre o aríete para que os três companheiros pudessem escalar de volta à segurança assim que tivessem feito sua parte. Se ainda estivessem vivos. Agora um guerreiro huno vinha galopando entre o telhado e a muralha, se abaixando rente às costas de seu cavalo, e, com a habilidade de um artista de circo, pulou de seu cavalo até a rede. Ele escalou até o alto com uma faca entre os dentes.

Sabinus fez um sinal.

— Peguem-no.

O extravagante cavaleiro caiu para trás, morto.

Do outro lado da planície, a formação de cavaleiros havia ficado muito larga, e havia muitos mais deles. Mil estavam se aproximando naquele momento. Espaçados, galopando, circulando, determinados a não deixar o aríete falhar.

— *Tubernator*, chame nossos três homens de volta.

A corneta foi até seus lábios.

— Senhor — começou o *optio* —, a corda ainda não foi partida.

— Merda.

Dentro do telhado em forma de tenda que começava a se encher de fumaça, Arapovian estava montado na viga, tentando decepar alternadamente um grande cavaleiro huno que tentava atingi-lo por baixo e as grossas cordas de suspensão do aríete. A ponta da lança do huno furou a coxa do armênio, e ele gritou. Depois, passou a perna para trás e se protegeu atrás do aríete, pendurando-se por um só braço, ainda golpeando furiosamente a corda. A coisa estava esfiapando-se levemente, porém não mais que isso. A distância, escutou a nota vacilante de uma corneta e a trovoada de cascos. Muitos cascos.

— Atinjam essa maldita porcaria! — berrou Sabinus, frustrado, para seus *pedites*. Estava prestes a perder três bons homens à toa. Três homens muito bons. Aqueles mil cavaleiros chegariam ali em segundos. Com os primeiros, furiosas flechas já faziam barulho contra as muralhas. Sabinus correu da sala da guarda até as ameias. Um de seus homens ofereceu-lhe seu escudo, mas ele o dispensou.

Mais uma flecha tiniu por perto. Distraidamente, ele a apanhou e a quebrou contra sua coxa grossa. — Atirem agora!

"*Pedites*, tragam mais barris de alcatrão aqui para cima. Não dou a mínima se estão vindo flechas, homens! É claro que há flechas, estamos no meio de um maldito cerco. Agora os tragam aqui para cima! Esquadrão de balestra: venham até mim."

Ele se agachou, as baixas ameias mal conseguindo esconder seu corpo.

Os oito homens o imitaram.

— Quero tudo que se mexer dentro e em volta daquela estrutura, com exceção de nossos três homens, estirado na poeira. Ouviram?

Arcos se retesaram. Eles se levantaram, miraram, dispararam e se agacharam de volta num movimento limpo e ligeiro.

— Agora vocês, *pedites*! Acendam os barris de alcatrão e derrubem-nos.

As flechas engrossaram como uma chuva de ferro. Um de seus atiradores foi atingido na bochecha. Outro começou a ajudá-lo a descer as escadas.

— Ele não perdeu os olhos, e preciso de você aqui na muralha, soldado! Largue a mão dele! — Para o homem ferido, disse mais gentilmente: — Bom trabalho, soldado. Agora vá para a enfermaria e leve uns pontos. As putas vão ficar loucas com a cicatriz.

A deserta torre sudoeste estremeceu mais uma vez.

— Recarregar.

Ele era como uma rocha, este legado legionário que xingava como um soldado comum. Não parecia ter medo de nada. Os homens puxaram para trás as cordas de seus arcos.

Era bom que o vissem assim. Sabinus sabia muito bem que estava tão assustado quanto o resto deles. Mas era melhor ator. Por isso mantinha as mãos cerradas em punhos: para que parassem de tremer. Ele sorriu e socou um homem no ombro.

— Mate todos eles.

Ele se ergueu de novo, ajeitando as alças de sua couraça de bronze sobre seus ombros corpulentos, impenetráveis para as flechas.

— Soltem o resto dos barris de alcatrão! Precisamos de mais que isso!

Os *pedites* suavam sangue. Flechas acesas inflamavam mais alcatrão. O topo do telhado estava queimando uniformemente.

Ele se virou e observou o selvagem cavaleiro de cabelos longos lá embaixo, gritando versos bárbaros.

— Quero ele morto. Aquele ali, o poeta. — Ele escarrou e cuspiu. — Nenhum poeta vai tomar a *minha* fortaleza, porra.

Mais uma vez formaram uma fileira rápida e perfeita, deram um passo à frente, miraram seu alvo em meio à letal chuva de flechas que caía, dispararam e abaixaram. Nenhum deles foi atingido.

Sabinus semicerrou os olhos para olhar entre as ameias.

— Biscoitos para todos — grunhiu.

Três disparos foram perdidos. Um atingiu o cavalo do huno. Três atingiram o guerreiro na coxa, um nas costelas, um nos ombros. Ele e seu cavalo urraram em uníssono, um dueto infernal, o cavalo empinando, suas patas dianteiras chutando o ar. O guerreiro forçou-o para baixo com brutalidade, o sangue escorrendo em gotas da flecha presa em suas ancas musculosas. Ele deu meia-volta e gritou, agitando seu chicote com a mão esquerda, seu braço direito sobre o peito, a mão em cima do ombro atingido, os dedos vermelhos. Mas a flecha já havia entrado e jorrava sangue para dentro de seus pulmões, e sua voz estava louca, fraca e desesperada.

— Matem-nos! Recuem o aríete! Astur vai destruir completamente toda a terra no dia de sua ira! Trabalhem, escravos!

Mas estava louco. Não havia mais escravos para obedecê-lo.

— Segunda rajada — ordenou Sabinus. — Acabem com ele desta vez.

O cavaleiro enlouquecido foi atingido por mais duas setas, assim como seu cavalo. Estava completamente maluco. Uma seta bateu em seu capacete redondo de ferro. Ele sacudiu a cabeça. Seus longos cabelos negros voaram e espalharam gotas de sangue vermelho brilhante, fazendo Sabinus se lembrar de Medusa. Então ele baixou seu chicote e sacou seu longo e curvado sabre. Para o espanto de quem assistia da muralha, cavalgou em sua loucura alimentada por sangue e começou a massacrar os prisioneiros, acorrentados debaixo do telhado em chamas. Eles caíam, gritando, com as mãos sobre as cabeças talhadas. Arapovian se viu encurralado entre os prisioneiros presos ao aríete e o huno ensandecido, tentando protegê-los enquanto o cavaleiro tentava matá-los. Arapovian cortou a corda dos prisioneiros que ainda estavam vivos, apenas para o cavaleiro dar meia-volta e açoitá-los enquanto fugiam, perseguindo-os. Depois cerrou os dentes com raiva e se lançou contra outro cavaleiro huno, enfiando sua espada através dele. Em seguida, subiu de volta na viga, cortando as cordas de suspensão. Finalmente uma delas se desgastou, torceu e se partiu, e o aríete desabou com um estrondo no chão, a pesada cabeça de carneiro enterrando-se pela metade onde caíra. Arapovian foi atirado de onde estava como se tombasse de um cavalo. Ele rolou agilmente pelo chão, se levantou e fez uma careta.

— Está feito! — rugiu Sabinus. — *Tubernator*, chame os homens de volta! Toque até explodir suas tripas, homem!

Ele se virou para o outro lado.

— Todos os barris de alcatrão para fora da muralha. Quero ver aquele telhado derretendo!

O guerreiro huno ficou ainda mais enlouquecido com a derrota, morrendo, agitando seu sabre. Ele cavalgou direto contra as muralhas, esporeando seu cavalo ensanguentado. A criatura virou ao longo do muro e o guerreiro o golpeava com a espada, cavalgando debaixo de sua própria chuva de faíscas. Alguém largou uma pedra em cima dele. Ele deu ré e olhou para cima, para o vazio, através de uma máscara de sangue, seus olhos revirando. Vacilou para a frente uma vez mais, ainda em cima da sela de madeira, e cavalgou para longe. Um adolescente apareceu, enegrecido, de debaixo da estrutura: o último dos prisioneiros escravizados, esperando escapar. O guerreiro o golpeou sem pensar duas vezes enquanto passava e galopou para longe, através da planície, de volta a seu exército, ainda vivo não se sabe como, seu corpo cambaleando, a cabeça pendendo para um lado, o sabre balançando da mão esquerda.

Os homens na muralha ficaram em silêncio.

— Por Deus — grunhiu Sabinus.

— Pelo prepúcio judeu de São Pedro — concordou Punhos.

Tatullus e Arapovian já estavam de volta na muralha quando o telhado, ardendo a fogo lento e tombado pela metade, vacilou e afundou numa poeira inútil. O aríete debaixo dele queimava. Então perceberam com horror que Malchus não os havia seguido. Tatullus brandiu uma ordem para o jovem oficial da cavalaria que estava parado em estado de transe e ensanguentado perto das ruínas fumegantes, mas parecia não escutar.

Os cavaleiros vieram a galope. Malchus saíra tarde demais. Mal conseguia andar. Ele sorriu. Havia perdido sangue demais para escalar os destroços primitivos do telhado e pular de volta por cima das ameias.

Arapovian esticou um braço fútil, chamando-o, o rosto furioso e já pesaroso.

— Mova-se homem!

Malchus virou a cabeça e sorriu debilmente para ele através de uma névoa de sangue. Ele ergueu um antebraço vermelho e tocou o lado plano de sua espada em sua testa nua. Afastou-se deles e olhou para longe, através da planície.

Arapovian ouviu uma ordem ser vociferada, a voz do legado, mas não a escutou nem entendeu. O homem havia subido pelo muro e descido pela rede como um gato. Malchus não percebera. Estava em pé, sozinho, diante da fortaleza. Não, havia se afastado dela. Cambaleando, andava na direção da horda de milhares que se aproximava, quase incapaz de erguer sua espada.

Arapovian esquivou-se em volta do telhado arruinado e correu até ele, mas os cavaleiros estavam se aproximando mais rápido. Era impossível.

Malchus ajeitou o capacete com mais firmeza na cabeça e aguardou. Teria gostado de terminar tudo correndo na direção deles. Mesmo andar com algum propósito já teria sido alguma coisa. Mas estava cansado demais, então simplesmente ficou esperando. Pelo menos ainda estava de pé. Respirou fundo e ergueu sua espada para o alto uma última vez. Então a horda partiu para cima dele, e ele se foi.

Arapovian parou subitamente. Mais um pouco e estariam em cima dele também, mas, incrivelmente, pareceu parar e pensar no assunto por um ou dois segundos. Então ergueu sua espada com a mão direita, e com a esquerda sacou sua bela adaga com o cabo cravejado de joias. Avaliou a horda. Em seguida, embainhou ambas de volta, se virou e correu até a muralha. No momento em que o fez, alguns cavaleiros embainharam suas espadas e tiraram seus arcos das costas, prepararam as flechas e atiraram, tudo isso num piscar de olhos. As flechas se chocaram contra as pedras. Arapovian escalou a rede o melhor que pôde com a perna ferida. Os besteiros no alto deram passos à frente e atingiram os cavaleiros mais próximos. Homens urraram de raiva e dor, cavalos caíram.

Arapovian, segurando o alto da rede com um braço, parou e olhou para trás. O armênio estava tão louco quanto aquele poeta huno. Mais ordens soaram em seus ouvidos. Tirou a adaga da bainha mais uma vez e mostrou a pequena e brilhante lâmina novamente sobre o exército de cavaleiros até achar o alvo. Apontou a ponta da adaga diretamente para o senhor de guerra com expressão de pedra e abriu um raro sorriso. Então segurou a lâmina entre os dentes mais uma vez, subiu e pulou por cima das ameias, puxando a pesada rede atrás de si. Punhos puxou a outra ponta, e mais homens vieram ajudar. Um huno acrobático saltou e se agarrou nela, puxando-o até o alto, onde Punhos se debruçou e atirou-o de volta para baixo com um pesado golpe na cabeça, como quando se espanta uma mosca com as mãos. O guerreiro deu cambalhotas até cair de volta no chão. A rede subiu em segurança por cima das ameias, e o resto dos cavaleiros deparou-se com muralhas de fortaleza mais uma vez vazias.

Num surto de energia vitoriosa, flechas, dardos, fundas e até pedras atiradas a mão atingiram os hunos numa única e brutal saraivada. Da unidade que operava novamente a toda capacidade na torre noroeste queimada pela metade veio um ataque dos artilheiros bem treinados. Dois grandes dardos de balista e duas fundas de peso médio foram disparados com força e quase na horizontal, curvando-se para baixo rapidamente sobre os cavaleiros em disparada. Os quatro projéteis derrubaram quatro cavaleiros numa velocidade devastadora. Podiam-se escutar as vértebras quebrando. Os cavaleiros de trás tropeçaram neles, e outros caíram. Alguns ficaram no chão, atordoados debaixo de seus cavalos, gemendo ou embolados em suas rédeas. As flechas cantavam de cima das ameias, e cada uma delas acertava. O restante dos cavaleiros fugiu.

Arapovian se abaixou atrás da muralha baixa e embainhou sua adaga. Então removeu seu capacete, jogou para trás os longos cabelos negros colados sobre as sobrancelhas e fez com a cabeça uma reverência de tristeza pelo bravo camarada perdido.

Punhos entregou seu arco de volta a ele.

— Aquele maluco — disse.

— Um herói, você quer dizer? — perguntou Arapovian amargamente.

— Mesma coisa — respondeu Punhos.

Abaixo deles, a grande estrutura em chamas soltou um último lamento, como algum animal primitivo agonizando. Depois se inclinou, cambaleou e desabou numa enorme erupção de fuligem e faíscas. Chapas quentes de ferro tiniam ao caírem umas sobre as outras. Em meio à fumaça, às chamas e ao cheiro acre de corda queimando, o cheiro de corpos torrando era ainda pior. A cabeça de bronze do grande carneiro, meio enterrada, brilhava vagamente através das chamas. Um último soldado ferido engatinhou de dentro daquele caos, seus braços balançando como se estivesse tentando nadar em meio à areia. Ele ficou de joelhos e tentou alcançar um cavalo vazio que dava voltas e resfolegava de surpresa.

— Terminem isto — ordenou Tatullus com irritação.

Um dardo o atingiu. A poeira baixou. Os homens voltaram a respirar.

Ainda não era meio-dia. Os *pedites* levaram água para todos.

Sabinus estava chegando às ameias. Arapovian se pôs de pé.

Tatullus o saudou:

— Senhor. Aríete fora de ação.

Sabinus teria sorrido, mas Malchus morrera, e ele não podia se dar ao luxo de perder homens como aquele. Ele assentiu e voltou para a torre oeste.

Houve um breve sossego do massacre huno. Os cavaleiros foram empurrados de volta para os cumes das colinas a oeste. Seus onagros ficaram silenciosos. Uma sensação de hesitação temporária reinava. Essa fortaleza vazia e isolada não seria tão fácil de invadir, afinal. Mas Sabinus e seus soldados lembravam-se bem o bastante do comportamento daquele senhor de guerra de rosto sombrio e tatuado em cima de seu pônei sujo e castanho. Ele voltaria. Qualquer trégua seria curta.

Sabinus ordenou que Tatullus fizesse uma discreta contagem de homens, e o resultado foi um choque. Agora eram menos que quatrocentos soldados de linha de frente: um quinto de seus homens tornou-se baixas, feridos ou assassinados. Os *pedites* e os atendentes tinham levado a pior. Não havia abrigo para aquelas amargas chuvas de flechas, e os hunos em breve voltariam. Milhares e milhares deles.

Se os deuses fossem justos e recompensassem homens comuns que lutavam como heróis, então certamente mandariam reforços em breve. Ou talvez alguma deusa, Palas Atena com seus olhos cinzentos, como quando descera do Olimpo até as planícies ventosas de Troia para proteger seu amado Ulisses. Sabinus curvou os lábios num sorriso irônico. Grandes chances. Os velhos deuses estavam mortos. O imperador e seus bispos haviam declarado isso, e o Altar da Vitória não estava mais no senado romano. De agora em diante, os homens deveriam lutar sozinhos, com apenas um peixe simbólico ou uma cruz de madeira para socorrê-los.

Havia 6 mil homens armados em Ratiaria. Mais 30 ou 40 mil em Marcianópolis: o exército oriental em toda a sua glória. Mas o horizonte e seus arredores continuavam vazios e quietos.

O sol de verão ardia. No céu azul acima, andorinhões rodopiavam e faziam barulho em meio ao ar tranquilo, como se aquele fosse um dia como outro qualquer. Os homens da muralha podiam ouvir o grito distante da garça-real vindo do rio. Aqui eles morriam, enquanto a vida prosseguia tediosamente.

Os romanos beberam água com um pouco de vinho avinagrado, mastigaram biscoitos de farinha de cevada e carne de porco salgada, então descansaram na sombra das torres ou blocos quebrados

dos quartéis. Tatullus andava de um lado para o outro incansavelmente, inspecionando armas e ferimentos, dando ordens em voz baixa. Certificou-se de que os escudos de seus homens fossem propriamente carregados com um conjunto completo de *mattiobarbuli*, dardos revestidos de chumbo que eram a arma perfeita para se defenderem das multidões de atacantes abaixo. Ele parou para observar um jovem cuidadosamente talhando insultos em suas fundas, uma a uma, sentado de pernas cruzadas, a língua para fora entre os dentes, concentrado como se fosse o melhor ourives em seu ofício.

Tatullus olhou por cima de seu ombro. "*Hic ede, equifutuor*", dizia a lírica inscrição. "Tome essa, fornicador de éguas."

— Muito espirituoso, soldado — grunhiu o centurião. O jovem se pôs de pé num salto e o saudou. — E se sair dessa inteiro, tenho certeza de que arranjará um bom emprego como pedreiro talhando mentiras nas lápides rebuscadas dos mortos ricos. Mas até lá, *faça algo de útil, cacete*!

— Senhor!

O soldado seguinte a despertar a ira de seu centurião estava com um escudo todo errado. Tatullus arrancou-o de uma das mãos do homem e virou-o para observar o verso.

— Um escudo romano tem uma empunhadura central resistente atrás da bossa — declarou. — Então o que é isso? Uma alça, com uma empunhadura perto da beirada. De que adianta isso, seu imbecil?

O soldado ficou encarando-o debilmente.

— Seu escudo é ofensivo ou defensivo?

— Defensivo, senhor.

— Idiota! É as duas coisas. Aguenta ataque de flechas, é claro, então você se aproxima e derruba seu homem por cima das ameias com um bom golpe da bossa. Mas o que vai fazer contra um homem com um golpe fraco de lado? Cócegas? Tire essa alça agora mesmo, soldado. Recoloque a empunhadura bem atrás da bossa. Decurião!

Certifique-se de que nenhum outro homem tenha escudos com alças. Isso é coisa de mulherzinha. Se ficar cansado de segurá-lo, descanse a beirada no chão e se agache. Lembre-se disso.

Em seu relatório de volta para Sabinus, mostrou uma comiseração por seus homens que nunca sonharia em mostrar na frente deles.

— Estão cansados como cães. São apenas mortais. Nenhum homem pode lutar para sempre. Já lutaram cinco, seis horas a essa altura, depois de uma noite sem dormir.

Sabinus sabia o que ele estava sugerindo, seu centurião de coração de ferro: descanso para metade, trabalho para a outra. Mas as muralhas não podiam ser defendidas com apenas duzentos homens. Até mesmo quatrocentos era ridiculamente inadequado. E seu *primus pilus* conhecia a verdade tão bem quanto ele. Todos os quatrocentos homens teriam que se levantar para lutar de novo. A ira e a estafa do legado o tornavam impiedoso.

— Terão tempo para dormir no barco dos mortos de Caronte.

Alguns estavam quase adormecidos de tanto cansaço, quando uma pancada distante foi ouvida e, dois ou três segundos mais tarde, outro terrível tremor foi sentido na torre sudoeste. Estavam sendo atingidos novamente.

— Para suas estações, depressa!

Olhos secos, sonolentos e cheios de poeira mais uma vez encontravam-se arregalados. Mais uma vez aqueles homens arrastaram suas pernas sujas e exaustas, subindo os degraus de pedra e caminhando ao longo das paredes das ameias até chegarem a seus ingratos postos de trabalho.

CAPÍTULO 9
OS GAROTOS DA CALDEIRA

Desta vez, o chefe de guerra huno estava no controle. Manteve seus incontáveis cavaleiros fora de alcance e não os usou. Durante meia hora ou mais, ouviram-se apenas os guinchos e ruídos das gigantescas molas se torcendo, seguidos da trepidação da viga batendo na outra viga, amortecida, e a torre sudoeste e as muralhas à sua volta, enfraquecidas, senão quase demolidas pelo aríete, continuaram lentamente sua ruína.

Assim começou a longa tarde de atritos.

A Legio VII havia triunfado contra as torres de cerco e o aríete, era verdade. Ajudados pelo fato de os hunos terem começado de forma errada, atacando por partes em vez de juntos numa única e concentrada frente. Se tivessem trazido as torres de cerco e o aríete juntos contra muralhas diferentes, enquanto davam cobertura integral às máquinas por meio de seus cavaleiros, Viminacium já poderia ter sido tomada, e os legionários já estariam mortos na barca de Caronte através do rio Estige. Mas contra os onagros, a VII não poderia triunfar. Estavam desesperadamente fora de alcance. Mesmo as melhores balistas e bestas romanas não eram nada perto do tamanho e do poder daquelas forças.

A tensão da espera era suficiente para levar um homem à loucura.

— Flâmulas! — gritou a voz de um jovem. — Estou vendo flâmulas! Birutas e estandartes de dragão!

Era um *signifer*, o jovem a quem Sabinus tentara acalmar na capela legionária. Estava sentado sobre as ameias como um tolo sofrendo de insolação, gesticulando loucamente.

— Acho que podem ser os Ioviani Seniores. Ou os Cornuti. Olhem, a leste! De Ratiaria!

O garoto tinha uma imaginação fértil, certamente.

Tatullus se aproximou, puxou-o de volta de cima das ameias, olhou em seus olhos e viu a chama frenética acesa dentro deles. O garoto continuou a gritar coisas sem sentido, então ele concluiu que estivesse disparatado e mandou que fosse à enfermaria.

O centurião observou o horizonte a leste.

Não havia qualquer flâmula.

Humf. Outra bola de 50 quilos atingiu a torre sudoeste. Nuvens de poeira subiram alto em meio ao ar estagnado de verão.

Então, do oeste, a onda de cavaleiros chegou inundando tudo.

Punhos arrastou-se para perto, segurando uma pequena besta dentro de sua enorme pata.

— Parece um urso tentando descascar uma uva — observou Sabinus.

Punhos parou e enxugou a testa.

— Se pudesse chegar perto deles com meu porrete, senhor, conseguiria fazer o bem para Roma e para o senhor Jesus Cristo.

— Ainda terá sua chance de um pouco de combate corpo a corpo, soldado. Não duvide disto.

Foi quando veio uma nevasca de flechas arqueando-se no alto.

— Protejam-se!

— Precisa sair da muralha, senhor, para baixo do pavilhão.

Sabinus se mexeu. À sua volta, gritos de homens atingidos. O tinir de flechas, às vezes o barulho macio quando atingiam carne humana. Gritos de outro mundo. Não podiam mais perder ninguém. Mas estavam perdendo. As muralhas precisavam de homens.

Não podiam simplesmente esperar serem massacrados por aquelas letais tempestades de flechas. Precisavam contra-atacar de alguma maneira.

Ele ordenou que buscassem homens da muralha leste, deixando-os apenas nas sul e oeste. O ataque permanecia concentrado nelas, e Sabinus imaginou que fosse continuar assim.

Deviam contra-atacar rapidamente. Precisavam fazer alguma coisa.

Lá embaixo, a cavalaria pesada se agitava.

Das unidades de artilharia ainda trabalhando nas torres sul, dardos de balistas cortavam tanto hunos quanto seus cavalos. Um disparo perpendicular era capaz de atravessar três homens enfileirados, diziam. Sabinus convocou cada última unidade de besteiros para as ameias. Saraivadas cerradas provaram ser letais para as fileiras de cavaleiros desarmados, por mais que estivessem espaçados e movessem-se rapidamente. Morriam às dúzias. Depois de um tempo, saíram de alcance novamente.

— Não são invencíveis — observou Tatullus em voz baixa.

— Nunca achei que fossem — respondeu Sabinus.

— Loucos como malditos texugos, porém — acrescentou Punhos.

Arapovian, que estava sentado e reenfaixava seu braço, pegou seu arco de volta.

O centurião e o legado saíram.

— Conte-me sobre a Armênia, então — começou Punhos. — Seria bom rir um pouco.

— Armênia? — O olhar no rosto de Arapovian fez até mesmo Punhos vacilar. — Um dia vou lhe contar sobre a Armênia. Por enquanto, matarei hunos.

*

Os onagros voltaram a atirar. E com eles, em rodas amplas, vieram os arqueiros a cavalo. Quase se podia ouvir o suspiro coletivo de homens exaustos, pondo-se de pé, ajeitando seus arcos, pesando seus escudos, arrumando uma nova fileira de dardos de chumbo.

O violento ataque recomeçou.

Rapidamente um decurião chegou correndo.

— Sala no primeiro andar, senhor. Uma pedra atravessou a parede. A torre ainda está de pé, mas o teto está começando a cair.

— Dê cobertura a eles atirando em resposta.

— Não há arqueiros, senhor.

— O que quer dizer com isso? É sua unidade, onde estão?

— Minha unidade se foi, senhor. Para o céu ou para o inferno, não me atrevo a dizer. As flechas inimigas estão caindo como chuva. — Ele tentou juntar fôlego, sacudindo as mãos vazias. — A cavalaria deles está debaixo das muralhas. Um fluxo contínuo deles. Cada um dos homens no terraço descoberto foi atingido. Estão mortos como peixes, senhor.

— Jesus.

Tatullus revisou a situação para seu comandante:

— As torres de cerco não eram um problema. A cavalaria leve, obviamente também não. Não importa quantas flechas joguem para cima de nós. O aríete está arruinado. São os onagros que devemos derrubar, e rápido. A torre sudoeste não vai aguentar por muito mais tempo, e então estaremos lutando corpo a corpo em cima dos escombros. — Ele fez uma careta. — Numa desvantagem de cem para um.

Tinha razão, e Sabinus estava ciente disso. Aqueles grandes onagros ao longe, a 800 metros de distância, apressando-se em meio à poeira, cuspindo suas cargas massivas, empinando-se como as traseiras das bestas de quem recebiam seu nome, eles sim eram os inimigos. E iriam abrir um caminho. Era apenas uma questão de tempo. Mais uma pancada estremecedora foi sentida, e a muralha oeste inteira, ferida e agredida, com uma nova rachadura chegando até a fundação de pedras, e homens cambaleando de volta das ameias, engasgados com a poeira. Não, não podiam ficar sentados ali esperando tudo acabar. Não agora. Não depois de tantos anos de paciência e perseverança...

Uma vez que um único buraco se abrisse, uma vez que aqueles bárbaros estivessem dentro do forte, o corpo a corpo certamente seria breve. Seus auxiliares fugiriam. Seus mensageiros fariam o que sabiam fazer de melhor, e correriam. E seus últimos trezentos lutariam como os espartanos de Leônidas até o final amargo e sangrento. Realmente acreditava nisso. Talvez levassem embora o dobro de inimigos com eles, gritando em protesto, para o inferno. Seiscentos inimigos assassinados não fariam diferença. A vida não tinha valor para eles. Dezenas de milhares mais cavalgariam em linha reta pela estrada imperial até Naissus. E depois até a Sardica? Adrianópolis? E depois até a própria capital? Seria como uma onda monstruosa, uma eriçada e maltrapilha onda de selvagens armados até os dentes, varrendo até os confins da Europa.

Finalmente os onagros pararam de atacar. Os homens a galope lá embaixo se afastaram de novo para se reagrupar, e reabastecerem suas aljavas nas carroças de suprimentos hunos que estavam no cume.

Agora.

— *Tubernator*! Toque a carga militar!

No portão sul viu-se um disciplinado frenesi de movimentação. Os cavaleiros, já vestidos em suas armaduras graças aos ajudantes, subiram em montarias imensas e cabeludas e ajeitaram-se em cima das selas com esteio de bronze em cada canto, sólidos como rochas, grandes, inumanos. Seu líder era Andronicus. Não era bobo, mas também não era Malchus. Verificaram suas compridas espadas da cavalaria, ergueram seus escudos brasonados, ocultaram suas compridas lanças cinzentas e enfileiraram-se no portão numa longa coluna teutônica, em grupos de quatro homens. Foram eles que executaram o ataque punitivo original contra o povo huno ao norte do Danúbio, provocando essa terrível vingança. Ordens inexoráveis da autoridade mais alta, era verdade; uma tarefa sombria, porém necessária. Agora mais uma vez cavalgavam na direção do inimigo com verdadeira fúria em seu sangue.

Sabinus ergueu uma das mãos e observou mais uma vez a planície. Os cavaleiros hunos estavam sumindo, como figuras fantasmagóricas vistas através de nuvens de poeira ocre. Ele baixou a mão. Os guardiões do portão puxaram de volta as poderosas madeiras de carvalho, os dois portões de ferro rugiram ao se abrir e a coluna saiu num trote duro como aço. Uma grande e faiscante serpente saindo de seu covil na direção do mundo além.

Os homens nas ameias comemoraram ao vê-los. A grandiosidade e o poder da Schola Scutariorum Clibanariorum. Menos majestosamente, eram chamados de garotos da caldeira, considerando que iriam cozinhar dentro de sua pesada armadura em dias como este. Mas de forma deliberada treinavam nos dias mais quentes às vezes usando peças de roupa a mais por baixo da armadura. Estavam acostumados.

Mantiveram as cabeças de seus cavalos abaixadas e continuaram a trotar firmemente para manter a formação até o último homem. Suas montarias usavam capacetes de prata e máscaras de pouco uso prático contra flechas, mas altamente eficazes em assustar os cavalos do inimigo. Cavalos se assustavam com tudo: camelos, elefantes, outros cavalos usando máscaras. Sabinus até mesmo ouvira que esses animais recuavam de um ataque ao mero odor de bosta de leão. Infelizmente, não tinha sacos de bosta de leão disponíveis naquele momento.

Em retirada, os cavaleiros hunos ainda não estavam cientes do ataque iminente à sua retaguarda. Andronicus ergueu-se em cima de sua sela e assentiu, e com isso a coluna avançou num galope leve. Um huno olhou para trás e gritou um alerta. Imediatamente, Andronicus enfiou as esporas no cavalo, que relinchou baixo enquanto mudava para pleno galope. A coluna avançou.

As fileiras agrupadas de hunos em retirada se desfizeram e se separaram antes que o destruidor monstro de ferro e bronze pudesse alcançá-los, e Sabinus soube imediatamente, de sua maldita posição de arquibancada na torre de guarda oeste, que sua última e desesperada tentativa de contra-ataque fracassaria. O que uma coluna de cavalaria pesada fazia de melhor era atingir com força um alvo, mas não haveria alvo para atingir. Os cavaleiros nômades galopavam para longe em direção a espaços vazios na frente da cavalaria romana, as planícies da Panônia lhes parecendo as infindáveis estepes da Cítia. A grande coluna blindada avançava contra o ar vazio, contra um sarcástico nada. E então alguns hunos, os com flechas ainda sobrando nas aljavas, deram meia-volta e avançaram contra eles pelas laterais, hábil e rapidamente, seus arcos já escorregando dos ombros musculosos de peles acobreadas.

Sabinus se sentiu como o próprio imperador em Constantinopla, no alto de sua *kathisma*, seu camarote reservado no Hipódromo, assistindo a um pouco de entretenimento inofensivo durante a tarde. Ele se enrijeceu com a aversão que sentiu de si mesmo. Estivera na capital, vira o Obelisco de Teodósio, o Grande, no Hipódromo, triunfalmente erguido no ano de 390. Ele vira e estudara os baixos-relevos de bárbaros desgrenhados usando peles de animais, fazendo reverências ao imperador e sua família no alto de seu camarote real. Que arrogância. Que húbris. Que refém da sorte aquele altivo e egocêntrico monumento provaria ser. O imperador dos romanos do Oriente, Vice-Regente de Deus sobre a Terra, perpetuamente vitorioso sobre as hordas pagãs... Testemunhar o massacre de seus homens desse jeito era quase mais do que Sabinus podia suportar.

— Caçar hunos numa planície aberta é como caçar um tigre numa floresta escura — comentou uma voz suave ali perto. Era Arapovian. — À noite. Com um pedaço de pau.

— Guarde seus pensamentos para si, soldado.

Sabinus estava pronto para fazer soar o toque de recolher quando Andronicus deu um aparente grito de triunfo, e Sabinus hesitou. Parecia que o oficial da cavalaria acreditava ainda existir uma chance de chegarem até os onagros e destruírem-nos, antes deles mesmos serem destruídos.

Mantendo seus homens numa apertada e perfeita coluna, essencial quando tão excedidos em número como agora, Andronicus virou-os o mais hermeticamente que pôde para a esquerda, através das fileiras de cavaleiros hunos em disparada. Não, não havia um alvo satisfatório para estilhaçar e demolir, mas estes cavaleiros levemente armados, sem flechas, parcamente protegidos, na verdade parcamente vestidos, poderiam ser derrubados impiedosamente em grupos menores. Infiltrando-se no meio deles dessa maneira, não deixavam chances de seus companheiros hunos replicarem com flechas. Acabariam matando seus próprios homens. Era uma boa jogada.

Sabinus balançou a cabeça, satisfeito. Uma coisa que aquele chefe militar de expressão de pedra não esperava, pensou, era tal contra-ataque. Bem, deixaria que sofresse agora. Desta vez aqueles cavaleiros sentiriam como era ter os garotos da caldeira batendo em seus flancos.

Quando um lanceiro atingia o flanco de um cavalo huno, o peso maciço da armadura do cavaleiro tendia a derrubar o trôpego pônei das estepes. Ou o guerreiro ficava preso e era pisoteado, ou, caso tentasse montar de volta, o lanceiro seguinte estaria pronto para terminar o serviço. O próprio Andronicus estava enfiando sua lança diretamente na barriga de um dos pôneis. O animal guinchou e capotou, arrancando a lança da mão do romano enquanto corria. Andronicus prontamente se recompôs e sacou sua *spatha*, uma comprida espada.

O cavaleiro huno rolou do cavalo e se levantou coberto de terra, mal conseguindo enxergar, alcançando seu sabre curvado. O lanceiro atrás de Andronicus foi até o outro lado do huno, galopando perto o bastante para tocá-lo. Ele baixou seu escudo, mirou a pesada bossa de bronze diretamente na cabeça do huno e deixou seu cavalo fazer o resto. Naquela velocidade, o resultado foi golpear e arrancar a cabeça do huno ali mesmo, não deixando nada além de um pedaço de cadáver derramando sangue do pescoço.

Começou a derrota dos ligeiros cavaleiros das estepes, sem flechas, dilacerados pelos pesados lanceiros, que chegavam cada vez mais perto dos onagros. Uma vez ali, alguns golpes de espada certeiros podiam causar bastante estrago, além de comprar tempo para eles. Em meio à poeira rodopiante e cegante, porém, os homens da cavalaria não notaram novos cavaleiros hunos vindos da cordilheira, com suas aljavas recarregadas e eriçadas.

Subitamente a coluna romana se viu ficando para trás, sem conseguir perseguir seus oponentes com tanta velocidade e ainda longe de atingir os onagros. E então os hunos voltaram, rápida e habilmente, galopando de maneira leve e veloz como falcões, cercando ambos os lados da coluna, atirando flechas em letais trajetórias retas — nada de arcos altos e elegantes pelo céu da manhã desta vez — e num ângulo na direção da coluna, de modo que não pudessem fazer algo muito diferente do que atingir um deles. Os guerreiros seguravam seus pequenos e mortais arcos quase na horizontal, disparando de lado, suas flechas quase invisíveis ao cuspirem dos arcos de meros 90 metros de distância, ou mesmo 45. Fincavam-se em pesados escudos de madeira, cada escudo no braço esquerdo de cada lanceiro rapidamente cravado de oito ou dez flechas, pesando o cavaleiro, cansando-o. Logo, até mesmo aqueles fortes braços começaram a pender, expondo mais seus pescoços e ombros. Os lanceiros estavam encharcados de suor dentro de suas malhas de cota, seus olhos piscando furiosamente, esforçando-se para enxergar.

Os cavalos hunos não pareciam ter medo das enormes montarias romanas mascaradas com seus sublimes capacetes de prata. Talvez seus cavaleiros não lhes permitissem ter medo. Mais flechas resvalavam de protetores de ombros ou íngremes *spangenhelms,* às vezes ricocheteando em pele — a força por trás de cada projétil era incrível. Outras acertavam o alvo e atravessavam, parcamente desaceleradas pela armadura ou pelas cotas de malha, para terminar seu trabalho cravadas em carne ou ossos. O sangue brilhava sobre as armaduras polidas, fino como óleo na água, ou escorria por baixo delas, rios de sangue e suor misturados.

Um casal de urubus com dois filhotes famintos para alimentar já circulava acima.

Andronicus levantou o visor de seu capacete e assim o deixou, irado e sem sentir dor em meio ao caos da batalha. Fora atingido na coxa, mas teria tempo suficiente para sentir dor mais tarde. Gritou mais uma ordem e se endireitou outra vez, indo para a direita, segurando sua espada comprida ereta na sua frente como uma lança. Havia percebido o que estava acontecendo. Apesar de terem feito um bom estrago entre os cavaleiros desarmados em retirada, agora estavam cercados como marimbondos em uma colmeia. Tudo que via ao seu redor, seu único horizonte, era um vasto e extenso círculo de cavaleiros a galope. Os hunos disparavam suas flechas ao passarem através de apenas um quadrante do círculo para não atingirem seus próprios homens do outro lado. Espertos. Recarregavam ao longo do restante do galope.

Os homens de Andronicus estavam caindo por toda parte, cambaleando à brilhante luz do dia, gritando com suas cabeças jogadas para trás, suas lanças sendo arrastadas. Enfiou suas esporas nos amplos flancos de seu cavalo de batalha e levou seus homens para fora do círculo mais uma vez. Nenhuma fileira huna teria resistido àquele choque. Mas, em vez de resisti-lo, o inimigo simplesmente se desmanchou diante dele. O círculo se desfez em volta deles e em seguida se reorganizou, de forma que os romanos continuaram cercados. A agilidade tática dos hunos era extraordinária. Mas como sabiam quando se reorganizar, quando suspender fogo e quando se movimentar? Quem dava as ordens? Era inquietante. Até mesmo neste momento Andronicus se admirava. Ouvira falar dos hunos. Agora os via e entendia. Não eram demônios do meio da selva, afinal. Apenas incríveis guerreiros. Talvez os melhores que Roma já enfrentara em sua longa história.

Do outro lado da planície, o chefe huno estava sentado sem se mexer, como uma estátua votiva primitiva feita de basalto em meio ao deserto. Não dava ordens a seus milhares de homens.

Mais uma chuva de flechas caía e Andronicus se abaixou sobre sua sela, o rosto enterrado na crina espessa de seu cavalo. Às vezes, aquele cheiro grosseiro e doce de animal o reconfortava nos estábulos depois de um dia duro de treinamento ou, melhor ainda, de caçada. Mas não agora. Qualquer tipo de conforto estava muito longe. Uma flecha passou de raspão sobre seu ombro e abriu seu pescoço. Seu suor ardia na ferida. Sua batina de linho estava pegajosa de sangue.

Muitos de seus homens haviam tombado, e a organização da coluna estava perdida. O dia, também, estava perdido. Já passara do meio-dia havia muito tempo e o sol estava baixando, sua luz começando a brilhar por detrás do chefe de pedra e de suas incontáveis fileiras de guerreiros, ardendo cruelmente nos olhos dos lanceiros romanos e seus companheiros nas amaldiçoadas muralhas de Viminacium. A sentença do sol era evidente.

Daquelas muralhas veio o desesperado e distante toque de recolher. Andronicus poderia ter gargalhado. Que esperança.

— Venham nos buscar, amigos — murmurou, descobrindo que sua boca estava cheia de sangue.

Agora nada mais que uns poucos indivíduos isolados, alguns cavaleiros tentavam dar meia-volta em suas montarias e voltar para o forte, mas eram derrubados um a um. Outros andavam ociosamente. Andronicus se virou em cima de sua sela e olhou para trás, e mais uma flecha atingiu suas costas. Se estivesse sentado ereto ela o teria matado. Havia apenas mais uma coisa para tentar. Eles não voltariam para o forte. Bradou uma última e desesperada ordem, cuspindo sangue:

— Disparada para os onagros! — Ele cerrou os dentes. Considerem uma missão suicida. Nunca deixem de ter esperança. Morram atacando.

Os onagros continuavam impassíveis, a ainda 90 metros de distância, fortemente cercados por cavaleiros hunos, de flechas prontas para atirar. Ele cavalgou velozmente para a frente com seu cavalo em derradeira fúria. Louco. Alcançar aqueles onagros e causar algum dano duradouro exigiria muitos homens com tempo de sobra. Não assim. Um tolo coberto de sangue agitando sua espada no alto. Ele tinha a impressão agora, sozinho, com seus homens feridos ou mortos ficando para trás, de que os hunos estavam esperando por ele, com uma sincera curiosidade de guerreiros para verificar até onde iria sua coragem. Como morreria? Como um homem, afinal?

Andronicus continuou galopando, sua espada erguida à frente, o braço tremendo, o sol em seus olhos. Se fosse verdade o que eles dizem sobre todos os homens que morrem, ele viu sua família na sua frente de braços estendidos para abraçá-lo enquanto partia, e não aquele sol escaldante.

Os hunos diziam entre si que ele morrera bravamente, aquele líder dos cavaleiros de ferro. Naquela noite, livre de sua armadura, o colocariam numa fogueira com seus próprios mortos e o mandariam para o outro mundo aos cuidados de seus deuses, cujos nomes nem sequer sabiam.

Antes disso, um único lanceiro romano obedecera ao toque de recolher e fugira ileso do círculo de hunos. Sabinus ordenara que os portões sul se abrissem. Mas a impudência assassina dos hunos não tinha limites. Um único guerreiro de pele cor de cobre, usando nada mais que pelos e penas, galopou rapidamente num imundo cavalo malhado, se abaixou quase até tocar os cascos trovejantes do animal, puxou a corda de seu arco contra seu peito e disparou uma flecha. Ela viajou pouco mais de 4 metros e atingiu o rosto do lanceiro, atravessou sua cabeça e saiu por trás de seu capacete. O pesado cavalo seguiu em frente, com seu cavaleiro morto em cima dele. O pequeno cavaleiro das estepes parou para observar seu estrago, e exclamações de admiração vieram de seus companheiros pelo ousado feito em campo de batalha. Como se tudo fosse apenas um esporte para eles, mesmo com muitos de sua própria tribo mortos em volta das muralhas do forte. Todos morrem. Por que não morrer gloriosamente, numa batalha? A guerra era bastante como uma caçada nas estepes, e os melhores caçadores sempre se saíam os melhores soldados.

Tatullus percorreu as ameias, ordenando que seus arqueiros derrubassem o cavaleiro huno, mas não conseguiram atingi-lo. Eram poucos agora, e estavam extremamente cansados. Seus arcos tremiam em suas mãos suadas, os músculos dos braços doíam atrozmente, seus olhos cansados estavam embaçados. O cavaleiro continuou seu galope, olhando para trás. Agitou até mesmo os punhos para eles. Obscenamente, o cavaleiro morto, a flecha ainda atravessada em sua cabeça, continuava em cima de sua sela de madeira quando seu cavalo adentrou os portões.

— Tirem-no daí de cima — mandou Tatullus — e fechem os portões.

— Senhor?

Tatullus olhou o homem furiosamente. Não, ninguém mais voltaria.

Os portões começaram a se fechar.

— Mais um homem voltando! — gritaram das muralhas.

Inferno.

Mas não deveriam perder ninguém por medo. Os portões ficariam abertos para qualquer um que voltasse. Tatullus mandou um mensageiro até a torre de guarda.

Sabinus fora atingido, mas não deixaria ninguém saber. Um dos lados de seu corpo estava cheio de ataduras de linho, que ele esperava serem capazes de absorver o sangue. Mas, a cada vez que gritava uma ordem, sangrava mais. Podia sentir seu rosto pálido e suado. Seus ouvidos tiniam enquanto sua pressão caía. Não me deixe desmaiar, rezava. Implorava. Não por ele, mas por seus homens e pela honra de Roma. Deixe aqueles de nós que ainda vivem e respiram, todos heróis — depois de tanta batalha, de tantas perdas —, não deixe que morramos agora. Deixe que o resgate venha logo. Deixe que a justiça seja feita.

Um cavalo romano solto estava voltando da cena do massacre da cavalaria, balançando a cabeça preguiçosamente, como se voltando de nada mais que mais um dia nos prados. Quando passou por um emaranhado de guerreiros hunos assassinados perto do forte, um dos mortos se levantou do meio dos outros, enegrecido pelo sangue seco, alcançou as rédeas do cavalo e se arrastou para cima da pacífica besta. Juntos, cavalgaram serenamente na direção do portão sul.

Era Malchus! O homem era indestrutível. Havia sofrido múltiplos ferimentos, fora atropelado por uma horda de milhares, refugiara-se entre a pilha de mortos. Através da máscara de sangue negro brilhavam os dentes brancos de seu sorriso.

Atrás dele vinha uma nuvem empoeirada de incontáveis cavaleiros.

— Todas as unidades para fora das muralhas e para o portão sul! — bradou Sabinus.

Os homens se embaralharam, alguns quase rindo de tanto cansaço.

O legado apertou seu ferimento. Mandou um dos poucos *pedites* ainda disponíveis até Tatullus.

O centurião entendeu. Para o bem deles mesmos, Malchus precisava ser salvo. Pequenos milagres assim eram tudo agora; todo o resto estava perdido.

— Levem suas lanças! Segurança no portão, e é para segurá-los de verdade!

O próprio Tatullus havia levado sua amada alabarda, uma temível arma que tinha uma larga lâmina curvada e um comprido e fino espigão. Nunca pediria que seus homens fizessem algo que ele próprio não faria. Ficou sem escudo na frente do portão. Uma flecha passou perto. Ele pareceu não notar, ajeitando seu capacete com mais firmeza na cabeça, seus olhos fundos sem piscar e sem temer.

Malchus ainda estava a 90 metros de distância, trotando calmamente, apesar de um pouco trêmulo em cima da sela. E atrás dele o barulho trovejante de cascos.

— Quero ele aqui dentro! Não fechem o portão.

Os exaustos e feridos homens formaram um semicírculo em volta do portão sul, as pontas grossas de madeira de seus piques rentes ao chão duro, as espadas apontadas para fora na altura do peito. Em seus braços esquerdos, para fora, seus grandes escudos ovais da infantaria. Nenhum cavalo adentraria uma fileira de piques apontados. Apenas homens mortais cediam ao heroísmo do suicídio.

O enegrecido e ensanguentado monstro que Malchus havia se tornado passou entre dois piques afastados, sem dizer uma palavra. Mas estava realmente sorrindo. Sumiu no pátio e as lanças se juntaram de volta. Conseguiram dar dois passos para trás pela segurança do portão. E então os hunos chegaram até eles.

Sabres curvos cintilavam no ar. Um ou dois cavaleiros, vangloriosos, jovens e segurando facas, tentaram se jogar de suas celas por cima da fileira de piques, apenas para serem derrubados por escudos em relevo ou empalados no ar enquanto pulavam. Um pique afundou na terra com o peso morto, e mais um cavaleiro se aproximou e rodopiou seu laço, puxando o lanceiro atrás de si. O miserável caiu para a frente, tropeçando em seu próprio escudo, e um terceiro huno decepou sua cabeça.

— Voltem à formação. Guardas, fiquem a postos!

Era desesperador.

Outros hunos estavam desmontando, compreendendo rapidamente que cavalos haviam se tornado estorvos, e em vez de correrem para a fileira de piques rebaixados tentavam entrar por entre eles e esfaquear os guardas. Mais escudos se juntavam, o único espaço entre eles ocupado pelos mastros dos piques. Uma alabarda atacava de lado. Era Tatullus, bem na frente de seus homens, implacável como uma estátua de bronze. O estômago de um guerreiro huno se abriu e cuspiu as próprias entranhas. Dois de seus companheiros pularam para trás, sibilando, um deles bem a tempo de evitar mais um golpe de lado daquela alabarda.

Na sombra da torre do portão, um grande homem balançava um porrete, já cinzento com pedaços de miolos. Era Punhos.

— Segurem eles! — gritou Tatullus mais uma vez, andando lentamente para trás, o círculo de lanceiros diminuindo atrás dele. Rezou para que ainda restassem arqueiros na muralha acima. Estariam mortos sem uma boa saraivada de flechas.

Subitamente os hunos se afastaram de novo e em um instante, detrás deles, flechas vieram arqueando-se sobre os lanceiros isolados em trajetórias curtas e altas. Escudos foram erguidos, mas em sua maioria tarde demais, as flechas zumbindo cruelmente em cabeças expostas e ombros caídos. Berros raivosos, gritos, homens cambaleando e caindo para trás, perdendo formação.

No entanto, mesmo enquanto os que permaneciam de pé andavam para trás em cima de seus companheiros mortos, eles baixavam seus piques mais uma vez, juntavam escudos e tentavam mais um golpe, agora bem embaixo do arco do portão. Sua disciplina era magnífica. Um cavaleiro huno que vendara seu cavalo correu na direção deles gritando furiosamente e se chocou contra a imóvel parede de escudos. Os piques terminaram com ele.

Mais hunos andavam frustrados, desmontando e montando de volta sem rumo, vendo os portões abertos na frente deles, alguns até mesmo gritando insultos uns para os outros como se não pudessem acreditar que, depois de todos os castigos daquele dia, esse punhado de homens empoeirados e teimosos ainda conseguisse deter milhares deles. Realmente, esses romanos não eram mulherzinhas.

Sabinus estava em pé, hesitante, na muralha sul, pondo ordem nos besteiros restantes. Lá se foram seus estoques intermináveis. A reserva de virotes de besta estava acabando. Nunca haviam imaginado um ataque dessa magnitude. Ao longe, podia ouvir uma voz áspera, chiada e incitante acima da confusão. Imaginou que fosse o implacável chefe huno dando ordens a seus homens, mandando terminarem com aquilo. Sabinus grunhiu. Deixe que tentem.

Ele ergueu uma das mãos. Seu último besteiro subiu até as ameias. Então baixou a mão, e uma derradeira e formidável saraivada de flechas de ponta de ferro fatiou impiedosamente a fileira da frente dos frustrados hunos. Imediatamente, Tatullus se virou e levou seus homens de volta para dentro do forte, e os portões foram fechados com força. Os guardiões ainda estavam passando a primeira haste de carvalho nas imensas braçadeiras quando um grande peso fez força do outro lado. Os soldados largaram seus piques e escudos em meio ao caos e se atiraram contra o portão.

— Enfiem a segunda haste *imediatamente*! — ordenou Tatullus. Não foi alto, mas eles o ouviram.

Da muralha veio uma segunda saraivada romana. O portão agora estava quase obstruído pelas pilhas de hunos mortos. Mais uma investida veio do outro lado, no entanto, antes da segunda e mais alta barra girar, e por fim o portão se juntou, sólido como uma rocha. Os hunos batiam contra ele como ondas na base de um penhasco.

No alto das muralhas os besteiros preparavam suas armas para uma última saraivada, encaixavam os dardos, miravam e disparavam nas nuvens de poeira abaixo. Contudo, quando a poeira lentamente baixou, viram que o inimigo se fora.

Com os músculos dos braços tremendo e ardendo, baixaram as armas e as cabeças. O suor escorria de seus rostos imundos. Nenhum deles tinha força para secá-lo.

Sabinus virou a cabeça para controlar sua voz:

— Bom trabalho, homens — disse em voz baixa.

Mas não seriam capazes de continuar.

Ele ordenou que fizessem uma contagem dos homens.

Tatullus subiu as escadas e fez uma continência. Ele olhou rapidamente para o ferimento de Sabinus, e em seguida olhou-o nos olhos. Houve uma breve pausa.

— Senhor.

— Centurião — reconheceu Sabinus.

— Aptos: 24. Feridos: quase duzentos. Feridos capazes de andar: talvez cinquenta.

E mortos? Sabinus podia fazer a conta. Metade da legião. Mais da metade.

— Quantos ajudantes ainda estão conosco?

Tatullus olhou para o forte. Os auxiliares estavam ocupados ajudando os feridos mancos, rebocando os mortos, levando água para todos, juntando os últimos projéteis que conseguiam achar. Ele olhou para trás.

— Todos eles, senhor. Nenhum nos abandonou. Nenhum.

Após essas palavras, pareceu a Sabinus que até mesmo os olhos duros de seu centurião brilharam de emoção.

Limpando seu bastão salpicado ao lado de um barril de água, Punhos deparou-se com o capitão da cavalaria, Malchus.

Havia recusado ajuda médica, e estava dando pontos, limpando e enfaixando a si mesmo com uma pequena caixa de madeira a seu lado. Punhos assistiu fascinado. Malchus espalhou uma pasta esbranquiçada em suas feridas costuradas. O grandalhão sentiu o cheiro de alho, e talvez de óxido de zinco. O capitão jogou a cabeça para trás, fechou os olhos e cerrou um pouco os dentes. Deve ter ardido bastante. Então enfaixou os cortes mais superficiais. Havia muitos deles: em seus braços, pernas, um grande na coxa, e um ainda pior no peito. Uma de suas orelhas não se parecia mais uma orelha, também. Então ele pegou uma garrafa atarracada cheia de um líquido vermelho aguado e derramou-o em gotas finas sobre as ataduras, deixando o linho absorvê-lo.

— Carne vermelha, vinho, alho — murmurou Punhos. — O que está fazendo, transformando-se numa porcaria de guisado?

Malchus olhou para cima e sorriu dolorosamente.

— E um muito gostoso, aliás.

Punhos grunhiu.

— As damas primeiro.

Do outro lado da planície, se alguém se importasse de olhar, os cavaleiros mortos estavam tendo suas armaduras arrancadas. E uma figura mais misteriosa estava se movendo contra o sol que se punha. Um abutre parecia estar de olho nela, circulando no alto. Ela usava mantos escuros, um elaborado adorno de cabeça e parecia segurar uma cobra retorcida em suas mãos. Ocasionalmente se ajoelhava ao lado de algum cavaleiro romano morto como um anjo ministrando os sacramentos. Arapovian observava tudo das muralhas com seus olhos fundos de falcão, e achou ter visto um dos cavaleiros se mexer e tentar sair desesperadamente da comprida sombra que ela lançava. O armênio segurou seu arco com mais força enquanto assistia, mas aquele sobrevivente estava perdido. Todos estavam perdidos. A mulher ajoelhou-se ao lado do cavaleiro e, quando se levantou novamente, ele não se mexia mais.

Ela estaria ministrando a todos eles em breve, se não chegasse ajuda.

CAPÍTULO 10
ÚLTIMA TENTATIVA

Sabinus visitou os homens feridos e exaustos que sentavam ao longo das paredes brancas da pequena enfermaria. Os suprimentos já haviam sido abastecidos. Gemidos baixos ecoavam pelo ar. Os homens, as peles expostas, as roupas, as armaduras, tudo parecia uma só camada de poeira, vermelha e brilhante. Entre eles circulava o odor de suor e sangue. Alguns enfermeiros tentavam o máximo possível evitar o tormento das moscas. Oh, Deus, os reforços. Não haveria mais ninguém para reforçar em breve. Resgate abjeto, então. Mas ainda não havia notícias do Oriente nem de Ratiaria. Estavam mais sozinhos do que nunca.

— Senhor — começou seu último decurião de pé —, comitiva huna no portão oeste de novo.

Ele demorou a subir de volta até a torre do portão, pisando com cautela e com a mão na lateral do corpo.

O chefe de expressão severa estava sentado embaixo da torre, escoltado por seus melhores e mais descansados guerreiros, cem deles, de flechas encaixadas nos arcos.

O chefe de guerra ergueu o rosto para ele.

— Você lutou bem — começou. — Quase como os hunos. Quem diria, considerando a decadência do Ocidente. — Ele abriu um breve sorriso, como se por causa de uma piada interna. — No entanto, seus covardes cavaleiros que cavalgaram contra meu inocente povo estão todos acabados. Como você. Agora lhe concederei sua anistia. Aqueles entre vocês que ainda estão vivos podem sair deste forte e deixar que o ponhamos abaixo. Podem ir andando até o próximo forte da fronteira, a leste. Chama-se Ratiaria, sabem bem disso. A Legio III da Panônia está a postos lá, 6 mil homens. O nome do legado é Posthumus. Divide a cama com uma meretriz chamada Statina. — Ele sorriu de novo. — Não pensem que somos selvagens completamente ignorantes, romanos. Não nos subestime.

— Não subestimo vocês — respondeu Sabinus.

— Muito bem, então — continuou o chefe. — Leve seus subordinados para leste em direção à Ratiaria, e conte a eles lá sobre a ruína de vocês.

Sabinus olhou em volta. Um único e exausto legionário estava sentado ali perto sob as sombras cada vez mais escuras das ameias, o arco apoiado nos joelhos. Eles se entreolharam. O legionário estava cansado demais até mesmo para falar, mas balançou a cabeça.

Um pouco mais distante, um de seus companheiros grunhiu:

— Diga a ele para ir se foder. Perdoe meu linguajar.

O sorriso austero de Sabinus não refletia o emaranhado e a confusão de suas emoções. Ele olhou para o chefe de guerra de novo.

— Como se chama seu deus?

O huno fez uma carranca feroz. Não havia ido até lá para conversar, e sim para dar ordens.

— Nenhum cachorro romano pronuncia seu nome.

— O deus deles chama-se Astur — interrompeu uma voz ali perto. Era Arapovian. — Astur, o Pai de Todos, Grande Águia do Eterno Céu Azul.

Sabinus baixou os olhos com firmeza para o chefe de guerra e disse:

— Que Astur o amaldiçoe. Que você e toda a sua tribo desapareçam da face da Terra.

Após aquelas palavras, uma sombra de sobrenatural escuridão atravessou o rosto do guerreiro. Sabinus manteve-se firme. Cem pontas de flechas estavam erguidas em sua direção. Então o chefe de guerra deu meia-volta com seu pônei e disparou pela planície, com seus homens no encalço.

O legado respirou com cuidado. Mandou que todos em bom estado e em condição para andar voltassem às muralhas.

— O dia ainda não acabou.

E mais uma vez os homens se puseram de pé, as últimas dúzias deles. Cerca de sessenta ou setenta homens compensavam o dobro de feridos que havia ali. Alguns ajudavam os outros a cambalear para a frente, alguns usavam seus próprios piques como muletas. Alguns subiram engatinhando os estreitos degraus de pedra até as ameias.

O sol estava se pondo a oeste. Durante um tempo pareceu que os hunos pararam seu ataque.

— Talvez permitam que tenhamos uma boa noite de sono — grunhiu Tatullus. Era uma piada. Eles voltariam à noite para terminar seu trabalho.

Por enquanto, havia uma paz inquietante. Andorinhas voavam baixo sobre o rio de final de tarde, alimentando-se das nuvens de mosquitos. Uma galinha-d'água chamava seus pintinhos. Um respingo abafado entre os juncos oscilantes; uma lontra ou ratazana-d'água. O sol quente de verão se punha cada vez mais a oeste, ardendo em laranja contra os grandes flancos brancos dos Alpes. Colocando fogo no Reno e no rio Pó. Lançando compridas sombras frescas sobre os vinhedos da Provença e da Aquitânia, acima dos antigos castelos da cor do leão e das cidades das colinas da Espanha, onde Aníbal um dia marchara, e sobre a própria cidade imortal e suas sete colinas. A sombra noturna da Coluna Antonina e do Colosso de Nero... O coração de Sabinus suspirava de pesar. Esse amado império. Ele vira o futuro no rosto implacável daquele senhor de guerra bárbaro que cavalgara do meio do nada, no comando de um exército de cavaleiros que nenhum homem poderia contar. O império também afundava a oeste, assim como o sol se punha.

Cavaleiros solitários galopavam de um lado para outro nas planícies abaixo, recolhendo armamentos dos mortos, queimando-os como lixo. Ocasionalmente, em meio à poeira avermelhada pelo sol, os guardas na muralha viam uma figura uivante em roupas tribais e usando novos adereços. Um triunfal huno kutrigur, quase nu, vestindo apenas uma esfarrapada tanga de pele de veado, eriçando seu arco e aljava, de cabeça raspada exceto por uma única pluma, metade da pele coberta com tatuagens azuis, orgulhosamente cavalgando com um manto curto de cavalaria vermelho em volta dos ombros cor de cobre e, pendurada de sua sela, uma cabeça recém-decepada. Ele sacudia sua espada aos pés da muralha do forte e uivava como um lobo no inverno.

Punhos atirou uma rocha nele e errou. Acima deles, os urubus circulavam em meio aos últimos raios de sol. Outros pássaros haviam se juntado a eles, milhafres-reais.

— Malditas aves carniceiras — grunhiu o desajeitado do Reno. Em seguida, olhou para cima e gritou para elas: — Bastante carniça esta noite, amigas! Empanturrem-se! Carne huna e romana juntas, por baixo da pele todas têm o mesmo gosto!

Logo após as primeiras estrelas aparecerem no céu escuro, Lyra e Altair no alto e Régulo descendo, vieram os penosos e familiares sons: pancadas distantes, seguidas de estremecimentos. Estavam atacando a torre sudoeste mais uma vez. Estariam do lado de dentro em breve.

— Comecem a barricada de novo! — ordenou Sabinus.

E os homens, que não dormiam havia 36 ou até mesmo quarenta horas começaram a empilhar sacos sobre as defesas partidas à luz das tochas. Um caiu com o peso de um saco de areia. Tatullus o fez levantar-se com um chute.

— Pode dormir quando chegar ao inferno — rugiu. — Coisa que não vai demorar muito. Até lá, soldado, ponha-se de pé e trabalhe.

O próprio Sabinus voltou a seu posto na torre oeste e sentiu-se afundar.

Acreditei *que, cessando a prepotência e a guerra...*

O verso ecoava em sua cabeça. Um velho poeta. Virgílio, talvez. Seus tempos de escola pareciam ter sido há séculos. Simplesmente levantar a cabeça era um esforço, os ossos do pescoço doíam de cansaço. Mas ele olhou para os céus mesmo assim e inspecionou as estrelas fixadas no toldo da noite. Alguns diziam que elas eram fornos alquímicos onde novas almas eram forjadas; a morada prístina e superlunar dos deuses, da misericórdia e da justiça eterna. Pareciam muito distantes. A noite estava silenciosa. Eles não teriam ajuda. Não podiam continuar. Estavam acabados.

Tatullus estava ao seu lado.

Não era justo. Os deuses não eram justos. Haviam lutado o dia inteiro e metade da noite como leões, mas quando a madrugada seguinte chegasse estariam todos mortos. E, no entanto, como se reclamava com os deuses? Era o mesmo que tentar argumentar com o Etna. O mundo era daquele jeito e pronto.

Tatullus olhou para ele. E por algum motivo, naquele momento, indizivelmente esgotados e já derrotados como estavam, os dois sorriram. Como se para dizer, em acordo um com o outro: "Bem, todos os homens morrem. Fizemos nosso melhor — e nosso melhor foi bom."

O armênio apareceu. Não esperou ter permissão para falar:

— Avisei que você não os derrotaria em campo aberto.

Tatullus olhou-o de forma ameaçadora.

— Ele é "senhor" para você, soldado.

Arapovian aparentemente não estava ciente da presença furiosa do centurião. E não chamava ninguém de "senhor".

— Você sabe qual é sua última chance: lutar com eles corpo a corpo e feri-los. Detê-los, ensanguentá-los, comprar tempo até os reforços chegarem. — Ele ajustou sua bainha. — É claro, se decidirem que vão invadir custe o que custar, e nenhum reforço vier para ajudá-lo, todos morreremos de qualquer maneira.

Mais uma pancada sísmica de um onagro foi sentida.

— Um legado legionário romano não costuma receber ordens de um soldado comum — replicou Sabinus, ciente, mesmo enquanto o dizia, que Arapovian não era um soldado comum.

O armênio continuou a falar imperturbável:

— Meus ancestrais lutaram contra os hunos no passado. Hunos heftalitas. Nas planícies altas do monte Ararat, onde o Eufrates nasce da neve derretida das montanhas, descendo para aguar os amplos milharais de Erzincan e Erzurum e os doces pomares da...

— Desculpe-me interromper — começou Sabinus —, mas esta não é exatamente hora para poesia.

Arapovian o escutou com dignidade.

— Meu avô morreu lutando contra os hunos. Sempre galoparão mais rápido e atirarão mais longe que você. Precisa atraí-los, separá-los de seus cavalos, como fez com a fileira de lanceiros. Aquilo os feriu.

— Obrigado pelos sábios conselhos militares, meu senhor — rosnou o legado, com uma das mãos apertando a lateral do corpo e um punho cerrado sobre a parede. — E como sugere que façamos isto, com sua misteriosa sabedoria oriental? Mandando uma porra de um convite para que venham jantar?

Mais um choque pesado. Ouviu-se o som de alvenaria ruindo.

Arapovian inclinou a cabeça na direção daquela calamidade.

— Deixe que entrem no forte. Pare de reforçar a muralha e a torre, e deixe que caiam. Lute contra eles em meio aos escombros, corpo a corpo, onde suas flechas e habilidades a cavalo não terão utilidade. Aquele sujeito, o camponês Caestus, lutará bem o bastante face a face com eles. Agora está sendo desperdiçado. Em breve, será atingido por uma flecha.

Sabinus refletiu um pouco. Então disse:

— Volte lá para baixo, soldado.

Ele pensou um pouco mais. Era um insulto ao seu orgulho ouvir conselhos de um soldado qualquer, fosse ele um *nakharar* armênio de linhagem antiga ou não. Colocar aqueles conselhos em prática seria um insulto ainda maior. Mas...

O estrondo de cascos a galope, uma súbita chuva de flechas do meio da penumbra. Mais um grito das ameias. Mais uma baixa.

A torre em si logo desmoronaria, de qualquer maneira. Já podiam se preparar para aquilo.

Ao longo da muralha, um jovem soldado perdera o controle. O garoto Julianus, que ele tentara encorajar com belas palavras. Mas o que poderia tê-lo preparado para isto? O garoto estava engatinhando por aí, soluçando, uivando como um cachorro. Outro soldado o arrastou para baixo. Dessa vez não voltaria.

Sabinus prendeu a respiração por um momento e tomou um último gole de vinho para parar a dor. Então deu a ordem ao mensageiro:

— Parem de barricar a torre sudoeste! Evacuem-na! Deixem que caia!

O homem hesitou.

— Senhor?

Ele não repetiu. O soldado saiu.

Talvez o armênio tivesse razão. Acima do caos dos destroços da torre arruinada, iriam se levantar. Os cavaleiros bárbaros encontrariam uma barreira mais difícil de derrubar. Os espartanos costumavam alardear que suas muralhas eram feitas de homens, não de pedras.

Foi como Sabinus imaginara. Os artilheiros hunos — a própria denominação parecia uma idiota contradição para se referir àqueles guerreiros a cavalo que não sabiam de nada, mas fossem quem fossem, hunos, vândalos ou outros orientais desconhecidos, eles continuaram seu massacre constante noite adentro.

Sabinus enfileirou seus últimos homens com seus piques, Tatullus com sua alabarda, Punhos com seu bastão, de frente para a torre e muralha sudoeste. Estava escuro. Mandou que os ajudantes acendessem uma fila de braseiros atrás deles.

Mais um golpe pesado. As muralhas tremeram e silenciaram. Então, como num sonho, muito lenta e relutantemente, a torre começou a cair sobre si mesma, as muralhas à sua volta cedendo e desabando. Sabinus mandou que seus homens se afastassem. Mas a torre estava tão danificada embaixo que simplesmente desmoronou sobre si mesma com uma música subterrânea abafada. Pareceu demorar uma eternidade para que as pedras tocassem a terra, ou se empilhassem umas sobre as outras em ângulos diversos. O barulho do desabamento diminuiu, e de longe podiam escutar os gritos de comemoração e os uivos. A poeira gradativamente baixou e eles viram o que os esperava. Uma ruptura de cerca de 15 metros de largura, bloqueada por uma montanha de pedras, destroços e vigas de madeira espalhadas, com cerca de metade da altura das antigas muralhas: 4 ou 6 metros.

— Para cima! — rugiu Sabinus. — Cuidado com as flechas!

O restante da legião subiu arduamente em direção ao topo dos escombros e espreitou.

Um exército de homens a cavalo galopava na direção deles. Os romanos foram avistados, suas silhuetas aparentes contra a luz dos braseiros, e os cavaleiros dispararam suas flechas. Os romanos se abaixaram, e as flechas tiniram inutilmente por cima deles.

— Vamos lá, seus selvagens de araque! — rugiu Punhos, as veias de seu pescoço grossas como cordas. Ele bateu com seu porrete numa das mãos. — Venham se aconchegar!

Os selvagens mal diminuíam a velocidade ao se aproximar, aparentemente querendo galopar por cima da montanha de escombros direto para dentro do forte. Mas ninguém poderia ser tão hábil a cavalo. Um jovem afoito tentou. Arapovian saiu das sombras e atirou nele.

— Largue esse arco, soldado! — berrou Tatullus furiosamente. — Saque sua espada! Essa vai ser corpo a corpo!

Dessa vez, Arapovian obedeceu.

O cavalo do huno morto se enroscou, caiu, com uma das patas dianteiras presa entre duas pedras lascadas, e deu cambalhotas para trás, urrando. Os hunos rodeavam pelo pé do monte de pedras, aturdidos.

— Isso aí, fodedores de cavalos! — bramiu Punhos. — Terão que deixar suas namoradas para trás dessa vez!

Mas ainda não. Os hunos se afastaram mais uma vez em meio à noite escura, acostumados apenas às suas artes de guerra de arco e flecha e equitação. Soltaram mais saraivadas de flechas durante a retirada. As setas passaram por cima das barricadas e caíram inutilmente no chão. Repetiram aquilo mais e mais vezes, sem receber nenhuma flechada como resposta. Mas seu ataque fora inútil. Não atingiram ninguém. Nem mesmo os hunos podiam continuar com aquele desperdício.

— Vão tentar de novo em breve — murmurou Arapovian. — É uma questão de orgulho.

Uma última tentativa. Galopando rapidamente na frente deles, uma coluna de arqueiros se aproximava disparando diretamente na linha de defesa.

— Cabeças!

Passos para trás, homens agachados, escudos para o alto. As flechas batiam nos grandes escudos ovais ou passavam por cima deles, mais uma vez sem sucesso. Nenhum romano fora atingido. Eles galoparam para longe.

Legionários cansados, porém jubilosos, baixaram seus escudos sobre os escombros de novo, arrancando as hastes de flechas espetadas. Respiravam fundo, limpavam o suor.

— Ainda estamos aqui, seus amarelos fodedores de cavalos!

Agora os generais hunos entendiam. Seria necessário lutar corpo a corpo para pôr um fim naquilo. Seus cavaleiros cavalgaram juntos na escuridão, deslizaram de cima de suas selas, guardaram seus arcos, sacaram suas espadas e começaram a escalar os destroços.

Os guardas subiram até o topo da pilha.

— Muito bem, garotos! — bramiu Sabinus. — Finalmente cara a cara! Sem pena!

Os hunos apareceram em massa, agora sem disciplina, desesperados para terminar aquilo, entrar no forte e vencer — eles também haviam sofrido muitas baixas naquele dia. Porém, mil ou 2 mil deles estavam tentando entrar por um buraco protegido por cinquenta homens, e sua vantagem em números trabalhou contra eles. Mal tinham espaço para manusear as espadas. E agora a luz âmbar dos grandes braseiros queimando atrás dos guardas mostrava-se útil. A linha de defesa atacava silhuetas escuras, mas a linha de ataque tinha que encarar aquela luz. Seus olhos se confundiam, a pele acobreada brilhava de suor, seus braços e ombros agitavam-se com músculos, tatuagens e elaboradas runas de proteção pintadas com hena, que não faziam nada para protegê-los daqueles severos e pragmáticos piques romanos. De perto, os legionários finalmente viram a bárbara magnificência de seus inimigos, aumentada na escuridão em chamas. Como guerreiros de Homero ou até mesmo um passado mais distante: o antiquíssimo e não documentado passado cita. Os guerreiros indomados pareciam-lhes quase belos enquanto eram talhados.

Punhos segurou com os dois braços cheios de tachas de bronze a cabeça raspada de um guerreiro e a abriu como a um ovo. Virou-se e chutou com a bota pesada outro huno. O huno cambaleou e tentou atingi-lo com seu punhal. Punhos girou, mais ágil que aparentara ser. A desesperada luta estava acontecendo em um espaço muito pequeno para que balançasse seu porrete, então o enfiou no rosto do adversário como se fosse um aríete. O grande oriental caiu para trás e mandou seu companheiro logo atrás voando para longe também. Arapovian deu um pulo à frente e, com dois golpes fortes, feriu os dois homens tombados e aturdidos entre a alvenaria caída, voltando em seguida para a fileira.

Os hunos rugiam de raiva e atacavam implacavelmente. Tatullus lutava como Punhos, empurrando sua alabarda em golpes compridos e baixos. A habilidade de Arapovian com uma espada era tão boa quanto a com arco e flecha. Um barbudo huno perto dele quase o acertou com um golpe de seu iatagã, mas Arapovian se abaixou bem a tempo e enfiou sua espada na barriga exposta do guerreiro. Ele imediatamente se pôs de novo de pé, chutou o corpo para longe de sua lâmina e se afastou já pronto para o próximo, que veio logo em seguida.

Os guerreiros hunos odiavam lutar assim. Era fétido e apertado demais, sem espaço para manobras, sem espaço para súbitas arrancadas a galope, para o extravagante caracol e o gracioso arco de flechas letais e em linha reta. Isso era uma coisa furiosa e suja, o sangue jorrando nas sombras de muralhas estrangeiras arruinadas, enquanto o ar limpo das estepes estava a quilômetros de distância. Seus cavalos andavam atrás deles, hesitantes. Se seu pai Astur gritasse para eles do céu noturno, não o ouviriam.

Sua perda de confiança era visível em suas expressões e movimentos, e os defensores se aproveitaram do fato sem misericórdia. A maestria de Punhos nas artes bruscas da clava e dos socos, com aquelas tiras de couro em volta dos antebraços como os de um macaco, faziam um estrago imenso, assim como sua rápida e surpreendente agilidade, felino como um leão que pode ser muito veloz e escapar durante caçadas. Ele conseguiu uma abertura, agitou de lado seu grande bastão e cérebros humanos voaram de dentro de seus crânios como se tivessem sido cuspidos, miolos cinzentos escorregando sobre os ombros de seus companheiros. Tropeçando em meio ao sangue e à lama, os hunos estavam tomados de um debilitante desgosto, pânico, e até mesmo claustrofobia. Onde estava agora o glorioso voo pártico sobre as planícies abertas, sentindo o vento nos cabelos?

Tatullus matou dois hunos com golpes fortes, um deles apenas alguns segundos depois do outro. Punhos abriu mais um crânio. Um huno mais baixo tentou atacar de lado e cravar seu iatagã em seu flanco, mas novamente Punhos girou, se esquivou do golpe, jogou o braço para trás e com um impulso poderoso mirou o guerreiro no lado da cabeça. Os pregos de bronze o atingiram, o homem viu tudo ficar vermelho e caiu desacordado. Punhos quebrou seu pescoço com o pé.

O íngreme e denteado topo da montanha de escombros estava escorregadio de sangue e coisas piores. Sabinus se movia graciosamente atrás e abaixo de seus homens, gritando palavras de incentivo. Nenhum da linha de defesa morrera até agora. *Meu Deus, era como nos velhos dias,* pensou Sabinus: soldados romanos fazendo o que sabiam fazer de melhor, ombro a ombro, sem pena, imóveis, uma trituradora máquina de aço. Enquanto isso, ao pé da montanha, os corpos hunos se amontoavam como os de porcos num matadouro.

O plano de Arapovian provara-se bom, ou pelo menos o melhor que conseguiram seguir naquelas circunstâncias. Apunhalar, cortar, talhar. Os romanos estavam mais que exaustos, mas ainda tiravam forças infernais do terrível desgaste sofrido pelo aturdido inimigo. Os hunos não conseguiam avançar, e sua raiva os tornava insensatos. Onda após onda, eles chegavam contra a fileira de piques apontados em sua direção, frios como a luz da lua. E todas as ondas se desfaziam, rompidas ou mortas. Mesmo para aqueles guerreiros das estepes, duros como diamantes, aquela noite estava se tornando um pesadelo.

Sabinus viu Arapovian parar e olhar longe.

O armênio voltou para a linha de defesa, defendeu-se de mais um ataque, decepou um braço, plantou um dos pés no peito do mesmo homem e o chutou para a base da montanha. Depois virou a cabeça e escutou mais uma vez.

O coração de Sabinus deu um salto. Os afiados ouvidos do armênio ouviram... trombetas! O legado se virou para escutar aquele doce som. Houve uma pausa. E então...

Ele fechou os olhos. Não eram trombetas. Era um peso maciço atingindo os portões sul.

Pela última vez ele se esforçou para subir os degraus até as ameias.

Haviam aproximado um dos onagros. Estava a 45 metros de distância, lançando pedregulhos contra os portões sul de carvalho numa trajetória baixa, horizontal e brutal.

Ele desceu mais uma vez, apertando sua couraça de bronze em volta da grande barriga o máximo que suportava. Para morrer na armadura. Andou com firmeza até os portões sul. Bang. Os portões balançaram para trás, suas grandes vigas chacoalharam dentro das travas, estilhaços voaram. A ideia do armênio fora boa, para uma desesperada e derradeira tentativa. Mas ela também falhara.

Mas quanto a eles, a Legio VII, como falharam bem! Poderia alguma outra legião ter falhado tão gloriosamente quanto eles? Oh, que um ou dois sobrevivessem, para contar sua história para a posterioridade. Tal história viveria por gerações. Por uma noite e um dia se mantiveram firmes contra um exército inteiro. E ainda assim lutaram. Aquilo não era ruim. Aquilo devia contar como algum tipo de morte heroica.

Os portões a seu lado titubearam mais uma vez com o impacto, e lágrimas de desânimo subiram a seus olhos enquanto observava seus últimos homens lutando e morrendo nos escombros escuros e descoloridos da torre partida. Ainda não tinham ouvido o onagro. Trabalhadores, fazendeiros, casados e com filhos. Ele sabia pelo que estavam lutando, com uma ferocidade nascida do desespero. Não era por Roma, nem pela antiga nem pela nova, nem pelo imperador em seu trono dourado. Estavam lutando pelas esposas e crianças deixadas em suas chácaras e pequenas propriedades, ou tremendo nos calabouços embaixo do forte. O portão ao seu lado soltou mais lascas. Deus tenha piedade daqueles miseráveis presos lá embaixo. Só existiam dois destinos possíveis para eles agora, e o melhor era uma vida acorrentada em meio às tendas bárbaras.

Para ele, não haveria o vinhedo na Trácia, nem uma Domitilla de língua afiada e coração ardente. Faltara só três meses. A sorte de Cassandra. Para aqueles bárbaros, que destruíram sua vida e sua pacífica velhice, deixava esse ódio aceso. Sentia o poder de sua maldição correndo por suas veias. Pesou sua espada, uma *gladio* curta como as antigas. A ira e o lodaçal das veias humanas. A distante fúria da batalha. Mas aproximando-se agora, neste último ato, a derradeira cena de sua sofrida e velha vida. Sua própria morte já estava no passado, escrita no velho livro dos deuses. Ele apertou mais o cinto em volta da barriga ensanguentada. Não era verdade que não se sentia medo na hora. Até mesmo velhos soldados sentiam medo. Mas todos os homens morrem. Os portões estavam quase cedendo. Ele olhou para o alto uma última vez. Façam com que seja glorioso, meus bravos legionários. Façam com que eles paguem caro.

Ele se abaixou dolorosamente para tirar o escudo de um dos seus homens mortos, gentilmente soltando os dedos endurecidos do sujeito da alça de madeira. Levantou-se de novo. Quando aqueles portões finalmente cedessem, os hunos ainda encontrariam um homem em seu caminho.

O ataque no canto havia diminuído brevemente, deixando seus soldados de ombros caídos de cansaço. Deselegantes figuras magras iluminadas por trás pela luz alaranjada dos braseiros. Todos eles heróis. Além deles, o inimigo andou para trás mais uma vez, gravemente ensanguentado. E agora, na quietude, os últimos legionários ouviram o que Arapovian ouvira antes. O som do execrável onagro golpeando as pedras, e os portões do sul sendo atingidos. Em breve, muito em breve, estariam cercados. Atacados por todos os lados, o forte tomado pelo sul, apesar de terem lutado bravamente ali. Eles se entreolharam, mal conseguindo manter as cabeças erguidas sobre os ombros. Seus olhos brilhavam. Eles assentiram. Todos eram heróis.

Olharam para seu comandante perto do muro. Ele não conseguiria mais subir até eles. Eles sabiam. Ele se inclinou para junto da muralha sul, com o escudo no ombro, a curta espada sacada, o rosto encharcado de suor frio, olhando para eles no alto.

Apenas um de seus homens ainda teve forças para falar.

— Foi uma honra servir com você, senhor!

Sabinus ergueu uma das mãos para ele. Para todos eles. Uma saudação entre iguais. Os outros homens o saudaram em resposta. Alguns quase sorriram.

E então os portões se abriram.

CAPÍTULO 11
OS CALABOUÇOS

Os últimos defensores imediatamente desfizeram toda a formação, separaram-se e correram. Em segundos, as organizadas ruelas e becos em rede da fortaleza foram tomados por homens a cavalo gritando. Triunfais, galopavam competindo entre si para atear fogo em cada uma das construções. Matavam os retardatários da legião arrasada ou enlaçavam-nos enquanto corriam e os arrastavam atrás de si pelo chão, como troféus torturados. As chamas ardiam em meio à noite, fagulhas e estrelas. O apetite por destruição parecia incansável. Rapidamente todos se reuniram ao redor da sede legionária. Saquearam as elegantes salas, quebraram vasos e objetos de vidro, arrastaram para fora as mesas e sofás e fizeram uma enorme fogueira no meio do pátio cheio de colunas. Outros amarraram fileiras de cavalos para puxarem e derrubarem pilastras e vigas dos telhados, com o intuito de colocar todo o prédio abaixo. As ordens foram dadas pelo Grande Tanjou. Não deveria sobrar pedra sobre pedra. O simples nome Viminacium seria uma marca eloquente da desolação de um império inteiro.

Os guerreiros, ainda a cavalo, inseparáveis de suas montarias, alguns vestindo as cortinas romanas bordadas como mantos em volta dos ombros nus, entraram na capela e apanharam o último estandarte da legião para jogar na fogueira. Então o líder informou que havia ouro embaixo do altar.

*

Atrás do quartel da VII ficava o comprido e baixo bloco dos castigos, formado por uma fileira de celas úmidas sem janelas e de cheiro ruim e um corredor estreito com uma porta no final. O teto era de telhas em vez de palha para maior segurança. Como que por instinto, Punhos e Arapovian se viram entrando ali, lado a lado, espiando hunos se aproximando.

— Cristo. Não dá para se livrar de certas pessoas — disse Punhos.

— As famílias — interrompeu Arapovian, indicando com a cabeça para trás.

Punhos olhou ao seu redor. Além de quatro ou cinco corpos já estendidos pelo chão de pedras atrás de si, na escuridão da outra ponta do corredor pôde ver um pesado alçapão de ferro cravado em meio à laje. Devia levar até os calabouços. Ainda podiam...

— Jesus! — Arapovian raramente falava coisas assim, mas subitamente um cavaleiro huno surgiu na frente do alçapão. Ele o derrubou com uma única flecha, e Punhos terminou de matá-lo com seu porrete. Eles voltaram para a sombra.

— Brilhante — comentou Punhos. — Isso vai atraí-los como moscas.

— Esconda o alçapão — arfou Arapovian. — Com aqueles corpos.

Punhos fez uma careta.

— Não aceito ordens suas, seu parse maldito.

Arapovian o ignorou. Havia um grupo de guerreiros cheios de plumas e penas descendo o corredor, com manchas de sangue visíveis à luz das tochas. Tinham visto o cavalo sem cavaleiro, sua sombra escura no chão.

— Obedeça agora. Esconda o alçapão. Quando vierem pisotear nossos corpos, pode ser que não o notem, e as famílias talvez ainda consigam sobreviver. Tanto os mortos quanto os vivos seguirão seu caminho livres desses selvagens descrentes.

— Por Deus — grunhiu Punhos. Porém, balbuciando sobre não ter nascido para ser escravo de ninguém, começou a arrastar os corpos pelo corredor, lambuzando as pedras de sangue coagulado, e os empilhou em cima da porta de ferro como se fossem peixes. As pancadas surdas da carne. Ele pensou nas famílias, mulheres e crianças, e nos idosos desdentados lá embaixo em meio à escuridão daqueles calabouços poluídos. O terror da falta de ar, a incerteza. Mas poderiam sobreviver.

Ele olhou para a pilha de corpos.

— Não podemos nos esconder embaixo deles? — sugeriu.

— Não temos tempo — respondeu Arapovian, sacando sua espada.

O lugar estava cercado. Os dois lutaram lado a lado mais uma vez como demônios protegendo aquela estreita porta. Rostos acobreados, corpos, luz de tochas, dentes à mostra, um pescoço musculoso adornado por orelhas decepadas penduradas em uma tira de couro. Arapovian cortou sua cabeça. Ali perto, podiam ouvir as batidas de alguém tentando derrubar as paredes, mas o prédio era forte: os cativos frequentemente tentavam escapar. Da mesma maneira, os guerreiros arrancando as telhas só achavam mais vigas largas por baixo. A confusão era abominável, o desespero dos hunos para entrar e dar um fim naquilo os tornava descuidados. Punhos jogou um para o lado com seu braço envolto por tachas e atingiu mais um rosto com seu bastão. Atrás da multidão, um huno ainda a cavalo disparou uma flecha na direção dos dois, mas só conseguiu atingir um dos seus companheiros em meio à confusão. Era absurdo, mas não conseguiam derrotar aqueles dois últimos. Um deles agitava uma picareta, uivando e quase dançando de tanta frustração. Arapovian o golpeou com a espada e Punhos continuou dando golpes com seu bastão para defender a estreita passagem, socando, acertando cabeças, esmurrando peitos. Os guerreiros urravam xingamentos e machucavam uns aos outros no frenesi de tentar matar aquela dupla de sujeitos encurralados, aqueles insultos vivos à sua vitória.

— Derrubem o telhado! — ordenou calmamente um comandante huno atrás dos outros. Estava sentado em seu cavalo, indicando suas ordens com um gesto da mão. — Depois ateiem fogo. Usem aquele carrinho logo ali. O restante de vocês, afaste-se.

Exaltados ou não, os selvagens pintados obedeceram imediatamente. Então empurraram o carrinho aceso até a passagem e o jogaram para dentro. Punhos e Arapovian afastaram-se num pulo enquanto as chamas invadiam o corredor bloqueado em meio às escuras nuvens de fumaça, e seus pulmões começaram a se contrair e seus olhos a lacrimejar e a parar de enxergar.

Geukchu balançou a cabeça em aprovação.

— Deixem que o fogo os mate. Uma bela cremação para dois heróis tão corajosos desse império. Uma pira de guerreiros.

Arapovian se agachou, os braços protegendo o rosto como humildes escudos. Estavam colocando mais fogo no telhado. As vigas começaram a queimar.

— Sabe de uma coisa? — perguntou Punhos. — Os bombeiros da cidade de Roma nunca comem porco assado. Não suportam o cheiro. É exatamente o cheiro de carne humana assada.

Arapovian vacilava em meio à fumaça espessa.

— Precisamos desobstruir a porta do alçapão de novo.

Punhos não se moveu.

— Tudo bem. Fique aqui assando.

Punhos fez um som como de um urso frustrado e cambaleou atrás do inacreditável armênio.

Engasgando com a fumaça, de cabelos chamuscados, inundados de suor e ensurdecidos pelo bramido das chamas, recomeçaram o terrível trabalho. Arrastar corpos da pilha era ainda pior quando se puxava um braço ou uma perna e o corpo não vinha junto. Quando terminaram de desobstruir o alçapão, a fumaça já era impenetrável.

— Não consigo ver droga nenhuma — murmurou Punhos com a voz arranhada. — Mas aposto que você está precisando de um banho.

Silêncio.

— Parse?

Mais silêncio. E em seguida o ruído do pesado alçapão de ferro.

— Conseguiu!

Punhos tateou em volta por um momento para dar um tapa nas costas do homem do leste, mas Arapovian já estava descendo as escadas. O cabelo de Punhos estava em brasa, e ele não conseguia respirar. Então foi tateando para conseguir descer, momentos antes de o teto desabar e uma feroz corrente de ar expulsar a fumaça do lugar, aumentando o fogo como se fosse uma fornalha. Os dois homens foram iluminados súbita e infernalmente enquanto desciam os estreitos degraus de pedra até os calabouços, contra a luz da cortina de fogo. As pessoas que estavam lá embaixo viram duas figuras descendo das mandíbulas abertas do fogo na direção delas, vermelhas de sangue e enegrecidas da cabeça aos pés.

Deviam estar no inferno.

Punhos virou-se para subir desajeitadamente os degraus estreitos, escorregadios de algas. Puxou um dos cadáveres o melhor que pôde para cima do alçapão e o soltou para que se fechasse acima de sua cabeça. Estavam na escuridão. Tateou em busca de algum ferrolho e parou. Não havia motivo para uma fechadura existir dentro de uma porta de calabouço. Sorriu em meio à escuridão. Maldição.

Uma pequena lamparina estava acesa, e aquele grupo abjeto examinava os dois demônios. Um imenso bruto com um bastão enfiado debaixo daquele braço de gorila, o outro alto e esguio, cruel e esperto. Uma mulher prestes a soltar um gemido teve sua boca imediatamente coberta pelo último. Sua mão estava pegajosa de sangue fresco. Ela quase vomitou. Ele colocou um dedo na frente de seus lábios finos e cruéis indicando que fizesse silêncio.

Além dela, havia cinco ou seis outras mulheres, jovens mães, uma delas mais velha. Meia dúzia de crianças, cheias de bolhas e catarro, e um recém-nascido adormecido e esquecido. Um sujeito velho segurava seu cajado trêmulo, como se disposto a lutar contra eles.

— Fique calmo, vovô. Estamos do seu lado.

Eles ficaram amontoados juntos dentro da cela abafada, nem mais uma palavra foi dita enquanto o bloco do castigo era reduzido a cinzas acima deles.

Sobre os calabouços, projéteis dos onagros ainda estavam atingindo as paredes do forte. Por puro prazer, como uma celebração de vitória, e para praticar, como dizia o chefe huno enquanto gargalhava. Cavalgava em volta das ruínas do forte em chamas em seu pequeno pônei castanho, Chagëlghan — sempre dava a seus cavalos o nome de Chagëlghan, ninguém sabia o porquê. Seus brincos de ouro balançavam, seus olhos amarelos brilhavam de deleite na escuridão.

— Quero essas muralhas no chão — declarou.

Mais tarde, enquanto o primeiro feixe cinzento da alvorada surgia, sentou seu cavalo num monte ao sul da cidade com Orestes e Chanat a seu lado, afagando pensativamente o bigode grisalho. Em pé na frente deles estava um prisioneiro amarrado com cordas grossas, e mãos livres apenas o suficiente para segurar um pedaço de papel.

Átila sorriu.

— Leia para mim — ordenou — um pouco desse velho livro dos cristãos. As palavras do profeta Naum.

Ele examinou a cidade devastada da mesma maneira que outro homem examinaria algum belo afresco da Vênus, ou de Atalanta, enquanto seu prisioneiro trêmulo lia.

Ai da cidade ensanguentada! O cavaleiro levanta a espada flamejante, como a lança relampejante, e ali haverá uma multidão de mortos, e abundância de cadáveres, e não terão fim os defuntos; tropeçarão nos seus corpos. Eis que eu estou contra ti, diz o Senhor dos Exércitos; as portas da tua terra estarão de todo abertas aos teus inimigos; o fogo consumirá os teus ferrolhos. Os teus pastores dormirão, os teus ilustres repousarão, o teu povo se espalhará pelos montes, sem que haja quem o ajunte. Não há cura para a tua ferida, a tua chaga é dolorosa. Todos os que ouvirem a tua fama baterão as palmas sobre ti; porque, sobre quem não passou continuamente a tua malícia?

Átila balançou a cabeça e sorriu.

— Até o Deus dos Cristãos falou.

Ele recolheu a preciosa Escritura do prisioneiro e entregou-o a Orestes. Então passou sua espada pelo pescoço do preso e os três voltaram a cavalo para a cidade. Seus homens já estavam competindo em corridas dentro do hipódromo destruído pela metade. Estavam vestindo os animais com os mantos dos padres assassinados e carregavam o próprio crucifixo durante as corridas, o Cristo coberto com um *kalpak*, o chapéu de feltro cita. Mais tarde, fincariam o crucifixo na areia e fariam dele seu próprio totem, pendurando cabeças decepadas, de pele arrancada e estufadas de palha. Haveria um banquete com o gado assassinado em volta do fogo, e brindes em cálices de prata saqueados, decorados com símbolos cristãos ou com Sileno perseguindo suas ninfas.

Na tristeza da única lâmpada de barro crepitante, os dois soldados distinguiram outra porta de ferro.

— Não há como sair por aí — constatou Punhos. — É o calabouço da execução. E não acho que vamos encontrar uma chave bem agora, não é?

Arapovian andou entre mulheres e crianças e bateu à porta, absurdamente educado. Um momento mais tarde ouviu-se uma batida de volta.

— Ora — começou Punhos. — Ele iria ser morto de qualquer maneira. Agora vai apenas morrer de fome. Enfrentará a mesma morte, como todos nós.

Arapovian ficou na frente da porta de ferro e chacoalhou sua fina adaga dentro da grande fechadura por um momento. Então tirou seu broche do manto, se ajoelhou e examinou o buraco. Um pouco depois algo estalou. Ele pegou a maçaneta, e ela se abriu devagar.

Punhos pareceu estar ligeiramente enojado com tamanha exibição. Ele bufou baixo.

Uma silhueta lentamente apareceu, piscando com a luz da lamparina, de mãos e pés acorrentados. Mas, tirando a barba negra e cheia, poderia ser o irmão mais novo de Punhos.

— Água — pediu.

— Vai ter — respondeu Arapovian. — E quem é você?

— Barrabás — respondeu o prisioneiro, numa voz que indicava que não bebia água havia uma semana. Arapovian deu um passo para trás. O hálito do homem era horrível.

Punhos interrompeu:

— Não venha de brincadeiras.

— É verdade — insistiu o prisioneiro.

— Então quem é você, o primeiro judeu errante ou algo assim?

O prisioneiro deu de ombros.

— Filho de meu pai.

— Por que foi preso?

— Roubei do celeiro.

— Tsc, tsc. Não faz nem ideia do que está acontecendo por aqui, faz?

O prisioneiro balançou miseravelmente a cabeça desgrenhada.

— Pensei ter sentido cheiro de fumaça. Incêndio?

— Alguns. — Punhos olhou para Arapovian. — Só rindo. Todo mundo morre. O único prisioneiro à espera da execução sai ileso.

— Como homens mais sábios que nós observaram antes — começou Arapovian —, o humor dos céus geralmente é mais irônico que benevolente.

— Tirou as palavras da minha boca.

Arapovian encostou a ponta de sua adaga na garganta do prisioneiro.

— Não entendo por que, mas parece que, como seu homônimo do evangelho, você está destinado a viver no lugar dos outros. Você vem com a gente. Mas um gesto de tolice e mato você. Acha que é durão, mas eu sou mais.

— Ele é mesmo — confirmou Punhos, indicando Arapovian com a cabeça. — Parece um nobre persa que passou a vida toda dentro de banhos de leite de cabra. Mas não é.

— Armênio — corrigiu Arapovian.

— Que seja — disse Punhos. — Oriente é tudo a mesma coisa.

Algo caiu sobre a porta do alçapão acima de suas cabeças. Uma viga em chamas.

— Merda — xingou Punhos.

— Tem mais óleo? — perguntou Arapovian.

Uma mulher balançou a cabeça.

— Então apaguem a lamparina por enquanto. Precisamos esperar um bom tempo.

Tentaram dormir. Arapovian recitou em voz baixa para si mesmo as litanias de sua religião na antiga língua. Punhos roncava, segurando seu amado bastão contra o peito como uma criança agarrada à sua boneca. O fogo queimava devagar acima deles.

Depois do que pareceu serem muitas horas, Arapovian rastejou em meio à escuridão e subiu os degraus estreitos até a porta do alçapão. Houve uma pausa e, em seguida, ele arfou.

Punhos estava acordado e o escutou.

— Deixe-me adivinhar. Está quente.

Arapovian voltou.

— Nunca toque uma porta de ferro do chão de um edifício que esteve em chamas o dia todo — continuou Punhos prestativamente —, mesmo se for um parse adorador do fogo. Vai arranjar uma queimadura feia. Até mesmo minha avó poderia ter lhe dito isso, abençoado seja seu coração de puta.

— Guarde essa língua, seu macaco — sibilou Arapovian.

— Não me chame de macaco.

— Não me chame de parse e então penso no seu caso.

Punhos suspirou.

Arapovian se agachou, tocando as pontas queimadas dos dedos, sentindo-se um tolo. Uma sensação estranha para ele, e da qual não gostava. Olhou para o alto em meio à escuridão. Se aquela porta ficasse mais quente, começaria a brilhar no escuro. A madeira da parte de cima certamente estava virando carvão. E então, quando a porta caísse, estariam perdidos.

As famílias aterrorizadas olhavam em volta sem enxergar nada naquela escuridão. O velho perguntou:

— Os invasores já foram embora?

— Não — respondeu Arapovian. — A legião foi embora. Nós somos tudo o que resta.

Houve um choque, e depois baixos soluços enquanto a terrível notícia era registrada. A cela estava cheia de viúvas e órfãos.

O velho procurou no escuro e agarrou o braço de Arapovian.

— Conseguiremos sobreviver? Nossas crianças?

Arapovian soltou seu braço gentilmente. Houve um longo silêncio.

— Eu não sei — respondeu finalmente. — Se a porta resistir, então... talvez.

As peças de ferro da porta do alçapão estavam ficando vermelhas de tão quentes. Infiltrando-se pelos espaços em volta de suas beiradas, gordura derretida escorria. O cheiro de porco assado. Arapovian torceu para que as mulheres e crianças não entendessem o que aquilo significava.

— Rezem — sugeriu. — Todos vocês.

CAPÍTULO 12
FUGA

Silêncio, interrompido apenas ocasionalmente por trovoadas baixas e ameaçadoras. Os hunos ainda estavam saqueando, dando continuidade à sua destruição. E eles continuavam encurralados. Quando tempo mais demoraria para ser melhor se render que morrer ali? Talvez não muito.

Não tinham noção de tempo. Dormiam irregularmente. Na maior parte do tempo as famílias permaneciam mudas de medo e tristeza. Cheios de câimbras, de manchas, exaustos de tanto tremer. Línguas doloridas e inchadas de sede, narinas enjoadas pelo mau cheiro dos próprios corpos. As gargantas das crianças doíam e estavam ásperas como a pele de um tubarão. Chupavam as paredes úmidas e o cheiro verde de algas ficava em seus lábios, até Arapovian proibi-los de fazer aquilo. "Assim vão morrer até mais rápido", dissera.

O único consolo era que o fogo não sugara o ar do calabouço. Estava imundo ali embaixo, mas era o suficiente para que pudessem respirar.

Seu coração pesava por eles. Aquelas crianças agora sem pai, aquelas mulheres sem maridos, aquele casal idoso com seu filho provavelmente morto lá fora. Essa latrina fétida, pútrida, representando todo o seu mundo agora.

Mais tempo se passou. Lá de cima, mais uma vez não se ouvia nada.

— Precisamos sair — disse Punhos.

— Mais 12 horas.

— Como vamos saber?

— São mais trinta litanias inteiras em média.

— Está brincando.

Arapovian não respondeu.

— Quer saber? Conte-nos sobre a Armênia em vez disso.

Depois de um longo silêncio, Arapovian começou a contar a todos sobre sua terra natal. Contou-lhes sobre seus amigos Jahukunian, Arutyunian e Khorenatsian, mortos e enterrados no solo de uma terra que não era mais deles. Contou-lhes sobre a rainha heroína Paranjem, que lutou contra os persas sob comando de Sapor da Pérsia quando ele devastou a terra, e sobre o rei Arshak II da Armênia, capturado, cegado e mantido preso no Castelo do Esquecimento durante trinta anos. Contou-lhes sobre os templos pagãos do fogo dos zoroastrianos erguidos em cima de altares cristãos, e as amplas planícies de Erzinjan e Erzerum, sobre as garças e os francolins dos pântanos, e o grande monastério de Echmiadzin, o mais antigo do mundo, conforme diziam. Finalmente, todos dormiram.

Trinta litanias murmuradas mais tarde, Arapovian e Punhos acordaram a todos com sacudidelas, e andaram até os degraus em meio à escuridão semelhante à tinta preta.

Punhos manteve seu bastão a postos enquanto Arapovian se esticou e empurrou o cabo de sua espada contra a porta do alçapão acima deles. Ele empurrou levemente. A porta suspirou e caiu em volta de seus ombros, em flutuantes flocos de fuligem e cinzas. A madeira tornara-se nada mais que um pergaminho enegrecido, um véu fino como papel de seda feito de carvão, posicionado entre eles e o inferno. Sobraram apenas as alavancas de ferro. Ele as puxou de volta e subiu os degraus, de espada em punho. Do lado de fora imediatamente avistou ossos carbonizados. Empurrou-os para o lado com o pé e escondeu-os debaixo de vigas em brasa o melhor que pôde antes das famílias saírem.

Subiram trêmulos para a luz do dia. Estava amanhecendo. Nem mesmo Arapovian tinha certeza de quanto tempo passaram lá embaixo. Talvez três dias inteiros. *Uma ressurreição bem cristã,* pensou amargamente.

Ficaram de pé observando a desolação ainda cheia de fumaça, como um grupo de mendigos imundos depois do apocalipse. Não sobrara nada.

— Santa mãe de Deus — sussurrou o velho.

O forte desaparecera. Havia apenas acres de cinzas e alguns pedaços baixos de muralha partida que lembravam dentes podres. Mais nada. Os sobreviventes se moveram como espectros por esse cenário de cascalho e poeira pelas últimas finas plumas de fumaça, esquecendo por um momento sua terrível sede. Onde os grandes bastiões e muralhas externas uma vez estiveram, havia apenas mais escombros, formas distorcidas, restos de estruturas. De onde ficava o portão da torre oeste, viram os destroços da cidade. Mais ao longe, espalhadas sobre as planícies férteis, as ruínas de suas casas e fazendas ainda ardiam.

Uma mulher deu um grito e pisou em falso. Punhos a equilibrou, colocou sua enorme pata sobre seu ombro magro e observou o cenário.

— Para falar a verdade — começou, como se para oferecer algum conforto —, estou começando a ficar um pouco irritado com esses hunos também.

— Vamos lá, seu macaco — interrompeu Arapovian. — Afaste-se.

— Pare de me chamar de macaco.

— Pare de me chamar de parse.

Punhos suspirou.

— Isso vai ser divertido.

— Não — discordou Arapovian, embainhando de volta a espada, apertando o cinto, analisando a paisagem devastada. — Não vai.

Ele os guiou pelas ruínas, tentando traçar um caminho livre de atrocidades. Pois entre as vigas queimadas e as pedras, estavam formas do que uma vez foram corpos. Pretos e retorcidos, chamuscados e mutilados pelo fogo, como se feitos de piche e, em seguida, abandonados por um deus indelicado e insensível, jogados de lado antes de ganhar vida.

Desesperada, uma das mães correu até a beira de um poço quebrado, tirando a capa de suas costas e descendo-a para ver se conseguia encharcá-la de água e depois torcê-la acima da boca de seu filho.

Arapovian a deteve.

— Está envenenado.

Ela se virou para ele com os olhos acesos de fúria e angústia. Seu filho já estava doente de tanta sede, seu rosto havia se tornado uma mera máscara pálida.

— Como sabe disso?

— Até mesmo o grande rio está sujo, suas margens estão cheias de corpos. Mas vou encontrar água para vocês. — Ele apontou para o sul, na direção das colinas. — Água fresca. Não tenha medo. Vão viver agora, você e seu filho. Os hunos foram embora.

Ele tirou a criança dela gentilmente, deitou-a sobre o próprio ombro e continuou a caminhada sobre o terreno baldio.

Passaram por onde a *principia* ficava, e a capela legionária. Um buraco estava aberto no chão.

Punhos pigarreou e cuspiu.

— Então eles encontraram o ouro. Como sabiam que estava aqui?

Arapovian olhou em volta.

— Aquele chefe de guerra huno sabe muito mais que isso.

— E o que vão fazer com ele? Não parecem gostar de vinhos caros e roupas íntimas de seda.

— Vão contratar mais mercenários. Alanos, gépidas, sármatas — Arapovian voltou a caminhar. — Comprarão mais poder.

Um arrepio de horror sobrenatural passou por eles quando chegaram ao monte de escombros do portão oeste. Ainda havia uma plataforma em pé, o chão descoberto de madeira que um dia fora a torre de guarda do primeiro andar. E ainda havia uma figura em pé ali, de pernas abertas, contemplando a planície. Devia ser um cadáver romano, empalado numa estaca comprida e colocado ali pelos hunos e seu senso de humor bizarro.

Arapovian passou a criança sedenta para os braços de Punhos.

— Não lido com crianças — balbuciou Punhos em protesto.

— Fique aqui.

O armênio passou por cima dos escombros e se esforçou para subir, sentindo a coxa ferida latejar. Podia ao menos tirar aquele corpo empalado dali. Cobri-lo com pedras, dizer algumas palavras apropriadas. Saltou até a plataforma de madeira e se aproximou.

O cadáver se virou para ele.

Arapovian congelou.

Era Tatullus.

Vivo, sim. Seus olhos estavam desinteressados e sem vida como os de um morto, os antebraços cheios de cortes, sangue seco num dos lados da cabeça. Mas vivo. O centurião de coração de ferro. Ele encarou Arapovian de volta, sem enxergar de fato. Em suas faces magras, de bochechas fundas, cinzas da fumaça, imundas, havia dois rastros claros e brancos.

Gradualmente, os olhos do centurião pareceram se focar.

— Você... — sussurrou. — Você sobreviveu.

Arapovian concordou e o saudou.

— Senhor. Dois de nós, e as famílias dos calabouços. E o prisioneiro, Barrabás. Lá embaixo... Olhe.

Tatullus acordou de seu pesadelo com uma lentidão dolorosa. Tomou a mão direita de Arapovian na sua. Seus olhos brilharam forte mais uma vez, apesar de ele não conseguir dizer uma só palavra. Então deixou sua mão cair para o lado, se virou e abruptamente secou as bochechas.

Finalmente falou, num tom de voz lento e cauteloso:

— Tente arranjar água.

— Os poços estão envenenados, senhor. Mas nas colinas...

Tatullus balançou a cabeça, ainda com dificuldade para voltar ao mundo real.

— Muito bem, então. Coloquem todos em fila. — Ele tomou fôlego. — Marcharemos para o sul.

Quando já estavam organizados ordenadamente numa fila dupla, Tatullus desceu. Olhou cada um de uma vez. Finalmente chegou até Barrabás com suas correntes.

— O ladrão do celeiro.

Barrabás hesitou e olhou para o chão.

— Saia da fila. — Tatullus desembainhou sua espada. — Agora se ajoelhe.

Diante dos olhos das aterrorizadas mulheres e crianças, ele ergueu a espada. Mas não pôde baixá-la. Um braço mais forte que o seu o impediu. Era Punhos. Fitaram-se nos olhos durante um bom tempo. Finalmente o braço do centurião relaxou. Punhos o soltou.

O nativo do Reno pegou uma pedra pesada e afastou os pés do prisioneiro. Barrabás fechou os olhos. Punhos quebrou a corrente com uma pedrada só. Depois o levantou e colocou suas mãos em cima de um pedaço de muralha. Arrebentou a corrente menor da mesma maneira. Barrabás subiu um pouco as pulseiras de ferro e friccionou suas feridas.

— Agora vá e não peque mais — disse Punhos, ironicamente.

O ladrão do celeiro cambaleou em meio aos destroços, segurando as correntes partidas contra o peito.

Atravessaram as terras agrícolas incendiadas e passaram pelos pomares destruídos, procurando por cavaleiros no horizonte o tempo todo, mas não viram nenhum. A tempestade de fogo rumara para o sul. Subiram as colinas, onde acharam um riacho limpo num vale raso. Os soldados encheram e reencheram seus cantis de couro, passando-os em volta, fazendo com que todos bebessem lentamente. O efeito, principalmente nas crianças, foi milagroso. *Como veados fugindo da caça nas montanhas,* pensou Arapovian. Por um momento estiveram exaustos, de línguas para fora, espumando de suor. No entanto, ele os vira, observara e esperara, mantendo seu cavalo escondido pelo matagal enquanto preparava sua lança. O exausto veado abaixava, bebia, olhava para cima, bebia mais. E então, como se renascido, pulava para a frente, trotando colina acima, e a caçada recomeçava.

Um garotinho enxugou a boca, passou o cantil e olhou para ele.

— Sou Stephanos — declarou. — Estou com fome.

Descansaram o dia todo no vale verde, escondidos debaixo de amieiros cinzentos, reenfaixando os ferimentos. Mais tarde, os três soldados foram caçar e trouxeram de volta aves de caça e ameixas, não muito maduras, porém comestíveis em pequenas quantidades, e os sobreviventes finalmente tiveram uma refeição. Também fizeram laços com crinas e, de manhã, capturaram coelhos com eles.

E assim atravessaram as colinas.

Dois dias depois desceram entre os bosques e viram abaixo a estrada sul para Naissus. De cada lado dela erguiam-se colinas cada vez mais altas, e abaixo ficavam montanhas desertas. Era a passagem de Succi: um percurso de 8 quilômetros, comprido e estreito, através da cadeia de Haemus.

Tatullus balançou a cabeça.

— Não podemos arriscar.

— Nem podemos viajar por cima das montanhas — opôs-se Arapovian. — Nós três poderíamos, mas não com as famílias, e sem suprimentos.

Era verdade. As crianças estavam fracas e irritadas de tanta fome. Tinham encontrado duas vezes aldeias isoladas nas colinas, mas não acharam nada: nem uma pessoa, nenhuma comida, nenhum gado, nada. Comeram urtigas cozidas, milefólios, as raízes brancas e pequenas de cherivias, e caçaram uma ou outra presa. Mas nunca era o suficiente, não para vinte pessoas andando o dia todo.

— Os bárbaros terão ido para o sul — ribombou Punhos. — Por que dariam meia-volta?

— Provavelmente não darão — respondeu Tatullus. — Mas se o fizerem... — Todos sabiam que destino os aguardava se encontrassem os hunos no caminho. — Poderíamos deixar as famílias aqui e passarmos nós três pelas montanhas.

Olharam para as pessoas de olhos fundos, esperando sua decisão pacientemente como gado.

Tatullus suspirou.

— Muito bem. Iremos pela passagem de Succi. Sejamos rápidos.

Cada um dos três homens levou uma criança nos ombros e trotou. O resto do povo acompanhava o mais rápido que podia, mas ainda assim os soldados precisavam parar frequentemente e esperar que os alcançassem. O sol subia cada vez mais alto no céu, embora o caminho parecesse escuro, frio e sinistro. Quanto mais avançavam, mais ameaçador e íngreme parecia o penhasco de ardósia escuro à sua volta. Não havia como escapar, a não ser para a frente ou para trás. No alto, um corvo deixou seu poleiro e começou a circular, grasnando.

As famílias arrastavam-se atrás deles, os idosos sendo os mais lentos de todos.

— Mais rápido! — gritava Tatullus. Esperava atravessar a passagem em uma hora, mas levaria duas.

Havia uma parte mais larga no caminho, com rochas tombadas à esquerda e à direita, e um pequeno grupo de árvores em cima de uma encosta de seixos, antes da fenda estreitar-se de novo e o caminho na frente deles ficar ainda mais escuro e apertado. Arapovian escalou algumas árvores para procurar uma fonte de água e encher alguns cantis. Ele reapareceu quase imediatamente, de cantis vazios, em cima de uma pedra, olhando para trás além deles quase sem expressão.

— O que foi, homem? — sibilou Tatullus. — Ande!

A expressão no rosto de Arapovian permanecia vazia, mas ele levantou a mão direita para que ficassem quietos.

Todos pararam.

Então ele ordenou:

— Para o meio das arvores, todos vocês. *Agora.*

As crianças se embaralharam rapidamente e correram para o interior das sombras verdes, mas os mais velhos precisaram ser rebocados.

Punhos se agachou atrás de uma moita e ordenou que as crianças fizessem o mesmo.

— Não façam qualquer barulho — grunhiu.

Elas se agacharam perto dele com olhos arregalados de medo.

O último a passar por cima das pedras foi o idoso. Mesmo enquanto Tatullus o puxava por seus braços ossudos e trêmulos, pôde ouvir o que o armênio ouvira. O tumulto e o ruído de muitos cascos se aproximando.

Acima deles o corvo grasnou mais uma vez. Arapovian imaginou seus olhos negros acesos de maldade. O velho gemeu suavemente e se virou. O barulho dos cascos estava muito perto agora. Os cavaleiros estavam apenas caminhando com seus cavalos a pé, mas a pouquíssimos segundos de distância. Tatullus ergueu o velho pelos pulsos, seus braços magros torcendo-se nas articulações, e seu cajado caiu de sua mão e tiniu por cima da pedra, tombando na estrada abaixo. Tatullus jogou o velho covarde por cima de seu ombro esquerdo e olhou para trás, desesperado. O cajado estava na beirada da trilha, recém-polido, o cabo ainda quente. Mas ele já podia sentir o doce aroma dos cavalos em meio ao ar frio...

— Não há tempo! — sussurrou o armênio do meio das árvores.

Tatullus subiu a pedra e adentrou a escuridão do esconderijo. Soltou o velho atrás da mata e se agachou.

Imediatamente abaixo deles apareceram os cavaleiros. Eram hunos.

Eles puxaram as rédeas e olharam em volta com ar intrigado. Alguns já estavam preparando seus arcos. Caçadores como aqueles não deixavam escapar muitos sinais.

Embaixo das árvores, o pequeno grupo permanecia imóvel como estátuas.

Na frente dos hunos, um grupo de duzentos guerreiros, ia seu líder, um velho com cabelos longos em tons escuros de cinza e compridos bigodes, bem-penteados e untados. Devia estar na sexta ou sétima década de vida, mas ainda assim seu peito e seus braços eram muito fortes. Ele subiu em seu cavalo e puxou as rédeas com os punhos enquanto seus olhos profundos olhavam em volta e suas narinas pareciam tremer.

Seu olhar parou no cajado. Ele cavalgou até o objeto e olhou para baixo. Então desceu da sela, o apanhou e tocou sua bochecha fria com o punho do cabo. Ainda estava quente.

O huno agilmente se virou e pulou de volta em seu cavalo, ainda segurando o cajado. Ele o apoiou em cima do ombro como se fosse uma lança, parou seu cavalo de novo e esperou.

Os duzentos cavaleiros estavam completamente imóveis e em silêncio. O único som era o grasnado do corvo no alto. Debaixo das árvores, os fugitivos mal respiravam.

E então uma das crianças famintas soluçou.

Era o menino Stephanos. A enorme mão de Punhos o alcançou e tapou a boca do garoto. Os olhos da criança se arregalaram, mas ela não tentou se soltar.

Lá embaixo, o líder huno permanecia parado. Talvez não tivesse escutado. Talvez...

Então muito lentamente ele virou a cabeça na direção deles e sorriu.

Movendo-se silenciosamente como um gato, Arapovian andou para trás e inspecionou o que havia atrás deles. Mas era como havia imaginado. A pequena mata dava num penhasco escuro e úmido, que se erguia ininterruptamente por 90 a 120 metros. Estavam presos.

— Bem — sussurrou, desembainhando a espada. — Que assim seja. Morreremos aqui. Por causa do soluço de uma criança.

Ele ouviu o guerreiro huno dizer:

— Mostrem-se! Todos vocês. Velhos, jovens, o idoso que acaba de perder seu cajado. E não venham com qualquer arma. Meus homens vão matá-los antes que apareçam.

Depois de alguns momentos de hesitação, Arapovian embainhou sua espada.

O povo lentamente saiu da mata e ficou em pé sobre o rochedo, miserável, de cabeças baixas. Havia duzentas flechas miradas neles.

Stephanos soluçou mais uma vez.

O guerreiro analisou o grupo, reservando um exame minucioso especialmente para os três guerreiros. Enfim falou solenemente:

— Sou o senhor Chanat. Vocês, romanos, mataram muitos homens meus.

Tatullus fez que sim com a mão no cabo de sua espada.

— Matamos. E vamos matar muitos mais na próxima batalha.

Chanat refletiu profundamente, sem pressa. Finalmente declarou:

— Nem todos vocês são mulherzinhas. É um cã?

— Sou um centurião.

— Um líder de homens? Ou um pastor de mulheres e crianças?

— Líder de homens, geralmente — grunhiu Tatullus. — Líder de oitenta homens.

— Isto é bom —assentiu ele. — Vai se juntar a nós. Vai ser um comandante huno.

Tatullus pareceu estupefato. Então se recompôs.

— Sou um romano. Luto apenas por Roma.

— Seu império foi destruído.

Tatullus sorriu levemente, de dentes semicerrados.

— Ainda não.

— Então vou matá-lo.

— Pode tentar.

Chanat fez um rangido estranho com os dentes. Seria errado, de acordo com cada doutrina do código dos guerreiros, matar um homem tão desinteressada e magnificamente corajoso.

Ele voltou sua atenção para Arapovian, parado um pouco mais atrás sobre as pedras, a mão não muito longe do cabo de sua espada.

— Você. Você é o oriental.

Arapovian não retrucou.

— Responda-me, tolo.

Mas estava claro que Arapovian não se dignaria a falar com um huno, mesmo que sua vida dependesse disso. Ele tocou uma rebarba de seu manto fastidiosamente.

— Oriental convencido — rosnou Chanat. — Deve ser um traidor persa lutando pelos romanos.

Diante daquilo, Arapovian não poderia ficar quieto. Ele se endireitou deixando a coluna reta e olhou com raiva para baixo, na direção de Chanat:

— Sou um *nakharar* armênio do mais nobre berço. Meu nome é conde Grigorius Kachadour Arapovian, filho do conde Grigorius Nubar Arapovian, filho...

Punhos interrompeu, balançando a cabeça.

— Ele é mesmo.

— E você — continuou Chanat, virando-se para ele. Punhos desejou ter ficado quieto. — Acredito que seja o bruto que matou lorde Bela na ponte.

— Não posso dizer que tenha chegado a descobrir o nome do selv... do cavalheiro, sua misericórdia. Mas francamente, na hora, ele também não estava se comportando muito favoravelmente para comigo.

Chanat puxou suas rédeas e virou seu cavalo.

— Está bem — vociferou. — É a guerra. Agora cale a boca. — Ele os olhou uma última vez, trotou de volta, examinou as mulheres e crianças, e então tomou uma decisão tipicamente abrupta. — Desta vez, viverão. Na próxima, os mataremos.

Enquanto cavalgava para longe, atirou o cajado por cima do ombro, e ele caiu retinindo mais uma vez sobre a terra.

— E podem ficar com isso! — gritou, rindo. — Não estou tão velho a ponto de já estar precisando de um!

Foi uma boa história para contar no acampamento huno aquela noite.

— Magnânimo — opinou Átila.

— De fato — reconheceu Chanat, solenemente. — Sequer exigi uma das mulheres para minha tenda.

— Velho Chanat, seu coração é mole como o de um carneirinho.

— De fato, mas acho que meus quadris não vão perdoar tão facilmente meu coração mole. Algumas daquelas romanas não eram tão feias.

Ainda entorpecidos pela sua fuga e pela aterrorizante aleatoriedade da clemência huna, os refugiados acamparam aquela noite em meio a dispersos pinhais. Ainda bem que era verão. Naquelas colinas, o inverno já os teria matado. Ainda assim, Arapovian permitiu que fizessem uma pequena fogueira. Mulheres e crianças, apesar de famintas, conseguiram dormir.

Estavam acabando com o restante do conhaque armênio fortemente diluído que Arapovian conseguira conservar em meio a tudo que acontecera quando ouviram passos ali perto. O mais baixo ruído de passos sobre as agulhas secas. Ele levantou o dedo indicador.

Punhos franziu o cenho e balançou a cabeça.

Arapovian sacou sua adaga.

E, com indiferença, o capitão Malchus apareceu sob a luz da fogueira.

Punhos rosnou:

— Como, em nome de Cloacina, deusa dos sagrados esgotos de Roma, você...?

Malchus sorriu. Seu rosto e seus braços estavam uma desordem. Havia costurado as próprias feridas mais uma vez com crina de cavalo e uma agulha feita de osso. Podiam ver os buracos, coagulados de sangue seco.

— É preciso mais do que aquilo para acabar comigo — disse. Ele se sentou de pernas cruzadas na frente do fogo. — Estive seguindo vocês. Foi um bom espetáculo quando encontraram os hunos. Vi tudo do alto do penhasco. Fui eu que fiz o corvo sair de seu poleiro. Peço desculpas por isso.

Eles o encararam mais um pouco, como se para ter certeza de que não era um fantasma, afinal.

Finalmente Arapovian disse:

— Não entendo como sobreviveu do lado de fora do forte, quando a invasão dos hunos o atropelou.

Malchus refletiu.

— Imagine — começou. — Você é um entre duzentos hunos galopando na direção de um único homem. Como vão saber qual de vocês o matou no meio do ataque? Se é que algum de vocês o fez?

Balançaram as cabeças. Tatullus estava se remexendo e acordando de novo.

— O que você deve fazer é cair logo antes de ser atingido. É tudo questão de cronometragem.

— E assim duzentos cavalos galopam por cima de você.

— Esta parte é jogar com a sorte, admito. Deve fazer como se estivesse de volta no útero de sua mãe. — Ele imitou uma posição fetal, retraindo-se um pouco com seus ferimentos. — Além disso, coloca os braços em volta da sua cabeça. Lembre-se que nenhum cavalo gosta de pisar numa criatura viva, nem esses brutos com cabeças de boi dos hunos. — Ele sorriu mais uma vez. — Bem, talvez eu tenha tido sorte. Minhas pernas ficaram um pouco roxas, mas, tirando isso, aqui estou. E olhem. — De um alforje de couro ele retirou um cantil razoavelmente grande, cheio de vinho roubado, além de um pouco de pão velho, mas comestível, e queijo de cabra enrolado em folhas de lima.

— Graças ao Cristo — resmungou Punhos, estendendo a mão para o vinho.

Arapovian foi mais rápido. Ele colocou o cantil ao seu lado.

— Uso médico antes. Esses cortes precisam ser esfriados e recosturados. — Ele começou a afiar a lâmina de sua adaga, olhando as pavorosas feridas de Malchus.

Malchus pareceu indignado.

— O que quer dizer? Estão boas.

— Estão um lixo — discordou Arapovian.

Mais tarde, Malchus tomou um longo gole da garrafa e a passou para Punhos, estremecendo mais uma vez por causa de seus pontos frescos.

— Achei que você tinha feito uma promessa — comentou Tatullus do meio das sombras onde deitava de lado.

— Foi revogada — interrompeu Punhos. — Por circunstâncias inesperadas. — Ele tomou um enorme gole.

Arapovian guardou o pão e o queijo para o café da manhã das crianças no dia seguinte. Ele olhou para a considerável barriga de Punhos.

— Não vai morrer de fome se não comer isso.

Eles beberam mais do bem-vindo cantil.

Punhos bocejou e arrotou.

— Por Deus. Esse vinho foi direto para meu senhor e mestre. Onde será que fica o bordel mais próximo?

— Teria que pagar um mês de ordenados para entrar — disse Malchus. — Olhe só para seu estado.

— Olhe para você — replicou Punhos. — Enquanto eu, ao contrário, deixei muitas damas de coração partido para trás em Carnuntum, de tão afeiçoadas que se tornaram por mim e por meus encantos imensamente proporcionais.

Malchus resfolegou incredulamente. Até mesmo Tatullus esboçou um leve sorriso.

— Para dizer a verdade, eu fui um rapaz bem mulherengo na minha juventude — refletiu o desajeitado do Reno, tomando mais um generoso gole de vinho. — Era capaz de trocar minha própria avó por um rabo de saia, e trocava mesmo. Mas com a idade ficamos mais sábios. Talvez eu sobreviva essa noite sem uma trepada ou uma chupada.

Arapovian parecia desdenhoso, aumentando o fogo da fogueira.

— Bem, é melhor não dormir perto demais de mim.

Punhos ergueu as sobrancelhas.

— Não seja convencido. Meu senhor e mestre tem um mínimo de dirsce... dirscer...

— Discernimento.

— Exatamente.

Malchus se deitou e ficou olhando a lua crescente cintilando através do dossel escuro formado pelos pinheiros. O ar tinha um cheiro bom e fresco. Seus ferimentos estavam limpos e sem infecções. O vinho esquentara seu estômago. E tinham sobrevivido. A vida era boa. Ali perto, Tatullus ainda mal conseguia conversar devido ao pesar que sentia por sua legião, mas, para Malchus, estar vivo era uma vitória. Havia um véu esfarrapado feito de nuvens atravessando o céu noturno, iluminado pelo luar. Uma coruja piou.

— Não é magnífico? — perguntou.

Punhos arrotou.

— Nada mal.

— Não o vinho, seu pateta. Isso. — Ele abriu as mãos cheias de cicatrizes. — A lua, o céu escuro, as estrelas de verão.

Punhos se virou para Arapovian.

— O garoto está ficando sentimental. Será que está com febre?

— Uma espécie disso. Além do meu poder de cura.

Malchus continuou mesmo assim, com a voz num suspiro extasiado:

— Esta grande guerra huna que apenas começou. A visão de exércitos furiosos e destruidores. Um cavalo negro galopante numa planície solitária. A luz do sol refletindo nas lanças. Tudo isso. Eu adoro. "*Sequor omina tanta, quisquis in arma vocas*". — Ele suspirou. — Não há nada tão belo quanto a guerra.

Era como um louco guerreiro troiano saído de Homero. Morreria lutando, com um largo sorriso em seu belo rosto, seu cabelo escuro pingando suor e sangue. E então seguiria direto para os Campos Elísios.

— Você é um poeta, cacete — rosnou Punhos. — É melhor beber mais vinho. Todos os poetas são bêbados.

— Não acha — começou Malchus, sentando-se novamente — que às vezes tudo é lindo do jeito que é? Com toda a beleza, pena e horror misturados, do jeito que os deuses desconhecidos fizeram? E que o mal de fato não existe, e como poderia existir? E que até mesmo a morte é bonita?

— Está bêbado — concluiu Punhos.

— Quantos anos você tem? — perguntou Arapovian.

— Vinte e quatro — respondeu Malchus. — O mais jovem comandante de cavalaria da fronteira do Danúbio.

— Bem — começou o armênio, ajeitando-se para dormir —, ainda há tempo para você começar a acreditar no mal.

Dormiram com travesseiros feitos de braços unidos e acordaram com as faces molhadas de orvalho. Arapovian banhou-se num córrego ali perto, para fascínio de Punhos, e limpou seus dentes com uma varinha de aveleira. Em seguida, dividiu o pão e o queijo entre o povo.

Stephanos comeu rápido demais e começou a soluçar de novo.

— Desculpe — disse, envergonhado.

Arapovian tocou sua cabeça.

— Pode soluçar o quanto quiser, garoto. Os hunos já foram.

Alguns dias depois, escondidos bem longe da estrada, viram passar na direção oposta uma família de membros bem diferentes: duas garotas, um garoto, uma mulher num sujo vestido vermelho e um homem vestindo um manto branco como um padre, em seu peito um cristograma de madeira. Todos os seus bens estavam sobre um pônei que parecia uma mula, com cabeça de boi e peito largo, como os que os citas montavam.

Os refugiados desceram da mata e os confrontaram. O padre havia sido o próprio bispo de Margus.

— Mas Margus foi destruída.

Arapovian respirou fundo.

— Viminacium também foi destruída. Somos os únicos sobreviventes.

A esposa do homem repetiu, hesitante:

— A fortaleza legionária... Destruída?

Eles confirmaram. Ela fez o sinal da cruz. O bispo balbuciou algo sobre o diabo.

— Para aonde vão agora? — perguntou Arapovian.

— Oeste. Para Sirmium, talvez mais longe.

— Devem se reportar aos legados de lá. Suas informações serão de grande valor.

O padre não se comprometeu. Olhou as crianças e mulheres esfarrapadas, e o casal idoso apoiando-se mutuamente.

— Levaremos as famílias.

Os soldados refletiram. Por enquanto estariam muito mais seguras no Ocidente. As famílias, entorpecidas e indiferentes de cansaço, não tinham preferência. Partiram para o Ocidente, com o padre pregando aos passantes durante todo o caminho sobre a ira que estava por vir.

Os quatro soldados seguiram para o sul.

Depois de alguns quilômetros encontraram alguns cavalos aceitáveis, requisitados de um grupo de comerciantes da Ilíria. Os comerciantes não discutiram. Cavalgaram pela estrada num galope brando. Haveria mais batalhas para lutar.

PARTE II
A CIDADE DE OURO

CAPÍTULO 1
INFORMAÇÕES

Átila estava conversando com seus generais quando Orestes deu um passo à frente e o entregou algo. Um refinado pergaminho de couro de cabra, enrolado e marcado com um impressionante selo de cera.

Geukchu olhou para ele.

— É o selo do Imperador do Ocidente em pessoa?

Átila confirmou.

— Idêntico.

O velho e astuto general ficou perplexo de admiração.

— Como?

— Informações são preciosas. — Para o divertimento de todos, ele recitou o que o pergaminho selado dizia sem precisar ler.

Para meu amado irmão em Cristo, imperador da Roma do Oriente, Teodósio, Saudações

É com peso no coração que devemos recusar seu pedido de ajuda neste momento infeliz e defender rapidamente nossas próprias fronteiras contra as hordas da Cítia. Todas as nossas forças são necessárias para nossa própria defesa. Confiamos em Deus para que consigam expulsar essa incursão bárbara sozinhos. Fazer isso é seu dever sagrado, considerando que foram suas próprias forças de Viminacium que primeiro incentivaram Átila e seus temíveis guerreiros a atacarem.

Seu fiel Valentiniano.

— Como sabemos que esse pedido foi realmente feito? — argumentou Geukchu.

Átila sorriu.

— Sabemos. E sabemos que esta resposta vai enfurecer até mesmo o pacato Teodósio. Em certa medida porque em parte está correta. Os insultos que mais nos machucam são aqueles que contêm um pouco de verdade. Foi tolice de Valentiniano ordenar que fôssemos punidos, mas foi a cavalaria de Viminacium de Teodósio que obedeceu. E veja o que se abateu sobre eles. Como queria ver a insignificante raiva de Teodósio pessoalmente! — Lágrimas de alegria brilhavam em seus olhos de lobo. — Armas de cerco, nossos amigos mercenários, grupos de meus amados guerreiros a cavalo; são todas boas e poderosas armas. Mas também o são a espionagem, as informações erradas, a confusão, as discórdias, o terror. — Ele sorriu, seus olhos voltando-se para a carta enrolada uma última vez. — Ervas daninhas no prado dourado de Roma.

— E então esse Teodósio não terá nenhum ajuda do Ocidente?

— Nenhuma.

— Nem mesmo do galante general comandante Aécio?

O semblante de Átila escureceu com a menção daquele nome.

— Não até que o Oriente seja assolado do mar Negro até o Adriático, e do Danúbio até o Corno de Ouro.

Sicília: o ancoradouro naval em Messina. As bandeiras vermelhas quadradas oscilavam e batiam das vergas contra a forte brisa de verão. Era uma boa semana para navegar, no começo da temporada de campanha. Apesar de já estar na casa dos 50 anos, em manhãs assim, Aécio ainda se sentia como um jovem e disposto legionário de 20 anos. As suaves ondas azuis do mar Tirreno, que se derramavam para fora das imensas muralhas cinzentas do porto, deixavam para dentro delas uma onda de otimismo e esperança. O tempo estava bom há uma semana. Hoje, ele inspecionaria o restante dos estoques e suprimentos, e aumentaria as cargas de munição. Não haveria onda forte que as desalojassem nos porões. À noite os homens embarcariam, junto com 2 mil cavalos: poderosos capadócios castanhos, belos mouros cinzentos de alto escalão. Amanhã, duas horas antes de amanhecer, puxariam as âncoras e navegariam com a suave brisa noturna. Em dois dias, Roma tomaria Cartago. *De novo.* Filhos de Cipião.

Após ter sido convocado de volta por Gala Placídia de seu agradável exílio na corte dos visigodos e de suas intermináveis partidas de xadrez como o bom, velho e irascível rei Teodorico, Aécio descobrira com horror sobre a expedição punitiva de Valentiniano. Executada com bastante impiedade pela Legio VII de Viminacium, sendo esta a mais próxima do impertinente acampamento huno, e ainda assim uma tolice monumental. Ficara esperando por um tempo que a resposta viesse. Em vez disso, havia informações confiáveis da fronteira do Danúbio que a confederação inteira formada pelos hunos e povos de tribos associadas a eles tinha ido para o norte. A expedição funcionara. Valentiniano estava triunfante. Aécio aceitou com ceticismo. Esperou por consequências, mas ainda não havia nenhuma.

Então com alguns receios retomou seus planos de uma nova guerra contra os vândalos, com o odiado rei Genserico, e a reconquista das cruciais plantações africanas. África. Sempre amara até mesmo aquela palavra. Na Mauritânia ainda havia leões, elefantes e girafas. E dourados trigos crescendo nos vales do rio na Tunísia, grandes obras de irrigação, olivais de 160 quilômetros em direção ao interior. Roma tinha que reconquistar a África. Meio milhão de toneladas de grãos chegava até Óstia vindo daquela vasta província, daquela pacífica e altamente civilizada província, com seus 20 mil quilômetros de estradas legionárias, mantidas sob as leis e a ordem de uma única legião. Para a primitiva e chuvosa Grã-Bretanha foram necessárias quatro!

Aécio vira com os próprios olhos a magnificência da Cartago romana. O imenso hexágono do porto controlando seiscentos navios por dia, o belamente proporcional círculo interno, os monumentos de mármore da ilha dos almirantados...

Sim, Roma tinha que reconquistar a África.

O *optio* parou subitamente e saudou o general, que estava sentado à sua escrivaninha de madeira ao ar livre. O general ergueu os olhos e protegeu a vista do esbranquiçado sol da Sicília. Pela primeira vez parecia até contente. Aqueles frios olhos azul-acinzentados davam a impressão de ter um brilho quase mediterrâneo no interior. A boca larga, com os cantos virados para baixo como que de amargura, hoje parecia transformada por alguma coisa que se aproximava de um sorriso.

— Fale, garoto.

— Ordens de Ravena, senhor. O imperador exige seu retorno imediato.

Aécio colocou seus cotovelos sobre a mesa, entrelaçou os dedos, apoiou o queixo nas juntas e observou o vasto porto de Palermo. Mais de mil navios ancorados e além das muralhas do porto. Vinte mil homens armados nos acampamentos espalhados pela cidade. Suas melhores legiões: os Batavi, os Herculiani, os agressivos Armigeri Propugnatores, assim como unidades da cavalaria como os Cornuti Seniores, os Armigeri, e os Mauri Alites, velozes como raios. Apenas os melhores de todos, os Palatinos, estavam longe, estacionados perto de Ravena, assim como a guarda imperial, sob as ordens de Valentiniano. Sendo desperdiçados.

Uma multidão de escravos empurrava padiolas de suprimentos e armamentos pelas estreitas pranchas de desembarque até os navios de suprimentos, já de barriga cheia. Um coro angelical de gaivotas brancas fazia-se ouvir. Genserico em Cartago, com o pé atrás. Pelo menos um de seus filhos havia sido confinado por insanidade, era o que diziam. As preciosas plantações da África mais uma vez sob o alcance de Roma. A melhor oportunidade de toda uma geração.

— Posso saber por quê?

— Invasão, senhor. Ao norte. Ataques na estação do Danúbio.

Seu coração disparou numa velocidade arrebatadora. Ele sabia, ele sabia, ele não queria saber.

— E quanto à frota do Danúbio? As legiões da fronteira, por mais empobrecidas que estejam?

— Eu não sei, senhor... Dizem que é uma grande invasão.

— Grande como?

— Eu não sei, senhor. Uma horda bárbara.

Aécio analisou o rosto do *optio*, a rosada candura dos 16 anos. Vitulasius Laetinianus era seu ridículo nome. O general o chamava de Rufus.

— Teutões?

— Citas, senhor. Guerreiros das estepes.

— Muitos?

— Não sei dizer, senhor. O imperador tem urgência. A fortaleza de Viminacium já foi destruída.

Diante dessa impossível notícia, Aécio relaxou um pouco. Claramente a informação fora aumentada em meio ao pânico. O medo sempre criava exagero, então uma "horda bárbara" podia igualmente significar nada mais que algumas centenas de comerciantes de sucata.

— Viminacium é uma fortaleza legionária, garoto — disse sem emoção. — Apenas uma legião romana com máquinas de cerco poderia tomá-la.

— A mensagem dizia que ela foi tomada, senhor. Pelos citas. Seu líder enviou ainda mais insultos ao imperador do Oriente, dizendo que os bizantinos desonraram os montes sepulcrais de seu povo.

— Montes sepulcrais?

— Sim, senhor. Ele disse que o império precisa se desculpar, implorar por seu perdão, fazer reverências, pagar reparações. Palavras de ilimitada arrogância.

— Ele tem senso de humor. Que montes sepulcrais?

— Nas margens norte do Danúbio, senhor. Em Ungvar.

Aécio colocou uma das mãos sobre o peso de papel feito de basalto em sua mesa. Os papéis agitavam-se com a brisa marítima.

— Não saberia o nome do líder bárbaro, saberia, garoto?

— Não, senhor.

— Muito bem. Seu nome é Átila, Grande Tanjou, Cã dos Cãs. O Senhor Átila.

O rapaz olhou com estranheza para seu general.

— Lembre-se disto. Vai ter motivos para lembrar. Todos terão.

Aécio olhou mais uma vez para as mil velas tremulando. Subitamente pareceram para ele a mais triste vista já observada. *Onde está a África, que para o mundo todo era como um jardim de encantos?* Agora estes navios nunca navegariam até a África perdida. Átila sabia disso também. Seu breve amigo de infância. Começou a dizer algo para o assustado garoto sobre aquilo. Sobre como ele e Átila cavalgaram juntos, caçaram juntos, através das intermináveis campinas citas... Sobre como nunca haveria tanta liberdade, tanta inocência novamente... Até se dar conta de estar tagarelando como um velho. O garoto Rufus escutava, aturdido. Ele interrompeu-se subitamente e fez um gesto para que ele fosse embora. O garoto correu de volta sobre as docas.

Era melhor que seu *optio* não o visse nem escutasse agora. Ele se levantou, não se sentindo mais como um jovem legionário de 20 anos. Então ela chegara. A hora final. Justo quando Roma estava prestes a recuperar sua força africana, com um último e poderoso sobressalto, Átila escolhera atacar. Ele sabia. *Sabia*. E, uma vez iniciado o ataque, não teria fim.

O velho Teodorico o avisara que os hunos e os vândalos formariam uma aliança. Aécio pensara que isso seria impossível. Átila e Genserico odiavam um ao outro desde garotos, como apenas dois tiranos sabem odiar. Haviam sido reféns juntos em Roma. Genserico e seu irmão Berico, há muito tempo morto num "acidente de caçada", rapidamente foram seduzidos pelos prazeres de Roma. O fugitivo huno havia sido bem menos seduzido. Aécio sabia de tudo. Havia aprendido tudo que podia sobre Átila Conhecia-o havia muito tempo.

Sentindo como se seu velho coração fosse rachar, enviou ordens para que seu mais rápido navio fosse preparado para navegar de volta a Ravena.

Átila chamou Orestes.

— Escreva outra carta: "Para nosso amado aliado, rei Genserico, senhor dos vândalos, conquistador da África, suserano das terras do sol poente..." Esqueci-me de algum?

— Comandante do fiel ariano?

Átila cofiou sua fina barba grisalha.

— Gostei. Coloque isso também.

Ele recomeçou:

— "Com quanto carinho recordo-me de nossa feliz infância juntos em Roma, meu querido amigo. Como cuidamos um do outro em nossa jovem solidão, exilados naquelas taciturnas cortes do império, tão longe de nossos respectivos lares. E como fiquei triste em saber da morte de seu irmão Berico, de tão nobre coração, naquele cruel acidente de caça."

Até mesmo os olhos de Orestes cintilaram de divertimento com aquilo. Átila teve que esperar alguns segundos antes de voltar a ditar.

— Eu devia ter sido um bobo da corte — comentou. — "Mas mudando para assuntos mais felizes. A invasão começou. O exército huno, seu leal aliado do norte, já conquistou metade do caminho até Constantinopla. As vangloriosas legiões romanas tombam diante de nós como a grama diante do alfanje. Suas cidades degeneradas agora não são nada além de combustível para o fogo. Ninguém fica no nosso caminho. E, consequentemente, não haverá tentativa romana de tomar nosso império da África, aquele rico território que é seu por direito, pelo julgamento do poderoso Deus. Que seu povo abençoe a sabedoria, a justiça e a misericórdia de seu governo. Que a gloriosa dinastia de Genserico prospere. Que o melhor juízo de seus filhos prevaleça.

— Agora foi demais — disse Orestes. — Os filhos dele são conhecidos idiotas. Um deles vive num calabouço do palácio, acorrentado e balbuciando como um macaco.

— Ah. Sim. Mude as últimas duas frases. "Que o valor marcial e a justiça cristã de sua dinastia prevaleçam para sempre. E que Genserico venha reinar proeminente no Ocidente, assim como seu mais leal aliado, Átila, vai reinar no Oriente, numa harmonia de união entre imperadores e irmãos."

— Hum — disse Orestes. — Quase lá.

— Até o momento em que decidirmos eliminar você e tomar seu império para nós.

Os cantos da boca de Orestes se curvaram. Ele descansou sua caneta.

— Oh — repetiu Átila, secando as lágrimas dos olhos. — Eu devia mesmo ter sido bobo da corte.

CAPÍTULO 2
POLÍTICA E BRUXARIA

No momento em que Aécio desembarcou do navio, o pior foi confirmado.

— Senhor, os hunos atravessaram o Danúbio. Atacaram Margus.

— Muito bem. — Ele assentiu e se virou.

Estava tudo pronto. Era hora de começar.

Era chegada a hora de o fim começar.

Ele se virou de volta, fitou os homens nos olhos e perguntou:

— E Viminacium? Pode aquilo ser verdade?

— Até onde sabemos, sim, senhor. Arrasada.

— Então eles têm armas de cerco?

— Eles ou os auxiliares deles, sim, senhor. Derrubaram as muralhas da fortaleza em um dia e uma noite, se os relatos são verdadeiros.

Cristo.

— E a Legio VII?

O *optio* deu de ombros.

— Acabou.

Ele estremeceu.

— Era uma boa legião. — Aécio se endireitou. — Para o palácio.

O imperador Valentiniano o recebeu com frieza.

— Meu bom e fiel servo. Que retorno precipitado, o seu.

— Foram as ordens que recebi, Sua Majestade.

— Não havia necessidade.

Valentiniano não tinha pressa, embalando suas mãos no colo, olhando com afeto para elas, acariciando uma das palmas abertas. Ele murmurava uma canção. Aécio aguardou pacientemente.

Depois de um tempo, Valentiniano falou:

— É verdade sobre o transtorno desse huno. Mas as linhas de comunicação foram reestabelecidas, pelo mar e pelos rios com Ratiaria, e por terra com o exército do Oriente em Marcianópolis. Estão marchando para encarregar-se dos selvagens neste momento. Pode ser que já os tenham destruído.

— Sob o comando do general Aspar?

Os olhos de Valentiniano chamejaram de raiva.

— Desculpe minha interrupção, Majestade. Mas seu comandante...

— O exército, todas as cinco ou seis legiões, vão se encarregar ou se encarregaram desses selvagens, desse homenzinho ridículo e orgulhoso chamado Átila, em algum lugar do rio Utus. Sim, *sob o comando de Aspar*. Esperamos notícias a qualquer momento. E então, como pode ver — ele sorriu —, realmente não há nada útil que possa fazer aqui, general comandante. Pode voltar para a Sicília e brincar com seus barcos.

— Sua Majestade. — Ele se curvou. — Se me permite, gostaria de esperar e ouvir as boas notícias do Oriente junto com o senhor.

Valentiniano abanou a mão.

— Como quiser.

Um dia depois, o imperador estava lívido de raiva.

— Nosso irmão em Constantinopla nos acusa de covardia! Que chovam maldições sobre ele. As piores maldições!

Ele balbuciou coisas sobre Lilith e Seth, antigos demônios hebreus.

Aécio tentou acalmá-lo.

Ele o rechaçou.

— Diz que nos recusamos a ajudar. Como ousa! Se tivesse pedido, teríamos ajudado. Não somos covardes! Aqueles cavaleiros não assustam a *nós*! — Ele olhou uma almofada e pareceu estar prestes a destroçá-la com suas magras e pálidas mãos.

Aécio desviou o olhar. Não suportava assistir a esses ataques de raiva infantis. Mas sabia quem estava por trás dessa discórdia. Não era nem Teodósio, nem Valentiniano, ambos manipulados como marionetes um contra o outro, mas inteiramente por outro governante. Um chefe de cunho muito diferente.

Tudo acontecia num ritmo terrível naqueles dias, naquele verão. Cada nova informação vinha como *fama pinnata*, rumores alados, mas no ritmo de uma catástrofe.

Mais uma carta de Aécio chegou a Constantinopla vinda alguns dias mais tarde (sei disso, pois eu, Prisco, recebi a carta e eu mesmo a li). Ela continha uma oferta verdadeira de ajuda das legiões do Ocidente. Não dariam início em sua campanha na África naquele momento. Os melhores 6 mil dentre os 20 mil homens, tanto infantaria quanto cavalaria, poderiam navegar da Sicília diretamente para Constantinopla. Sete dias de viagem no máximo. Ou poderiam desembarcar em Tessalônica, atravessar as planícies da Trácia e atacar a ala huna enquanto marchavam para o sul. Mas, meu senhor, o imperador Teodósio, não quis nem olhar para a carta. Ordenou que fosse queimada, dizendo que agora sabia quem eram seus verdadeiros e leais amigos.

Havia um camareiro a serviço da corte bizantina naqueles dias, um homem chamado Píteas, com quem nunca me senti confortável. Teodósio o admirava e confiava nele, mas, a bem da verdade, era mau juiz de caráter, considerando todas as suas elucubrações sobre *o caráter* de Teofrasto. Os livros, não a vida, haviam ensinado nosso imperador; e sinto muito dizer, por mais bibliófilo e rato de bibliotecas que eu mesmo seja, que até hoje livros têm se mostrado maus professores. Esse Píteas havia ficado muito rico através da corrupção e manipulação dos fundos da generosidade pública. Tinha vários escritórios, este parasita pago pelo Estado: sinecuras como fiscal de aquisição de mármore, secretário das casas imperiais aduaneiras, secretário-chefe dos registros de liberalidade imperial, arquivista de contas da província da Síria, chanceler do guarda-roupa nacional e assim por diante. E em cada um dos departamentos era corrupto. Mas havia ficado mais rico através de uma fonte completamente diferente, de além das fronteiras do império, apesar de nenhum de nós saber do fato na época. Ele trabalhava para Átila.

Lembro-me de uma reunião particular que ele teve com o imperador. Silenciosamente tomei notas, de acordo com meu cargo como chefe de escritório em consistório.

Píteas hesitou e então disse:

— Meu senhor, é meu pesado dever trazer relatos ainda mais angustiantes, mas certamente falsos, da fronteira do Danúbio.

— Continue — respondeu o imperador, debruçado sobre um manuscrito em seu púlpito de madeira.

Píteas suspirou teatralmente.

— Em Viminacium... Meu senhor, eu acreditaria alegremente que não é verdade.

— *Continue* — repetiu Teodósio.

Píteas olhou de lado na minha direção, mas não registrou minha presença.

— Em Viminacium — recomeçou, falando com cuidado exagerado —, parece que junto aos hunos estavam lutando... foram *vistos* lutando... homens protegidos por escudos. Mas escudos evidentemente foram perdidos na batalha. E depois que as hordas hunas partiram para o sul, alguns de nossos próprios homens conseguiram recuperá-los.

Achei aquilo extremamente duvidoso.

— Mas não sobrou nenhum de nossos homens *vivo* — discordei.

O olhar de Píteas poderia ter transformado Górgona em pedra.

— Lembre-se que é apenas um escriba, Prisco do distante Pânio — comentou sarcasticamente —, por mais prestigiado que seja. Então escreva, e fique quieto.

O imperador mal notou essa discussão.

Píteas continuou, com um suspiro e aparentando coração pesado:

— Os escudos recuperados estavam pintados de vermelho, com beiradas douradas, e uma grande águia negra no centro.

Com aquilo Teodósio finalmente ergueu seus pequenos olhos míopes do manuscrito e olhou ao redor, intrigado.

Píteas fez que sim.

— Sim, meu senhor. A insígnia da legião Herculiani.

A legião Herculiani. Uma das melhores de todas. Uma legião ocidental, sob o comando direto do general comandante Aécio.

Teodósio ainda parecia aturdido. E então Píteas, o ator consumado, apresentou seu teatral golpe de mestre. Ele chamou um escravo, que entrou na sala andando de costas para não olhar o semblante de sua Divina Majestade. Deixou dois objetos aos pés do camareiro e saiu apressadamente. Píteas apanhou-os. Um era um grande escudo redondo de madeira, com uma bossa de bronze e beiradas douradas, decoradas como ele havia descrito, com a insígnia de águia negra dos herculianos. O outro era uma comprida lança, com penas tingidas e trançadas atrás da ponta, e a haste grosseiramente decorada com runas xamânicas de poder. Uma lança huna. Ele os levantou e segurou lado a lado. Lutando juntos, portanto.

O impacto visual era extraordinário.

O imperador cambaleou para a frente, derrubando seu púlpito de madeira no chão.

— Não!

— Meu senhor — continuou Píteas —, é minha mais sincera esperança que isto seja um terrível mal-entendido.

Mas a imagem da legião do Ocidente e dos lanceiros hunos lutando lado a lado já estava indelevelmente impressa na imaginação vívida e vulnerável do imperador.

— De fato — disse Píteas —, isto pode até ser algum plano maligno de Átila, para causar uma separação entre o Oriente e o Ocidente.

Oh, ardiloso camareiro! Não fora o primeiro a perceber que, sugerindo a verdade tão candidamente, é possível afastá-la de vez.

— Não! — gritou o imperador. — Já ouvi o suficiente. Primeiro me foi recusada ajuda, depois o general Aécio desejou trazer seu exército diretamente para nossa capital, sem nos alertar. Agora entendo por quê! Meu primo Valentiniano já disse antes que suspeitara que o maior objetivo de Aécio sempre fora tornar-se ele mesmo imperador, com a ajuda das hordas hunas se necessário. Agora vejo que é verdade. Esta não terá sido a primeira vez que o Ocidente se volta contra o Oriente. Lembre-se de Mursa, cem anos atrás. Aquela batalha foi calamitosa.

Era duro para mim, Prisco, escutar aquele nome. A lista de catástrofes militares do último século era longa: contra os godos em Adrianópolis; contra os persas e Sapor, rei dos reis, na batalha noturna de Singara. E, no entanto, Mursa fora a maior ferida de todas, o desastroso feito dos filhos em disputa de Constantino, o Grande, e do usurpador Magnêncio; um império rendendo-se aos pedaços, ao custo de 60 mil mortes num único dia.

Mas agora meu amado pupilo Aécio era general comandante no Ocidente. Roma viveria para lutar novamente, e melhor. Rezei para aquilo. E, no entanto, a cada dia, por meio das brilhantes maquinações e insinuações de Átila e sua rede de espiões e cúmplices, informações continuavam a vazar para confundir o erudito, ingênuo, crédulo, bem-intencionado imperador Teodósio, inexperiente demais quanto às artimanhas dos homens. Tão incapaz de praticar ele mesmo o mal, não suspeitava de ninguém, ou suspeitava dos homens errados — infalivelmente errando em cada julgamento que fazia.

Depois da partida de Píteas, tive a ousadia de oferecer conselhos a meu senhor, o imperador. Ele havia empregado maus conselheiros: a maior falha de todas para um governante.

— A primeira baixa numa guerra é a verdade — falei sentenciosamente. Ele não pareceu escutar, mas também não pediu para que me calasse. — Não é da natureza de Aécio enganar — continuei. — Lembre-se, meu senhor, fui tutor dele durante um pequeno tempo.

Teodósio levantou o olhar, de sobrancelhas franzidas.

— Tem razão — concordou baixinho. — Foi mesmo. Eu havia me esquecido.

— Não era o melhor dos alunos — murmurei, com um sorriso carinhoso de recordação. Então, com maior intensidade, disse: — Mas Átila é o Grande Enganador. Vai tentar todos os truques.

Ele parecia estar agoniado de tanta indecisão. Vi o homem debaixo daqueles severos mantos dourados, vi seu próprio espírito contorcendo-se. Como odiava ser imperador. Não era nada mais que um fardo para ele. Não foi a primeira vez que me senti grato por não ser governador ou político, cujas vidas são uma longa e ingrata série de escolhas entre males menores e maiores. Políticos, ao contrário dos poetas, não vivem no mundo dos Bons e dos Belos.

Em seguida, ele gesticulou cansadamente para que eu me retirasse.

Dormi mal aquela noite. Em algum momento perto do amanhecer fiquei de pé em minha pequena sacada, admirando as águas paradas do Corno de Ouro. O luar chegava até mim por um caminho prateado; glicínias e olaias, o aroma noturno do jasmim, rouxinóis nos pinheiros; dois pescadores noturnos dentro do mar, puxando peixes com suas redes, suas lanternas em cajados arqueados. Com a luz do luar pude ver o antigo símbolo do olho estilizado pintado na proa, branco e azul, para afastar o mal. Atrás de mim, as cúpulas e domos dourados da cidade brilhavam debaixo da lua cheia, inimaginavelmente belos. A grande estátua de Constantino em cima de seu pilar, apenas um pouco abaixo de Deus. Tudo isso cairia? Todas as estranhas maravilhas dessa cidade mágica, cercada entre o leste e o oeste (maravilhas que eu, Prisco de Pânio, havia descrito com modesta ilustração, num pequenino guia estimado com não pouca admiração entre certos círculos literários da cidade). A estranha serpente de bronze de três cabeças em seu pilar no Fórum, tirada pelo próprio Constantino, o Grande, do templo de Apolo em Delfos, feita para celebrar a vitória dos gregos contra os persas em Plateias, 479 anos antes do nascimento de Cristo. Ou a elevada coluna do faraó Tutmés III, incomensuravelmente antiga, os hieróglifos polidos no granito, ainda claros como quando foram feitos pelos escravos do antigo Egito, milênios antes, num reino há muito tempo perdido. Então até mesmo os grandes impérios caíam. A lei de ferro da mudança se aplica a tudo. Sim, um dia, mais cedo ou mais tarde, até mesmo tudo isso mudaria e acabaria.

Os antigos homens diziam que a esperança era meramente um sinal de tolice. Nós, cristãos de hoje, não temos a força pessimista deles.

Existem o caos e a ruína. E também existem a graça e a luz.

No palácio cingido de pântano de Ravena, havia uma atroz mistura de orgulho e pânico naqueles dias. Havia desconfiança, conspirações e delírios de conspirações, guerras e rumores de guerras. Aécio, apesar de muito esforço, não conseguiu persuadir o imperador a enviar uma legião para o leste. Deveriam os melhores então simplesmente ficar sentados na Sicília enquanto os hunos devastavam toda a Moésia e a Trácia? Aparentemente sim.

Enquanto isso, Valentiniano falava sem parar sobre o que chamava de "minha expedição punitiva", que aparentemente causara a invasão dos hunos.

— Não teríamos tido mais notícias deles se eu a tivesse conduzido pessoalmente — explicou aos cortesãos reunidos escutando de forma servil e para Aécio. Algo pouco usual para Valentiniano, ele estava fora de casa, respirando o ar dos jardins do palácio. O grupo passou por baixo das belas amoreiras, entre fileiras de cercas vivas, estátuas interessantes de crianças deformadas e pequenos cupidos estrangulando gansos. — Teria mostrado àqueles hunos peludos.

Ele chamou um de seus estudiosos favoritos da corte, um orador chamado Quintiliano, para que contasse mais uma vez o que sabia sobre os hunos.

Quintiliano mantinha a cabeça baixa enquanto andavam.

— Sua Eterna Majestade. Como bestas irracionais, esses hunos estão inteiramente à mercê dos mais loucos impulsos. Não conseguem distinguir o certo e o errado, sua linguagem é traiçoeira e obscura, não conhecem nada de religião ou piedade. Sua ganância por ouro é ilimitada, são volúveis, dados a ataques de fúria e de línguas serpentinas. Sua aparência física é o sinal externo de sua animalidade interna. Têm rostos achatados, pele amarelada como velhos pergaminhos, maçãs do rosto proeminentes que não deixam um espaço maior que pequenos rasgos para seus olhos. Fedem a carne, leite e gordura de carne de carneiro, que lambuzam em seus corpos grosseiros como proteção contra os selvagens guerreiros citas que tanto amam. Cavalgam sobre montarias brutas, em geral praticamente nus, ou vestidos nas mais esfarrapadas e maltratadas peles de animais, o que aumenta ainda mais seu horrível cheiro.

Valentiniano balançou a cabeça prazerosamente durante tal descrição eloquente.

— E agora este terrível povo está contra nós — murmurou outro cortesão. — O povo diz que estamos vivendo em tempos de desespero, e que certamente o fim está próximo.

— Como ousam dizer isto! — gritou o imperador, virando-se e agitando sua saia púrpura, revelando suas botas de pele de cabrito cravejadas de pérolas. — Aqueles que sussurrarem tal traição serão torturados e flagelados, farei com que sejam crucificados no Coliseu. Que sejam um exemplo, que seus gritos sejam ouvidos, que a areia se torne vermelha com seu sangue ralo! — Ele estava salivando levemente. — Que...

A porta de madeira do jardim fechado se abriu e uma velha senhora, outrora alta, mas agora curvada e inclinada, entrou. O olhar de Valentiniano pousou sobre ela por um momento, e então ele virou de costas e continuou:

— Fiquei surpreso ao ouvir que minha expedição punitiva não funcionou, mas foi realizada inadequadamente, veem? Eles não tinham conhecimento militar, meus homens, contiveram-se demais.

O fato de que era uma legião do Oriente não significava nada para ele. O mundo era seu, incluindo tudo sobre ele. Ninguém realmente existia para Valentiniano além dele mesmo. O resto eram personagens em seus próprios sonhos febris.

Voltando para o palácio sozinho, Aécio encontrou a velha senhora no átrio de entrada de pilares de pórfiro.

— Sua Majestade — disse, curvando-se.

— Aécio — respondeu Gala Placídia, seus cansados olhos verdes revelando um prazer momentâneo. — Que bom que voltou.

Aécio a observou firmemente, sua expressão talvez mostrando também um leve prazer a rever.

— Só se pode jogar xadrez com o rei Teodorico algumas vezes.

— E perder?

— Deliberadamente, garanto-lhe.

Havia pessoas na corte de Ravena e em cargos de chefia do exército do Ocidente que diziam ter conversado com Aécio em sigilo absoluto, que teriam se juntado para pedir a ele que tomasse o trono imperial para si, que colocasse o diadema em sua cabeça e o manto púrpura em seus ombros. Diziam que Valentiniano era um tolo tagarela levando o império para sua destruição. Mas Aécio disse que era como a Igreja ensinava: o imperador era ungido por Deus, por algum motivo oculto aos olhos dos homens.

— Então devíamos tê-lo matado antes que se tornasse imperador — disse Germano, um ruivo atarracado de rosto redondo e vermelho, um dos melhores e mais francos generais de Aécio.

— Não podemos matar um garoto.

— Não teria matado Aníbal em sua infância, se pudesse? Pense em quantas vidas teria salvado em Canas.

Aécio balançou a cabeça.

— Ou o próprio Judas Iscariotes?

Aécio murmurou:

— Na infância perdida de Judas, Cristo foi traído.

Germano o olhou inexpressivamente. Poesia não era seu forte.

Aécio suspirou.

— Se Cristo não tivesse sido traído e crucificado, como teriam nossos pecados sido perdoados? Judas também foi um instrumento de Deus.

— Mas o imperador é um tolo inarticulado! — desabafou Germano.

Aécio aconselhou a ele que baixasse o tom de voz.

— Sei disso — acrescentou. — Muitos imperadores o são. Mas não cabe a nós anular as nomeações do firmamento. São as "autoridades superiores" de São Paulo.

— Mesmo se essas autoridades estiverem conduzindo o império para um desastre?

Aécio não respondeu.

— Deve isso ao Senado e ao povo — insistiu Germano. — O bom e velho "*Senatus populusque romanus*", para defender os velhos e indefesos, as viúvas e os órfãos, os povos cristãos da Europa.

— E defenderei os povos cristãos da Europa! — devolveu Aécio, começando a se enfurecer. Ele reprimiu sua paixão indigna e ficou em silêncio por um tempo. Depois acrescentou: — Mas não dessa maneira.

Ele disse que deviam viver a vida que Deus atribuíra a eles. Era um general dos homens, um comandante de soldados, não um assassino. Cumpriria seu dever. Todos deveriam cumprir.

Valentiniano continuava a insistir que, apesar das legiões do Ocidente estarem debilitadas, em breve o exército de campo do Oriente lidaria com Átila.

— Além disso — disse com um sorriso peculiar —, existem outras operações em andamento.

Pois o Vice-Regente de Deus no Ocidente, defensor da Igreja, Escudos dos Fiéis, havia se rendido a degradantes superstições e à prática de bruxaria, que atrai apenas aqueles ao mesmo tempo corruptos e estúpidos.

Gala Placídia em pessoa, tremendo e pálida, fora até Aécio uma noite. Ele insistiu que se sentasse. Ela recusou o vinho.

— Meu filho — arfou, e enterrou o rosto entre as mãos.

Seus ombros tremiam, e Aécio percebeu que era a primeira vez em que a via chorar em toda sua vida. Podia suportar ver homens morrendo. Mas mulheres chorando... Finalmente reuniu forças para se aproximar e colocar sua grande mão direita sobre seu ombro. Imediatamente ela se virou, como alguém acordando abruptamente de um sonho. Ela secou os olhos com um pequeno lenço branco, em seguida se levantou e andou lentamente em volta do quarto.

— Meu filho está... louco — declarou.

Aécio esperou.

Tão ciente quanto Aécio de que o tempo estava se esgotando, e perturbada pelos segredos escondidos nas câmaras secretas de Valentiniano debaixo do palácio, a paciência de Gala — e talvez, ela agora admitia, a deliberada ilusão que ela própria alimentara — finalmente evaporara. Ela exigira entrar. Um eunuco havia sido tão insolentemente resoluto a respeito de ela não ter permissão para isso, que Gala se enfurecera e aplicara no homem uma bofetada surpreendentemente forte para os punhos de uma mulher de sua idade. Em seguida, dirigiu-se para o interior das câmaras.

Deparou-se com uma horrível cena, mas que no fundo sabia que encontraria — ela mordeu seu lábio inferior até quase sangrar. Lá estava seu filho, segurando uma ridícula vareta de salgueiro, nu a não ser por uma capa de seda roxa em volta do torso, usando uma primitiva máscara de animal. A pequena câmara estava escura, exceto por velas oscilando num sujo candelabro. Naquela escuridão impenetrável, um escravo estava sentado num canto, batendo num tambor. Misturas abomináveis fumegavam em panelas, misturas necromânticas de leite coalhado e ervas amargas. Havia crânios no chão e no meio, em volta do imperador, um círculo de giz onde estavam escritos os nomes de YHVH e Hermes Trismegisto.

O grande mágico se virou.

— Você a trouxe? — balbuciou por baixo da máscara. Seus olhos estavam arregalados por trás dos buracos cinzelados, e ele arrancou a máscara. — Mãe!

Ele usava delineador ao redor dos olhos como uma prostituta. Ela se aproximou. Sua barriga exposta estava caída como a de um velho, apesar de ter menos de 25 anos, e, ainda mais vergonhoso, suas partes íntimas estavam lambuzadas de gordura, provavelmente misturada com ópio e meimendro-negro, acônito e cânhamo. Ela rezou para que fosse apenas gordura animal. As pupilas dele estavam escuras e dilatadas.

Gala não conseguia falar. Quase inconscientemente, estendeu os braços para ele, seus olhos se embaçando. Seu filho...

Ele conseguiu se recompor, até mesmo sorriu.

— Quem é essa que vem para o sacrifício? — falou devagar. — Para Abraão, foi o filho. Para mim, aparentemente é minha mãe.

Ela estava tremendo, ainda sem fala.

— Mas você não é uma virgem, é, mãe?

Finalmente ela recuperou o autocontrole e gritou para o eunuco na porta:

— Traga mais luz! — Para o escravo invisível em meio à escuridão, vociferou: — E pare de bater nesse tambor infeliz se quiser ir para a cama hoje à noite com a pele ainda nas costas.

Com aquilo, Valentiniano ficou furioso.

— Eu sou o apontado por Deus, não ela! Tambor, escravo! Nada de luz, nada de luz, este ato de escuridão deverá ser realizado na escuridão! Apaguem as velas, senadores! "Dai a César", não foi isso que Cristo disse? Então dai a mim, mãe! Ajoelhe-se! — Ele arrancou a leve capa de seda. Seus mamilos também estavam pintados com delineador. — Dai a mim, a mim! — Sua voz era um guincho bestial. Ele abaixou seu peito branco e magro até ela. De repente estava encarando atentamente os seios dela, os lábios dela curvados como os de um cão raivoso, os dentes escancarados, seu olhar indo até o rosto arrasado e de volta aos peitos, sem pudor, seus olhos cintilando com uma luz maníaca. Ele se aproximou, quase a tocando, os dentes expostos num rosnado silencioso, e, naquele terrível momento, Gala entendeu o que ele queria. Seu desejo doentio era arrancar com os dentes os seios que o alimentaram, atacar a mãe que ainda o ofuscava, mutilando-a até sua impotência.

Ela deu um passo para trás. Chamou-o pelo apelido dele quando criança.

Aos poucos ele saiu do pesadelo, apesar de seus olhos ainda cintilarem e a encararem.

Então ele virou-se no mesmo lugar, aparentemente esquecido de sua nudez diante dela, e agitou seu tirso de salgueiro.

— Estou só brincando, mãe — disse alegremente. Ele atirou sua varinha para longe e esfregou as mãos brevemente, como se para limpá-las da sujeira. Então baixou o olhar. — Me chame de Adão, pois estou nu, mas não me envergonho.

Gala tinha uma opinião diferente.

— Traga um manto para Vossa Majestade — vociferou para o eunuco, enquanto saía rapidamente do aposento.

O eunuco obedeceu e saiu.

Gala permaneceu escondida entre as sombras da antecâmara.

O eunuco retornou com um manto limpo de linho. Seguindo as ordens do imperador, também trouxe uma bandeja com um rato afogado em água de nascente, dois besouros lunares, gordura de uma cabra virgem, dois ovos de íbis, dois punhados de mirra, quatro talos de gengibre italiano e uma cebola. O escravo voltou a bater no tambor. Valentiniano masturbou-se num prato de argila, juntou seu sêmen a esses ingredientes, derramou um pouco de óleo e então esculpiu uma figura com dedos trêmulos. Em seguida, colocou a estatueta, uma medonha caricatura antrópica cheia de cascas de ovo e pelos de rato, na frente de um dos candelabros imundos e ergueu os olhos para o teto.

— Venho, diante do paraíso, anunciar a blasfêmia de Gala Placídia, aquela mulher imunda e profana. Tire o sono dela, leve uma paixão frenética até seus pensamentos, e um calor escaldante à sua alma. Deixem-na louca antes de a destruírem, oh Deuses.

— Tendo escutado aquilo — contou Gala —, parti.

Aécio serviu um pequeno cálice de vinho. Ela recusou.

— Um general não está acostumado a ter suas ordens recusadas — murmurou.

Uma estratégia arriscada. Ela ergueu o olhar. E então deu um leve sorriso e aceitou o cálice.

— E nenhum besouro lunar se afogou nele também, posso lhe garantir.

Ela tomou um gole e baixou a taça.

— Meu filho está louco — repetiu. — É o imperador e está louco. Não entendo a vontade de Deus.

Como havia sido trágica a vida dessa mulher de olhos verdes e impiedosos. Ao menos um, talvez dois, de seus maridos foram assassinados. Sua filha era uma meretriz, engravidada por seu próprio camareiro quando ainda era garota, e até hoje vivia confinada no Palácio de Hormisdas no Oriente. Gala nunca a encontrava. Em vez disso, via diariamente seu filho, que era um idiota, um idiota cruel ainda por cima.

Aécio não disse nada. Não iria mentir, então não havia nada a dizer. O assassinato de qualquer governante era errado. Mas ali estava essa mulher magra, cansada do mundo, sentada diante dele, uma mulher que de certa maneira ele amava. Teve que lembrar a si mesmo que ela era apenas alguns anos mais velha que ele. Tinham envelhecido juntos, mas ele não envelhecera tão rapidamente. A vida no campo de batalha podia ser dura, mas não era nada comparada à vida na corte. Aquele mundo sem ar e sem amigos onde ela nascera, um mundo fétido de traições e complôs, no qual ela permanecera por pura obrigação. Não, ele não poderia se rebelar contra seu imperador. E não poderia matar o único filho desta mulher.

Beberam mais vinho, brindando.

— Ao vinho!

— A solução do camponês para todos os males!

Ambos foram para fora.

Gala disse:

— Ainda não entendo porque Teodósio está furioso conosco.

— Foi decisão de Valentiniano atacar os hunos, lembra? A Legio VII encarregou-se disso. Átila revidou o ataque da VII e a destruiu, se os relatos estão corretos. Então é claro que Teodósio acredita estar pagando um terrível preço por aceitar os desejos de seu primo. Foi um golpe brilhante. Os hunos têm gente trabalhando entre nós. Como já notou, Átila atacou bem na fronteira entre dois impérios. Também está interferindo nas comunicações, mas ainda não entendo como. Temo que a rede de espiões dele seja fenomenal.

Ficaram em pé juntos no silêncio e na ansiedade. As estrelas cintilavam acima dos telhados do palácio. Ouvia-se o som do chafariz de golfinhos do pátio e o zumbido hipnótico de mosquitos vindos dos pântanos atrás de um jantar. Aécio deu um tapa em seu antebraço.

Havia muitas coisas que poderiam ter dito, mas às vezes é melhor não dizer nada. Ficaram ali, juntos, admirando a escuridão acompanhados por seus pensamentos: pensamentos de declínio e queda, do colapso do império; de como o destino de Roma parecia ter se tornado obscuro quase a ponto de desaparecer nos últimos dias e anos. Atrás deles sentiram séculos de história, um peso ao mesmo tempo agradável e desagradável, reconfortante e penoso; o olhar de muitos imperadores inabaláveis sobre eles, Augusto, Trajano e Marco Aurélio; Constantino Magno, da dinastia flaviana, antepassado direto de Flávio Aécio; e Vespasiano também. Aquele velho soldado, que teve seu busto esculpido para exibir as marcas de seu sorriso e sua careca, e que gostava de brincar: "Se quiser saber se o imperador é realmente divino, pergunte ao homem que esvazia seu penico." Havia brincado até mesmo em seu leito de morte, dizendo sarcasticamente: "Minha nossa, acho que estou virando um deus!" Nem todos os imperadores de Roma haviam enlouquecido com o poder.

Ainda mais longe, através das distantes brumas do tempo, os severos e inabaláveis olhos da velha república, que observavam o mundo e enxergavam com clareza como ele era, e não desanimavam. Nenhum Cipião ou Catão jamais buscara refúgio em feitiços ou amuletos. Agora ele, Gala Placídia e Teodósio eram os últimos herdeiros de Roma. O que pensariam deles? Qual seria seu legado?

Lá embaixo, em sua câmara oculta, estava o último governante de Roma, tão irracional como a névoa e a neve. Em que pântanos o palácio imperial de Ravena estava erguido! Ou melhor, onde estava se afundando! Pântanos que um engenheiro qualquer não seria capaz de drenar. Que império poderia ter uma base sólida em tal lodo, despejo de séculos negros? Em tempos aflitos, fins dos tempos, as pessoas se voltam para estranhos cultos e práticas. Conscientes de seu poder decadente no mundo real, voltam-se para os poderes fantásticos, e para crenças e falsos encantos que envergonhariam um homem mais forte. A normalidade torna-se vítima, e em todo lugar triunfam a dolorosa incerteza e as ilusões provenientes do pânico.

E nos sentamos e apodrecemos, pensou Aécio: a África livre, o império morrendo lentamente de fome, e nossa oferta de ajuda rejeitada por Teodósio, o imperador erudito. Talvez estivesse cavalgando na direção da guerra contra os hunos neste instante, com a cabeça cheia de hexâmetros de Homero. Oh, Cristo, nosso salvador... Aécio pensou nos cavalos hunos, em suas cabeças como as dos bois, derrubando homens e muralhas numa arrancada constante, homens voando aos pedaços, fileiras de peltastas gregos levemente armados fugindo diante da investida furiosa. Em seus sonhos, às vezes, via aqueles cavalos das estepes asiáticas galopando para cima dele, gritando, seus cavaleiros sem rosto chicoteando-os para seguirem sem piedade, as bocas puxadas para trás pelo freio cruel, as línguas enroladas, até mesmo os dentes daqueles cavalos de cabeça bruta sujos de sangue... Mas um dos cavaleiros tinha rosto. O rosto de um cavaleiro que ele conhecia de outros tempos.

CAPÍTULO 3
RUMO À CIDADE SAGRADA DE BIZÂNCIO

Aécio não conseguia esperar mais por notícias do grande confronto entre Átila e o exército de campo do Oriente. Ainda poderia levar dias, talvez até semanas, e pensar naquilo deixava-o horrivelmente inquieto, com uma apreensão profética.

— Estou muito contrariado — disse Valentiniano. Seus olhos estavam estreitos e dardejavam, entorpecidos pelas poucas horas de sono e sonhos atormentados.

— Mesmo assim, Majestade, imploro que me libere para navegar até o Oriente.

— Estou muito desconfiado.

Aécio não disse nada.

— Não vai levar nenhuma legião nem navios da Sicília.

Aécio curvou-se.

— E quanto àqueles seus amigos visigodos imbecis? Eu disse que não os admitiria em solo italiano.

Aécio poderia ter recordado a Valentiniano que sua mãe, Gala Placídia, certa vez fora casada com um tal Ataulfo, o Godo. Mas pensou melhor no assunto e falou:

— Os príncipes Teodorico e Turismundo e seus mil senhores de guerra estão em Massalia, com o aval de seu pai. Não teriam navegado comigo contra seus parentes germânicos, os vândalos, naturalmente. Mas navegariam comigo de bom grado para lutar contra seus antigos inimigos, os hunos.

— Fique à vontade. Talvez eles não voltem mais.

— Ainda acho, Majestade, que os visigodos um dia vão provar serem nossos maiores aliados.

De súbito, Valentiniano parecia profundamente interessado num fio solto da bainha de seu manto.

Depois de um tempo, Aécio perguntou:

— Majestade?

Ele levantou o olhar com irritação.

— Sim, sim, então vá. Mas pode ser que eu não o queira de volta.

Aécio quase sorriu. *Ah, vai querer,* pensou.

— Leve isso — disse Gala. Ela colocou um pequeno livro de capa de couro nas mãos dele. Era um elaborado saltério, delicadamente ilustrado.

Ele recusou.

— O sal do mar o arruinaria — explicou.

— Então o mantenha bem protegido.

— E se afundarmos?

Havia um olhar perdido nos olhos dela. Então ela se inclinou e o beijou.

— Fique com ele — insistiu.

Ele cavalgou velozmente até Mediolanum e em seguida para Massalia, xingando Valentiniano em cada marco miliário. Levara apenas seu jovem *optio,* Rufus, que tagarelara animadamente por quase todo o caminho. Quão grande é Constantinopla? Como é a comida? Ainda fazem combates de gladiadores lá? Aécio explicou a ele que Constantinopla era basicamente igual a Roma, exceto que não cheirava tão mal.

No limite do grande porto de Massalia, deparou-se com os príncipes visigodos numa bela vila, as tendas de seus guerreiros espalhadas sobre os parques, vinhedos, metade de uma encosta. A aldeia estava destruída pela metade, e os adolescentes descabelados, de rostos corados e de ressaca por causa dos excessos da noite anterior. Ele os repreendeu. Mantiveram as cabeças baixas. Aécio disse que partiria com a maré noturna e que, se não estivessem prontos, preparados e sóbrios, iria navegar sem eles.

— Navegar? — perguntou Turismundo, parecendo ansioso.

Esses cavaleiros das estepes.

— Não me digam que nunca estiveram num navio antes?

Nunca haviam estado. Acharam que iriam cavalgar para o leste, mil deles numa deslumbrante panóplia, para lutar contra os hunos na planície da Panônia.

— Nada disso. Vão navegar até Constantinopla, sob meu comando. Apenas cinquenta de vocês e seus cavalos. O resto de seus guerreiros pode voltar para Tolosa. Não há mais espaço a bordo. O navio é pequeno.

Turismundo engoliu em seco.

— Estejam prontos.

Aécio comandou dois navios de guerra, um veloz navio de Liburnia, o *Cygnus*, e um navio de carga de barriga redonda que serviria para transportar os cavalos.

Os dois príncipes, filhos do Trovão, estavam lá com seus cinquenta homens, conforme ordenado.

— Alguns em Massalia disseram que nunca vamos conseguir. Contaram que os vândalos eram os mestres da Mare Nostrum agora — disse Turismundo.

Aécio olhou para ele.

— Quando diz "alguns em Massalia", presumo que esteja falando de um bando de marinheiros cretenses bêbados em algum bordel?

Turismundo não respondeu.

— Vamos conseguir — disse Aécio.

O vento estava estável, mas não forte o bastante para causar ondas grandes demais. Tanto Turismundo quanto Teodorico se tornaram empalidecidos pela náusea de vez em quando ao longo daquele primeiro dia, mas conseguiram não vomitar. Os cavalos ficaram calmos no navio de transporte vizinho.

Como era bom navegar. Estar finalmente na direção de um destino certo. Aécio ficou na proa do *Cygnus*, com o coração acelerado, pensando em todos os gloriosos feitos e dias da humanidade. O letal aríete submerso apontava para a frente em meio às ondas baixas, o mar arqueava-se sobre ele em caracóis lentos. Escravos esforçavam-se nos remos abaixo do convés, grandes remos de abeto mantidos limpos e polidos pela pedra-pomes e pelas ondas de água salgada. Aécio podia ouvir seu ruído semelhante a couro nas forquetas, entre as batidas no tambor. Bem abaixo dele estava a âncora de ferro, pingando, ainda carregando algas de Massalia. A imensa vela listrada em vermelho e branco pendia do topo do mastro, pegando um forte vento noroeste e inflando-se. O sal salpicava seu rosto, secava e formava crostas em sua bochecha. Ele inspirou profundamente. Agora que determinara sua missão, não havia como detê-lo.

Os príncipes foram até ele.

— Senhor — começou o quieto Teodorico respeitosamente —, somos apenas cinquenta homens. Os hunos totalizam muitos milhares.

Aécio assentiu.

— Meio milhão, pelo que dizem. Quando rumores citam números, sempre divida por dez.

— Então ainda assim contabilizam mil para cada um de nós.

— Você é um Pitágoras visigodo. — Aécio sorriu. — Não espero que derrote Átila sozinho, garoto. — Ele se repreendeu internamente por chamar o príncipe de garoto, e jurou nunca o fazer novamente. Teodorico não era nenhum garoto. — Nossa primeira tarefa é... colaborar com o imperador Teodósio, fazer as pazes, oferecer nossos serviços. Iremos esperar por notícias do exército do Oriente, e ficaremos prontos para agir rapidamente.

— Quer dizer que espera que o exército de campo deles seja destruído?

Aécio não respondeu.

— E os generais também? Para que precise entrar no comando?

— Como é? Não vamos lutar? — reclamou Turismundo.

Agora *esse* ainda era um garoto. Para ele, lutar significava se divertir.

— Ah, mas vocês irão lutar — respondeu Aécio. — Não se preocupem com isso.

Com a chegada do crepúsculo, os remadores deitaram-se para comer e dormir, enrolados como cachorros debaixo de bancos, e o segundo grupo assumiu seus lugares nos remos. As batidas incansáveis no tambor continuavam, a ampulheta marcando o tempo. O general comandante Aécio em pessoa havia ordenado que remassem o mais rápido possível para o leste.

No segundo dia o vento estava mais forte, fazendo o leve navio pular e retroceder. Rasgos como os feitos por unhas de gatos formavam-se sobre a superfície do mar, e os jatos de água contra a proa atingiam a altura de metade do comprimento do navio. A imensa vela, reforçada, batia para a frente e para trás à medida que o vento ficava instável e os tripulantes alteravam a rota para adequar-se a ele. Atrás deles, o céu da Gália ficava cada vez mais escuro.

Aécio se ajoelhou ao lado de Turismundo, que estava caído no deque junto ao mastro principal e o agarrava com ambos os braços, sujando de vômito a frente de uma camisa finamente bordada por sua amada mãe.

— Tempestade à vista — comentou Aécio alegremente. — Tempestades de verão são sempre as piores.

Um pouco cruel, mas a mais pura verdade. O rapaz teria que se acostumar ao mar rapidamente, ou nunca iria. Enquanto isso, seu irmão mais velho, o príncipe Teodorico, havia colocado sua coroa de ouro real, apesar dos olhares dos marinheiros e dos escárnios abafados, parecendo usá-la para lembrar o insolente mar a respeito de seu sangue real e sua descendência direta dos divinos Odin e Nerthus, a Mãe Terra. Ele andava de uma ponta à outra do navio sem descanso, de mandíbulas apertadas, com as mãos para trás, uma rígida postura real, sem dizer nada. Claramente estava tão aterrorizado quanto seu irmão mais novo, mas estava determinado a se controlar. Um dia seria um grande rei.

Turismundo estava pavoroso.

— Você realmente preferiria enfrentar um exército inteiro de hunos aos berros, não é? — perguntou Aécio.

O príncipe assentiu, ainda agarrado ao mastro, como se este fosse seu primeiro amor.

— Por Deus, sim.

O navio inclinou-se para o lado. Ele abaixou a cabeça.

— Levante a cabeça. Olhe para o horizonte. Respire lenta e profundamente.

Turismundo esforçou-se para obedecer.

— Vai ter que largar isto também. A vela está voltando, cuidado.

— Oh, Cristo.

— Quem quer que seja. Mas até hoje nunca vi nenhum deus vir resgatar marinheiros afogados.

Amarraram a vela principal e apertaram bem. O vento ainda soprava forte contra a reduzida vela, os esforços dos remadores agora quase inúteis, o navio indo a oito, dez nós, uma velocidade de tirar o fôlego. Aécio torceu para que ela aumentasse. Átila não seria preguiçoso; aquela onda bárbara varrendo tudo no Oriente, pronta para bater contra as muralhas da Nova Roma.

O grande leme oscilou, o mastro o estabilizou, o navio avançou novamente, quase aplainando a suave quilha obsidiana numa forte onda antes de bater na seguinte, tentando correr mais que a tempestade que se aproximava — inutilmente, é claro. As madeiras estalavam, e dois remadores foram liberados para uma calafetagem de emergência. O navio que transportava os cavalos demorava-se atrás deles, quase a perder de vista. Mais largo e mais pesado, ele nadava sobre as ondas num progresso mais lento e estável. Os cavalos sobreviveriam.

Uma solitária gaivota sobrevoava na direção do continente, rumo à Itália, seu abrigo daquela tempestade. Aécio sorriu e jogou seu manto de lã vermelha sobre os ombros. O vento começou a assoviar contra as ostagas e cordas, e uma chuva fina caía inclinada do oeste.

O capitão do navio se aproximou:

— Podemos em breve nos abrigar em Olbia. Passar pelos estreitos de Bonifácio nesse vento vai ser perigoso.

— Vamos atravessar os estreitos, e esqueça Olbia. Continuaremos em frente, nada de abrigo até chegarmos a Siracusa.

Átila não procuraria abrigo de qualquer tempestade, nem se demoraria em chegar a Constantinopla. Eles também não fariam isso.

O capitão deu ordens para que o navio avançasse ainda mais, e para que os remadores fizessem ainda mais força. O contramestre gritou:

— Ralem seus traseiros e explodam suas tripas se quiserem escapar de uma surra e comer carne salgada esta noite!

A visibilidade piorava a cada minuto. Não estavam a mais de 180 metros de distância quando o vigia, dentro de seu pequeno ninho de corvo pendurado no mastro principal, disse avistar terra onde ancorar. Era a escura e entrecortada costa da Córsega. Em algum lugar entre a neblina e a garoa a estibordo, estavam as formas mais suaves da Sardenha. Entre elas ficavam os estreitos de Bonifácio.

O *hortator* dobrou suas batidas e eles remaram pelos estreitos no dobro de velocidade, rápidos como uma flecha cortando a água. Era a única maneira de evitar serem tirados de curso na direção das letais rochas submersas ao redor das ilhas. Depois de um tempo conseguiram atravessar, viraram a sudeste e sentiram a tempestade explodindo sobre as ilhas que ficaram para trás. Não estava melhorando. O comandante olhou mais uma vez para Aécio, inquisitivamente, para ver se ele permitiria que procurassem abrigo. Mas ele não respondeu. Já tinha dado sua palavra final. Iriam em frente, através da tempestade e das grandes ondas, o que viesse.

O vigia foi convocado a descer de sua posição: se a chuva piorasse, seria atirado no mar e se perderia. Desceu correndo, agradecido. Os escravos lá embaixo, já ensopados e cheios de sal como arenques em salmoura, remavam furiosamente contra a chegada da tempestade. Não seria nada boa. As pesadas nuvens cor de chumbo pareciam sugar a luz do sol. *"Mare Nostrum"*, de fato, pensou Aécio amargamente. Tudo está contra nós agora: os hunos, os vândalos, o mar...

Até mesmo Rufus, um bom marinheiro, parecia pálido, segurando-se como um trapo. Detrás da neblina veio um estalo abafado. O rapaz olhou na direção do ruído, virando-se sobre os calcanhares junto com o navio, ainda babando. Teodorico e Turismundo estavam caídos em seus paletes abaixo, enchendo baldes de vômito.

— O que foi, rapaz? — perguntou Aécio. Não conseguia enxergar nada.

O garoto continuou encarando um pouco mais.

— Achei ter visto cavalos brancos — disse suavemente. — Não estou falando de ondas espumantes, estou falando de... Cavalos brancos de verdade, nadando, se afogando.

Aécio ficou sério. Teriam perdido a embarcação dos cavalos? Era possível.

Ele ordenou ao comandante que cessasse os remos. O *Cygnus* diminuiu a velocidade, então chafurdou terrivelmente no mar pesado, gemidos sendo ouvidos da parte de baixo da embarcação. O próprio Aécio teve que se segurar. O deque estava fazendo noventa graus, a água entrando e saindo. Ele se esforçou para ver ou ouvir alguma coisa: nada. Tinham que voltar. Não pelos cavalos — não poderiam salvá-los nem se os encontrassem —, mas pelos homens.

Reinvestiram suas forças para voltar, mas não acharam nada. Nenhum sinal da grande embarcação, nenhum cavalo, nenhum único homem pedindo socorro.

Deram a volta e prosseguiram. Rufus voltou a se segurar debilmente.

— Não conte aos príncipes — instruiu Aécio.

Ele mesmo voltou à sua posição na proa, com o braço direito firme em volta do mastro. Permaneceu de frente para a chuva, rezando para seu deus, sentindo-se desolado naquela popa: sem dormir, sombrio, sem chapéu, contra o vento, o último crente em Roma.

Finalmente a tempestade passou e a visibilidade voltou. Nenhum sinal do navio que estava transportando os cavalos.

Os príncipes subiram tremulamente até o deque e compreenderam que ele havia sido perdido.

— Arranjaremos mais cavalos — prometeu Aécio. — Ótimos cavalos da Capadócia.

— Detesto o mar — murmurou Turismundo.

— Deveria então detestar também o poder que o criou — disse Aécio. — É ignóbil odiar algo tão grande e implacável quanto a natureza.

Turismundo desviou o olhar.

Ancoraram em Siracusa, beberam água fresca, enxugaram os deques inferiores, venderam alguns escravos que não serviam mais e compraram alguns novos. Os príncipes cambalearam hesitantes pela prancha de desembarque para uma volta pelo porto. Aécio os proibiu de beber, dizendo que estavam sob seu comando agora. Não pareciam estar dispostos a isso, de qualquer maneira.

O comandante levou até Aécio um homem atarracado e barbudo que queria ir para o leste.

Aécio o observou.

— Para quê?

— Estou indo para Alexandria, mas preciso visitar Constantinopla antes. Tenho dois baús de... materiais que preciso levar comigo. Com eles, os protegerei contra ataques de piratas.

Aécio abriu um amplo sorriso.

— Tenho uma comitiva de cinquenta guerreiros godos. Acho que podemos cuidar de nós mesmos.

— Não conhece os vândalos.

— Pelo contrário, os conheço bem. — Ele o olhou de cima a baixo. — Seu nome?

— Nícias.

— Grego?

— Cretense.

— Pior ainda. Todos os cretenses são mentirosos, animais gulosos, como o próprio São Paulo nos contou.

Nícias riu escarnecidamente.

— Nós cretenses temos convivido com essa calúnia há quatro séculos.

— Vão conviver durante os próximos séculos, também. Não é a palavra de Deus?

Nícias manteve um silêncio teimoso. Esse general era esperto demais.

— Muito bem. E o que guarda dentro de seus baús mágicos?

— Materiais. Materiais alquímicos.

— Deus nos ajude. — Aécio viu os dois príncipes retornando. — Pode vir conosco, mas não queremos nem precisamos de sua proteção contra piratas. Entendido?

Os príncipes se juntaram a eles, parecendo estar um pouco melhores.

— Não vão conseguir passar, estou dizendo — insistiu Nícias. — Piratas vândalos infestaram os mares orientais.

O príncipe Teodorico interrompeu:

— Nós, visigodos, não somos inimigos dos vândalos. Nosso pai vai casar nossa irmã, Amalasunta, com o próprio filho de Genserico.

Nícias exibiu um ar desdenhoso.

— Piratas não são de respeitar tratados, filho.

— Nossa conversa acabou — vociferou Aécio. — Agora, caia fora.

Nícias mancou para longe.

Aécio olhou para Teodorico rispidamente.

— Sua irmã? Aquela linda garota? Casar-se com o filho de Genserico?

Teodorico confirmou.

— Então seu pai é um tolo.

Os olhos do jovem se inflamaram.

— Como ousa falar assim de meu pai?

O príncipe Turismundo se aproximou de Aécio. O general levantou as mãos. Realmente havia ido longe demais. Desculpou-se profusamente. Eles relaxaram.

— Mas terei que implorar a seu pai...

— É a política dele. Uma aliança entre os visigodos e os vândalos, um império germânico no Ocidente, nem amigo nem inimigo de Roma.

Aécio balançou a cabeça.

— Os vândalos já estão aliados aos hunos. Sei disso. Vou levar provas a seu pai. Aquele amargurado e coxo do Genserico o está enganando.

— É no que você quer acreditar.

— É no que acredito.

— Os vândalos são nossos companheiros cristãos.

— Até o diabo acredita em Deus — resmungou Aécio.

Navegaram na baixa maré da noite mais uma vez. A tempestade havia passado, o mar estava baixando. Estava calmo. E devagar demais.

Aécio mandou chamarem Nícias.

— Traga seu baú — disse. — Entretenha-nos.

Não foi preciso pedir duas vezes. Num segundo, ele desceu correndo e pediu para que um dos marinheiros o ajudasse a subir com o baú. Ele abriu a tampa e se ajoelhou reverentemente, como um padre diante do altar.

Os príncipes e os guerreiros godos se amontoaram contra os parapeitos para assistir ao espetáculo. O comandante e o contramestre se esticaram para fora da ponte de comando para assistir a esse grande taumaturgo fazer seus milagres, e os marinheiros bronzeados sentaram-se um ao lado do outro, balançando os pés descalços e sorrindo, seus brincos de ouro cintilando à luz do pôr do sol. Apenas os escravos lá embaixo continuavam trabalhando, esquecidos.

Nícias remexeu o baú, comentando:

— Minha receita combina essência de salitre, fósforo e um refinado óleo negro da Mesopotâmia.

— Deve causar um fedor danado — grunhiu o comandante.

— É um odor distintivo.

— E é bom não colocar fogo na porra do meu navio.

O alquimista ignorou o rude comentário.

Ele tirou de seu baú alguns mastros de madeira e uma moldura de ferro, rapidamente juntando-os de modo que viraram um tipo de balestra em miniatura. Colocou a máquina no deque ao lado do baú e logo encaixou em volta dela uma pequena manivela de bronze. Sua plateia agora estava interessada, apesar de tudo. Até mesmo Aécio manteve seus olhos cinzentos fixos no processo.

Nícias tirou uma pequena bola de seu baú, segurando-a entre o dedo indicador e o polegar, e a exibiu como um vendedor ambulante faz no mercado tentando vender um ovo raro. Era uma esfera de ferro perfeita, toda cravejada de afiados pregos, bem parecida com um estrepe atirado para atrasar o avanço de uma cavalaria. Nícias colocou a esfera na ponta de sua pequena balestra, deu meia--volta na manivela de bronze lateral e se preparou para disparar.

— Espere — disse Aécio. — Há golfinhos lá fora. Olhem.

Cortando a superfície lisa do mar polido, entre eles e o sol poente, viam-se formas escuras e brilhantes arqueando e curvando-se dentro d'água na esteira do navio, a cerca de 45 metros.

— Melhor ainda! — exclamou empolgado o pequeno alquimista, reposicionando sua máquina. Os espectadores se afastaram cautelosamente. — Vou usá-los como meus alvos. Vou mostrar-lhes o que acontece com a carne mortal quando um dos meus instrumentos...

Aécio virou a cabeça lentamente e o encarou. Nícias titubeou e sua voz foi sumindo.

— Os golfinhos eram sagrados para Apolo — começou Aécio — nos velhos dias, sob a antiga religião.

— Mas são boas refeições?

— Com certeza o são. Mas não devemos matá-los por mera diversão, como raposas num galinheiro.

Houve um momento de silêncio desconfortável, e então Nícias falou rapidamente:

— Muito bem, então, vamos supor... Vamos imaginar que lá fora tenha um navio, indo direto para o porto, um navio imaginário, um barco, sobre o mar, uma embarcação inimiga que precisamos destruir, precisamos...

— Chega de falatório — interrompeu Aécio. — Apenas mostre.

Nícias mirou sua arma para a água e soltou uma alavanca. A pequena máquina deu um estalo de incrível potência, e a bola cravejada zumbiu numa trajetória linear bem acima das ondas, quicando e entrecortando a água enquanto seguia. Ela viajou por mais de 180 metros.

Nícias olhou em volta animadamente.

— Estão vendo? Este estrepe giratório de minha própria criação, mesmo em miniatura, toca de leve a superfície da água do mar como uma pedra atirada por um garoto. Mas imagine o que não faria numa escala maior, rasgando o tecido de uma vela inimiga em retalhos! Ou o que faria às tábuas do deque acima das cabeças de remadores inimigos. Poderia quebrar as tábuas se fosse grande o bastante. Imaginem os remadores lá embaixo, acreditando estar a salvo dos projéteis debaixo de seus toldos de couro, subitamente piscando aterrorizados, expostos como animaizinhos em suas tocas. Que poder! Poderíamos destruí-los por completo, de longe, sem nunca nem termos que nos comprometer. Poderíamos massacrá-los na hora que tivéssemos vontade.

O príncipe Turismundo olhou na direção de Aécio. Ele não disse nada.

— Agora — continuou Nícias —, isso não é tudo. — Pegando outra esfera de ferro, segurou-a cuidadosamente e desparafusou-a em duas metades idênticas. Ele apanhou uma garrafa de vidro de dentro do baú e derramou um pouco de pó cinzento numa das metades. Colocou uma pequena hóstia de couro em cima do pó, então despejou sobre ela um melado escuro. — As invenções dos alquimistas de Alexandria e Antioquia realmente não têm limites — comentou empolgado. — Preparem-se para se maravilhar. Pois lhes dou um fogo que continua a arder mesmo em meio às águas, e que nenhuma quantidade de baldes consegue apagar. — Perto da ponte de comando, o comandante se inquietou nervosamente. — Imagine se tal fogo atingisse seu braço. Não podem imaginar os gritos se nunca os escutaram. Os homens se atiram na água, queimando vivos.

Alguns se perguntaram como Nícias sabia aquilo, e temeram pelo destino de qualquer prisioneiro condenado em Alexandria que pudesse ter passado por seus experimentos. Ele rapidamente aparafusou a esfera de volta e a colocou em sua balestra. Notaram que sua expressão ficara claramente mais apreensiva, e se afastaram.

— Agora — disse com olhos brilhantes e boca expressiva —, pensem nisso!

O que aconteceu em seguida não ficou claro, mas houve uma tremenda explosão de chamas e sons, uma cintilante nuvem de fumaça e gritos de Nícias, engolido por ela. Quando a fumaça se dissipou, o alquimista ainda estava ajoelhado ao lado de sua arca chamuscada, a pele de seu rosto e de um dos braços queimada, vermelha e sem pelos, e a pequena balestra havia desaparecido.

O deque estava pegando fogo, mas milagrosamente ninguém mais se machucou.

— Hum — comentou Aécio, se aproximando. — Precisa trabalhar mais nisso, eu acho.

O comandante estava rugindo para que enchessem baldes d'água e apagassem o fogo, mas os marinheiros já estavam soltando as cordas.

Aécio ajudou o aturdido alquimista a se levantar.

— Agora — disse —, leve sua caixa de truques lá para baixo, e nunca deixe que eu a veja sobre o deque de novo. Se isso acontecer, ela vai direto para dentro do mar, com você logo atrás. — Ele fechou a tampa do baú com um chute. — E passe um pouco de vinagre nessas queimaduras.

O fogo no deque se apagou. Para a sorte deles, a invenção incendiária de Nícias ainda não fora aperfeiçoada. Muitos ali rezaram para que nunca fosse.

CAPÍTULO 4
O CISNE, O TUBARÃO E O DRAGÃO

Três dias depois, haviam passado diversos navios de carga enchendo as movimentadas rotas marítimas entre Siracusa, Nicópolis, Alexandria, Antioquia, Rodes e Tessalônica. Abordaram todos eles, perguntaram sobre piratas e, como resposta, os homens de carga balançavam as cabeças e diziam que não haviam encontrado nenhum...

— Alexandre, o Grande, certa vez capturou um pirata — começou o príncipe Turismundo. — O rei quis saber: "Como ousa molestar os mares?" "Da mesma maneira que ousa molestar a terra", respondeu o pirata. "Molesto os mares num navio pequeno e sou chamado de pirata. Se o fizesse com um navio grande, seria chamado de imperador." — O príncipe sorriu. — Isso é filosofia. Pois o que são reinos além de grandes extensões de brigadas?

— Muito bem — opinou Aécio secamente. — Agora defina "sofisma".

Na quarta manhã, navegando serenamente pelo mar calmo num gentil vento noroeste, chegando gradualmente ao norte em direção ao mar Egeu e perdendo força, na costa da ilha de Milos, viram um navio solitário próximo ao horizonte norte; estava vindo na direção deles. Depois de talvez meia hora, havia se aproximado bastante, apesar de estar num curso contrário ao deles. Tinha uma grande e desbotada vela que talvez um dia tivesse sido negra, mas agora tinha uma cor cinzenta, clara e manchada. Um desses navios desgastados que mostram que seus marinheiros são pobres e inofensivos. Então ele se virou e veio na direção deles com surpreendente rapidez, e foi quando perceberam que aqueles marinheiros não eram do tipo pobre e inofensivo, apenas desprezavam tarefas tão servis como limpar os deques de um navio ou cuidar de suas velas. Tais tarefas eram para escravos. Estes eram os tipos de marinheiros que, caso o navio em que estivessem começasse a arrebentar nas costuras, simplesmente o abandonariam e embarcariam em outro. Aquele ali era de um tipo feios, sujo, e muito, muito veloz.

Rufus estava parado, próximo.

— Senhor, está vendo o outro navio, também? Lá no horizonte?

Aécio apertou os olhos. Maldito garoto. Não conseguia ver nada.

— Descreva-o.

— Outro drómon. Parece estar virando a proa bem na nossa direção... A vela inflando-se à frente.

E o vento estava ao lado deles. O navio mais próximo estava agora a 1.600 metros de distância, talvez menos. Chegaria até eles em alguns minutos.

— Podemos virar para o sul com o vento e tentar sermos rápidos que eles, talvez até alcançar Creta.

Aécio nem considerava aquilo uma opção.

— *Hortator*, aumente as batidas no tambor! Quebrem as costelas aí embaixo, escravos! Todos os lanceiros abaixo do deque, metade de cada lado, e mantenham-se escondidos até eu dar a ordem. Traga minha espada aqui para cima, garoto. Príncipes Teodorico e Turismundo, fiquem comigo na popa, tragam alguns arqueiros. Comandante, continue firme para leste. Deixe o sol nos olhos deles se tentarem vir atrás de nós ou a bombordo. Não, seu maluco cretense barbudo, volte lá para baixo! Não queremos suas malditas bolas de fogo agora. Chamaremos você quando a batalha tiver acabado.

Os príncipes e seus melhores homens apareceram no deque, afivelados e com seus capacetes. Os olhos de Aécio se estreitaram ao notar o capacete que adornava os cabelos loiros do príncipe Teodorico.

— O que, em nome de Lúcifer, é isso na sua cabeça?

O resto dos guerreiros e Turismundo usavam simples *spangenhelms*, capacetes altos abobadados reforçados com bandas de ferro ou bronze. Teodorico, no entanto, usava um capacete cheio de cravos de vidro colorido que brilhavam em meio ao bronze bem polido. Ele o retirou, parecendo insatisfeito.

— É uma herança de família, sempre usado pelo filho mais velho numa batalha.

Aécio pegou o capacete dele sem perguntar.

— Também é muito bonito. Esses adornos de vidro realmente vão ajudar a lâmina de um inimigo a atingir você com um só golpe. Vai atravessá-lo direto. Muito conveniente. Por que simplesmente não tira o capacete e oferece seu escalpo a eles? Ajoelhado?

Teodorico pareceu aborrecido.

— Isso não é capacete para batalha, garoto. — Ele o devolveu. — Arranje um capacete simples de ferro com bandas, igual ao resto de seus homens.

— O que faço com isto?

— Isso? — Aécio sorriu. — Por mim pode dar para sua avó usar como penico e urinar dentro. Não estamos brincando de soldadinhos agora.

Turismundo abafou o riso. Teodorico voltou para baixo.

Os remadores estavam cansados e doloridos depois de duas semanas remando, mas agora chegara a hora em que deveriam dar o seu melhor. O vento baixou mais ainda, porém ainda assim o drómon silencioso se aproximava. De repente, o mar se tornara cruel, calmo demais, malevolente e cintilante. *Escuro como vinho, de fato,* pensou Aécio, segurando o mastro da popa, observando o contramestre puxar o grande leme de volta, sentindo o vento os abandonando. Estava mais para escuro como sangue. "Escuro como vinho" era a imagem lírica de Homero sobre ele. Aquele cego do Homero.

A embarcação que se aproximava tinha uma única fileira de remos e uma vela principal, como o *Cygnus*, mas ostentava parapeitos altos e um sólido deque elevado sobre os remadores para protegê-los de projéteis.

O comandante se virou para Aécio, consternado.

— Irão nos destruir num confronto. Estão muito mais altos, assim como seu navio irmão vindo logo ali.

— Graças a Deus que não é uma batalha em grupo — resmungou Aécio.

— Pode haver esquadrões na área — disse o comandante. — Soube o que fizeram na ilha de Zaquintos? Mandaram de volta sacos cheios de cabeças para o rei Genserico.

— Estamos indo para Constantinopla. Temos negócios a tratar por lá. Suponho que nossos remadores ainda consigam velocidade para usarmos o aríete?

— O aríete? — grunhiu o comandante. — Você está louco.

Aécio sorriu, permitindo-lhe a impertinência. Sabia como era. Os imponentes e altos baleeiros antigos sempre eram vulneráveis aos aríetes submersos de navios baixos como os liburnianos e os drómons. Mas aqueles lustrosos navios de lobos eram muito vulneráveis a terem uma grande pedra arremessada em seu casco, perfurando-o instantaneamente. A arte de guerra naval contra drómons e liburnianos hoje em dia consistia em manter a distância e atirar projéteis, dardos, flechas — aqueles detestáveis projéteis de fogo de Alexandria. Apenas um louco ainda usaria a tática do abalroamento com aríete.

— Preparem-se para o abalroamento — confirmou. — Mas deixem que eles se aproximem antes.

— Se fizermos isso, não teremos distância suficiente para pegar velocidade.

Aécio não repetiu suas ordens.

— Você pensa como um velho legionário — disse o príncipe Teodorico calmamente, tendo superado suas mágoas por causa do capacete.

Aécio franziu o cenho.

— O que isso significa?

Teodorico olhava-o respeitosamente, mas sem medo.

— Significa que quer se aproximar de seu inimigo, ficar cara a cara, olhando-o nos olhos, e apunhalá-lo nas tripas com sua antiquada espada. Acha que é assim que um homem de verdade luta, e gosta de fazer a mesma coisa no mar. Quer usar o aríete e perfurar esse barco por baixo d'água, bem de perto. Mas são dois barcos, e ambos mais altos do que nós. Perfure um e vai ficar preso nele. O outro virá logo atrás e seremos atacados de ambos os lados. Cada navio pirata provavelmente carrega uns cem assassinos. Meus guerreiros são valiosos, mas não são sobre-humanos. Serão todos destruídos. — O jovem príncipe endireitou seus ombros. — E não deixarei que sejam destruídos.

Aquele arrogante príncipe de olhos azuis com sua coroa de ouro, um adolescente sem sal, criticando suas táticas navais...? Mas Aécio reprimiu sua indignação.

— Confie em mim — pediu.

O segundo navio estava agora a 2 ou 3 quilômetros de distância, aproximando-se por trás. Estavam prestes a ser cercados, como esperado. Mas o *Cygnus* os surpreenderia. Nunca faça o esperado. Enfeites alquimistas alexandrinos não ganhavam batalhas, e sim coragem, disciplina e um pouco de algo totalmente inesperado. Aécio sorriu ironicamente. Era bom estar lutando de novo.

Antes de embarcar em Massalia, havia pedido das lojas navais um grande arpéu de abordagem de ferro e algumas pranchas de desembarque. Agora, ordenou que subissem com elas e as deitassem na popa do navio, com o gancho de ferro atado.

— Para a *popa*? Mas o aríete está indo pela proa!

— Apenas siga minhas ordens, marinheiro. — Ele desceu.

Eram homens magníficos, mas pareciam apavorados, estes lanceiros godos, esverdeados de enjoo e trêmulos. O ruído esmagador do aríete e os sons da batalha no mar os aterrorizariam. Eram bons e muito fortes, mas bárbaros e indisciplinados. Hoje poderiam morrer, aqui nessas águas salgadas, longe de casa. Como uma morte no mar poderia ser considerada uma morte heroica? Comida de peixe. Não era do estilo dos visigodos. Olhavam para os príncipes e o comandante, esse tal de Aécio, o amado romano do rei Teodorico, e viam que ele não aparentava estar prestes a morrer hoje.

O príncipe Turismundo apareceu ao lado de Aécio.

— Confie em mim — repetiu o general. — Pense na consideração que tenho por seu pai. Não há melhor rei cristão, e vocês são seus filhos. Está sob meus cuidados. — *Se apenas aquele rei Teodorico se importasse assim com sua filha,* pensou amargamente.

Turismundo pareceu ter se tranquilizado um pouco.

Ele deu mais ordens ao capitão:

— Desacorrente os escravos agora. No momento em que abalroarmos, faça com que subam. Entendeu? Para a popa. Mude o lastro para a proa. Nosso convés em breve será esmagado pelos projéteis piratas. Mantenha os guerreiros escondidos até eu dar a ordem. E prepare seus marinheiros para atirarem o arpéu.

— Onde?

— No segundo navio — respondeu Aécio pacientemente.

— Como sabe que ele vai se aproximar?

— Ele vai. Enganche-o, e então atire as pranchas de desembarque para fora.

Os piratas deviam estar açoitando seus remadores escravos quase até a morte, com suas embarcações se aproximando tão rapidamente.

A primeira agora estava a apenas 800 metros, a segunda a 3 ou 4 quilômetros de distância, mas se aproximando velozmente.

— Coloque-nos a toda velocidade.

— Não podemos ir mais rápido do que eles. — O capitão tinha razão. O primeiro navio pirata já estava se virando, pronto para interceptar sua proa.

— Não pretendo fugir deles. Pretendo encontrá-los.

Os remadores aceleraram.

Vindas do navio inimigo que se aproximava, algumas flechas exploratórias atravessaram as águas, sem, contudo, alcançá-los. Na proa podiam ver o capitão dele, estreitando os olhos. Muito algo e magro, com compridos cabelos lisos, clareado pelo mar e pelo sol. Estava nu, exceto por um grosso colar de ouro no pescoço, calças rasgadas, e uma ampla bainha, sua espada numa das mãos. Mais de seus assassinos estavam sentados ao longo da verga com arcos e flechas.

O *Cygnus* avançava uniformemente, com o navio pirata alcançando-o inexoravelmente, fazendo a curva de perto. À direita, ao longe, estava a pequena ilha ensolarada de Milos. Os lanceiros visigodos se agacharam, ao lado dos escravos soltos. Os dois navios se aproximavam lentamente, em meio à vasta serenidade do mar.

Não tirando os olhos do navio inimigo durante um único segundo, Aécio perguntou aos irmãos embaixo dele:

— Sabem nadar, não sabem?

Balançaram as cabeças em negativa miseravelmente.

— Então hoje talvez tenham que aprender. Ou isso ou não deixem que afundemos. Comandem bem seus guerreiros.

Conforme ele se aproximava, puderam ver melhor o navio pirata: o *Draco*, com um dragão sáurio vermelho pintado no casco. Rufus apertou os olhos na direção do outro navio, que estava atracando neles por trás; na sua proa estavam riscadas runas primitivas.

— A linguagem dos vândalos — observou Aécio.

— Parece dizer *Halfish* ou algo assim.

— *Haifisch*, o Tubarão. — Ele bramiu para baixo: — Guerreiros a postos!

O capitão parecia profundamente infeliz.

De repente, o *Draco* fez uma curva, seus remos penetrando na corrente marítima, e encontraram-se contra um inofensivo navio mercante em fuga, ficando bloqueados.

— Esses piratas devem ter acabado de sair da escola — murmurou Aécio. — Velocidade para o abalroamento, *agora*!

Imediatamente o tambor do *hortator* acelerou até um ritmo furioso, e o chicote do contramestre bateu contra o fétido ar na parte inferior do navio. Os escravos se esforçaram em seus remos, cheios de bolhas e sangue nas mãos. Então, após mais alguns momentos de esforço, o *Cygnus* avançou rápido, bem na direção do *Draco*.

Os piratas ficaram olhando o navio que avançava sobre eles, estupefatos. O *Haifisch* alterou sua rota mais uma vez para segui-lo.

— Pronto — murmurou um velho. — Estamos derrotados agora. Praticamente no fundo do mar.

— Correto — respondeu Aécio, de braços cruzados e sorrindo. Ele andou até a popa e se abaixou. Os guerreiros estavam sentados abarrotados nas laterais abaixo do convés segurando suas lanças em suas imensas mãos, e ainda assim parecendo homens prestes a entrar nus e desarmados na arena, ou rumo à execução. Aécio acenou para eles. Pediu para que não tivessem medo. Contou-lhes sobre a única chance de sobrevivência deles agora, e de como era boa. — Deixem de lado suas lanças de freixo — orientou. — Esse é um trabalho de perto e com espada. — Explicou o que deviam fazer. — Imaginem que vão conquistar um castelo — começou. — Se não conseguirem tomá-lo, vão se afogar. Todos iremos nos afogar, viraremos comida para o *Haifisch* aqui em volta.

Os guerreiros sacaram suas espadas.

O navio pirata chafurdou mais uma vez, tentando se virar e se afastar de novo dessa presa incrivelmente beligerante, enquanto seus arqueiros esfarrapados soltavam suas flechas nos deques expostos, sem acertar nada. O aríete de cabeça de bronze do *Cygnus*, atualmente mais uma decoração que uma arma de guerra, abria caminho na água como uma terrível serpente marinha, deixando uma série de ondas brancas para trás. O capitão gritava lá embaixo, o chicote malhava. Estavam a menos de 45 metros, 25, 15... O navio pirata vacilou e deu um solavanco quando o atingiram com um terrível choque. Não era a velocidade máxima para o aríete, mas foi o bastante. Sua cabeça adentrou direto o baluarte do surpreso *Draco*, e o mar começou a inundá-lo.

Era um pacto de destruição mútua garantida. De imediato, os piratas enraivecidos começaram a levantar grandes projéteis, pedras e pedaços de chumbo por cima das altas laterais do ferido *Draco* e a atirá-los nos deques da petulante presa abaixo. Uma atravessou diretamente pelo deque de carvalho até o trêmulo banco dos remadores abaixo. Porém o capitão seguira as ordens de Aécio à risca: os escravos soltos já haviam sido retirados de seus lugares. As madeiras ficaram despedaçadas, mas nenhum homem se feriu. As paredes de madeira daquele pequeno mundo começaram a cair e águas escuras o invadiram.

Turismundo teve uma visão do navio, uma jangada viva e insignificante boiando num abismo negro e infinito, cheio de morte, de criaturas desconhecidas, cria do luar e da noite escura. E essa jangada estava sendo despedaçada até virar farpas. Era insano. Todos morreriam. Mas Aécio dissera para que confiassem nele. Muito bem. Ele sacou sua espada. A guerra não é feitiçaria, e a bravura pura ganha batalhas. Era essa a crença de Aécio, conforme o príncipe estava descobrindo. Assim como suas lealdades e seu corte de cabelo, ele era desesperadamente antiquado.

O *Haifisch* estava se aproximando atrás deles, determinado a vingar o estrago feito em seu navio irmão.

— Lealdade entre piratas — zombou Aécio. — Não paro de me surpreender! Atirem o gancho de ferro!

A grande garra cheia de crustáceos atingiu com força as laterais do *Haifisch* e caiu de volta dentro d'água. De imediato, os marinheiros a puxaram de volta e a atiraram mais uma vez. Teodorico não precisou ser instruído a dar cobertura a eles enquanto os surpresos arqueiros piratas tentavam revidar. Seu próprio grupo de meia dúzia de arqueiros visigodos devolvia muito mais flechas, e os piratas se abaixavam atrás de seus baluartes, tão surpresos quanto a tripulação do *Draco* com aquela inesperada resistência. Esperavam estar caçando a presa. Agora a presa estava os caçando.

A âncora de ferro rodopiou no ar de novo, escorregou contra o pranchão e então uma ponta farpada atingiu e segurou a postiça dos remadores. Perfeito. Baixo demais para um pirata tentar cortar sua corda com uma espada, mesmo que algum deles ousasse enfrentar as flechas visigodas. Os piratas já estavam se perguntando se a lealdade a seu navio irmão era mesmo uma boa ideia. Só havia um punhado de arqueiros naquele navio inimigo, além daquele comandante com cara de romano em seu manto vermelho que daria um belo resgate se fosse capturado vivo. Mas, mesmo assim, os piratas se sentiram sem sorte. Um deles já estava com uma flecha de penas brancas enfiada no braço. Havia alguma coisa acontecendo naquele dia que não compreendiam.

Um pirata se levantou e soltou uma lança na direção de um marinheiro, mas o ágil libanês se desviou e a lança ficou cravada trêmula no deque. Ele a arrancou e a devolveu. Não atirou para valer, mas o pirata se abaixou para trás agilmente, amaldiçoando-o.

— Reboquem-no! — rugiu Aécio.

Os marinheiros colocaram seus pés nus e cheios de calos contra as tábuas do *Cygnus* e obedeceram. Lentamente, muito lentamente, o *Haifisch* começou a flutuar desamparado. Ouviu-se um grito furioso vindo do alto dele, uma ordem ou um aviso de seu capitão. Mas era tarde demais.

Mais um choque monstruoso veio da proa. O deque estilhaçado do *Cygnus* fora perfurado de novo, e o mastro principal começou a pender adiante. A água estava inundando o nível inferior, fazendo flutuar o lastro de barris de areia. O navio gemeu e começou a se virar revoltantemente para a frente. O mastro rangeu de forma sombria.

— Segurem-se para sobreviver se quiserem ver o dia de amanhã! — gritou Aécio. Logo o *Haifisch* bateu na popa do *Cygnus*, que se ergueu pelo contrapeso da água que inundava sua proa.

Erguido. Cada vez mais perto do alto baluarte do navio pirata. O capitão tomou fôlego aos poucos, sua perplexidade e medo finalmente transformando-se em algo diferente. As madeiras de seu amado *Cygnus* estavam rangendo e gritando, a pobre embarcação partindo-se ao meio nas emendas, e ainda assim servindo, em pleno espasmo de morte, como uma inesperada arma de cerco para embarcarem no Tubarão enganchado em sua traseira. Ele sentiu uma pontada de esperança e uma súbita admiração por esse obstinado Aécio. General comandante do Ocidente, correto? Então talvez o Ocidente estivesse em boas mãos.

— Mais lastro para a proa!

Uma ordem louca num navio que naufragava debaixo de ataque, mas agora o capitão entendia. Alguns marinheiros magros queimados de sol correram lá embaixo, pulando por cima da fileira de cordas atracadas e empurrando os últimos barris pela íngreme inclinação do deque inferior. A proa afundou ainda mais dentro d'água, o aríete preso na barriga do *Draco* arrastando-o para as profundezas junto com ele. A popa subiu mais ainda.

Aécio sorriu para os príncipes.

— Acham que seus guerreiros conseguem tomá-lo agora?

— Sem problemas — garantiu Teodorico.

— Então o tomem.

— Senhores-lobos! — O velho grito de guerra godo.

Os magníficos guerreiros, sem precisar de um segundo incentivo para escapar da fétida e sufocante escuridão, impulsionados por uma poderosa mistura de medo e fúria de batalha, subiram os degraus correndo, afivelados e armados, de espadas brilhantes em punho. Os piratas testemunharam, chocados, aquela maré crescente de mantos vermelhos e plumas cor de palha. Que diabos haviam tentado enfrentar? Aquele não era um navio qualquer. Teriam sorte se escapassem com vida.

Com os navios atracados em seu abraço fatal, a tripulação do *Draco* havia caído em silêncio e inércia. Com a aparição dos guerreiros, no entanto, perceberam que a batalha agora era para dominar o *Haifisch*, o único dos três navios ainda capaz de navegar. Em instantes estavam enchendo as laterais de sua própria embarcação e pulando no convés do *Cygnus*, agora já quase no nível do mar. Se esforçavam tentando escalá-lo, mas o deque estava escorregadio e inclinado. Mais um acerto de Aécio. Quando tentavam subir, eram recebidos por três homens de espadas em punho, dois adolescentes de cabelos claros e um camarada mais velho, de cabelos grisalhos, com um olhar no rosto que sugeria já ter sobrevivido a algumas batalhas antes. Rapidamente os deques ficaram ainda mais escorregadios com o sangue vândalo. Durante alguns segundos, Aécio, Turismundo e Teodorico defenderam essa frente sozinhos; golpeando e apunhalando com suas espadas, acertando piratas que se aproximavam com cruel prontidão, deixando os mortos caírem de volta em cima de seus camaradas que ainda tentavam subir. Então os arqueiros visigodos soltaram flechas das laterais, e os piratas do *Draco* se deram conta de que era o fim para eles e seu navio. Agora entendiam muito bem o temperamento daqueles que tão tolamente haviam decidido atacar nesse ensolarado dia de verão. Não havia mais nada a fazer. Atiraram-se no mar.

O punhado de franzinos piratas do *Haifisch* estava igualmente derrotado. Acostumados a sequestrar inofensivas embarcações de passageiros em busca de resgate, ou pesados navios de carga cheios de ânforas de óleo e vinho, estavam arrasados. Não eram páreos para os cinquenta guerreiros godos pulando sobre os altos baluartes, espadas em punho, dentes à mostra e cabelos longos soltos ao vento. Mal havia uma batalha para lutarem, para grande decepção dos guerreiros. Apesar de não saberem nadar, como a maioria dos marinheiros, que supersticiosamente viam aquela habilidade como uma espécie de tentação a um golpe do destino, a segunda tripulação também se atirou nas águas escuras e paradas do Egeu. Quem se demorasse era agilmente esquartejado, os corpos sem vida caindo na espuma rosada do oceano.

Um estranho som veio detrás deles, como o de um ralo borbulhando durante uma tempestade, só que muito maior, mais sonoro. O estrondo de alguma enorme e desconhecida criatura do mar, talvez. Era o *Cygnus* finalmente afundando, sua proa agarrada ao costado do *Draco* num abraço fatal. Os mastros dos navios caíram um sobre o outro como amantes cansados. As madeiras rangiam, os deques sendo lavados e ensopados. Dos deques inferiores do *Draco*, berros de agonia: os piratas não se deram o trabalho de soltar seus escravos remadores. E então, entre os gritos de terror e lamentos, desesperados gritos de esperança.

Aécio olhou em volta. Turismundo havia desaparecido.

Enquanto isso, os escravos do *Cygnus* estavam correndo atrás dos guerreiros godos para a segurança do abandonado *Haifisch*. Depois seguiram os marinheiros, Aécio e Teodorico, e finalmente o próprio capitão, ajoelhando antes para beijar o deque de sua embarcação moribunda na antiga tradição, antes de entregá-la para o oceano.

Os escravos estavam emergindo acima do deque do *Draco*, naufragado pela metade, e rolando sobre as águas. Teodorico assistia ansiosamente.

— Nem você nem seu irmão sabem nadar, não é?

Teodorico não conseguia responder.

— Ele terá que aprender hoje.

Os marinheiros puxaram a última das pranchas de desembarque, e o pequeno libanês desceu pela lateral do navio, segurando com uma única mão e cortando a corda que ainda o amarrava aos navios náufragos com a outra.

Aécio assentiu com admiração.

— Se você não fosse apenas um marinheiro comum, eu o indicaria para ser promovido.

O marinheiro exibiu um sorriso de dentes brancos.

— Um *solidus* de ouro já serve em vez disso, meu senhor.

Aécio o observou firmemente. Então colocou uma das mãos dentro de sua capa e tirou uma grande moeda de ouro dela. Ele olhou para ela. Exibia o próprio Valentiniano, o imperador marcial, arrastando um bárbaro pelos cabelos. Em volta da borda estava escrito: "Invicta e Eterna Roma, a Salvação do Mundo." Ele agitou o pulso, fazendo a moeda de ouro voar, e o marinheiro a apanhou.

— Não acredite em tudo que ela diz, entretanto — balbuciou Aécio.

Na proa de seu bom e novo navio, ouviu-se um som nada feliz: Nícias chorando por seus baús de alquimia perdidos.

— Que pena — murmurou Aécio.

E finalmente, chapinhando pela água como um cachorrinho, sem fôlego e desajeitado, mas sem engasgar nem se afogar, o príncipe Turismundo, salvador dos escravos. Teodorico jogou uma corda e o puxou para cima. Depois disso, os escravos do *Draco* também subiram a bordo do agora carregado *Haifisch*.

— Isso vai nos fazer ir mais devagar — resmungou Aécio.

— Vamos vendê-los no próximo porto — disse Turismundo, seus olhos brilhando com empolgação. Ele sacudiu a água salgada de seus cabelos, emocionado por ter enfrentado o mar e sobrevivido.

— E gastar todo o lucro com vinho e garotas, imagino?

Os irmãos apenas riram.

Eles assistiram aos dois navios afundarem entre imensas e lentas bolhas. Mais longe, os piratas que sobreviveram ainda boiavam, exaustos, ou agarravam mastros quebrados. Aécio passou os olhos por todos eles até parar no comprido, implacável e inexpressivo rosto do capitão pirata. Ele o apontou para um dos arqueiros visigodos. O capitão o encarava de volta, imóvel, os cabelos pálidos grudados nas faces encovadas, os olhos azuis claros fixos em Aécio, os lábios se movendo com as palavras de alguma antiga maldição. O arqueiro preparou sua flecha e atirou, e ela atingiu seu alvo, entre os olhos do capitão. Sua cabeça foi para trás e afundou, seus braços boiaram a seu lado e abandonaram-no olhando para o céu, de boca ainda aberta, as palavras da maldição em seus lábios esbranquiçados de sal.

Alguns outros piratas tinham começado a nadar na direção do capturado *Haifisch*, sua última esperança, mas logo perceberam que seriam lanceados dentro d'água.

Aécio mandou o vigia até a torre.

O vigia apontou numa direção ao sul do sol. Aécio subiu no convés e gritou para os piratas que nadavam, vinte ou trinta deles, ensopados e balançando as cabeças:

— Agradeçam por não termos matado vocês dentro d'água, como merecem!

Os piratas escutaram, os rostos agoniados.

— Podem se afogar. Podem engordar alguns tubarões. O que nos importa? Mas se nadarem naquela direção — Aécio esticou o braço direito e apontou —, ao sul de onde o sol se encontra agora, podem atingir terra firme. Que Deus decida.

Um novato que se esforçava para continuar nadando gritou:

— A que distância fica?

— Talvez 16 quilômetros.

Rufus murmurou alguma coisa. Aécio apertou os olhos mais uma vez na direção do horizonte, mas ainda assim não enxergava nada. Os olhos do rapaz mais jovem enxergaram, entretanto.

— Talvez menos — gritou de novo. — Talvez apenas 9 ou 10.

— Vamos nos afogar! — gritaram. — Está nos condenando à morte!

— Pelo contrário, estou abandonando-os à morte, que vocês merecem, sabendo que há uma pequena chance de serem poupados. Estão nas mãos de Deus. O mar está calmo, sem ondas. O sol está brilhando. A água ao redor de vocês está cheia de sangue, e há muitos tubarões por perto. É bom se apressarem.

"*Hortator*! Soe os tambores!"

No silêncio, reiniciaram os lentos e renovados mergulhos dos remos, o gentil respingo, e o baixo navio liburniano começou a ir para leste pelas pequenas ondas uma vez mais, a água se dividindo em não mais que um fio de água prateada em volta de sua proa. Os exaustos piratas assistiram à partida do *Haifisch*, um dos marinheiros a bordo já se esticando para apagar o nome bárbaro e pintar um novo em cima dele: *Cygnus II*. Tudo acontecera com muita rapidez, uma impiedosa eficácia. Então algumas daquelas almas mais otimistas se viraram dentro d'água, empurraram seus mastros à frente e começaram a nadar.

O capitão balançou a cabeça.

— César crucificou seus piratas.

— César era maior homem que eu — grunhiu Aécio

Turismundo vendeu seus escravos em Tessalônica. Aécio ressentiu-se da perda de até mesmo aquelas duas horas, mas não tinham mais comida nem água a bordo. O príncipe juntou uma sacola com trinta *solidi*.

Ele sorriu.

— Uma pesca e tanto.

— E, observem, eu vos farei pescadores de homens — disse seu irmão sardonicamente, vendo a pesada sacola de couro. — Não é exatamente o que Cristo quis dizer, no entanto, acredito.

Aécio deu uma risada ribombante.

Depois disso a viagem foi bem agradável.

CAPÍTULO 5
YANKHIN

Eu, Prisco de Pânio, ouvi sobre a chegada dele e corri até o Porto de Juliano para encontrá-lo.

Ele sorriu ao me ver.

— E quem seria você, velho senhor? Um mendicante idoso, suplicando por almas? — Ele pôs uma das mãos em meu ombro. — Conversaremos mais tarde. Devo falar com o imperador com ainda mais urgência do que com meu velho tutor.

— Divina Majestade. O general comandante Aécio gostaria de lhe falar.

Houve uma pausa e certo agito enquanto Teodósio se sentava em seu trono de madeira dourada, e em seguida Aécio foi admitido à presença imperial.

— Aécio. Tão longe de casa. — Sua voz estava fria como um inverno pôntico, com um vento soprando da Cítia.

— Majestade. — Ele se ajoelhou e beijou a barra do manto imperial numa reverência formal, detestando aquele gesto internamente, e levantou-se depressa. — Ainda não tem notícias do exército do general Aspar?

Surpreso por se ver tão abruptamente questionado por um mero soldado, mesmo que fosse um general, Teodósio viu-se hesitante.

— Eles... Eles ainda não se pronunciaram, de fato.

— E é verdade sobre a VII em Viminacium? Totalmente destruída?

— Tal foi o juízo de Deus. Também... Ratiaria, também, descendo o rio. Ela também foi devastada por esses hunos desgraçados.

— Ratiaria também? Já? A III Panônia? Quantos homens no total? E as fábricas de armas?

O imperador não conseguia olhá-lo diretamente nos olhos, aqueles olhos cinzentos e cristalinos. Ele olhou para os mosaicos na parede à sua esquerda, esperando desesperadamente ser capaz de irradiar a serenidade real do vice-regente de Deus na Terra.

— A III Panônia também está destruída, e as fábricas de armas estão agora nas mãos do inimigo.

Átila. Ele sabia. Agora ele era dono das mais importantes fábricas de armamentos no Oriente. *Ele sabia*.

— Então venho aqui lhe oferecer urgente auxílio militar. Tenho soldados sobrando da I em Brigetio, da II em Aquincum, da XVI em Carnuntum, e da IV Cítica em Singidunum. Sei que estão todos bem treinados, indiquei seus legados pessoalmente. Posso tirá-los da fronteira do Danúbio e atacar as tropas de Átila enquanto ele viaja rumo ao sul por Naissus.

— E se Átila virar a oeste?

— Átila *vai* virar a oeste. Mas por enquanto não. Vai querer neutralizar o Oriente antes disso.

O general comandante falava com tal energia e convicção que parecia que estivera esperando toda sua vida por esse momento, por esse confronto final. Teodósio compreendeu então, desgostoso, que Aécio *gostava* mesmo de todo esse... esse assunto de guerra. Dava a ele uma sensação de propósito e destino.

— Mais importante que isso — recomeçou Aécio —, eu tenho, com a permissão do imperador Valentiniano, naturalmente, o âmago do exército de campo do Ocidente ainda estacionado na

Sicília, esperando pelas ordens para navegar até a África. São 2 mil cavalos e 20 mil homens, no auge da forma, sob comando de meu bom general Germano.

Teodósio se virou e tocou em um armário de madeira belamente polido, como que para se tranquilizar.

— E por que eu deveria confiar em você para trazer tal poderosa força para o coração de meu reino?

— Majestade?

— Não somos completamente ignorantes, general comandante Aécio, apesar do fato de sermos conhecidos por nosso amor em aprender — acrescentou sarcasticamente.

— Sinto desconfiança.

— Está sentindo corretamente.

— Então deixe-me explicar com clareza. Seu inimigo é Átila, rei dos hunos, e ninguém além dele. Nem seu primo Valentiniano, nem Gala Placídia, nem eu. Não procure por seu inimigo entre os seus. Seu inimigo é muito mais esperto e implacável que qualquer um de nós. Também é mais esperto que você, Majestade, apesar de ter lido menos livros.

O imperador apertou os lábios e encarou Aécio com firmeza e sem piscar. O que via diante de si, apesar de não ser um grande juiz de caráter, era um soldado brusco e antipático, sem educação, requinte nem cortesia; porém um homem honesto, apesar de tudo isso.

— Descobrimos — começou ele — que havia destacamentos da legião herculiana lutando ao lado dos hunos em Viminacium.

— Mentira! Não acredite nisso! — Aécio deu um soco na palma da outra mão com os olhos ardendo, e começou a andar de um lado para o outro pela sala impertinentemente. — Eu sabia! — exclamou com peculiar exaltação. — A luta já começou! A luta de espionagem. — Ele se virou para o imperador e vociferou para ele como se este fosse um de seus tenentes. — Quem lhe trouxe essa informação?

Teodósio já havia perdido sua compostura fria, ainda que involuntariamente.

— Meu... Meu camareiro. Pí...

— Vasculhe o quarto dele.

Teodósio hesitou, então falou com um criado.

Aécio continuou a andar de um lado para o outro, era desconcertante. Ele vociferou para que outro criado lhe trouxesse um mapa. O criado saiu apressado.

— Disse Naissus? — perguntou o imperador com certa dose de perplexidade. — Mas Átila será destruído pelo exército de campo antes de chegar a Naissus.

— Bem — respondeu Aécio, inclinando a cabeça —, suponha que não seja. Deus não permita que tal desastre aconteça, é claro, Sua Majestade, mas precisamos nos preparar até para a mais sinistra eventualidade.

— Deus está do nosso lado.

— Não duvido disso. Mas como meu pai, Gaudêncio, sempre dizia: confie em Deus e mantenha sua espada ao alcance.

Teodósio fez o sinal da cruz.

— Desde que ouvimos as notícias sobre a queda de Viminacium, os bispos e o povo têm se dedicado a intermináveis intercessões com a Mãe Sagrada.

— Bom, bom — comentou o inculto general, inquieto, as mãos para trás, claramente sem prestar atenção. O criado voltou, tremendo como um coelho, e colocou o mapa na mesa de mármore. Aécio deu uma olhada nele e se virou para gritar na sua direção.

— Não um mapa da *cidade*, seu estúpido, um mapa do império; daqui até o Danúbio! Imediatamente!

Mais uma vez o criado saiu correndo.

— Ele não é um dos seus soldados — protestou o imperador.

— Certamente não, pois é inútil demais para isso.

Teodósio se levantou, os olhos brilhando de indignação. Alto, apesar da constituição fraca, subitamente parecia ter uma figura muito mais imponente.

— General comandante Aécio, está se esquecendo de onde está? — perguntou rispidamente. — Fanfarras de soldados podem ser aceitas em seus quartéis, mas está diante de um imperador. Sugiro que se lembre disso se realmente quiser ajudar.

Aécio se corrigiu. Tratava Valentiniano com respeito e circunspecção por ser muito perigoso. Mas Teodósio merecia respeito também. Não era tão tolo quanto alguns diziam, e tinha bom coração. Deveriam trabalhar juntos.

— Majestade — desculpou-se, abaixando a cabeça.

O criado trêmulo retornou e colocou sobre a mesa um mapa muito maior.

Teodósio apontou Naissus.

— E depois?

Aécio traçou uma linha para o sul, descendo pela grande estrada imperial até Constantinopla.

— Ele irá atrás das coudelarias da Trácia também. Devia enviar homens até lá para recolher os cavalos e levá-los ao sul, atravessando a Ásia se necessário. Não podemos deixar Átila pôr as mãos neles.

Teodósio parecia intrigado.

— Uma horda de ladrões de cavalos vai enfrentar as muralhas construídas por meu avô, Teodósio, o Grande? Ridículo. Nossas muralhas são inconquistáveis. O mundo todo sabe disso.

— A ambição de Átila não tem limites. E agora eles têm armas de cerco. Deixe-me atacar as tropas dele aqui. — Ele deu um murro no mapa. — Podemos cavalgar pelas montanhas. Se os encontrássemos lá poderíamos fazer um belo estrago. Ainda tem seus auxiliários isáuricos?

O imperador fez que sim.

— Em Trajanópolis.

Os isáuricos eram pouco mais que bandidos anatolianos, mas tinham experiência com guerras nas montanhas.

— Os hunos entendem pouco de montanhas — disse Aécio —, e lá toda sua velocidade lhes será inútil. São nômades das planícies apenas.

— Ainda está sugerindo que o exército... seria derrotado por essa horda de saqueadores transitórios, sem lei nem razão. Ridículo! Isso nunca aconteceu antes!

Aécio respondeu com uma dolorosa palavra:

— Adrianópolis?

O imperador apertou os lábios.

— Além disso — continuou Aécio —, nunca antes foram liderados por um homem como Átila.

O primeiro criado a sair retornou, entrando na sala de costas até o imperador ordenar a ele que se virasse, e então caiu a seus pés. Ele segurava algo nas mãos. Teodósio ficou olhando intrigado.

— Píteas — murmurou perplexo. Então passou o objeto para Aécio.

Ele o examinou superficialmente: um pequeno lingote de ouro, estampado com a legenda de Viminacium. Ouro roubado pelos hunos.

— Átila paga bem — comentou secamente. — Judas só recebeu prata.

— Píteas — repetiu Teodósio em voz baixa, balançando a cabeça.

— Não será o único. Precisa limpar seus estábulos de Áugias.

O imperador parecia abalado. Aécio ficou com pena dele. A cada dia que esse altivo, porém gentil, erudito reinava, devia necessariamente aprender mais sobre a crueldade e deslealdade dos homens, e como até mesmo aqueles nos quais ele mais confiava o trairiam pelo deslumbramento do ouro.

Teodósio fez menção de sair.

— Majestade.

Ele parou.

— Nem tudo vai dar errado.

Depois de alguns segundos, Teodósio assentiu de costas para o general, dizendo:

— Faça o que achar necessário. — Então ergueu seu manto e saiu rapidamente do aposento.

Aécio ordenou que o traiçoeiro Píteas fosse executado. Sua cabeça, suas mãos e todo o ouro de Viminacium encontrado em seu quarto seriam costurados num saco e entregues a Átila, sem nenhuma outra mensagem. No último minuto ele mudou de ideia e chamou o homem de volta.

— Pensando bem, ficaremos com o ouro — disse. — Por que enriquecer Átila de modo que possa comprar mais mercenários? Coloque um pouco de ferro no saco junto com a cabeça e as mãos desse traidor. E num pedaço de cerâmica, escreva estas palavras: *"Yaldizh djostyara, Ütülemek haşimyara"*.

Foi para mim, Prisco, que ele ditou. Fiz uma careta de desgosto. Havia escutado falar pouco sobre essa horrível língua antes.

— Um idioma feio, meu senhor.

— Questão de opinião. Uma língua complexa de muitas maneiras, completamente diferente daquelas do mundo civilizado. Suas palavras são compostas, por exemplo. Sabia que eles têm uma palavra que significa: "o barulho que um urso faz quando anda entre arbustos de oxicocos"?

— Que ridículo.

— Achei que admirava Heródoto. E ainda assim tem pouco de sua imparcialidade e curiosidade quanto a outros povos e culturas.

— Hum. — Cortei o pico de minha pena. — Então. Essas palavras bárbaras. *"Yaldizh djostyara"* etc. Posso ousar perguntar o que significam?

— Um antigo provérbio huno que aprendi na minha infância, do próprio rei do mundo destronado. — Ele deu um sorriso glacial. — Significa "ouro para meus amigos, ferro para meus inimigos".

Ele se levantou e foi até a janela, com as mãos juntas atrás das costas. — Para que Átila saiba claramente quem são seus inimigos.

— Como iremos encontrar Átila?

— No fim da trilha de destruição — respondeu Aécio, ainda com um sorriso não totalmente reconfortante.

— E quem vai realizar tal tarefa?

— Os próprios homens dele. Expulsos deste palácio como cupins. Agora escute minhas instruções. A palavra huna para fogo é "*yankhin*".

Na calada da noite, numerosos escravos apareceram e correram pelo palácio, gritando-a a plenos pulmões. Naturalmente quase todo mundo, exceto talvez os que estivessem na cama com as esposas de outros homens, rapidamente apareceu, assustado e piscando, nos pátios sombrios do grande palácio. Mas aqui e ali, um ou dois correram com baldes até os poços e fontes mais próximos, ou até mesmo à casa de banhos de Xeuxippus. Foram imediatamente capturados e, para sua surpresa, interrogados fluentemente em seu próprio idioma sagrado por esse recém-chegado general ocidental. Torturar não foi necessário. Rapidamente confessaram tudo.

A astúcia de Aécio revelara ao todo seis cupins: quatro homens e duas mulheres, uma delas uma parteira. Poderia secretamente ter envenenado um recém-nascido da família imperial, mas aparentemente sempre trabalhara de forma honesta. Talvez sua sensibilidade feminina tivesse ultrapassado em peso até mesmo a lealdade ao lorde Átila.

A esses seis, Aécio deu a tarefa de levar de volta os restos do traidor Píteas e o ferro.

CAPÍTULO 6
OS CRUCIFICADOS

Foi nos pastos do lado de fora das ruínas de uma outrora grande cidade que os seis hunos expulsos da corte bizantina encontraram o acampamento de Átila. Eles pareciam horrorizados. A parteira deu um pequeno grito de desespero, estranho de se ouvir. A cidade não deveria ter qualquer significado para ela. Durante seu tempo no palácio do imperador cristão ela ajudara lealmente crianças a nascerem. Algumas vezes, como os outros, havia mandado comunicados para seu povo sobre o que descobrira da vida no palácio, defesas, fortificações, mas também havia começado a se sentir em casa. Então, certa noite, seus sonhos foram perturbados por gritos de "fogo!" em seu próprio idioma e ela fora descoberta, junto com os outros, ao correr para os poços. Até então, seu trabalho era todo com vidas recém-nascidas. Aqui, entretanto, a vida estava sendo destruída.

Uma cortina de fumaça negra pairava sobre a cidade em chamas e flutuava sombriamente até escurecer o acampamento de seu próprio povo. Aqueles que uma vez haviam sido seu povo, ela pensou, com uma repulsa por seus próprios pensamentos traiçoeiros. Debaixo de uma nuvem negra de morte, em sua tenda simples, lorde Átila. Grande Tanjou. Ela havia feito mães no palácio com suas mãos fortes. Enquanto isso, seu grande senhor estivera fazendo viúvas.

Um dos homens largou o saco no chão, diante do trono de Átila.

— O que trouxeram para mim? — perguntou o réu, de olhos cintilantes e o queixo apoiado na mão.

— Os restos do traidor Píteas, o eunuco — respondeu o homem.

— Traidor? Para quem?

— Para o imperador Teodósio — disse hesitantemente. — Ele foi descoberto. E nós também.

— Se ele era um traidor para nosso inimigo, era nosso amigo. Não? Foi um herói para o povo huno?

Os seis expulsos miseravelmente baixaram as cabeças. Não tinham onde se refugiar na terra agora.

Átila enfiou uma das mãos dentro do saco e tirou dele o pedaço de cerâmica. Ele leu o provérbio huno: "Ouro para meus amigos, ferro para meus inimigos."

— Sei quem enviou isso — murmurou. Ele levantou o olhar. — O que acharam do general comandante Aécio? Conheceram ele?

Eles hesitaram, então um respondeu:

— É um homem de caráter forte, meu senhor.

— Ele é? Ele é?

Ele puxou então outra coisa do saco: uma mão apodrecida cheia de sangue coagulado.

Uma silhueta pairava ali perto. Era Enkhtuya, a bruxa. Átila parecia saber, sem olhar, que ela estava lá e o que queria. Sem dizer nada, ele entregou-lhe o horrível objeto. Ela o escondeu em seu manto e saiu de perto.

Ele voltou a olhar para os seis.

— Tentaram me matar — disse. Estavam imobilizados de tanto medo. Não sabiam o que seu senhor queria dizer com aquilo. — Quando eu era jovem. — Ele esfregou a barba. — O traidor Píteas — murmurou. — Ora, ora. — Ele os estudou com olhos acesos. Então decretou: — Negociar é cansativo. Vingar-se é lucrativo. Todos devem pagar. — E com aquilo ordenou para que os seis fossem levados para fora e crucificados, tanto os homens quanto as mulheres.

Seus guardas os amarraram e os levaram embora.

Enquanto passavam, uma pequena figura, de várias cores numa esfarrapada e velha camisa de camurça coberta por pequenos homens pretos feitos de palitinhos, se agachou ao lado da amaldiçoada procissão, cobrindo a cabeça com as mãos, da mesma forma que um macaco se protege da chuva, e exclamando depois numa voz abafada, porém audível:

— Esse céu funerário fica mais pesado a cada hora que passa!

Perto de anoitecer, um velho guerreiro de finos bigodes grisalhos e compridos cabelos brancos cavalgou e observou os seis crucifixos simples suportando o peso dos seis fugitivos mortos ou moribundos. Seus rostos eram máscaras azuis de agonia, suas respirações como um vento torturado num desfiladeiro. Ele cavalgou de volta para sua tenda, pegou sua comprida lança, voltou e os matou um a um. O último foi uma mulher de rosto cheio. Devia ter sido esposa de alguém. A agonia abandonou sua expressão quando a lança atravessou seu coração, e seus olhos se fecharam com algo parecido com paz.

Ele desceu de seu cavalo e limpou sua lança na grama, cravou-a na terra, agachou-se e olhou para o sul por cima das baixas colinas, de costas para os corpos que pendiam como frutas secas em árvores desfolhadas.

Depois de um tempo, outro homem chegou e se agachou não muito longe em meio à escuridão. Por um longo momento eles não trocaram uma palavra sequer.

Finalmente Chanat murmurou:

— Meus sonhos estão se tornando tão loucos quanto os seus, velho xamã.

Pássaro Miúdo cantarolou e arrancou pedaços da grama.

O guerreiro idoso colocou suas velhas e ossudas mãos na cabeça que latejava. Seu crânio estava magro como o de um pássaro agora. A velhice estava deixando-o magro no corpo todo.

— Não é mais como era antes — comentou com discreto desgosto. Ele indicou por cima do ombro os cadáveres crucificados e a cidade enfumaçada mais além. — Olhe só para nossa obra.

— Ele é Tashur-Astur, o Flagelo de Deus — disse o xamã com sua voz cantarolada. — Um tolo pode discutir com Deus, mas Deus não responderá.

— E essa é a vontade de Deus para pessoas perversas? Acredita nisso, Pássaro Miúdo?

O xamã desviou o olhar. Ele nunca respondia uma pergunta direta, pois, como costumava dizer, como poderia? Ele não existia.

— Não vim até aqui para escalpelar crianças de colo — grunhiu Chanat.

Ele se lembrou de ter visto Candac entre as ruínas acesas de Margus, parado em silêncio em meio aos escombros e ao massacre, encarando com uma expressão indecifrável em seu forte rosto redondo. Olhando em volta, talvez julgando, antes de decidir desaparecer.

Chanat arfou e pôs uma das mãos na lateral do corpo. Uma semana antes, havia amaldiçoado a bruxa Enkhtuya bem na frente dela. As cólicas em suas tripas ainda doíam. A que mesquinhez haviam chegado! Pensou estar vendo a nobreza decaindo como os últimos raios de sol num dia de inverno. A fria luz do bronze sobre as estepes ocluídas pela nuvem de fumaça preta de alguma cidade em chamas.

Tanto Pássaro Miúdo quanto Chanat estremeceram.

CAPÍTULO 7
FINALMENTE PAZ

A catástrofe veio logo depois do pequeno sucesso em desmascarar os espiões. Um comunicado breve e amargo chegou até a corte imperial vindo de Adrianópolis.

O exército de campo do Oriente, sob comando do general Aspar, Magister Militum *na Trácia, saindo dos quartéis do exército em Marcianópolis, encontrou os hunos numa planície perto do rio Utus. Oprimido por números imensamente superiores, no entanto, e pela velocidade e ferocidade do inimigo, assim como por seu inesperado domínio tanto de artilharia quanto de pesada cavalaria, as seis legiões e todos os seus auxiliares foram massacrados. O próprio general Aspar continuou a lutar com galhardia máxima a pé depois de seu cavalo ser morto debaixo dele, mas por fim também foi massacrado.*

Acredita-se que o exército huno continua a avançar para o sul.

Em Constantinopla, as notícias trouxeram um verdadeiro pânico. Agora não havia nada mais que alguns centuriões da guarda palatina e auxiliários espalhados em Trajanópolis e Heracleia para se posicionar entre eles e aquele exército demoníaco de um milhão de cavaleiros pagãos. Que comiam carne de crianças, diziam, e bebiam sangue de morcego misturado com vinho. Alguns cidadãos fugiram pelo Bósforo até a Península Anatoliana. Outros rezavam 24 horas por dia para a Santa Mãe. Todos estavam infectados pelo pânico, contagioso como a praga.

Teodósio implorou a Aécio por ajuda do Ocidente, e o general tediosamente voltou a escrever para Ravena. Mas avisou que haveria pouco tempo e, agora que Valentiniano descobrira sobre o poder dos hunos, poderia preferir manter sua legião para a própria proteção: tanto as legiões da fronteira quando o exército de campo.

A resposta chegou rapidamente por mar. Não teriam ajuda. Teodósio não parava de amaldiçoar seu primo.

— Vai nos atacar em breve agora — disse. — Este Átila, o castigo de Deus sobre nós. E ainda assim no que é que pecamos tanto? Eu não sei. — Ele suspirou profundamente: o suspiro dos derrotados de modo antecipado. — Primeiro ele vai devastar toda a Moésia e a Ilíria, Tessália, e a Trácia, e então vai atacar nossa cidade. Não podemos nos defender dele com apenas algumas centenas de auxiliários maltreinados e a Guarda. Teremos que negociar.

— Ainda temos as muralhas — lembrou Aécio.

— Nem todos estamos atrás das muralhas.

— É verdade — concordou Aécio. — Nas províncias, o povo vai precisar se defender sozinho. Mas a cidade será salva. E virão recompensas, eu garanto. Quando Átila seguir para oeste e investir contra Roma, não terá tanta facilidade em vencer.

— Você não entende — disse o imperador, hesitante. — Nem toda a... família imperial está atrás das muralhas.

Aécio franziu o cenho.

— A princesa Honória?

Teodósio sorriu tristemente.

— Não, ela ainda está sob os cuidados da minha irmã Pulchéria. Quer dizer... A imperatriz Eudóxia.

A imperatriz. Athenaïs. Ele não se permitira pensar em seu nome durante anos.

— Ela está em Jerusalém?

— Queria que estivesse. Não, ela está visitando o convento em Azimuntium.

— Eu não o conheço.

— Uma pequena cidade na colina perto da costa pontina, de antiga origem trácia. Na verdade, é dito por alguns de nossos mitografologistas mais eminentes que o lugar pode ser etimologicamente cognato com aquele de Homero...

— No caminho de Átila?

A voz do imperador vacilou de novo.

— No caminho, como você diz, de Átila.

— Por que não fui informado sobre isso antes?

— Precisávamos de seus serviços aqui. Na verdade, ainda precisamos. A Cidade Sagrada precisa ser defendida até mais que...

— Até mais que a imperatriz.

— Não se apresse em tirar conclusões — avisou Teodósio, a voz baixa, mas o olhar mais uma vez fixo no general. — Eu o conheço, Flávio Aécio. Pensa ser um homem de temperamento muito diferente do meu. Mas as decisões de um imperador nunca são fáceis, especialmente em tempos de guerra.

Aécio baixou um pouco a cabeça.

— Temos informações de que a imperatriz continua a salvo no convento de Santa Perpétua e Santa Felicidade, Virgens e Mártires, por trás das consideráveis muralhas daquela venerável cidade de colina. Mas os arredores do campo não têm lei, e os hunos se aproximam mais a cada dia que passa. Ela vai precisar de uma escolta. Não posso abrir mão da Guarda Imperial, mas pensei em talvez seus... rubros amigos godos?

Aécio sorriu com as palavras ferinas do imperador. Para um homem como Teodósio, os godos seriam sempre os imigrantes bárbaros que causaram o desastre de Adrianópolis setenta anos antes.

— Muito bem — respondeu Aécio. — Levarei meus guerreiros.

— Estarão de volta em uma semana.

Aécio se curvou.

Estava prestes a partir quando chegaram novas notícias. Dois embaixadores hunos haviam chegado, vindos dos acampamentos de Átila.

Os olhos do imperador brilharam.

— Viu só, *podemos* negociar! A imperatriz ficará bem. Eles querem um acordo de paz.

— Eles não querem paz. Vieram apenas fazer um reconhecimento. Esta é uma armadilha de Átila. Não confie nele. Vende os olhos dos embaixadores, não deixe que vejam as muralhas, não deixe que se aproximem de ninguém, ou que falem qualquer coisa, a não ser numa cela fechada.

Mas o imperador já não estava mais escutando, e seu corpo todo estava inundado de alívio. Teodósio detestava a guerra, com uma intensidade geralmente encontrada com maior incidência em homens que experimentaram eles mesmos o horror vermelho dos campos de batalha. Pois na verdade nenhum homem morre bem quando morre lutando. E odiando a guerra, já havia enviado emissários para receber os bárbaros que se aproximavam e seu terrível rei, e para pedir a paz. O que poderia oferecer a eles? Terras? Seu próprio reino ao sul do Danúbio? Talvez até mesmo aquela província inteira da Moésia? Até agora, nenhum dos emissários voltara, mas agora revelava essa nova reviravolta ao general. Logo o tom de voz aumentou.

— Os emissários não retornaram, Sua Eterna Majestade, porque seus corpos mordidos por urubus estão agora pendurados em árvores por toda a Via Egnatia!

Aécio mal conseguia controlar a raiva. No Ocidente, uma carta daquele bom general Germano o informara que muitas das tropas menores já haviam começado a desertar os arredores de Roma. As notícias sobre a destruição do exército de campo oriental no Utus já chegara a ouvidos distantes, e agora o exército ocidental também estava se despedaçando. O terror, conforme Átila já observara, é uma poderosa arma; e barata também. Se apenas as legiões ocidentais pudessem embarcar imediatamente, Aécio instou, e navegassem para o Oriente, a missão em si poderia estabilizá-los. Gala Placídia havia tentado convencer seu filho a fazer exatamente aquilo, mas Valentiniano e seus conselheiros eram contra. O exército do Ocidente deveria ficar onde estava para defender o Ocidente. Germano desejou o melhor para seu comandante, e confiou que os hunos do Oriente ainda podiam ser detidos. Aécio escreveu de volta dizendo que por enquanto teria que confiar em muralhas, e não em homens.

Teodósio permaneceu frio diante do mau humor de Aécio, e falou sobre como todos os homens no fundo do coração amam a razão.

Aécio andava de um lado para o outro de punhos cerrados.

— Um homem é racional quando ama? — gritou. — Ou uma mulher, quando está defendendo seu filho contra alguma besta selvagem, armada apenas com sua fúria, expulsando um leão faminto com as próprias mãos, ou uma pequena faca que tirou da mesa da cozinha? E ela vai triunfar, pois luta com tudo que ama, enquanto o leão luta apenas por seu jantar e rapidamente vai fugir covardemente.

— Já presenciou uma cena assim? — perguntou Teodósio de olhos esbugalhados.

Aécio reprimiu um espasmo de irritação. Às vezes achava que o imperador podia se mostrar o mais estúpido dos indivíduos.

— Estou dando um exemplo, Majestade. A razão não reina soberana.

Ele tentou explicar — racionalmente — o que sabia e conhecia a respeito de Átila, e de sua opinião sobre si mesmo e seu destino demoníaco.

O imperador escutou, de sobrancelhas juntas.

— Mas isso é loucura! — exclamou incredulamente. — É quase como se estivesse sugerindo que Átila não tem um objetivo a não ser se vingar dos insultos que sofreu quando era criança... Com uma vingança que virá na forma da mais pura destruição!

— Destruir seus inimigos é a coisa mais doce para ele, e seus inimigos são todos aqueles que acreditam terem insultado a ele e seu povo. Quanto mais destrói, mais forte se torna. Se o comprar com ouro, o fará mais forte também. E não irá comprar a paz. Átila despreza a paz e ama o poder. Ouro só o fará comprar mais armas, mais armamentos, mais cavalos de guerra, serviços de piratas e indolentes mercenários.

O imperador continuava parecendo perplexo e furioso.

Aécio chegou o mais perto que ousava dele e fitou-o nos olhos com urgência.

— Majestade, deve imaginar que Átila o enviou uma mensagem dizendo simplesmente: *Não queremos nada de vocês. Queremos destruir vocês.*

— Mas foi sob as ordens do exército do Ocidente que o primeiro ataque aos hunos foi armado.

— E a hora do exército ocidental vai chegar. Mas foi uma legião do Oriente que executou aquela ordem, uma legião agora destruída. Adão culpou Eva e Eva culpou a serpente. Deus puniu a todos.

— Está comparando Átila a *Deus*?

— Não é comparação minha, e sim de Átila. Átila Tashur-Astur: Flagellum Dei.

Teodósio refletiu por um momento, e então alguém entrou. Era Pulchéria, a absurdamente devota e erroneamente batizada irmã mais velha do imperador, uma mulher de rosto amargo em sua sexta década de vida. Com ela vinha um de seus conselheiros mais íntimos, o magro e saturnino Crisáfio, e um homem pequeno e magro chamado Vigilas. Ela falou em voz baixa com o imperador e pouco depois Teodósio pediu a Aécio que os deixasse sozinhos. Os assuntos já tinham progredido de militares para diplomáticos, explicou suavemente, apesar do "pessimismo" e da "negatividade" do general comandante; e mais conselhos dele eram agora redundantes.

Os dois embaixadores hunos eram Geukchu, um homem de aparência inteligente num belo manto de seda, e não em peles e pelos de animais como esperavam; e um calado e educado companheiro calvo, grego de nascença, que se apresentou como Orestes. Em minutos, Teodósio acreditou tê-los dominado. Haviam levado alguns maravilhosos tesouros para o imperador, incluindo um leopardo cimério dentro de uma jaula; trataram-no com imenso respeito, beijando a barra vermelha de seu manto, e disseram que ficariam felizes em receber uma embaixada bizantina em retorno. Tinham certeza de que um meio-termo poderia ser alcançado neste infeliz assunto.

Atrás deles, os olhos de Teodósio encontraram os de Crisáfio, e o conselheiro assentiu quase imperceptivelmente.

Naquela noite Geukchu e Orestes jantaram e beberam até tarde com Crisáfio e Vigilas, e de manhã encararam sua separação como se fossem irmãos.

O imperador insistiu que Aécio conduzisse os embaixadores bizantinos até os hunos, apesar da falta de entusiasmo do general. Poderia combinar esta missão com a escolta da imperatriz para casa logo depois. Crisáfio e Vigilas também iriam, com o conselheiro conduzindo as negociações; e ele também enviou o confiável e modesto Prisco de Pânio para registrar o encontro histórico, junto com um pequeno séquito de guardas. Aécio quis levar os dois príncipes godos e seus cinquenta guerreiros naquela longa e perigosa jornada, integralmente armados. O imperador concordou de má vontade. Aqueles guerreiros comiam como bois durante o inverno. Seria bom se livrar deles por algum tempo.

Um bilhete chegou da princesa Honória até as mãos de Aécio, levado por um escravo subornado, só Deus sabe de que maneira. A desgraçada e desonrada filha de Gala Placídia e irmã de Valentiniano, há tempos praticamente presa nos aposentos femininos, escreveu jocosamente sobre como também queria cavalgar e conhecer esse Átila. Ela achava que ele parecia ser interessante. Aécio resmungou com uma diversão sombria, cheirou o delicado bilhete para constatar que realmente era perfumado, então o amassou e atirou na braseira mais próxima.

E foi assim que eu, Prisco de Pânio, parti a cavalo aquele dia com o homem a quem ainda via como meu amado pupilo, rumo à mais perigosa viagem de minha vida. Ir e vir de navio da Itália para Constantinopla já era ruim o bastante, mas agora estava praticamente indo até as selvas da Cítia! Levei uma garrafa de vinho tinto bem forte, bastante adoçado, para manter-me aquecido; e um cobertor de lã extra.

Preparado desta maneira, ocupei meu breve lugar no palco da história, hesitante e piscando muito, durante o que esperei ser nada mais que uma cena rápida. O teatro público já é suficientemente desagradável, com todas as frutas podres e os assobios, mas o palco da história é bem pior, e, para aqueles que ocupam um lugar nele, o espetáculo geralmente acaba cedo.

Também levei comigo diversos pergaminhos onde registraria esta histórica aventura. À noite sonhava que os lia, e que chamara minha narrativa de "Uma jornada através das 13 cidades das terras arruinadas".

Aquela manhã passamos pelos portões dourados, indo para oeste ao longo da costa do mar de Mármara na antiga Via Egnatia, pela qual o povo viajara durante seiscentos anos até Tessalônica, e então pelos Alpes Dináricos até a costa do Adriático em Dyrrachium. Mas, antes de Tessalônica, viraríamos para o norte da costa até as colinas. Os guerreiros e seus dois príncipes cavalgavam os melhores cavalos da Capadócia dos estábulos imperiais. Esse agrado, pelo menos, o imperador concedera a seus aliados, apesar de ainda estar de luto por seus animais afogados, no fundo do mar agora tão longe.

Debaixo de um céu de fim de verão com nuvens de tempestade, Aécio estava tentando manter outras imagens medonhas bem longe. A batalha do rio Utus: seria agora como a história se lembraria dele, se lembrasse? O começo do fim, muito pior que Adrianópolis, setenta anos antes. Seis legiões dizimadas. Outra em Viminacium, e mais uma em Ratiaria. Outras cidades haviam sido destruídas desde então, ele tinha certeza. Estava feliz por não ter visto, mas podia imaginar muito bem as cenas de carnificina.

Já tinham dominado a artilharia e a pesada cavalaria. Cavalos de ameaçadoras cabeças como as de touros: nada de chuvas de flechas letais agora, e sim uma cavalaria pesada, brilhante e de novas armaduras dos depósitos de Ratiaria, martelando a surpresa fileira bizantina e deixando-a aos pedaços. Pedaços de escudos de madeira e dentes perdidos, membros perdidos, bocas abertas gritando silenciosamente, correndo, caindo, esmagados contra a lama vermelha. Os hunos deviam ter aprendido rápido, vestidos com as armaduras laminadas de seus inimigos massacrados, apanhando as compridas lanças apertadas debaixo de seus braços fortes. Seus atarracados cavalos galopando rápida e violentamente com as imensas cabeças esticadas baixas para a frente, indo contra a fila bizantina como aríetes, atirando homens para todos os lados, os brancos dos olhos dos cavalos se revirando como os daqueles cavalos atacados por touros, cavalos romanos tentando levantar-se do golpe, cambaleando, atropelando os próprios cavalos em meio à confusão, pernas para todos os lados, cascos para o alto, chutando, animais urrando, os lábios abertos revelando compridos dentes amarelos e terríveis gritos, o horrível cheiro de sangue e de intestinos vazando, a terra escorregadia cheia de tripas e sangue coagulado, o horror...

— Perdido em pensamentos, general?

Era o príncipe Teodorico que estava ao seu lado, sua voz leve, jovial e alegre. Aécio não respondeu.

— Preocupado com os hunos? — perguntou Turismundo, igualmente bem-disposto. — Não tenha medo, a poderosa nação visigoda irá desaparecer com eles antes do Natal.

— Olhe a língua, irmãozinho — alertou o mais sensato Teodorico, olhando em volta. Os embaixadores hunos Geukchu e Orestes, com sua pequena comitiva de guerreiros, seguiam atrás da coluna. — Somos só nós. O povo de nosso pai não está em guerra com os hunos.

Aécio disse baixo:

— Mas vai estar.

— O objetivo de Átila é Roma — continuou Teodorico —, e Constantinopla.

— Seu objetivo é o mundo.

— Bem, estou rezando para que essa missão diplomática falhe — revelou Turismundo.

Aécio olhou de lado para seu corado amigo godo.

— E vai falhar.

— Então vou rezar para que encontremos alguns deles aqui fora! — acrescentou ansiosamente. — Uma comitiva de guerra! — Ele se debruçou em sua sela enquanto falava.

— Reze para não encontrar — comentou Aécio.

*

A tempestade ameaçada passou e seguimos para oeste através das planícies trácias em chamas. Muitas das fazendas e casas já estavam abandonadas. O povo havia fugido, refugiados cambaleando de volta para a já lotada cidade de Constantinopla, apavorados com a ira iminente. "Os hunos estão chegando" era o sussurro que corria pelo país. "Fujam para se salvar. Os hunos estão chegando." O povo também não tinha fé nas missões diplomáticas.

Um homem solitário ficou parado ao lado da estrada, observando enquanto passávamos, segurando sua enxada como uma lança. Então gritou sarcasticamente para nosso grupo de sessenta homens:

— Vão precisar de um exército maior que esse!

Não respondemos nada e prosseguimos.

Certa noite, enquanto acampávamos, uma cobra apareceu onde Crisáfio estava. O conselheiro ficou congelado de medo, um legítimo homem da cidade, mas em um instante Vigilas sacou uma adaga de seu manto e perfurou a cobra na cabeça.

Aécio o observou com curiosidade.

Mais tarde, dirigiu-se a ele casualmente na linguagem goda e em aramaico, mas o homem parecia não entender. Falava apenas latim e grego, e esta última não muito bem. Um linguista muito fraco para ser diplomata.

— É meu guarda-costas — defendeu-se Crisáfio. — Vamos nos concentrar no assunto em questão, general comandante.

Aécio o assegurou que estava totalmente concentrado.

Dormir ao ar livre à noite era ruim, apesar de, como descobri, estar longe do horror que estava prestes a enfrentar. Como eu ansiava noite após noite pelos banhos quentes e quartos frescos do palácio dos imperadores com vista para o mar de Mármara, prateado pelo luar. Em vez disso segui em frente, e vi coisas que nunca mais esqueci e com as quais nunca teria sequer sonhado.

Pela primeira vez testemunhei os horrores da guerra com meus próprios olhos. Eu, Prisco de Pânio, filho obediente, pupilo estudioso, humilde escriba da corte imperial de Teodósio II e mais tarde eleito para o posto de secretário do Consistório. Como meus pais estariam com lágrimas de orgulho se estivessem vivos para ver isto! Não fui feito para o campo de batalha, e tinha um pouco de medo até mesmo daquele campo mais divertido entre exércitos opostos chamados homens e mulheres. Eu ficava mais feliz, de modo geral — apesar da ocasional visita rápida ao bordel local na rua do Galo Dourado, bem atrás do Hipódromo —, em estar sozinho e em me encontrar pacífica e diligentemente entre os pergaminhos e textos antigos, lendo, escrevendo e sonhando com épocas diferentes.

Mas agora eu estava viajando para ver o mundo como ele era. Acho que nunca mais tive a mesma paz de espírito desde que vi o mundo como ele é. Meus sonhos têm sido mais vívidos e conturbados. Antigamente eu mal me lembrava de meus sonhos, mas agora eles vêm até mim durante o silêncio da noite, mensageiros e precursores espontâneos. Tenho menos tranquilidade agora. Mas talvez eu me torne um cronista melhor por causa disso. Não tenho motivos para acreditar que Tácito e Tucídides tenham sido homens felizes.

Quanto aos eventos que testemunhei, perguntei-me se não cometiam os exércitos de Roma as mesmas atrocidades. Sim, cometiam. Talvez não na mesma escala, talvez não com tamanha aleatoriedade malévola ou satisfação, talvez em vez disso com uma triste obediência. Mas se você é a vítima, faz diferença seu assassino estar sorrindo ou sério enquanto corta sua garganta? Tentei discernir que a violência de Roma era um caso de fins justificando os meios, compromissada a garantir a paz, a estabilidade e a prevalência da lei, mas que a violência dos bárbaros era cometida simplesmente pelo prazer pelo terror, e sendo assim nunca teria fim nem seria satisfeita.

Mas não tenho mais certeza. Não gosto do conforto tranquilizador de tais pensamentos. Tenho certeza de poucas coisas, e só posso registrar o que vi. Na minha idade não tenho mais opiniões, apenas lembranças.

Acreditei que,
cessando a prepotência e a guerra,
Dias ditosos o Orbe em paz gozaria;
Mas iludi-me...

E as batalhas são bem parecidas entre si quando se examinam os cadáveres que elas deixam.

Nossa viagem foi longa e árdua, e muitas vezes dormi em cima da sela. Lembro-me de uma violenta tempestade, e o fogo dos juncos em chamas, causado por raios e continuando aceso mesmo durante a chuva. Lembro-me da fadiga e da desorientação, um cansaço indescritível e do sol parecendo nascer no oeste uma manhã. Um mau presságio.

Quando chegamos às ruínas do que um dia fora uma cidade, o presságio foi cumprido: a primeira de incontáveis colônias, vilas e cidades que encontraríamos destruídas e totalmente devastadas pelas mãos de Átila. As ricas e douradas cidades do império oriental que nunca mais se recuperariam de tanta ira. Através de toda essa destruição, nossos dois embaixadores hunos, nossos guias naquela devastação que seu próprio povo criara, pareciam não estar nem um pouco arrependidos. Sem dúvidas viam a culpa como uma forma de covardia, do mesmo modo que a maioria dos bárbaros. Foi apenas durante certa pausa para descanso que o chamado Orestes, nascido grego — que vergonha! —, agitou uma das mãos acima do vazio entre nós e disse baixinho:

— Agora veem porque seria interessante para vocês negociarem. — Ele quase sorriu. O rosto de Aécio ficou sombrio de raiva, mas ele ficou calado. Durante dias.

A cidade era um esqueleto enegrecido do que era antigamente, um esqueleto de madeira e pedra, muralhas derrubadas, arcos e contrafortes pendurados no vazio. Assim como Filipópolis e Marcianópolis, havia sido um bispado, e os hunos tinham esfaqueado e despido seu bispo e o pendurado nas muralhas.

— Teriam cuspido no rosto de Cristo se pudessem — balbuciei.

— Como os romanos fizeram certa vez — lembrou o príncipe Teodorico atrás de mim.

Não consegui pensar em uma resposta.

Alguns haviam sobrevivido à tempestade de fogo e flechas, e eram de quem mais tínhamos pena, pois deviam estar com inveja dos mortos. Pessoas doentes se abrigavam debaixo das muralhas despedaçadas de igrejas. Crianças raquíticas ou tuberculosas, tomadas pela tosse, estendiam as mãos em concha pedindo comida, mas não podíamos ajudar. Uma garotinha com um bebê de colo abrigado embaixo de uma mesa de altar de pedra quebrada, os olhos escuros olhando para mim em meio ao cabelo imundo no rosto. Numa rua destruída, um mero punhado de escombros agora, havia outro grupo de crianças, de lábios murchos de fome, barrigas cheias de vermes como velas infladas pelo vento. Perto delas, apesar de misericordiosamente não parecerem notar, estavam dois corpos de adultos escalpelados, as cabeças manchadas como se por algum batismo sinistro. Nesse momento me cansei e não consegui mais olhar para aquelas visões da cidade.

Cavalguei por cima de paralelepípedos sujos de sangue seco, meu cavalo tropeçando por cima de um missal em farrapos, um livro de luz, páginas arrancadas virando sem propósito. Soaram em meus ouvidos tristes ladainhas de carne humana e sangue. Meu antigo pupilo, remontando e puxando seu cavalo para longe, falou:

— E o imperador acha que pode negociar com isto.

Um pouco mais adiante ele parou novamente. Sua cabeça estava baixa e suas grandes mãos, cheias de cicatrizes, seguravam a frente de sua sela. Vi surpreso que, apesar de seu rosto em meio às sombras estar duro e austero como nunca, lágrimas desciam por suas faces e caíam formando manchas escuras no couro da sela. E ainda assim por que eu me surpreendia? Aquela era a essência de Aécio: a mais profunda paixão, debaixo de um controle de ferro.

Ele se virou em cima da sela e olhou para trás. A coluna de guerreiros em mantas vermelhas estava cavalgando atrás de nós, junto com os embaixadores bizantinos e os dois hunos mudos e sem expressão no rosto. Estávamos deixando os doentes e as crianças famintas para trás. Aécio falou com voz trêmula:

— Tudo que podemos fazer agora para ajudá-las é derrotar Átila.

Eu entendi. Ele estava quase me pedindo para perdoá-lo por estar seguindo em frente e não ajudar. Eu assenti. Era agonizante, mas não havia nada a ser feito ali. Não tínhamos comida, nem remédios, nem recursos. O povo estava doente demais para se mover, muito menos para chegar a salvo até Constantinopla. Em alguns dias simplesmente... desapareceriam. Suas almas estariam reunidas. Assenti mais uma vez, esperando que aquilo trouxesse algum consolo. Devíamos fazer o que o imperador determinara e ir falar com Átila. Então voltaríamos para a cidade. Havia mais um milhão de pessoas lá a quem podíamos salvar. E além dela... o restante do império.

Os dois príncipes se posicionaram um de cada lado de Aécio, e atrás deles seguiram os fortes guerreiros Valamir e Jormunreik. Nenhuma palavra foi dita, mas, como acontece com os homens, o significado era simples. Estavam ao lado de Aécio: para onde quer que fosse.

Ninguém mais se dirigiu aos dois hunos.

Acampamos numa encosta próxima em cima de espessos tufos de grama. Preferiríamos ter acampado nos abundantes prados banhados pela água ao lado do rio, mas sua correnteza estava imunda, e havia muitos ossos do massacre espalhados pelo terreno ao redor.

Durante os dias seguintes, passamos por outros fantasmas do que haviam sido cidades e aldeias, cada uma tão ruim ou até pior que a última. Na estrada vimos relances de fugitivos assustados que corriam de nós para o meio da mata antes de os alcançarmos, e uma idosa que não conseguiu correr. É terrível ver uma mãe aos prantos por causa de seu filho, mas é ainda pior ver uma idosa aos prantos por causa de seu velho marido, caído mutilado em meio à lama, quebrado como um pedaço de galho seco. Aquele com quem ela achou que passaria o resto de seus dias.

Depois das cidades devastadas das planícies, seguimos para baixos sopés e montanhas ásperas e áridas, por cima de imponentes desfiladeiros, selvas traiçoeiras intocadas pela autoritária mão da lei romana, onde os homens usavam casacos de pele de carneiro amarrados na cintura com couro torcido, e as mulheres apenas ficavam seguras ao lado das próprias lareiras. Atravessamos muitos rios em canoas, e aldeões nos ofereceram hidromel em vez de vinho, e painço em vez de pão de trigo.

Mais adiante em nossa jornada não havia mais um aldeão sequer. Só conseguíamos nos alimentar como animais.

Chegamos até um vale enegrecido pelo fogo, e entre os destroços ainda chamuscando havia outras formas escuras, não de objetos, mas de homens, mulheres, crianças, bebês queimados ainda nos braços de suas mães, mães agarradas a seus filhos, as bocas abertas, pretas e cheias de carvão. De tais inimagináveis condições, só nos restava esperar que suas almas conseguissem voar para longe. À noite caiu um aguaceiro de uma coleção de nuvens de verão acima do vale, e na luz do crepúsculo os corpos pareciam cinzentos debaixo da chuva, alguns deles nada mais que ossos brancos agora, aparecendo como estranhas raízes em meio à lama cinzenta, cobrindo-os pela metade como pedaços de pano ensopados e sujos.

Nossos guias hunos continuavam sem esboçar qualquer expressão durante todo o caminho. Geukchu apenas comentou que aquilo era coisa de seus irmãos hunos kutrigur, em meio à loucura da batalha. Mas não falou nada como uma desculpa.

Seguimos em frente antes de acamparmos aquela noite, mas não era longe o bastante. A fumaça dos acampamentos elevava-se com o ar noturno enquanto deitávamos nossas cabeças e ficávamos olhando para o céu, tendo pesadelos de olhos abertos. Através da fumaça, via-se o céu estrelado, aqueles celestes mundos brancos onde todas as coisas são puras e boas, muito acima desse pecaminoso mundo sublunar, tão escurecido pela violência, pela ira e por homens tão furiosos, individualistas e ambiciosos. O lobo há de nutrir-se do cordeiro, e o leopardo há de se deliciar com o cabrito, e as crianças hão de liderá-los, dissera o Senhor. E não devem matar nem ferir em minha Montanha Sagrada.

Mas quanto tempo, ó Senhor? Quanto tempo?

Parecia a nós que a serpente e seu veneno durariam mais que todos os nossos dias, que a sede de sangue de Átila seria capaz de subir até os céus e manchar o branco esplendor da eternidade, assim como aquela fumaça pesada subia daquele escuro cemitério de ossos, elevando-se, espessa e untuosa, de onde os corpos ainda ardiam, um véu asfixiante entre nossos rostos virados para cima, e aqueles celestiais mundos brancos que agora não enxergávamos mais.

CAPÍTULO 8

A MISSÃO DIPLOMÁTICA

Finalmente chegamos a uma ampla e gramínea planície e lá vimos espalhado e acampado, até não se poder enxergar mais, o povo de Átila. Uma cidade de tendas de couro ao lado de um grande lago; a luz do sol, as plumas de fumaça das fogueiras acesas e as risadas de crianças: uma cena tranquila.

Aécio finalmente falou, dirigindo-se ao grego:

— Então trouxeram suas mulheres e crianças de novo?

Os olhos de Orestes eram de um azul muito pálido.

— Por que não? Elas não estão em perigo agora. — Ele esboçou seu quase sorriso de novo. — Seu exército está destruído.

Havíamos começado a acampar numa pequena colina quando um grupo de guerreiros hunos veio até nós e, com escárnio e desprezo, nos mandou acampar mais baixo, no úmido vale, para que não tivéssemos vista para a tenda do Grande Tanjou. Obedecemos sem dizer uma só palavra. Também exigiram que nossos guerreiros entregassem suas armas. O príncipe Teodorico respondeu com uma brevidade nada diplomática. "Não." Depois de uma rápida conversa entre eles, disseram que não importava, que os hunos nunca haviam temido qualquer visigodo até aquele dia, armado ou desarmado. Um dos guerreiros, Jormunreik, rosnou com aquela farpa, mas seu príncipe o silenciou. Os hunos disseram que Átila estava fora, caçando, mas que em breve conversaria conosco. Depois, saíram a galope, rindo.

Quando adentramos o acampamento na direção da tenda do rei bem no centro, me admirei com a quantidade de raças que vi. A maioria era de hunos a cavalo, é claro, atarracados e incrivelmente fortes, com barbas ralas, cabelos compridos e bigodes negros; mas também se via gregos como nosso guia Orestes, e teutões renegados, chefes da Turíngia em peles de urso, e até mesmo celtas. Havia africanos, espanhóis, sírios, muitos com marcas de criminosos. Eram fugitivos da lei de Roma, tomados pelo nojo da vida insípida do império prestes às ruínas, querendo mais uma vez estar do lado vencedor na história. Havia mais hunos selvagens amplamente pintados e tatuados e cheios de penas, usando o cabelo preso num nó apertado; e outros povos, que quase pareciam chineses, falando um idioma desconhecido para nós, acampados um pouco mais à frente. Sabíamos bem o que aquilo significava. Todos esses povos acreditavam que a vitória sobre o império romano estava com Átila, assim como seus destinos.

Enquanto nos aproximávamos de uma tenda simples, grande e preta no meio do acampamento, uma mulher saiu de dentro. E que mulher. Talvez com 50 anos, muito graciosa, com maçãs do rosto salientes, um véu de seda vermelho em volta dos ombros magros, usando um diadema de impressionante opulência, de folhas de ouro marteladas ornamentado com granadas indianas. Não acho que aquela peça foi comprada.

Desmontamos de nossos cavalos e curvamo-nos. Era a rainha Checa, esposa de Átila. Sua primeira esposa, quero dizer — ele tinha muitas outras, e incontáveis concubinas. Em volta do círculo central do acampamento havia imensas carroças de madeira, aqueles navios das estepes, cheios de caldeirões de cobre decorados, rolos das mais belas sedas e lãs e até algumas estátuas de mármore. Uma carroça menor e mais leve, protegida por dois homens corpulentos que pareciam irmãos, continha ornamentos de selas do Extremo Oriente, fabulosas rédeas decoradas de dourado e pedras preciosas da Índia, coroas de Pôntico, e espelhos ovais da Sármata; acorrentado à carroça, havia um par de cavalos de corrida cinzentos cobertos com tecidos turcos. Que povo multicolorido e variado, e ainda assim tinham assaltado e saqueado em seu caminho pela metade do mundo.

Então vieram nos avisar. O Grande Tanjou estava de volta. Desafivelamos nossas armas e as deixamos empilhadas.

Átila nos recebeu em sua tenda negra sustentada por colunas de madeira esculpidas, polidas e decoradas com peles de animais. Estava sentado num trono de madeira barbaramente esculpido. Os guerreiros em volta dele estavam estranhamente vestidos com sedas chinesas e adornos de cabeça de pelos, as faces marcadas com tatuagens azuis, mas Átila estava vestido com simplicidade, com um machado enfiado no cinto. Um homem de constituição forte e altura mediana, com as faces marcadas como as de seu povo, antebraços musculosos exibindo veias grossas, também terrivelmente marcados, notei, de tantas lutas em batalhas violentas. Tinha um nariz forte e ossudo, olhos leoninos cintilantes debaixo das sobrancelhas baixas, o rosto marcado pela idade e pelo vento, e estava levemente inclinado para a frente, afagando sua rala barba grisalha, um brilho de algo que lembrava divertimento nos olhos. Mas nada disso revela o espírito de um homem. Ele irradiava uma força aterrorizante, do tipo que se torna furiosa em um instante. Estar perto dele era como tentar encontrar abrigo nas encostas do Vesúvio. Se ele tivesse se virado e olhado para mim, meus olhos teriam baixado imediatamente. Poucos homens podiam encarar aquele olhar.

Crisáfio curvou-se mais baixo e anunciou:

— O Imperador do Oriente, Vice-Regente de Deus, o Divino Teo_dósio, Rei dos Reis e Senhor dos Senhores, e seus subordinados, o Senado e o povo de Roma, desejam-lhe saúde, felicidade e muitos anos de vida.

Átila sorriu e respondeu:

— Desejo aos romanos tudo que verdadeiramente desejam para mim.

Escravos apresentaram-lhe os presentes que havíamos trazido: peles e cálices de prata, tâmaras e pimentas. Átila os recebeu sem agradecer.

*

Jantamos carnes suculentas tiradas das traseiras de cavalos engordados com capim, e vacas e carneiros recém-abatidos, assados inteiros. Teria sido pouco oportuno perguntar em qual mercado de gado uma carne tão excelente havia sido comprada. Sentamos em sofás, como os romanos, bebendo dos mais refinados cálices. Os hunos sentaram--se de pernas cruzadas, ou de costas eretas em bancos. Átila comeu apenas carne, de um simples prato de madeira. A conversa era afetada, mas inócua. Ele falou muito pouco. Foi apenas quando seu filho mais novo, Ellak — seu favorito, segundo diziam — entrou para dar boa noite para o pai que o rei mostrou algum prazer.

Para passar a noite nos ofereceram jovens escravas para nos confortar, um cumprimento cita, mas desdenhado por nossos líderes — um pouco para meu desapontamento, devo admitir. Já estando na minha sexta década de vida, as correntes da luxúria estavam mais soltas, mas ainda não haviam se enfraquecido totalmente. E então, depois de nos retirarmos para nossas próprias barracas na colina, sinuosamente saí da minha e corri atrás das mulheres na escuridão, em certo momento tropeçando num buraco de marmota com a pressa e quase me machucando feio. As garotas escutaram, viraram-se e riram.

Apesar de serem todas adoráveis, uma em particular me atraiu a atenção. Era borgonhesa, de cabelos claros, e linda como uma flor. Ergui-a pela mão e conduzi-a até minha modesta divisória dentro da tenda. No escuro mal podia ver seu rosto, mas suas mãos eram pequenas e seus lábios eram macios, e confesso ter passado uma noite feliz ao lado dela. De manhã, enquanto dormia apenas parcialmente coberta a meu lado, se espreguiçou com sono e sorriu, e disse que apesar de eu ser muito velho, não havia falhado inteiramente em satisfazê-la.

Aécio passou por mim enquanto comíamos pão debaixo do sol, do lado de fora de nossas tendas, e acenou com a cabeça secamente enquanto eu mastigava.

— Deve estar com fome — comentou.

CAPÍTULO 9
ORESTES

Entre aqueles com quem conversei no acampamento estava um apóstata grego que tirava pedregulhos dos cascos de seu cavalo. Quando perguntei a ele por que estava lá, ele eloquentemente elogiou a liberdade que tinha entre os hunos, comparada às iníquas taxas e aos impostos, aos oficiais interesseiros e às intrusivas leis de Roma. Antigamente, admitiu, Roma podia ter representado um tipo de liberdade digna sob a lei, mas aqueles dias haviam acabado. Aqui um homem poderia ser livre de verdade.

— Você acha que Átila é um tirano bárbaro — falou ironicamente. — Mas ele não me oprime diariamente, não inspeciona cada uma de minhas ações, nem dita qual deve ser minha religião ou cobra impostos até eu morrer. Na verdade, não me cobra imposto algum. Eu o sigo, e ele me protege. É uma sociedade simples e nobre; como Roma foi um dia, talvez muito tempo atrás.

— É uma sociedade que se alimenta de outras! — discordei.

— Nesse aspecto, pelo menos — respondeu —, é igualzinha a Roma.

Era mesmo um homem cheio de ironia.

De todas as pessoas no acampamento dos hunos, além do próprio Átila, fora outro grego renegado, Orestes, que pareceu a mim o mais persuasivo e enigmático. Fiquei surpreso, portanto, quando me dirigi a ele mais tarde e respeitosamente perguntei se podia saber qual era sua história.

— Minha história? — murmurrou ele. — Ah. Sim.

Talvez o próprio Átila o tivesse encorajado a me contar, para minhas crônicas. Nunca saberei ao certo.

Sentamos em bancos à sombra de uma tenda comprida. Não havia ninguém por perto. Um fogo baixo queimava num braseiro. Orestes atirou um punhado de grãos de cevada numa bandeja de ferro.

— Venho de Tessalônica — começou. — Sabe como é. Já ouviu falar das atrocidades.

Assenti. Certamente.

— Meus pais... — Orestes parou mais uma vez e abriu um sorriso amargo. — O homem que morreu oito anos antes de eu nascer, aquele que devia ter sido meu pai.

Os grãos de cevada pipocaram com o calor.

— Vou começar de novo. — Ele respirou fundo. — Cerca de 12 anos antes de eu nascer, minha mãe era casada com um homem de Tessalônica. Era dono de navios, um homem rico e de bom gosto. Tinha uma biblioteca. Era cristão, mas mantinha seu conselho. Na vila deles acima do grande porto, tinham mosaicos de Sileno, afrescos de ninfas e tritões, talheres de prata decorados com imagens de Marte e Vênus numa prateleira ao lado de um devocional à Virgem. Minha mãe descreveu tudo para mim mais tarde. Ela era muito alegre, viva. Era linda na juventude. Sua casa em Tessalônica era muito bela. Tiveram dois filhos, e mais tarde uma filha. Era uma bela família. Minha família. E, no entanto, não.

Ele mastigou alguns grãos.

— No verão de 390, oito anos antes de eu nascer, a grande cidade de Tessalônica era a cidade-mãe de toda a Ilíria. O povo da cidade, nós, tagarelas gregos, sempre discutindo, voláteis, cheios de vida e animação. E a cidade era bem protegida, bem guarnecida. O capitão das tropas era Buterico, germânico de nascença. Entre seus escravos havia um garoto, um garoto muito bonito, entende? Um dos cocheiros do circo amava esse garoto. Ele o levou para sua casa e o estuprou. Buterico fez com que o cocheiro fosse preso.

"O povo de Tessalônica, que, como o povo de qualquer cidade, adora suas diversões acima de tudo e está pronto a perdoar qualquer crime, corrupção ou rapina de quem lhe divirta, desde que continuem divertindo e lhe dando prazer, ficou furioso de ser privado de seu cocheiro favorito, o estuprador de garotos. Fizeram um motim. Buterico e um de seus oficiais mais velhos levaram cusparadas, foram arrastados pelas ruas e linchados. Sabe como pode ser uma multidão quando sua indignação moral está alta: tudo em nome de um estuprador de garotos. O imperador Teodósio I, o *Grande*, avô de ambos os imperadores de hoje, morando em Milão, ouviu falar da rebelião, e em sua fúria ordenou um massacre como punição. Todos conhecem bem o gosto de Roma em ordenar massacres punitivos de populações civis, não conhecem? É um velho hábito."

Eu não respondi.

— Ele já havia dado a ordem quando os bispos cristãos conseguiram convencer Teodósio a suspender essa sentença sangrenta, tão contrária aos ensinamentos de Cristo. Ele enviou uma segunda mensagem, mas era tarde demais. As tropas de Tessalônica, já iradas pelo assassinato de Buterico, resolveram vingar-se agindo. Em nome de seu imperador, o povo louco por jogos foi convidado a jogar um pouco mais: uma pequena brincadeira. Uma vez dentro do circo, os portões foram fechados e todos eles foram massacrados, sem distinção de idade ou sexo. A carnificina durou três horas. Alguns dizem que 7 mil foram mortos aquele dia, outros dizem mais de 15 mil, "sacrificados para Buterico". Depois do massacre no circo, as tropas foram para as ruas e continuaram seu ataque.

"Entre as vítimas havia um pai que implorou a eles, oferecendo sua própria vida em troca da de sua mulher, seus dois filhos e sua filha. Isso mesmo que está pensando. Minha família. As tropas não se comoveram. Mataram o pai, os filhos, a filha, e a mãe desesperada, todos juntos. Exceto que a mãe sobreviveu, ferida e sangrando, soterrada debaixo dos corpos de sua família."

Ele parou por um instante, se controlando.

— Minha mãe sobreviveu. Esta é a palavra certa. Ela suportou. Ela bebia. Ela se vendia. Quando ficava grávida, fazia os próprios abortos. Mais tarde falhou e deu à luz mais um filho. Milagrosamente foi uma criança saudável, e virou um adulto saudável. Mais tarde teve uma filha, Pelágia, sempre magra e fraca. Seu irmão a amava muito.

Ele parou mais uma vez. Aguardei. Ele engoliu em seco e recomeçou:

— Ela, a mãe, morreu quando as crianças ainda eram muito pequenas. Não estava mais bebendo nem vendendo seu corpo. Estava tentando cuidar dos filhos de pais desconhecidos. Mas estava tão violada que nem eles mesmos puderam curá-la. É claro que não. Não há cura para o que ela vivenciou. As crianças, na época com cerca de 6 e 4 anos, pois lembravam-se de seus aniversários, mas não dos anos em que tinham nascido, não tiveram escolha. O garoto pegou a mão da irmã, deixando para trás a cabana de madeira onde estava sua mãe falecida, e foi para o porto, vendendo a si mesmo e à irmã como escravos. Foram levados para a Itália. Seus donos os maltrataram. Eles fugiram. Na estrada indo para o norte e para longe da Itália, conheceram um jovem fugitivo huno, um selvagem. Um pouco depois Pelágia morreu, e eles a enterraram nas montanhas.

Mais silêncio. Ousei olhar para ele e seu rosto estava marcado por lágrimas. Mas, quando continuou, com grande esforço, sua voz permaneceu baixa e estável:

— Quanto ao escravo e ao selvagem, eles continuaram juntos durante muitas aventuras. O resto... O resto você já sabe.

— Santo Deus.

— Quanto a Teodósio, o Grande, o arcebispo Ambrósio ficou tão aborrecido com o massacre que se recusou a realizar a comunhão do imperador, e inclusive a recebê-lo em sua catedral. Um ato de bravura. Mais tarde Teodósio se ajoelhou e implorou por perdão. A Igreja Cristã havia conquistado o imperador.

"Mas vê agora por que meus sentimentos em relação a Roma devem ser... qualificados."

Sim, eu via.

CAPÍTULO 10
A SERPENTE

Em meu último encontro, fui intimado a falar com o próprio Átila. Isso foi um grande choque para mim. Mas ele ouvira falar que eu era o arquivista bizantino oficial, e, portanto, como notou secamente, "a história está em suas mãos". Queria que eu soubesse de algumas coisas — muitas coisas. Encontramos-nos após o café da manhã, e ele ainda falava, e eu escrevendo, tremendo menos que no começo, quando o sol se pôs. Muitas das palavras dessa crônica vieram de seus lábios: sua infância, suas lutas, sua união das tribos citas. Era uma história grande e terrível, e as horas passaram sem eu notar. Ele expressou algumas opiniões e não me perguntou nada; mas respondeu as minhas perguntas prontamente. Uma coisa que eu queria saber era sua data de nascimento. Eu estava lá para auxiliar no registro da verdade, como ele via, e então me contou. No final, disse que eu era livre para conversar com quem quisesse no acampamento, pois confiava na discrição do povo; em seguida me deu uma pequena moeda de ouro e me dispensou. Em momento algum sequer perguntou meu nome. A moeda era frisada em volta e exibia uma águia grosseiramente gravada. Um autêntico e raríssimo *solidus* huno.

Naquela noite, durante o jantar, nos ofereceram *koumiss*, a bebida huna feita de leite de égua fermentado e de teor alcoólico muito forte. Os guerreiros beberam profundamente como sempre, e mesmo depois do oitavo ou nono cálice pareciam inalterados. Eu, por outro lado, podia sentir um sorriso bobo se espalhando por meu rosto depois do segundo cálice, e meus quadris começarem a se avivar e esquentar de novo ao pensar em minha burgundiana de cabelos claros. Imaginei se seria possível... mais uma vez... hoje à noite.

Então subitamente fiquei completamente sóbrio.

Átila ficara em pé no meio da tenda. Paramos de comer. Todos ficaram em silêncio. Era hora de ele se dirigir a nós, mas não dizendo as palavras pelas quais havíamos esperado.

— Estamos reunidos aqui debaixo de paz e amizade — começou.

Nós aplaudimos, com desonestidade coletiva de tirar o fôlego. Nosso aplauso rapidamente cessou.

— Mas imaginem, nossos hóspedes tinham outros planos. Pois esta noite — ele pegou um pedaço de pão e o repartiu —, estou prestes a ser traído, e entregue a meus inimigos. Exceto que — ele colocou um pedaço de pão na boca, apesar de insultar aquela comida como sendo adequada apenas a fazendeiros, e cuspia enquanto falava, de olhos acesos, pois estava gostando daquilo —, exceto que, diferentemente de seu bom Cristo — ele cuspiu o pão —, tenho uma *excepcional* rede de espiões.

A ele se juntaram seus senhores da guerra, o esperto Geukchu e o grego desconfiado, Orestes.

A meu lado, Aécio baixou sua faca e perguntou em voz baixa:

— O que é isto?

As armas dos guerreiros godos estavam fora da tenda, longe. Dentro dela, os hunos já tinham desembainhado suas espadas.

— Ele não ousaria — respondi.

— Ah, ousaria sim — respondeu Aécio, claramente sem medo. — Mas não adiantaria muito. — Ele continuou assistindo, mais curioso que receoso. Eu, por outro lado, já estava pensando em como poderia sair para usar o banheiro.

Átila andou em volta da tenda, sua voz forte e autoritária, toda sua silhueta exibindo um poder absoluto. Nunca vi tal porte — exceto em Aécio. Eram como irmãos naquele quesito.

— Nossos convidados, vejam, estes nobres bizantinos, planejaram para que eu fosse assassinado esta noite, como se minha morte pudesse salvá-los. Rá!

Ele foi o único dentro da tenda, entre cem, que riu, apesar de ser uma risada áspera e grosseira como a pele de um tubarão. Todos os outros permaneceram imóveis.

— Estes meus dois leais servos, lorde Geukchu do povo huno, e lorde Orestes, nascido na decadente cidade de Tessalônica, mas agora também honrosamente dos hunos, estes dois criados leais, afirmo, permanecem tão fiéis como nunca. Não temos traidores entre nosso povo. — Seu sorriso e seus olhos brilhantes eram igualmente terríveis. — Mas numa missão diplomática rumo à fétida e ignorante cidade de Constantinopla, governada por mulheres maldisfarçadas de homens — com isso, seus guerreiros começaram a rir e a relaxar —, foram induzidos a uma trama para me assassinar, por seu rei divinamente apontado, em troca de o que mesmo, meu amado Geukchu? — Ele estava brincando conosco, com toda a situação.

Geukchu abriu também um largo sorriso:

— Ouro, Grande Tanjou.

— Ah, sim, é claro. Ouro. — Ele olhou em volta. — Meu amado Geukchu, um dos mais próximos e confiáveis entre meus escolhidos, que tem cavalgado a meu lado durante quase uma década, desde que voltei do exílio para tomar a coroa que era minha por direito. Meu amado Geukchu, que cavalgou para leste comigo em direção a dificuldades e batalhas inimagináveis, que ficou ao meu lado nas piores nevascas e nas mais violentas tempestades de flechas, este Geukchu, nobre Geukchu, que os bizantinos e seu imperador estúpido, Teodósio, o *Calígrafo,* e sua irmã estéril, Pulchéria, acreditaram que poderia ser comprado e se virar contra mim, depois de tudo isso, com... ouro.

Seus guerreiros riram e aplaudiram, e em seguida voltaram a ficar em silêncio para seu infalível rei continuar. A meu lado, Aécio permanecia imóvel. Só olhou uma vez para o sofá, na direção de Crisáfio e Vigilas. Eles também estavam imóveis. A mão direita de Vigilas estava segurando sua faca de frutas.

— Seus tolos! — bramiu o rei subitamente, socando com força uma mesa que estava por perto e mandando os pratos que estavam nela para o chão. Sua fúria fazia as paredes de feltro da tenda parecerem tremer. — Seus romanos tolos! Como se qualquer um de meu povo pudesse invejar os adornos e enfeites que engrinaldam seu palácio-bordel! Como se qualquer um deles fosse preferir ouro à glória! — Sua voz abaixou. — Não teria sido a primeira tentativa contra minha vida pelas forças de Roma, um império eunuco que prefere matar seus inimigos através da traição em vez da bravura em batalha. Mas podem ter certeza que, por causa dessa nova tentativa, que de tão desajeitada teria envergonhado uma criança, nossa vingança sobre suas cabeças será ainda maior.

Ele se virou para Geukchu e estendeu a mão. Geukchu entregou-lhe uma espada.

— Crisáfio — disse —, amado do imperador Teodósio, dê um passo à frente.

O saturnino embaixador estava pálido. Seus olhos iam de um lado para o outro desesperadamente, e ele hesitou, esperando auxílio de seus companheiros, mas não teve nenhum. Finalmente ele se levantou e caminhou incerto até o meio da roda, parecendo estar prestes a desmaiar.

— Então — prosseguiu Átila, olhando-o com escárnio dilacerante. — Ofereceu ouro a meus senhores Geukchu e Orestes, ouro ilimitado para que pudessem levar você e o assassino Vigilas até meus aposentos em um momento oportuno, e me assassinar enquanto dormia.

— Meu senhor, devo afirmar solenemente, está terrivelmente eng...

O golpe com as costas da mão que Átila desferiu nele o mandou voando 2 ou 3 metros para trás, antes de desabar sobre uma mesa de madeira, que caiu no chão junto com seus pratos e comida. Nenhum homem de nosso partido ou dos senhores-lobo tentou ajudá-lo. Traição e assassinato não faziam parte do arsenal visigodo e, se aquelas acusações fossem verdadeiras, eles o desprezavam por levar tamanha vergonha para o meio deles.

— Não pedi sua opinião — rebateu Átila irritado. — Não estou lhe perguntando, estou lhe dizendo, e a seus desgraçados companheiros aqui.

Dois guerreiros hunos levantaram Crisáfio e o largaram aos pés de Átila. Ele ficou ali, tentando respirar, perdendo sangue pelo nariz e pela boca depois daquela pancada colossal.

Olhei para Vigilas. Havia retirado a mão de perto da faca de fruta. Não havia sentido. Do outro lado da tenda, uma dúzia de flechas hunas estava apontada na direção de seu coração.

— Para resumir — continuou Átila —, Geukchu e Orestes, por diversão, concordaram com seu nojento suborno bizantino. Trouxeram vocês de volta para cá, onde prontamente relataram a mim sua desprezível conspiração. Como rimos juntos, meus leais homens e eu. E agora... aqui estamos. — Ele olhou para o resto de nós. Outro homem havia se levantado. Era Aécio.

— Ah, general comandante. Está prestes a me dizer que não participou deste plano. Não sabia nada sobre ele, e não o teria aprovado se soubesse.

— Correto.

— Já sei disso. Por favor, sente-se de volta. — Ele baixou o olhar para o embaixador de rosto ensanguentado a seus pés. — Diga quanto teria pagado a seu assassino Vigilas por me matar.

Crisáfio respirava profundamente e bolhas escarlate saíam de suas narinas.

— Falou-se em cinco libras, meu senhor.

— Não sei se você é muito corajoso ou muito burro — disse Átila —, mas ainda está mentindo para mim.

Ele ergueu o pé e pisou no tornozelo exposto do embaixador. Crisáfio uivou e tentou sair engatinhando, mas não conseguiu. Estremeci e desviei o olhar. O rei huno estava apoiando todo seu peso naquele tornozelo, e pensei ter escutado ossos se quebrando. Crueldades como essa humilham a todos: ao torturador, ao torturado e aos espectadores. Aécio também não estava olhando. Rapidamente examinei os guerreiros hunos dentro da tenda. Estavam de rostos impassíveis, sem demonstrar qualquer expressão.

— Vigilas receberia cinquenta libras de ouro — grunhiu Átila. — Uma barganha em ouro, entretanto. — Ele riu com a própria piada. — Ainda me sinto desvalorizado.

Seus guerreiros riram.

Ele levantou o pé e deixou Crisáfio engatinhar. O homem despedaçado, tremendo dos pés à cabeça, tentou tocar no tornozelo destruído, mas doía demais para isso. Pensei ter visto pedaços brancos de ossos atravessando a carne. Ele chorava. Nunca mais andaria sem muletas.

Átila murmurou alguma coisa para Orestes, que saiu, e em seguida ordenou:

— Dê um passo à frente, Vigilas.

O pequeno assassino fez o que lhe ordenavam. Não parecia estar com medo. Ele próprio, um homem de fraude e violência, estava acostumado a ver o mesmo nos outros, e sabia exatamente o que esperar. Mas Átila gostava de surpreender.

Ele tirou seu punhal do largo cinto de couro e, em vez de matar seu antagonista, atirou-o para ele. Vigilas o apanhou habilmente.

— Agora — ordenou Átila —, termine seu trabalho.

Tive muito medo. Dois homens circundando um ao outro, Vigilas armado, Átila não. Vigilas com uma furiosa concentração,

Átila sorrindo, as mãos nuas estendidas como se para espantar as moscas. E se Vigilas tivesse sucesso? O resto de nós seria massacrado por seus guerreiros — e sem pressa, também.

Ainda assim, Vigilas parecia determinado a tentar. Era sua natureza. Outro homem poderia ter usado o punhal para cortar a própria garganta, mas ele circundava o rei, segurando o punhal levemente na mão direita, o braço esquerdo estendido para se equilibrar, olhos fixos como os de uma águia sobre a presa. Sabia que só teria uma chance. O clima dentro da tenda estava carregado com a tensão arrepiante que se sente antes de uma tempestade. Mal conseguíamos respirar. Quando os dois começaram a agir, como uma cobra e um mangusto, se moveram tão rápido que eu mal pude distinguir o que havia acontecido. Acho que Vigilas tentou avançar, talvez no pescoço de Átila, e o rei se moveu uma fração para o lado — o bastante para a adaga errar o alvo por um fio de cabelo. Ele agarrou o braço direito ainda esticado de Vigilas com as mãos fortes, uma delas em volta do pulso do assassino e outra perto de seu ombro, ergueu o próprio joelho e abaixou o braço de Vigilas. Quando atingiu o joelho, o cotovelo estava virado para trás, sem conseguir se adaptar ao golpe. O braço quebrou ao meio com um som revoltante. Vigilas gritou, e aquele era um homem que não gritava facilmente, eu tinha certeza. Ele andou para trás, segurando o braço quebrado junto ao corpo, o antebraço torcido para longe dele num ângulo horrível, o cotovelo... Eu não conseguia nem olhar.

Orestes apareceu, segurando um pequeno saco. Ele o largou com um estampido diante de Átila.

— Agora — resumiu Átila, tirando seu punhal do chão e pegando o saco —, aqui está seu ouro. Todo ele. — Ele abriu o saco e mostrou-o para todos e, realmente, dentro dele via-se o ouro brilhando, todas as cinquenta libras. — Aqui está sua recompensa. Eu, sua pretensa vítima, estou lhe dando. Só que — ele sorriu e levantou o saco pesado no ar com uma só mão, seus braços e músculos inchando —, vai carregá-lo sozinho de volta a Constantinopla, sem ajuda de qualquer homem nem animal. — Ele o baixou e olhou para Aécio. — General comandante, tenho sua garantia, como nobre romano, que este astuto e falso traidor retornará à Constantinopla como ordenei, sob sua vigilância?

Aécio ficou em dúvida por um instante. Mas esta lamentável trama havia envergonhado a todos, e os dois conspiradores tinham sorte de escapar com vida.

— Tem — respondeu.

Átila assentiu. Que gesto, que teatro! Como havia se mostrado magnificamente enojado pelo plano bizantino. Nunca antes enfrentáramos inimigo como ele.

Havia mais uma coisa a fazer. Do canto dos olhos ele viu Crisáfio tentando se levantar de volta com a ajuda de um dos pilares da tenda.

— Ah, não — disse, com a voz quase gentil, indo na direção dele, seu punhal ainda nas mãos. — Para você, um covarde, além de um traidor, não haverá volta até Constantinopla. — Ele pegou o embaixador por uma mecha de cabelo, jogou sua cabeça para trás e passou a lâmina por sua garganta. Depois, limpou o sangue da lâmina nos finos mantos da corte do morto, se levantou de volta e sorriu amplamente para todos nós, os braços esticados, a adaga ainda em seu punho. — Meus queridos amigos, acho que nosso encontro de paz e amizade acabou, não?

Atrás dele, o corpo de Crisáfio já estava sendo arrastado para fora da tenda, deixando para trás uma trilha brilhante de sangue.

Voltamos às nossas tendas sem dizer nada, nossos corações pesados e sombrios.

Antes de partirmos durante a madrugada, na enfadonha meia-luz cinzenta, um encontro extraordinário aconteceu. Átila foi falar com Aécio. Observei das sombras.

Falaram um com o outro sem formalidade, como velhos amigos. Um observador mais ingênuo teria pensado que Aécio era mesmo um traidor, recentemente aliado a Átila, considerando que parecia haver tão pouca tensão entre os dois. Então o huno pegou o braço de Aécio, como se com uma mistura de urgência e afeto fraternal, e escutei sua voz grossa e impetuosa:

— Um dos motivos pelos quais expus a traição de vocês ontem à noite, a traição de seu mestre, o imperador de Constantinopla, foi para mostrar a você a podridão de seu mundo, de seu império eunuco.

Aécio nada disse, e não tentou se soltar do alcance de Átila. Parecia estar profundamente aflito.

— E seu Valentiniano, imperador do Ocidente, o débil filho daquela víbora, Gala Placídia, ele é ainda pior. Sacrifica galos, estuda bruxaria.

Aécio murmurou:

— Você também mantém bruxas por perto.

— Não alego ser cristão. Aécio, seu império está ruindo.

Agora Aécio revidou:

— A Legio VII em Viminacium não ruiu.

— Proporcionaram-nos uma boa luta.

— Proporcionaram-lhe o inferno.

Os dentes de Átila brilharam na escuridão.

— Lutaram como homens. Mas pelo quê? Por um império decrépito, uma causa há muito perdida? Está na hora de novos poderes e outros impérios. Roma está acabada. — Seu aperto no braço de Aécio se intensificou e escutei-o dizer estas surpreendentes palavras: — Junte-se a mim.

Aécio demorou demais para responder. Sua resposta finalmente foi puxar seu braço de volta, sem dizer nada.

— Seu tolo — disse Átila. — Já perdeu o que quer que seja pelo qual esteja lutando. — Ele montou de volta em seu cavalo. — Vá voando de volta à sua cidade, seu tolo. Estarei logo atrás de você.

CAPÍTULO 11

O APANHADOR DE PÁSSAROS

Cavalgamos rumo ao sul naquela manhã, zangados e envergonhados. Atrás de nós cambaleava uma figura pequena e ferida, carregando seu cruel saco de ouro.

Havia nobreza na alma de Átila, isso eu enxergava. Aécio também. Mas os traços mais sombrios da malícia, da tirania e da vingança obscureciam aquilo, e um dia não sobraria mais nobreza alguma. Sua crueldade e avareza o destruiriam enquanto sua alma ainda estivesse viva. Acontecera muitas vezes antes na história dos homens. Sua nobreza e grandiosidade já estavam sumindo diante de sua fome de conquistar o mundo, seu desejo furioso de confiscar e dominar a própria vida — uma fome que também guiara, de maneiras diferentes, Alexandre, o Grande, Fídias, Euclides e até mesmo Sófocles. Mas homens como Sófocles e Fídias ficam mais sábios antes de envelhecer e abandonam sua fome, e, em vez de querer confiscar e dominar a vida, caem diante dela e se ajoelham numa reflexão silenciosa, compreendendo que talvez nunca consigam dominá-la nem a entender, apenas adorá-la. Átila via tal humilde sabedoria apenas como uma vergonhosa derrota. Ele sempre foi um dos insubordinados filhos de Deus.

O ódio de Átila por Roma era como um fogo, consumindo e destruindo uma imensa e majestosa basílica. Mas quando as chamas finalmente devoram e destroem aquela basílica e a transformam em cinzas, o fogo também morre: não sobra nada para ele continuar se alimentando. Então sua fome estava devorando ele mesmo por dentro, engendrando cada vez mais apetite no lugar de seu jovial orgulho e fogo. E quando só há apetite, aliado à teimosa e à implacável sede de vingança da velhice, não há como prever que males isso possa causar.

Depois de apenas dois dias, Aécio parou a coluna com a chegada da noite e olhou por cima do ombro. Bem atrás de nós estava a figura arqueada e sem forma de Vigilas e seu saco. Ele não estava mais se mexendo. Aécio galopou de volta e o vi se inclinar de cima do cavalo, puxar o saco e colocá-lo em seu colo. Vigilas rolou para o lado da estrada e continuou parado. Aécio refletiu por um momento, então largou o saco na estrada e voltou até nós. Ninguém disse uma palavra contra. Sabíamos que era como um presente de Agamenon. *Timeo Danaos*... Deixe que um camponês o encontre, um tesouro incalculável, e o enterre debaixo de um carvalho à luz do luar para ajudar em sua velhice.

Nossa jornada de volta foi longa e cansativa, pois cavalgamos rápida e incansavelmente, sem Vigilas para nos demorar. Precisávamos passar pela pequena cidade de Azimuntium no caminho e encontrar a imperatriz, para em seguida voltar à segurança detrás das grandes muralhas da capital. Lá finalmente, observei, estaríamos a salvo.

— A salvo? — perguntou Aécio selvagemente. — Tão a salvo quanto coelhos em suas tocas, com um imenso e faminto lobo do lado de fora, seu bafo fedorento bem na entrada da toca. Que segurança há nisso, me diga?

Não respondi.

Após atravessar as planícies num exaustivo galope, nossos cavalos sarapintados de espuma branca e babando ligeiramente, subimos os sopés mais frescos das montanhas Haemus e continuamos seguindo, onde ainda se viam edelvais nascendo entre as rochas. Encontramos água para nossas montarias, um ribeiro transparente como cristal de uma fonte rochosa, e eles relincharam, beberam e ergueram seus focinhos novamente, refrescados. Tínhamos os melhores cavalos brancos da Capadócia dos estábulos imperiais — magníficos, se assim posso chamá-los — e o general comandante, Teodorico e Turismundo cavalgavam à nossa frente. Não era uma grande comitiva que pudesse virar para trás e enfrentar uma incontável horda do inimigo em nosso encalço, mas pelo menos podíamos nos mover bem rápido.

Atrás de nós havia mais de um milhão de cavaleiros do próprio diabo, diziam. Bem, rumores sempre multiplicam os números do inimigo por dez. Aécio estimara que a força de combate de Átila tivesse 100 mil homens, ainda assim o inimigo em maior número que Roma jamais enfrentara durante sete séculos, desde os dias de Aníbal. E como andava a força de Roma nesses sete séculos? Nada bem.

Quanto à nossa cortês missão para resgatar uma imperatriz, Aécio mantinha a cabeça baixa e não falava no assunto. Ela, a quem ele não via há... Quinze anos, seria? Há muitas batalhas e campanhas. Era assim que ele calculava seu tempo de vida, por batalhas, não por anos. Há muitas batalhas ele a beijara, numa varanda com vista para a Cidade Dourada de Jerusalém. Mas aquilo acontecera há muitas batalhas atrás, em outro mundo.

Passamos entre pinhais e a luz ficava mais fraca e mais verde. Os cavalos pigarreavam impacientemente, seus cascos pisoteando agulhas secas. Os homens afagavam seus pescoços, confortando--os, nenhum deles por sua vez muito confortável. Tanto os cavalos quanto aqueles cavaleiros eram criaturas das planícies abertas. Florestas significavam escuridão, bruxaria e armadilhas.

Perto do anoitecer, tendo cavalgado o mais rápido e mais longe que podíamos em meio à escuridão iminente, estávamos procurando por um lugar para acampar quando Turismundo afirmou ter visto um leopardo no topo das árvores.

— Não existem leopardos nessas montanhas — garantiu Aécio.

— Alexandre, o Grande, caçou leões nas montanhas da Grécia teimou o jovem.

— Isso foi há muitos séculos, irmão — disse Teodorico.

— Não se preocupe — reafirmou Aécio. — Vai encontrar perigo o bastante sem leopardos.

Deitados naquela noite diante do fogo, um dos guerreiros reapareceu, empurrando com a ponta da lança algo que havia capturado em volta dos limites do acampamento. Não era exatamente um leopardo, mas um enlouquecido apanhador de pássaros. Nós o examinamos com curiosidade.

Só lhe restava um pedaço de dente preto, e seus olhos eram brilhantes e redondos, indo de um lado para o outro sem perder qualquer detalhe. Seus pés descalços exibiam penas coladas, como se ele mesmo estivesse se tornando um pássaro, e usava um chapéu de palha adornado com desbotadas flores de verão.

— Quem é você? — grunhiu Aécio.

O apanhador de pássaros começou a tagarelar de imediato, falando extraordinariamente rápido, como alguém que não conversava com outra alma viva há meses ou anos.

— Fui um missionário de Cristo, um dos missionários de São João Crisóstomo, enviado às estepes orientais para ministrar aos pagãos que nela vivem com suas penas e peles e para pregar o Evangelho para eles. — Ele sorriu, exibindo seu dente preto, a saliva brilhante contra a luz do fogo. — Mas meus amigos, se eu tivesse amigos, diriam que fiquei louco aqui pela indiferença dessa selva sem Cristo nem vestígios. Pois sabem que não existe nenhuma lei de amor fraternal lá fora.

— Para quais tribos pregou?

— Ostrogodos, monoglotas, monopés, hunos, hasmoneus, amazonas com apenas um peitinho...

Aécio se virou para voltar a dormir.

— O homem é louco.

— E agora capturo meus irmãos emplumados para comer e para emplumar meus próprios pés — continuou o apanhador de pássaros.

Os príncipes e seus guerreiros continuaram a observá-lo, esta silhueta bizarra na luz da fogueira, fascinados e se divertindo um pouco.

— E sabem, de todos os pássaros que tiro gentilmente de seus ninhos verdes grudentos lá no alto das árvores e coloco em minha cesta espaçosa, com os pescoços torcidos e silenciosos e sem cantar para todo o sempre, às vezes pego um que agrade mais a mim e aos meus caprichos de curiosidade e deixo-o partir com seu canto intacto e pescoço inteiro. É algo que gosto de fazer. Então que esteja com vocês, meus nobres guerreiros, nas mãos do Grande Apanhador, enquanto adentram a selva sem Cristo contra aqueles terríveis inimigos cujos corações poderiam transformá-los em pedra se os vissem. Pois mesmo o pássaro libertado pode terminar numa cesta igualzinha uma hora, mas não se desesperem, porque nem todos são mortos imediatamente, nem todos se perdem na noite de minha grande cesta de vime. Alguns voam livres e ainda cantam. Que vocês façam o mesmo, irmãozinhos, pois a verdade não é nada além dos pequenos gestos de bondade que os homens já fizeram entre si ou a pássaros capturados.

— Você era um missionário estranho — murmurou Teodorico. — Um missionário sombrio, pregando a queda de Cristo.

O homem-pássaro olhou para ele rapidamente e continuou:

— Nossas histórias não se completam neste mundo. Ainda existe algo no além que nunca será conhecido nem receberá um nome pelas línguas trôpegas dos homens. Aquele que acha que sabe o que é, e que é dono de seu nome, se afoga na ignorância. E, no entanto, ele permanece. E mesmo quando no final dos dias, que pode estar próximo, o pergaminho do mundo for enrolado e atirado ao fogo, e a luz do sol for apagada como uma vela, e todo o universo chegar à sua natural e inerente ruína, aquele Ser ainda permanecerá, meditando em toda sua solidão eterna e majestosa, como era antes do mundo ser criado.

— Vá embora em paz agora — balbuciou Aécio debaixo de seu cobertor, fingindo dormir, mas na verdade escutando as palavras do louco, pois elas tinham uma espécie de poder de atração. O apanhador de pássaros, porém, tinha mais a dizer antes de dormirmos.

— No coração de cada homem está a própria verdade, e é impossível moldá-la com palavras eloquentes e razões que sejam mais claras que as suas. Havia o ninho de um pássaro, o ninho de uma cotovia, uma coisa pequena e despercebida, e eu pisei nela sem querer, e assim que ouvi o barulho olhei para baixo e vi uma pequena sujeira de sangue, penas e pequenas formas ensanguentadas de filhotes de pássaros ainda não nascidos. Uma coisinha pequena. Foi quando Cristo morreu para mim, para nunca mais renascer.

Alguns dos guerreiros o olharam rispidamente. Isso era uma blasfêmia. Mas o louco nem percebeu.

— Aquelas cascas de ovos quebradas. O vento nas árvores. O céu impiedoso. Nada mudara. Nada importava. Nenhum consolo veio até mim ou aos pássaros. Tirei o resto dos ovos e dos passarinhos de minhas botas, pois eu usava botas em meus dias como homem, e os juntei e os cobri com terra e os benzi, então segui em frente, e Cristo não andou mais a meu lado. Nunca mais. Daquele dia em diante, não adorei mais ao Cristo nem fui missionário de São João Crisóstomo, enviado para a selva para batizar os citas pagãos, e sim apenas um homem solitário e despido, um homem-pássaro, um homem louco.

"E em breve também estarei empoleirado num galho e serei pego e preso por alguém bem maior que eu, o maior e mais velho deus de todos, sua espaçosa cesta de vime impreenchível e eternamente faminta por toda a eternidade, não importa o que entre nela. A morte é um portal, com certeza, mas um portal para onde? — Ele sorriu e piscou conspiratoriamente. — Algumas portas não levam a lugar algum."

Então eles se cansaram do louco e, acreditando que suas palavras sombrias os traria má sorte naquele lugar escuro e ameaçador, nessa missão incerta já comprometida e humilhante, o afugentaram com a ponta da lança até a floresta e ordenaram que não voltasse. Ele entrou assobiando em meio à escuridão como um pássaro ao amanhecer.

CAPÍTULO 12
A PASSAGEM

As palavras do apanhador de pássaros nos perseguiram como uma nuvem negra durante todo o dia seguinte. Enquanto subíamos cada vez mais alto as montanhas rumo à passagem que nos levaria até Azimuntium, em segurança e longe das planícies abertas onde nossos incontáveis milhares de inimigos mais uma vez caçavam e devastavam tudo, vários dos senhores-lobo já usavam couraças de bronze por baixo de seus longos mantos vermelhos, os altos e brilhantes *spangenhelms* assentindo com plumas cor de palha. O ar estava pesado e sinistro, e quase rezamos para que uma tempestade trouxesse algum alívio.

Subíamos cada vez mais, a paisagem tornando-se sem vida e crua, apenas algumas árvores torcidas e atrofiadas remanescendo, abrigando ovelhas perdidas, e mais adiante apenas espinheiros e brejos de um marrom esmaecido. Nos profundos abismos rochosos, o gotejar de córregos escuros, samambaias e musgos se escondiam da luz. Cavalgamos por um daqueles estreitos desfiladeiros escondidos do sol, suas paredes altas e tenebrosas cheias de esfagnos e línguas cervinas, pensando em uma possível emboscada. Mas Aécio não temia tocaias, não nas montanhas. Ali não era território huno. Seriam tolos de subir até ali, guerreiros das estepes das planícies ilimitadas.

A coluna de guerreiros visigodos ainda assim seguia apreensiva, suas lanças embaixo dos braços direitos, olhando silenciosamente uns para os outros. Estas montanhas da Trácia haviam visto coisas sombrias, lar de mistérios desde os tempos mais remotos, onde Orfeu fora dilacerado por suas mênades aos gritos. Enquanto desciam o estreito desfiladeiro, os cavalos também silenciosos sentiam-se oprimidos, pisando cuidadosamente entre pedregulhos e rochas que despencavam, os cascos escorregando de lado nas pedras de ardósia cinza. A chuva começou a cair do céu de chumbo e a tornar o caminho ainda mais traiçoeiro. O céu era como uma grande tampa de ferro sobre o mundo, e grandes gotas de chuva prateadas atingiam os brilhantes *spangenhelms,* descendo em gotículas pelas íngremes laterais dos capacetes e por cima de protetores de nariz e almofares, sobre bochechas com barba por fazer, ensopando lenços de pescoço, parecendo pérolas sobre as mantas de lã vermelha, escorrendo sobre ombros cobertos de cotas de malha banhadas. Os cavaleiros suavam, apesar da chuva forte. Não vimos uma única criatura viva. A chuva começou a cair com mais força.

Então a passagem se alargou. Passamos por uma curva mais ampla e um vento leve soprou em nossos rostos. Abrindo-se ali, bem diante de nós, havia um lago cercado por montanhas rochosas vazias, sua superfície de estanho pontilhada de chuva. Os penhascos à nossa esquerda quebravam-se em gigantescos pedregulhos tombados, enquanto à nossa direita desenhavam as margens do lago, a água chegando quase até o pé da colina, contida por uma estreita faixa de cascalho. Do outro lado do lago viam-se mais colinas verdes, e então montanhas mais cruéis ao longe.

Aécio sentou seu cavalo e admirou a paisagem.

— Uma cena majestosa — pronunciou o príncipe Teodorico.

Aécio sorriu indulgentemente.

— Mas sinto o cheiro de cavalos.

O príncipe pareceu intrigado.

— Muitos cavalos, não os nossos. O cheiro deles voando até nós através do rio. Olhe só para o seu, como suas narinas se alargam.

— Achei que era por causa da água. Faz tempo que não bebem.

— Bem, não deixe que parem por isso. Há tempo o bastante para beber depois. Preparem suas lanças.

Ele ordenou que Jormunreik e Valamir escalassem à esquerda e observassem. Alguns minutos depois desceram correndo e sem fôlego, pegando suas armas enquanto reportavam o que viram.

Sim, muitos cavalos. E muitos homens.

— Quantos?

— Algumas centenas — revelou Valamir, amarrando seu cabelo comprido num rabo de cavalo e colocando seu alto *spangenhelm* de aço de volta na cabeça, pronto para o combate.

Aécio esfregou o queixo com barba por fazer. Duvidava que Átila estivesse ali pessoalmente. Um de seus generais estaria no comando.

— Isto não é uma emboscada. É um grupo de reconhecimento, só isso. Um acidente de percurso.

— Uma infelicidade que devemos encarar com triste força moral — disse Teodorico, sentando-se de costas eretas sobre a sela.

O sujeito ficava mais ridículo a cada instante, mas mesmo assim Aécio não caçoou dele. Também havia sido muito jovem um dia.

— Uma infelicidade para eles — discordou. — Hunos pobres e pouco armados reconhecendo terreno, de repente encontrando uma coluna de guerreiros godos nessas montanhas desoladas. Estão perdidos.

Os príncipes pareceram se animar com a ideia. Eu, pessoalmente, sentia-me muito ansioso.

— Sem dúvida, estavam apenas mapeando passagens através das montanhas. Uma surpresa para nós. Mas um bom soldado não deve se abalar com surpresas. — Ele ordenou que os dois guerreiros remontassem seus cavalos, então saiu da passagem e desceu até a beira do lago. E ali, na nossa frente à esquerda, estava uma horda de hunos de flechas apontadas e encaixadas nos arcos.

Adiante de nós, do outro lado do lago, no extremo das falésias além da estreita costa de cascalho, estava o segundo grupo. Ele olhou para trás. Muito bem, então, três grupos. Atrás de nós, nos penhascos pelos quais havíamos acabado de passar, hunos a pé estavam esperando, com as pontas de suas flechas. Outros haviam rolado grandes pedras até a beira do desfiladeiro e aguardavam pacientemente nossa fuga. Recuar não seria nada além de autodestruição.

Aécio não hesitou. O grupo de hunos em cima dos penhascos já estava mirando suas flechas em nossas costas indefesas, e à esquerda o segundo grupo estava fazendo o mesmo. Havia um caminho a seguir, valendo-se da surpresa e da força. Uma pequena figura num pônei castanho estava adiante do grupo à nossa frente, abaixo do penhasco, parado, observando. Então ele ergueu o braço e o abaixou, e a tempestade de flechas hunas começou, atravessando a chuva. As flechas e as gotas se cruzavam, formando uma jaula no ar.

Aécio ordenou que eu cavalgasse no meio, então se virou em cima de sua cela e gritou para a coluna:

— Escudos nas costas! Lanças abaixadas! Trotem rápido, mantenham a formação. Disparar apenas quando eu ordenar. Adiante!

Aqueles guerreiros não eram tolos, e poucos ainda não tinham afivelado seus escudos nas costas, percebendo que a carga mais pesada de flechas viria de trás. E então a coluna trotou para a frente na direção do raso lago, uma coluna de ataque no estilo teutônico do tipo que conheciam melhor, quatro lado a lado e 12 no meio, comigo apertado desagradavelmente no meio, sem conseguir dizer nada de tanto medo. Esse trabalho não era apropriado para um secretário de consistório. Não era possível uma fronte mais larga, pois estávamos espremidos entre o lago cinzento como aço à esquerda e os penhascos negros e brilhantes à direita, os cavaleiros da esquerda com seus cavalos mergulhados até a barriga na água gelada e os da direita arranhando seus joelhos contra os rochedos. As flechas atravessavam a chuva e caíam, mas inutilmente: nossos escudos estavam cravejados como almofadas de alfinetes, mas nossas costas estavam duplamente protegidas por eles e pelas armaduras. Mantivemos a formação.

Então Aécio se ergueu em cima da sela e levantou sua espada em meio ao ar cinzento, gritou com uma súbita ferocidade e enfiou suas esporas nos flancos de seu cavalo. Nosso trote disciplinado transformou-se em meio galope, a água e o cascalho levantando debaixo de duzentos cascos voadores, esporas em flancos ensopados, bardas cobertas de gotas prateadas de chuva e embaçadas pela respiração dos animais. Em seguida estávamos galopando, as compridas lanças de freixo abaixadas como piques, rentes às nossas selas de madeira. Com 180 metros para percorrer e a tempestade de flechas aumentando, borrifos à esquerda e gritos à direita, pontas de flechas batendo nas blindagens dos escudos, homens caindo. Mas a maioria manteve-se abaixada, e nossas montarias eram velozes como raios. E os arqueiros hunos mais próximos já estavam vacilando na nossa frente, seus dedos atrapalhando-se nas cordas dos arcos. Aquilo não era bem o que esperaram ou previram, essa cavalaria pesada arrancando tão ágil e rapidamente, com tanto ímpeto e convicção.

Em um piscar de olhos, os últimos 10 metros foram percorridos, viu-se um breve clarão do sol entre as nuvens pesadas, e subitamente nossos cavaleiros galopantes estavam atacando como espectros cintilantes através da chuva e da água que espirrava, cegando o inimigo junto com a luz do sol e batendo bem no meio do grupo de hunos à frente que nos aguardava, repartindo-os ao meio, seu líder no pônei castanho recuando, virando-se e partindo para um terreno mais elevado.

Perdidos e inseguros naquelas montanhas estranhas, os hunos foram surpreendidos pela ferocidade desse ataque em um número tão inferior ao deles. Arqueiros a cavalo das estepes, não podiam galopar livremente, circular e voltar com uma saraivada baixa de flechas. Encurralados entre o lago e o penhasco, não havia espaço para suas táticas de costume. Onde estava o vento nas planícies, as amplas pradarias? Aqui só havia altas e escuras falésias, caminhos em montanhas íngremes, rochas chanfradas, chuva forte e essa arrancada feroz. Havia pôneis caindo, atingidos nas costelas, e guerreiros com armaduras leves sendo empalados nas longas lanças dos cavaleiros godos. Gritos de homens e de cavalos se misturavam. Quando podiam, pôneis atarracados e seus cavaleiros recuavam e disparavam para as colinas verdes mais baixas numa retirada aturdida diante daquele ataque calamitoso. Mas muitos hunos estavam espremidos demais, o terreno era muito íngreme para um recuo rápido, então foram massacrados pelo ataque do metal pesado e das lanças de freixo.

O choque de braços, o barulho de sino de aço contra aço, guerreiros salpicados de gotas de chuva e de sangue, rostos asiáticos horrorizados e cortados no meio, corpos baixos e fortes dilacerados, e nenhum lugar para onde correr ou voar, nem mesmo espaço para pegar uma flecha e sacar o arco no meio da briga. Os guerreiros godos se erguiam em cima das selas, tirando as grandes espadas das bainhas e atravessando-as em meio à multidão impotente. Acima da água, os outros dois grupos de guerreiros hunos seguraram suas flechas, temendo correr o risco de matar seus próprios homens, acometidos e imóveis, assistindo à carnificina fantasmagórica sobre o pálido lago.

Finalmente a ensanguentada escaramuça terminara, e todos os hunos estavam mortos ou desaparecidos. Num rochedo plano bem acima deles, virando em seu pônei castanho, um guerreiro huno observou a vitoriosa coluna goda. Aécio refreou seu cavalo e olhou para ele através da chuva, que agora diminuía. O huno não demonstrava expressão no rosto, suas bochechas exibindo as cicatrizes de rituais, seu rabo de cavalo grisalho pingando. Não podia ser ele. Não podia ser. O guerreiro sacou uma curta espada brilhante e apontou-a diretamente para Aécio. Aécio ficou olhando de volta, imóvel. Então o guerreiro virou com seu pônei, embainhou a espada e sumiu entre as montanhas.

Por fim, entramos no lago e deixamos nossos cavalos beberem água. Os homens também beberam, reclinados em suas selas, enchendo seus cantis. Então desmontaram e arrastaram mato seco de debaixo de algumas árvores de um vale próximo, depois queimaram seus mortos numa pira, no estilo pagão, mas fazendo preces ao deus cristão. A chuva diminuiu e parou, e o restante de sol daquele dia apareceu e encheu de um brilho da cor do cobre a plácida superfície do lago, de forma que os fogos funerários refletiram na água e a fumaça escura voou por cima das verdes colinas. Então a coluna de godos, contabilizando 44, com seus dois príncipes e o ardente e agora respeitado general romano, remontou, e subiu a cavalo as colinas acima da fumaça, sabendo que o grupo de guerreiros hunos poderia voltar a atacar a qualquer momento. Não dormiriam nem descansariam da viagem naquela noite.

CAPÍTULO 13
AZIMUNTIUM

Era tarde da noite quando chegamos a uma fazenda de pedra abandonada num planalto alto, com um muro partido pela metade. Aécio ordenou que desmontássemos ali e descansássemos, com sentinelas vigiando. Fizemos uma única fogueira pequena, abrigada pelo muro, e nos enrolamos em nossos cobertores.

Como se para honrar seus mortos, os guerreiros godos recitaram em voz baixa as canções de seu povo. Longos devaneios sobre sua amaldiçoada e trágica tribo, expulsos de suas antigas terras na Thule cercada de gelo por um povo mais afeito à guerra que chamavam de sweotheoden. Em seguida, quase foram aniquilados por orientais sem nome em Hrefnawude, ou Ravenswood, numa grande e terrível batalha em que uma tempestade de flechas caiu sobre a muralha de escudos debaixo dos pinhais escuros daquela terra, uma batalha gravada na memória de seus leitos manchados de sangue. Fugiram para leste e depois para o sul até as margens do mar da Cítia, e depois de volta a oeste como folhas de outono, até encontrarem sua terra amada no ensolarado sul da Gália.

Ao amanhecer, depois de apenas duas ou três horas de sono em um chão duro, nos levantamos, apagamos o fogo e continuamos a viagem. Chegando à beira do planalto olhamos para baixo, e a leste, através da planície em chamas lá embaixo, vimos uma cidade cravada na colina, brilhando em meio ao brumoso céu da manhã, em cima de um único cone de rochas douradas entre a terra plana ressecada.

Azimuntium.

Tínhamos imaginado chegar aqui tendo feito as pazes com Átila, apesar de Aécio sempre ter tido a certeza de que aquilo nunca realmente aconteceria. O imperador esperava que chegássemos pacificamente a Azimuntium, numa marcha relaxada e serena, tendo deixado para trás um Átila morto, e a ameaça huna tendo sido dissipada de vez. Eu ainda mal podia acreditar em tamanha estupidez. Havíamos tentado assassinar ninguém menos que Átila! Como pagaríamos por aquilo um dia. O mundo inteiro pagaria. Mas nós seríamos os primeiros a sofrer. Agora precisávamos levar Vossa Majestade para casa urgentemente, nós mesmos já arrasados e em números reduzidos, com as nuvens mais negras rolando na nossa direção logo acima do horizonte.

Cavalgamos pela beirada do planalto e descemos um vale estreito, onde um riacho cristalino transbordava por cima de rochas de uma poça para outra, e árvores pequenas cresciam e pássaros piavam, depois saímos para a planície ao longo de uma estrada de terra que levava à cidade. Aqui voltamos a assumir um trote rápido. O sol movendo-se pelo céu era nossa constante perdição. O tempo estava contra nós. Aécio enviou cavaleiros para longe à nossa direita e esquerda, mas não viram nada. Além disso, numa planície como aquela, 100 mil cavaleiros levantariam pelo menos um pouco de poeira. Depois de um tempo, no entanto, vimos aproximando-se de nós do noroeste um pequeno bando de vadios a cavalo, as silhuetas espetadas por suas lanças. Aécio puxou as rédeas de seu cavalo e esperamos, o sol ardendo sobre nossas cabeças, como se dando um furioso aviso.

Em instantes, o grupo se aproximou, não diminuindo a velocidade nem demonstrando qualquer medo. Havia quatro deles e formavam um grupo heterogêneo: um sujeito mais novo, muito machucado e cheio de cicatrizes, talvez um desertor; um oriental de aparência arrogante com compridos bigodes negros; um idoso de rosto amargo e olhos frios; e um gordo simplório e desmazelado com uma cabeleira de espantalho, cujo pobre cavalo parecia prestes a desabar debaixo dele. Nenhum estava barbeado, e todos carregavam armas e usavam armaduras romanas roubadas. Aécio descansou uma das mãos no cabo de sua espada. Detestava saqueadores de soldados mortos. Urubus dos campos de batalha.

— Onde encontraram essas armaduras? — perguntou Aécio peremptoriamente.

Os quatro diminuíram a velocidade e pararam. Pareciam não ter pressa em responder.

— Respondam-me, malditos.

O gordo pateta, sem medo algum, olhou para seus três camaradas bandoleiros e sorriu.

— Bem, devo dizer que as encontramos em Viminacium.

A mão de Aécio apertou o cabo de sua espada. Já executara saqueadores sem pensar duas vezes, antes daquele momento.

— Viminacium foi destruída.

— Tem razão, sua senhoria, apesar de não sem uma luta, devo dizer, se quiser ir em frente e inspecionar suas ruínas, ou o que sobrou delas. E acabou-se também o exército de campo, de acordo com o que ouvimos na estrada, perto do rio Utus. Seis legiões orientais inteiras viraram fumaça. Por outro lado, eu sempre disse que as legiões orientais não eram páreo para as ocidentais. Não que tenhamos estado no rio Utus pessoalmente. Há alguns hunos aqui e ali hoje em dia, então aconselho a manter a discrição. É claro, se preferir...

— Cale-se.

Punhos conformou-se em ficar num silêncio ferido.

— Então admitem? São vulgares saqueadores?

Nem "vulgares" nem "saqueadores" seria tolerado por Arapovian. Ele respondeu de volta rispidamente, indicando Punhos:

— Este aqui não veio dos berços mais nobres, é verdade, apesar de por baixo desse exterior de macaco ele ter um coração decente. Mas eu sou o conde Grigorius Khachadour Arapovian, filho do conde Grigorius Nubar Arapovian, filho de...

— Lá vamos nós — suspirou Punhos. Ele balançou a cabeça para Aécio. — Espero que não esteja com pressa, apesar de parecer estar. Agora que o deixou começar, vamos ficar escutando os nomes de seus antepassados até amanhã à noite.

— Silêncio, vocês dois.

Punhos o ignorou.

— Somos de Viminacium.

— Ninguém de Viminacium sobreviveu.

O legionário olhou para os outros três e fez uma careta com os cantos da boca.

— Bem, camaradas, parece que somos malditos fantasmas de nós mesmos... Bem que estava me sentindo meio estranho. — Ele olhou de volta para Aécio. — Fantasmas não cometem crimes, *senhor*. Se não restam sobreviventes de Viminacium, somos mortos-vivos. E se somos mortos-vivos, não somos saqueadores e não pertencemos à legião alguma, a não ser a dos amaldiçoados.

Era de uma lógica impecável.

A mão de Aécio que segurava a espada voltou a relaxar. Apesar de esses quatro serem irritantes como o diabo, começou a perceber que realmente não eram saqueadores vulgares, e que estavam falando a verdade, ou algo próximo dela. Jogou seu manto por cima do ombro direito para mostrar suas dragonas de general. O jovem cheio de cicatrizes e o velho de olhos gélidos imediatamente se sentaram mais eretos em suas selas e o saudaram.

Aécio sorriu amargamente.

— Então são desertores, não ladrões.

Ainda mantendo sua saudação, o mais velho respondeu friamente, sem se importar se falava com um general ou não:

— Não somos desertores, *senhor*. Não sobrou nada para abandonar.

Aécio o observou.

— Nome, posição e legião.

— Marcus Tatullus, centurião, *primus pilus*, da Legio VII, Claudia Pia Fidelis. — Ele pronunciou as três últimas palavras com uma ênfase exagerada, seu olhar fixo em Aécio, uma sombra de agonia por trás de seus olhos fundos que não piscavam.

Da mesma maneira, ainda mantendo sua saudação, o rapaz mais jovem pronunciou em voz alta o lema legionário:

— Seis vezes bravos, seis vezes fiéis.

— Conserte para sete — disse o centurião. Sua voz parecia estranha.

— Gaius Malchus — apresentou-se o mais novo —, capitão da cavalaria da VII, *senhor*!

Aécio começou a compreender, apesar de ser difícil de acreditar. Sentiu uma onda de emoções tomar conta dele, e lutou para controlá-la. Olhou para o último dos quatro, o troglodita descabelado.

— E você? — perguntou, mais calmo.

— Anastácio, senhor, filho da prostituta Volumella, uma das mais notáveis putas da fronteira do Reno em sua época. Apesar da maioria das pessoas me chamar de Punhos. Acho que combina mais comigo.

Aécio não conseguiu conter um sorriso, apesar de seu coração estar pesado de emoção.

— E sua posição?

— Um sujeito normal, obviamente, senhor. Da classe mais baixa possível, e comum como esterco em estábulo.

Aécio os estudou e os enxergou de outra maneira. Vi sua couraça se inflar e soube que seu grande coração estava abalado. Aqueles não eram homens comuns, sentados em seus cavalos marcados de guerra e sujos da viagem, indescritivelmente cansados, e ainda assim inteiros. Aqueles eram a espinha dorsal do velho império, e com ela o império viveria para lutar mais uma vez.

— Sobreviveram à Viminacium? Lutaram contra os hunos lá e sobreviveram?

— Se é que se pode chamar de sobrevivência — respondeu Punhos.

— Vocês sobreviveram — afirmou Aécio. — Venham conosco.

— Presumo que esteja indo para Constantinopla, senhor? — perguntou Malchus.

Aécio confirmou.

— Através de Azimuntium, além da colina. Para escoltar a imperatriz Ath... Eudóxia de volta para casa. Ela está residindo no convento de lá.

— A *imperatriz*? — Malchus assobiou. — Os hunos estão espalhados por todas essas planícies. Pelo que escutei, estão operando em pelo menos quatro grupos de batalha diferentes.

— Pelo menos — confirmou Aécio. — Já encontramos um deles... Apenas mil homens em média. Sim, estão em toda parte. E — ele sorriu austeramente — sua opinião sobre nós não está mais favorável do que antes. — Ele virou para trás e ordenou: — Coluna: trote rápido!

Sendo um oficial, Malchus seguiu bem atrás de Aécio, no lado de seu escudo. Tatullus cavalgava atrás dele, e Punhos e Arapovian seguiam na parte traseira. Os guerreiros cochichavam entre si, e logo todos da coluna já sabiam que aqueles quatro eram os únicos sobreviventes de uma terrível batalha contra os hunos, que testemunharam mais de mil romanos sendo mortos. Alguns dos visigodos não conseguiam evitar olhar para trás na direção de Punhos e Arapovian e enxergar aqueles viajantes esfarrapados com um respeito renovado. Não havia nada que os guerreiros godos admirassem mais do que bravura numa batalha.

Punhos assentiu de volta para eles:

— Têm bolachas?

Um dos godos sorriu, remexeu em seu alforje e atirou para ele um pedaço de pão velho. Punhos o apanhou com sua enorme pata e começou a mastigá-lo com certa dificuldade enquanto trotava.

— Então eu tenho um coração decente, é? — bramiu, cuspindo migalhas no companheiro a seu lado.

Arapovian cavalgava olhando para a frente, suas feições aquilinas que não demonstravam qualquer emoção.

— Aceite o elogio graciosamente, e não espere que eu vá repeti-lo.

— Não faço nada graciosamente — respondeu Punhos —, um filho da puta como eu.

— Acredito nisso — começou Arapovian —, apesar de não entender você ter quase tanto orgulho de sua descendência quanto eu tenho da minha.

Punhos engasgou-se de tanto rir, e migalhas de pão voaram pelo seu nariz.

Azimuntium era uma cidade de menos de mil almas, apesar de seus números estarem agora inchados devido aos refugiados aterrorizados. Muralhas grossas a circundavam, cravadas em leitos de rochas irregulares, e uma íngreme rampa pavimentada levava até seus fortes portões de madeira. Quando a coluna adentrou pelos portões, o povo aplaudiu energicamente, como se tivéssemos chegado como libertadores. Mal sabiam. Aécio não conseguia olhá-los nos olhos. Nossa coluna a cavalo subiu como uma cobra pela ruela pavimentada até a Cidade Alta, portarias de ameias altas espalhadas por todo o caminho. Era um belo posto de defesa.

O senhor de Azimuntium, chamado Ariobarzanes, nos encontrou na entrada do pátio de seu palácio em ruínas. Era um velho fraco em trajes nada limpos, apoiado num cajado e acocorado no portão de madeira com um idoso cão de caça ao lado.

— A imperatriz está no convento — falou. — Está terminando a missa.

— Não há tempo para isso — respondeu Aécio. — Partiremos imediatamente.

— Ela deixou instruções claras.

Aécio resmungou xingamentos. Então ordenou que vigiassem as muralhas.

— Os inimigos estão próximos — avisou Ariobarzanes.

Ele se voltou rispidamente.

— Como sabe?

— Pergunte a qualquer pastor refugiado da cidade. — Ele balançou uma nodosa mão, cheia de veias roxas. — Pastores sem ovelhas, os bárbaros citas levaram todas elas. Que o Senhor dos Exércitos esteja conosco.

E o aço frio também, pensou Aécio.

— Também ouvimos dizer que atacaram Filipópolis.

Aécio perguntou suavemente:

— A cidade toda?

Ariobarzanes inclinou a cabeça.

— A cidade toda. A flor do rio Hebro. As águas do rio ficaram vermelhas, e os selvagens penduraram o corpo nu do bispo em suas muralhas. — Seus olhos marejados observaram Aécio, e sua voz estremeceu. — Estou lhe dizendo, a cristandade nunca antes enfrentou inimigos como esses. Não vão deixar pedra sobre pedra.

— Aquele que viver mais verá.

E ficaram em pé ali, esperando enquanto a imperatriz terminava de dizer seu *Kyrie eleison* e sua *Agnus Dei*. Era loucura. Ele mandou que seu novo centurião, Tatullus, exigisse entrada no convento. Tatullus voltou, dizendo que fora barrado pelas freiras.

— Freiras — bufou Aécio. — Em Nome da Luz!

Frustrado, ele desceu até a igreja de São Judas Tadeu, que tinha um comprido e baixo hospital nos fundos. Na sombra, um velho muito alto e magro com barba despenteada andava por ali, ordenando que venezianas fossem abertas e vasos de flores frescas fossem levados para dentro.

— Fim de verão, mas tudo que puderem encontrar! — Sua voz ressoava pela sala.

Havia uma mulher de meia-idade se movimentando para fazer o que ele pedia, e dois rechonchudos homens mais velhos discutindo num canto. No outro havia três guerreiros visigodos, suas feridas do combate nas montanhas agora enfaixadas, parecendo desconfortáveis. Numa das oito camas estreitas ao longo da parede estava um velho camponês de olhos vidrados e falando sozinho, e em outra havia uma mulher de aparência cansada, tendo dado à luz recentemente, com seu recém-nascido junto ao peito. A doença sempre deixara Aécio inquieto, e ele se preparou para sair, mas alguma coisa no velho autoritário chamou sua atenção. Ele franziu o cenho.

— Você, homem — chamou. — Lembro-me de você. — O velho se virou e fitou Aécio vagamente. — Lembro-me de seu rosto. Mas de... muitos anos atrás. Como se chama?

— Achei que poderia ser útil aqui — respondeu o velho de modo evasivo. — Vim para Azimuntium para examinar alguns notáveis textos antigos na sinagoga daqui, entende, datadas da época dos macabeus...

— Não venha de graça comigo. Onde foi que o vi antes?

— Já estive por toda parte — continuou ele, ainda evasivo. — Num império de 100 milhões de almas, encontrar alguém uma segunda vez não é incomum. Tudo para o melhor etc. Agora, onde foi que coloquei aquele jarro?

Aécio andou até ele e o segurou.

— *Seu nome.*

O velho olhou parcialmente para baixo na direção de Aécio, de tão alto que era. Seus olhos eram fundos e agora estavam sérios.

— Meu nome é Gamaliel.

Aécio o encarou.

— Foi você que foi até o acampamento huno, com aquele oficial britânico, procurando o filho dele. Era você. Contando histórias de como certa vez conhecera Aristóteles.

— Sou um cidadão do mundo.

— Mas isso foi anos atrás, décadas atrás. Você mal envelheceu... Bem, não muito. Quantos anos você tem?

— Mais velho que você e mais novo que Matusalém — respondeu Gamaliel alegremente. — Nozes e bagas, nozes e bagas. Mas como muito pouco. Agora, senhora, por favor, pode abrir essas cortinas?

Com isso, os dois homens que discutiam no canto se aproximaram.

— Perdoe-nos por interromper — começou um deles. — Somos médicos treinados vindos de Constantinopla.

— Procurando abrigo aqui dos rumores de cavaleiros das estepes — completou o outro. — Apesar de não termos medo, somos cautelosos.

— Não é um bom lugar para se abrigarem — balbuciou Aécio, ainda um pouco perdido em suas lembranças da infância. — Eles estarão aqui antes de terminarmos de tagarelar.

Um dos homens olhou assustado para Aécio, mas o outro respirou fundo e se dirigiu a Gamaliel:

— Como um rigoroso pneumatista da escola Alexandrina, fundada pelo reverenciado Athenaeus de Antália, em Panfília, conforme tenho certeza que sabe, ele mesmo um pupilo do estoico Posidônio de Apameia, um purista dos mais nobres, a despeito de múltiplos insultos e infâmias daqueles indóceis e desprezíveis epissintéticos, aqueles tagarelas do ensino médico, levados, ou devo dizer enganados, por aquele canalha Leônidas de Alexandria...

Gamaliel começara a examinar o camponês doente, mas os dois doutores o acompanhavam.

— O que está querendo dizer? — interrompeu Gamaliel, um pouco irritado.

— Estou querendo dizer, meu caro — respondeu o médico —, que essa sua exigência de que as janelas sejam abertas por causa de, imagino, ar fresco, é, temo eu, lamentavelmente desaconselhável. Tal ar fresco pode ser fatal para um homem na condição deste aqui. — Ele indicou o velho camponês. — Apesar de que, com um rápido exame, possa constatar que ele em breve estará morto, não importa o que aconteça. No entanto, como devemos obedecer a nossos juramentos de Hipócrates até tal melancólico fim, encaminho você aos ensinamentos dos pneumatistas alexandrinos, que deixaram muito claro que a *pneuma*, isto é, a respiração vital, não sendo a alma inteira, e sim apenas a potência dela...

Outra mulher trouxe um vaso de flores mortas. Ali perto, o príncipe Turismundo aparecera e estava dizendo alguma coisa a Aécio sobre uma grande nuvem de fumaça ao norte.

— ... Um composto — continuou o erudito da ciência — de variadas proporções de ar e fogo, o veículo da *sympatheia* cósmica, e na verdade bem diferente daquela absurda aglomeração de partículas indivisíveis de Demócrito que atomistas peripatéticos admitiram a hipótese... A *pneuma*, afirmo, é a base do vigor corporal, de onde flui a respiração vital através de todos os nervos e vesículas do corpo. E a *pneuma* só é diluída, talvez fatalmente, pela dose de ar exterior sem vida...

— Fascinante — murmurou Gamaliel. — Ponha a língua para fora — disse ao velho camponês.

Atrás deles, Aécio saiu correndo da sala.

— No entanto — começou o outro médico —, apesar das críticas de meu colega à minha própria escola, pois eu mesmo sou um atomista peripatético ortodoxo, tendo participado em Atenas, Mãe dos Ensinamentos, da decapitação experimental de enguias, cabras, tartarugas e gafanhotos, posso lhe assegurar, de certo modo contra os sem dúvida bem-intencionados, mas desesperadamente errados ensinamentos dos pneumatistas Alexandrinos, que é a cabeça, e não a *pneuma*, que serve como base ao poder vital, e que é o excesso de átomos na cabeça que causa todo tipo de suores noturnos, interferências na visão e espasmos nas entranhas.

Gamaliel franziu o cenho.

— O que está dizendo? Que devemos cortar a cabeça dele fora?

O atomista peripatético sorriu indulgentemente com a piada boba do velho.

— Meu caro senhor, estou dizendo, em resumo, que num homem com a idade avançada dele, condenado a morrer em breve como está, seu corpo está mole e relaxado demais, seus átomos estão lentos e pesados com muita umidade, e ele precisa ser condensado.

A mulher grávida na cama atrás deles gemeu.

— Condensado? — zombou o pneumatista alexandrino. — Pelo contrário, os átomos de sua *pneuma* já estão condensados demais. Precisam ser separados. Isso pode ser realizado com moderada asfixia, ou então através de sangramento com sanguessugas.

Gamaliel os observou.

— Cavalheiros, quando veem um homem corado, cheio de ar e fogo, acham que ele parece forte ou fraco?

— Forte — admitiu o atomista.

— E quando veem um homem pálido como leite e de sangue obviamente ralo ou escasso, como este homem aqui, ele lhes parece forte ou fraco?

— Fraco. Mas, senhor, o sábio Galeno...

— Ah, dane-se o Galeno! — interrompeu Gamaliel impacientemente. — Agora, senhores, eu poderia ficar escutando vocês o dia inteiro, mas devo trabalhar. Senhora, todas as janelas abertas, por favor. E ferva um pouco de água. Um tonel grande, sim?

— Água! — exclamaram os médicos. — Muita umidade, muito suave! Extremamente perigoso!

— Quanto a esta aqui — continuou Gamaliel, virando-se para a mulher e abaixando-se na sua direção gentilmente —, quanto tempo... Ele? Ela?

— Quase uma semana, senhor — arfou a mulher. — Ela.

— Uma bênção — respondeu ele, e então virou-se para a enfermeira. — Encontre um pouco de pão bolorento, se possível de centeio.

— Já examinamos esta mulher — rebateu o pneumatista alexandrino —, apesar de seus protestos por modéstia, sempre engraçados em alguém tão malnascido. Sofre de uma imundície em sua matéria uterina, que não saiu por inteira. Recomendamos uma aplicação de esterco, de preferência de porco, sendo o pior esterco de todos, pelo princípio de que a sujeira atrairá mais sujeira para fora.

— Completa tolice — discordou Gamaliel, lavando as mãos. — Ela precisa é de pão mofado. Pão de centeio mofado.

Os médicos riram, descrentes.

— Meu caro senhor!

— Conhecem o *claviceps*, um fungo que cresce em grãos de centeio? Ele reaparece no pão com o tempo, se este mofar. Levemente tóxico, é verdade, alucinógeno, sim, mas também um poderoso emenagogo. Estimula a contração dos músculos uterinos. Agora saiam do caminho. Esterco de porcos, claro!

Ele empurrou os médicos boquiabertos para o lado e se abaixou para falar com a mulher. Para perplexidade ainda maior dos médicos, ele perdeu seu tempo explicando para essa camponesa analfabeta qual tratamento administraria nela, e por quê. Explicou gentil e pacientemente que o bolor a deixaria um pouco enjoada, meio tonta e doente, mas que em um dia estaria se sentindo melhor. A mulher sorriu debilmente.

— Isso está muito errado, um terrível erro categórico — opinou o pneumatista. — A placenta de uma mulher não é bolorenta, é imunda, e deve ser tratada como tal.

— Imunda? — perguntou Gamaliel, se endireitando de volta. — Besteira. Poderia cozinhá-la e comê-la alegremente. Muito fortalecedora. Na verdade, poderia comê-la crua se quisesse realmente, agradável e fresca.

— Só pode estar louco — balbuciaram, afastando-se, estupefatos.

Gamaliel sorriu e prosseguiu.

Nos muros, cinco homens ocupavam o posto de vigia: o príncipe Turismundo com seus dois guerreiros godos, Jormunreik e Valamir, e dois sobreviventes de Viminacium, Punhos e Arapovian. Rumores diziam que a imperatriz havia ficado doente naquela manhã e que fora tratada por um velho médico judeu. Dois outros médicos de Atenas e Alexandria também tinham comparecido, discutindo furiosamente sobre a *pneuma* da mulher. E durante todo este tempo, o horizonte cheio de nuvens só se aproximava.

— Doutores! — opinou Punhos. — Não me venham com porcarias de doutores. Traduzem coisas, é só o que fazem. Traduzem o que você diz a eles para grego e mandam de volta para você. O que é este tal de *pneuma*?

— Respiração — respondeu Arapovian, observando o norte por cima do ombro de boi de Punhos.

— Aí está, então. Você vai a um médico e diz a ele que está com uma dor de garganta que não melhora, e ele manda você colocar sua língua para fora e olha para dentro de sua goela, e em seguida pronuncia: *"Ah, sim, meu bom homem, agora está com o que nós médicos chamamos de laringite."* Que é nada mais que "dor de garganta" em grego. E você pensa: mas foi o que acabei de dizer, seu imbecil! E ele responde: "Meu inestimável diagnóstico custou um *solidus* de ouro, por favor. Próximo!"

Aécio apareceu atrás deles.

— O que foi?

— Uma nuvem de poeira — respondeu Arapovian —, alguns graus a oeste do norte. E está aumentando.

Os guerreiros godos de voz grossa disseram que não enxergava nada, inclinando seus grandes braços cobertos de cobre no topo do muro e olhando o crepúsculo. Aécio também não enxergava nada, mas o oriental tinha os olhos de um falcão. Se os hunos estavam no horizonte, dessa altura, talvez 30 metros acima do chão, isso daria — ele fez um cálculo rápido, aprendido anos atrás de seu velho tutor — 19 quilômetros de distância, talvez um pouco mais. Até mesmo uma cavalaria lenta chegaria ali em três horas, e os hunos não eram nada lentos.

Era hora de irem embora, com o cair da noite escondendo-os.

CAPÍTULO 14
A IMPERATRIZ

Na escuridão da capela do convento, havia um padre entoando a antiga litania, e ajoelhada diante dele estava uma mulher de branco, coberta por um véu, de acordo com os ensinamentos da Igreja. De cada lado seu, duas servas também usando véus. O padre levantou o olhar com uma expressão zangada.

— Os sacramentos já foram administrados? — quis saber Aécio.

— Quem é você, e como ousa interromper a missa sagrada?

— Vejo que já foram. Encerre seu Evangelho, padre. A missa terminou. Está na hora da imperatriz ir embora.

Imediatamente, uma das servas ficou em pé diante dele.

— A noite está caindo, e a imperatriz não está em bom estado para ir embora.

Aécio franziu as sobrancelhas. Outras duas servas ajudaram-na a se levantar. Ela se virou. Através do véu fino, ele viu uma mulher que parecia velha, mas que um dia fora bela, seus olhos ainda grandes e brilhantes. Na verdade, ela tinha apenas 40 e poucos anos. Ela olhou para ele e segurou-se numa de suas criadas.

O coração de Aécio ficou pesado.

— Levem-na para o hospital — ordenou.

Houve um momento de hesitação, então a imperatriz abaixou a cabeça e suas criadas a levaram embora.

Athenaïs estava com febre, muito pálida, a testa úmida de suor. Gamaliel mandou buscarem algumas folhas frescas de salgueiro. Disse que uma infusão delas ajudaria, mas que aquilo demoraria, e ela deveria beber água fervida. Suas curas pareciam loucuras para aqueles próximos a ele. O calor devia ser usado para afastar o calor, certo? A imperatriz devia estar debaixo de cobertores, bebendo vinho forte e temperado. Mas fizeram o que ele mandara, debaixo do olhar severo do general comandante Aécio, que parecia ter algum tipo de ligação com esse idoso barbudo e estranho.

O general estava rondando a porta do hospital, quase saindo, quando a imperatriz o chamou. Por um momento a febre parecia ter passado. Ela sorriu para ele com tristeza.

— Por que demorou tanto? — perguntou. Podia estar se referindo à vida inteira dele.

Ele olhou para o chão.

— Precisaram de mim em outro lugar.

— E ainda precisam?

Ele parecia aflito.

— Precisamos partir assim que pudermos. Não temos muito tempo.

— Não vá embora — disse ela, entendendo errado. Ela estendeu uma das mãos trêmulas. — Fique.

Uma enfermeira acendeu uma vela ao lado da cama. Depois de um tempo, Aécio pediu que trouxessem uma cadeira.

À noite, ela voltou a ter febre, falando durante os delírios, repetindo uma velha rima:

— Muitos casais se amam, mesmo assim nunca se juntam, nem descobrem como se chamam.

Subitamente, ela se sentou e o encarou.

— Vamos embora.

— Nós vamos — respondeu ele calmamente —, assim que você estiver bem.

Uma das servas de Athenaïs a ajudou a se deitar de novo.

— Para longe — murmurou a imperatriz. — Não deixe que o anjo da história nos atormente até o amargo fim.

A criada olhou desajeitada e interrogativamente para o general. Ele acenou para que saísse dali.

— Em algum lugar há como escapar — murmurou Athenaïs, quase inaudível, seus cabelos negros raiados de cinza e colados em seu rosto.

— Precisa descansar agora — respondeu Aécio.

E então cuidadosamente, com total imprudência pelas regras da etiqueta da corte, ele estendeu sua grande e machucada mão e tirou o cabelo de sua face. Pegou a toalha encharcada que estava na beira da bacia ao lado dela e a pressionou contra sua testa. Ela inspirou profundamente e pareceu ter ficado mais calma outra vez.

— Em algum lugar há como escapar — repetiu suavemente. — Em algum lugar podemos acordar uma manhã fora das garras desse pesadelo.

Ele não queria ouvir aquelas palavras, mas não podia deixá-la.

— Em duas ou três gerações, tudo isso terá acabado. — Ela estava mais uma vez olhando na sua direção atentamente, e ele podia ver que ela sabia quem ele era. Não estava delirando tanto assim. — Roma e seu império... Essas coisas estão acabando. Não vê isso, Aécio? Em duas ou três gerações, isso tudo será apenas uma gloriosa lembrança nas mentes dos idosos, monges e estudiosos em suas geladas celas iluminadas pelo céu, sonhando com o antigo passado dourado e com o reino do amanhã, e com o Pantocrator que vai descer dos céus e levar suas almas em espírito para um mundo muito melhor que este. E por que não haveriam de sonhar? Pois o presente não será nada mais que poeira, escuridão e cinzas. As luzes estão se apagando em toda a Europa, a escuridão está chegando. Apenas em alguns locais as cintilantes velas continuarão acesas. Mas o sonho forte e corajoso que Roma foi durante sua potência e juventude — ela segurou o pulso dele com uma das mãos —, seus séculos de confiança e orgulho... Eles acabaram, e apenas a escuridão e a ignorância restaram.

De modo gentil, ele soltou sua mão e deitou o braço dela ao lado de seu corpo. No canto, entre as sombras, suas criadas assistiam.

— Os bárbaros estão invadindo pelas fronteiras — continuou ela, caindo no esquecimento mais uma vez. — Ou então tomam o império de dentro dele, e num sonho o povo cambaleia, os mortos-vivos, sua civilização há muito tempo aniquilada, sem acreditar em nada. Uma cultura fantasma mantida apenas por conforto, ilusão e riqueza.

Dizem que as profecias dos quase mortos são as mais poderosas de todas.

Quando Gamaliel voltou, Aécio se levantou num pulo e foi falar com ele. Conversaram em voz baixa no escuro por um tempo, então o velho médico misturou um pouco mais de sua infusão de folhas de salgueiro, acrescentando mais ingredientes de outros dois recipientes. Uma de suas servas levantou a cabeça da imperatriz, ela bebeu, e depois dormiu.

Aécio não quis sair, apesar de parecer exausto.

— Quer que eu lhe assegure que ela vai sobreviver — disse Gamaliel.

Aécio não respondeu.

— Bem — começou o velho. — Conhece o velho ditado cínico: "*Ubi tre physici, due athei*. Onde há três médicos, há dois ateus." Mas eu sou o terceiro. Deus está dentro de nós, de maneiras que não podemos nem imaginar. — Ele pôs a mão no braço de Aécio. — Um líder de homens precisa de juízo, o que significa dormir bem.

Contra sua vontade, pela primeira vez em décadas, Aécio seguiu o conselho de alguém.

CAPÍTULO 15
O PRISIONEIRO

Algumas horas mais tarde o general acordou sendo sacudido.

— Há fogueiras acesas por toda a planície. — Era o príncipe Teodorico.

Ele jogou sua capa em volta dos ombros e os dois correram para fora, até as muralhas. Era uma noite escura como breu, sem lua e com meadas finas de nuvens diminuindo até mesmo o brilho das estrelas. Alguém ofereceu uma tocha para usar no caminho, mas ele chamou o homem de tolo e mandou que a apagasse. Em seguida estavam nas muralhas de Azimuntium, e as planícies ao redor eram semelhantes a um mar negro pontilhado de dourado com infinitas fogueiras, como um céu estrelado caído.

— Então — assentiu —, eles vieram.

— A exigência já foi entregue: uma flecha por cima dos portões.

— Deixe-me adivinhar: rendam-se ou morram?

— Foram exatamente as palavras — respondeu Teodorico. — O que faremos agora?

— Uma pequena cidade na colina e uma coluna de quarenta lanceiros, diante de um grupo de batalha huno contabilizando milhares? Saímos a cavalo e os atacamos, naturalmente.

Teodorico parecia não estar convencido. Observaram as fogueiras durante um tempo, então Aécio apontou para a mais próxima.

— A que distância você diria que estão? A mais próxima?

— Difícil dizer nesta escuridão. Não muito longe.

— Escolha quatro de seus melhores homens. A cavalo.

— Estarei entre eles — interrompeu Arapovian.

Aécio estreitou os olhos.

— É tão bom quanto os guerreiros godos?

— Melhor. Sobrevivi a Viminacium.

Ele grunhiu.

— Príncipe, leve três de seus godos e este aí. Saia pela poterna. A noite está muito escura. Veja se consegue capturar algum prisioneiro lá fora. Não arrisquem suas vidas, nem por um instante. Entenderam?

Teodorico fez que sim e os quatro partiram para os estábulos abaixo.

A poterna foi aberta sem um único som e deixada aberta, com homens e suas lanças enfileiradas do lado de dentro. Os quatro saíram com sacos cobrindo os cascos e focinhos de seus cavalos, rezando para que as bestas não fizessem barulho, nem mesmo uma relinchada em reconhecimento aos cavalos hunos entre as tendas de feltro preto. Seria uma sorte imensa não fazerem isso. Os cavaleiros estavam com mantos escuros, sem capacetes, e com os rostos sujos de terra mantidos abaixados para não capturar nenhuma luz. As únicas armas que ousavam carregar eram chicotes.

Um velho soldado estava na escuridão ao lado de sua tenda, sua fogueira já apagada havia algum tempo. Os quatro cavaleiros pararam à sombra de uma pequena depressão. O velho guerreiro estava nu até a cintura, afivelando as calças. Arapovian desmontou, deu a volta por trás dele, jogou um saco de pano por cima de sua cabeça e o amordaçou antes que ele se desse conta do que tinha acontecido. A tenda mais próxima estava a meros 10 metros de distância, mas seus ocupantes já estavam dormindo, e os quatro não fizeram qualquer som mais alto que o de um rato num milharal. Em sua insolência, os hunos não haviam colocado um único vigia.

Amarraram o prisioneiro com seus chicotes. Outra figura menor saiu da tenda de trás, então a derrubaram, amordaçaram e amarraram da mesma maneira, e em seguida puxaram os dois de volta para a cidade na traseira de seus cavalos. O velho guerreiro resistia fortemente e poderia criar problemas, então Jormunreik o apagou com um soco poderoso na nuca, e o arrastaram pacificamente pela terra atrás deles. Tudo foi feito em dois ou três minutos, a posterna foi fechada e trancada de volta, os prisioneiros sacudidos até voltarem à consciência e levados até a portaria para inspeção por parte de Aécio.

— *Asla konuşma Khlatina* — grunhiu o velho guerreiro, com a cabeça ainda coberta. — *Sizmeli konuşmat Ioung.*

— Ah, aposto que você fala latim muito bem — comentou Aécio calmamente. — Assim como eu falo huno. — Ele olhou para o lado. — Acendam mais lamparinas.

Sentaram os prisioneiros em bancos e tiraram primeiro o saco de pano da cabeça do menor.

— Trouxeram-me uma mulher — disse Aécio, olhando-os furiosamente. — Seus patetas.

O príncipe Teodorico começou a protestar contra atitude tão indelicada, mas Aécio o silenciou.

— Não piore sua idiotice — vociferou. — São os hunos que não valorizam as mulheres, não eu. Vão rir na nossa cara se exigirmos alguma coisa em troca desta aqui. — Ele segurou uma lamparina perto do rosto da mulher. Cabelos escuros, pele morena, um rosto comprido e estreito: ela não era huna. — Peço desculpas por qualquer brutalidade — continuou, mais gentilmente. — Onde foi capturada?

— Filipópolis — respondeu. — Meu marido...

— Fique calma. Está livre agora.

Ela tentou recomeçar, mas uma voz a interrompeu.

— Deixem ela em paz — grunhiu a voz. — É uma boa montaria.

Tiraram o outro saco para revelar um velho guerreiro com finos cabelos grisalhos e bigodes besuntados, o torso nu acobreado à luz das lamparinas, magro e firme como o de um homem com metade da sua idade. Os músculos de seu braço incharam e se retorceram debaixo do chicote.

— Não está em posição de dar ordens — repreendeu Aécio. — E não tenho vontade alguma de saber sobre suas preferências carnais.

— Que Astur o amaldiçoe — cuspiu o velho guerreiro. — Corte minha garganta e acabe logo com isso. Mas saiba que não tenho medo de vocês nem de suas mulheres, que fogem durante a noite, dóceis como escravas.

Jormunreik andou para mais perto dele, mas Aécio ergueu uma das mãos. Estava começando a gostar da companhia desse velho guerreiro rebelde. Então Arapovian se aproximou, examinando o rosto do guerreiro mais de perto.

— Estava em Viminacium. Encontrou-nos na estrada.

O huno levantou o olhar para ele, desinteressado.

— Disse que da próxima vez que nos visse, nos mataria. — Os olhos de Arapovian brilharam com uma alegria fria. — Bem, aqui estamos.

O huno mostrou os dentes.

Arapovian se virou para o general.

— Este compensa a mulher. Com ele você pode barganhar. É um cã.

— Seu povo vai negociar por você — disse Aécio. — Como se chama?

— Sou lorde Chanat, filho de lorde Subotai. Em minha juventude visitei Ravena, a pedido do rei Ruga. Nunca esqueci sua cidade.

— É mesmo?

— É mesmo. O cheiro horrível dela ainda permanece em minha memória, pior que o cheiro dessas mulheres ladras em volta de mim agora.

Aécio sorriu.

— Se acha que Ravena cheira mal, devia conhecer Roma.

Chanat franziu as sobrancelhas com aquela irreverência.

— Naqueles dias, os romanos tentaram matar o sobrinho do rei Ruga, o garoto Átila.

Aécio fez que sim.

— Eu o conheci. Viajamos juntos.

Chanat pareceu momentaneamente intrigado enquanto examinava o romano.

— Pelo que sei sobre aqueles dias — continuou Aécio —, não foi tão simples assim. O rei Ruga não foi contra a ideia de seu sobrinho encrenqueiro... Desaparecer, de um jeito ou de outro. E ele gostava muito do ouro romano.

— Está mentindo! — Chanat tentou se libertar de suas amarras, mas Arapovian pegou seu chicote e o apertou mais.

— História antiga — disse Aécio, abanando as mãos. — O rei Átila está com você agora?

— Acha que eu lhe contaria se estivesse?

— Na verdade, não. Mas vamos descobrir em breve.

Chanat rosnou:

— Agora Átila Tashur-Astur é nosso rei e um grande Tanjou, e tentaram matá-lo mais uma vez, da maneira furtiva de mulherzinha de vocês, cortando sua garganta durante seu sono enquanto nos visitavam fingindo querer paz e amizade. — Ele se inclinou para a frente e cuspiu. — Falharam, é claro. Astur o protege o tempo todo. Nada consegue atentar contra ele. E agora ele veio para matar vocês. — Ele olhou em volta. — Todos vocês.

Aécio o ignorou.

— Bem. Capturamos um cã huno, assim como uma de suas concubinas prisioneiras.

— Tenho sete esposas — disse Chanat com dignidade. — Mas faz tempo que não as vejo.

Aécio refletiu, em seguida ordenou que Chanat fosse levado para os calabouços. Virando-se para a mulher, ele disse:

— As irmãs do convento vão cuidar de você.

A mulher olhou para Chanat com algo parecido com agonia estampada no rosto.

— Meu senhor! — gritou. Então ela se virou desesperadamente para Aécio: — Vou ficar com ele.

— Você... Você iria para os calabouços com ele? — Aécio franziu o cenho. — Mas mencionou um marido.

Ela cuspiu.

— Um porco.

Chanat se virou na soleira da porta com um sorriso de triunfo no rosto largo de maçãs altas.

Aécio falou:

— Já ouvi velhas histórias de donzelas violadas apaixonando-se por seus violadores divinos, mas isso é ridículo.

— Suas mulheres preferem ficar conosco, é, romano? — vangloriou-se Chanat.

Aécio brandiu sua mão irritadamente.

— Tirem eles daqui.

De madrugada, ficou sentado em seu cavalo no portão com o príncipe Teodorico e dois godos. Lorde Ariobarzanes desceu a rua de pedras para desejar-lhes boa sorte. Ele parou ao lado de Aécio. Sua velha mão tremia em cima do cajado, mas sua voz era firme e suas palavras, intransigentes:

— Nem um sopro de rendição agora — começou. — Os homens de Azimuntium não se entregam. Nunca, nunca, nunca. Lembrem-se de nossas exigências. Queremos nossos rebanhos devolvidos, cada um dos animais que eles roubaram, e os pastores que escravizaram. Quando fizerem isso, seu prisioneiro lhes será devolvido, esse tal Chanat, e então os hunos poderão cavalgar incólumes de volta para suas próprias terras.

Aécio sorriu. Gostava da atitude do velho.

— Os bárbaros são todos iguais — disse Ariobarzanes. — Desprezam a fraqueza, admiram a força. — Sua voz virou um murmúrio. — Como a velha Roma era antigamente.

Aécio chutou seu cavalo e eles partiram, desarmados, debaixo de uma bandeira branca de trégua.

Um grupo de hunos em pôneis maltrapilhos imediatamente foi até eles, flechas preparadas nos arcos, apontadas para seus corações.

— Não há necessidade. Não estamos armados — avisou Aécio.

Os rostos dos hunos não exibiam qualquer expressão, a luz em seus olhos brilhava com força e seus arcos não vacilavam. Pequenos comparados aos guerreiros godos que cavalgavam seminus, seus braços e peitos eram pura força.

— Quem está liderando seu grupo de batalha? — perguntou Aécio.

Um dos hunos apontou para uma tenda negra e grunhiu. Eles desmontaram e foram levados até ela. Ali, à meia-luz do início da manhã, debaixo do buraco da tenda, num banco simples de madeira, estava Átila.

Ele os examinou com firmeza. A atmosfera era bem diferente daquela durante a missão diplomática — a suposta missão diplomática.

Nenhuma palavra foi dita por algum tempo. E então outra figura apareceu, um pequeno e bizarro xamã com fitas no cabelo. Suas faces eram muito lisas e jovens, mas seus olhos eram velhos e astutos, e o cabelo amontoado num nó no alto da cabeça era cinzento.

— Os anos estão voltando, Paizinho — murmurou ele, aproximando-se de Aécio com passos cautelosos e encarando-o. — Este velho cavalo de guerra, já o vi antes, um jovem potro nos campos dos hunos. — Ele olhou de volta para Átila. — Ele sacou uma espada, o garoto branco sacou uma espada.

Os cintilantes olhos amarelos de Átila nunca deixavam o rosto de Aécio, mas ele agitou uma das mãos e mandou o xamã ficar em silêncio.

— Onde vibra, Pássaro Miúdo, a água é superficial.

O xamã o ignorou e começou a saltar ainda mais, apesar da lentidão. Um velho palhaço artrítico sobre pernas cansadas.

— Os anos estão voltando, os anos estão voltando. Sim, seu tio Ruga de abençoada memória, tio mau que era, ele o atirou no chão, você sempre foi um terror quando era garoto, recém-saído do ventre da mãe e cortado o cordão você já era encrenqueiro. Ó Terror do Mundo, Grande Tanjou, meu senhor Fazedor de Viúvas, Flagelo de Deus e todos os seus outros títulos magníficos que agora esqueci, ele o atirou, seu tio Ruga, e o garoto branco sacou a espada para defendê-lo. Vocês caçavam juntos, brincavam, isso mesmo, nas planícies ensolaradas de sua juventude. — Pássaro Miúdo parou para tomar fôlego. — Lembro-me daquele grande javali. Era enorme e já rançoso quando o levaram para casa. Que brincalhões esses deuses são! Ele era seu amigo, este aqui. Agora olhem só para vocês, dois velhos búfalos brigando pelo rebanho!

Houve um longo silêncio, e então, como se não pudesse dizer uma palavra diretamente para Aécio, Átila virou em vez disso para o príncipe Teodorico.

— Então, um príncipe visigodo mais uma vez num acampamento huno. Não tive o prazer de conhecê-lo quando realizaram sua... *missão diplomática*. Estava com outros assuntos na cabeça, meu iminente assassinato, e assim por diante. Seu nome, *garoto*?

O príncipe respondeu.

— Que más companhias mantém. Seus homens mataram muitos de meus homens nas montanhas.

— Fomos atacados.

— Meu coração sangra por vocês. — Os olhos de Átila cintilavam. — Daria um precioso prisioneiro, não daria? Por que deveria libertá-lo?

— Em troca de seu senhor Chanat — respondeu Teodorico. Aécio apertou as mãos que mantinha para trás. *Sim*. O garoto estava se saindo bem.

— Então — vociferou Átila. — Anda com os romanos agora?

— Meu irmão e eu e nossa comitiva viajamos como amigos de Aécio.

— Amigos e assassinos?

— Eu não sabia mais sobre aquela trama do que o general comandante aqui.

— Quantos homens têm em sua comitiva?

Teodorico sorriu.

— O suficiente.

Átila também sorriu, de maneira diferente.

— A nação visigoda permanece neutra — acrescentou o príncipe.

Então Átila se inclinou para a frente, e seus olhos ardiam. Todos na tenda sentiram o poder feroz que havia dentro dele. Sua voz mudou e seu rosto ficou sombrio. Ele olhou fixamente para o garoto.

— Deveria se aliar a nós. Deveria saber para onde o vento da história está soprando.

Houve um silêncio, e então Teodorico respondeu, com evidente desprezo:

— Meu povo se aliar aos hunos? Acho que não.

Átila se sentou novamente.

— Tenha cuidado, garoto. Poderia mandá-lo de volta para seu pai como um barril de carne picada.

— Então teria toda a nação visigoda contra você, assim como as legiões de Roma.

— Os hunos já lidaram com sua nação antes. Não torturamos vocês por toda a Europa, das margens do mar Cáspio até o Ocidente? Fugiram de nós como se estivessem correndo atrás do pôr do sol, chorando como mulherzinhas!

Os olhos azuis do garoto arderam, como fogo visto através de gelo. *Controle-se, rapaz,* pensou Aécio. *Está apenas testando você.*

Quando o príncipe falou de novo, sua voz permanecia calma:

— Não lidou bem conosco nas montanhas. Os visigodos não vão fugir mais de vocês. Da próxima vez, como desta última, voltaremos e lutaremos.

— Essa decisão não é sua, *garoto.* Seu pai ainda manda nos visigodos, não manda? A não ser que talvez queira usurpá-lo?

Agora Teodorico já estava entendendo Átila e seus jogos. Ficar calmo era ser forte. Ele apenas respondeu:

— Devolva os rebanhos roubados do povo de Azimuntium e os pastores capturados, então devolveremos o senhor Chanat a vocês. Depois seguiremos para o sul.

Átila acariciou sua barba por um tempo e refletiu.

Outra pessoa entrou na tenda sem pedir permissão, e o pequeno xamã de cabelos grisalhos ganiu e saiu correndo pelos fundos. Até mesmo Aécio empalideceu quando olhou para a recém-chegada. Era uma bruxa huna.

Muito alta e magra, o peito liso e ossudo, seu rosto parecia mais o de um cadáver, o cabelo tingido de um castanho avermelhado não natural. Usava uma pele de cobra em volta do pescoço, e, apesar de ter a tez muito escura, seus olhos eram de um azul pálido.

Tudo nela era errado. Ela foi até Átila e falou em seu ouvido, sua voz soando um gemido estranho e agudo como o barulho de um inseto. Aécio pensou ter escutado o nome de Anashti, a deusa da lua. Enquanto ela falava, olhava para Teodorico e mostrava os dentes. Eram limados. Aécio sabia o que ela estava dizendo, e esperava que Teodorico não soubesse. O rapaz estava controlando bem os nervos até então. Ela estava falando do profundo e forte *mana* de sacrificar o primogênito, especialmente o primogênito de um rei, e estendeu um cálice de madeira.

Átila olhou para Teodorico.

— Gostaria de vinho?

Teodorico não hesitou:

— Não. Está envenenado.

O rei deu uma risada ruidosa.

— Não é o maior tolo que já conheci. Sim, está envenenado. Teria sofrido uma morte agonizante. — Ele agitou uma das mãos para que a bruxa se retirasse. — Ela é uma brincalhona, não é? Mas não tem noções de política nem de poder. Acha que tudo pode ser feito através de encantos.

Eles permaneceram em silêncio. Então Átila se levantou.

— Lorde Chanat vale muitas ovelhas. E gosto de homens corajosos beirando a loucura. Às vezes. — Com aquelas palavras, ele finalmente se voltou para Aécio e entregou-lhe um bilhete. — Leve isto para o porco do seu imperador. Você e eu nos veremos outra vez.

— Num campo de batalha? — perguntou Aécio em voz baixa. — Depois do fim de uma batalha? Depois das mortes de incontáveis milhares de homens?

— A vida é sacrifício — respondeu Átila. — O mundo é um altar de sacrifícios.

*

Átila manteve-os esperando o dia todo até anoitecer.

Aécio permaneceu incansavelmente nas ameias, aguardando. A lua ainda não aparecera, mas ele podia imaginá-la brilhando através do mar Negro até o Oriente, e refletindo branco-azulada nos flancos nevados do Cáucaso, e prateada no delta do Danúbio, e aquela assombrada Ilha das Serpentes onde Aquiles e Helena viveram. Marinheiros diziam escutar os sons deles fazendo amor quando passavam por lá, e viam a espada de Aquiles agitar-se como uma fantasmagórica chama no cordame.

Então Gamaliel foi vê-lo. A imperatriz não ficara mais forte nem mais fraca.

Aécio não respondeu.

— E Átila? Confia nele?

— Nem um pouco — confessou Aécio. — Conheço-o há muito tempo. Mas cavalos não poderiam galopar muralhas como estas, e não vi máquinas de cerco. Mesmo esta cidadezinha seria difícil de ser tomada sem armas de cerco.

— Bem observado.

— Um dos motivos pelos quais quis acompanhar a negociação: estudar o acampamento.

Gamaliel estava entretido.

— Mas este é apenas um dos grupos de batalha.

— Um entre muitos. Os outros terão as armas.

— E onde eles estão?

Aécio parecia amargurado.

— Pergunte aos cidadãos da Sardica, de Adrianópolis, talvez até mesmo de Tessalônica. Estarão bem experientes em como os hunos usam máquinas de cerco a essa altura, e não há nada que possamos fazer para ajudar. O Oriente não tem mais um exército, apenas o restante da guarda imperial e quaisquer auxiliares isáuricos perdidos que possamos reunir para resistir a um ataque na própria Constantinopla.

— Isso vai acontecer?

— Ah sim. Vai acontecer.

Depois de uma pausa para digerir notícias tão sombrias, Gamaliel disse:

— Costumava rezar para que os homens amassem mais a Deus que ao poder. — Ele parou. — Ainda estou rezando.

Aécio apenas grunhiu.

Gamaliel perguntou:

— Lembra-se do outro garoto com vocês no acampamento dos hunos?

— O escravo grego Orestes. — Ele assentiu. — Ainda está lá. Mais velho e mais careca.

— Não, o garoto celta, Cadoc, filho daquele bom soldado, Lúcio.

— Meu Deus — respondeu Aécio de modo suave, triste e imobilizado pelas lembranças. Nunca olhe para trás, dizem. Não se quiser ficar forte. Mas agora... — Lembro-me dele. — Parecia ter sido há tanto tempo. Tal extensão de tempo, e tudo tão diferente. Ele sentiu uma saudade dolorosa e inexplicável. Que saudade era aquela? De outro mundo.

Então endireitou os ombros. Não. Havia mais a ser feito.

Como se lendo seus pensamentos, Gamaliel continuou:

— As coisas estão chegando a uma grande conclusão. Uma era do mundo está acabando, outra está nascendo, e nós somos suas parteiras improváveis.

Houve uma agitação em meio à escuridão. Os hunos estavam vindo.

— Nada de charadas, por favor — rugiu Aécio. — Já tenho muito em que pensar.

— Lembra-se das folhas dos Livros Sibilinos? São importantes. Aquele garoto, Cadoc, e seu pai Lúcio, antes dele, são os dois últimos que se lembram delas. Os pergaminhos foram todos destruídos, menos um, salvo pelo próprio general Estilicão. Lúcio e Cadoc, na distante e esquecida Bretanha, são as últimas folhas sibilinas vivas.

Aécio estava se cansando daquele velho.

— Não acredito em sibilas, nem em profecias, nem em encantamentos. São coisas de criança. Acredito numa fileira de boa infantaria, ou numa coluna de guerreiros godos, se for necessário.

— Mesmo assim — insistiu Gamaliel —, o Filho de Deus nasceu debaixo de uma estrela avistada por um mago oriental, não foi? E de uma virgem? De acordo com a antiga profecia judaica?

— Existe religião e existe superstição. Não confunda as duas, velho. "Pelos seus frutos os reconhecereis."

Gamaliel ergueu as sobrancelhas espessas. Então mudou de abordagem.

— Esse Átila, ele é um homem supersticioso, não é?

Aécio hesitou.

— Tem xamãs e bruxas com ele, sim, apesar de fingir desdenhá-los.

— Sabe que ele acredita. Seu povo acredita nele também, por enquanto, e que ele é filho de Astur, o Pai de Todos, e possuído pelo espírito sangrento de Savash, seu deus da guerra. Esta não é uma luta apenas entre exércitos, mas entre o que o povo acredita.

Tochas estavam se movimentando sobre a planície. Aécio foi até a beirada das ameias para ordenar que os guerreiros ficassem a postos.

— Lembre-se do verso — urgiu Gamaliel atrás dele. — "Quatro lutarão pelo fim do mundo. Um com um império, um com uma espada. Dois serão salvos, e um será ouvido. Um com um filho e um com a palavra." E também dos versos sobre um rei do Terror que virá do Leste...

— Protejam os portões principais! — gritou Aécio.

— Senhor! — respondeu um dos homens abaixo. Era o centurião, Tatullus. — Escute isso!

Havia uma movimentação abafada, ruídos de passos pesados, e então ele escutou: os balidos de ovelhas.

Átila sempre admirara os bravos e teimosos. Os homens de Azimuntium tinham triunfado.

Depois dos rebanhos e manadas terem retornado, junto com os pastores capturados, imundos, mas bem o bastante, Aécio mandou que Chanat fosse levado dos calabouços para cima.

O velho guerreiro olhou-o furiosamente.

— Um cavalo.

— Vocês hunos têm cavalos suficientes. Pode voltar para o acampamento a pé.

Chanat grunhiu:

— Só escravos andam.

Aécio se virou para a mulher:

— E você? Vai retornar para seu marido cristão segundo a lei, ou deseja seguir com esse bárbaro idoso?

A mulher olhou para Chanat de uma maneira que dizia tudo. Chanat sorriu.

— Fico com a mulher em vez de um cavalo. Ela é lenta, mas confortável. — A mulher abaixou a cabeça envergonhada, mas continuou a seu lado.

Aécio suspirou e olhou para longe.

— Abram o portão da poterna.

— Você não tem cortesia, romano, não tem hospitalidade com seus hóspedes — resmungou Chanat enquanto partia.

— Você não era um hóspede, era um prisioneiro.

— Mas acho que nos encontraremos de novo. Talvez em algum campo de batalha brilhante e sangrento, e será uma morte gloriosa para ambos. Mas devia cavalgar rapidamente para longe, agora. A sombra de Astur o segue sobre a Terra, e nós também estaremos cavalgando rumo ao sul. Da próxima vez em que nos encontrarmos, meu senhor Átila pode não ser tão amável!

Depois de saírem e de o portão se fechar, Aécio se virou para seus guerreiros e disse:

— Preparem suas selas rapidamente.

Ele insistiu que a imperatriz seguisse numa carruagem, mas ela sabia bem que tipo de ameaça os rondava e que estavam correndo contra o tempo: não apenas esse grupo, mas toda a cidade de Constantinopla. Viajou a cavalo, segurando firme as rédeas, pálida e calada. Lorde Ariobarzanes desceu para se despedir, austeramente satisfeito pelo retorno das ovelhas e do gado, jurando que, se os hunos pisassem em seus domínios novamente, os homens de Azimuntium os destruiriam. Finalmente, o velho curandeiro judeu, ou o que quer que fosse, foi falar com ele. Aécio pediu para que se juntasse a eles, mas o velho respondeu que seu caminho era outro. Carregava vários pergaminhos antigos que tirara da sinagoga, temendo que caíssem nas mãos dos hunos e fossem usados para acender fogueiras. Como se um único homem pudesse reunir todos os pergaminhos do mundo antigo e salvá-los do fogo que estava por vir.

Aécio tinha outras coisas nas quais pensar, tais como checar os suprimentos, trocar um cavalo meio manco por outro melhor, e decidir que rota deviam seguir adiante no caminho do turbilhão iminente. Mas ainda assim Gamaliel o seguiu, bamboleando ao redor do pátio de Azimuntium na frente dos portões enquanto os guerreiros godos e a comitiva da imperatriz se reuniam, tropeçando sobre a barra esfarrapada de seu velho manto cinza, falando das folhas sibilinas que foram destruídas, mas não silenciadas. Ele disse ao general para se lembrar da profecia registrada por Lívio, que Roma duraria 12 séculos mais seis lustros, período que em breve chegaria.

E o rei que destruiria dois reinos. Nem tudo é o que parece. A história ainda não acabara. E um dia acaba? Qual é a verdade, tempo ou eternidade? Em sonhos não existe tempo.

Aécio olhou dentro de um cesto, checando os grãos, achando o velho homem muito confuso.

— Noite passada — continuou Gamaliel —, talvez tenha sonhado com sua infância mais uma vez. Estava de volta na escola sob o severo olhar do *magister*.

— Sonhos enganam — vociferou Aécio.

— Os sonhos do faraó o enganaram? Ou de Nabucodonosor? Deus fala pelos sonhos. O homem sábio escuta e presta atenção. Tenha um pouco de esperança, Aécio. Tenha um pouco de preciosa esperança.

Aécio montou em seu cavalo, pediu que abrissem os portões e se virou para observar a coluna. Tão fracos, tão poucos em números. Os guerreiros com suas bandeiras flutuando com a brisa... A imperatriz com seus olhos escuros e pesarosos. Então ele murmurou para o príncipe Teodorico a seu lado:

— Hora de partir. Átila estará nos caçando. O jogo começou.

— Ele acha que a guerra é um jogo?

— Ele acha que a vida e a morte são jogos. Avante!

CAPÍTULO 16
A CIDADE SOLITÁRIA

Em outros lugares, por todo o império do Oriente, os exércitos hunos perambulavam sem supervisão, destruindo tudo em seu caminho. A sombra de Astur realmente pairava sobre a terra. O atrapalhado atentado contra a vida de Átila seria pago com as vidas de milhares.

Nos portos marítimos do mar Adriático, refugiados embarcavam em navios e rumavam para o oeste, transbordando de cima de barcos decrépitos e desembarcando ao longo da costa italiana. As histórias de devastação rapidamente chegaram aos ouvidos horrorizados da corte de Ravena, e Valentiniano, em vez de levar o exército do Ocidente para enfrentar Átila numa última e desesperada tentativa de freá-lo, como um homem de caráter diferente teria feito, ordenou que suas melhores legiões se agrupassem inutilmente em volta dele, acampados nos debilitantes pântanos estivais, enquanto seus irmãos do Oriente ardiam.

Átila e seu bando deixaram a Mésia, a Macedônia, a Ilíria e a Trácia como nada além de terra queimada. Arrasaram as cidades de Nicópolis e Marcianópolis e a grande capital regional da Sárdica. Sua fúria e apetite por destruição não tinham limites, e matavam todos que encontravam. Destruíram Filipópolis, Adrianópolis e Edessa na Macedônia, e na costa do mar Negro as adoráveis cidades de Salmydessus e Apolônia, assim como Tomi, onde o exilado

Ovídio certa vez chorara. Na costa do Egeu destruíram Anfípolis e o grande porto de Tessalônica, levando embora em suas enormes carroças cobertas todos os estoques preciosos de prata e chumbo da cidade. Alguns de seus agrupamentos de guerra foram mais longe, como se incapazes de parar, e massacraram a Tessália e até mesmo a antiga Hélade. Encontraram Corinto e Atenas vazias, mas por vingança destruíram muitos dos mais belos monumentos daquelas reverenciadas cidades. Suas vítimas contabilizavam milhares, dezenas de milhares. O mau cheiro de corpos apodrecidos estava sempre presente no vento.

Constantinopla, o prato mais doce, a maçã vermelha, como a chamavam, foi deixada para o final. A murada cidade de Constantinopla, a Nova Roma, era tudo o que restava entre os hunos e os tesouros da Ásia: os abundantes milhões da Síria e do Egito, as cidades de Nicomédia, Éfeso e Antioquia, os antigos centros da cristandade, muito maiores e mais populosos que quaisquer cidades que os hunos já tinham devastado. Na medida em que o terror da tempestade iminente aumentava, também aumentava a lenta e horrível percepção de que esta era uma tempestade que jamais terminaria. Uma vez tomada Constantinopla, os hunos atravessariam os estreitos do Bósforo, e o resto do mundo estaria aos seus pés.

Os bizantinos tinham visões dos hunos em seus pôneis adentrando a própria Basílica da Natividade em Belém, ou o Santo Sepulcro em Jerusalém, arrasando o Calvário e a própria redenção humana. Os hunos atravessando o deserto em direção ao leste e sitiando Damasco; atravessando o Sinai e esmagando os ricos milharais do Egito, queimando e destruindo Alexandria, bárbaros cavaleiros das estepes entre os imemoriais templos pagãos e palácios daquele antigo reino. Os hunos cavalgando pelo norte da África, sobre as conchas ardentes de Cirene e Léptis Magna até Cartago, reunindo-se com seus aliados vândalos comandados por Genserico. Não havia limites para a destruição que poderiam causar.

Constantinopla deveria resistir; mesmo que sua irmã Roma não resistisse com ela.

Eu, Prisco de Pânio, testemunhei a destruição huna com meus próprios olhos, e também li outros cronistas. Calínico nos diz que: "Mais de mil cidades foram capturadas. Houve tantos assassinatos e derramamentos de sangue que os mortos nunca puderam ser contabilizados. Pois fizeram de reféns as igrejas e os monastérios e mataram os monges e virgens em grandes quantidades." Foi em meio a esse impiedoso massacre que nasceu o lendário terror dos hunos. Conforme Átila observou, o terror é uma bela arma, e muito barata também; e o pânico viaja ainda mais rápido que cavalos a galope.

Aquele outro nobre cronista, conde Marcelino, escreveu simplesmente a respeito do ano da catástrofe: "Átila transformou quase a Europa inteira em poeira."

Houve uma pequena cidade naqueles dias, no entanto, que não foi atingida. A tragédia não a visitou e a história passou por ela. Ela permaneceu humilde e despercebida, uma cidade comum, ordinária, nada heroica. Estou falando da cidade de Pânio, erguida nas verdes colinas, valerianas e sedum crescendo entre as fendas de suas antigas muralhas de calcário dourado, e o sino da igreja intacto no alto. Permanecera daquele jeito durante muitos séculos, e permanecerá por muitos séculos mais, seu povo plácido e desconhecido, os sinos das cabras soando entre as oliveiras, as cigarras cantando na grama seca pelo sol. Ao anoitecer, os velhos ainda se reúnem no pátio ao lado do poço para fofocar e beber o ralo vinho tinto. Apenas uma simples colina verde, uma cidadezinha de pastores e fazendeiros, um único padre semialfabetizado. Não, a história nunca visitou Pânio, e ela ainda continua lá. Ela não tem histórias, pois não tem cicatrizes.

*

Aécio resolveu arriscar e cavalgou diretamente de volta para a capital pela estrada aberta. Os hunos não seguiram seus passos. Na verdade, não havia nem sinal deles. Estavam esperando, saqueando, matando por toda a terra ao redor, deixando Constantinopla sozinha numa isolação lúgubre, suas províncias separadas dela como membros e destruídas pelo fogo. "*Como está abandonada a cidade tão povoada...*". Aécio cavalgava à frente da coluna, seu rosto duro, sem expressão, nunca antes tão sozinho. Athenaïs sofria ao olhar para ele.

Essa espera, esse tormento, também era dirigido a ele, como bem sabia. Os jogos de Átila, suas complexas fúrias e ódios. *Ele está me isolando, me guardando para o final também,* pensou. Como se eu houvesse de alguma maneira o traído, e minha traição fosse a pior de todas, e devesse ser punida mais que todas.

Quando chegaram às planícies após as últimas fazendas, distantes e desertas, e viram as grandes muralhas de tijolos de Teodósio na sua frente, e as cúpulas e pináculos da cidade lá dentro, sentiram terem chegado a um horrível julgamento e cômputo, entrando em algum grande palco dirigido pela própria história, e que eram apenas atores, suas falas e destinos já escritos. Passaram pelos pomares maduros, seus frutos caindo das árvores dispersas, monastérios abandonados, seguindo pela colina de Maltepe e pelo vale raso de Lico e, indefesa, a desamparada e condenada igreja de Theotokos, com seu mobiliário rico e ícones já levados pelos padres e escondidos atrás da segurança que proviam as muralhas.

Houve um breve e amargo encontro entre o imperador e seu general. Teodósio estava horrorizado pela tentativa de assassinato ter falhado. Vigilas? Morto de cansaço. Aécio contou a ele sobre a pequena brincadeira de Átila com as cinquenta libras de ouro. E Crisáfio? Aécio não o poupou dos detalhes. Era hora deste homem estúpido, porém bem-intencionado, começar a entender quem era seu inimigo.

— Átila cortou sua garganta na nossa frente. Antes disso, torturou-o durante um tempo. Quebrou seu nariz, esmagou seu tornozelo e assim por diante.

Teodósio cobriu a boca com uma das mãos, olhando indignado para Aécio por ter contado a ele tais verdades.

E ainda pioraria. Aécio estendeu o bilhete que Átila lhe entregara.

Para o imperador dos romanos do Oriente, escravo, mentiroso, covarde e traidor. Quem conspira contra a vida de seu mestre é um perverso escravo. Pagou por sua posição e a vontade dos céus doravante o deixou em minhas mãos. Estamos chegando para coletar a dívida que nos deve. Átila, Tashur-Astur.

Teodósio parecia à beira da histeria, mas gradualmente se acalmou.

— Precisamos comprá-lo. É nossa única escolha.

— Não pode comprá-lo. Ele vai tomar o ouro e atacá-lo assim mesmo.

O imperador andou de um lado para outro durante longos minutos. Finalmente disse com a voz um pouco trêmula:

— Essa cidade pode realmente resistir à força dos hunos? Com nossos próprios exércitos destruídos, e a ajuda dos navios e legiões ocidentais... retidos?

— Sim. Acredito que possamos.

Teodósio parecia triste.

— Todos os meus melhores generais estão mortos: Aspar dilacerado no rio Utus; Solimarius caçado até a morte como um cachorro por um bando huno em Quersoneso; Zenóbio, seus restos mortais talvez em algum lugar entre as cinzas de Tessalônica, cidade que ele morreu tentando defender com um punhado de mercenários. E assim pode ver... — Ele abriu as palmas das mãos impotentemente. — Esta cidade é sua para defender. Entrego-a em suas mãos. Faça o que tiver que fazer. — Ele hesitou por mais um momento, olhando na direção de Aécio como se não o estivesse enxergando, e em seguida se retirou para seus aposentos privados.

Do lado de fora do salão de reunião, Athenaïs se juntou a Aécio.

— Sua Majestade sente-se melhor novamente?

Ela sorriu e não respondeu. Em vez disso, falou:

— O imperador é um bom homem.

— Sei disso — concordou Aécio. — Não é um Valentiniano.

— Isso é traição! — Seu tom de voz não era inteiramente sério.

Ele fez uma careta.

— Teodósio é pura sensatez e gentileza, sei disso. Mas enxerga mal no escuro. Seus olhos grandes não penetram nos cantos sombrios do mundo ou dos corações dos homens.

— Enquanto você enxerga bem no escuro.

— Pratiquei bastante.

A imperatriz suspirou.

— Ele acredita que todos os homens em sua essência são como ele. Um grande insensato, talvez.

— Um grande insensato, certamente. A razão é fraca, e a falta dela tem um inimigo inigualável: o poder de forças antigas e irracionais.

— Tais poderes ardem com força dentro de Átila.

— Fortes como o sol. — Aécio riu asperamente. — E o imperador, Deus salve Sua Majestade Imperial, acredita que pode negociar com ele. Pode-se negociar com o sol?

Houve um silêncio, e então ela tocou seu braço e disse seu nome.

Ele afastou o braço.

— Com licença, Majestade. Tenho trabalho a fazer.

Ainda não havia notícias do iminente furacão huno, mas o ar estava pesado de pavor. Não demoraria muito mais. E sendo assim, entre sinais e portentos e as tagarelices das multidões em pânico e dos autointitulados profetas do apocalipse nas lotadas ruas da capital, Aécio começou a se preparar para o esperado ataque.

Ele inspecionou as muralhas da cidade, do mar de Mármara até o Corno de Ouro, maravilhando-se uma vez mais com sua força colossal: rochas quadradas de calcário terciário, erguidas em alicerces, com interior de argamassa. As torres foram construídas como estruturas separadas, um toque de mestre daquele grande administrador da obra, o prefeito pretoriano Antêmio, em 413. Um ataque nas muralhas ou em suas fundações não causaria qualquer dano às torres em si. E, eram tão maciçamente construídas que até mesmo as maiores máquinas de artilharia poderiam ser seguramente operadas de seus telhados sem prejudicar a estrutura abaixo. Ele revistou a artilharia no caminho, aprovando os onagros e os múltiplos equipamentos de disparar flechas com austera satisfação. Até mesmo aprovou algumas novas máquinas inovadoras que deveriam arremessar recipientes com fogo. Nenhum dos homens que operavam as máquinas parecia muito bom em combate corpo a corpo; eram apenas guardas da cidade e técnicos, mas teriam que servir. Ele vistoriou tudo e elogiou ou reprovou o que devia. A cada unidade de artilharia que verificava e com a qual falava sobre o futuro ataque, saía mais sombrio e mais decidido que antes.

Os dois príncipes godos de seu grupo estavam impressionados com as muralhas: o feito de engenharia sobre o qual frequentemente ouviam falar, mas que até então tinham repudiado como exagero. Turismundo inclinou-se para fora da Porta Militar V, olhando o vale de Lico, assimilando as múltiplas defesas da cidade antes que qualquer agressor pudesse ao menos começar a escalar as muralhas primárias, iniciando pela vala exterior de 18 metros de largura e 9 de profundidade. Ele fez uma pausa e se virou para Aécio, parecendo intrigado.

— Senhor, estou escutando alguma coisa.

Aécio fez que sim.

— Continue olhando.

Uma brisa leve subiu das pedras descobertas abaixo, então, como se de debaixo da terra, veio um som baixo e invasivo. Houve um fio de água no revestimento árido da vala abaixo, e em seguida um súbito e poderoso jorro de águas espumando, vindas do mar, onde as comportas foram abertas conforme as ordens de Aécio. Os príncipes fizeram uma algazarra. Em minutos, o grande fosso estava inundado a uma profundidade de quase 8 metros. A água do oceano se acomodou e acalmou, reluzente e opaca.

— Os hunos não gostam de água — murmurou Teodorico.

— Observe que o fosso é dividido em segmentos — comentou Aécio —, em vez de ser uma vala contínua. Por quê?

Turismundo franziu o cenho.

— Para mim isso nos enfraquecia. Essas paredes divisórias... Os hunos podem atravessar por cima delas a pé.

Aécio bufou.

— Um de cada vez, fila única. Podemos derrubá-los facilmente. Não, essas paredes divisórias são o artifício mais brilhante do prefeito Antêmio. O que os hunos vão fazer quando se depararem pela primeira vez com os aquedutos fora da cidade?

— Havia passado pela minha cabeça — murmurou Teodorico. — Vão destruí-los.

— Envenená-los, obstruí-los, quebrá-los, que seja. Exatamente. Mas primeiramente, antes disso, cada uma de nossas cisternas estará cheia até a borda. Em segundo lugar, essas paredes divisórias abaixo de vocês escondem aquedutos ainda mais profundos. Os hunos nunca se darão conta. Nosso abastecimento de água vai continuar, ainda que reduzido de forma severa, mesmo com nossos grandes aquedutos arqueados destruídos.

Os príncipes ficaram boquiabertos diante de tamanha engenhosidade.

Tendo atravessado esse primeiro obstáculo, a nado ou usando barcos, pontões ou pesadas madeiras amarradas lado a lado, os invasores teriam que escalar um baixo muro denticulado e em seguida enfrentar um terraço exposto de 9 metros de largura. Este era o primeiro campo de batalha, exposto debaixo do sol antes de outro muro recortado mais alto, de 2 metros de espessura, 9 de altura e com 96 torres em sua extensão. Até mesmo os mais experientes artilheiros, usando as mais minuciosamente calculadas trajetórias para seus projéteis, achariam quase impossível atingir esta segunda muralha em seus alicerces e causar algum tipo de dano mais sério. Se os invasores conseguissem escalar a segunda muralha, encontrariam outra plataforma mais ampla e cruelmente exposta, mais larga que a última, e então o obstáculo final: as próprias muralhas, sem comparação, as mais altas do mundo. Com quase 5 metros de espessura, e mais de 12 metros de altura, e com ainda outras maciças 96 torres de defesa. Nem mesmo as muralhas da Babilônia em seu apogeu poderiam fazer frente às muralhas de Constantinopla; muralhas em cujos amplos topos, Heródoto conta, os jovens da antiga Assíria costumavam apostar corridas à noite, em carruagens puxadas por quatro cavalos lado a lado. Mil anos atrás.

Aécio observou os rostos dos príncipes brilhando agora, cheios da confiança da juventude e da fome de batalha, e relembrou a eles que os hunos teriam aprendido muita coisa com o cerco e com a destruição de dúzias de cidades antes. Também havia a doença.

Também haveria falta de comida e de água, com o formigueiro de gente na cidade enchendo-se ainda mais com a chegada dos refugiados. Não poderiam esperar qualquer ajuda, qualquer força de socorro, qualquer derrubada do cerco por ações de fora. Não haveria misericórdia se a cidade perdesse para Átila, apenas o mesmo massacre universal que ele já perpetrara antes.

— E não temos forças defensivas das quais nos gabar — acrescentou.

— Temos artilheiros, e os senhores-lobo.

— Quarenta e quatro homens, sim. Duas centúrias da Guarda Imperial, alguns auxiliares. O exército de Átila pode ter 100 mil homens, e teve a Trácia e a Mésia inteira atrás de si para saquear e se alimentar. Não conseguimos romper uma única via de abastecimento. Nem seus homens nem seus cavalos passarão fome, mesmo com a aproximação do inverno. Nós temos apenas o que já está dentro destas muralhas. E talvez algumas horas para nos preparar para o ataque.

Os príncipes pareciam bem diferentes agora, mas Aécio não se arrependeu. A verdade deveria prevalecer.

Como se para confirmar seu grave diagnóstico, um centurião apareceu diante deles e tirou-lhes a atenção. Era Tatullus. Apenas o terceiro centurião na cidade inteira, e já nomeado por Aécio como seu sucessor no comando.

— Senhor. Relatório de pessoal.

— Prossiga.

— Senhor. Duas centúrias da Guarda Palatina posicionadas ao lado do palácio, 160 homens debaixo de ordens para permanecerem lá. Quatro sobreviventes da Legio VII, incluindo eu, senhor. Duas *alae* de tropas auxiliares dos mercenários isáuricos, de lealdade incerta, números severamente reduzidos, sobreviventes de Tessalônica e Trajanópolis. Cerca de oitenta cabeças. Neste momento, aquartelados na frente do Fórum de Arcádio. Complemento da guarda da cidade, algumas centenas, não treinados, armados com bastões. Bastante capazes de policiar uma multidão, mas numa batalha não seriam páreo para minha avó, senhor. Operadores de artilharia, desarmados e sem armaduras, inexperientes em corpo a corpo, mas um complemento inteiro. Uma máquina em 56 das 96 torres. Nenhum arqueiro especializado, senhor. Nenhuma...

— Nenhum arqueiro? Na cidade inteira?

Tatullus permaneceu sem demonstrar emoção.

— Não senhor, nenhum.

Aécio cerrou os punhos.

— Muito bem. Continue.

— Este é o relatório de pessoal, senhor. Nenhuma cavalaria. E é isto. Além da população civil, de cerca de um milhão, mais 40 ou 50 mil refugiados.

— E 44 senhores-lobo — completou Teodorico. — Arqueiros, lanceiros, espadachins.

Aécio refletiu. Cerca de trezentos homens para lutar ao todo.

— Alojem todos os refugiados em casas já existentes, ninguém deve ficar acampado nas ruas, entendeu? A cidade deve ser mantida escrupulosamente limpa. Nenhuma esmola dos celeiros do Estado até eu mandar. Faça com que a guarda da cidade certifique-se disso. Ordene que os auxiliares fiquem nas muralhas. E seus três homens junto com — ele se virou para Teodorico — seus guerreiros.

Cento e trinta homens, incluindo oitenta mercenários das montanhas dos desertos da Capadócia. Que Cristo tivesse piedade. A Guarda Palatina deveria ser liberada para lutar nas muralhas. Ele enviou uma mensagem urgente para o palácio.

Quase imediatamente, ali diante dele, estava outro mensageiro, o rosto branco e tenso. Um mensageiro do palácio.

— Posso ter a honra de me dirigir ao general comandante Aécio?

— Pode. Fale, homem.

— Estimado senhor, navios têm sido vistos passando ao leste pela Ásia Menor, vindo nesta direção. Um pequeno grupo, atravessando até a Calcedônia, avistou suas velas sobre Propôntida e corajosamente voltou para nos avisar.

O sangue de Aécio congelou.

— Navios? Quantos?

— Disseram... Disseram uma flotilha, senhor. Um número grande, não contado com precisão.

— Mas, mas... — interrompeu Teodorico, parecendo surpreso — Os hunos podem ter dominado as armas de cerco, mas não têm forças navais. É impossível.

Aécio se virou para encará-lo tão furiosamente que o príncipe quase recuou diante dele.

— Quando sua irmã... Qual o nome dela?

— Amalasunta.

— Quando a pobre moça terá que se casar com Genserico?

— Eu... Eu não faço ideia, senhor. Eu... Ela já está noiva dele...

A pobre garota. Uma criança, uma ágil e risonha criança da última vez em que a vira na corte do rei Teodorico em Tolosa, jogando os braços magros em volta da cabeça velha e desgrenhada do pai. Agora um mero peão nesse catastrófico jogo de xadrez, que estava se tornando uma guerra pelo destino do mundo.

— Reze a Deus para que ela ainda não tenha sido enviada para Cartago.

— Mas... Os vândalos são nossos aliados. Fizemos antigos juramentos teutônicos de lealdade de san...

— Tarde demais, garoto. São navios vândalos que estão cruzando o Propôntida, vindo na nossa direção. São aliados de Átila. Agora estamos em guerra, nós e Genserico, e seu pai em breve terá que escolher de que lado está. Não receberemos suprimentos ou reforços pelo mar agora. — Ele se virou para o mensageiro e ditou o mais novo resumo da situação para o imperador, sem poupá-lo dos piores detalhes.

— E a marinha bizantina? — perguntou Turismundo.

— Não tem pessoal. Não tem marinheiros. Morreram com o exército de campo em Utus. Dei ordens para que os navios fossem afundados para bloquear o Corno de Ouro.

Teodorico fez o sinal da cruz.

— Se for verdade que os vândalos se aliaram aos hunos...

— É verdade.

— Então meu pai fará que paguem com sangue.

— Rezo para que assim seja — disse Aécio. — Já afirmei isto antes: seu povo pode ser a última esperança de Roma.

O mensageiro retornou sem fôlego do palácio imperial poucos minutos mais tarde. A Guarda Palatina fora liberada para seu dever nas muralhas, e o Divino Imperador Teodósio retirara-se para sua capela particular para ouvir a missa e rezar. Desejava não receber mais qualquer mensagem do general comandante Aécio até a vitória ser conquistada. Até então deveriam confiar apenas em Deus e em sua Santa Mãe.

Tatullus trouxe dois homens consigo, de aparências muito distintas. Um claramente era o capitão da Guarda, sem dúvidas o primogênito de uma das famílias mais nobres e aristocráticas de Constantinopla: um homem alto, belo, e de aparência ligeiramente arrogante usando uma couraça negra e brilhante, seu capacete com a crista escura debaixo do braço. Ele saudou elegantemente. Devia estar afoito pela batalha e pela glória, coçando-se por ter que permanecer atrás dos quartéis da cidade como o guarda-costas pessoal do imperador. Esta era sua chance.

— Capitão Andrônico, senhor. Primeiro comandante da Guarda Imperial.

— Seus homens estão em forma e prontos?

— Como nunca estiveram, senhor.

— É bom que estejam. Como é sua aritmética, homem?

— Aritmética, senhor?

— Escutou certo. As muralhas de Teodósio têm cerca de 5 quilômetros de extensão, do Corno de Ouro até o mar de Mármara. Você tem 160 homens, mais oitenta auxiliares.

— E uma coluna de guerreiros godos, ouvi dizer?

— São minha guarda. Será um cálculo fácil para você distribuir seus homens ao longo das muralhas, certo?

Andrônico pareceu distante por um momento, e em seguida sorriu.

— Os 5 quilômetros... Dão cerca de 6 mil passos. Isso dividido pelo número de soldados dá... Cerca de um homem a cada 25 passos.

— Certo. Não é muito, é, soldado?

— Não, senhor.

— Seus homens terão um prato cheio.

— Não tema por isso, senhor. Meus homens são tão bem treinados quanto qualquer um do império.

Bem treinados, sim, uma elite; mas pouco usados. Talvez isso fosse uma coisa boa. Estariam ansiosos para testar seus próprios limites.

— Deve ter notado também, soldado, que temos três muralhas defensivas nesta cidade. Se enchêssemos todas com homens, qual seria o espaçamento?

— Um homem a cada 75 passos, senhor. Poucos demais.

— Exatamente. Mesmo encher de homens apenas duas muralhas seria abusar da sorte. Só podemos defender a muralha interna. Sem chances de defesa em profundidade desta vez. Em outras palavras, seus homens precisarão conter seus nervos como veteranos, porque em algumas horas ou dias, por quanto tempo nosso inimigo, em sua bondade e consideração, nos permitir, 100 mil hunos atravessarão o fosso e a primeira muralha, praticamente desimpedidos a não ser pelo que nossa artilharia conseguir fazer. Em seguida, passarão pela segunda muralha, ainda praticamente desimpedidos. Apenas na terceira e última muralha vocês terão sua chance de lutar. Um homem a cada 25 passos. A imensidão dessa nossa tarefa por acaso o impressiona, capitão?

O belo *miles gloriosus* sorriu novamente com satisfação.

— Mal posso esperar para arregaçar as mangas, senhor.

— Seus homens não são arqueiros profissionais, correto?

— Sabem lidar com um arco, senhor.

— Muito bem, então. Agora ponha-os em cima. Quero a Guarda a postos da Torre de Mármore ao sul até a Porta de São Romano. Ao norte, pelo Palácio de Blaquerna até a Porta de Carísio, posicione seus auxiliares. A Guarda da cidade estará na reserva em pontos-chave se a situação se tornar desesperadora.

Andrônico retorceu desdenhosamente sua boca belamente esculpida. Deveras desesperadoras. A indignidade de ter que lutar ao lado de camponeses, com seus bastões e podões!

— E o vale do Lico e a Porta Militar V, senhor?

O ponto fraco, o ponto crucial, onde a glória seria conquistada ou perdida, e o destino da cidade, definido.

— Meus aliados godos — respondeu Aécio. — Mas não se preocupe, soldado. Todos terminarão lutando lá mais cedo ou mais tarde, não tenho dúvidas.

Ele se virou para o segundo homem, uma figura atarracada e corpulenta, com uma espessa e malcuidada barba grisalha.

— E você é?

Ele não o saudou.

— Tarasicodissa Rousoumbladeotes.

Ele repetiu o nome perfeitamente, depois de ouvi-lo apenas uma vez. Poucos homens haviam conseguido aquilo. Tarasicodissa Rousoumbladeotes o saudou.

Aécio assentiu.

— Muito bem. De agora em diante o chamarei de Zenão, então é bom se acostumar. Escutou?

— Escutei.

— Você e os homens de sua tribo são muito famosos por banditismo, em suas montanhas da Cilícia. — Zenão o olhou ameaçadoramente. — Mas aqui terão a chance de conquistar uma reputação melhor. Seus oitenta defenderão as muralhas do Palácio de Blaquerna até os hunos serem destruídos. Sim?

O chefe concordou.

— Agora se mexam, vocês dois. Há trabalho a fazer.

Apesar dos homens nas muralhas — ou talvez por causa disso, já que os resultados foram visivelmente sutis —, a atmosfera da cidade ficava mais histérica a cada hora, conforme o dia escurecia. Duas vezes ouviu-se um grito saído de uma igreja ou torre do palácio alertando que uma grande tropa vinha do oeste, e duas vezes isso se provou uma mentira. Da segunda vez, verificou-se ser uma grande e escura nuvem de gralhas. Aécio mandou avisar que o próximo alarme falso resultaria em chicotadas nas costas.

Também lhe disseram que um garoto havia tido uma visão da Virgem nas muralhas, segurando uma espada em chamas, pronta para lutar ao lado de seu amado e leal povo pela Cidade Sagrada de Bizâncio.

— Provavelmente ele só tomou vinho demais — disse Tatullus, olhando fixamente para o crepúsculo.

— Pelo contrário — discordou Aécio. — Um milagre. — Ele mandou que o mensageiro espalhasse a notícia.

— Senhor?

— Espalhe a notícia, seu idiota! A Virgem foi vista nas muralhas. Leve o garoto por aí, dê-lhe vinho para afrouxar a língua, encoraje o visionário dentro dele. Encontre outros que possam confirmar a história. Mexa-se.

Tatullus sorriu em meio à escuridão. O general comandante transformava tudo em arma contra o inimigo, até mesmo ilusões religiosas. Então franziu o cenho. As gralhas estavam voltando da penumbra, voando em círculos, mais uma vez, como se incapazes de parar em sua colônia no alto das árvores.

Aécio se juntou a ele.

— Estão infectadas com o pânico geral da cidade — observou o general.

— Lá embaixo, na rua — murmurou uma voz ali perto. Era Arapovian, não pedindo permissão para falar diante de oficiais de comando, como era sua característica. — Vi um gato se enroscar e tentar dormir, depois pular de pé novamente com o rabo para cima. E... — Ele hesitou, mal ousando comunicar novas más notícias. Havia visto uma cidade cair diante dos hunos, e sobrevivera ao desespero entre suas ruínas. Não queria ver mais uma. Não esta cidade, também.

— Continue, homem.

— Hoje à tarde vi minha taça de água tremer quando estava na muralha. Vi sua superfície se agitar.

Tatullus se enrijeceu. As gralhas circulavam, grasnando. Aécio sussurrou:

— Ah, não. Por favor, Deus, não.

— Conheço os sinais: são comuns em meu país. O gato, a água, essas gralhas...

— Não. — Aécio colocou as mãos em cima das ameias. Subitamente estas poderosas muralhas pareciam feitas de teias de aranha.

Arapovian balançou a cabeça austeramente.

— Há um terremoto a caminho.

CAPÍTULO 17
AS MURALHAS

À noite, começou a chover. Não podiam dormir, abrigando-se a sotavento das muralhas. Se Arapovian estivesse certo, deveriam procurar abrigo no fórum descoberto. Ou, ironia das ironias, lá fora, além das muralhas da cidade, na planície aberta. Ali estariam protegidos do terremoto, apenas para serem devorados pelos hunos. Dane-se tudo, danem-se as torres e dane-se aquele gato maldito.

Aécio dormiu brevemente, respirando rápido durante um pesadelo no qual andava sozinho numa costa deserta, com um tubarão monstruoso nadando pelas ondas à sua esquerda, enquanto à direita um leão faminto descia as dunas na direção dele, seus olhos cintilantes e amarelos. Se ele continuasse a vadear pelas ondas até a altura da cintura, nem o leão nem o tubarão conseguiriam alcançá-lo. Mas mesmo assim os seguiam de ambos os lados, companhias mortais, sabendo que ele iria se cansar muito antes deles... Ele acordou assustado, sem precisar de um vidente para interpretar aquele sonho.

Um contador de histórias caolho apareceu no meio da noite, de cabeça exposta, o cabelo grudado, os olhos vermelhos e brilhantes.

— Ah não, mais um louco com suas histórias não, *por favor* — disse Malchus.

Mas o sujeito queria que eles soubessem que os Sete Adormecidos de Éfeso tinham acordado. O fim realmente estava próximo.

Cansados, pediram para que explicasse. Agachado diante deles debaixo da chuva que caía, ele contou que gerações atrás, quando o imperador Décio estava perseguindo os cristãos, sete jovens nobres de Éfeso esconderam-se numa caverna nas montanhas próximas. Décio ordenou que a caverna fosse selada e os deixou à mercê de seu amargo destino. Tinham dormido ilesos e protegidos por Deus durante 187 anos. Então, ultimamente, o escravo de Adólio, que era dono da caverna, chegou para retirar algumas pedras para usar em construções. O sol inundou a caverna e os Sete Adormecidos acordaram, achando que só se passara uma noite.

Enviaram um deles, Jâmblico, até Éfeso para comprar pão para o café da manhã. Ele foi até a cidade, surpreendendo-se ao ver uma imensa cruz acima do portão principal. Ofereceu ao padeiro uma moeda de Décio, falando de maneira antiquada e vestido de forma peculiar. Acreditando-se que possuía um tesouro secreto, Jâmblico foi arrastado até um magistrado na basílica. Uma investigação oficializou os impressionantes fatos. Todos foram ver a caverna — o magistrado, o capitão da Guarda, o prefeito da cidade — e tudo se provou ser exatamente como Jâmblico contara. Com aquilo, os adormecidos abençoaram seus visitantes, voltaram para dentro da caverna, satisfeitos por terem vivido para testemunhar o Triunfo da Cruz, e pacificamente se deitaram e morreram.

Houve silêncio, quebrado apenas pela chuva caindo. Um cão vira-lata tamborilava em meio ao aguaceiro. Era uma história estranha. Finalmente Malchus ofereceu uma moeda ao homem, mas ele disse que não havia necessidade. O fim estava sobre eles agora. Ele os fitou com seu único olho vermelho.

— O Senhor cuida de todas as almas — falou suavemente. — Esta noite, esta noite. Todas as noites, pelo fogo, pelo granizo e pelo calor da vela, Cristo vai receber sua alma.

Um pássaro noturno gralhou na escuridão acima das muralhas. E então a terra começou a tremer.

Enquanto corriam, escutaram um grande grito no meio da escuridão, mais terrível ainda por ser o berro de um homem de aço. Era o general, finalmente cedendo ao desespero.

O terremoto durou no máximo um minuto, talvez. Um grande estrondo na terra, o chão se movendo debaixo dos pés do povo, urros de puro pavor dos animais. Dentro das casas dos ricos, os pisos de mosaico estriaram e amarrotaram, os candelabros chacoalharam, pararam e desabaram. Preciosos vitrais das igrejas trincaram e em seguida explodiram. Paredes estremeceram e derramaram seu gesso entre nuvens de poeira. Pedras caíram e corpos foram brutalmente soterrados debaixo delas.

Durante o terremoto, e por horas depois dele, a chuva de outono caiu sem parar. Se antes a cidade encontrava-se num estado de silêncio e histeria contida, agora o caos estava à solta. Na encharcada meia-noite os sinos das igrejas de Santa Iria, da igreja de Chora e da grande basílica de Santa Sofia soaram, como se convocando o povo para seu julgamento. Os sinos dos Apóstolos subitamente ficaram quietos, e então se ouviu um terrível choque metálico. O terremoto enfraquecera a torre do sino, e ela desabara. Quatro sineiros morreram.

As ruas viraram lama, os animais estavam enlouquecidos, o povo gemendo corria de um lado para outro com tochas acesas. Alguns tentavam escapar da cidade. Mesmo na noite escura como breu, na chuva forte, corriam até os portos arruinados, empurravam os poucos guardas que lá estavam e se empilhavam em pequenos barcos. Alguns tentavam até atravessar o Bósforo a nado. Mas as correntes estavam fortes, as ondas selvagens e altas depois do tremor de terra, e no dia seguinte o sol nasceu acima da visão de centenas de corpos levados até as douradas costas da Ásia como algum tipo estranho de alga. As primeiras oferendas.

Das profundezas de seu desespero, de alguma maneira o general comandante se sacudiu e encontrou forças e determinação para ir adiante. Deu ordens para que ninguém mais passasse. Todos os barcos remanescentes, até os menores botes e jangadas, deveriam ser destruídos, e mesmo os menores portos de Juliano e Constâncio e de Santa Maria de Odigitria deveriam ser bloqueados. O general estava ubíquo em seu cavalo branco, num momento indo até o Hipódromo, retirando os muito refugiados abrigados lá e aquartelando-os em casas existentes, no próximo inspecionando as cisternas de Élio e Mócio, agradecendo a Deus por nenhuma das duas ter sido rompida durante o terremoto. Por precaução, ele passou um sermão em seus fiscais e insistiu que os grandes tanques deviam estar em seus níveis máximos — especialmente nesta maldita chuva.

Ele intimidava a guarda da cidade em cada esquina, esforçando-se para conter e acalmar o povo histérico. Dirigia-se à população às vezes, sentado em seu cavalo branco, e ela se acostumou a vê-lo. Mandou que voltassem à suas casas e permanecessem calmos. Esta era sua maior esperança agora, numa cidade abandonada, encharcada e quase inteiramente arruinada por um terremoto. Do lado de fora das muralhas seus destinos seriam muito piores. Então cavalgou para o norte e viu o Corno de Ouro, seu cavalo abrindo caminho em meio aos destroços de barracos, estábulos e até mesmo casas feitas de pedra desmoronadas. Assentiu com aprovação por ao menos uma ordem ter sido executada corretamente. As águas, em geral plácidas, ainda estavam agitadas pelos tremores secundários, e liberavam uma névoa escura debaixo da chuva, parecendo espetadas com os mastros e ripas de barcos afundados até a metade, um caminho intransitável cheio de obstáculos. Ainda mais importante, a Grande Corrente fora passada pela boca do Corno de Ouro, da torre bem debaixo da Acrópole — misericordiosamente ainda de pé — do lado oposto, presa nas paredes de Gálata. Nenhum navio poderia atravessar a corrente.

Que os navios vândalos venham, pensou amargamente, *através do terremoto e da tempestade. Não chegarão a lugar algum. Toda nossa atenção estará nas muralhas.* Então ele refletiu por um momento e mandou que buscassem uma, apenas uma, máquina de artilharia das muralhas de Teodósio, a que fosse mais longe do Portão Militar V, e levada até ali para ser posicionada no alto das torres do Portão de Santa Bárbara, acima da corrente. Se os navios vândalos se agruparem aqui como os amadores que são, pelo menos poderemos atingi-los facilmente, por vingança, algumas vezes. Faria bem para a moral.

Então... as muralhas. Ele se virou com o coração pesado e cavalgou para o oeste. Enquanto dava a volta na porta de Carísio, avistou o pior. Parte das muralhas estava arruinada. Em alguns lugares, as porções entre as torres não estavam mais altas que uma pessoa. A chuva diminuiu e parou e o sol nasceu abruptamente, fazendo subir uma neblina do meio das pilhas de alvenaria quebrada.

Ele subiu uma das torres e viu que as grandes muralhas internas haviam sofrido ainda mais. Merda de sorte. Mas havia um pequeno consolo: o fosso parecia não ter se rompido. Ainda continha 6 ou 9 metros de água, agora cobertas por uma fina camada de poeira de calcário das muralhas estremecidas e sacudidas.

Ele percorreu os 5 quilômetros ao sul com os príncipes visigodos, Tatullus e o capitão Malchus. O chefe isáurico, Zenão, foi até eles para avisar que as muralhas do palácio de Blaquerna mal foram tocadas. Mas além daquilo, a situação era terrível. Torre após torre fora sacudida até virar pó, pilhas de tijolos e pedras, misturados com o mármore claro de orgulhosos portões de entrada, sujos de vermelho da poeira dos tijolos. Estátuas quebradas estavam deitadas no chão ao lado de pessoas quebradas. O que os mais treinados e poderosos sitiantes não teriam conseguido em um mês, a natureza fizera em um minuto. Todos cavalgavam silenciosamente, pensando a mesma coisa. Deus se virara contra nós. Fomos julgados.

— Verifiquem os batedores. — Foi a única ordem que Aécio poderia dar.

Ao chegarem à parte sul das muralhas, tinham contado 57 das 96 torres como danificadas ou desabadas, e quase metade dos muros na mesma situação.

— Encontrem o oriental — ordenou.

Descansaram seus cavalos. O sol de setembro brilhava acima deles. Moscas zumbiam acima das poças em meio ao ar úmido. Nenhuma palavra era dita. Então Arapovian chegou. Ele os saudou.

— Então, oriental — começou Aécio. — Com seu profundo conhecimento sobre terremotos, diga-me: se os hunos estão a 80 quilômetros de distância, terão sentido também?

— Eu não sei, senhor. Se estiverem a mais de 300 quilômetros de distância, então talvez não.

Aécio refletiu. Os aquedutos ainda fluíam, não tinham sido destruídos. Talvez ainda tivessem uma chance.

Ele pensou alto:

— No instante em que o sentirem, para eles será Astur sacudindo Seus inimigos até tombarem. Será nosso merecido julgamento. E virão para cá a galope. Mas existe uma possibilidade, ainda que pequena, que desconheçam nossa calamidade.

— Então o que faremos? — perguntou Tatullus. — Além de lutar até a morte?

— Além de lutar até a morte — respondeu Aécio —, um destino que certamente nos aguarda, reconstruímos as muralhas.

Os homens o fitaram longa e duramente.

— Temos um milhão de pessoas disponíveis, fazendo nada no momento além de chorar e rezar. Vamos colocá-las para trabalhar. Qualquer idiota pode aprender a construir uma muralha.

Seus olhos passaram por uma seção ainda de pé, e pararam numa velha lápide usada para reforçar um ponto fraco. "*À memória de Crescens*", diziam as letras grosseiras, "*revendedor de óleo do pórtico de Pallas, nascido na entrada do Danúbio, torcedor dos Azuis durante toda sua vida.*" Na própria muralha ali perto estava rabiscado: "*Viva os Verdes! Abaixo os Azuis!*"

O rosto de Aécio mais uma vez se encheu da velha e profunda resolução.

— Arranjem-me dois times — começou. — Todos nesta cidade são quase tão loucos por corridas de carruagem como são pela Santa Mãe. Todos torcem ou pelos Verdes ou pelos Azuis. Mande que todos os Verdes se reúnam na Torre de Mármore. Todos os Azuis devem ficar ao norte, na igreja de Chora. Ordenem que todos os pedreiros da cidade os supervisionem. Vamos organizar uma competição. — Ele inspecionou as expressões surpresas. — Estão pensando que esta não é hora para jogos. Pelo contrário, esta é exatamente a hora de jogar. O espírito de competição entre Verdes e Azuis é uma coisa maravilhosa! — Ele acrescentou ironicamente: — Quando não estão se matando pelas ruas.

Seus homens continuaram encarando.

— Mexam-se! — ordenou.

Dos batedores vieram notícias de que nenhum inimigo fora avistado até então. A água ainda fluía até as cisternas dos grandes aquedutos. Era um milagre. O terremoto fora desastroso, mas agora parecia que Deus havia mudado de ideia. O Deus que destrói e abençoa em um só fôlego.

Da mesma forma que Ele parara o sol no céu para Josué, agora parecia estar retardando o avanço dos hunos. Se atacassem agora — cientes do terremoto — a cidade seria deles em poucas horas.

E assim os cidadãos da Cidade Sagrada de Bizâncio, homens, mulheres e crianças de todas as estações, tornaram-se pedreiros e construtores. Crianças carregavam grandes baldes de água e pequenos sacos de argila e areia. Os mais velhos misturavam a argamassa. Homens mais fortes, inspecionados por pedreiros experientes, recuperavam todas as pedras que conseguiam e começavam a rearranjá-las. Guindastes grosseiros foram improvisados com pranchas de madeira desabadas de casas desmoronadas, ou de pedaços de andaimes de madeira amarrados com corda. Mulas estavam sendo usadas, e trabalhavam duro, mas nunca até morrer: sua força era valiosa demais para ser desperdiçada.

Nas torres remanescentes, a Guarda e os Auxiliares, os guerreiros e a artilharia, olhavam para o horizonte sem parar. Ninguém chegava. Os aquedutos ainda fluíam. Era um milagre.

Aécio mandou água para os trabalhadores, mas não comida.

— Comeremos à noite, não antes. Podem trabalhar o dia todo de barriga vazia. Apenas continuem levando água. — Ainda assim, quando a noite chegou, depois de pequenas e ligeiras refeições de pão e carne, muitos continuaram trabalhando à luz das tochas. Rostos suados e enegrecidos foram acesos por um vermelho-fogo, como trabalhadores do inferno.

— Esses bizantinos — grunhiu Tatullus, impressionado, apesar de não querer estar. — Achei que só o que faziam era rezar e discutir teologia.

Depois de um curto sono aquela noite, Aécio recebeu uma mensagem já quase de madrugada do fiscal da cisterna de Mócio. Ele foi até lá inspecionar. Cidadãos estavam enchendo seus baldes das bicas abertas na base. O fiscal cumprimentou o general respeitosamente, espantou o povo, fechou as bicas, então pediu a ele que subisse os degraus e olhasse dentro da cisterna. Aécio fez o que ele pediu. Não estava mais entrando água. Ele olhou para baixo interrogativamente.

— O Aqueduto de Valente — começou o fiscal — é que abastece essa cisterna.

— Mas ele foi cortado?

— Foi — confirmou o fiscal.

Então não estavam muito longe agora.

Ele foi olhar as muralhas, e poderia ter chorado. O povo deitava-se de boca aberta na poeira, e estava exausto. E as muralhas...

Diferentemente do povo, estavam longe de acabadas.

Foi quando os homens da Igreja mostraram seu fervor, sua fé na proteção do Cristo e de sua Mãe Sagrada, que nunca falhava. Trouxeram o mais Sagrado Ícone da Hodegetria, Aquela que Abre o Caminho, pintada pelo próprio São Lucas, para as ruas da Igreja do São Salvador em Chora perto das muralhas da cidade, colocaram o ícone num catre de madeira e seguiram pelas ruas estreitas, balançando incensários, cantando salmos penitenciais. Padres de mantos negros, eclesiásticos que dirigiam o coro e leigos descalços cantavam da mesma maneira os quartos assombrados dos antigos hinos, andando debaixo do ícone bamboleante, dourado e cheio de joias e decorado com fragmentos da Vera Cruz. Em outros cantos da cidade, bispos em vestimentas brocadas erguiam seus báculos abençoando, e diáconos jogavam água benta nos fiéis com ramos de manjericão seco.

Ergueram a figura mumificada de Santa Eufêmia de seu caixão aberto e a exibiram pelas ruas na bênção, sua cabeça como um melão seco. Grupos de monges sírios saíram de seus monastérios, cantando suas longas litanias para o Cristo crucificado e chamando os fiéis de volta ao trabalho, proclamando que *"laborare est orare"*, e dizendo que o Senhor dos Exércitos estava com eles. Uma música bombástica saía do interior de cada igreja da cidade naquela manhã, as portas deixadas abertas para que os magníficos cânticos e liturgias da Igreja Romana fossem ouvidos, avançando como a maré para fora daquelas vastas basílicas cobertas de mosaicos cintilantes, com suas tapeçarias de seda bordadas penduradas e milhares de lamparinas em maciços candelabros de prata.

A verdadeira fé move montanhas. O povo acordou e trabalhou durante todo aquele dia. Era um domingo, mas hoje, de todos os dias, Deus os perdoaria por ter quebrado o Sabá.

Um grupo de trabalhadores dos Verdes, jovens e cobertos de poeira, chegaram na Porta Militar V e perguntaram como deveria ser restaurada a danificada Porta Áurea, a magnífica Porta Dourada construída por Teodósio, o Grande. Aécio respondeu:

— Um soldado luta melhor quando sua armadura está tão bem polida que ela brilha como prata contra a luz do sol.

Então, mesmo com os exércitos de Átila vindo na direção deles, aqueles jovens inexperientes reconstruíram aquela cintilante maravilha de mármore branco e ouro, até ela ficar exatamente como era antes. Os quatro grandiosos elefantes de bronze foram erguidos novamente, um deles consertado numa fornalha ali perto, e colocados acima da entrada. Ainda mais inspirador, as duas vitórias aladas foram mais uma vez colocadas em seu lugar adequado, um pouco agredidas, mas olhando ousadamente para as planícies em volta, as asas esticadas. Centenas de pessoas revezavam turnos de trabalho numa velocidade furiosa e então descansavam. À noite, o portão estava mais ou menos como fora antes do terremoto. Houve grande alegria entre os Verdes por causa daquele feito, seus espíritos elevados, então dançaram e cantaram espontaneamente hinos e salmos de louvor pelas ruas. As notícias daquela realização chegaram aos ouvidos dos Azuis, cujo ritmo de trabalho foi redobrado pela inveja.

Foi o príncipe Teodorico quem primeiro fez a observação para Aécio a respeito de Deus e seus meios misteriosos. Aécio concordou, finalmente, quase se permitindo sorrir. Quando os hunos atacassem, as muralhas não estariam como haviam sido. Mas podia ser o bastante. Além disso, a façanha do povo da cidade injetara mais ânimo do que jamais sentiram antes. A ação torna os homens corajosos, a inação os torna tímidos. O terremoto podia ter danificado as muralhas, mas talvez tivesse sido uma bênção disfarçada. Enchera os cidadãos com um peculiar e novo ardor. Agora esperavam a batalha começar com a ansiedade daquele capitão Andrônico de sangue quente. Aécio sentiu pela primeira vez que ele e suas poucas tropas não estavam sozinhos. Havia um milhão de pessoas atrás deles. Era uma sensação boa.

Finalmente, no final daquela noite de domingo, os Azuis e os Verdes se juntaram na Porta de São Romano, e não havia mais inimigos entre os dois grupos. Haviam conquistado maravilhas juntos, e, além disso, estavam exaustos demais para inimizades. Abraçaram-se como irmãos, depois se sentaram no chão, encharcados de suor, tossindo e doloridos, cobertos de ocre com a poeira dos tijolos e das pedras, e com energia apenas para comer e beber. Então seu amado patriarca Epifânio foi vê-los, e pregou para eles do Livro de Ezequiel, tendo instruído que aquele mesmo texto fosse proclamado em todas as igrejas e em todo lugar público pela cidade inteira.

Ele pregou sobre Gogue e Magogue, os demônios da visão de Ezequiel vindos do norte, e disse que essa época havia chegado, que Gogue e Magogue estavam chegando até eles. Mas o Senhor dos Exércitos não abandonaria seu povo, Israel.

— Virás, pois, Gogue e Magogue, do teu lugar, lá do extremo norte, tu e muitos povos contigo, montados todos em cavalos, uma grande companhia e um exército numeroso; e subirás contra o meu povo, Israel, como uma nuvem, para cobrir a terra. Nos últimos dias, hei de trazer-te contra a minha terra, para que as nações conheçam a mim, quando eu tiver vindicado a minha santidade em ti, ó Gogue, diante dos seus olhos. E contra meu povo, não prevalecerá.

"E os montes serão postos abaixo, e os precipícios serão desfeitos, e todos os muros desabarão por terra. E chamarei contra ele a espada sobre todos os meus montes, diz o Senhor Deus; a espada de cada um se voltará contra seu irmão. Contenderei com ele também por meio da peste e do sangue; farei chover sobre ele e as suas tropas, e sobre os muitos povos que estão com ele.

"Eis que eu sou contra ti, ó Gogue, príncipe e chefe de Meseque e Tubal; e te farei voltar, mas deixarei uma sexta parte de ti. Com um golpe tirarei da tua mão esquerda o teu arco, e farei cair da tua mão direita as tuas flechas. Sobre a face do campo cairás; porque eu falei, diz o Senhor Deus."

Com estas palavras, um grande grito coletivo subiu do meio do povo: "O Senhor dos Exércitos está conosco!", e o príncipe Turismundo disse estar sentindo como se vivesse na época de Josué, Gideão, Davi e dos grandes homens de antigamente.

CAPÍTULO 18
UM HOMEM SANTO

Aécio se moveu ligeiramente com seu novo e inesperado exército de civis. Ele os dividiu em companhias de cidadãos, e imediatamente um novo ânimo pareceu surgir entre cada uma delas. Ele designou metade delas para ocupar as muralhas, e o resto como reservistas em quatro estações atrás, prontos para preencher buracos a qualquer momento. Seus projéteis eram pedras e escombros; suas armas, qualquer ferramenta de ferro que conseguissem juntar — espadas, enxadas ou podões —, mas suas expressões eram severas como as de soldados.

— Esta será uma luta bruta — falou Aécio a eles. — Mas tudo bem, considerando que vocês serão lutadores brutos. — Eles aplaudiram com força. — Estarão na muralha interna. As duas muralhas mais baixas diante de vocês estarão desprotegidas, e os selvagens virão se derramando por cima delas como uma enchente. Como vocês irão reagir? Vou lhes dizer como reagir: vão esvaziar seus intestinos ao vê-los.

"Então haverá um homem escalando a muralha para alcançá-lo e matá-lo. Ele terá um escudo nas costas, uma lança, uma espada e uma adaga, e terá matado muitos e muitos homens antes de você. Os crânios esquartejados desses homens que matou decorarão seu cavalo, e o guerreiro desejará tomar os de vocês para fazer a mesma coisa. Haverá uma constante chuva de flechas vinda de seus companheiros atrás dele, e talvez sejam os melhores arqueiros do mundo. Mas você estará acima dele, atrás de fortes ameias de pedra, algumas delas construídas por vocês mesmos. — Houve mais aplausos, um pouco mais sóbrios que os de antes. — Estão protegidos pela muralha. Ele, não. Devem matá-lo. Atinjam apenas uma vez. O espanquem, o derrubem, soquem-no com seu punho, um golpe calculado. Então se abaixem para se protegerem. A Guarda Palatina estará entre vocês, e todos irão obedecer a todas as ordens dela. Não precisam de mais treinamento. Agora vão para suas estações e façam seu trabalho."

E assim, subitamente, essa cidade pouco marcial, essa religiosa Nova Roma com suas intermináveis liturgias e emaranhados debates teológicos sobre a verdadeira natureza da Santíssima Trindade, tornou-se um tumulto animado de trombetas de bronze e botas com tachas marchando juntas. Teodorico disse que os bizantinos estavam tornando-se espartanos. Era um feito extraordinário, e ninguém parecia saber quem era o responsável.

Tatullus sugeriu que culpassem o terremoto.

Aécio sugeriu que culpassem o poder que criara o terremoto.

Por volta da metade daquela manhã, espalhou-se a notícia de que os batedores tinham voltado. Os hunos foram avistados: estavam a menos de 16 quilômetros. Pares de olhos espremiam-se para enxergar por cima das ameias, mãos suadas seguravam com força tesouras de jardim e podões, mãos trêmulas esforçavam-se para colocar algumas últimas pedras soltas em cima das muralhas denticuladas. Não se ouviam mais aplausos animados.

Um homem santo de olhos arregalados começou outro sermão, recitando para as mulheres e crianças reunidas na grande praça em volta da Igreja dos Santos Apóstolos. O texto era do Deuteronômio.

— O Senhor levantará contra ti uma nação de longe, da extremidade da terra, que voa como a águia, cuja língua não entenderás; nação feroz de rosto. E sitiar-te-á em todas as tuas portas, até que venham a cair os teus altos e fortes muros, em que confiavas toda a tua terra. E comerás o fruto do teu ventre, a carne de teus filhos e de tuas filhas, que te der o Senhor teu Deus, no cerco e no aperto com que os teus inimigos te apertarão.

Não foi uma escolha feliz de texto e, um pouco para a surpresa do pregador, o povo imediatamente virou-se contra ele. Apenas alguns dias antes teriam escutado, chorado e feito o sinal da cruz, mas agora uma mulher golpeou o mal-aconselhado profeta do apocalipse na cabeça com a parte chata de sua pá, e ele correu aos berros para um beco, perseguido por uma multidão raivosa que logo o alcançou e deu-lhe uma bela surra. Entre a multidão, disseram, havia até mesmo um ou dois diáconos de batina preta, intervindo com chutes de suas sandálias.

A noite caiu mais uma vez sobre a solitária e resoluta cidade. Alguns ainda trabalhavam, tentando reconstruir as muralhas da melhor forma possível, mas os pedreiros concordaram que elas já tinham ficado tão sólidas quanto podiam neste curto espaço de tempo. Apenas depois da escuridão ter coberto a cidade eles avistaram de suas muralhas e torres as incontáveis fogueiras que queimavam ao longe, na desolada zona rural. As últimas fazendas, algumas capelas isoladas, medas de feno e celeiros, todos incendiados por homens em pôneis maltrapilhos, suas rédeas e selas decoradas com escalpos, crânios e mãos decepadas.

Numa dessas desamparadas capelas, pouco mais que a cela de um ermitão na floresta, com paredes brancas, um altar de pedra vazio numa ponta e um grosseiro ícone de madeira sobre ele, um único homem santo havia permanecido enquanto todos os outros fugiram. Disse que iria para o céu como mártir para ficar com Cristo, e falava como se estivesse cansado, querendo apenas dormir.

Agora estava ajoelhado diante do altar rezando a Cristo, mesmo enquanto a porta de madeira da capela era escancarada atrás dele e escutava os passos dos cavalos e risadas baixas de homens. O primeiro homem na porta segurava uma adaga numa das mãos e tinha cintilantes olhos amarelos regozijando-se de modo faminto com aquela visão impotente diante dele.

Atrás dele, Orestes falou com urgência:

— Não se demore aqui. Este terremoto sobre o qual ouvimos terá feito um bom estrago.

Mas Átila se demorou, sorrindo.

Finalmente o padre se virou e fez o sinal da cruz ao ver aquela cena.

Átila adentrou a capela. Orestes baixou os olhos, sua mão ainda na maçaneta.

— Tentou me assassinar — disse Átila, chiando para o padre assustado, que já estava balançando a cabeça. Mas ele não se ajoelhou nem implorou por misericórdia. Apenas estendeu uma das mãos, tirou o pequeno ícone e o segurou contra o peito. Átila fixou o olhar no assustado padre, os olhos queimando: — Vingança pela vingança. Aqueles ratos romanos não me enfrentariam num campo aberto. Enviaram um assassino, uma víbora, para me colocar numa cesta pútrida. Agora vão sentir minha terrível fúria, agora não vamos poupar ninguém, agora todos irão pagar pela covardia e fraqueza de Roma. Fico feliz por terem me enfurecido, pois a fúria é um fogo tão doce!

"Quando eu seguir para o sul, vai voltar a respirar, porco cristão, e pensar que acabou. Mas não acabou. Depois de destruir Bizâncio e deixá-la arruinada, e metamorfosear todos os seus preciosos tesouros em fiéis mercenários — ele arreganhou os dentes —, vou voltar e encontrar você, padre eunuco."

O padre balançou a cabeça. O homem estava louco. Não fazia sentido. Atrás dele, um de seus companheiros, um sujeito calvo e de pele clara, chamava-o, mas ele parecia não notar, arrebatado pelas próprias palavras e imaginações. Até tremia um pouco com sua louca paixão.

— Escute-me, padre! — rugiu o senhor da guerra cita. — E aprenda como Átila pune assassinos covardes! Vou destruir Constantinopla. Não vou escravizar seus cidadãos, vou assassiná-los, e nas ruínas da cidade construirei uma pirâmide com um milhão de crânios humanos. E não há nada que você possa fazer. — Ele se virou para Orestes. — Veja como esse pobre porco cristão agarra esta imagem de seu pequeno deus, como se ela pudesse protegê-lo. — Ele olhou para o padre mais uma vez. — Rezar para seu Deus? Quem, esse pálido Cristo? — Ele arrancou a imagem das mãos do homem. O padre tentou segurá-la, mas Átila o golpeou para trás com um tapa casual.

— Meu senhor — recomeçou Orestes, ardente. — Estamos perdendo tempo aqui.

Átila não estava mais ouvindo-o. Ele olhava intensamente para o ícone em suas mãos.

— Seu deus ensanguentado e torturado, ele é tão poderoso assim? Não parece para mim. Quantos batalhões ele travou? — Ele ergueu sua adaga. Atrás dele, Orestes havia sumido. — Se ele é deus, que me mate agora enquanto o mutilo. — Ele deslizou a ponta da adaga por baixo da delicada folhagem de ouro da estátua, e o padre gemeu. — O que, é este o filho de Deus? Por que seu Todo-Poderoso Pai não me impede? Seria isso uma blasfêmia? — Ele cinzelou com a ponta da adaga no olho direito do Cristo, fazendo o padre gemer mais uma vez, e depois no olho esquerdo. Então a enfiou no corpo magro pendurado na cruz, azulado e pálido e estendido em sua agonizante morte. — Diga que este é um ícone sagrado. Para mim, parece que seu deus é muito fraco. — Ele tirou sua adaga da imagem e largou o ícone mutilado no chão. Átila sorriu. — Parece que vai precisar arranjar outro deus, pois este aqui, fraco demais até para intervir e impedir a mutilação de seu único filho, certamente não vai intervir para salvar a fedorenta cidade de Constantinopla.

O padre estava de joelhos, pegando o ícone do chão e o embalando nos braços, chorando. Átila o chutou com força nas costelas e fez com que se estatelasse, esforçando-se para respirar. Então ele enfiou a adaga no cinto, saiu para a escuridão da noite, subiu em seu cavalo e o fez avançar. Orestes não falou mais nada.

Em vez disso, Geukchu foi até ele e cavalgou a seu lado, e do seu outro lado seguia a bruxa Enkhtuya.

— O terremoto sobre o qual ouvimos — disse Geukchu numa voz baixa e sinuosa —, certamente Astur está conosco! É como se você tivesse planejado tudo, meu senhor.

Mas mesmo a essa altura Átila ainda não gostava de adulações, e simplesmente murmurou um par de versos de um antigo poema persa:

— A aranha tece as cortinas no Palácio dos Césares, e uma coruja pia seu chamado noturno nas torres de Afrasiab...

Eles cavalgaram, e a noite se fechou à sua volta nas florestas atrás, e, como uma resposta àqueles versos melancólicos, só se ouvia os ruídos de uma coruja e de um homem santo solitário chorando em seu cubículo pelos pecados do mundo.

CAPÍTULO 19
OS REFUGIADOS

Aécio ficou nas muralhas ao lado da Porta Militar V. Perto dele estava a esguia e antiga silhueta de Gamaliel.

— Você de novo. — Foi tudo que Aécio disse acidamente como cumprimento; mas mesmo assim o havia colocado como responsável pelo Hospital Emmanuel ali perto e ordenado que os monges atendessem a seus pedidos. Haveria bastante trabalho a se fazer ali muito em breve, e esse velho cheio de truques parecia saber o que estava fazendo.

Lá embaixo, nas ruas, as crianças estavam brincando, felizmente absortas do mundo e de suas sombras por um momento. Pessoas de todas as idades permaneciam acordadas e sentadas a noite inteira agora, reunidas em volta de fogueiras, conversando. As crianças cantavam uma antiga canção de ninar:

Tartaruga, tartaruga, o que está se passando?

Estou tecendo fios amarelos.

Como foi que morreu seu pai?

Caiu de seus cavalos brancos e se afogou no mar.

Parecia uma canção sombria. Num rápido relance, Aécio se imaginou morrendo. Um sinal da velhice: jovens nunca pensam que vão morrer, mas agora ele sentia muito frequentemente a pontada de uma adaga ou de uma lança em sua barriga, via-se deitado numa cama de hospital encharcada de sangue, os braços estendidos e suplicantes, mas mesmo assim sentindo-se partir, os ruídos da batalha ainda soando nas paredes. Ele esperava que aquilo não fosse uma premonição.

Tum magna sperabam, maesta cogitabam — Então eu esperava grandiosamente, mas pensava tristemente.

Gamaliel estava falando sobre o panteão huno, como se desse uma palestra. Disse que os deuses estavam lutando uma batalha entre si.

— Os deuses hunos lutam bem, e lutam sujo — murmurou Aécio. — Astur, Savash e os outros. Átila acredita neles como acredita em si mesmo.

Gamaliel se virou para ele muito sério na escuridão.

— Homens acreditam num deus que reflete seus próprios corações. Coração sombrio, deus sombrio.

— Então o deus de quem é verdadeiro? — questionou Aécio.

— O coração de quem é verdadeiro?

Mais uma pessoa foi levada até ele durante a noite, agora pelo príncipe Turismundo, parecendo distintamente entretido. Era o alquimista cretense, Nícias.

Aécio grunhiu:

— Achei que estava em Antioquia, ou Alexandria.

— Eu estava — respondeu Nícias ofendido —, juntando outro jogo de equipamento de alquimia, que custou muito caro, aliás. Então voltei para cá para experimentar com o, hum, desmembramento pré-morte do atum através de métodos alquimistas.

— Tem explodido peixes?

— Exatamente.

— Vocês, alquimistas, são estranhos.

Mesmo assim, o homem da ciência o assegurou que, depois de mais resultados não planejados de seus experimentos — Aécio notou que Nícias não tinha mais qualquer pedaço restante das sobrancelhas —, uma feliz conclusão finalmente fora alcançada, quando um grande atum simultaneamente explodiu e se incinerou, *ainda estava dentro d'água.*

— Um milagre de se ver, tenho certeza — comentou Aécio.

Mesmo com certo receio, ele deu permissão a Nícias para posicionar seus fedidos caldeirões e Deus sabe mais o que nas torres da Porta de Santa Bárbara, com vista para a entrada do Corno de Ouro. Poderia comandar a única máquina de artilharia dali, e acertar qualquer coisa que se movesse. Navios de guerra vândalos, de preferência.

— Ah, e se enxergar quaisquer navios trazendo legiões do Ocidente para nos ajudar, me avise.

Nícias parecia intrigado.

— Isso é provável?

— Não. Agora suma daqui.

O alquimista saiu apressado.

— Quando ouvirmos falar dele novamente — começou Aécio —, terá queimado o palácio imperial até virar pó.

Turismundo sorriu.

O sol nasceu na terceira manhã após o terremoto, e a neblina do outono gradualmente se dissipava de cima do campo em volta. Mas, ao longe, a oeste, havia uma parte do horizonte que não se alterava. Não era uma neblina, e sim poeira.

Estavam a caminho, em incontáveis milhares.

Nas muralhas, para seu horror, Aécio viu que a própria imperatriz estava andando com suas criadas, falando com os soldados, sem dúvida desejando-lhes bem e as bênçãos de Cristo; cheia de graça e conforto. Mas não era hora para tais coisas. Era hora de ferro quente e aço frio. Aécio marchou até ela.

— Sua Majestade, devo insistir que retorne ao palácio imediatamente. Aqui não é lugar para você agora. Além disso — falou com voz grave —, está atrapalhando a passagem dos meus homens.

Ela o observou calmamente, sem medo nos olhos. Mas também nunca vira os hunos lutando. Haveria medo muito em breve, com todo o inferno na terra.

— General comandante — começou —, você governa seu pequeno reino aqui como um déspota oriental.

Até mesmo agora ela brincava com ele. Aécio sentiu sua raiva aumentar. Não era hora para jogos. Ela não fazia ideia de como a situação era crítica. Não sabia de *nada*. Ele praguejou abominavelmente e disse que, se ela não saísse de suas muralhas, iria tirá-la dali pessoalmente. Finalmente ela reagiu, os olhos arregalados de surpresa e até mesmo repugnância, e segundos mais tarde ela e sua comitiva estavam se apressando escadaria abaixo de volta à cidade.

Atrás dela ele bramiu mais uma vez, desta vez para suas tropas:

— Travem todos os portões! Vocês têm cinco minutos!

— Senhor — começou Tatullus, apontando —, ainda temos refugiados chegando. Olhe.

Aécio olhou. Na frente do comprido horizonte de terracota que era a horda huna e suas máquinas de cerco, uma dúzia de últimos vagabundos vinha apressando-se pela planície. Atrás deles, sob o sol do leste, subia uma gigantesca nuvem da cor de sangue seco, e no meio dela os vigias das muralhas viram as imensas silhuetas do que mais temiam: máquinas de cerco.

Precisavam trancar tudo. Seria terrível, uma batalha que precisavam ganhar, com toda a Ásia acovardada indefesa atrás deles, dependente deles. Mas não era possível ganharem. Não sozinhos. Aécio sabia disso, Tatullus sabia disso, todos os homens sabiam. O destino de metade do mundo estava em suas mãos e todos falhariam. Mas seriam derrubados lutando furiosamente.

E ainda assim aqui chegavam refugiados das distantes vilas, humildes camponeses, fugindo para as muralhas em busca de abrigo da tempestade iminente. Tropeçando na terra rachada, com algumas lamentáveis posses enfiadas em sacos, mães carregando bebês, crianças trotando, fracas e indefesas, olhando para trás, para aquela boca do inferno. Burros carregando excesso de peso, geralmente criaturas tão sábias e filosóficas, urrando e galopando, seus olhos grandes acometidos pelo terror, revirando-se e exibindo somente as partes brancas.

O tipo de decisão que reis e imperadores tomam todos os dias, pensou Aécio amargamente. *Que inocentes devo condenar à morte esta manhã? Quem devo amaldiçoar e quem devo salvar?*

Os primeiros guerreiros a cavalo estavam a minutos de distância, galopando com toda a selvageria. Cairiam em cima dos refugiados como foices.

Alguns dos fugitivos já estavam do lado de fora dos portões travados, implorando para entrar, mas não havia salvação para eles. Alguns ficavam deitados, desesperados, no mesmo lugar onde caíam, debaixo das sombras das muralhas, e não se mexiam mais.

— Deixem que entrem — disse Aécio calmamente. — Há espaço para todos. — Ele lembrou-se do louco apanhador de pássaros da floresta. Espaço para todos, na grande cesta da morte. — Abram os portões!

— Mas general, o inimigo está...

Ele já estava descendo os degraus.

— Abra este portão e traga-me meu cavalo. Guerreiros, comigo!

Em um instante, a grossa trave da porta foi erguida e os maciços portões de ferro estavam sendo abertos para dentro. Aécio pulou em seu cavalo branco, e ele empinou, impaciente. Atrás dele os guerreiros godos também montaram, seus cavalos reunidos, dando encontrões, escudos e bainhas tinindo, curtos arcos de cavalaria preparados nas mãos direitas, as rédeas nas esquerdas.

A imperatriz estava assistindo da torre do sino da igreja de Santa Kyriaki. Então ela desviou o olhar, como se incapaz de continuar a suportar o perigo, ou a prova de que tipo de homem ele era.

Aécio e a coluna de apenas 44 homens passaram pela muralha do meio e em seguida até a externa, por cima da ponte levadiça abaixada apressadamente e até a planície, cercando os emudecidos refugiados como cães pastores reunindo o rebanho. De imediato, o povo se levantou do chão, incapaz de acreditar em tal redenção, e correu por cima da ponte para dentro dos acolhedores braços da cidade. Os guerreiros godos formaram um círculo galopante, sua antiga formação de homens das estepes como se escrita em seu sangue, baixando seus arcos para a frente na direção da nuvem vermelha a oeste. Na frente dela já podiam distinguir as fileiras mais próximas de cavaleiros. Os próprios guerreiros agora estavam bem ao alcance de uma saraivada de flechas daqueles letais arcos hunos. Mas tinha acontecido alguma coisa. Os hunos haviam diminuído de velocidade e parado. Em algum momento seu líder os fizera parar, como se para admirar a pungente cena diante dele.

Átila sorriu ironicamente. Que cena de bravura e virilidade! Que tocante salvação para aqueles camponeses maltrapilhos cobertos de terra, que cambaleavam agradecidos para dentro das muralhas. Que cambaleiem. As muralhas em breve seriam derrubadas de qualquer maneira, e os refugiados seriam obrigados a enfrentar o terror dos hunos de novo. E então não haveria salvação para eles, e seus crânios — grandes e pequenos, todos eles — em breve ocupariam seu lugar na maior pirâmide de ossos humanos que o mundo jamais vira. Então a justiça de Astur estaria completa, e toda a humanidade estremeceria.

Aécio também diminuiu a velocidade, vendo o que acontecera. Não o surpreendeu. Ele ordenou que seus guerreiros se revezassem para guardar energias. Ao norte, mais figuras subiam da terra. Em roupas empoeiradas da viagem, como criaturas saídas do Apocalipse, mais refugiados que estavam se abrigando no vale do Lico vieram correndo na direção dos portões abertos com rostos arrasados. Parecia que Átila deixaria todos eles passarem. Ele e seus jogos.

Átila sentou seu cavalo e assistiu de uma distância menor que o alcance de uma flecha. A poeira que tinham levantado baixou e viajou entre os cascos de seus cavalos com a brisa suave, e o exército de hunos pela primeira vez tornou-se visível. Realmente eram tão incontáveis quanto as estrelas.

Os vigias nas muralhas olharam por cima deles e souberam que em breve morreriam. Alguns gemeram e se viraram. Os cidadãos, principalmente, pareciam prestes a abandonar as muralhas completamente, mas a Guarda Palatina marchou entre eles e os reanimou, dizendo para confiarem em Deus e nas muralhas.

Ao lado de Átila estava sentada a bruxa Enkhtuya, com os dentes e a boca manchados de vermelho com o sumo de bagas. Muitos cavalos hunos também, ao lado de suas habituais decorações com ossos, estavam com as pálidas crinas, rabos e machinhos manchados de vermelho de bagas para esta batalha titânica, como se já tivessem mergulhado em sangue. Eles se impacientaram e se empinaram com aquela abrupta interrupção em seu avanço, como se até eles estivessem tomados pela sede de sangue. Mas Átila, pelo menos naquele instante, parecia tomado por outra coisa. Curiosidade, talvez. Uma pequena sombra irônica de um sorriso estampava-se em seu rosto enquanto assistia seu velho amigo, companheiro de infância, a luz para sua sombra, Aécio, movendo-se entre os fugitivos, ajudando-os a se refugiar.

Como Jesus entre os pobres; como Jesus alimentando os 5 mil. Seu sorriso tornou-se mais feroz.

Enkhtuya ronronou a seu lado:

— Veja como o coração dele é cheio de pena. Como tem compaixão pelos desamparados e miseráveis desse mundo.

A expressão de Átila era uma de violento conflito, como se agora odiasse seu inimigo ainda mais porque foi obrigado a admirá-lo. Como se sentisse que sua serpenteada força interior pudesse começar a derreter por causa daquilo.

— Atirem flechas neles — ordenou.

A consciência impede atos de crueldade. Mas atos de crueldade regularmente praticados silenciam a consciência. Enkhtuya acariciou seu colar de pele de cobra torcida e as flechas começaram a chover.

Das muralhas subiu um grito inútil de aviso enquanto o céu atrás deles se escureceu com 10 mil flechas, arqueando-se para o alto como um arco-íris da meia noite. Mas era tarde demais. As flechas caíram como um aguaceiro mortal e muitos dos refugiados cambaleantes foram atingidos. A gritaria se iniciou, junto com o pânico e a confusão. Alguns deles começaram até mesmo a correr das muralhas novamente, achando, em meio a seu terror e desorientação, que os defensores da cidade estavam atirando neles. Os guerreiros godos imediatamente ergueram seus escudos e voltaram a galopar em círculos. Alguns jogaram seus escudos nas costas, encaixaram flechas em seus arcos e as soltaram na direção das fileiras de hunos de volta. Uma resposta insignificante para tal investida, mas que mostrava de que metal eles eram feitos.

Aécio virou seu cavalo, pálido e mudo de raiva. Ele galopou por entre refugiados que corriam e os fez voltar na direção dos portões abertos da cidade, finalmente conseguindo gritar algumas instruções para eles, dizendo que as muralhas eram seu refúgio e que as flechas vinham dos hunos. Ele levantou uma criança caída, uma garotinha com não mais que 4 ou 5 anos, cuja testa fora aberta por uma flecha voadora. O corte não fora profundo, mas ela estava cega com o sangue e as lágrimas que caíam e gritava. Ele a levou no colo, colocou a mão em suas costas e mandou que parasse de se mexer. Então ele virou com seu cavalo mais uma vez e disparou na frente dos godos em círculos, parou e observou. Não falou nem se mexeu, nem mesmo quando outra chuva de flechas veio do alto. Muitos caíram ao redor dele, mas Aécio não foi atingido. Ele encarava como um viajante perdido num pântano solitário, olhando a chuva.

Átila ergueu seu braço, e a tempestade de flechas mais uma vez parou. A tranquilidade de Aécio falava mais do que qualquer gritaria enraivecida ou punho sacudido jamais seriam capazes de dizer. De trás dele ouviam-se os gritos e gemidos do povo ferido, esforçando-se para levantar, tentando entrar na cidade. Na frente dele, do outro lado dos 800 metros de planície queimada e fazendas abandonadas, as centenas de milhares de cavaleiros e seu senhor, de braço ainda erguido. Através daqueles 800 metros, os dois homens se olhavam.

— Bem — sussurrou Átila —, vocês romanos sabem tudo sobre massacrar inocentes.

Seu braço baixou, e o céu se escureceu mais uma vez.

Aécio girou seu cavalo, segurando a aterrorizada garota na frente do colo, e galopou de volta até as muralhas, flechas caindo no chão ao seu redor. À sua frente, o povo tropeçava a caminho de abrigo.

Aécio desceu de seu cavalo enquanto os portões eram fechados e trancados atrás dele. Ele puxou a garota para baixo, secou sua testa e rosto com a barra de sua túnica e se agachou diante dela. Subitamente a menina parecia chocada demais para chorar.

— Qual o seu nome?

Ela balançou a cabeça. Ele apertou seus ombros magros.

— Eufêmia — sussurrou a garota, de modo quase inaudível.

— Estava com sua família, Eufêmia? Quando estava escondida lá fora?

Ela assentiu miseravelmente.

— Minha mãe — murmurou.

— Você a viu correndo na direção da cidade?

Ela balançou a cabeça em negativa.

Aécio se levantou e a entregou para uma das fugitivas, instruindo-a a reuni-las, se conseguisse. Os feridos deveriam ir para o hospital Emmanuel; um de seus homens os levaria até lá. Em seguida, ele subiu correndo os degraus até o alto das muralhas, e até a Porta de São Romano. Os inimigos estavam se aproximando, e o olhar de Átila, ele podia ver, já estava fixo no ponto mais baixo da defesa, onde a muralha descia para o vale do Lico e subia de novo, descuidado pela Porta Militar V ao norte. Em seu cume, ele conseguia observar as plumas esvoaçantes dos guerreiros godos assentindo com a cabeça, e os compridos espigões de suas lanças. Precisariam delas em breve.

Átila cavalgou lentamente pela planície debaixo do sol do meio-dia junto com seus generais, olhando o tempo todo para as muralhas. Estava longe demais para ver, mas Aécio gostava de pensar que sua expressão era de apreensão. Seus espiões e informantes teriam dado a ele cada detalhe das titânicas defesas. Ainda assim, esta era a primeira vez que o líder huno punha os próprios olhos nas muralhas de Teodósio. Certamente a visão deveria causar-lhe alguma consternação? Não era nenhuma fortaleza legionária de uma única muralha nem uma cidade catedral que ele enfrentava agora.

Aécio chamou o armênio.

— Estreite seus olhos, oriental. Diga-me que está vendo o Grande Tanjou e que ele parece preocupado.

— Eu o vejo — disse Arapovian. — Já nos conhecemos antes, lembra?

— E diga-me que ele parece estar preocupado.

Arapovian fez uma careta.

— Já li mais expressões nas colinas do monte Elbrus.

Aécio grunhiu:

— Consegue atirar uma flecha nele?

— Está longe demais. Além disso, da última vez que tentei atingi-lo, ganhei isto. — Ele levantou a manga e exibiu a cicatriz ao general.

Aécio riu.

— Tentou atirar em Átila?

— Ele segue na frente de seus homens, sem medo. Foi uma ordem de Sabinus, o legado de Viminacium.

Aécio pareceu triste novamente.

— Aquele Sabinus era um homem bom. Agora, de volta para a torre.

Ele permaneceu sozinho e meditou por um momento sobre a tentativa de assassinato. Por mais traiçoeira e clandestina que tivesse sido, poderia ter funcionado. Inclusive agora, enquanto o cerco começava, se pudessem atingir Átila ou enfraquecê-lo de alguma maneira, a fé de suas hordas miríades em seu poder divino poderia começar a vacilar. Aquela era sua maior esperança. Derrotar tal exército nessa batalha aberta... Não era possível, não com as poucas forças que restavam.

A queda de tudo em que ele acreditava estava muito próxima agora. Isso lhe dava uma força desesperada. Ele voltou a visitar as outras torres, a inspecionar as unidades de artilharia, a incitá-las. Sua exaustão e seu sono não significavam nada para ele. Não havia sentido em salvar a si mesmo. Pelo quê? Pelo nada que estava por vir?

CAPÍTULO 20

O GRANDE CERCO

Conforme Átila finalmente se aproximava da Cidade de Ouro, as muralhas pareciam cada vez mais altas diante dele, como uma monstruosa onda tripla de pedra. Naturalmente ele sabia dos detalhes e das medidas, e planejara aquele ataque minuciosamente. Mas ver as muralhas ao vivo dessa maneira fez até mesmo ele ficar em silêncio por alguns instantes.

Caminhando ao seu lado, Orestes observou que, qualquer que tivesse sido o dano causado pelo terremoto, as muralhas e, ainda mais crucialmente, as torres tinham sido inteiramente reparadas. Não se viam grandes rachaduras, nenhuma fenda promissora descendo das ameias até o solo.

— Bem ali — ele apontou para a alvenaria em volta da Porta de São Romano —, aquela torre deve ter caído pela metade, pode-se ver o trecho em que foi reconstruída. Ainda assim está mais forte do que nunca mais uma vez. Não devíamos ter demorado.

Átila parou e se virou para ele.

— Está questionando minhas escolhas, me acusando de demorar, ou mesmo de covardia?

Orestes não se abalou.

— Questionei sua demora em atacar. Tornamos nossa tarefa mais difícil.

O que quer que Átila possa ter resmungado de volta não foi ouvido, pois Aladar puxou seu cavalo para trás abruptamente, e ele se ergueu.

— Flechas vindo!

A chuva de flechas dos guerreiros godos os sobressaltou, apesar de não os ter alcançado. Átila apertou os dentes e mais flechas vieram. Então ele deu a volta com seu cavalo furiosamente, quase quebrando o pescoço do pobre animal, sua boca sendo cortada pelo freio.

Era hora. O sol do fim de tarde a oeste estava se pondo atrás deles, começando a brilhar vermelho nos olhos dos defensores nas muralhas.

— Tragam as máquinas! — berrou. — Dos dois lados do vale! Quero aquelas muralhas derrubadas ao anoitecer! Esta noite, Bizâncio queimará!

As unidades-chave de artilharia de defesa estariam nas torres das Portas com vista para o baixo vale do Lico: a Porta Militar V ao norte e, além dela, a Porta de Carísio, que levava ao cemitério, e pelo mesmo motivo também conhecida secamente pelo povo da cidade como a Porta Polyandria: a Porta de Muitos Homens. Pois muitos homens passavam por ela. Todos os homens, em tempo.

Ao sul do vale ficava a Porta de São Romano, e a sul dela a Porta Militar IV. Aqueles seriam os pontos cruciais de onde as máquinas de cerco hunas poderiam ser atacadas e destruídas enquanto se aproximavam, antes de causarem danos mais sérios. Aécio ocupou sua posição na Porta Militar V, enviando os senhores-lobo para baixo com o intuito de ocuparem as muralhas, dizendo a eles que enxergariam qualquer projétil a caminho bem o bastante.

— Então não se esqueçam de abaixar.

As máquinas nas amplas plataformas nas duas torres da Porta eram as melhores que ele conseguiu achar. Torres menos cruciais, na direção do Palácio de Blaquerna, foram deixadas sem artilharia. Aqui, no ponto fraco do vale do Lico, aconteceria a batalha mais feroz. Cada torre tinha múltiplos atiradores de flechas, dois pequenos, porém potentes onagros, e uma bem-feita funda montada na transversal que poderia arremessar rochas, bolas, ou até mesmo aquelas miseráveis novas bolas de fogo se necessário.

A 800 metros de distância, as máquinas de cerco estavam se aproximando, puxadas por escravos. Carne dispensável. Cavaleiros hunos galopavam ao redor, agitando os longos chicotes. Átila sabia que seus inimigos tinham poucos homens e assim, previsivelmente, estava atacando numa frente tão grande quanto possível. Cerca de vinte máquinas de cerco se moviam lenta e inexoravelmente em direção às muralhas, e semiabrigados atrás delas estavam os aríetes debaixo de íngremes cascos de madeira protetores.

Uma voz profunda e rouca gritou de baixo das muralhas:

— Permissão para falar com o general comandante!

Aécio foi até as ameias e olhou para baixo. Era aquele bruto, Punhos. Conseguira arranjar um bastão com uma grande solda de chumbo na ponta.

— Em Viminacium, senhor, as máquinas do inimigo não tinham saias grandes o suficiente para proteger as rodas. Talvez não tenham aprendido a lição.

Aécio apertou os olhos contra o sol da tarde que estava se pondo. Sim, tinham aprendido. Ele assentiu para o grande homem do Reno.

— Prepare seu bastão, homem. Vai precisar dele.

Ele voltou, falando em voz baixa com os artilheiros. Não eram lutadores, mas eram rápidos e habilidosos com as máquinas. As máquinas de cerco rolavam para cada vez mais perto. Eles esperaram, com um tipo de gritaria silenciosa nos ouvidos. Um jovem limpou o lábio superior. O suor brotou novamente em cima dele quase imediatamente. Atrás deles, a cidade estava estranhamente imóvel, as ruas e fóruns desertos, todos dentro de suas casas, agachados, reunidos, rezando. Até mesmo o próprio imperador, o apontado de Deus, estava agachado, rezando também.

Na muralha à frente de Aécio estava uma tigela de água, calma como um lago. As máquinas ressoavam, cada vez mais perto. O horizonte parecia negro de tantos homens a cavalo. O sol brilhava firmemente, indiferente, acima daquela cena. Aquela curiosa batalha entre minúsculas criaturas na superfície da terra. E então um raio de luz bateu na tigela. Aécio olhou para baixo, sem respirar. Ele brilhou de novo. Não na tigela, mas resvalando da água, enquanto ela se ondulava em resposta a alguma misteriosa agitação subterrânea.

Os artilheiros de repente se apavoraram, as mãos tremendo, queixos caídos, olhando em volta descontroladamente.

— Ah não, de novo não — balbuciou um deles, sua voz baixa e desesperada. — Outro terremoto não. Vai nos destruir.

Mas o general estava misteriosamente calmo. Ele chamou Tatullus.

— Está vendo algum animal entrando em pânico, centurião? Algum cavalo em disparada?

Os olhos de Tatullus correram pela planície abaixo deles.

— Não, senhor.

— Como pensei. Relaxem, homens. Olhem para suas máquinas. Centurião, espalhe a notícia. Não é mais um terremoto. Por outro lado, não relaxem muito. Significa que os hunos estão escavando debaixo das muralhas.

Tatullus se assustou.

— Não há tempo para teatro, centurião — falou Aécio secamente. — Agora vá correndo. Tigelas de água por todas as ameias. Precisamos saber em que ponto esses malditos estão abrindo túneis. Elas vão nos dizer toda vez que abrirem um buraco e mais uma pedra cair.

Ele chamou um mensageiro.

— Para as muralhas do norte. Traga de volta metade dos auxiliares isáuricos com seu líder, Zenão. O mais rápido possível!

O mensageiro correu.

Para outro mensageiro, ele deu ordens para que os pesos mais pesados que pudessem encontrar fossem levados para o alto das muralhas em intervalos. Pedaços de colunas de mármore, se conseguissem.

Uma das máquinas de cerco estava muito próxima a eles agora, e outra bem ao sul do vale se aproximava do fosso.

— Essa aqui — começou Aécio, indicando a mais próxima. — Concentrem todo o fogo no topo dela. Imaginem que é a cabeça dela e a decepem. Ajeitem suas miras. — Ele olhou para o outro lado. Os guerreiros godos já estavam com seus arcos apontados.

A segunda torre perto dali comportava-se estranhamente. Toda a parte da frente dela parecia estar desabando. Aécio percebeu que estava realmente desabando — para cair bem em frente ao fosso e formar uma ponte levadiça instantânea. Ela caiu com um barulho violento e levantou uma nuvem de poeira. Os homens dentro dela imediatamente abandonaram os resíduos expostos da torre falsa, e de trás deles um telhado semelhante a um casco de tartaruga se aproximava, com um aríete com cabeça de carneiro de bronze brilhando diabolicamente debaixo dele. Aécio se debruçou por cima das muralhas. A ponte levadiça improvisada estava alinhada diretamente até a Porta de São Romano. Então o inimigo estava golpeando, lançando minas e escalando as muralhas simultaneamente. Seria um dia movimentado.

— Onde estão aqueles malditos bandidos das montanhas?

Ele mandou que as milícias de cidadãos aumentassem o número de homens nas torres de São Romano. Aquele aríete tinha de ser destruído. Se não fosse, rapidamente derrubaria a muralha mais baixa e a do meio, e com isso uma máquina de cerco poderia vir logo atrás dele e alcançar diretamente a muralha interna, e estariam verdadeiramente na *cloaca maxima*.

Zenão apareceu. Tarasicodissa Rousoumbladeotes. Ele o saudou elegantemente desta vez.

— Não tem muita coisa acontecendo na sua seção?

— Senhor. Falou sobre escavações. Pelos meus cálculos estamos recebendo a maior parte delas, debaixo da muralha de Blaquerna.

Aécio fez que sim. O solo era mais macio ao norte, perto do Corno. Mas como Átila sabia? Ah, ele sabia de tudo.

O barulho da batalha e o clamor de homens assustados levantavam-se atrás deles. Aécio subiu o tom de voz:

— Sabe alguma coisa sobre escavação?

— Um pouco.

Ele tossiu violentamente com um pulmão cheio de poeira.

— Há uma passagem transversal que vai das adegas do palácio para fora das muralhas. A Guarda vai mostrar a você. De lá terá que contraminar sozinho, para a esquerda ou para a direita, dependendo de onde perceber que eles estão vindo. Entendeu?

— Sim, senhor.

— Não acho que os hunos saibam muito sobre isso, mas nunca se sabe. E ainda não temos certeza sobre quem são seus ajudantes hoje em dia. — Uma batida maciça de um projétil de onagro ressoou perto deles. Primeiro arremesso. Zenão recuou. Aécio não. A poeira tomou conta do ar em volta deles, mas ainda assim Aécio gritou: — Como esses bastardos que estão operando os onagros deles neste minuto. E não preciso dizer a você o que poderia acontecer se conseguissem abrir apenas um único túnel bom para dentro da cidade.

Zenão assentiu.

— Haveria cem hunos do lado de dentro em um minuto.

— E mais cem entrando a cada minuto seguinte, também. Acertariam-nos tão bem quanto o arremesso do maior projétil possível. Por isso é importante. Ande logo. Encontre o túnel, mate todos lá dentro, e então o derrube atrás de si. Vá!

Os primeiros grupos de cavaleiros tatuados já galopavam lá embaixo, uivando, girando e abrindo caminho entre as gigantescas torres de cerco protetoras e disparando chuvas de pequenas e letais flechas por precaução.

Era hora de revidar.

Aécio gritou para os godos, que fizeram voar suas flechas. Era uma saraivada dispersa, mas a ponta de uma delas atingiu o alvo perfeitamente, mandando um guerreiro huno pelos ares por cima da cabeça de seu cavalo e rolando no chão. Um dos guerreiros, o alto Valamir, imediatamente pegou outra flecha e apontou, querendo matar o huno de vez, aproveitando que ele se tornara um alvo parado por aquele breve momento. Antes de soltá-la, um segundo guerreiro galopou até o homem caído e o puxou, e os dois saíram de alcance. Tudo num único e impecável movimento, quase mais rápido do que os olhos podem ver. Valamir lentamente soltou o arco de sua corda novamente, poupando sua flecha. Ele trocou um olhar com o general comandante. Cristo, aqueles cavaleiros eram velozes.

Da esquerda veio o estampido sentencioso de um poderoso projétil onagro acertando as muralhas externas, fazendo uma poeira branca de cal subir pelos ares. Outro golpe forte, e até mesmo Aécio cerrou os punhos por certo momento. Como aquelas muralhas improvisadas apressadamente poderiam sobreviver a tais golpes? E como diabos os hunos se tornaram tão bons artilheiros em pouco tempo? Certamente tinham auxiliares vândalos, teutões renegados. Um dos boatos dizia até mesmo que desertores das legiões ocidentais menores tinham passado para o lado deles, acreditando que o futuro estava nas mãos dos hunos. Aécio se recusava a crer nisso.

E em seguida algo muito, muito pior. Uma orquestrada saraivada de arremessos de projéteis, imensas pedras atiradas de máquinas ainda detrás das torres de cerco, malpercebidas até então, suas cargas titânicas arqueando alto e caindo calamitosamente, todas no mesmo lugar. Aquilo era uma demonstração de habilidade. Homens foram esmagados sem tempo nem para gritar, e, quando a poeira se dissipou, as muralhas externas e intermediárias já estavam caídas por cima de um grande pedaço do vale do Lico. As máquinas de cerco começaram a avançar. Essa batalha não tomaria a noite toda. Confirmando os piores medos de Aécio, imediatamente mais uma saraivada de projéteis dos onagros atingiram outra porção das muralhas, derrubando-as em uma dúzia de golpes, uma impiedosa agressão. Tudo iria depender agora das muralhas internas.

De baixo vinham gritos desesperados dos que viam o aríete se aproximando da Porta de São Romano. Tatullus estava bramindo, mulas urravam enquanto arrastavam as pesadas cargas, levando para o alto mais projéteis para as balestras; havia um ruído de botas com tachas correndo, a agitação da milícia de cidadãos com suas lamentáveis ripas de madeira. Na distância indistinta, uma monótona batida num bárbaro tambor de couro de boi.

Aécio ergueu uma das mãos, e os comandantes das torres ao longo das muralhas leram seu sinal e fizeram o mesmo.

Ele hesitou e fez uma prece como uma flecha voando pelos céus.

Ele baixou o braço.

— Fogo!

As unidades de artilharia inicialmente desperdiçaram seus mísseis tentando acertar cavaleiros individuais enquanto cruzavam o amplo terreno embaixo das muralhas, uivando como animais, arqueados para trás em suas selas, sorrindo para o alto na direção dos defensores abalados atrás de suas ameias, arregaçando seus dentes vermelhos de bagas. Aécio foi até eles imediatamente a passos largos, empurrando guardas imperiais do seu caminho para alcançá-los, gritando com a torre seguinte:

— Os cavaleiros podem parecer assustadores para vocês, soldados, mas ainda não estão entrando! Estão tentando distraí-los. Ignorem-nos! Derrubem as torres de cerco, ouviram? Matem as torres de cerco!

Tatullus repetiu as ordens de seu comandante ao longo de toda a muralha no melhor estilo de um centurião, com o mesmo volume e um pouco mais de energia.

— Escutaram o general, mocinhas! Acertem as malditas máquinas! Se eu vir qualquer unidade desperdiçando projéteis naqueles cavaleiros fedidos da Cítia, vou quebrar suas malditas pernas, porra!

Ele gritou com uma única e infeliz unidade de artilharia em cima da Porta de Romano, e eles recuaram diante dele. Eram bons técnicos, mas nunca sentiram a explosão quente da fúria de um centurião em seus rostos, o que fez com que se focassem maravilhosamente. Como Tatullus bem sabia, era essencial que tivessem mais medo dele do que do inimigo. Ele pegou um jovem de rosto puro pelo pescoço e o atirou contra a parede apenas com a força de seu braço direito. O rapaz arfou e se encolheu.

— Agora voltem para suas malditas máquinas e mirem lá! — gritou Tatullus, sua saliva voando nos rostos assustados. — Podem ver o alvo, não é exatamente um alvo tímido. *Lá*!

Realmente a torre de ataque já estava se erguendo na frente deles, o campo de escombros das muralhas mais baixas já transposto por um caminho de tábuas deitadas às pressas por guinchos rápidos como relâmpagos do esforçado inimigo.

Mais à frente, mais hunos atacavam sem as complicações da artilharia. Aécio os notou imediatamente.

— Escalada! — gritou avisando aos outros. — Guerreiros, comigo! — E ele correu para o sul até a seção que estava sendo violada. Um enxame de guerreiros hunos seminus havia descido de seus pôneis para atravessar o fosso numa plataforma flutuante, o trecho de água provando-se um obstáculo tão grande quanto uma ampla poça. — Reclamem depois — grunhiu Aécio para si mesmo. — Gritem com o diabo!

Jormunreik e Valamir correram junto dele, as flechas já encaixadas no arco.

— Parem aqui — ordenou Aécio. — Atinjam-nos dos lados enquanto atravessam. — Ele saiu correndo.

Os hunos vinham se raspando contra as muralhas derrubadas, tropeçando e caindo nos escombros de cal que eles mesmos criaram. Imediatamente uma curta e dura saraivada de flechas godas atingiu-os lateralmente e, como estavam agrupados, as flechas encontraram muitos alvos. Outros incontáveis guerreiros, porém, vinham atrás deles com suas adagas entre os dentes enquanto escalavam as muralhas arruinadas, usando seus brilhantes *chekans* hunos ou cruéis machados cheios de pregos para cravar nas pedras como alpinistas.

Aécio ordenou que o capitão Andrônico subisse com seu centurião e os posicionou ao longo das ameias.

— Estão escalando! — explicou resumidamente. — Preparem-se para sujar suas lanças.

Os guerreiros godos continuavam arremessando saraivada após saraivada de longas flechas de freixo, que atravessavam as laterais da horda que avançava, mas aquilo mal os fazia diminuir a velocidade. Em algum lugar lá no fundo do outro lado da planície lotada, Átila estaria sentado em seu esfarrapado pônei castanho, alheio à morte dos homens, seus próprios ou de seus inimigos, sonhando apenas com a conquista.

Os soldados hunos a pé já tinham atravessado o terraço exposto abaixo das muralhas internas. As flechas da defesa e até mesmo as pedras e projéteis improvisados que eram atirados por cidadãos cobravam um terrível preço em cabeças e corpos expostos, mas eles se moviam como um enxame, planejados e sincronizados como uma colônia de formigas. Um velho guerreiro astuto estava com eles, Geukchu, tendo chegado até ali num cavalo branco, e cavalgava em meio aos outros dando ordens calmamente. A defesa tentou vezes e mais vezes atingi-lo, mas ele parecia estar protegido por algum feitiço. Mais rápido que os olhos podem ver, seis ou oito atiradores hunos se posicionaram atrás do enxame e atiraram pequenos arpéus com finas cordas de cânhamo cheias de nós para o alto, simplesmente caindo de volta depois de passar pelas ameias, perfeitamente arremessados.

— Cortem as cordas — bramiu Aécio. — Não deixem que subam!

A guarda palatina seguiu suas ordens, mas, assim que se debruçaram para cortar as cordas, o fogo huno de cobertura veio a toda. Era devastador: uma barragem instantânea de trezentas ou quatrocentas flechas, imaculadamente miradas, ceifando por cima da muralha e atingindo peitos e rostos de guardas desesperados. Homens gritando, se agitando, os rostos vermelhos, as mãos nos olhos ou gargantas. O próprio Andrônico, atingido por uma flecha no ombro, alcançou-a e arrancou-a enquanto arfava.

— Malditos — murmurou. Precisava haver mais luta que isso.

— Tirem-nos! — gritou Aécio, desesperado. — Chutem os ganchos! Cidadãos, desçam!

Mas os ganchos já estavam bem-instalados por guerreiros hunos subindo pelas cordas, nenhuma tendo sido cortada. Punhos viu o primeiro huno aparecer nas muralhas e foi até ele para esmagar seu crânio. Mas o huno se movia como uma aranha, arqueado em cima das ameias, a adaga entre os dentes, porém sem ficar de pé para lutar. Não se toma uma cidade fortificada com a escalada de apenas um guerreiro. Movendo-se na velocidade da luz, ele soltou o pequeno arpéu de onde havia se cravado, checou se a corda estava laçada apenas uma vez, folgada mas firme, em volta de uma das ameias — Punhos já estava em cima dele, balançando seu porrete contra o raspado e exposto crânio com um golpe que teria matado até mesmo um cavalo — e o guerreiro sumiu. Sem nem olhar, segurando em nada além do pequeno gancho com ambas as mãos, ele voou de costas por cima das muralhas até chegar ao chão lá embaixo.

Punhos olhou para ele lá embaixo e bramiu frustrado:

— O que é você, um acrobata de circo ou algo assim, porra?

Um tinido de flechas atingiu o espaço em volta dele e uma delas fez um corte feio em seu antebraço, deixando um rio de sangue em meio à já estabelecida teia de cicatrizes. Punhos berrou de raiva, batendo de maneira negligente por um momento na corda apertada ameaçadoramente em volta da ameia. Em seguida, Arapovian estava correndo na direção dele, sacando sua faca.

A corda caiu no chão atrás do guerreiro huno, que havia por sua vez caído lentamente o bastante para rolar e em seguida ficar de pé num pulo, intacto. Ao longo das muralhas, o mesmo truque fora repetido diversas vezes e, apesar de alguns dos guerreiros líderes terem tido suas cordas cortadas, a maioria não tinha. Enquanto os sitiantes acrobatas quase flutuavam de volta até o chão, gigantes redes estavam sendo erguidas para contrabalançar, rapidamente penduradas em ganchos das muralhas de 12 metros. A defesa golpeava desesperadamente as cordas amarradas em volta das próprias ameias traiçoeiras e mais algumas foram cortadas. Mas não era o suficiente. Em segundos, as redes remanescentes estavam cheias de guerreiros hunos escalando-as como lagartos. Os primeiros já estavam saltando por cima das muralhas e formando pequenas e isoladas cabeças de ponte para proteger as outras redes, para que mais companheiros seus subissem atrás deles.

Aécio exigiu relatórios, mas nenhum era bom. Depois eles pararam de chegar. Todos estavam lutando.

Precisavam esvaziar as muralhas. Precisavam esvaziá-las agora, ou estariam perdidos.

Na escuridão do subsolo, outro tipo de luta estava acontecendo.

Os robustos isáuricos das montanhas, acostumados a túneis e cavernas, conforme Aécio presumira, tinham descido rapidamente a passagem de defesa que saía da Porta da Blaquerna, virando à esquerda na sequência para interceptar os hunos. Na luz fraca e na tenebrosa escuridão, tinham irrompido para o túnel inimigo em algum lugar atrás do primeiro grupo de hunos, e imediatamente se viram lutando dos dois lados, na frente e atrás. Rapidamente eles recuaram para seu próprio túnel, Zenão na frente, lutando no espaço mais estreito — uma largura de no máximo dois homens. Lutavam com a ponta da espada e das lanças, quase sufocados pela fumaça e por terríveis odores, escorregando em poças de água parada, corpo a corpo na escuridão iluminada apenas por lâmpadas a óleo, uma cena de horror homérica. Seus inimigos não eram hunos, pois aqueles cavaleiros das estepes jamais teriam tolerado esse submundo infernalmente apertado e claustrofóbico. Eram uma mistura de mercenários batavos e saxões, acostumados com minas, motivados pela ganância, pelo ouro e por saques, e não por lealdade a Átila. Deparando-se com uma horda de guerreiros de aparência bruta, baixos e barbudos como os anões de sua própria mitologia, de espadas curtas e machados que captavam a pouca luz e criavam sombras monstruosas nas paredes do túnel, eles entraram em pânico e correram. Os isáuricos os seguiram e os esquartejaram impiedosamente, até as pilhas de corpos diante deles os impedirem de avançar mais.

Eles arrastaram os corpos de volta e os comprimiram, afundando-os no pântano e no lodo, a escuridão fétida, sufocante, os escorregadios túneis cheios de lama e pedras deslizantes, até alcançarem quase o começo da escavação dos hunos. Ali se moviam com rapidez, acendendo fogo ao redor de poços de madeira para sufocar alguns últimos mineiros e tirar o ar do túnel, então retrocediam, esmagando mais poços e abrindo o telhado de terra atrás deles para garantir seu próprio ar e sua fuga. Em todo caminho de volta eles derrubaram o túnel duramente conquistado, bloqueando a saída final com uma avalanche, e então voltando pela passagem bizantina para dentro da segurança das muralhas de Blaquerna. Emergiram como toupeiras ensanguentadas de Hades, respirando em busca de ar puro e luz do sol. Engasgando, mas triunfantes.

Os hunos poderiam tentar invadir através de túneis novamente, mas era improvável. Aquilo teria custado esforço demais a eles para uma recompensa tão pequena.

— Noite e dia os portões do Inferno permanecem abertos — grunhiu Zenão com satisfação. — Bem, agora não estão mais.

Mas não havia tempo para descansar, muito menos para autocongratulações.

— Para as muralhas! — exclamou um grito desesperado. — Cada último homem de pé!

Aécio sinalizou a Andrônico que levasse sua guarda de volta na direção da porta de São Romano e reposicionasse seus homens na linha de batalha de lanças. Ignore o aríete estremecendo tudo lá embaixo, e a torre de cerco atrás dele. Ignore o fato de já estarem cercados, em menor número, com menos guerreiros. Nunca admita a derrota. Deixe que os hunos subam por suas malditas redes e formem uma massa nas ameias. Poderiam cuidar deles.

O próprio Aécio puxou os guerreiros godos de volta para a Porta Militar V, suas lanças abaixadas, aguardando. Pelo menos os onagros hunos estavam em silêncio havia um tempo, por medo de acertar os próprios homens.

As redes estavam todas penduradas entre os portões dos dois lados do Lico, e a cabeça de ponte huna aumentava. Havia agora trezentos ou quatrocentos deles, tecnicamente dentro da cidade, mas ainda sem acesso à descida. Ao longe, Aécio podia ver as abaladas e incertas expressões nos rostos da Guarda Imperial, olhando do outro lado para ele. O que ele estava *fazendo*?

Estava esperando.

Perto dele, Teodorico esperava também, sua longa espada sacada.

— Vai usar isso para empurrá-los.

— Vou — respondeu o príncipe impiedosamente. — Não há espaço para golpes de espada.

— Exatamente. — Ele rugiu para baixo das muralhas na direção da Guarda: — Fiquem parados!

— Quer os hunos bem agrupados — balbuciou Teodorico.

— Entendeu perfeitamente.

Mais alguns agonizantes momentos, com os hunos incapazes de acreditar que tinham tomado uma seção inteira da muralha, e atrás deles mais e mais de seus companheiros subiam desimpedidos pelas redes. À sua direita, um de seus aríetes estava lascando os portões, e as próprias plataformas das torres dos portões logo estariam tomadas por mais de seus companheiros da máquina de cerco se aproximando. A cidade estava praticamente conquistada.

Então ouviram aquele general romano de rosto sério gritar:

— Agora!

De trás da Guarda Imperial, segurando a fileira rígida de medo, veio o barulho de algo rangendo, sendo guinchado e baixado. Andrônico mandou que seus homens se preparassem. Tinham suas ordens.

Foi Tatullus quem comandou o ataque na retaguarda, junto com seus velhos soldados dos grotescos restos da VII, Punhos, Arapovian e Malchus, e alguns dos cidadãos mais fortes, incluindo um ferreiro ainda com seu avental, brandindo seu martelo para usar como arma.

A torre de cerco huna fora construída com uma alta ponte levadiça que em breve cairia através das ameias e admitiria um grupo de ferozes guerreiros com escudos redondos e espadas curtas e curvas na alta plataforma da torre do portão, de onde poderiam comandar as muralhas e, pior, os degraus que desciam até elas. Enlouquecidos pela sede de sangue e por sonhos com o ouro bizantino, era improvável que desistissem de sua posição uma vez que a conquistassem.

Tatullus encarou a torre de cerco se aproximando com sua podadeira abaixada. Ele berrou pedindo mais homens lá. Aqueles novatos de artilharia com miolos de passarinho tinham partido tarde demais. Esta torre ficaria ensanguentada muito em breve.

Mas o instinto primitivo do medo cru havia finalmente galvanizado os técnicos de artilharia, nada guerreiros. Em poucos segundos de impressionante destreza, tinham erguido as trajetórias de suas máquinas para que encarassem o alto da torre, a menos de 3 metros da muralha agora, e dispararam. Dardos de metal cerrado disparavam de cada uma das trêmulas máquinas, retos e letais, a velocidades de 15 a 18 metros por segundo, ou assim haviam calculado os matemáticos das oficinas imperiais. Aquelas enormes e tensas cordas de torção poderiam guardar um incrível poder. O voo de dardos atravessou numa trajetória reta a ponte levadiça erguida e todos dentro dela. As fundas simultaneamente atingiam as vigas laterais, causando menos dano para os ocupantes, mas em compensação bastante terror. Rapidamente avaliando a situação, os atiradores abandonaram suas máquinas, pegaram recipientes acesos e o arremessaram para o outro lado, para dentro do teto da torre de cerco, onde explodiram em bolas de fogo e começaram a queimar as madeiras do topo.

Tatullus quase gargalhou. A incompetência trêmula inicial dos artilheiros tinha na realidade atraído a torre de ataque huna para muito perto, apenas para subitamente ser atingida por essa chuva de pesados dardos de aço quase à queima-roupa, e então incendiada para completar.

— Mais uma vez! — gritou, batendo com sua podadeira furiosamente na madeira. — Mandem o inferno para cima deles!

Suando do esforço e do pavor, um suor ao mesmo tempo quente e frio escorrendo junto, cegos até secarem os rostos com lenços manchados, os artilheiros se esforçavam nas lubrificadas manivelas e recarregavam os dardos, tão bem manufaturados e calculados pelos melhores engenheiros e técnicos das oficinas imperiais da cidade. Encaixaram uma nova leva de dardos, cujas cabeças diagonais de aço nenhuma armadura no mundo poderia resistir, muito menos paredes de madeira, enquanto Tatullus gritava aos cidadãos mensageiros abaixo para que trouxessem mais. As cordas de torção retorciam e gritavam, o atirador mais próximo girava em sua base na direção da torre de cerco, como algum terrível animal de aço com um olhar sem olhos, e então os dardos voaram de seus orifícios uma vez mais e perfuraram a superfície da torre. De dentro dela ouviram-se mais gritos simbolizando o massacre. A ponte levadiça parara quando começara a abaixar, mal aberta.

— Foda-se — grunhiu Tatullus.

Tinham matado apenas os operadores, quando na verdade queriam entrar nela e matar o resto deles. Sentiu um enlouquecido estratagema e um inestimável aumento de moral unidos como uma coisa só. Ao sul, outra torre estava desaguando seus ocupantes na não tripulada Porta Militar IV, com apenas cidadãos para impedi-los; e da mesma maneira mais uma torre na Porta de Rhegium. De baixo veio mais um golpe do aríete. Haveria mais trabalho a fazer em outro lugar muito em breve, então precisavam terminar este.

— Vamos derrubar aquela ponte levadiça agora para podermos esquartejá-los lá dentro! Punhos, e você, seu parse fresco, venham comigo!

E assim ele estava no alto das ameias pulando, voando pelo espaço entre a muralha e a torre, batendo contra as laterais de madeira, agarrando a beira da ponte móvel com a mão esquerda, a direita batendo com sua alabarda repetidamente pelas vigas de madeira da frente e açoitando qualquer um que estivesse lá dentro. Então ele cortou as cordas da ponte levadiça com golpes tão determinados que elas se eriçaram e se esfiaparam em segundos. A ponte caiu com um barulho violento, com Tatullus ainda pendurado nela, a 12 metros do chão e com arqueiros hunos olhando para cima, já encaixando flechas nos arcos. Com a agilidade de um acrobata adolescente, o centurião com vinte anos de serviço estava de volta em cima da ponte como um gato, mesmo enquanto as flechas batiam nas madeiras debaixo de seus pés, sua alabarda se agitando sobre a boca aberta do alto da torre, deixando a ponte para trás por um momento. Em seguida, Arapovian, Malchus e Punhos estavam com ele mais uma vez, os quatro sobreviventes fazendo o que faziam de melhor, lutando ombro a ombro contra todas as probabilidades.

*

Os operadores do aríete huno sentiram os portões subitamente mais pesados debaixo dos golpes. O chefe do grupo galopou ao redor gritando com eles, mas não adiantou. Dentro da cidade, os isáuricos de raciocínio rápido comandados por Zenão tinham percebido o que estava acontecendo e barraram os portões com qualquer coisa que conseguiam encontrar. Barris cheios de areia, rochas, pedaços maciços de madeira e, a melhor de todas, uma carroça carregada de pedras. O aríete podia tentar o quanto quisesse; mas não atravessaria a Porta de São Romano tão cedo. E desde que os hunos continuassem tentando...

— De volta às muralhas! — grunhiu Zenão, pegando um dos *mattiobarbuli* ou pesados dardos de trás da alça de seu escudo. Os homens que carregavam o aríete em breve se tornariam, eles mesmos, os alvos.

A cabeça da torre, agora aberta, exposta e ardendo, revelou uma massa de guerreiros surpresos, prontos para pular nas muralhas da cidade. Uma brisa soprou, um sopro de misericórdia de Deus, e o calor do incêndio no alto da torre voou para o lado oposto à defesa, a fumaça negra se dissipando para longe, a oeste, sobre a massa do exército huno nas planícies ao longe. Em algum lugar, sentado em seu cavalo, Átila estaria vendo isso: uma de suas torres de ataque queimando desde já. O primeiro contratempo. Logo receberia mais informações sobre a dificuldade do aríete em progredir, e em seguida as notícias sobre as escavações terem sido interrompidas por um inesperado e violento ataque subterrâneo.

Houve um silêncio momentâneo enquanto Tatullus e seus três homens olhavam os vinte hunos agrupados dentro da cabeça da torre. Então eles bramiram o velho grito:

— Seis vezes bravos, seis vezes leais! — E atacaram.

Os hunos estavam apertados próximos demais uns dos outros entre as paredes de madeira. Estavam expectantes, suando, a tintura de guerra vermelha e preta já escorrendo em listras gordurosas por suas faces, tremendo com a loucura da guerra, o fogo rugindo acima de suas cabeças, desesperados para saírem e se verem livres para lutar; prontos para entrarem em erupção através da ponte levadiça e caírem como lobos naquelas ameias parcamente defendidas. Mas nunca chegariam tão longe. Estavam encurralados em sua caverna de madeira, apoiando-se em vigas de madeira pregadas por seus próprios escravos alguns dias antes. O barulho da batalha estava por toda a volta, mas imediatamente na frente deles, na luz do sol do fim da tarde, estava a terrível figura de um soldado romano duro como ferro, do tipo que se dizia que que não existia mais.

Olhos azul-claros e sem emoção queimando como pedras preciosas; um capacete de aço sob medida, como um crânio de metal exposto; um comprido protetor de nariz descendo entre aqueles olhos fundos e implacáveis. Oromano balançava uma monstruosa alabarda para a esquerda e para a direita, como um ceifador sobre a grama seca. Os guerreiros com suas espadas de lâminas curtas não podiam se aproximar dele, e nenhum deles haviam levado arco e flecha. Eles amaldiçoavam e urravam, presos entre o fogo que ardia no alto e as lâminas assassinas na frente, seus membros decepados, artérias cortadas, peitos e barrigas abertas, e derramando todo seu interior para fora, o espaço pequeno como um abatedouro infernal, um lugar de fogo e de sangue. Atrás da alabarda vinha um homem enorme brandindo um porrete, e um espadachim oriental, alguns civis e mais alguns soldados de aparência dura com armaduras negras. Os hunos apunhalavam e lutavam tão desesperadamente como ratos encurralados, e um deles até mesmo correu para a beirada da ponte levadiça e se atirou para um tipo de segurança que imaginava existir 12 metros abaixo. Mas mesmo enquanto pulava, o oriental o golpeou com sua arma num amplo arco e o atingiu na espinha dorsal, de modo que quando ele caiu no chão já estava morto. Não havia nada que pudessem fazer. Em um ou dois minutos os hunos estavam massacrados e empilhados no topo da torre. Dois homens da Guarda Palatina estavam deitados junto deles.

Ao longo das muralhas, os hunos enfrentavam um ataque como o de um tubarão dos dois lados pelas lanças compridas dos senhores--lobo à sua esquerda e da guarda palatina à sua direita. Em números eram imensamente superiores, mas perceberam em meio ao pânico que aquilo não ajudaria. Estavam praticamente encurralados dentro da muralha e não podiam oferecer uma linha de batalha mais extensa do que o espaço entre as ameias permitia. Ficaram agrupados e muito apertados. Cada vez mais soldados subiam pelas redes atrás deles e se espremiam pelas canhoneiras para entrar na briga, mas mal havia espaço para eles descerem do outro lado, muito menos para alguém balançar um *chekan* ou uma espada. Agora subitamente haviam forças disciplinadas atacando-os dos dois lados, compridas lanças apontadas para a altura de suas barrigas, forçando-os a se espremerem ainda mais. Então a matança começou, mesmo enquanto os hunos ainda discutiam entre si.

Dentro da torre de cerco, Arapovian pensou por um momento que seu centurião tinha ficado louco, pois, tendo matado todos os hunos vivos diante dele, estava agora atacando as paredes de madeira dos fundos da torre, apunhalando-as ferozmente com sua poderosa alabarda, lascando pedaços de madeira e chutando-os pelos ares, onde giravam e caíam livremente, até que a cabeça protetora da torre estivesse destruída pela metade.

— Ajudem, seus malditos inúteis! — gritou. — E você, ferreiro, traga seu martelo para cá. Quero essa parede derrubada.

Ainda sem entender, eles foram ajudar conforme ordenado, o centurião sujo de sangue ainda murmurando algo sobre moral, seus olhos brilhando através da máscara de sangue humano.

— Bom para nossa moral, um tanto deprimente para eles. — E enquanto ele chutava o restante das vigas dos fundos e expunha a cabeça da torre para o sol se pondo, Arapovian entendeu. Tatullus começou a atirar os corpos dos soldados hunos mortos para fora da torre até o chão, muitos metros abaixo.

Punhos chutava os corpos com seus grandes pés, rosnando que seriam atacados de novo a qualquer momento. Mas aquilo era um horrível e notável espetáculo.

Das principais fileiras hunas na planície, de cima de seus inquietos cavalos, os guerreiros à espera viram companheiro após companheiro ser assassinado, os corpos de pais, irmãos e filhos mutilados e golpeados até a morte, caindo de cima da torre de ataque, uma vista privilegiada da selvageria completamente disponível a todos. Corpos atirados e caindo, esguichando sangue de cortes e membros decepados, tombando sobre os sitiantes embaixo deles e esmagados no chão duro.

Aladar ergueu-se em cima de sua sela e rugiu diante dessa imensa e teatral crueldade:

— A vingança vai chover sobre eles como sangue!

Átila não comentou, mas a expressão em seu rosto era ameaçadora.

— Deixem que eles venham e levem seus companheiros para casa — grunhiu Tatullus, atirando para fora os últimos mortos. — Se algum deles se aproximar, os destruiremos.

Era imundo e imperdoável, mas era a primeira indicação naquele dia que nem tudo seria do jeito dos bárbaros.

As outras duas torres de ataque que se aproximaram das muralhas tinham sido atingidas e incendiadas antes de baixarem suas pontes. Ao mesmo tempo, os hunos amontoados que chegaram escalando as muralhas tinham sido empurrados de um dos lados da furiosa investida dupla, e seus corpos foram jogados de volta para fora, por cima das muralhas. As cordas das redes foram cortadas e largadas atrás deles, e a milícia de cidadãos derramou óleo de cozinha em cima delas e em seguida colocou fogo, para que as redes não pudessem ser reutilizadas antes de demorados e complicados consertos.

Finalmente as muralhas foram esvaziadas. Centenas de hunos morreram aquele dia, tanto ao cair quanto ao lutar. Nenhum deles havia chegado até as muralhas internas. Suas operações por baixo da terra tinham sido impiedosamente sabotadas, e nenhuma das torres de ataque havia triunfado. Aécio sentou finalmente à sombra das ameias, tirou seu capacete e secou o suor do rosto. Seu braço estava quase cansado demais para ser erguido. Espalhada na frente dele estava a cidade que ele lutara tão desesperadamente para defender, o sol que afundava brilhando em suas miríades de cúpulas douradas e pináculos. A Cidade Sagrada de Bizâncio. Ele sorriu.

— Meu irmão — começou Turismundo, que estava ali perto, arfando. Ele puxou o braço de Aécio, que o soltou de novo, irritado pelo cansaço. — Meu irmão — gritou o príncipe mais desesperadamente, ainda quase soluçando. Subitamente Aécio estava alerta mais uma vez, se arrastando para ficar de pé. Os príncipes lutaram tanto quanto qualquer um aquele dia, e seus guerreiros foram cruciais.

— Onde ele está?

Turismundo soluçou dizendo que ele não conseguia se mover. Seu braço...

— Venha — disse Aécio. — Vamos levá-lo para o hospital Emmanuel.

O ferimento de Teodorico era medonho. Sem analisar sua origem, Aécio exigiu o velho médico cheio de truques, Gamaliel. O hospital não estava cheio, tendo havido tão poucas baixas na defesa. O velho chegou correndo, seu caótico manto cinza enrolado em volta dos ossudos tornozelos brancos. Aécio e Turismundo começaram a falar ao mesmo tempo, mas ele mandou que ficassem em silêncio.

O rapaz ferido estava deitado de barriga para cima, seu rosto branco como giz, a testa pontilhada de suor, entrando e saindo de um leve estado de consciência. Gamaliel gentilmente desenfaixou os imundos trapos usados como curativos de emergência, sem dizer nada.

— Ele matou pelo menos seis ou sete — informou Turismundo. — Havia um sujeito corpulento que devia ter o dobro da largura do meu irmão. Teo enfiou sua espada nele. Mas, enquanto o sujeito morria, atingiu com a espada o braço de meu irmão e...

Ele parou e mergulhou o rosto no próprio braço. Aécio colocou uma das mãos no ombro trêmulo do garoto.

Gamaliel falou:

— Se formos amputar por risco de gangrena, o crucial, é claro, é remover mais ossos e deixar mais tecido macio para cicatrizar melhor.

Turismundo levantou o olhar, seus olhos brilhando de lágrimas.

— No entanto — continuou Gamaliel —, o rapaz é jovem e Deus é misericordioso. Pode ser que uma amputação não seja necessária, não podemos ter certeza. Como o primeiro aforismo de Hipócrates diz: "A *vida é curta*, a arte é longa, a ocasião fugidia, a experiência enganadora, o julgamento difícil." — Ele sorriu de forma gentil para os dois exaustos soldados e acrescentou suavemente: — Sempre achei um bom guia para a vida em geral. No entanto — e sua voz se animou de novo —, antes de apelar para a bruta ciência da amputação, devemos confiar na ligadura vascular, desconhecida tanto para Hipócrates quanto para aquele tolo do Galeno, mas amplamente praticada pelos médicos da Índia, assim como a aplicação liberal de gema de ovo, óleo de rosas e terebintina, e aqueles dois grandes curandeiros chamados tempo e esperança.

Ele dirigiu-se a Turismundo:

— Precisa dormir, garoto. Pode dormir aqui. Quando acordar de novo, converse com seu irmão. Mesmo se ele estiver inconsciente, converse com ele. Toca algum instrumento?

Turismundo parecia perplexo.

— Um alaúde. Muito mal.

Gamaliel se virou para Aécio.

— Arranje um alaúde para o rapaz. — E para Turismundo ele falou: — Toque o alaúde para ele. Mesmo que mal.

Ainda haveria um capítulo final para este dia desgastante. Tatullus prendera a torre de cerco semidestruída com alguns imensos ganchos de ferro e com cordas longas o bastante para chegar até o chão. Um bando de bois esperava na escuridão das sombras da noite, as cabeças balançando. Ouviu-se o som de uma chicotada, e os bois avançaram. As duas fortes cordas se esticaram da torre. Os bois urravam debaixo do chicote, seus cascos arranhando no chão. Dúzias de cidadãos seguraram as cordas também, puxando como se numa disputa de cabo de guerra entre vizinhos. A imensa torre de cerco rangeu, inclinada. Embaixo dela, ainda sendo ordenados a usar o aríete, mas sem qualquer esperança, os hunos olharam para cima e viram o que estava por vir. A torre se inclinou mais um pouco, e mais um pouco, e então o ponto culminante passou e a gravidade fez o resto.

Como uma monstruosa árvore numa floresta, derrubada por gigantes, a torre desocupada caiu de lado com uma lentidão surreal e tombou em cima do casco do aríete, arrasando a ela mesma e ao casco numa dupla destruição. Os trabalhadores do aríete se afastaram a tempo e ninguém se feriu, mas para seus espíritos de guerreiros aquela fora a última gota. Eles recuaram e correram de volta, junto com os sobreviventes ao redor, por cima das destroçadas muralhas intermediária e externa, agrupando-se para atravessar o fosso em cima das placas de madeira. No desespero, alguns até mesmo se atiraram na água.

Num último adeus, os guerreiros godos se ajoelharam calmamente nas ameias, tiraram seus arcos e atingiram mais inimigos em fuga, um a um, silenciosamente e sem misericórdia. Não optaram por saraivadas, mas sim por uma matança letal e individual. Para os sitiantes, agora voando através da planície, era a primeira derrota que experimentavam na vida. Quando chegaram às próprias linhas de batalha, ouviram dizer que o senhor Átila havia se retirado para sua tenda.

CAPÍTULO 21
NOITE E CHUVA

Aécio estava cansado demais para comer, mas bebeu água de uma taça entregue a ele por uma mulher na rua. Sem seu capacete na cabeça, e ensopado de suor e poeira como estava, ela não o reconheceu e o chamou de "meu bem". Ele bebeu, devolveu a taça e agradeceu educadamente.

Antes de algumas poucas horas de um sono inquieto, ele conversou com Tatullus, Malchus, Andrônico e com o príncipe Turismundo, que parecia preocupado e triste, subitamente mais velho do que de fato era; e também com Zenão dos isáuricos, e um tal de Portumnus, um roliço burguês de 50 anos que parecia ter se autonomeado o líder da milícia de cidadãos. Ele teria que servir, Aécio pensou, apesar de aqueles que se autonomeiam alguma coisa raramente serem os melhores naquela função.

— Foi um bom dia — declarou Malchus limpando sua espada incrustada e sorrindo. — Eles sofreram muitas perdas. E não foram poucas, não tenho problemas em dizer — ele ergueu a espada e inspecionou sua lâmina, novamente brilhante—, as causadas por minhas próprias mãos heroicas.

Aécio não estava impressionado.

— Eles *podem* sofrer muitas perdas — grunhiu. — Existem mais 100 mil deles lá fora. Hoje nós matamos uns duzentos ou trezentos, no máximo. Perdemos talvez uma dúzia de homens. Isso soa bom, mas eles poderiam lutar durante um ano como lutaram hoje, e ainda assim não se preocupar com as perdas. Nós poderíamos? Ainda ensinam matemática na cavalaria, capitão Malchus?

Malchus se recusou a parecer corrigido, mas não achou resposta para dar.

— Além disso, duas de nossas máquinas de artilharia estão arruinadas, e nossas muralhas levaram uma bela surra, e não temos nem os homens nem a energia para reconstruir mais nada.

— Os batalhões de cidadãos lutaram como leões, no entanto — contrapôs Portumnus.

Aécio assentiu, e até mesmo Andrônico resmungou.

— Mas se ganharmos esta batalha, se de algum modo sobrevivermos, vamos vencer aqui em cima. — Aécio deu um tapa na própria cabeça. — Hoje foi o primeiro dia no reino de terror de Átila em que ele não obteve exatamente o resultado que esperava. Não foi uma derrota, não mesmo, mas ele deve ter visto seus homens voltarem pela planície sem nada para mostrar em troca de suas perdas. Ele vai retornar, é claro. Mas esta noite alguns de seus homens podem ter começado a duvidar do seu líder. Ele só poderá reconquistar a fé deles em si próprio com um massacrante triunfo sobre nós, portanto vai retornar mais duro do que nunca. — Sua voz estava carregada de emoção, olhando para as pequenas fogueiras dos visigodos, dos isáuricos, da Guarda Palatina e dos exércitos de cidadãos. Uma corajosa, porém retalhada mistura, e nenhuma legião romana apropriada com eles. Então tinha chegado a esse ponto.

— Mas a cada dia que suas forças não prevalecerem sobre nós, a confiança dos hunos vai diminuir e sua força vai desabar. É a nossa única esperança. Certamente não podemos derrotá-los diretamente. Somos muito poucos.

O conselho de guerra refletiu em silêncio sobre aquelas palavras, e então se retirou para dormir.

Em sua tenda, Átila cerrava os dentes e olhava furiosamente para os próprios punhos. O dia que ele abominara desde o começo. Sempre soubera que Constantinopla não seria uma Viminacium, mas agora via que seria dez, cem vezes mais difícil. Diziam que esta era a cidade mais fortificada do mundo. Nem mesmo as cidades da China tinham algo que se comparasse às muralhas de Constantinopla. E agora ele recebia a notícia de que outro de seus amados escolhidos havia tombado.

O velho Chanat contou a ele:

— Foi o senhor Juchi, Grande Tanjou. Ele morreu nas ameias, atravessado pela espada de um daqueles príncipes godos que estavam lutando com eles.

— Eu o tive — sibilou Átila —, aquele cachorrinho alemão de cabelos claros como palha, eu o tive bem na minha frente, na minha própria tenda. Poderia tê-lo destruído em Azimuntium, poderia ter destruído a todos. E quando visitaram nosso acampamento para negociar, apenas para tentar me assassinar como doninhas durante a noite, eu poderia tê-los matado.

— Meu senhor é misericordioso demais! — cantarolou Pássaro Miúdo. — Seu coração tão tenro quanto o de uma garotinha. Ah, o coração de uma garotinha será a sua ruína!

— Nosso irmão Juchi — continuou Chanat —, decepou o braço do príncipe enquanto morria, ou quase isso... Atravessou-o com a espada.

— Deveria ter sido seu pescoço. — Átila se debruçou para a frente, apoiou os cotovelos nos joelhos e enterrou o rosto entres as fortes mãos. — Um a um, meus escolhidos se despedem de mim. — Sua voz era baixa e abafada.

Chanat hesitou por um instante, então se retirou como se para não testemunhar aquela tristeza imprópria. Pássaro Miúdo torcia seus laços de cabelo, como uma criança alheia ao choro da mãe.

Átila permaneceu sem se mover, sentado em seu trono de madeira. Dos três poderosos irmãos, filhos de Akal, apenas Noyan sobrevivera. Juchi, assassinado por um pálido garoto visigodo. Bela, espancado e afogado na ponte de Margus. Sem contar o afoito e jovem Yesukai, de olhos brilhantes, leal e incondicional como apenas os jovens conseguem ser — havia sido o primeiro a morrer. Parecia ter sido há tanto tempo. Tão longe ao leste, inimaginavelmente longe, a uma cavalgada de muitos meses pelas estepes até o coração da Ásia, há longos e longos anos. Teve aquela vez em que ele assustara aquele bando de perdizes, perto do acampamento dos hunos kutrigur, e quase fez com que todos fossem mortos. Aquele tolo. Átila sorriu, apesar de seus olhos estarem tristes e marejados por lembranças. Yesukai morreu lutando contra aqueles mesmos hunos kutrigur, morreu para que os hunos kutrigur e seu povo pudessem se unir numa conquista gloriosa. Átila podia até vê-lo agora em seu leito de morte, o jovem Yesukai, com uma flecha atravessando seu braço direito e chegando até o peito, com Chanat embalando sua cabeça.

Que os vultos gritem em Tian Shan, que os ventos se espalhem sobre as planícies abundantes, que as chuvas caiam o ano todo nos prados verdes em luto por Yesukai!

E agora que os vultos gritassem e os céus chorassem por Juchi também, e por Bela. Por Csaba também, tão gravemente ferido debaixo das muralhas de Viminacium em sua loucura de batalha, e desde então um semilouco. Mas para aquele maldito e desertor Candac não haveria lágrimas.

Ainda restava seu sempre fiel Orestes, o velho Chanat, Geukchu e o solitário Noyan. E Roma ainda estava muito longe.

*

Aécio havia aproveitado todas as suas três horas de sono, num áspero catre de palha na sala de guarda da Porta Militar V, quando foi acordado por gritos histéricos. Ainda exausto, sentiu que continuava sonhando quando pisou nas escuras ameias e percebeu que mais um ataque completo estava a caminho. Átila estava usando o cansaço deles para destruí-los. Como poderiam lutar mais uma batalha à noite, depois de um dia como o que haviam suportado?

Mas precisavam lutar.

Era como um sonho também para os exaustos defensores nas muralhas, que viram as grandes máquinas de cerco ressoando na direção deles em meio à noite e as chamas de 10 mil tochas, e à luz das tochas viam os lampejos das flechas de ferro e o brilho de suas pontas no ar da meia-noite, e os gritos e a chegada de homens no chão abaixo. Ouviam distantes e trepidantes ruídos de golpes de onagros contra paredes de pedra, e o lento estalo e o sussurro de alvenaria colidindo. Na realidade, não poderiam vencer novamente. Não agora. Mas talvez num sonho...

Os hunos também estavam escalando novamente, contra a Guarda Palatina e qualquer cidadão armado com coração intrépido o bastante para permanecer ali e lutar, todos espalhados ao longo de quase 5 quilômetros de muralhas. Apesar de os hunos subirem às centenas, e até mesmo aos milhares, os golpes das espadas dos soldados e as batidas mais cruas das improvisadas armas dos cidadãos tornavam o progresso dos hunos por cima das muralhas mais lento e verdadeiramente sangrento, pelo menos. No solo abaixo das muralhas, os corpos dos hunos mortos na cruel subida daquele implacável penhasco de 12 metros de altura empilhavam-se como moscas.

Do sul vinha um barulho de uma batida de madeira mais ressonante, e a defesa soube que mais uma porta estava recebendo golpes de aríete.

— Isáuricos! — rugiu uma voz grossa. Ouviu-se o trote firme dos homens das montanhas, e Zenão mais uma vez os levou até o subterrâneo.

Em toda parte havia tochas acesas, e na planície os hunos tinham construído imensas fogueiras luminosas, sem qualquer propósito militar, aparentemente, além de iluminar para que os desanimados defensores vissem como eram vastos os números do inimigo. Mas o general comandante Aécio estava em toda parte ao mesmo tempo, correndo, bramindo, gesticulando, fazendo piadas brutas e aparentando qualquer coisa, menos desânimo.

Punhos olhou para as fogueiras maliciosamente.

— Uma gentileza deles, tenho certeza — grunhiu, e então olhou para o céu como se rezando. — Venham, amigos deuses, e apaguem as fogueiras deles.

Ali perto, o mais ortodoxo Arapovian fez o sinal da cruz e encaixou outra flecha em seu arco.

Os hunos agora estavam em todos os portões, empilhando feixes de cana seca ensopados de óleo e fardos de feno saqueados. Em breve, aqueles portões seriam queimados até virar cinzas, e os guerreiros entrariam por todos os acessos. Mas os cidadãos estavam chegando até as muralhas em números ainda maiores conforme o pânico se espalhava pela cidade. Derramavam água nas pilhas incendiárias e atiravam projéteis em cabeças hunas, uma chuva primitiva, porém terrível. Portão depois de portão, os sitiantes eram afastados, até que finalmente os defensores na porta de Rhegium, agrupados numa companhia de batalha improvisada por Malchus, liderando da frente como sempre, conseguiram abrir os próprios portões e fazer um ataque de defesa, espantando os hunos na confusão diante de suas fileiras sombriamente organizadas e tomando as mortais pilhas encharcadas em óleo. Puxaram-nas de volta através da muralha do meio até o períbolo mais baixo, e então encostaram uma tocha na pira, queimando-a inutilmente e longe de seus próprios portões. Correram de volta, debaixo de animadas saudações das muralhas, e as grandes barreiras de madeira foram fechadas atrás deles. Nenhum cidadão daquela ousada horda fora ferido.

Nas muralhas acima do Lico a escalada era mais intensa, e os melhores guerreiros ficaram juntos a noite toda. Gritando desafios, Tatullus talhava rostos e pescoços com sua alabarda conforme apareciam por cima das redes, então golpeava para baixo, dividindo crânios, separando cabeças de ombros. Flechas tiniam ao redor da defesa na escuridão, mas era difícil até mesmo para os arqueiros hunos atirar no inimigo e não em seus próprios homens, num combate tão próximo e à noite. Mais de uma vez um guerreiro huno gritou e caiu para trás da rede ou de uma escada, uma flecha de plumas pretas atirada de um de seus camaradas nas costas, até que finalmente um dos generais hunos ordenou que cessassem fogo. Os guerreiros godos, enquanto isso, continuavam a defender fogo na direção dos sitiantes densamente agrupados, tão impiedosamente quanto nunca.

O capitão Malchus logo estava de volta da Porta de Rhegium, ansioso para não perder nenhum momento da luta, sua espada rodopiando e golpeando, seus olhos brilhando loucamente, brancos debaixo de uma máscara de sangue. Até o ouviram gritando: "Isso sim é vida!" E ali também estava Andrônico, golpeando e apunhalando ao seu lado — os dois pareciam irmãos —, e repetindo baixo e sonoramente como se fossem refrãos sombrios da liturgia bizantina:

— Não vão tomar esta cidade, não vão tê-la, nenhum de vocês irá passar...

As estrelas haviam sumido do céu; apenas fagulhas iluminavam o firmamento coberto de nuvens negras. Do coração da cidade, até mesmo agora, ouviam-se as vozes dos padres e dos diáconos pregando os salmos, e era ao som desse sublime e encantador cantochão que os homens da guerra lutaram.

Perto das muralhas de Blaquerna, os auxiliares isáuricos identificaram mais túneis subterrâneos sendo abertos. Átila estava tentando de tudo, todos os truques simultaneamente, acreditando que a noite e os números estavam a seu lado, e que a cidade seria tomada em breve.

— Vocês não têm tempo para contraminar — disse Aécio desesperadamente. — Joguem os tambores de colunas em cima deles!

Os grandes cilindros de mármore que ele havia guardado ao longo das ameias em intervalos regulares foram empurrados, içados até as muralhas, e largados em lugares onde as atividades subterrâneas tinham sido sentidas. Os enormes pesos caíram com uma pancada surda na terra abaixo, afundaram pela metade e amassaram os túneis abaixo. Era bruto, temporário, mas eficaz. Um grupo da Guarda Palatina deslizou um dos preciosos tambores das colunas em cima de um aríete que se aproximava e de seus operadores, resultando numa eliminação completa.

Tudo precisava ser feito na velocidade de um raio, cada novo tipo de ataque precisava resultar numa reação imediata, ainda mais impiedosa e violenta que o próprio ataque. Graças aos conhecimentos de Aécio, sua energia e presença autoritária, cada vez mais os hunos se deparavam com exatamente esta resistência tão selvagem. Era a última coisa que tinham sido levados a esperar, e alguns já estavam expressando suas dúvidas.

Alguns foram mais longe. Por baixo de uma monstruosa pilha de hunos kutrigur perto da Porta Militar IV, um sobrevivente saiu rastejando, coberto pelo vermelho de seu próprio sangue misturado ao de seus companheiros mortos. Ele se ajoelhou diante das muralhas de Constantinopla, segurando seu braço quase decepado contra o peito, parecendo ignorar as flechas que sibilavam ao redor dele. Em vez disso, levantou a cabeça e olhou para o céu sem estrelas, cegado pelo sangue, e uivou com tamanha fúria que suas palavras viajaram para longe.

— Que Astur o amaldiçoe, Grande Tanjou Átila! Que Astur o amaldiçoe, Átila, filho de Mundzuk! Senhor Fazedor de Viúvas! Devorador do mundo! Sanguessuga! — Uma flecha o atingiu na coxa, e mesmo assim ele mal se mexeu, continuando a olhar para o céu de boca aberta, ofegando. Depois de um tempo, o severo e velho Chanat saiu de trás da muralha intermediária e degolou sua cabeça. Mas ainda assim suas palavras tinham sido ouvidas pelos atacantes e defensores.

Apesar de tudo isso, os hunos continuaram a subir pelos muros, tão rápidos quanto mercúrio, enlaçando as ameias, pulando por cima delas como acrobatas num circo.

— Como macacos bárbaros subindo a porra das colinas de Gibraltar — opinou Punhos, derrubando mais um com seu porrete.

Mas o ritmo da batalha estava diminuindo. Para cada nova onda de guerreiros hunos, o maior obstáculo diante das muralhas eram os montes escorregadios de seus próprios mortos. Isto não era, conforme observou Aécio, bom para o moral deles. Mais um aríete foi esmagado, as máquinas de cerco estavam ou queimando ou encalhando rapidamente entre montículos entrecortados de escombros e muralhas despedaçadas, e os onagros, eles também, estavam silenciosos. Aécio se debruçou por cima das ameias e checou as fileiras de soldados. Seus homens continuavam firmes. Nenhuma flecha estava vindo.

— Derrubamos eles — murmurou Tatullus. Centurião e general trocaram olhares, ambos pensando a mesma coisa: por enquanto; mas eles voltarão. E de novo. E de novo.

Com seus números diminuindo, e a coerência de sua estrutura de comando se enfraquecendo, os hunos apelaram para heroísmos individuais, o que só trazia a eles ainda mais baixas. Adolescentes vangloriosos vinham a galope selvagemente através da confusão de escombros, quebrando as pernas de seus cavalos, pulando e seguindo a pé, urrando e agitando seus laços. A maior parte das redes havia sido cortada e queimada, então estes últimos atacantes tentavam atirar seus laços alto o bastante para enlaçar as ameias e subir sozinhos. Um deles se pendurou e conseguiu chegar até a metade da muralha, com uma adaga entre os dentes.

Aécio gritou ordens para uma unidade de artilharia próxima. Eles viraram seu atirador de flechas para o ângulo correto e dispararam dois grandes dardos no guerreiro pendurado. Um deles o atingiu na espinha, e ele ficou ali, preso por seu próprio laço, a cabeça para trás, de boca aberta, sem enxergar.

Aécio foi até ele e cortou pessoalmente a corda. O jovem, de talvez 15 ou 16 verões, deslizou de volta e ficou deitado, estirado quase sem forma nas pedras embaixo dele, não mais com formato de homem, nem de jovem, nem de nada. Aécio se virou. Como a guerra era imunda.

Ele sentiu alguma coisa no braço nu.

Tatullus avisou:

— É chuva.

Aécio virou seu rosto para o alto, na direção das águas limpadoras dos céus, e rezou de olhos fechados. As fogueiras dos hunos começaram a chiar suavemente, e então a chuva ficou mais forte, fazendo-as soltarem fumaça e começarem a morrer, e a escuridão tomou conta da planície cheia de gente.

Ele foi inspecionar as muralhas, orientando apressadas reconstruções e bloqueios aqui e ali.

Gamaliel foi falar com ele.

— O rapaz?

Gamaliel assentiu e sorriu, tirando seus longos cabelos molhados do rosto.

— Tanto ele quanto seu braço direito vão sobreviver.

Aécio soltou o ar, como se estivesse prendendo a respiração todo aquele tempo.

— Ele ficará com uma bela cicatriz para provar sua masculinidade, apesar disso.

Em seu cansaço, Aécio esqueceu as formalidades, pegou a mão magricela do velho andarilho e a apertou.

— Graças a Deus, graças a Deus — balbuciou.

Gamaliel colocou sua outra mão sobre a de Aécio, fitou seus olhos e viu a paixão ardendo por trás do controle de ferro, assim como a brandura por trás do aço valente. Eles se separaram novamente. Havia trabalho a fazer.

— A propósito — chamou Gamaliel atrás dele —, esta chuva. — Aécio se virou. — Não vai fazer bem algum aos hunos e a seu acampamento. Poças, mosquitos, até mesmo nessa época do ano...

Aécio franziu o cenho.

— Mosquitos? Tipinhos irritantes, sem dúvidas, mas acho que não conseguiriam chatear muito os hunos...

— Bem — continuou Gamaliel —, tenho uma teoria... Em qualquer caso, a chuva, o ar fétido e o tifo andam de mãos dadas.

— Tem toda razão. Pelos meus cálculos, nossos sitiantes vão precisar de cerca de 34 mil litros de água potável e 30 toneladas de forragem a cada dia, e seu povo e gado juntos irão produzir cerca de 100 toneladas de bosta por semana. Pode fazer as contas. Tais fatos repulsivos e nada heroicos podem ganhar guerras inteiras. Vão envenenar a si mesmos lá fora. Enquanto isso, quero que esta cidade seja mantida limpa como mármore. Na verdade — acrescentou —, quando tiver terminado no hospital, pode checar as ruas e certificar-se de que está tudo bem. Organize os cidadãos; fale com aquele Portumnus. Boa água fresca, nada de refugiados dormindo no chão, esgotos devem estar desobstruídos, todos os corpos cremados. A qualquer sinal da praga ou de disenteria, isole as vítimas imediatamente e informe a mim. Sim?

Gamaliel já tinha saído.

Não muito antes do amanhecer os hunos vieram mais uma vez numa nova onda. Não se deram ao trabalho de usar pesadas máquinas de cerco desta vez, apenas uma vasta escalada de 3 quilômetros com redes e leves escadas de cana, esperando alcançar vitória frente aos exaustos defensores por meio de velocidade e pura bravata. Mas a Guarda Palatina e os auxiliares estavam incansáveis como nunca, os senhores-lobo pareciam feitos de ferro, e os grupos de civis não abandonavam as muralhas nem mesmo para permitir que reforços mais descansados ocupassem seus lugares. Já ensanguentados da batalha, apesar da tremedeira, do cansaço e de muitos exibindo ferimentos, sua convicção estava maior que antes; sua fé em si mesmos, uma poderosa arma por si só. Quando o sol nasceu, os saudaram como a um irmão. O céu e a terra estavam com eles.

Os hunos subiam as muralhas e encontravam um sólido bloqueio de homens e lâminas. Em um lugar ou outro conseguiam irromper, mas ainda assim não conseguiam abrir espaço e capturar uma única torre. No grosso da batalha, Punhos se viu cercado, seu porrete arrancado de sua mão, e um esbelto e rijo huno tirando sua lança para enfiá-la nele. Então o huno recuou e se arqueou, suas costas abertas por Arapovian atrás dele. Num espaço de três golpes, o silencioso e implacável armênio havia chutado o huno morto por cima do parapeito, batendo num de seus companheiros enquanto caía. Arapovian enfiou sua espada no adversário enquanto ele pisava em falso, um leve, porém efetivo golpe, para poder puxar de volta a arma a tempo de desviar-se de um forte golpe vindo de um terceiro atacante, um feioso kutrigur pintado, seus dentes vermelhos de sangue e limados e afiados até lembrarem os de animais carnívoros. Arapovian girou para fora do alcance de sua pesada espada, em seguida abaixou-se e ergueu-se a seu lado para decapitá-lo ali mesmo. O restante da cabeça de ponte huna foi derrubada por trás por seis guardas imperiais trabalhando ordenadamente, suas lanças baixas e seus corpos prensados de costas contra a muralha.

Punhos estava de quatro, sacudindo a cabeça como um cão molhado. Ele ficou de pé com os olhos um pouco turvos. Um dos lados de seu rosto estava coberto de sangue, seu cabelo de palha amassado e brilhante.

— Precisa de cuidados — disse Arapovian, apanhando a cabeça do huno kutrigur de onde caíra a seus pés, ainda parecendo olhar para cima na sua direção com uma expressão perplexa, e atirando-a por cima da muralha.

— Não antes de agradecê-lo profusamente por ter vindo ao meu resgate tão heroicamente, meu ágil camarada parse — ressoou

Punhos, colocando uma das grandes patas ao lado de seu crânio dentado e olhando para as pontas molhadas e vermelhas de seus dedos. — Espero mesmo que no futuro ache que valeu a pena. Você deve ter treinado como dançarino num teatro, do jeito que saltou.

Arapovian pareceu orgulhoso.

— Muito nobre da sua parte, de qualquer maneira, tenho certeza. Achei que tinha chegado minha hora ali. E perdi meu porrete.

— Vai encontrá-lo lá embaixo — falou o armênio. — A caminho do hospital.

— Está bem, está bem, estou indo tomar uns pontos. A propósito — acrescentou de saída —, tem mais deles subindo atrás de você. Melhor se virar.

E a manchada lâmina da espada do oriental reluziu no ar mais uma vez.

Punhos voltou dez minutos depois com a cabeça enfaixada e seu porrete recuperado, lutando ao lado de Tatullus perto do lado norte da Porta Militar V. Eles lutaram num incansável dueto de porrete e alabarda, ainda incensados pela memória de Viminacium e seus camaradas mortos. Punhos grunhia, gritava e xingava, derramando coloridas blasfêmias.

— Seu maldito bárbaro fodedor de éguas, tome isto! Aqui, você, venha e fique com uma bela dor de cabeça! Matei um a um de vocês de um jeito que não conseguiriam imaginar! Seu contorcionista filho da puta, fique parado enquanto espalho seus miolos! Agora deem o fora por cima da muralha. Argh! — exclamava, avançando e esmagando mais um crânio.

Tatullus lutava em silêncio, as mandíbulas fortemente trincadas, o capacete de aço abaixado, antebraços como carvalhos e aqueles olhos fundos fixos enquanto sua alabarda abria faixas assassinas em homens sem armaduras, um verdadeiro veterano imperturbado pelos gritos dos moribundos. Quando uma flecha perdida atirada por um ágil escalador furou a armadura de couro cravejada de bronze que protegia seu ombro esquerdo e lá ficou emperrada, ele não gritou, tampouco virou a cabeça. Parando apenas para quebrar o cabo da flecha e atirá-lo por cima da muralha, ele avançou para atingir mais e mais homens, como algum tipo de autômato de ferro saído de um pesadelo sonhado por algum cabalista judeu na inventividade enfumaçada de sua cela eremita, criada dos fogos de sua fornalha enquanto cantava sobre Adonai, Javé, Elohim e todas as dezenas de milhares dos nomes de Deus.

Subitamente eles sumiram.

O ataque havia terminado.

Só então os defensores foram tomados por uma indescritível exaustão. Homens afundavam atrás das ameias, quase cansados demais para tirar os capacetes das cabeças encharcadas de suor. Aécio ordenou que trouxessem comida e água até as muralhas.

Ele viu a cabeça enfaixada de Punhos.

— Você, do Reno. Pode ganhar uma *corona obsidionalis* por quebrar um cerco, se todos sairmos vivos dessa.

— Obrigado, senhor, mas preferiria uma taça de vinho neste momento, se der na mesma para o senhor.

— Achei que não bebia.

Punhos se surpreendeu com a incrível memória para detalhes do general comandante. Então respondeu:

— Bem, senhor, admito que houve aquele infeliz incidente com a filha do peixeiro em Carnuntum, cujos sórdidos detalhes prefiro não dividir com o senhor, peço perdão, considerando que poderiam tirar seu apetite para o jantar. É o suficiente dizer que, apesar de ter feito um juramento de ficar longe da bebida por um bom tempo depois disso, eu... — Punhos não completou a frase.

O general estava se afastando, não tendo exatamente o tempo livre necessário para escutar Punhos quando ainda estava a toda. Mas ele gritou por cima do ombro para um dos mensageiros:

— Traga um balde de vinho para esse homem. Um balde *grande* — acrescentou com um lampejo de sorriso.

Ele reassumiu sua posição na torre da Porta Militar V, e o cansaço o atingiu com força. Mal podia ficar de pé. Mas não conseguia dormir. Havia coisas demais a fazer. Então, comeu apenas pão seco e bebeu água. Tatullus e o capitão Andrônico da Guarda foram até ele. Agora que a luta terminara e o sangue quente esfriara, eles também pareciam mais que exaustos, e a luz em seus olhos se apagara. Sabia como estavam se sentindo. Não era uma sensação de vitória, e não havia motivo para muitas comemorações. Ainda não. Era uma sensação apenas de sobrevivência temporária. Lá fora, nas planícies, Átila ainda estava agachado como alguma besta predadora pronta para pular, seu vasto exército reduzido em mil ou dois mil homens.

Agora estava na hora de Aécio saber das próprias baixas.

Das duas companhias da Guarda Imperial, 160 homens ao todo, mais de sessenta estavam mortos e mais cerca de quarenta feridos demais para lutar. Aquela proporção em si falava mais alto que tudo, assim como aquela porcentagem. Bem mais da metade da Guarda Palatina estava destruída, e cada um deles havia perdido sangue neste último dia e noite. Para Átila, no entanto, aquelas pilhas de hunos mortos na base das muralhas era apenas uma fração de suas forças. Dos quarenta guerreiros godos, apenas três tinham morrido, e três estavam no hospital Emmanuel. Figuras surpreendentes e sem reflexos da bravura com que tinham lutado, o dia e a noite toda, incansavelmente. Até Andrônico foi forçado a admitir que tiveram tão poucas mortes por serem guerreiros muito habilidosos e ferozes. Gigantes de cabelos claros, lutavam como leões.

Quanto aos oitenta auxiliares isáuricos, mais uma vez, metade estava morta ou então ferida demais para lutar. Seus homens ativos chegavam a quase trinta. Dos cidadãos que tinham dado suas vidas por sua amada Cidade Sagrada — homens normais, pais, maridos, irmãos, filhos, sujeitos cuja única habilidade na vida fora assar pães ou martelar ferraduras, ou até mesmo aparar barbas — o número de mortos ia além da conta.

Lá embaixo, aqueles montes massacrados de selvagens tatuados e cheios de penas, que tinham lutado virtualmente nus, com garras e dentes, uivando num idioma que ninguém além do próprio Aécio entendia, eles também eram pais, maridos, irmãos, filhos. Era terrível demais. Nada além de perda e desperdício. Esta era a hora, quando a batalha baixava e parava por um momento, que o pesar conseguia dominar até mesmo o mais forte dos homens. Por que haviam lutado uns contra os outros, estes pais e filhos? Sobre o que havia sido aquilo tudo?

Aécio, Tatullus e Andrônico ficaram de pé silenciosamente lado a lado na torre, assistindo hunos sem armaduras retornando debaixo do sol ardente do meio-dia para reaver seus mortos e levá-los de volta para um luto e enterro decente. Era uma tarefa desagradável, que duraria horas. Aécio não precisou mandar que não atirassem neles. Nenhum dos defensores poderia ser tão cruel. Ele abaixou a cabeça. Seu coração estava pesado como pedra de tanta tristeza.

Atrás deles, um dos guardas subitamente balbuciou:

— Ah, meu Deus, não.

Os três exaustos homens se viraram.

Também se virando para olhar através da cidade pela qual lutaram tão corajosamente para defender, de costas para os exércitos de Átila, ao longo de toda a muralha, homens exaustos estavam se ajoelhando, largando suas armas, clamando por Cristo e chorando abertamente. Pois a Cidade Sagrada estava perdida.

O ar estava parado, a fumaça distante subia pelo ar outonal, o sol brilhava sobre os dourados domos da cidade lavados pela chuva, estorninhos ainda rodeavam os pináculos, os monges ainda entoavam o *Kyrie*, docemente absortos. Ao leste, perto do próprio palácio imperial, altas chamas lambiam até o topo do pálido céu de setembro como chamas subindo de uma pira.

CAPÍTULO 22
A PORTA DE SANTA BÁRBARA

— Senhor — gritou um mensageiro, aparecendo nos degraus laterais, suas sandálias com tachas tinindo contra as pedras. — Novidades da cidade, senhor.

— Podemos enxergar — respondeu Aécio.

Os hunos estavam dentro da cidade, afinal, e tudo estava perdido. Haviam conseguido, através de túneis por baixo das muralhas, ou talvez com ajuda de algum traidor, uma poterna despercebida aberta para eles por algum Judas bizantino covarde em troca de trinta pedacinhos de prata. A parte leste da cidade já estava queimando. Brevemente escutariam os gritos distantes e os gemidos do povo. Os soldados e cidadãos nas muralhas não conseguiam falar, olhando horrorizados para o sofrimento da cidade. Tudo pelo que tinham lutado estava terminado. Meu Deus, meu Deus, por que vos esquecestes de nós? Estava terminado.

Além deles, toda a Ásia estaria terminada também. Não restara nada para se opor ao avanço assassino dos hunos. Roma realmente estava sozinha, sua cidade-irmã destruída, e seu inevitável destino, como Aécio entendia bem agora, estava escrito em pedra. Eles mesmos, os últimos de poucos, estavam efetivamente cercados, com atacantes na frente e atrás, e estas agredidas muralhas eram um mero promontório num mar de sangue. A cidade pela qual lutaram tão duramente para defender já estava tomada. Ele relembrou palavras passadas: "Está lutando por uma causa já perdida."

Ele, Tatullus e Andrônico seguraram os cabos de suas espadas com força. Capitão, centurião, general comandante do Oriente e do Ocidente: todos os três morreriam como malditos soldados comuns hoje, ombro a ombro, e orgulhosos disso.

Certamente era o próprio palácio imperial que queimava? Os olhos de Aécio estavam brilhando de emoção e desespero. A visão se tornava obscurecida por uma cortina de fumaça cada vez mais densa, mas em algum lugar dentro daquele palácio estava a mulher que ele amava — que sempre amara. Ele viu a cena. Guerreiros tatuados uivando pelos corredores de mármore. Inestimáveis estátuas derrubadas e quebradas, mosaicos esmagados, tapeçarias com fios de ouro cortadas em tiras e queimadas, livros de orações, evangelhos e missais levando cusparadas e sendo abusados, escravos pendurados por ganchos ou amarrados em pilares e usados para prática de tiro ao alvo, criadas estupradas e assassinadas, desmoralizadas até mesmo quando agonizavam, gemendo, em poças de seu próprio sangue. O imperador lamentavelmente ajoelhado, tagarelando e implorando. Ela, a jovem, brilhante, viva filha de Leôncio de Atenas, tão cheia de inocência e esperança quando ele a viu pela primeira vez, agora violada e assassinada.

Com seus últimos resquícios de força, Aécio gritou as ordens:

— Todos os homens de pé, comigo!

Ainda era possível que a encontrassem... Um resgate... Uma fuga pelo mar...

Os três desceram apressados os degraus para inspecionar os homens que se reuniam, um lamentável grupo de menos de cem, estampados de ferimentos, de olhos fundos e vazios, como sonâmbulos andando em um pesadelo. Aécio nem prestou atenção na chegada de um segundo mensageiro.

— Senhor, notícias da Porta de Santa Bárbara — arfou.

Então fora por lá que eles entraram. Pelo mar, afinal. Com a ajuda de seus aliados vândalos? Poderia ter sido.

— Companhia! — gritou. — Adiante!

Os poucos homens dispararam num rápido trote, cada tendão se opondo àquilo.

— Senhor — arfou o mensageiro, apenas um jovem, trotando ao lado deles —, a frota vândala foi destruída.

Através do que parecia fumaça dentro de seu cérebro, as palavras lentamente penetraram. Aécio mandou que parassem e encarou o mensageiro. O rapaz ainda estava sem fôlego.

— Repita — ordenou.

— A frota vândala... Na entrada do Corno de Ouro... Queimando.

Era como um lento amanhecer nascendo. Um lento e belo amanhecer acima de uma planície desolada e congelada.

— A cidade não foi tomada?

O mensageiro franziu o cenho.

— Não que eu saiba, senhor.

Os homens já haviam desfeito a formação, contra todas as regras, e estavam se agrupando em volta deles.

— Fale, homem, pelo amor de Deus! — exigiu Tatullus, quase batendo na cabeça do pobre coitado com a ponta de sua espada curta.

O mensageiro falou rapidamente:

— Os defensores atacaram a frota se aproximando com tudo que tinham: potes de argila cheios de cal viva, serpentes, escorpiões, correntes e manguais, bolas cravejadas de pregos, qualquer coisa que pudesse atravessar os tapumes sobre os remadores. Eles também moveram suas operações para o alto da igreja de São Demétrio, apesar da objeção do padre. Os navios vândalos tentaram recuar, mas se viram encalhados contra a Grande Corrente com o vento que soprava, e tiveram problemas em fugir. O ataque os pegou de surpresa. E então a defesa usou outro tipo de arma. Houve esse grande clarão, e ao mesmo tempo a Porta de Santa Bárbara foi... meio que... chamuscada, mas um grande lençol de fogo também voou por cima da água e atingiu alguns navios que estavam mais próximos. Era como se as chamas estivessem abraçando as pranchas de madeira. As velas queimaram como se feitas de papel, senhor, e com o vento que soprava... Apenas uma brisa do Bósforo, na verdade, mas foi o suficiente, rapidamente o resto dos navios vândalos também pegou fogo. Aquilo são eles — apontou indicando a direção leste —, ainda queimando.

Aécio subitamente estava subindo de forma apressada os degraus até a plataforma da Porta V, com o mensageiro e todos os homens correndo atrás, ainda aturdidos e silenciosos, mas com uma luz começando a brilhar mais uma vez dentro de seus olhos.

O general acenou na direção do palácio.

— Então a cidade não está queimando?

— Apenas... — o mensageiro tossiu, como se ligeiramente envergonhado — Apenas a Porta de Santa Bárbara, senhor, um pouco. Mas... Mas a frota inimiga está inteiramente destruída, muitos de seus marinheiros e fuzileiros foram mortos na tempestade de fogo, e até mesmo quando pularam dentro d'água foi como um milagre divino, senhor, eles...

— Não me diga — interrompeu Aécio em voz baixa. — Eles continuaram a queimar. Então talvez nem todos os cretenses sejam mentirosos, afinal.

Então ele fez a coisa mais contrária a seu posto possível. Jogou o braço direito em volta dos ombros do garoto, o abraçou, bagunçou seu cabelo como se fosse seu filho e disse que ele ganharia um *solidus* de ouro antes do dia acabar. O garoto parecia corado e feliz, e um imenso rugido surgiu dos homens, e por todas as muralhas. De dentro das casas o povo lentamente emergiu, e das igrejas saíram padres, e do hospital saiu a agitada figura de Gamaliel, parecendo subitamente velho agora, mas seus olhos dançando, e com ele saíram diversos sujeitos enfaixados e mancando com suas muletas. E então todos estavam comemorando.

— Mas, senhor, devo enfatizar — continuou o garoto, determinado a transmitir sua mensagem em sua solene totalidade —, que a Porta de Santa Bárbara está muito comprometida.

Com aquelas graves notícias, Aécio falou alguma coisa sobre os hunos nadarem tão bem quanto gatos, e que se dane a Porta de Santa Bárbara, e depois começou a rir, seus olhos enchendo de água, batendo nas costas de seus companheiros, seu peito se inflando, lágrimas escorrendo no rosto, todo o decoro ausente.

Mais mensagens chegaram. O imperador e a imperatriz mandavam seus cumprimentos e pediam que todos agradecessem pela misericórdia de Deus.

— É sempre bom ser apreciado — grunhiu Punhos, batendo no chão com seu porrete.

— O alquimista, o cretense, qual é seu nome, Nícias? — perguntou Aécio. —Ainda está conosco?

— Está, senhor, e embriagado pela vitória.

— Deixe que fique. Enquanto isso, precisamos que essas notícias cheguem aos hunos. Qualquer revés de seus aliados é um bônus para nós.

— Senhor — respondeu o mensageiro —, um destacamento de guerra huno foi visto nas colinas acima de Gálata durante a batalha naval.

— Observando, quer dizer? Acha que eles viram?

— Devem ter visto, senhor. Já tinham saído no final do espetáculo.

Aécio sorriu.

— Espalhem as notícias. — Ele partiu a passos largos mais uma vez, sua voz aumentando, sua energia renovada. — Todos os sinos das igrejas devem soar 28 vezes! Espalhem a notícia por toda a cidade. Uma maciça batalha naval foi travada além do Corno, nossos inimigos vândalos foram espantados diante do sopro de fogo de

Deus, nossos galantes artilheiros e engenhosos cientistas triunfaram sobre uma flotilha de milhares. São mensageiros e proclamadores, pelo amor de Deus! Corram e proclamem! Espalhem as notícias! A batalha de Constantinopla já está metade vencida. Sumam!

Entre os soldados, as explosões de alegria retrocederam até cansados sorrisos nos rostos de todos.

— Isto é maravilhoso, senhor! — disse Malchus. — A batalha já ganha pela metade!

Aécio falou lentamente, ainda sorrindo apesar de suas palavras:

— É claro que não está, seu idiota, isso é uma besteira completa. Os navios vândalos nunca foram mais que coadjuvantes. Ganhamos menos de um centésimo da batalha. Mas a moral é tudo. Agora, de volta a seus postos.

Botas cheias de tachas bateram contra o chão de pedra.

— Sim, senhor!

Mais nenhum ataque huno foi feito aquela tarde, e conforme a noite chegava o céu se enchia de nuvens, até que começou a chuviscar novamente. Na luz acinzentada, Aécio ficou em pé na torre e olhou para longe. Um mosquito zumbia ali perto. Ele bateu em seu pescoço. Nuvens carregadas deslizaram vindas do sul, o vento acelerou e começou a chover mais forte. Ele jogou uma gordurosa capa de lã em volta dos ombros doloridos. A chuva tamborilava nas planícies tornando-se uma neblina indistinta. Esta noite talvez ele conseguisse dormir de verdade.

Uma hora depois, a chuva ainda caía. Lá fora além do fosso, sua superfície pontilhada como chumbo pela chuva, as 10 mil tendas hunas ainda acampadas entre a lama e o pântano. Muitos corpos haviam sido queimados, mas muitos mortos ainda estavam espalhados. O fedor deveria estar horrível naquele acampamento grosseiro. Seria errado rezar ao Deus do Amor que trouxesse a peste sobre aqueles homens? De qualquer forma, lembre-se das pragas do Egito, Aécio rezou.

CAPÍTULO 23
A DOENÇA

Em sua tenda, Átila estava sentado com um olhar furioso no rosto, digerindo as notícias sobre a frota dos vândalos ter sido destruída. Não, não eram mais que coadjuvantes, mas eram notícias odiosas mesmo assim. Punição de Astur, talvez, por seu amado povo ter se aliado a teutões, antigos inimigos? Mas Átila se recusava a acreditar nisso. O mundo todo estaria unido sob seu reinado um dia. Astur ainda abria suas poderosas asas acima de suas cabeças. A espada de Savash ainda brilhava fortemente. O próprio Átila gostava de esquecer sua proveniência ilegítima, e tratava aquela espada como uma coisa sagrada. Desse modo a fé crescia.

Um guerreiro apareceu na porta da tenda, abaixando-se. Átila olhou furioso para ele. Todas as notícias eram ruins ultimamente.

— Fale.

— Lorde Aladar, Grande Tanjou. Está tremendo e doente.

Agora essa.

Em questão de horas, parecia que a peste havia varrido o campo. Desacostumados a viver tão apertados entre incontáveis tendas, desacostumados à estagnação, acostumados apenas à arrebatadora solidão das limpas e arejadas planícies, o povo huno achava repugnante morar numa cidade fedendo a feltro e lona. E seus corpos ficaram doentes com aquilo, assim como suas almas.

Átila havia convocado suas famílias do norte antes do congelante inverno da Cítia, para se juntarem a eles aqui nas planícies e testemunharem sua vitória. Vivendo como os bárbaros de antigamente, guerreiros, anciãos, mulheres e crianças todos juntos; um poderoso anfitrião de talvez meio milhão, deixando a terra nua, saqueando e roubando por seu pão de cada dia, e ainda assim nunca era o suficiente. A fome e a peste rondavam o acampamento. Os rios estavam imundos com o lixo que jogavam neles. Muitos agora, até mesmo os mais fortes guerreiros, estavam doentes e com febre em suas tendas, vomitando e tremendo incontrolavelmente. Então num espaço de horas, inacreditavelmente, apesar de parecerem não ter feito nada mais que beber *koumiss* demais ou comer carne ruim, de repente estavam mortos. Viúvas choravam, piras queimavam e as notícias não paravam de chegar até Átila. Ele se virou. O inimigo não podia descobrir. Afinal, não sofriam, também, atrás de suas muralhas da cidade?

As piras ficaram maiores, os mortos eram muitos, e mais ficavam doentes a cada hora que passava. Como isso podia estar acontecendo, debaixo das grandes asas protetoras de Astur, o Pai de Todos? Ainda assim o ar estava pesado, e as asas do Deus Águia esticadas de horizonte a horizonte eram de um cinza ameaçador. Não pareciam asas que abrigariam os homens. A bruxa Enkhtuya recitava muitos encantamentos e realizava diversos rituais sombrios. Durante um tempo a chuva parou e o sol brilhou, e os mosquitos zumbiam à noite e de madrugada, debaixo do sol nascente, a terra úmida e os rios sujos federam mais ainda; e então a chuva caiu de novo. Como o povo sonhava com a paz das secas planícies cheias de vento.

Agora lorde Aladar estava doente, o belo Aladar, com suas sete esposas.

— E, Grande Tanjou — continuou o guerreiro, ainda abaixado, a voz hesitante e temerosa. — A rainha Checa.

Átila levantou a cabeça, seus olhos fundos sem piscar, seus pensamentos impenetráveis.

A rainha Checa estava deitada com os olhos semicerrados, suas belas feições e altas maçãs do rosto aparentando uma tensão dolorosa de se ver. Átila ordenou que as mulheres saíssem e se ajoelhou a seu lado. Ele ficou lá dentro a noite inteira e todo o dia seguinte também. Foi por isso que o ataque huno sobre a cidade parou. O cerco não parecia mais interessar a ele. Seus últimos generais, o velho Chanat, Geukchu, Noyan e Orestes, esperavam suas ordens. Mas nenhuma chegou.

De madrugada, o rei saiu da tenda da rainha e ficou um pouco do lado de fora, respirando pesadamente, olhando para o chão.

Depois de alguns instantes, Orestes foi até ele. Sabia o que havia acontecido. Ainda estava pensando no que iria dizer — que consolo sem valor poderia dar — pois Átila havia amado muito sua primeira esposa. Ela se casara com ele quando não era nada mais que um exilado e um pobre príncipe de nascença, um chefe bandido, e ficara com ele durante todos aqueles anos amargos, dando-lhe filhos e filhas, cavalgando ao seu lado, salvando-o e cuidando de suas muitas feridas. Havia existido um profundo e silencioso amor entre eles.

Antes que Orestes pudesse falar, Átila balançou seus poderosos ombros, ergueu a cabeça e disse:

— Todos os homens morrem. E todas as mulheres também. — E então se afastou.

Checa foi enterrada sem grandes cerimônias à beira de um pomar. Átila não demonstrou emoção, mas uma luz havia se apagado em seus olhos.

Aladar também estava deitado em sua cama, os olhos vermelhos, o rosto marcado de suor, os belos e longos cabelos negros colados nas bochechas.

Chanat entrou em sua tenda.

— Pai — murmurou.

Ele se ajoelhou diante do enfermo. Seu tórax se inflou com os soluços.

Aladar ficou agitado.

— Pai, vejo coisas tão terríveis. — Ele tentou se sentar, mas estava fraco demais. Sua voz estava rouca e desesperada. — Vejo uma tenda pegando fogo. Vejo o povo crucificado por toda uma faixa estéril ao longo de um deserto. Vejo até mesmo o próprio Astur — sua voz estremeceu —, uma grande águia, com uma flecha...

— Calma, garoto, calma — interrompeu Chanat, colocando a mão áspera sobre a testa do filho. — É a febre. É tudo um sonho causado pela febre.

Lentamente a agitação parou, e quando Aladar falou de novo sua voz era calma, apesar de ainda lutar por cada fôlego:

— Pai — começou —, não me deixe morrer doente de cama. Não me deixe morrer como uma mulher parindo.

Chanat pegou as mãos de seu filho nas suas, abaixou sua cabeça e assentiu.

Então ele mandou que as esposas entrassem, e mandou que banhassem seu senhor uma última vez, besuntassem-no de óleo, penteassem seus longos cabelos e seu belo bigode preto. Elas o vestiram em seu melhor manto, enquanto ele ficava de pé segurando a pilastra da tenda para se equilibrar, de rosto pálido, sua visão marejando, a testa escorrendo de suor, a respiração curta e dolorosa. Finalmente estava vestido. Ele beijou castamente cada uma de suas esposas no topo de suas cabeças e ordenou que cuidassem de seus filhos e filhas, então foi conduzido para fora por seu velho pai.

Sua mãe chorava e não podia ser consolada, tentando se agarrar a ele, apesar de que se tivesse conseguido ele teria desabado como um gamo recém-nascido. No final, ela caiu no chão e enfiou seu rosto na terra, seus soluços horríveis de se escutar. Duas das esposas de Aladar os acompanharam com pequenas tigelas de tinta vermelha e preta, puxaram seu cabelo para trás e decoraram seu rosto com os símbolos da guerra.

Uma montaria foi levada até ele, e Aladar recebeu ajuda para subir em sua sela de madeira ao lado de seus companheiros, Orestes e Noyan. Ele cavalgou no melhor cavalo branco das estepes orientais. Segurava as rédeas com a mão esquerda, e lhe deram uma lança que ele segurou com a direita. Seu pai montou em outro cavalo e seguiu ao lado dele. A cabeça de Aladar estava baixa e ele balançava em cima da sela.

— Meu filho — começou Chanat suavemente, os olhos brilhantes com as lágrimas.

Aladar se remexeu, deu a sua mãe, suas esposas e seus camaradas *"bayartai"*, o adeus para aqueles que alguém não verá mais. Levantou a cabeça e se endireitou sobre a sela, olhou na direção do céu para o Eterno Céu Azul e segurou no alto sua lança.

— Foi bom viajar com lorde Átila todos esses anos! — gritou. — Seja abençoado, Grande Tanjou! Em nome de Astur e Savash, de Itugen e de todos os deuses, este é um bom dia para morrer.

Ele baixou a lança de novo, seus braços tremendo do esforço. Então pai e filho cavalgaram para fora do acampamento, as esposas e concubinas ajoelhando-se no chão, chorando e jogando terra sobre suas cabeças. Átila não saiu de sua tenda, mas o povo fez uma fila em silêncio, tal é a reverência que um povo nobre sente pela morte.

A chuva cessara mais uma vez, e os dois cavalos chapinhavam em poças rasas douradas pelo sol se pondo, as caudas balançando. À frente erguiam-se as altas muralhas da cidade, o caminho cheio dos escombros das muralhas quebradas, máquinas e pilhas de mortos ainda não enterrados.

Conforme se aproximavam das muralhas, os dois guerreiros viram homens se agitarem e erguerem-se por cima das ameias. Chanat ergueu o braço direito e Aladar o esquerdo. Eles juntaram as mãos acima das cabeças e deram o grito de guerra. Então enfiaram os calcanhares nos flancos de seus cavalos, e os animais se ergueram sobre as patas traseiras, relinchando, desceram e começaram a trotar, e em seguida a galopar.

Aécio estava assistindo das muralhas.

Arapovian disse:

— O guerreiro da direita, eu o conheço. É o velho general que encontramos na estrada, aquele que capturamos em Azimuntium.

Aécio fez que sim.

— E o da esquerda?

— Não o conheço. É mais jovem. Parece ferido, ou doente.

— Ah.

Os dois hunos já estavam se aproximando do fosso inundado, diminuindo até um trote brando, escolhendo um caminho por cima de uma ponte de madeira quebrada.

Jormunreik e Valamir se aproximaram.

— Preparem seus arcos — ordenou Aécio. — Quando conseguirem mirá-los sem dificuldade, matem o da esquerda, que está doente.

Os guerreiros pareciam ligeiramente enojados.

— Confiem em mim — disse Aécio. — É o que ele quer.

Os cavaleiros tinham atravessado o fosso agora, e chutaram seus cavalos até um galope através do terraço despedaçado debaixo das muralhas, uivando seus gritos de batalha, agitando suas lanças, gritando desafios bem na frente dos defensores. Aladar chegou até a base das muralhas, e estava com a mão trêmula estendida sobre restos de rede que não teriam sequer suportado seu peso quando três flechas vindas do alto o atingiram, duas miradas no ombro e uma diretamente no coração. Sua mão largou o pedaço de rede, sua lança caiu da outra mão, e ele parou seu cavalo, curvado para a frente, imóvel. O animal mexia os cascos, incerto, mas não se movia.

— Chega! — gritou Aécio. — Abaixem os arcos!

O velho guerreiro cavalgou até o morto em sua sela, colocou o braço em volta dele e o puxou para cima do próprio cavalo, de rosto abaixado. Deixe que ele durma agora, com o rosto escondido do sol. Pois já não havia sua alma de guerreiro se elevado junto de seu pai celestial, uma grande águia, para o eterno céu azul? Muito acima das ilimitadas pradarias verdes de sua amada terra natal, onde as flores floresceriam mais uma vez amarelas na primavera seguinte, se elevando para todo o sempre acima das brancas e brilhantes montanhas do Sagrado Altai? Pois a própria terra era o paraíso.

O velho guerreiro pegou as rédeas do cavalo sem cavaleiro, fez a volta e seguiu na direção do fosso com seu filho na frente de seu colo e o cavalo solitário seguindo logo atrás. No último instante, ele olhou para trás e observou as muralhas. Seus olhos velhos brilhavam muito enquanto ele ficou parado ali, formando uma silhueta escura contra o sol que se punha, o céu resplandecendo de cor atrás dele.

Por um momento o velho guerreiro e os defensores nas muralhas se olharam. Chanat tentou identificar o comandante que entendera tão bem e que dera a ordem. Sua vista estava cansada e um pouco borrada, e ele não conseguia enxergar muito longe. Ainda assim, parecia a ele que alguns dos homens nas muralhas ergueram as mãos para ele, sem armas. Então ele ergueu a mão da mesma maneira, em seguida puxou seu cavalo, com o segundo cavalo seguindo, e os levou de volta pela ponte de madeira quebrada e para longe, através da planície que escurecia.

CAPÍTULO 24
SANGUE E OURO

Aquela noite Aécio e seus homens dormiram. De madrugada, ele foi convocado ao palácio.

Antes de ir, o capitão Andrônico mandou avisar que ele deveria subir até a plataforma da torre. Ele fez isso e olhou para fora.

Não havia nada a não ser um nevoeiro baixo de poeira. Os hunos tinham desaparecido, como se nunca tivessem estado lá.

No conselho estavam o imperador e a imperatriz, e inevitavelmente a irmã de rosto amargo do imperador, Pulcheria; Temístio, um idoso estudioso e orador, e também camareiro chefe; além do bispo da cidade, Epifânio. Quando Aécio entrou, para sua vergonha, vários dos presentes curvaram-se diante dele e tocaram suas testas no chão. O imperador rapidamente pediu que se pusessem de pé novamente.

— General Aécio — começou —, nos saímos bem. Viu o resultado? O inimigo foi — ele abriu as mãos e sorriu — embora!

Aécio fez que sim.

— Mas não esqueceu.

— Contra a pedra da doença eles tropeçaram — entoou o bispo Epifânio —, tanto os cavalos quanto seus cavaleiros. Os pecadores sacaram seus arcos e puseram flechas em suas cordas, e então a doença soprou por eles e lançou a tropa de volta para o deserto. Glória a Deus nas maiores alturas.

Vários presentes murmuraram afirmações e fizeram o sinal da cruz sobre os peitos.

Um pouco poético, pensou Aécio, mordendo a língua. Os cavalos não sofreram realmente de tifo, mas o povo estava morrendo como moscas. Ele achou que seus homens também mereciam alguns elogios, mas aquilo provavelmente era esperar demais.

— A paz foi feita — observou o imperador. — Veja, temos o papel.

O velho Temístio o entregou ao general. O próprio Átila havia assinado. *Átila, Tashur-Astur. Flagellum Dei, o Flagelo de Deus.*

— Sua assinatura real — acrescentou Temístio ansiosamente.

Aécio balançou a cabeça.

— Não é a assinatura real dele. É huno.

Teodósio se recostou.

— E você fala essa língua bruta, naturalmente.

Aécio não respondeu.

— Bem — disse Teodósio impacientemente —, o que o torna tão solene, homem? Este é o acordo de paz! É o sinal do fim do derramamento de sangue, e certamente um motivo para comemorarmos! Ou você ainda quer mais guerra?

— Eu não — balbuciou Aécio.

Temístio olhou para ele, mas o jubilante imperador não o escutara.

— Mais uma vez — continuou, levantando-se e descendo de seu trono —, como nos velhos tempos do rei Uldin, a grande nação huna, ferozes e bárbaros, mas em minha opinião, guerreiros das estepes de corações nobres, são nossos aliados!

— Aliados! — exclamou Aécio. — Mas ele mesmo assinou Átila, o Flagelo de Deus.

Teodósio deu uma risadinha insegura.

— O nome dado a ele por um cronista gaulês, aparentemente, que ele adotou com espontaneidade. E com bom humor! Um apelido real. Eles têm nomes fortes, esses membros das tribos germânicas, sabe. Godric, o Assassino de Lobos, Erik, o Machado de Sangue, e por aí vai. Como nossos próprios imperadores. Ora — perguntou ele jovialmente —, não me chamam de Teodósio, o Calígrafo?

Aécio poderia ter chorado de tanta frustração.

— Sua Majestade, este não é um nome tão inocente assim. Ele acredita ser nosso castigo, enviado pelo Eterno Céu Azul, por seu pai celestial, para representar nossa destruição, para nos anunciar o fim de nosso mundo. Ele nunca será nosso aliado, nem estará em paz conosco. Estava caçoando de você até mesmo ao assinar esse documento. Ele sempre será nosso inimigo.

— Besteira, besteira. — Teodósio se aproximou e colocou seu soberano braço em volta dos amplos ombros de seu severo e difícil general. Ele o conduziu pela vasta sala de audiência. — De fato, longe de ser nosso inimigo, parece que Átila poderia até mesmo ter se tornado um membro da família imperial, se certo plano da princesa Honória não tivesse sido descoberto.

— Plano?

Mas com um sinal de sua irmã Pulcheria, Teodósio balançou a cabeça.

— Não importa, tudo já foi descoberto e controlado. Ainda assim, do jeito que as coisas andavam, eu estava bem preparado para confiar na palavra dele, e para atender às exigências dele por completo.

Aécio parou abruptamente. Enquanto ele e seus homens lutavam até a morte nas muralhas, a corte imperial estava negociando secretamente com Átila em pessoa. Seria possível? Ele se sentiu enojado.

— Exigências? Que exigências? Nós havíamos derrotado ele... Ou pelo menos paralisado, de qualquer maneira. Ele sabia que não poderia tomar esta cidade, estas muralhas, sem sofrer terríveis perdas, mesmo que tivéssemos poucos homens como tínhamos. Então a doença se espalhou em seu acampamento. Ele tinha que se retirar, não tinha escolha. — O general estava olhando fixa e rudemente para o rosto do imperador. — *Que exigências*?

— Meu senhor — interrompeu o camareiro.

Teodósio ergueu uma das mãos pacificamente, e respondeu a Aécio:

— Exigências em resposta às nossas exigências, é claro. Exigimos que ele se retirasse de nossos territórios e não molestasse mais nosso povo. Em troca de... recompensas.

O aperto da mão de Aécio em volta do pergaminho do acordo se intensificou visivelmente.

— Quer dizer ouro.

— Quero dizer... recompensas.

Teodósio baixou o braço dos ombros de Aécio. Estava se cansando disso. Este bruto soldado devia estar *agradecido* por este lorde terreno ter negociado tão delicado tratado com os hunos, por ter salvado tantas vidas de seu povo e assegurado uma paz duradoura. Em vez disso, estava evidentemente *transbordando* de ressentimento e amargura. Ciúmes, na verdade, presumiu Teodósio. Sua própria diplomacia roubara o trovão marcial de Átila.

— Quer dizer ouro — repetiu Aécio com sua voz grave e acre, como a voz de um deserto sem água. — Quanto ouro? O que deu a ele?

Os olhos do homem se inflamaram. Ele era tão instável, tão temperamental. E muito desagradável. O camareiro-chefe vociferou de volta:

— As finanças da corte imperial não são assunto para um general do Ocidente.

O general não desistiu; era como um mastim napolitano encarando um gamo fêmea. Seu olhar ainda estava no imperador.

— Não se pode comprar um homem como Átila. Olhe como ele zombou de você. O Flagelo de Deus. É possível comprar o Flagelo de Deus? É possível afastar seu barbaresco Onipotente Deus da Guerra com apenas ouro?

Agora Teodósio estava furioso.

— Está falando bobagens, homem. O deus dele não existe, ou é no máximo algum demônio exilado.

— Ele existe no coração de Átila. Isto já é uma poderosa máquina.

Teodósio respondeu secamente:

— Soldados deveriam se ater a serem soldados, e deixar a teologia para mentes mais elevadas.

— *Quanto?*

Era ultrajante ser questionado daquela maneira, mas Teodósio não teria seu julgamento questionado.

— Sete mil libras — vociferou, voltando para seu trono.

Os ouvidos de Aécio tiniam.

— *Quanto?*

— Átila recebeu os baús de tesouros graciosamente, segundo meus embaixadores, na noite de anteontem. Ele até se referiu a eles, com um agradável humor lacônico, como reembolsos pelos "gastos da guerra"! Um preço baixo a se pagar pela felicidade e bem-estar de meu povo amante da paz, general comandante, da Cidade Sagrada à fronteira do Danúbio, do mar Negro a...

O amplo salão de audiência ecoou com um rugido furioso:

— *Seu tolo!* Ele já assassinou milhares de inocentes de seu povo, e agora acha que pode fazer as pazes com ele? Deu as boas-vindas ao inimigo dentro de seus portões, e pagou adiantado a conta por sua própria destruição!

Um sobressalto coletivo tomou conta da sala. O bispo Epifânio prendeu a respiração, Temístio exclamou "Santo Deus!", e o imperador parou em cima dos degraus diante de seu trono, ainda de costas para Aécio. A imperatriz olhava para baixo na direção do furioso general, suas mãos se retorcendo sobre o colo.

— Tome cuidado, general comandante — disse em voz baixa o imperador.

Naquele momento, Aécio não parecia um homem tomava muitos cuidados. Ele fez um rápido cálculo mental. Sete mil libras de ouro bizantino, grande parte delas lingotes carimbados garantindo pureza pelo Tesouro do Império. O suficiente para comprar — seu sangue alternava de quente para gelado — 20 mil dos melhores mercenários por um ano ou mais. Talvez 30 mil. Lanceiros alanos, gépidas, suevos, bárbaros teutônicos, cavalaria sármata, talvez até mesmo persas renegados. Por que Constantinopla simplesmente não comprara aqueles mercenários para a própria proteção? O motivo era simples. Os mercenários não teriam lutado por Teodósio, nem por Roma. Só aceitariam o ouro para lutar pelo que acreditavam ser uma causa ganha.

Os melhores e mais leais guerreiros de Átila poderiam contabilizar não mais que 30 mil homens. O resto eram kutrigurs, heftalitas, seguidores de tribos menores, orientais obscuros que em breve sumiriam. *Mas sete mil libras*: o comando de Átila sobre tropas dispersas acabara de dobrar. E o grande sacrifício que tantos fizeram no Oriente — em Viminacium, Ratiaria, calamitosamente sobre o rio Utus, e aqui nas muralhas da cidade — foi lamentavelmente desprezado. Tinham salvado a Cidade Sagrada e as províncias asiáticas. Mas Roma agora estava em meio a um perigo incalculável, e talvez além de toda a oposição.

Ele falou desorientadamente:

— Nem mesmo os tesouros de Bizâncio poderiam ter guardado tanto ouro. Como...?

Teodósio se sentou novamente, vendo aliviado que o general estava se acalmando — apesar de desejar que ele navegasse de volta para o Ocidente muito em breve.

— As leais classes senatoriais da cidade responderam ativamente. Alguns até mesmo entregaram as joias de suas esposas e as mais preciosas heranças. E nós mesmos nos despedimos de muitas de nossas posses pessoais, pelo bem do povo.

Os cortesãos murmuraram concordâncias bajuladoras. Temístio acrescentou:

— Apesar de que, como consolo, um embaixador da corte de um rei da Índia recentemente enviou à Sua Majestade um tigre para seu jardim zoológico.

Alguns riram baixo e o imperador sorriu. Ele inclinou a cabeça com graciosidade.

O assustador general apenas o olhou ainda mais ameaçadoramente.

Teodósio acrescentou:

— Também cedemos ao nosso novo aliado, Átila, o território de Panônia, para seu povo se alojar.

Alojar. Um belo eufemismo. Mas na maldita Panônia. Ele a teria tomado em breve, de qualquer forma.

Aécio andava pela sala balbuciando. O imperador olhou de forma mordaz para sua Guarda Palatina.

— Eu o tive — falou o extenuado e exausto comandante, sacudindo o punho diante de seu rosto — na palma das minhas mãos. A doença assolara seu acampamento. Ele não teria fugido dela. Sabia que havia mais alguma coisa. Sempre foi orgulhoso, mesmo quando garoto. Nunca abaixou a cabeça, nem para príncipes nem para a peste. Seu próprio orgulho o manteve encurralado aqui. "Seja nossa queda causada por luxúria, sangue ou ambição... Como nos diamantes nossa própria poeira é nossa perdição." Ele estaria perdido, e seus guerreiros estendidos por toda a planície. Amontoados de cadáveres, ceifados como um campo de trigo depois de um dilúvio.

Ele se virou violentamente de volta para o trono imperial.

— E você o pagou, enriqueceu a bolsa do tártaro! Ah, céu misericordioso!

Teodósio se levantou de novo e declarou que o conselho estava encerrado, acrescentando acidamente:

— Este Átila, que o faz tremer com covardia tão inumana, é um homem racional e cheio de candura. Até mais que você, eu acho, general comandante Aécio. E ele já seguiu para o norte.

— Com o seu ouro! — gritou Aécio. — Seguiu para comprar mais tropas! Como irão seguir a bandeira dele agora, o mais rico ladrão e comandante de toda a Europa! Como ficarão deslumbrados pelo ouro dele, pelo seu ouro, *nosso* ouro, o ouro de seu povo trabalhador e tributado. Jesus, ele não merecia mais que isso? Que seu opressor fosse pago, como um bandido incomodando uma tenda de mercado? Agora vai tornar seu vasto exército duas, três vezes mais forte, contra o Ocidente. É esta sua ideia de solidariedade cristã?

Teodósio já havia ouvido o bastante.

— Tirem-no daqui! *Agora!* Ele ofende meus ouvidos!

Mas, para horror dos cortesãos ali reunidos, Aécio começou a rasgar os pergaminhos do tratado diante de seus olhos. O homem estava louco. Dois guardas palatinos moveram-se nervosamente ao seu redor, mas nenhum dos dois ousou pôr as mãos nele.

Enquanto isso, Teodósio havia disparado por uma porta lateral e saído, apesar das últimas palavras do general ainda ofenderem seus ouvidos.

— Sua desculpa degenerada, de fígado de pombo e cérebro de merda de imperador romano! — Ele se libertou brutalmente do aperto hesitante dos guardas. — Me larguem, seus idiotas. Estou indo. Tenho trabalho a fazer.

Ele olhou para trás apenas uma vez, na direção da imperatriz. Ela ainda estava sentada em seu trono, e não falara nem se movera, mas seus olhos luminosos estavam nele, e ele viu naqueles olhos algo parecido com orgulho por sua ira.

E então ele partiu.

*

Aécio retornou apressadamente para o lado leste da cidade e convocou todos os homens que lutaram nas muralhas, todas as mulheres que carregaram pesados suprimentos, munição, comida e água até as ameias, até mesmo as crianças que haviam ajudado. Reuniu todos do lado de fora da igreja de São Jorge, e subiu em cima da Porta de Carísio.

— Povo de Constantinopla — declarou: — isáuricos, Guarda Imperial, guerreiros godos, vocês conquistaram uma vitória muito importante. Eu, Aécio, general comandante do Ocidente, vejo cada um de vocês como heróis, e se isso fosse possível teria todos vocês em meu exército!

Todos aplaudiram.

— Seu espírito foi indomado, sua fé inabalável, sua vitória amplamente merecida. Os pagãos se foram, seus corações pesados com a derrota, e não acho que irão retornar. Agora sabem quem protege a Cidade Sagrada. Agora vão, com minhas bênçãos de coração, e vivam em paz.

Houve mais aplausos e vivas, e lágrimas em meio às saudações.

Ele desceu os degraus, montou seu cavalo e olhou para todos eles uma última vez. *Não chorem, não chorem. Somos nós do Ocidente que devemos chorar. Sua cidade ainda vai existir por muitos séculos.*

Então esporou seu cavalo e partiu para o Porto de Eleutério.

Os godos partiram com ele. Levariam seu navio de volta para Massilia, considerando que Valentiniano não permitia visigodos em solo italiano. Nas docas, ele abraçou os príncipes para se despedir — Teodorico com cautela, pois seu braço ainda estava em talas e enfaixado, apesar de sua recuperação estar sendo excepcional.

— Ainda veremos você novamente — disse Turismundo.

— Verão.

— Nosso pai tem grande amor por você — falou Teodósio.

Aécio tossiu, um pouco envergonhado.

Eles levaram seus cavalos pelo passadiço.

— Nada de vomitar a bordo, seus amantes de terra firme!

Eles sorriram. Sim, ele ainda os veria novamente. Tinha um pressentimento a respeito disso.

Também lá estava Gamaliel, parecendo velho, curvado e cansado.

— Velho — cumprimentou Aécio. — Você sabe o que faz.

— Eu sei de mais coisas, também — respondeu Gamaliel. — Também ainda vamos nos encontrar de novo. Uma última vez, eu acho. Mas vai ser suficiente. — E com aquelas misteriosas palavras ele sumiu em meio à multidão.

Ele viu o capitão Andrônico, fantasticamente colorido com cortes e ferimentos. Ele sorriu.

— A cidade está em suas mãos agora, capitão. Mas ficarão em paz.

— Eu sei — respondeu Andrônico. — Maldição.

E Zenão.

— Devemos agradecimentos ao seu povo. Voltará para a Cilícia?

Os olhos do chefe cintilaram.

— De volta para o banditismo.

Aécio resmungou:

— Cuidado para não serem pegos.

Também havia os quatro: os últimos remanescentes da Legio VII. Olhou para eles.

— Coloque-nos em sua guarda pessoal — pediu Punhos, lendo seus pensamentos. — Além disso, não sou nenhum oriental, de qualquer maneira. Essa gente espertalhona, de olhos apertados, venderia as próprias avós por um punhado de uvas.

Arapovian bufou.

Aécio olhou os outros dois, Tatullus e Malchus. Pareciam resolutos.

— Muito bem — concordou —, pulem a bordo. Mas não esperem muita paz e quietude no Ocidente.

PARTE III
A ÚLTIMA BATALHA

CAPÍTULO 1
A MORTE DE UMA IMPERATRIZ

Aécio e alguns de seus companheiros chegaram numa Ravena outonal e encontraram a cidade tomada por um pânico terminal. Cavalgando do porto de Classis pela ponte acima dos pântanos, passando por piscinas estagnadas com salgueiros, eles emergiram nas ruas do subúrbio de Caesarea e ouviram rumores de distantes e calamitosas guerras, previsões de apocalipse, e em toda parte sugestões de que as coisas estavam acabando. O povo dizia que viam estátuas chorando lágrimas, ostras que, quando abertas, mostravam-se recheadas de sangue, e igrejas vazias à noite de onde vinha o som de muitas vozes se lamentando. Tinham escutado o barulho de aço de armas vindo das nuvens, sofrido inúmeros terremotos, e os fantasmas de antigos imperadores estavam assombrando lugares sagrados. Na própria Roma, o bispo Sebastius fora rezar no túmulo de São Pedro, onde lhe fora concedida uma terrível revelação...

Aécio escutava, sem se impressionar. Ali perto, mais um milenar profeta do apocalipse, barbado e de olhos esbugalhados, discursava de cima dos degraus de uma igreja, alegando que apenas dias antes Valentiniano tinha saído para caçar, e dois lobos apareceram do nada debaixo do cavalo do imperador, de modo que ele quase caíra no chão. Os lobos foram lanceados e mortos; quando os abriram, suas barrigas estavam cheias de mãos humanas decepadas.

Aécio riu com desdém.

— Este imperador não *sai* para caçar. — Ele olhou com intensidade para seus homens, andando atrás de seu cavalo. — De qualquer maneira, temos problemas suficientes sem lobos cheios de mãos decepadas. Estão sob ordens de silenciar qualquer profeta idiota que encontrarem.

Punhos avaliou o peso de seu porrete e caminhou até o profeta de olhos arregalados para falar com ele, abrindo caminho com os ombros entre a multidão, que se separava prontamente diante dele. O profeta discutiu um pouco, mas Punhos baixou o porrete nos dedos do pé nus do sujeito, com o que ele uivou e mancou para longe, sem falar mais de lobos-demônios.

Eles seguiram para o palácio, pedindo notícias no caminho.

Sim, Ravena ouvira falar da retirada dos hunos de Constantinopla, mas aquilo não significava simplesmente que as hordas bárbaras agora estariam a caminho *dali*? Aécio não respondeu. Em vez disso, tentou verificar o que restara do exército de campo ocidental, mas as únicas respostas que obteve eram sobre raios em um céu sem nuvens e um filhote de lobo encontrado no meio do palácio imperial, além de histórias sobre um há muito tempo previsto despertar dos Sete Adormecidos de Éfeso.

Ele prosseguiu com seu cavalo.

— Preciso encontrar meu general Germano — balbuciou.

As notícias da corte imperial não eram nada melhores. Um camareiro disse que o imperador estava... indisposto. As finanças do império estavam desorganizadas, e o último fisco fora parco. Desde a perda dos campos africanos, as tributações haviam sido menos que...

— As legiões? — quis saber Aécio.

— O exército de campo permanece acampado no interior da cidade — respondeu o camareiro. — Mas seu humor, sem pagamentos durante todos esses meses, está tristemente... indócil. O inverno está se aproximando, e temo que os números sejam menores do que já eram.

— E Sua Majestade, Gala Placídia?

O camareiro baixou os olhos.

— Lamento informar que Vossa Majestade está morrendo.

Ele a encontrou num quarto escuro, sentada ereta numa cadeira de madeira com encosto alto ao lado de um braseiro de ferro, envolta em cobertores de lã branca. Claramente estava muito fraca, mas ainda assim o reconheceu imediatamente. Ele ajoelhou-se diante dela.

— De pé, general — disse ela, sua voz não mais que um sussurro seco. — O resto do império já está de joelhos. Pelo menos você deveria ficar de pé.

Ele prontamente se levantou. Como amava esta velha durona. Podia estar morrendo, porém sua mente e sua língua continuavam tão afiadas como nunca.

— E vou tentar não morrer na sua companhia — acrescentou Gala. — Podem fazer comentários.

— O imperador? — ousou perguntar Aécio.

Ela balançou uma das mãos, sem dizer nada, mas o significado era claro. O imperador estava louco.

— Então — sussurrou ela —, Átila foi para o norte.

— Por enquanto.

— O mundo ocidental está por um fio. — Ela fixou seus olhos verdes e marejados em Aécio. — E a imperatriz Athenaïs... Eudóxia?

Ele levou um susto. Como sua mente mudava de assunto! Talvez estivesse perdendo sua agudeza, afinal.

— Você a amava — continuou Gala.

Não. Ela não estava deixando nada escapar.

— Sim — respondeu ele em voz baixa, depois de relutar. — Mas precisaram de mim em outro lugar.

Ela assentiu discretamente.

— Ainda precisam. Impeça-o, Aécio. Com toda a sua força. Com todas as suas preces. Precisa impedi-lo. A cristandade depende disso. — Ela estendeu uma das mãos esqueléticas, e ele entendeu e a entregou o copo de água a seu lado. Ela bebeu, e ele o recolocou onde estava.

— Estes são tempos de espera — disse Gala —, para ver onde ele vai atacar da próxima vez. Mas nós sabemos, não sabemos? Sabemos que ele virá.

Ela gesticulou para que ele se sentasse.

— Faz 12 séculos desde que Roma foi descoberta. Você sabe. E foi insistido, desde antes de Cícero e Varrão, que os 12 abutres que apareceram para Rômulo quando ele fundou a cidade significavam os 12 séculos que Roma duraria. Já estamos pegando tempo emprestado.

Ela respirou lentamente.

— Terá por fim voltado a morte fratricida de Remo para destruir Roma? O derramamento do sangue de seu irmão foi o preço que Rômulo pagou pelos 12 séculos de glória de Roma. Dizem que Átila matou seu irmão também, em troca de 12 anos de glória. Talvez agora ambas as dívidas estejam sendo cobradas. A primeira cidade foi chamada Enoque e construída por Caim. O assassino. Talvez todas as cidades e impérios sejam fundados em sangue; e no final aquele sangue tenha que ser pago. — Ela fechou os olhos, as pálpebras finas como folhas, tremendo. — Não posso ver o futuro, Aécio, mas ele deve ser... refeito. Roma pode não ser o futuro. Mas Átila e seu espírito de pura destruição também não podem.

Ela abriu os olhos novamente.

— Alguns sábios dizem que apenas o mundo velho está morrendo. Um novo mundo está nascendo. Bem, pergunte a uma mulher como dar à luz pode ser doloroso. Como diz uma das mulheres de Eurípides: "Prefiro lutar na frente de batalha a conceber novamente um filho." — Ela sorriu debilmente.

— Ouvi dizer — comentou Aécio —, que as colheitas foram escassas, e os estudiosos do tempo dizem que teremos um inverno excepcionalmente duro à nossa frente.

— Que vai prejudicar mais à Átila do que a nós.

Ele grunhiu:

— Devia ter sido general. Essa é uma observação perspicaz. — Ele se levantou de novo. — Com sua permissão, Majestade, devo contar o número das tropas, e encontrar meu general, Germano.

— Posso lhe dizer — ofereceu ela.

Ele riu alto.

— Você *realmente* seria um bom general.

— Hum. Sexo errado.

Ela inspirou dolorosamente e o contou. As fronteiras do Reno e do Danúbio tinham sido basicamente desnudadas. Ela própria mandara que assim fosse, através de seu filho. O Oriente não tinha um exército nas mãos, e cada último soldado decente do Ocidente estava com o exército de campo, a menos de 9 quilômetros a leste de Ravena. Ela os trouxe de volta. A força expedicionária que o próprio Aécio reunira na Sicília para a reconquista da África: seis legiões misturadas, incluindo os batavos e os herculiniani, os cornuti seniores, a cavalaria moura, somando cerca de 18 mil ao todo.

— Vinte mil —interrompeu ele.

— Tivemos deserções, até mesmo aqui.

Ele baixou o olhar.

Das fronteiras, alguns tristes remanescentes. As únicas legiões dignas de nome, com cerca de mil homens cada: a I Italica voltou de Brigetio, a II de Aquincum. A feroz IV Cítica em Singidunum havia fugido quase inteiramente, muito possivelmente para o lado dos hunos. Mas Aécio também tinha a XII Fulminata, os rapazes armados com raios, bons artilheiros; a XIV de Carnuntum; uma tropa útil de Augusto, cerca de quinhentos homens; e os melhores de todos, os dois mil das tropas da Guarda Palatina. Era tudo.

As fronteiras estavam, pela primeira vez em séculos, indefesas. Ele visualizou as antes poderosas fortalezas legionárias agora desoladas e abandonadas ao lado das águas frias e ermas do Reno e do Danúbio, um vento estranho soprando por suas janelas estreitas e seus baixos bastiões em formato de U, estorninhos fazendo ninhos em suas orgulhosas e desertas torres.

Ele tinha cerca de 25 mil homens. Átila tinha mais que o dobro daquilo só em guerreiros de primeira linha. No total, com mercenários, tribos menores, oportunistas, povos misteriosos do Oriente, parecia que os loucos rumores dele cavalgar à frente de meio milhão estavam perto da desconfortável verdade.

O rosto de Gala estava realmente sem vida.

— Eu não duvido — continuou finalmente, muito lentamente —, que se Átila nos derrotar desta última vez, se seus imensamente superiores números derrotarem os seus, então, com mais nada para opor-se a ele, não vai simplesmente colonizar nosso império como sendo seu reino. Vai destruí-lo. Vai fazer um sacrifício para seus deuses sobre um altar chamado Europa.

Aécio não discordava. Ele falou sem demonstrar expressão:

— Mandamos matá-lo, quando ele não era nada mais que um garoto. Agora estamos pagando o preço.

— *Eu* mandei — disse Gala inabalável — que o matassem. Que os hunos não se virassem contra nós. Até mesmo que lutassem conosco, contra Alarico e os godos. Seu tio Ruga não era nosso inimigo. — Ela balançou a cabeça. — Faz tanto tempo. Parece outro mundo. E falhamos: não matamos o garoto, apesar de termos tentado muito. Ainda assim, não fui a primeira regente a mandar matar um inocente para salvar outros. E não serei a última. Ainda não me arrependo. Mas Deus será meu juiz.

Houve um longo silêncio, então ela continuou:

— Eu sinto... E perdoe a banal profecia de uma velha moribunda, mas sinto que ele nunca mais verá Roma. — Ela olhou sua mão. — Eu *sinto* isso, Aécio. Ele viu Roma quando garoto, um garoto selvagem, e a rejeitou, e a tudo que ela representa. Ele não será ofendido pela visão da cidade de novo. Estou dizendo... Ele nunca mais... verá... Roma.

Cada pausa era uma agonizante tomada de fôlego, seu rosto implacável e impiedoso todo o tempo.

— Um dia, um dia... E em outro mundo — sussurrou Gala, tão baixo que ele teve que se abaixar para escutá-la. Disse a ela que precisava descansar, mas seus lábios finos se curvaram de desdém. Ela não descansara uma única vez durante seus 60 anos. Sussurrou: — Eu sempre... lhe estimei muito... e com muito afeto... Flávio... Aécio.

Sua mão tornou-se inanimada dentro da dele.

Ela foi habilmente embalsamada e vestida com tecidos púrpura encerados no Triclínio dos 19 Sofás, com o diadema da realeza romana na cabeça. No meio do salão, o grande catafalco dourado sustentava seu corpo fraco. Florestas de velas queimavam em castiçais de ouro entre nuvens de incenso. Amigos e enlutados passavam por ela e a beijavam: em seguida, bispos, padres, senadores, patrícios, profetas, magistrados, esposas, mulheres grávidas, todos indo beijar suas faces geladas e lamentar.

Valentiniano também foi dar-lhe um beijo de despedida, com lágrimas escorrendo descontroladamente pelo rosto. Aécio ficou chocado ao vê-lo. Parecia um velho, de cabelo ralo e grisalho, as pernas estranhamente arqueadas, seus passos arrastados e exaustos, segurando um pequeno lenço branco para secar suas lágrimas e sua boca que salivava constantemente. Ele levou um presente para sua mãe: um generoso conjunto de joias para ela usar no túmulo. *Teriam sido mais bem usadas comprando mercenários,* pensou Aécio. A cabeça de Gala foi gentilmente erguida por um dos presentes, e o imperador, aos prantos, colocou as joias em volta de seu pescoço com mãos trêmulas. Em seguida, ele a segurou por um longo tempo. E teve que ser levado embora.

O cortejo fúnebre prosseguiu até a magnífica Basílica da Ressurreição, acompanhado por padres entoando cânticos e mulheres de luto chorando. Durante todo o caminho, cavalgando em seu cavalo branco, Aécio só conseguia pensar em uma coisa: *Na infância perdida de Judas, Cristo foi traído.* Ele começou a perceber que era como se a própria Gala tivesse matado a única coisa que jamais amara: Roma. Ela maltratara tanto o garoto Átila, involuntariamente introduzira tanto ódio nele, que ele agora voltava para destruir a cidade e o império que ela defendera. Realmente o drama do mundo havia sido escrito não por aquele contador de prosas cego de coração quente, Homero, mas pelo solitário escritor de tragédias que Gala citara em seu leito de morte: Eurípedes, observando o mar de sua caverna eremita.

Na basílica, o diadema de Gala finalmente foi retirado e substituído por uma faixa de seda púrpura.

O patriarca falou num cântico sonoro:

— Oh, Princesa, o Rei dos Reis e Senhor dos Senhores a chamou!

Ela foi sepultada em seu próprio sarcófago em um mausoléu próximo, entre os dois homens que tinham morrido antes dela: seu segundo marido, Constantino, e seu irmão, o imperador Honório. Seu sarcófago era o maior dos três. Ela foi colocada na posição vertical dentro dele, como se ainda reinasse sobre o domínio do qual havia sido regente, exceto no nome.

A porta foi fechada e só restou o silêncio.

CAPÍTULO 2
O FIM DOS TEMPOS

Foi bom Gala ter morrido nessa época. Apenas três dias mais tarde, uma mensagem chegou até a corte de Ravena. Era do secretário de Átila, Orestes. Ele dizia que Átila se casara com a irmã do imperador Valentiniano, filha de Gala Placídia, a princesa Honória, e que tomaria como dote metade do império Romano. Mais especificamente, a metade ocidental.

Valentiniano riu histericamente. Até mesmo Aécio quase sorriu. Aquele senso de humor demoníaco ainda estava intacto. Então ele se lembrou de algo que Teodósio dissera, alguma coisa sobre um plano de Honória sendo descoberto...

Não era brincadeira de Átila, conforme uma rápida comunicação com a envergonhada corte de Teodósio comprovou. Era tudo verdade.

Neste inverno de 450 d.C., a princesa Honória, ainda vivendo encarcerada com Pulchéria, irmã do imperador, e suas criadas beatas no palácio em Constantinopla, não chegara aos 30 anos. Em meio ao caos daqueles dias, ela finalmente encontrara uma chance de escapar e se vingar da família que a humilhara e roubara sua juventude.

Ela conseguiu subornar um dos guardas que escoltava as 7 mil libras de ouro até Átila — como foi feito o suborno é melhor não perguntar, mas, considerando seu caráter, não é difícil de imaginar. Ela convenceu o guarda a levar clandestinamente para Átila um anel de ouro de noivado e uma breve mensagem dela. Uma oferta de casamento, se ele a resgatasse e libertasse. Exatamente que tipo de liberdade Honória achava que teria como uma das esposas mais jovens do Grande Tanjou num acampamento huno, pode-se apenas especular. Mas Átila aceitou a oferta, acrescentando que como dote esperava metade do império. Ela respondera que ele seria bem-vindo.

Por isso a mensagem enviada por Átila até Ravena. Mortalmente séria.

Graças a Deus, pensou Aécio, *que Gala não vivera para assistir sua filha conspirando com o próprio Átila.* Constantinopla estava pronta para estrangular Honória por traição na hora, mas conversas posteriores os dissuadiram. Pessoalmente, Aécio achava que a pobre garota já havia sofrido o bastante. Uma juvenil indiscrição quando mais nova... E uma atrapalhada tentativa de planejar o assassinato de seu irmão... Bem, aquilo certamente era compreensível. Por que não podia se casar agora com algum velho caduco, pelo amor de Deus? Prendê-la daquele jeito no palácio imperial, como se fosse uma freira, com a velha bruxa Pulchéria... Não era de se admirar ela ter sonhado em se casar com o que deve ter imaginado como sendo um exótico guerreiro cita.

Teodósio deu a ordem, e aos 29 anos Honória se casou em vez disso com Fábio Cássio Herculeano, de 59. Pelo que diziam foi um casamento feliz — até porque, segundos os boatos, o marido fingia não ver as numerosas e inteiramente características indiscrições da esposa, já que o principal interesse dele próprio eram rapazes.

Era uma ridícula e miserável união. Para piorar a farsa, deu a Átila o pretexto que ele precisava para um ataque ao Ocidente, como a expedição punitiva tivera por seu ataque no Oriente.

— Helena foi a destruição de Troia — murmurou Aécio —, e Honória, a de Roma.

Ele releu a mensagem.

A última linha dizia: "*Átila, meu mestre e também de vocês, ordena que preparem um palácio para recebê-lo.*"

Aécio encontrou o general Germano num banho quente improvisado no acampamento do exército de campo fora de Ravena. Germano estava com o rosto corado, ligeiramente escalfado, e envergonhado.

Aécio atirou uma toalha na sua direção.

— Prepare sua sela — falou. — Átila está chegando.

Eles cavalgaram a noroeste pela Via Flamínia, o exército de campo visivelmente satisfeito por estar se deslocando novamente para longe daquele vasto, sujo e estagnado acampamento — mesmo que estivessem viajando para encontrar o maior exército que Roma jamais enfrentara. Apesar dos rumores sobre a vasta diferença numérica, sempre era uma boa sensação ser um homem entre sólidos 25 mil.

Os dois mil combatentes da Guarda Palatina, cedidos de má vontade por Valentiniano depois de muita persuasão, marchavam à frente, suas armaduras negras reluzindo. Em seguida vinham as legiões centrais: os *herculiani*, contabilizando 6 mil homens, o antigo complemento, com seus escudos de margens douradas decorados com águias negras; em seguida os *cornuti seniores*, seus escudos com um ícone vermelho sobre branco; os batavos, seus escudos inteiramente vermelhos com um olho turco na bossa, e, entre eles, uma única centúria de intensamente treinados *superventores* ou forças especiais, sua especialidade tipicamente batava sendo nadar de armadura através dos rios a qualquer profundidade, mesmo numa inundação, e pegar os inimigos de surpresa durante a noite, cortando gargantas às dúzias, soltando cavalos, ateando fogo. Bem usados, podiam ser incrivelmente destrutivos.

Depois vinham os *mauri*, a leve cavalaria moura, as crinas brancas dos cavalos e capas de lã branca dos cavaleiros feitas do melhor pelo de camelo voando juntas contra o vento, belíssimas de se ver. Os cavalos eram espantadiços e davam passos largos, manobráveis apenas pelos melhores cavaleiros de todos, e possuíam impressionante velocidade e energia por baixo de suas lindas cabeleiras brancas e rabos inquietos. Confundir aqueles cavalos berberes por montarias inúteis e afeminadas era perigoso, e a tempestade moura chegava a todo galope, seus dardos com pontas cruelmente farpadas eram famosos. Depois vinham os cavalos Augusta também de primeira linha, positivamente se empinando por estarem enfim na estrada em direção a uma batalha. Finalmente seguiam as quatro obstinadas legiões da fronteira sobreviventes: I, II, XII Artilharia e XIV. Aécio cavalgava na frente com o general Germano e seu próprio bando, uma guarda pessoal escolhida a dedo. Ele olhou para trás por cima da enorme coluna de homens. Pareciam belos, nesta clara manhã de inverno. Excedidos em número, exauridos, certamente; mas ainda eram belos.

— Onde iremos traçar nosso limite? — perguntou Germano.

— Além do rio Pó.

— Você acha, com todo respeito, senhor, que ele vai atravessar os Alpes Julianos com seus homens durante o inverno?

Aécio confirmou.

— Ele atravessou os Alpes Julianos durante um inverno uma vez antes, quando era um garoto de apenas 11 anos. Estava fugindo de nós, com seus dois únicos companheiros, outro garoto e a irmã dele. Fazer o caminho novamente vai atraí-lo.

Eles beiraram os pântanos da costa do Adriático e depois, atravessando os rios Pó, Ádige e o Piave, em cinco dias chegaram às amplas e baixas planícies da Venécia. Um bom lugar para lutar. Aqui, a história seria decidida. Aécio enviou batedores até Emona e as cabeceiras do Savus, mas não havia sinal do leste. Os hunos não estariam ali por pelo menos três semanas, então. Já era de se esperar. Átila não estava com pressa, preferia deixá-los inquietos, esperar e estacionar. Não havia conquistado tanto sem ser um mestre em estratégia.

Aécio não deixaria seus homens estagnarem nem se inquietarem por um único momento sequer. Depois de construir o acampamento, mandou que cavassem trincheiras, cortassem árvores e capões, e até mesmo participassem de jogos competitivos, um regimento contra o outro. E houve rituais mais solenes, como o *tubilustrium*, a purificação das trombetas de guerra para a campanha que viria, uma das incontáveis tradições centenárias das legiões. Passou pela cabeça de Aécio que esta poderia ser a última cerimônia daquele tipo que ele realizava.

Então, deixando seus homens sob o comando capaz de Germano, ele partiu para Aquileia.

Aécio foi encontrar um senador obscenamente rico, chamado Nemesianus, um homem a quem desprezava, mas que tinha influência. Um sujeito próximo ao imperador, diziam. Talvez alguma coisa boa viesse daquilo tudo, alguma mudança de ideia... Até agora as classes senatoriais estavam bastante deficientes de espírito marcial ou patriótico.

Da grande villa de Nemesianus — uma de suas villas —, ele foi encaminhado até o anfiteatro de Aquileia. Sim, até mesmo com as hordas hunas disparando para cima deles, alguns jogos cansados ainda estavam sendo praticados.

Nemesianus era idoso, mas tinha o brilho dourado dos muito ricos, prometendo grande longevidade. Aécio o encontrou sentado nas cadeiras mais altas, usando uma bela capa do que parecia ser puro arminho e rodeado por dois de seus *spintriae*, seus jovens garotos, um deles trabalhando com uma das mãos debaixo das peles de Nemesianus. Nemesianus cumprimentou o general sem interesse, apenas uma leve irritação.

A multidão pisoteava, batia palmas e assobiava enquanto uma fileira de criminosos acorrentados era açoitada na arena, para serem crucificados e estripados depois para edificação do público. A Igreja podia ter posto um ponto final nos combates gladiatórios décadas antes, mas a tortura e a execução dos infratores da lei ainda eram vistas como uma lição necessária de civilidade. Por toda a arquibancada mais alta e cara, havia diversos espectadores cujos experientes *spintriae* ou prostitutas os faziam atingir o clímax exatamente no momento da morte na arena; escravas sexuais com nomes como "Desejo", "Feliz" e "Amada".

Aécio detestava aqueles jogos. As expressões cruéis nos rostos dos espectadores, brutalizados por seu próprio entretenimento; o peixe podre vendido nas barracas, frito para disfarçar o fedor; as prostitutas descarnadas embaixo dos arcos, com uma fila de clientes esperando. O fato daqueles jogos estarem tão pobres e escassos hoje em dia não ajudava. Dois ladrões foram forçados a lutar até a morte com redes e espadas enferrujadas. Um cavalo velho que pisara no pé de um senador foi amarrado e espancado até a morte. Houve a reencenação de praxe da história de Pasífae, rainha de Creta, algo que sempre agradava ao público. Um touro incitado numa grande armadura foi baixado de um guindaste em cima de uma escrava de cabeça raspada amarrada, culpada, segundo alegavam, de atacar sua patroa e arranhar seu rosto. A garota morreu. A multidão se deliciou.

Mais tarde, escravos entraram e juntaram os vários órgãos e partes do corpo que sujavam o chão, espalharam areia nova e esfregaram os assentos. Um coquetel de sangue, sêmen, urina e fezes — pois ninguém gostava de sair de seus lugares durante a diversão, e a plebe sempre urinava ou defecava onde estava sentada — era jogado nos esgotos da cidade com saída para o mar.

Aécio escutou uma voz dizendo:

— Seu império está ruindo. Roma está acabada. Já perdeu o que quer que seja pelo qual esteja lutando. Junte-se a nós.

Era a voz de Átila, a voz da tentação. Com ela, Aécio teve uma visão de uma ampla e interminável estepe, um vento fresco soprando acima da grama verde como esmeralda; vastas hordas de belos cavalos correndo ou bebendo de córregos cristalinos; um belo acampamento de pessoas livres e de corações simples, homens conversando preguiçosamente, mulheres ocupadas nas cozinhas, crianças brincando e rindo, nuvens de fumaça das lenhas subindo pelos ares em meio ao ar calmo e limpo. Talvez uma garota normal de sorriso tímido e olhos bondosos, com uma das mãos sobre a barriga de grávida, e a outra na mão de um fugitivo cheio de cicatrizes que um dia se denominara romano. E, além deles, grandes montanhas cobertas de neve, e uma águia dourada planando por aquele céu eterno...

A multidão rugiu.

Ele afastou aquele sonho impossível, fechou os olhos e inspirou, e então explicou seu plano para o senador de expressão entediada.

— Reconstruir a marinha, você quer dizer? — perguntou Nemesianus. — Aqui em Aquileia? — Ele espantou os escravos por um momento.

Aécio confirmou.

— E transformar a lagoa de Venécia num grande porto. Defender-se seria fácil. Daqui poderíamos observar o Adriático, navegar contra os vândalos da África, recapturar os campos de trigo...

— Planos ambiciosos! — Nemesianus estava olhando para ele com... *divertimento*! A esta altura. — E tudo isso vai custar um bocado de dinheiro. *Meu* dinheiro?

— Não agir vai custar mais. Se Átila nos derrotar, o que vai sobrar? Ele vai destruir tudo. Mas se o derrotarmos, ele também estará exausto. Precisamos pensar no futuro.

— Sinto muito — respondeu Nemesianus —, mas, em tempos como estes, cada homem deve cuidar de si só. Tenho um belo baleeiro à minha espera no porto de Aquileia, pronto para navegar para leste. Sempre quis uma das ilhas jônicas. Minha riqueza está assegurada, a maior parte dela agora num banco levantino em Constantinopla. Meu caro homem — ele fez menção de tocar o joelho de Aécio, mas pensou melhor —, meu caro, antiquado, severo, patriótico general comandante Aécio, de espírito público e coração republicano, você nasceu na época errada. — Ele bateu palmas educadamente para a cena sendo reencenada abaixo, então continuou: — Verdadeiramente, o Cipião Africano de sua era.

O medo da sinceridade, a falta de fé, a voz anasalada e irônica, o enervante arrastar da fala, o vazio debaixo da esperteza, a falta de visão: Aécio poderia ter torcido seu pescoço.

Em vez disso controlou-se, levantou e desejou o bem para o senador em seu futuro, com sua villa particular numa ilha jônica e seus obedientes garotos-escravos. Um sonho nobre.

Enquanto ele deixava o anfiteatro, afastando as garras das prostitutas, as linhas que o exilado Eurípedes escrevera durante a desastrosa Guerra do Peloponeso voltaram até ele.

Nos teatros o povo ri dos falos. Numa bela ilha do Egeu, meninos sem barba são massacrados em seu nome. Este é o mundo do qual me despeço. Como decaímos tanto e tão rápido.

Os jogos haviam deixado um gosto amargo em sua boca. Ele andou pelas ruas estreitas da velha cidade, olhando para baixo. Esta não era toda a história de Roma. Houve coragem, sacrifício e dignidade humana. Houve Régulo e Horácio, Trajano e Augusto, regentes da decência e da visão. Mas o bem havia ficado todo no passado agora, e a glória havia partido?

Sem querer ele pensou novamente nas estepes nuas e nos guerreiros de pele acobreada, sua honra e inabalável bravura, suas abnegações, seu magnífico desdém pela morte, o amor por seu rei.

Por um lado, crueldade e magnificência. Por outro, crueldade e miséria. Que riqueza de escolhas.

Mal ciente de suas ações, ele acorrentou seu cavalo e entrou numa igreja, um pequeno e gelado edifício branco com uma abside arqueada, janelas estreitas e meia dúzia de velas acesas. Foi recebido por um velho diácono, sua barba grisalha ainda com mechas negras, um crucifixo numa corda de contas de madeira de oliva em volta do pescoço. Na parede oeste havia uma grosseira e intensamente sincera pintura de Cristo com o pão e os peixes, e os rostos do povo faminto em volta. Ele se sacrificou, o povo comeu. Eles viveram.

Mesmo daqui era possível ouvir o intermitente rugir da multidão na arena. O velho diácono benzeu-se enquanto observava o forte oficial de joelhos diante da cruz. Então ele se aproximou e começou a falar sem rodeios, como fazem os homens santos que vivem muito sozinhos; eles perdem o gosto por apresentações.

— Estamos vivendo no fim dos tempos — começou, sua voz rouca de tão pouco uso. — Mas a escolha diante de cada alma humana é clara. O caminho amplo ou o estreito? A arena — ele indicou a direção dela com a cabeça — ou a Casa de Deus. *Quo vadis*?

— Nenhum dos dois — respondeu o general. — Meu lugar é no campo de batalha.

O velho diácono pareceu triste.

— Mas eu luto por isto — continuou o general, indicando a igreja. — Não por aquilo — e gesticulou em direção à arena, onde outro rugido das massas se fez ouvir.

Os olhos escuros do diácono fixaram-se nos do general. Finalmente, ele disse:

— Que São Miguel e todos os anjos acompanhem você.

Quando Aécio retornou ao acampamento, lhe disseram que tinha visita.

— Não tenho tempo — respondeu bruscamente.

— Ele veio de longe, senhor. Da Bretanha.

— *Bretanha?*

CAPÍTULO 3
LÚCIO, O BRETÃO

Ele era um velho agora, talvez com cerca de 65 anos, ou até mesmo 70, suas roupas sujas de viagem, e não tão alto quanto Aécio se lembrava dele. Mas também quando o vira pela última vez ainda era apenas um menino. Ele lembrava-se dos olhos acinzentados, dos ombros largos, do olhar de determinação. O velho bretão tinha cabelos brancos e curtos agora, e usava uma comprida barba branca de bárbaro. Por baixo da barba, Aécio lembrou, havia uma cicatriz no queixo.

— Lúcio — disse.

O velho assentiu, mas não o saudou. Não era mais soldado de Roma, afinal.

— Sempre soube que era um rapaz esperto. Ouvi dizer que agora comanda o império do Ocidente.

— O imperador comanda o império do Ocidente.

— É mesmo?

Eles se entreolharam. Não eram iguais em termos de poder, mas talvez fossem em espírito.

— E seu amigo, o velho judeu, Gamaliel — falou Aécio. — Encontrei-o desde então.

— Velho judeu? — Lúcio franziu o cenho. — Não o vejo há anos, mas é um verdadeiro celta. — Os dois se olharam por mais alguns instantes, então Lúcio suspirou. — Na verdade, acho que nunca saberemos o que ele é.

— Está velho agora, e não finge mais ter conhecido Aristóteles. Mas em Constantinopla foi um bom médico. — Aécio sorriu contra sua vontade. — Entre.

Eles se sentaram em bancos e Aécio serviu vinho ao visitante com as próprias mãos. Eles brindaram. Uma vez, décadas atrás, Lúcio fora até o acampamento huno e levara Aécio de volta para Roma, junto com o próprio filho libertado, Candac. E Átila havia ido para o deserto em exílio.

Na longa jornada de volta ao Danúbio, Lúcio, um tenente romano naquela época, e o altivo menino romano, Aécio, solene demais para a idade, tinham desenvolvido uma espécie de amizade.

— Eu me lembro agora — começou Aécio. — A cicatriz em seu queixo. Você a ganhou tropeçando num cachorro quando estava bêbado, em Isca Dumnoniorum.

Lúcio levantou sua taça.

— Saúdo sua memória, general comandante. Está desatualizado, no entanto. A cidade, ou o que restou dela, é chamada de Esca agora.

— Esca?

— Eu não me preocuparia. Como falei, não sobrou muita coisa dela. Algumas muralhas quebradas, os restos de um mercado, uma igreja arruinada, alguns tristes metros de plantações de couve. A velha basílica é uma fornalha e um poço de marga. — Havia amargura em sua voz baixa. — Ciddwmtarth. Lúcio era um nome romano. Mas os romanos nos abandonaram. Sei que a Bretanha nunca contribuiu muito para o império: durante quatro longos séculos produzimos apenas um herege, um poeta apodrecido e três traidores. É o que dizem.

Aécio sorriu levemente e depois pareceu preocupado novamente.

— Há paz com os saxões?

Lúcio riu.

— Nunca haverá paz com os saxões. Já nos chamam de *Wealha,* estrangeiros e escravos. Em nosso próprio país! Eles crucificam um em cada dez prisioneiros para seus deuses pagãos. São os piores: suas barbáries bêbadas não têm limites, nunca devem configurar entre os povos civilizados do mundo. Meu povo é escasso e passa por dificuldades. Lidero eles em lutas, mas a luta é contínua, e estão muito cansados. Sonham apenas com sua fuga até as montanhas a oeste, sempre oeste. Os saxões já pressionaram até Corinium e Viroconium das Muralhas Brancas. E pensar que os convidamos para trabalhar conosco, e agora querem a ilha da Bretanha toda para si, sob suas leis e costumes. Destruímos nosso próprio mundo.

Aécio baixou seu copo.

— Meu velho amigo e guia, sei por que navegou durante todas essas semanas até aqui, e no inverno, além do mais. Sei como deve ser amargo para você. Mas não podemos enviar homens para ajudá-lo.

Lúcio olhou para seu braço, subitamente exaltado.

— Apenas mil homens, eu imploro! Pelo bem da antiga amizade, pelo bem de Cristo! General comandante do Ocidente, que conheci e com quem viajei quando era jovem, não negue isso a mim. Mil dos seus melhores, e lhe digo que enfrentaremos os saxões em campo aberto, e os derrotaremos de uma vez por todas. Eles são muitos, mas lutam selvagemente, uivando sozinhos e cheios de heroísmos. Uma boa legião poderia derrotá-los. *Assim* o reinado da Celta Bretanha Cristã estaria em paz. Mas meu próprio povo, eles não são guerreiros, apenas simples fazendeiros. Não conseguiriam.

— Nem eu. — O tom de voz de Aécio era inflexível. — Não posso lhe ceder cem, nem cinquenta. Tenho 25 mil homens para comandar, e cada um deles conta. O exército bárbaro vindo para oeste contabiliza pelo menos 100 mil guerreiros, com o dobro de seguidores. Não posso.

— E Roma importa mais que a Bretanha.

— Importa — respondeu Aécio calmamente.

Lúcio olhou com raiva para o chão.

— E pensar — balbuciou —, que três vezes salvei a vida dele... Do garoto huno.

Nenhum dos dois conseguia pronunciar o nome do senhor da guerra huno. As ironias eram abundantes, mas nenhuma delas divertidas. Finalmente Lúcio tentou fazer uma piada:

— Mesmo se ele o destruir — disse, olhando penetrantemente para Aécio —, e vier com 100 mil cavaleiros tatuados até a costa do norte da Gália, acima dos penhascos de Gesoriacum, e olhar para o outro lado na direção dos penhascos brancos da Bretanha, nem mesmo... — ele cerrou os dentes — nem mesmo Átila poderia nos invadir. Nem mesmo aquele devorador conquistador do mundo iria quer nossas miseráveis ilhazinhas cobertas de neblina.

Os olhos de Aécio se acenderam com humor. Ele tocou o outro homem em seu forte braço direito.

— Acredite em mim, velho amigo e guia, nestes últimos dias você e seu povo estão melhor sozinhos, em sua pacata e doce ilha verde.

Lúcio nunca teria imaginado que escutaria Aécio falando assim, como se já estivesse derrotado.

— Como está sua família? — perguntou o general.

Conversa fiada seria um absurdo. Estava na hora de partir, de mãos abanando, e navegar de volta para a Bretanha atormentada pela guerra. Mas Lúcio, levantando-se, contou que sua esposa ainda estava viva e que seus filhos tinham crescido e estavam bem.

— Seu filho? O sonhador?

— Cadoc. Ainda sonhando, mas luta a meu lado bem o bastante.

Do lado de fora, Aécio estava esperando Lúcio subir em seu cavalo novamente quando um cavaleiro veio galopando pela estrada de Aquileia. Os olhos de Aécio se estreitaram. O rosto do sujeito estava duro e suas roupas ao mesmo tempo ensopadas e empoeiradas, como se tivesse viajado debaixo de todo tipo de tempo. Ele quase caiu de seu cavalo e se levantou ofegando.

Lúcio pegou o próprio cavalo como se não tivesse mais nada a fazer ali, mas o sangue de Aécio estava gelado.

— Fale, homem.

O sujeito o saudou abruptamente.

— Senhor, os hunos atravessaram o Reno. Toda a Gália está pegando fogo.

Lúcio parou com seu cavalo de novo.

Aécio encarou o mensageiro num torpor.

— Gália? — repetiu estupidamente.

— Notícias das estações do Reno. Eles atravessaram...

— Não sobrou mais nenhuma maldita estação do Reno! — rugiu Aécio, encontrando um breve consolo em culpar o mensageiro. — Todas as tropas restantes estão comigo! Todos os 4 mil, ou menos!

— Mesmo assim, as notícias vieram dos últimos batedores, senhor. Ele atravessou o Reno perto de Argentoratum, depois voltou e atacou a cidade e a destruiu.

Houve um momento de silêncio estupefato.

— E...?

— Em seguida as cidades de Vangione, Moguntiacum, e Colônia Agripina, senhor.

As maiores cidades fronteiriças do Reno. Até mesmo a voz forte de Aécio hesitou:

— Colônia... destruída?

— É o que dizem os relatos, senhor. — O rosto do rapaz estava agoniado. — Devastada, todos os cidadãos mortos com espadas. O gelo do Reno está manchado de vermelho, dizem.

Mais milhares assassinados — dezenas de milhares. Átila havia sido mais esperto que eles. Não investira contra Roma, mas sim contra o norte e o oeste. Destruiria todo o resto antes, e deixaria Roma, o prato mais doce, por último. Como Aécio pôde não ter previsto? Poderia ter amaldiçoado a si mesmo por sua tolice. Toda a Gália ficara indefesa diante do holocausto huno. E se um dia viessem a derrotar Átila, não restaria nada depois, de qualquer maneira. O império já havia sido destruído. O leste fora devastado. A África estava nas mãos dos aliados de Átila, os vândalos. E agora os ricos pastos da Gália, os mais abundantes e belos de todas as províncias do Ocidente, se tornariam mais uma terra de cinzas. A Itália seria deixada para o final; e depois Roma.

Seus punhos estavam cerrados, as juntas esbranquiçadas.

— Ainda não me contou tudo.

O sujeito balançou a cabeça.

— Então parece que o exército dele se dividiu em dois. Um cavalgou para o oeste das ruínas de Colônia e devastou Tornacum e Cameracum, depois rumou ao sul e atacou Lutécia. O segundo exército subiu o vale de Moselle e destruiu Augusta Treverorum, Mediomaurici e Rhemi.

— Treverorum, também. — Seu grande portão negro, a Porta Nigra, com sua maciça ponte levadiça, uma das maravilhas da Belgia.

— Acredita-se que o primeiro exército, talvez ambos, estejam planejando atacar Aureliana agora. E depois... virão para o sul.

Sem deixar nada além de cadáveres para trás. Por todas as estradas da Gália, pela Via Poenina e pelo vale do Ródano, nada além de corpos.

Ele atravessara a Germânia durante o inverno. Não apenas seu exército, mas seu povo inteiro também, idosos com mulheres e crianças em carroças de rodas altas lotadas de saques. Aquilo não podia ser feito, não por aquelas florestas sem trilhas e silenciosas.

Uma tarefa impossível; mas, para Átila, Flagellum Dei, o que era impossível? Ele não tinha Deus a seu lado? Havia atravessado aquelas escuras florestas de pinheiros bloqueadas pela neve, nunca se enfraquecendo, apenas aumentando sua força. Talvez tenha escolhido um clima mais frio para destruir a doença e a febre entre seu povo. E havia funcionado.

Com seu ouro bizantino, teria comprado mais e mais apoio pelo caminho. Entre seus mais recentes aliados estariam gépidas, alanos e magros lanceiros sármatas. Enquanto atravessava a Germânia, cada vez mais homens das tribos teriam seguido sua bandeira, vendo este exército como o maior da história — saques fáceis. Entre aquelas tribos germânicas, certamente ardia um ódio antigo por Roma na memória da raça. Aqueles distantes filhos de Armínio, ainda cantando seus hinos da Batalha da floresta de Teutoburgo, quatro longos séculos antes.

Aécio estava aturdido. Então pelo canto do olho notou Lúcio se preparando para desmontar. Ele se virou para ele com fúria.

— Não! Vá embora! — Controlou-se melhor e abaixou a voz. — Velho amigo e guia, pelo amor de Deus, vá. Cavalgue de volta para a costa, pegue mais uma vez o navio para a Bretanha, mesmo nos mares invernais. — Lúcio hesitou. — Como eu disse antes, estão melhores em sua ilha verde e gentil. O resto da Europa está ardendo. Apenas vocês sobraram. Em seu distante oeste, pode ser que alguma coisa do velho mundo sobreviva. Que isso fortaleça suas espadas quando lutarem contra os saxões.

Lúcio o olhou com gravidade por baixo de suas sobrancelhas brancas e espessas. Então puxou seu cavalo, deu a volta e sem mais uma palavra seguiu para a estrada até Aquileia.

— Há outras notícias, senhor, não de Átila.

Aécio estava vendo o cavaleiro partindo para o sul, com uma ânsia nos olhos.

— Continue.

— O imperador Teodósio está morto. Caiu de seu cavalo enquanto cavalgava e machucou a coluna. Suportou sua agonia com grande força moral e religiosidade, dizem, e morreu três dias depois, dizendo o nome do Salvador.

Aécio fez o sinal da cruz. Aquele tolo estudioso de coração mole...

— O novo imperador se chama Marciano, senhor. Já se casou com a irmã do antigo imperador.

Aécio piscou sem conseguir acreditar.

— Pulchéria? Aquela eterna virgem, seca como uma ameixa?

— Ela mesma, senhor.

— E quanto à viúva de Teodósio? A imperatriz Eudóxia?

— Retirou-se para Jerusalém. Dizem que a relação entre ela e a imperatriz Pulchéria sempre foi difícil. O imperador Marciano, enquanto isso, já se comunicou com o imperador Valentiniano, desejando-lhe sucesso contra as hordas hunas, expressando arrependimento apenas pelo Oriente não poder ser de maior ajuda. Mas eles têm muitos poucos homens, e, além disso, estão ocupados com o grande novo Concílio de Calcedónia.

Aécio abriu um fraco e ácido sorriso, assentindo, seus pensamentos a toda, por um momento esquecendo até mesmo a Gália. Não, ela estava de volta em sua amada Jerusalém: mais longe dele do que nunca. Há muito tempo naquela cidade, um jovem oficial do exército beijou uma bela imperatriz, adulteramente, numa sacada sob a luz da lua. Agora ela era uma viúva, e livre. E ainda assim os tempos estavam contra eles. Era impossível. Precisavam dele em outro lugar.

Ele apertou os olhos com o polegar e o indicador. Ás vezes quase amaldiçoava Deus. Sentia como se estivesse prestes a ser dilacerado. Tudo estava arruinado, o mundo estava doente, e ainda assim ele podia escutar o barulho do céu gargalhando. Também se sentiu à beira de gargalhar histericamente por um momento. O mensageiro se movia desconfortavelmente. Mas, quando Aécio abriu os olhos de novo, o impassível Germano estava parado na frente dele, com Tatullus logo atrás. Eles o saudaram. Podia ter se agarrado a eles como um homem prestes a se afogar. A sensação de horror ilimitado diminuiu um pouco.

Hora de assumir o comando de novo. Ele repetiu para os dois as notícias sobre a Gália. Ambos pareceram austeros.

— Os homens estarão prontos para partir amanhã de madrugada, senhor — informou Tatullus.

— Mas nenhum lugar por perto embarca para Aquileia — completou Germano.

— Nem Ravena — grunhiu Aécio —, sem contar com o fato de que o porto militar de lá foi condenado ao esquecimento décadas atrás, e desde então virou uma plantação de árvores frutíferas.

Germano balançou a grande cabeça.

— Maldição. Como Roma pode lutar contra seus inimigos hoje em dia? Atirando figos neles?

— Quase. Então marcharemos. Temos um compromisso antes por via terrestre, de qualquer maneira. A 900 quilômetros de distância, o que vai nos tomar um mês.

— Durante o inverno?

— Durante o inverno.

Germano e Tatullus pareciam intrigados.

— Em Tolosa — revelou Aécio. — Na corte dos visigodos.

CAPÍTULO 4
O RASTRO DA DESTRUIÇÃO

Átila atravessou o Reno congelado 9 quilômetros ao sul de Argentoratum, o inverno amargo subitamente tornando-se seu aliado, o grande rio sólido como um pavimento de mármore. Demorou mais de uma semana para seu titânico exército passar da margem leste para a oeste por cima do gelo brilhante. Ele cavalgava com o restante de seus escolhidos e seus melhores guerreiros, e o restante do povo huno atrás. Seguiam com ele os kutrigur comandados por seu líder, Céu-em-Frangalhos, e o povo do vale de Oroncha levados por Bayan-Kasgar; hunos heftalitas, hunos brancos, hunos negros, hunos das margens do mar de Aral e do extremo norte das estepes citas, vestidos com peles, com seus malévolos arcos curvados e suas aljavas cheias de flechas.

Agora também avançavam com eles gépidas das colinas da Transilvânia, comandados por seu rei Ardarico; cavalos guerreiros sármatas e lanceiros alanos de olhos azuis, um povo iraniano, astuto e desonesto. Os antigos persas, diziam, aprendiam estas três coisas quando ainda eram garotos: a cavalgar um cavalo, a disparar uma flecha e a contar a verdade. Os alanos ainda se sobressaíam nas duas primeiras.

Havia rúgios barbudos atarracados das longínquas margens norte do mar Báltico, esciros com armaduras de couro, carregando longos dardos e machados de batalha, e lombardos de cabelos claros com grandes espadas. Conforme a horda passava pela Germânia, recebiam mais integrantes, como Aécio previra, por turíngios, moravianos, hérulos, burgúndios, e até mesmo os filhos e netos daqueles piratas sem nação que uma vez cavalgaram sob a bandeira de Rhadaghastus, e que foram tão selvagemente defendidos pelos próprios hunos na planície toscana.

As perdas que Átila sofrera em Viminacium e nas outras cidades do leste, na batalha do rio Utus e, finalmente, debaixo das muralhas de Constantinopla — alguns milhares ao todo —, haviam sido multiplicas por quarenta — ou cinquenta — em novos integrantes. A nuvem gelada de poeira e o vapor de seus cavalos podiam ser vistos a um dia de viagem de distância. Seu exército fazia a terra tremer enquanto seguia para oeste.

Nas cidades ao longo do Reno eles matavam qualquer criatura viva que encontrassem. Teriam pegado as ovelhas e o gado para si, mas já estavam muito carregados, e ainda era final do inverno, de forma que não teriam forragem o bastante. Então pegavam apenas o que podiam carregar daquelas ricas cidades, carregando suas carroças: armaduras damascenas com ouro e prata, materiais de seda, tapetes e peles empilhados junto com objetos sagrados roubados de igrejas incendiadas, relicários cravejados de pedras preciosas guardando os ossos de mártires esquecidos, cálices, pedestais, Evangelhos que nem sabiam ler decorados de joias.

Entre os capturados em Colônia Agripina estava uma nobre donzela da Cornualha chamada Úrsula, que ia se casar com o filho de um patrício da cidade, junto com suas 11 criadas. Depois de se divertirem um pouco tentando fazer com que as moças ficassem de joelhos e idolatrassem seu deus Astur, os hunos as violentaram e as mataram, pendurando seus corpos nas muralhas da cidade, junto com muitos outros. A moça da Cornualha logo foi declarada santa, e uma lenda rapidamente se espalhou sobre Santa Úrsula e suas Onze Mil Virgens. Desta maneira, a história já estava se tornando mito, e, no lugar de crônicas sóbrias, uma nova época estava começando, onde se preferia lendas extravagantes e tolas superstições em vez de fatos verdadeiros. Era como se Átila estivesse desenhando, na esteira do cavalo que cavalgava, uma nova e sombria era que cobriria toda a Europa.

Os invasores devastaram o adorável vale de Moselle, que Ausonisus certa vez elogiara tão apaixonadamente, com suas belas villas entre prados abundantes, as descidas de seus vales espessamente cobertas por verdes videiras, seus barqueiros transportando fardos de tecido e caixas de vinho, gritando para as garotas risonhas que cuidavam dos vinhedos enquanto passavam. Em Augusta Treverorum os cidadãos provaram seu espírito meramente fechando os portões, mas Átila fez com que seus homens levassem até eles mulheres e crianças capturadas das fazendas e vilas ao redor debaixo de lanças, e ameaçou matar a todas a não ser que os cidadãos da cidade abrissem os portões e negociassem com ele. Os portões foram abertos para salvar vidas inocentes, mas os hunos mataram todos assim mesmo, capturados e cidadãos juntos. Em Mediomaurici não sobrou um edifício em pé, a não ser a solitária capela de Santo Estêvão.

Muitas vezes chegavam a cidades já abandonadas, e então os hunos kutrigur galopavam à frente com particular energia, como cães de caça atrás de seus rastros, usando suas habilidades de caça e rastreamento. Quase sempre encontravam os cidadãos fugitivos, amontoados e apavorados num pedaço de floresta perto da cidade, e os matavam ali mesmo.

Depois de duas ou três semanas infernizando toda a Moselle, Átila e sua horda deixaram para trás um vale dos mortos de 300 quilômetros de extensão.

Durante toda esta destruição não encontraram um sopro de oposição, no entanto desta vez o próprio Átila tornou-se cada vez mais calado, solitário e distante. Também se tornava cada dia mais supersticioso, nunca se cansando de consultar Enkhtuya em busca de sinais e portentos, exigindo saber quando o exército romano do Ocidente comandado por Aécio marcharia ao norte para encontrá-los. Toda noite havia cerimônias misteriosas em sua tenda, com xamãs cobertos de pele batendo em tambores de pele de veado para convocar os mortos ancestrais, e sacerdotisas com chifres de veado dançando com chocalhos, flagelando a si mesmas, gemendo encantamentos com voz anasalada. O futuro estava escrito na espuma da água fervente, nas entranhas das galinhas, em gravetos atirados aleatoriamente; estava nos sinais lidos nas escápulas queimadas do gado e nos rodopios de fumaça de incenso queimando. Os portentos eram sempre bons, mas o Grande Tanjou parecia cada vez mais um homem assombrado por algum grande e desconhecido pesar.

Alguém cantou:

"Volte, volte, meu senhor louco,
Pois as coisas não são o que parecem;
Meus sonhos todos viram pesadelos.
E o mundo todo é irreal.

"Tal é o preço da vingança,
Tal é o lucro da fúria,
Meu mestre com todos os seus tristes capitães,
Deitado em silêncio no campo.

"Papagaios e corvos, seus companheiros,
Sua bandeira uma flâmula de sangue quente,

Todos os tesouros, tudo que é sagrado,
Perdidos na enchente."

Átila não silenciou o cantor. Apenas baixou a cabeça. Que assim seja.

De Moselle, o exército de Átila virou para o oeste pela escura e densa floresta: o país dos batavos, de matas e pântanos assombrados por espíritos, lagoas estagnadas, musgos espessos, samambaias gotejando e brejos malcheirosos que poderiam sugar um cavalo por inteiro e se fechar em volta de sua inútil e silenciosa luta pela vida, como se ele nunca tivesse existido.

Uma noite, enquanto acampavam naquele país assombrado, Orestes escutou seu mestre gritando de terror. Ele correu até sua tenda de espada em punho e viu horrorizado que Átila estava rolando em sua cama, os olhos arregalados, a boca espumando, e ainda assim parecendo estar dormindo, sem enxergar. Orestes achou que o rei tinha ficado louco. Largou sua espada e, segurando seus ombros, tentou sacudi-lo até ele voltar ao normal. Quando se deu conta, estava agonizando de dor a seu lado. Átila o havia apunhalado.

Orestes se sentou, apertando as costelas. O ferimento não fora profundo, mas sangrava muito. Gradualmente o rei recuperou a consciência, olhando espantado. Orestes tirou a mão de cima da ferida, as pontas de seus dedos molhadas e vermelhas. Ele as mostrou para Átila, que o encarou, aquele brilho selvagem deixando seus olhos e a razão retornando, e com ela um terrível pesar. Como parecia assombrado! Ele passou o braço por cima da boca pontilhada de saliva e olhou para Orestes, ofegando.

— Sonhei... — sussurrou, quase inaudivelmente, sua voz seca e exausta entre pausas para buscar fôlego — Sonhei que havia se voltado contra mim, que entrava em minha tenda para me matar, dizendo que eu estava louco, pois eu havia jurado em minha loucura matar até conseguir entrar no céu.

Orestes não falava nada, apertando a lateral do corpo para estancar o sangramento. Átila parecia não perceber que estava machucado. Finalmente o grego disse que seu mestre devia tentar dormir e foi procurar um companheiro que pudesse enfaixá-lo.

Quando estava saindo da tenda, olhou para trás. Átila estava sentado em suas peles, olhando em volta, seus lábios se mexendo, não enxergando nada.

A cidade seguinte a que os hunos chegaram foi Rhemi, abandonada como as outras. O bispo Nícias havia se reusado a abandonar seu posto. Via a ameaça da morte como qualquer cristão deveria: nada mais que um portal para a eternidade. Com ele permaneceu um punhado de cavaleiros galo-romanos, jovens demais para terem esposas ou filhos e perfeitamente conformados em morrer, mas determinados em não fugir diante dos invasores pagãos.

O tempo piorou, e caíram flocos de neve. O grande exército de Átila permaneceu do lado de fora da cidade, mas ele, tendo ouvido falar da teimosia daquele homem santo, cavalgou pelas ruas estreitas com uma pequena companhia de seus guerreiros favoritos e escolhidos. Estavam atentos para emboscadas, mas não havia nada. Eles emergiram na praça principal da cidade, com a bela fachada da catedral do lado leste, de frente para a Basílica, e as esplêndidas casas de banho e o pórtico do mercado dos outros dois lados. Átila parou seu cavalo e olhou em volta. Uma fria rajada de vento soprava pela praça, e os cavalos pisotearam com seus cascos o chão no mesmo lugar. A fantasmagoria da cidade deserta era estranha e irreal. Ainda mais estranho era o pequeno grupo do outro lado da praça, nos degraus da catedral, um padre cristão e oito jovens cavaleiros, olhando-os em silêncio e sem medo.

— O que é isto? — bramiu Átila subitamente furioso.

— Bem-vindos à nossa cidade — respondeu o bispo Nícias. — Acredito que tenham vindo de longe.

A sarcástica indiferença enfureceu Átila mais ainda. Os padres eunucos daquele deus cristão pálido, fraco e derrotado não deveriam enfrentar a morte com tanta falta de medo quanto seus melhores guerreiros hunos. Deveriam se ajoelhar, implorar e choramingar, antes de terem suas cabeças puxadas para trás e as gargantas pálidas como as de carneiros cortadas bruscamente. Átila enfiou suas esporas nos flancos do pônei castanho e trotou até eles. Seus guerreiros imediatamente se espalharam e encaixaram flechas em seus arcos, mirando-as no pequeno grupo nos degraus da catedral. Ainda podia ser uma armadilha. Cem soldados poderiam estar escondidos dentro daquela severa catedral cinzenta, esperando.

Átila freou ferozmente diante dos nove homens, segurando despreocupadamente a espada com a mão direita.

— Não tem medo de mim, padre eunuco? Em breve o matarei bem onde está agora.

O bispo Nícias pareceu levemente intrigado.

— Bem, em primeiro lugar não sou eunuco, tendo todas as minhas partes intactas, como o bom Deus me fez. — Com aquela brincadeira infeliz, seus companheiros cavaleiros até sorriram. Átila lançou olhares furiosos para eles. — Em segundo lugar, por que, em nome de Deus, eu deveria temê-lo, só porque está prestes a separar meu espírito de minha carne mortal? Vai apenas libertar minha alma para voar até o céu e ficar com meu Cristo. A morte é o destino de todos os homens. É o seu destino também, grande lorde Átila.

Átila o olhou atentamente.

— Realmente não teme a morte, velho?

— Realmente não. Mas sei que você teme. E foi por isso que permaneci aqui para trás, nos degraus da minha catedral: para convidá-lo a largar sua espada, entrar e ser batizado no nome do Cristo. Estou aqui na esperança de salvar sua alma imortal.

A fúria de Átila explodiu, ele ergueu sua espada e a baixou. O homem santo morreu ali mesmo onde estava, sem se afastar, caindo quase graciosamente no chão diante do cavalo de Átila. Um instante depois, flechas acertaram os oito cavaleiros, matando alguns e ferindo mortalmente os outros. Mesmo assim, nenhum deles tentou pegar suas armas e revidar, como se o exemplo de seu bispo tivesse sido seu discurso final para eles. O próprio Átila pairou sobre eles e os terminou de matar com golpes de espada.

Seus homens se reuniram em volta dele. Gritando "Me deixem!", porém, ele enfiou os calcanhares nos flancos de seu cavalo mais uma vez e avançou, subindo os degraus, por cima dos corpos dos mortos e passando pelas grandes portas da catedral. No momento em que passou, elas fecharam-se sozinhas.

Seus homens esperaram, perturbados. Orestes teve visões do cavalo de Átila deixando pegadas ensanguentadas por todo o mármore branco do corredor.

Ele apareceu logo depois, ainda montado no cavalo, reabrindo as portas estranhamente de seu lugar na sela. Átila levantou os olhos para o céu.

— Estranho — murmurou.

— Meu senhor? — perguntou Orestes.

Ainda estava olhando para cima, como se investigando o céu.

— Que tenha vindo um trovão de um céu tão límpido.

Seus homens trocaram olhares ansiosos.

— Grande Tanjou — começou Chanat —, não ouvimos trovão algum.

A reação de Átila foi chocante. Ele avançou sobre o venerável velho guerreiro e o pegou pelo pescoço com a poderosa mão esquerda. Com a direita, encostou a ponta da espada na sua garganta. O cavalo de Chanat relinchou e se afastou, mas Átila continuou segurando com um aperto selvagem, seu próprio cavalo se movendo em conjunto.

— Está mentindo! — gritou, e os imponentes edifícios em volta da praça ecoaram de volta: *mentindo, mentindo, mentindo.* — Escutou o trovão! Está mentindo, me fazendo achar que estou ouvindo fantasmas, que estou sendo assombrado pelo deus cristão dessa igreja! Quer me fazer achar que estou louco, cavalgar para o meio do deserto, cair sobre minha espada, para que possa plantar a primeira de suas próprias sementes no trono dos hunos!

Mas Chanat não era homem de ser intimidado, nem mesmo com a ponta de uma espada encostada na garganta.

— Não, meu senhor — respondeu calmamente. — A primeira de minhas sementes, lorde Aladar, morreu lhe servindo nas muralhas de Constantinopla. E nós não estamos mentindo. Não escutamos trovão nenhum.

Os olhos de Átila se arregalaram, a boca se mexeu. Então ele soltou Chanat e afundou novamente em sua sela. Houve um longo silêncio. Numa rua próxima, o vento frio batia uma veneziana de madeira para a frente e para trás num ritmo desolado. Finalmente ele deu a volta com seu cavalo, sua expressão mais uma vez parecendo pálida e vazia, largou sua espada fazendo-a tinir contra os paralelepípedos, e cavalgou para longe da praça.

Geukchu olhou inquisitivamente para o velho guerreiro, quase com comiseração.

— Ainda suporto — grunhiu o velho soldado. E ele falou aquilo como se estivesse debaixo de uma maldição.

Eles cavalgaram atrás de Átila, mas Orestes desceu de seu cavalo — tocando ainda a lateral do corpo enfaixada e dolorida pela apunhalada — para recuperar a espada de Átila. Pois não era essa a espada de Savash?

O grupo de batalha ao norte comandado por Geukchu havia passado pelos vales de Mosa e Scaldis, destruindo as cidades de Tornacum e Cameracum junto com muitas outras, então chegou à cidade de

Lutécia, na ilha do rio de Sequana no país dos Parisii. A horda de Átila se aproximava pelo leste.

Aqui mais uma vez a história já virou lenda, e mesmo assim é um fato provado que os hunos não capturaram nem destruíram Lutécia realmente, mas passaram por ela e seguiram para o sul. Alguns dizem que os homens da cidade estavam se preparando para fugir, horrorizados pela visão de não apenas uma, mas duas nuvens de poeira: tanto no horizonte norte quanto no leste. Mas as mulheres da cidade, feitas de material mais resistente, insistiram que uma moça santa chamada Genevieve havia lhes prometido que a cidade nunca cairia diante de Átila.

— Uma moça santa! — zombam os homens. O que santas sabiam sobre a guerra e seus guerreiros?

As mulheres explicaram que ela estava rezando a Deus naquele momento mesmo, bastante calma e resoluta, no batistério circular de Saint Jean Le Rond. Alguns homens foram ver, espiaram a garota e viram que era mesmo o que as mulheres tinham dito.

Do outro lado do rio, os cavaleiros hunos já formavam uma grande massa. As modestas muralhas da cidade e o rio estreito pareciam pouco protetores. Ainda menores seriam as preces de uma simples jovem chamada Genevieve. Mas um grupo grande de mulheres se refugiou no batistério com ela, entoando hinos e salmos, e em seguida os homens também se juntaram a elas, aglomerando-se do lado de fora. O ar primaveril ressoava com a multidão de vozes erguidas em prece ao Senhor dos Exércitos, o Deus de Abraão, Isaac e Jacó. E quando olharam de novo, viram que os cavaleiros hunos haviam desaparecido milagrosamente.

É impossível distinguir a verdade da lenda sobre a Santa Genevieve. Mas por alguma razão os hunos não puseram nenhum de seus dedos violentos em Lutécia. Talvez fosse inteiramente o pragmatismo de Átila o forçando a seguir para o sul o mais rápido possível. Ele queria destruir outro inimigo, antes daquele inimigo poder se unir ao exército romano. Ele queria chegar a Tolosa.

CAPÍTULO 5
O ENIGMA DO LOBO

A legião de Aécio marchou os 9 mil quilômetros de Aquileia até a Gália Narbonense em 26 dias, cada legado carregando de 18 a 20 quilos nas costas com seus pertences. Choveu na maior parte do caminho, e algumas vezes nevou forte. Analisando seu feito, Aécio achou que o resultado foi satisfatório.

Ao se aproximarem de Tolosa, ele mandou que seus homens se abaixassem enquanto ele e seus comandantes prosseguiam sozinhos. Não seria bom que uma tropa de 25 mil homens subitamente aparecesse debaixo das muralhas de uma cidade sem se anunciar. O irascível rei Teodorico poderia entender mal.

Pareceu terem se passado apenas alguns segundos entre o anúncio dos romanos na Porta Leste e o frenético e ruidoso estampido de cascos de cavalo descendo a rua de paralelepípedos do lado de dentro, até os príncipes Teodorico e Turismundo aparecerem em seus cavalos brancos de rostos reluzentes.

— Vieram finalmente destruir Átila! — exclamaram.

— Preciso falar com seu pai primeiro — respondeu Aécio gravemente.

O velho Teodorico o recebeu numa pequena sala aquecida por um braseiro aceso, usando um belo manto de pele branca em volta das costas. Ele segurou a mão de Aécio em sua pata grande de urso e a apertou com força, exibindo um sorriso debaixo da barba.

— Por Deus, você proporcionou uma boa diversão a meus filhos, de verdade, lá no leste. Meu mais velho quase perdeu o braço, e se tivesse perdido eu iria atrás do seu! Mas ele está bem agora: carne e ossos jovens se recuperam bem. Sente-se. Beba. Você, garoto, traga vinho... Bem cozido.

Vinho cozido? O que, em nome de Deus...

Não havia tempo para conversa fiada.

— Então — começou o velho rei —, vai enfrentar Átila em solos gauleses.

— Parece que sim.

— Sabe quantos eles são?

— Cem mil.

Teodorico balançou a grande e descabelada cabeleira branca.

— Mais. Acho que 200 mil. Estão mal-abastecidos e longe de casa, vivendo apenas do que conseguem saquear. Pode calcular quanta forragem 200 mil cavalos viajando durante o inverno exigem?

— Muita, mais do que os hunos se prepararam. O país será inteiramente desnudado.

— Poderia apenas fazê-los morrer de fome. As mulas. Seus próprios suprimentos estão em ordem, suponho?

— É claro. Não somos romanos?

Teodorico gargalhou ruidosamente.

— Realmente são. Bem organizados como sempre, aposto minha barba.

— E nossos números: 25 mil. São os melhores: bem treinados, em forma para lutar e cheios de confiança. Mas são apenas 25 mil.

Teodorico balançou a cabeça novamente, os olhos brilhando com a luz do braseiro.

— Não é o bastante.

— Se os guerreiros godos e a nação visigoda se juntarem a nós...

— *Não!* — rugiu Teodorico. — Não nos peça isso. Esta guerra não é nossa. Não somos inimigos de Átila. Ele veio para se vingar de Roma.

O vinho cozido chegou. Aécio provou. Era quente, temperado, melado, e em certa medida revoltante. Ele o tomou de uma vez, virilmente.

— E depois, quando Roma estiver destruída e a Gália, devastada? — continuou.

— Depois nós veremos. Talvez nosso próprio reino vá... se estender. Mas não vou sacrificar meu amado povo por Roma.

Houve um longo silêncio.

Em seguida, Aécio falou:

— Dê-me sua mão.

Teodorico franziu o cenho, mas estendeu sua enorme pata de urso direita, com um anel grosso de ouro em cada um dos dedos.

— Qual é o perigo de um lobo com apenas uma mandíbula? — perguntou Aécio.

Agora Teodorico estava prestando atenção. Gostava de charadas.

Aécio começou a pressionar seu polegar na palma de Teodorico, que olhava para baixo. Que jogo era este?

— Dói?

— É claro que não, seu idiota — grunhiu o rei.

Mantendo a ponta de seu polegar na palma aberta de Teodorico, Aécio circulou com seu forte indicador as costas de sua mão. Dedo e polegar se apertaram num cruel movimento de pinça, cravando com força entre os ossos da mão de Teodorico, fazendo os nervos formigarem.

Teodorico puxou a mão de volta.

— Filho da... Agora doeu! — Ele enfiou a mão debaixo da axila esquerda e olhou com raiva para Aécio. — E isso ilustrou o que, uma presa? Exceto que um lobo com uma única mandíbula é indefeso, mas um com as duas é menos, o que eu já sabia.

Aécio agitou seu polegar diante dos olhos de Teodorico.

— Átila. — E então agitou seu indicador. — Genserico.

Teodorico deu de ombros.

— Talvez. Ainda não acredito que exista uma aliança entre os vândalos e os hunos contra vocês, mas talvez.

— Não contra nós — respondeu Aécio em voz baixa. — Contra vocês.

Teodorico se levantou e andou em volta do pequeno salão, as paredes parecendo prestes a rebentar, pequenas demais para conter sua enorme presença. Depois que ele se acalmou um pouco, Aécio continuou:

— Naturalmente, Genserico já está em guerra conosco, lutando ao lado de Átila. Seus navios estavam em Constantinopla e tiveram uma terrível surpresa.

— Meus filhos me contaram. O que exatamente era aquela arma incendiária?

— Informação confidencial para nossos aliados.

— Dane-se!

Aécio sorriu. Então continuou:

— Amalasunta, sua filha.

A expressão no rosto de Teodorico se suavizou imediatamente.

— Está casada com o filho de Genserico agora?

— Está. E não se passa um dia sem que eu tenha saudades de seu doce sorriso, de sua risada como um córrego. — Ele pareceu severo novamente. — Pode ver, meu amigo romano, nós somos parentes, os godos e os vândalos. Nossos idiomas são iguais, nossa religião, até mesmo nossos nomes.

— Sua religião? Mas Genserico luta ao lado dos hunos pagãos. É uma criatura traiçoeira.

— É meu parente agora. Tome cuidado, romano.

— Perdoe-me. Mas não confio nele.

— Bem. Cada pessoa é de um jeito. Vamos comer.

Jantaram no grande salão do palácio, e era como uma cena imaginada por Homero, uma magnificência bárbara, temperada pela civilizada *romanitas*, recém-adquirida pelos godos. Um imenso fogo ardia no meio da sala, e comiam sentados eretos em compridas mesas de madeira, enquanto bardos cantavam velhas canções de batalha em legendárias florestas e campos abertos, contra inimigos há muito esquecidos. Não houve qualquer menção às antigas batalhas contra os hunnu.

Aécio tentou se convencer que não estava perdendo tempo, e forçou-se a comer bem, evitando olhar o fogo e pensar em toda a Gália sendo incendiada. Os visigodos tomavam praticamente como uma afronta pessoal seus hóspedes não encherem as barrigas até quase vomitarem. Os príncipes estavam sentados próximos, sorrindo de orelha a orelha e devorando um prato após o outro de carne assada de veado e de javali. Na mesa adjacente, os valentes guerreiros Jormunreik e Valamir bebiam cerveja de enormes chifres de auroque decorados com filigranas de prata, gole após gole até estarem bêbados de sono e dormirem bem ali, onde estavam sentados. Ninguém nem notou. Provavelmente acordariam na madrugada seguinte e sairiam para caçar, com dores de cabeça que deixariam qualquer outro homem gemendo num quarto escuro durante uma semana.

Aqueles eram os aliados que Roma precisava com tanto desespero...

Parecendo distintamente desconfortável entre aquelas cenas estava um jovem diácono da igreja da Gália, de rosto puro e boca que parecia estar fazendo um bico.

Aécio conversou educada e tediosamente com ele por um tempo, e então perguntou:

— E quanto a esse concílio de Calcedônia? Enquanto Átila e suas hordas estão prestes a atear fogo em todo o mundo civilizado, o que mantém o imperador Marciano e a beata imperatriz Pulchéria tão ocupados, exatamente? O que os bispos do Oriente estão debatendo?

O sujeito não percebeu seu sarcasmo, pois não amava nada mais que discutir teologia, de modo que explicou animadamente:

— Bem, primeiro as bárbaras enormidades dos irlandeses.

— As bárbaras...?

O diácono balançou a cabeça vigorosamente.

— Enormidades. Dos irlandeses. E então, seguindo o Segundo Concílio de Éfeso, e o considerável progresso feito nele a respeito de *consubstanciabilidade*, vão discutir os ensinamentos hereges de Nestório, o *Christokos* ao invés do *Theotokos*, é claro. Seu tratamento quanto aos arianos e novacianos era duro, como você sabe, mas aquele grande pensador Teófilo de Alexandria estará invocando os mais estritos anátemas contra o próprio Nestório.

— Certamente. — Aécio partiu um pedaço de pão. — Bem, é bom saber.

— Mais haverá outras vozes mais heterodoxas presentes — continuou o jovem eclesiástico sombriamente —, incluindo Filoxeno de Mobog e Zenóbio de Mopsuéstia.

— E não aprovamos Zenóbio de...?

— Zenóbio de Mopsuéstia! — exclamou ele, gotículas de saliva voando de sua boca numa súbita fúria. — Aquele... Aquele... — Mas ele não encontrou palavras apropriadas para descrever Zenóbio de Mopsuéstia.

Na verdade, pensou Aécio, *não existe ódio como o ódio entre fiéis.* Depois da morte de Ário, seu grande inimigo teológico Athanasius não espalhou a notícia de que ele morrera num banheiro público?

O jovem diácono bebeu mais vinho, e em seguida recomeçou com mais calma:

— Espera-se que a *Ecthesis* final do Concílio descubra que a diferença entre as Naturezas Divinas de maneira alguma é alterada pela União, e sim que as propriedades de cada Natureza são preservadas numa só — um *prosopon* e uma *hipóstase* — com diversas qualificações monoenergistas e monoteístas, naturalmente.

— Naturalmente. — Aécio mastigou seu pão. — E isto não é precisamente o que o próprio Cristo passou tanto tempo ensinando? Além de pregar sobre os pobres, amor fraternal, e assim por diante?

Finalmente o sarcasmo de Aécio foi detectado pelo diácono, e ele o olhou rispidamente. Aécio sorriu de maneira educada, levantando-se.

— Com licença. Preciso ir e conversar com alguém mais interessante.

Ele saiu e se espremeu entre os príncipes.

— Realmente — balbuciou —, a Igreja deve estar sob a proteção de Deus. Ela nunca teria sobrevivido tanto tempo se não estivesse.

No dia seguinte, Aécio e sua comitiva prepararam suas selas e cavalgaram sobriamente para fora do portão leste de volta para seu acampamento. Teriam que enfrentar os hunos sozinhos, excedidos em números por até dez para um. Ele puxou suas rédeas e olhou para seus 25 mil homens. "*Não é o suficiente*", havia dito o próprio Teodorico.

— Então por que diabos ele não se junta a nós? — grunhiu Aécio. Ele puxou suas rédeas selvagemente e cavalgou para o acampamento.

— Partiremos hoje? — perguntou Germano.

Aécio balançou a cabeça.

— Mas por que demorar? Todo o norte da Gália está queimando.

Aécio não falou mais nada por um longo tempo. Então olhou para trás na direção de Tolosa.

— Não posso lhe dizer por que, mas precisamos esperar. Apenas mais um dia.

Os homens resmungaram, comeram pouco aquela noite e dormiram mal. Esperar era a pior parte. Cada fogueira acesa os fazia pensar em mais um edifício queimando, mais uma cidade em chamas, e nas ruínas de cada incêndio vermelho e laranja eles viam as silhuetas dos cavaleiros do diabo, deixando apenas a catástrofe em seu rastro.

Aécio também tinha uma sensação de horror iminente, mas sabia que precisava esperar por ele. Evasão era impossível. E tão certo quanto o nascer do sol, aquela manhã seguinte traria o horror, e o horror traria consigo uma espécie de salvação. Quando ele entendeu aquilo, desejou que a salvação pudesse vir de outra maneira.

CAPÍTULO 6
AMALASUNTA

Um mensageiro saiu da estrada na direção do acampamento, dolorido e com frio de sua viagem noturna.

Ele viera a galope de Narbo. A princesa Amalasunta...

Aécio correu de volta até Tolosa e foi direto para as instalações reais do palácio. Ainda se aproximando, podia ouvir um terrível bramido, como de um urso.

Havia chegado um navio de Cartago, trazendo um pequeno grupo de criadas godas e a princesa. Ela havia sido expulsa por Genserico, que se tornara desconfiado de que ela era uma bruxa tentando encantar seu filho Eurico, e em seguida convenceu-se de que ela estava planejando matar seu marido e sogro. Ela, uma garota inocente com apenas 16 anos.

Mas ainda ficava pior...

O grupo de expulsas e humilhadas estava a caminho. Uma coluna de guerreiros partiu para escoltá-las de volta para casa.

Aécio nunca esqueceria o vislumbre que teve da garota enquanto a via entrar de uma janela mais alta do palácio. Ele a observou sendo ajudada a sair da carruagem, e lembrou-se de como a vira dois anos antes, um borrão aceso de longos cabelos claros e sorriso largo, enquanto jogava os braços magros em volta da cabeleira espessa do pai e o cobria de beijos. E agora...

Havia choros e luto como numa tragédia grega. A velha rainha Amalfrida parecia prestes a desmaiar enquanto se apoiava num dos seis filhos, muda de tristeza. Outro filho se virou, sem conseguir olhar, ao mesmo tempo de coração partido por sua irmã e queimando de ódio por dentro para se vingar. E o velho rei Teodorico, ele próprio, tomou sua filha nos braços e chorou, segurando-a contra o peito forte, mas gentilmente. A cabeça dela estava coberta de ataduras manchadas de sangue: suas orelhas e seu nariz tinham sido cortados por Genserico como punição por sua feitiçaria inventada.

Como numa tragédia grega, mais tristeza foi trazida pela tristeza, que nem cães de caça em cima de um bando de vítimas. A doce princesa, mal entendendo o que acontecera com ela nem por qual motivo, apenas um peão num grande jogo entre cruéis reis ou deuses, começou a ter febre enquanto estava de cama, e em algumas horas disseram que seu sangue havia sido envenenado pela infecção. Ela morreu no dia seguinte, sua mãe segurando uma de suas mãos e o pai, a outra, implorando a eles que não chorassem e abençoando--lhes, assim como a seus irmãos e a todo o povo de seu pai.

Ninguém foi cruel o bastante para sussurrar que talvez aquilo tivesse sido uma bênção. A rainha estava muda de tristeza, mas a voz do rei foi ouvida por todo o palácio, sua agonia ainda maior por sentir que a culpa era sua. Sua vingança seria terrível.

Ele gritou na velha língua goda enquanto segurava o corpo da filha nos enormes braços e o apertava contra o peito, e todos que escutaram fecharam os olhos e se viraram.

— *Me jarta, O me jarta* — lamentou. — Meu coração, ah, meu coração. — Seu próprio grande coração estava quase se despedaçando de remorso. — Que Deus me perdoe. Ela era tudo, meu coração, minha alma, meu amanhecer, minha noite, meu sol, minha luz, minha estadia, meu apoio, a filha de sua mãe, meu único conforto. Como eu a amava. Minha língua está fraca demais para descrever.

Finalmente ele a deitou, e a mãe e o pai da garota se abraçaram junto a seu silencioso leito de morte e choraram até não conseguirem mais.

Rapidamente Tolosa inteira estava agitada. Em todos os lugares ouvia-se o barulho dos cascos de cavalos e homens caminhando. Aécio pediu para ter uma última audiência com o rei. Foi negada. "O rei está ocupado demais com os preparativos para a guerra."

Aécio empurrou o guarda para o lado, corpulento como era, e entrou no conselho de guerra de Teodorico. Em volta da mesa junto com ele estavam seus filhos mais velhos, Teodorico e Turismundo, e seus dois comandantes guerreiros, Jormunreik e Valamir. Todos levantaram o olhar ao notar a entrada de Aécio, silencioso e de expressão séria, mas Teodorico, não. O fato de que os mais sombrios avisos de Aécio a respeito de Genserico tornaram-se realidade não o fez muito querido do rei, longe disso. Apenas aumentava a culpa e a dor dentro do peito de Teodorico.

Ele grunhiu:

— Meu coração está decidido, romano. Partimos para Cartago amanhã.

— Não podem.

Teodorico explodiu de fúria, um sentimento ainda mais terrível porque metade dele era pesar. A mesa estremeceu debaixo de seu grande pulso quando a esmurrou, e então ele andou até Aécio e urrou em seu rosto:

— Não se intrometa entre mim e minha ira, romano! Não envolva a mim e a meus guerreiros em suas insignificantes disputas com seus inimigos! Nossa causa é de longe mais nobre. Devastar a África dos vândalos de Tânger até Leptis Magna, e não deixar nada para trás além de um deserto de mortos. Ninguém deverá avaliar nossa vingança com base no que aquele amaldiçoado Genserico fez à nossa filha, mas nós teremos nossa vingança contra ele, sua semente e seu povo multiplicada por mil, dez mil. A própria palavra "vândalos" será apagada da face da Terra, e vou matar seus filhos e suas filhas diante dele, e vou estripar aquele maldito cachorro com minha própria espada e pendurar seu corpo ainda vivo nas torres de sua capital em chamas, para assistir ao cataclismo final de seu reino.

Aécio nem piscou e sua voz continuava baixa:

— Meu coração está partido por você e por sua doce filha, meu amigo Teodorico. Não duvide disto. Tampouco poderia intervir entre você, sua ira ou seu direito de vingança.

— Assim está bem. Do contrário, tiraria da minha frente com meu próprio punho.

— Mas se cavalgar contra os vândalos, e nós cavalgarmos contra os hunos, nossas forças estarão se dividindo. Lembre-se do lobo com uma mandíbula só.

Teodorico o olhou furiosamente, mas o velho passional pensou por um momento, seu peito ainda arfando.

— Havia navios vândalos em Constantinopla — continuou Aécio, ainda calmo. — Os hunos e os vândalos são aliados. Querem dividir o mundo entre eles, e isso é apenas o começo. Dou-lhe a minha palavra de que, quando seguirmos para o norte, para investir contra os hunos, vamos encontrar cavaleiros vândalos lutando ao lado deles. E também lhe dou minha palavra de que, quando tivermos derrotado os hunos e apagado o nome e as sementes de Átila, Roma será sua aliada até a morte, e vamos cavalgar contra a África dos vândalos juntos. — Ele ousou olhar para o pulso grosso envolto em ouro de Teodorico. — Irmãos de armas, cavalgando juntos até a ruína e o fim do mundo.

Aquela última frase, de origem teutônica, mexeu com a alma de Teodorico. Ele se virou de volta para seu conselho.

— Revira meu estômago e tortura meu coração não sairmos em busca de vingança hoje mesmo. Mas pode haver alguma sabedoria no que nosso amigo romano está dizendo. Os vândalos já devem estar lutando ao lado dos hunos. O que vocês me dizem?

Os quatro sentados à mesa se entreolharam.

Ela foi enterrada num caixão de ouro maciço, no mais belo mausoléu na catedral da Santa Virgem Maria em Tolosa. Aécio pensou nunca ter visto tão profundo e sincero luto entre o povo pela morte de uma princesa. Era como se a doce garota tivesse sido filha de todos os visigodos, e eles se lembrassem da luz solar que ela irradiava por todo lugar que passava.

Seu mausoléu estava inscrito com um verso em godo e em latim, que dizia:

Hic Formosa iacet.
Veneris sortita figuram
Egregiumque decus
Invidiam meruit.

Aqui dorme a beleza.
Sua aparência era como a de Vênus,
E ela era a inveja do paraíso
Por sua dádiva tão rara.

CAPÍTULO 7
AURELIANA

Eles cavalgaram para o norte no dia seguinte, as bandeiras esvoaçantes, as pontas das lanças reluzentes. Não havia um minuto a perder. Já tinham demorado demais. Toda a Gália em breve seria invadida.

Aécio não conseguia evitar olhar para trás. Era um exército orgulhoso. Mas precisou uma jovem doce e inocente ser torturada quase até a morte para que romanos e visigodos pudessem se unir? Deus realmente atingia seus propósitos dessa maneira?

Agora a resolução dos guerreiros godos e de seu idoso rei era realmente impiedosa. Teodorico havia ordenado que três mil de seus melhores homens ficassem estacionados em Narbo, prontos para repelir qualquer ataque vândalo por mar, e para que outros 2 mil ficassem nas fortes muralhas de Tolosa. O resto partiu rumo ao norte: todos os 15 mil dos melhores guerreiros bárbaros da Europa ocidental. Junto com as legiões somavam 40 mil. Viajavam no trote mais veloz que conseguiam sem cansar seus cavalos além da energia para lutar.

A terra se elevava nas montanhas centrais da Gália entre as orelhas do cavalo de Aécio. Ele sempre soubera que um dia os visigodos lutariam ao lado de Roma. Aqueles nobres cavaleiros das estepes distantes, com suas poderosas lanças de freixo, seus *spangenhelms* com esvoaçantes plumas feitas de linho, e seus cabelos bem-penteados que brilhavam como o sol escaldante. Tais coisas estavam escritas desde o primeiro amanhecer.

Para não serem flanqueados ou pilhados por trás, havia mais uma cidade que as forças de Átila deviam tomar antes de poder rumar para o sul: a cidade de Marco Aurélio, a bela Aureliana no Loire, debaixo das colinas. Pois aqui estava estacionado Sangiban, o mais astuto dos senhores de guerra alanos, suposto aliado de Roma, e sua força de muitos milhares de cavaleiros.

As peregrinações dos alanos, um povo de origem iraniana, eram quase épicas por natureza, assim como as vidas nômades dos hunos; e muitas vezes os dois povos se enfrentaram, assim como muitas vezes se aliaram, sua amizade como as areias instáveis de Khorasan. Como um grupo de guerra iraniano chegou à posição de guardar a cidade de Aureliana para Roma é uma história complicada demais para ser contada aqui. Mas está descrita nas crônicas.

Átila esperava que a cidade se rendesse prontamente diante de seus números imensamente superiores. Os alanos eram mais conhecidos por seu gosto pela sobrevivência do que por mortes heroicas em batalha. Mas, para sua surpresa, conforme a vanguarda da incontável horda huna se aproximava da cidade, vieram relatos de que os cidadãos de Aureliana e seus protetores alanos tinham fechado os portões da cidade e estavam se preparando para o cerco.

Átila blasfemou violentamente e enviou uma mensagem rude para Sangiban e o povo. "*Como resolveram se opor a mim, vou devastar a cidade e destruir a todos vocês.*"

Para sua surpresa, a resposta de Sangiban chegou apenas alguns minutos depois, dizendo: "*Sua reputação o precede, Grande Tanjou. Teria nos destruído de qualquer maneira.*"

Por um instante, o velho sorriso sardônico passou pelo rosto de Átila com aquela demonstração de insolência da parte de Sangiban. Mas logo sumiu. Sorrir era raro naqueles dias.

— Preparem o cerco — ordenou Átila.

*

O bispo de Aureliana se chamava Ananias, um eclesiástico do tipo que estaria disposto a carregar uma espada como um bastão episcopal se a batalha fosse em prol do que é certo. Sem que Átila soubesse, foi ele quem pressionara Sangiban a responder tão impertinentemente.

Agora ele começava a organizar os cidadãos em grupos armados e a fortificar as muralhas da cidade onde era possível. Além do lado leste da cidade, a horda huna, ou a parte dela que conseguiam ver — pois se estendia por muitos quilômetros, e a maioria dos integrantes do exército de Átila estava na verdade viajando mais atrás, espalhados para saquear as zonas rurais em volta, e nunca sequer seriam recrutados — já estava a leste da cidade ocupada construindo novas máquinas de cerco.

Ananias subiu a torre de uma das igrejas com um padre mais jovem e eles observaram a cena.

O padre mais jovem apertou bem os olhos, então disse calmamente:

— Aqueles construindo as máquinas não são orientais.

O bispo Ananias confirmou pesarosamente.

— Estou vendo. São vândalos.

O povo de Aureliana trabalhou a noite inteira para se preparar para o ataque, mas o dia seguinte nasceu cinza e desolado. Ananias foi falar com eles. Sua mensagem foi curta:

— Nossos amigos alanos — disse com sua voz sonora — nos abandonaram. Eles rastejaram para fora da cidade ontem à noite.

Um gemido baixo subiu da multidão.

— Se foram se juntar a Átila e sua horda pagã, eu não sei. Mas vamos nos alegrar. Eles também não nos traíram nos deixando nas mãos de Átila. Os portões continuam barrados, a cidade ainda está de pé. Deus está conosco. Sendo assim: ao trabalho.

*

Os hunos não tiveram muitos problemas com o ataque com as máquinas de cerco e os onagros. Antes de uma hora do ataque ter começado, os portões leste da cidade estavam arrancados de suas dobradiças e derrubados. Na entrada exposta do portão, homens da cidade corriam para construir novas barreiras, mas os cavaleiros hunos estavam a quase 45 metros e os derrubaram com flechas. A entrada aberta foi pilhada com o massacre. Era um esforço em vão aquela batalha. Outros hunos simplesmente sentaram seus cavalos e esperaram, sorrindo e afiando suas facas. Cavalgariam para dentro daquela orgulhosa e maldefendida cidade numa coluna organizada. O que aqueles tolos estavam pensando? E ainda assim podiam vê-los correndo em suas muralhas simples: homens de meia-idade, jovens e velhos, armados com ferros em brasa, facas de açougue e forcados. Podiam até mesmo escutar uma voz grave e sonora de alguém que parecia um líder, gritando encorajamentos sem parar.

Na torre da igreja, o jovem padre com a vista boa continuava observando a estrada ao sul.

Aécio cavalgava na frente de sua coluna, tendo acabado de parar para colher grãos. Ele convocou Punhos e Arapovian para ficar ao seu lado. Como sua guarda pessoal, eles também estavam montados. Arapovian cavalgava com elegância. Punhos se curvava como um saco de nabos, o trote veloz sacudindo-o terrivelmente. Em geral ele não gostava de cavalos, e aquele debaixo dele em particular. O cavalo também não parecia muito feliz.

— Prefiro um burro a um cavalo em qualquer situação — costumava dizer. — Burros têm cérebro. Cavalos só têm nervos.

Aécio queria saber o que mais eles tinham descoberto sobre os hunos durante o desastre em Viminacium. O que descobriram como sobreviventes.

— São os melhores guerreiros do mundo, cada um deles — respondeu Arapovian abruptamente.

Aécio inclinou sua cabeça sem compromisso.

— São caçadores — explicou o armênio —, puros caçadores. Passaram suas vidas caçando nas planícies da Cítia, rastejando sem serem vistos e ouvidos, até mesmo sem que sentissem seu cheiro, por criaturas bem mais sensíveis que nós: cavalos selvagens, antílopes saiga, veados. As crianças começam a caçar ratos do campo e marmotas desse jeito. Cuidado com qualquer povo que saiba caçar tão bem, vocês da cidade. Serão as próximas presas.

Punhos acrescentou sua própria observação mais despreocupada, de natureza um tanto grosseira, expressando sua suspeita de que também eram íntimos demais com seus cavalos — uma observação que fez Tatullus ameaçar regulá-lo por sua impertinência diante de seu comandante.

Aécio freou bruscamente e olhou ao longo da estrada norte, seus olhos se estreitando.

— Está vendo alguma poeira?

— Tenho observado-a crescendo durante os últimos 200 quilômetros mais ou menos — respondeu Arapovian calmamente.

Aécio aproximou-se dele.

— Bem, por que não disse logo, seu tolo maldito?

Arapovian arqueou suas belas sobrancelhas negras para o general comandante.

— Você não perguntou.

Esses dois... O melhor par de soldados que podia ter sob seu comando, mas que o distraíam.

— Volte para a fila — grunhiu.

A nuvem de poeira se elevava acima do horizonte. Aécio enviou seus mais velozes batedores para correr ao norte pelas colinas à sua direita e voltar com informações o mais rápido possível. Eles fizeram isso em minutos.

— Lanceiros, disseram?

Os batedores assentiram, seus cavalos espumando de suor.

— Orientais?

Os batedores pareciam hesitantes.

— São batedores, seus malditos! — bramiu Tatullus na frente de seus rostos assustados. — Não usaram os olhos?

— Acho que eram orientais — respondeu um deles nervosamente. — Tinham bigodes negros, muitos deles.

— Bigodes — grunhiu Aécio. — Estamos planejando nossa investida de acordo com malditos bigodes. Vocês — ele olhou furiosamente para os batedores —, voltem para a fila. E me tragam informações mais úteis da próxima vez.

— Sim, senhor!

Aécio olhou para os colegas.

— Só pode ser uma coisa — disse Germano.

— Concordo. — Aécio parecia austero. — Aquele bigodudo escorregadio do Sangiban fugindo de Aureliana com sua barriga amarela. O que significa que sabemos exatamente onde o inimigo está agora.

— E Aureliana está inteiramente indefesa.

— O último marco miliário dizia 25 quilômetros. Estaremos lá em duas horas. Enquanto isso, primeiro precisamos convencer Sangiban sobre o erro que cometeu. Tragam a cavalaria moura!

Em instantes os quinhentos esplêndidos cavaleiros africanos tinham surgido atrás de seu comandante Victorius, um príncipe da Mauritânia.

— Sigam por aquelas colinas — ordenou Aécio, indicando a cordilheira a nordeste. — Não se preocupem em se esconder, na verdade certifiquem-se de serem vistos. Há uma coluna de lanceiros alanos descendo a estrada, e não quero que pensem que podem virar e fugir. Quero que pensem que estão cercados. Entendeu?

— Sim, senhor.

Os mouros em seus cavalos brancos de batalha dispararam através dos prados e subiram as baixas colinas verdes, suas capas brancas de pelo de camelo esvoaçando contra o vento.

Sangiban tomou o nome de Aúra-Masda em vão no momento em que se deu conta de uma coluna à frente da estrada, e praguejou de novo quando deu ordens para virarem e um de seus comandantes assinalou para ele que havia mais cavaleiros ocupando a cordilheira por toda a margem esquerda e atrás.

Sangiban fixou um sorriso no rosto e cavalgou para a frente para cumprimentar os recém-chegados.

O comandante romano galopou lentamente e sozinho para encontrá-lo. Era o general comandante Aécio. Sangiban o conhecera antes. Ele amaldiçoou pela terceira vez, silenciosamente, e seu sorriso fixo se alargou. Eles frearam seus cavalos. O olhar de Aécio observou as sobrancelhas curvadas como negras cimitarras do senhor de guerra alano, os olhos brilhantes e inquietos, assustadoramente azuis em seu rosto moreno, os lábios finos e nariz aquilino. Atrás dele, boa parte de seus seguidores tinham rostos sardentos e cabelos claros, que eles penteavam para trás com arcos de ouro. Alguns diziam que eram descendentes do exército de Alexandre, o Grande. Eram demônios bonitos, isso não se discutia. Mas estavam cavalgando na direção errada.

— Lorde Sangiban.

— General comandante.

— Estou feliz por tê-lo encontrado. Estava vindo nos avisar sobre a chegada dos hunos?

Sargiban finalmente desfez seu sorriso e balançou a cabeça solenemente.

— Estão cercando Aureliana. Conseguimos escapar da destruição por pouco, e corremos para o sul para informar vocês.

Os olhos de Aécio fitaram os elegantes cavalos alanos: nenhuma gota de suor.

Agora era sua vez de sorrir.

— Não tenha medo, nosso galante aliado Sangiban. Ainda terá sua chance de vingar seus antigos antepassados.

Sangiban pareceu intrigado.

— General?

— Colocaremos você e seus lanceiros bem no meio da batalha. — Seu sorriso sumiu. — Pode vir.

Enquanto assistia aos lanceiros alanos cavalgarem e se juntarem à coluna, Germano se juntou a ele.

— Três mil ao todo?

— Mais ou menos. Serão úteis. — Aécio os observou. — Bons lutadores, se comprometidos. Caso contrário, totalmente desleais. — Ele subiu em sua sela e berrou de volta para a coluna: — Para Aureliana, trotando!

— Os hunos já estarão dentro da cidade quando chegarmos, senhor — disse Germano enquanto seguiam. — Esta não será uma luta de cavalaria.

Aécio sabia o que ele queria dizer. Que importância tinha seus cavalos chegarem mortos de cansaço? Esta seria uma batalha corpo a corpo nas ruas... Se ainda restasse alguma luta para se travar. Mas Germano não conhecia o terreno.

— Os hunos estarão alinhados ao norte e a leste da cidade — falou —, entre o Loire e uma fileira baixa de colinas. Colinas de muitas florestas.

— Quer dizer...?

— Não há espaço o bastante para eles. Não para um exército de 200 mil. Encurralaram a si mesmos. Queremos nossos cavalos descansados o bastante para lutar, acredite em mim. O povo de Aureliana precisa aguentar só um pouco mais.

O bispo Ananias se virou para seus cidadãos líderes.

— Estão entrando neste instante. Preparem-se.

Ele pediu notícias mais uma vez do vigia na torre da igreja. Uma última e desesperada esperança. Não, dizia a resposta: ainda não havia sinal de qualquer coluna vindo em socorro.

Os hunos galoparam através do portão leste apertadamente, espadas e lanças a postos, e se viram na comprida e estreita rua Leste. Eles avançaram, apenas para encontrar as ruas laterais bloqueadas por carroças viradas, engradados, barris de vinho empilhados, pedaços de pedras de construção. Imediatamente começaram a se sentir encurralados e claustrofóbicos. As casas e as igrejas os cercavam. Ali não era lugar para guerreiros a cavalo. Era como lutar dentro de uma caverna.

O povo da cidade havia sumido para dentro das casas, ou talvez para abrigos subterrâneos. O céu acima deles havia tornado-se cinzento, ameaçando chover forte. Alguns hunos avançaram em meio à sua fúria e começaram a golpear as carroças de madeira com suas espadas, uivando. Outros perfuravam os barris de vinho com suas lanças e deitavam-se no chão com as bocas abertas debaixo dos esguichos carmesins. Então projéteis começaram a cair em cima deles — pedras, pedaços de ferro, ferraduras, qualquer coisa. Usando pouca armadura como de costume, e poucos com capacetes, considerando que tinham vindo matar civis desarmados, vários cavaleiros cambalearam de suas selas, seus crânios partidos, o sangue derramando-se por cima dos olhos. Outros pularam de seus cavalos e arrombaram portas com chutes, arrastando para fora os ocupantes e os matando com crueldade no meio das ruas. Seria uma luta sórdida.

Atrás deles, mais hunos ainda tentavam entrar na cidade, agrupando-se cada vez mais. O bispo Ananias comandou as operações o melhor que podia da torre do sino na catedral. Os hunos tinham feito tão pouco progresso até agora pelas ruas estreitas da cidade que seus mensageiros conseguiam transmitir notícias livremente. Mais uma vez ele quis um relatório do padre vigia, e mais uma vez a resposta foi "nada". Dentro da catedral, as mulheres acendiam velas, pálidas imitações dos fogos devoradores dos hunos já rugindo nos subúrbios da cidade, e o ar estava repleto dos sons de preces e lamentações.

A batalha estava tornando-se desesperadora. Os cidadãos mais tenazes tinham aparecido nas ruas com seus ferros em brasa e forcados, com mais medo de ficarem amontoados em seus porões esperando ser massacrados do que lutar em plena rua. Mas aquilo fora um erro, pois assim que os hunos viram alvos vivos se movendo, sacaram seus arcos e os cravaram de flechas.

Com todas as ruas bloqueadas e todas as casas barricadas, o progresso dos cavaleiros bárbaros era lento e doloroso, e seu desejo de liberdade, de galopar, airar e esquartejar era frustrado em cada esquina. Gritavam cruéis insultos e selvagens canções de guerra, arrastavam pessoas de suas casas pelos cabelos e cortavam suas gargantas, enlaçando as carroças que os bloqueavam e tentando puxá-las. Mas era um trabalho demorado e desanimador.

Então um som se fez ouvir mais alto que o rugido das chamas e que os gritos do povo. Os sinos da igreja estavam soando: viu-se uma nuvem de poeira se mover no horizonte distante.

Átila cerrou os dentes.

— Não podem ter chegado tão longe tão rápido. Não podem ser os romanos.

— São eles, Grande Tanjou. E com eles... — Até mesmo Orestes hesitou.

— *Fale.*

— E com eles estão vindo os visigodos.

O urro de Átila encheu a tenda. Um banco de madeira voou e se estilhaçou contra a pilastra. Ele saiu para ver a cena. Seus homens estavam agrupados nos apertados portões de Aureliana. Atrás havia uma cordilheira baixa com muitas árvores. O rio prata cintilava. Não havia espaço para respirar. Não havia espaço em lugar algum.

— Aquela cidade — ele apontou com sua lança —, aquela cidade... Irei voltar... Aquela cidade... — Ele estava golpeando o ar agora, a boca se movendo, o rosto lívido de raiva, molhado de suor. Orestes já estava desacorrentando seus cavalos. — Aquela cidade, não vou apenas arrasá-la, vou torturar cada cidadão seu, cada homem, mulher e criança, vou fazer as filhas assassinarem seus pais, e as mães a seus filhos. Seus corpos serão crucificados em toda a estrada daqui até... — Com um forte esforço ele mandou a lança pelo ar, onde ela se arqueou e caiu no chão, perfurando o solo rapidamente. — Para *Tolosa*!

Orestes montou em seu cavalo.

Átila secou a saliva de sua barba.

— Tragam-nos de volta — disse. — Não podemos lutar aqui. — Seu peito forte inflava, e ele pôs uma das mãos na lateral do corpo. — Não consigo respirar!

No momento em que as bandeiras romanas e godas foram percebidas no vento, o clima na cidade mudou. Os sinos soavam de igreja a igreja, espalhando-se como um canto de pássaros através de uma floresta na primavera, e o grande sino da catedral soava mais alto do que todos eles. Os hunos nas ruas demoravam-se e olhavam em volta, aturdidos, conforme a notícia de que deveriam recuar se espalhava. Alguns ignoraram as ordens e avançaram para dentro da cidade. Nenhum deles sobreviveu. Os cidadãos, agora incitados pela confiança e pela raiva, os atingiam e matavam onde os encontravam.

Então se ouviu o som das trombetas e cornetas romanas dando suas ríspidas e precisas ordens, e os hunos subitamente estavam fugindo num pânico bêbado, com os cidadãos em seu encalço. Quando os tatuados guerreiros saíram de volta pelo portão leste, pelo qual haviam entrado havia apenas uma hora ou duas, viram seu vasto exército já desaparecendo por cima das colinas baixas ao norte, debaixo do céu ameaçador. Eles remontaram e galoparam atrás deles, mas uma grande serpente de armadura reluzente os interceptou, e os aspirantes a saqueadores de Aureliana morreram, debaixo da espada, um a um.

Os romanos reorganizaram sua coluna nos limites da cidade, descansaram e deram água a seus cavalos. Os cidadãos levaram suprimentos até eles, e o bispo Ananius falou com Aécio e com Teodorico.

— E depois, feri-los-ei ao fio da espada — bramiu o velho rei —, e os pagãos hão de fugir diante de mim para as colinas!

Ananias assentiu.

— Assim disse o Senhor dos Exércitos.

— Lutaste bem, meu senhor bispo — elogiou Aécio. — Mas tire sua atenção das Escrituras por apenas um momento. Sua Majestade notou as bandeiras dos cavaleiros inimigos de sua ala esquerda ao fugirem?

— As bandeiras dos pagãos — ribombou Teodorico —, insígnias bárbaras, cobertas com a runas da selvageria e da descrença.

— Entre ela, o Javali Negro.

Teodorico arfou e pôs a mão em sua barba.

— Os filhos de Genserico estão aqui — assentiu Aécio friamente. — Frederico, Eurico e Godrico.

Teodorico já estava virando com seu cavalo e enfiando-lhe os calcanhares, mas os príncipes o cercaram de cada lado e o acalmaram.

Um batedor foi até eles.

— Suas habilidades já melhoraram? — vociferou Aécio.

— Senhor, estão seguindo para o nordeste. Pelo menos alguns dos cavalos parecem magros e doentes.

— Hum. Mais um trabalho para a cavalaria moura.

Victorius apareceu.

— Centurião, abra o mapa.

Tatullus se ajoelhou no chão seco e estendeu um enorme mapa da campanha, feito do mais grosso velino enrolado, mais alto e mais largo que um homem.

— Escute atentamente, mouro. Cavalgue a leste e ao norte com cinquenta dos seus melhores homens. Cavalguem o mais rápido que jamais cavalgaram. Ultrapassem os hunos, mas fiquem atentos para seus batedores, eles viajam longe. Aqui, em Melun — ele apontou com seu báculo —, e aqui também, em Augustabona, existem vastos *horreum*, celeiros. Os moradores locais vão lhe mostrar o caminho. Os hunos não podem chegar até eles, entenderam? Queimem-nos completamente, então deem a volta e nos encontrem. Os hunos não vão alcançar vocês, não com seus pôneis famintos e vocês em seus bons cavalos berberes.

— E quanto à forragem para nossos bons cavalos berberes? — perguntou Victorius.

— Serão alimentados em nossas linhas de suprimentos ao sul. Não é problema; cuidaremos disso. Sabem que uma legião de 5 mil homens a toda marcha precisa de 3 mil quilos de grãos por dia, e mais 270 quilos de forragem para sua cavalaria auxiliar. Uma divisão de cavalaria completa precisa de muito mais. E acha que nômades como os hunos terão planejado tão à frente seu abastecimento? Nunca encontrarão pastagem suficiente, não na cultivada Gália. — Seus gelados olhos acinzentados examinaram o horizonte. — Às vezes a vitória militar está nos detalhes, e não nos atos heroicos. Átila e sua horda na Gália vão passar fome.

O Mauritano sorriu e, sem dizer uma palavra, estendeu seu braço e galopou para a frente. Cinquenta homens avançaram atrás dele, virando para o leste, espaçados entre a horda que recuava.

Aécio olhou para o mapa de novo.

— As terras planas mais próximas a nordeste — disse. — O vale de Marne?

Tatullus fez que sim.

— Catalunha.

— A batalha dos Campos Cataláunicos — murmurou Aécio. — Soa bonito.

CAPÍTULO 8
OS CAMPOS CATALÁUNICOS

Os hunos bateram em retirada de Aureliana, mal capazes de acreditar que tinham conseguido fugir antes do há muito esperado exército romano. O céu escureceu mais e começou a chover. Seus cavalos não seriam rápidos o suficiente. Estavam de cabeças baixas, seus flancos encovados e suas ancas salientes e ossudas. Nunca havia grama o suficiente, nem mesmo agora, no começo do verão. O inverno havia sido amargo, e a primavera chuvosa e nublada. À frente da vasta horda, Átila cavalgava, a cabeça baixa e sem chapéu, os grossos cabelos grisalhos ensopados e pingando, o rosto profundamente marcado e severo, sem falar com ninguém. Orestes e Chanat seguiam um pouco atrás dele.

Quanto aos próprios cavaleiros nômades, os hunos kutrigur comandados por Céu-em-frangalhos, os hunos heftalitas liderados por Kouridach, os oroncha de Bayan-Kasgar e muitos outros, seus líderes não eram mais admitidos nos concílios do Grande Tanjou. Em algum lugar do caminho, o Tanjou tornara-se o único comandante, e eles seus escravos indiretos. Já haviam começado a se afastar daquele exército maltrapilho. Cavalgar com frio e com fome por estas terras chuvosas do Ocidente havia começado a deixá-los com saudade de casa.

Aqui, nessas prósperas e bem-cuidadas províncias do império ocidental, viam-se estradas, cidades e fazendas por toda parte, e não havia espaço para galopar ou respirar. Os campos eram cercados e cheios, as florestas tinham grades e donos, parecia a eles ser um mundo estrangeiro e criado pelos homens. Como seus corações ansiavam pelo vento nas estepes sem árvores e pelas montanhas brancas reluzindo ao fundo. Toda a vastidão da Ásia era deles. O que estavam fazendo aqui?

Fomos para longe demais de nossa terra natal, repetiam. Nos Prados do Céu há tanta paz e espaço que é um sacrilégio até mesmo gritar em tão altos prados, tão próximos da casa dos deuses. Aqui os homens dizem que o mundo está acabado e obscurecido pelo pecado e pela maldade, mas eles não viram os Prados do Céu. O mundo não acabou lá, bem na soleira do paraíso. Lá a paz vem a cada lufada suave de vento, sussurrando por cima da grama verde-esmeralda, e como os cavalos são gordos lá. Seus animais tristes agora se beneficiariam da grama verde daqueles Prados, mas estavam a meses e anos de distância. Tão distantes que seus corações doíam só de pensar neles, e nos flocos de neve, e nos ásteres alpinos e nos edelvais nas passagens pelas montanhas cercando as planícies como um anel gigantesco, as margaridas balançando suas cabeças e cíclames e alho selvagem e as garças-azuis cruzando alto debaixo dos olhos do céu.

Mas mesmo assim precisavam lutar, parecia. O Grande Tanjou havia decretado. E não havia o próprio céu o escolhido?

Aécio deu ordens para que seu exército descansasse, alimentasse os cavalos, cuidasse de seus cascos, os escovasse bem, toda aquela coisa de cuidado com os animais. Também que não se esquecesse de alimentar a si próprio e de dormir. Nada de beber. "Estaremos na estrada lutando novamente esta noite."

Seus homens gemeram. Ele sorriu. Ele mesmo parecia não precisar dormir.

Perto do crepúsculo, novos exércitos chegaram para se unir a eles. Não eram muitos, mas era bom para a moral. Bretões atarracados de Armórica, burgundianos do norte, nobres de Aquitânia, guerreiros francos bigodudos com seus letais franquisques ou machados de guerra.

— Roma é um pouco como a nossa saúde — comentou Aécio secamente com a súbita demonstração de aliança.

— Senhor? — perguntou Tatullus.

— Você nunca dá valor até estar em declínio.

Tatullus riu. Era verdade. De repente, todos os cidadãos do império, do mais indolente patrício até os quase bárbaros na margem, com a máquina de guerra huna batendo em sua porta, pareciam ter se tornado intensamente agradecidos pelos benefícios da civilização romana.

Eles partiram ao escurecer debaixo da alta lua de verão e do dourado globo do planeta Júpiter. A grande coluna, acesa com a luz das tochas, era uma visão magnífica, como algo saído de um mundo remoto.

Sob a forte luz da lua puderam observar a devastação que os hunos haviam causado: vinhedos e pomares destruídos e queimados; vilas inteiras reduzidas a meros círculos de carvão e de cinzas; gado morto por toda a estrada, como pedregulhos aureolados pelo luar em meio à escuridão. Se os hunos não podiam levá-los, ninguém mais poderia ficar com eles, também. Já havia uma amargura na selvageria dos hunos que parecia com a última retribuição de um exército derrotado.

Aécio e seus homens poderiam até ter se reconfortado com aquela ideia se as atrocidades com que se deparavam não fossem tão terríveis, assim como os vislumbres do povo desabrigado e faminto, tão frequentes. Crianças imundas e encatarradas corriam deles como animais assustados para se refugiar nos restos e nas ruínas. Elas eram sortudas — mais sortudas, pelo menos, que as que tinham sido enlaçadas e dilaceradas por cavalos, ou esmagadas debaixo de rodas de carroças, seus membros partidos deixados pela estrada para os cachorros.

Esta era a paisagem de pesadelo que os hunos fizeram da mais civilizada e afluente de todas as províncias do Ocidente. Uma terra de vinhedos e pomares, belas cidades e elegantes vilarejos, reduzidos a um país primitivo de bem alimentados lobos uivando sob a lua, a fumaça escura voando através da terra extinta. Uma antiga feiticeira com peles de cobra trançadas no cabelo, mexendo um caldeirão de cheiro horrível ao lado de uma fogueira. Cavaleiros nus tirando escalpos com machados. A própria história apagada.

Finalmente chegaram a uma vila onde um grupo de crianças nuas estava pendurado num galho baixo de um castanheiro. Tinham sido amarradas e uma corda grossa enlaçava seus pescoços, deixando-as amontoadas como flores secas. A corda havia sido presa no galho mais baixo e elas foram penduradas ali, girando levemente com a brisa noturna naquela corda que rangia, fantasmagóricas sob a luz do luar que passava pelas folhas lanceoladas acima de suas cabeças, seus corpos nus brancos e ainda inocentes. Acima das cordas, porém, suas cabeças estavam negras como se fossem velhas e murchas sementes de flores jovens.

Endurecidos guerreiros como Tatullus, Germano e Punhos ficaram congelados de horror por um instante, olhando para o alto sem poder acreditar.

— Cortem essa corda — ordenou Aécio selvagemente.

E pensar que recentemente ele pensara nos nobres guerreiros de pele acobreada nas livres e arejadas estepes. Ele arrancou com seu cavalo. Era um tolo sonhador. A nobreza e a maldade estavam misturadas nos hunos, assim como em todos os homens.

Os legados endurecidos de batalha abaixaram os corpos. Não havia tempo para enterrá-los decentemente: uma atrocidade seguia a outra naquela estrada à frente. Mas é claro que as enterraram decentemente, e fincaram uma cruz de madeira na terra fresca para cada uma das crianças. Depois, Punhos foi visto batendo com seu porrete no tronco da própria árvore numa angústia enlouquecida, mas silenciosa.

Aécio o chamou. O gigante do Reno parou e secou a testa, e então lentamente caminhou até ele.

— Nós nunca teríamos misericórdia por Átila — disse Aécio. — Agora veja por quê. — Ele olhou para a estrada escura. — De volta a seu cavalo agora, homem. É contra os hunos que estamos lutando, não contra árvores. — Em seguida, dirigiu-se a todos que estivessem perto para ouvir: — Nós os alcançaremos e os torturaremos hoje à noite. Estão indo devagar, pois seus cavalos estão morrendo de fome, e porque eles têm esses... divertimentos para praticar pelo caminho, o que os atrasa ainda mais. Estão derrotados e sem estímulos. Agora é a hora de eles sofrerem.

Houve um grito terrível, e a coluna partiu numa velocidade terrivelmente determinada. Os quilômetros voavam debaixo dos cascos daqueles cavalos.

À frente de seu exército, Átila escutou o tumulto distante. Eram os romanos atacando sua retaguarda de gépidas e destruindo-a um bocado de cada vez. Outros seguidores seus foram atacados sangrentamente durante a noite, perdendo formação e rapidamente sendo destruídos. A grande horda estava sendo devorada por trás, levada a leste de susto e terror ao longo das estradas escuras.

Átila prosseguiu mesmo assim.

Apenas perto do amanhecer os romanos pararam e lhes deram descanso.

O dia estava estranhamente frio para o verão, e havia uma névoa espessa, um céu invisível. Era um país de choupos altos e córregos lentos, tributários do rio Matrona. A planície cataláunica: uma terra plana e encharcada que enchia os cavaleiros das estepes de opressão e horror.

*

Durante três noites as forças de Aécio avançaram sobre os invasores, e então os deixavam acampar, exaustos e profundamente desmoralizados. Havia um rio correndo de leste a oeste, olmos e amieiros, lavouras, pedaços de floresta e uma neblina forte de novo. Não havia lua.

Os romanos também acamparam. Eles também lutariam de manhã.

À noite ouviram o som de cavaleiros se aproximando, mas era apenas a cavalaria moura retornando. Sua missão de destruir os celeiros fora cumprida.

Finalmente os dois grandes exércitos oponentes se enfrentaram nos campos cataláunicos. O amanhecer foi lento naquele dia nublado, e, assim que ele raiou, uma silhueta foi vista surgindo à direita dos hunos e à esquerda dos romanos. Na noite sem lua e nebulosa, nenhum dos dois exércitos a notara enquanto organizavam suas fileiras e se preparavam para a batalha. Sim, isto poderia mudar tudo. Era uma colina. Uma solitária colina de topo arredondado, talvez de cerca de 60 metros de altura, levemente ocupada por faias. Ela dominava o campo todo. E estava mais perto das fileiras hunas do que das romanas.

Antes mesmo da massa verde da colina terminar de aparecer completamente para fora da neblina que se dissipava, o próprio sol ainda invisível, os cavaleiros de ambos os lados já estavam galopando na direção dela. Das fileiras hunas vinha uma corrente de guerreiros em pôneis desgrenhados, com pontas de lanças e sem formação. Do lado romano, o príncipe Turismundo se arqueou em seu cavalo sem sela, agarrou sua lança de onde ela estava fincada no chão macio e liderou seus guerreiros através da grama úmida até a encosta.

Aécio girou sua espada no ar e levou seu cavalo, Augustano, para o lado da colina com o objetivo de atingir a ala de hunos se aproximando. Eles partiram a toda velocidade, seus cavalos esticados, orelhas achatadas e narinas alargadas num galope furioso, mas estava claro que não iriam conseguir. Os hunos já estavam subindo seu lado da colina na direção do topo coroado de árvores. Enquanto a cavalaria romana se aproximava das linhas inimigas, nenhum deles tendo tido tempo de colocar seus capacetes ou couraças, uma tempestade de flechas hunas os atingiu e fez um estrago terrível. Aécio instantaneamente mandou que voltassem.

Ambos os lados aguardaram, tensos. Em algum lugar à direita, Aécio escutou o velho Teodorico gritando com seu armeiro, mas tudo já estaria decidido quando ele terminasse.

A neblina ainda cobria o alto da colina. Ouviram-se o som de cascos de cavalos galopando na relva macia e nas folhas de faia, e de gritos humanos abafados.

O príncipe Turismundo não hesitou por um momento, apesar de não estar com sela ou armadura, nem mesmo uma espada, apenas aquela longa lança de freixo. A tristeza por sua irmã ainda o guiava. Seus quarenta ou cinquenta guerreiros estavam similarmente leves em relação a armamentos. Também assim estavam seus inimigos, mas os hunos haviam conquistado o topo e estavam mirando sua primeira saraivada de flechas nos odiados cavaleiros visigodos que galopavam arduamente colina acima sobre a terra molhada na direção deles. No entanto sua afinação estava errada. Alguns hunos conseguiram atirar, e inevitavelmente acertaram alvos numa distância tão próxima, mas a arrancada dos grandes cavaleiros havia sido tão feroz e determinada que no instante seguinte eles colidiram contra os hunos e os fizeram recuar.

Ao lado de Turismundo ia o enorme Jormunreik, mostrando sua verdadeira impetuosidade e revelando nessa fase tardia que não tivera tempo para levar arma alguma — sua ardente lealdade por seu príncipe havia sido tudo. Não havia tempo para reconsiderações, e assim ele galopara colina acima contra os hunos completamente desarmado. Quando sua égua cinzenta apareceu entre dois surpresos arqueiros hunos, o melhor que pôde oferecer foram enormes golpes com os punhos que fez um dos adversários cair de seu pônei. No instante seguinte ele arrancou o arco das mãos do outro huno e açoitou seu rosto com ele, cegando-o. Então colocou seu antebraço em volta do pescoço do huno e o quebrou. Ele puxou o bárbaro morto de cima de seu pônei como um boneco de palha e o atirou no chão coberto de folhas, pegando o iatagã de 25 centímetros do cinto de couro do morto. Com essa sendo sua única arma, ele continuou a lutar.

Perto de Jormunreik, similarmente em desvantagem por causa da própria pressa, Valamir brandia um enorme tronco de árvore caído para usar como arma, derrubando hunos assustados de cima de seus pôneis até o chão e então se debruçando e o enfiando em seus crânios

A violência e o massacre inesperado por parte dos guerreiros godos foi tanta que os hunos já estavam recuando desordenadamente do topo da colina.

Através dos campos surgiu uma brisa e uma lasca de raio de sol, e então, da neblina afinada pelo vento no alto da colina, figuras desabaram das encostas do lado dos hunos. Pôneis davam cambalhotas, guerreiros cambaleavam com as próprias flechas arrancadas de suas aljavas e enfiadas em suas próprias gargantas enfeitadas com gargantilhas. A neblina se dissipou ainda mais e viu-se o alvoroço. Os cavalos brancos dos visigodos se empinaram contra o sol do leste, resfolegando, magníficos, triunfantes, espadas agitando no alto e cintilando de prateado no ar matinal, e os arqueiros hunos se separaram e correram.

— Guarda Palatina, segunda coorte! — bramiu Aécio. — Consolidem a posição naquela colina! Improvisem travas, trincheiras, o que for preciso. Essa colina é nossa e vai continuar assim. Mexam-se! Restam cerca de cinco minutos antes dos arremessos começarem.

A Guarda Palatina, de armaduras negras, correu ligeiramente, como quatrocentos Aquiles, sobre os campos molhados até a colina e a escalaram, enquanto os guerreiros godos impeliam os despossuídos hunos para baixo, de volta para suas próprias fileiras, rindo deles.

— Chamem-nos de volta, Majestade! — Aécio galopou até o rei Teodorico, que estava agora firmemente sentado no que parecia um cavalo de arado, numa enorme, elaboradamente esculpida e pintada sela de madeira com florões de ouro maciço, gostando da vista privilegiada dos heroísmos de seus guerreiros.

— Majestade, chame-os de volta! Os arqueiros hunos vão matá-los todos quando chegarem ao seu alcance.

— Besteira — gritou Teodorico. — Deixe que tenham seu momento de glória. Meu filho Turismundo é um belo rapaz, não é?

Aécio mal suportava assistir. No entanto, mesmo que tivessem chegado tão perto quanto 60 ou 70 metros das linhas hunas, os guerreiros não foram atingidos uma única vez, dando a volta bem depois da última chance e galopando ao redor da colina na direção das próprias fileiras. Eles encontraram saudações festivas como se estivessem todos apenas numa tarde de jogos competitivos e seu time de corrida de carruagem tivesse acabado de ganhar. A voz do rei Teodorico parecia a mais alta de todas, enquanto estapeava seu filho jovialmente na cabeça.

Agora a disposição dos dois exércitos inimigos estava clara.

Átila concentrara seus próprios guerreiros no meio, com os hunos kutrigur à direita, seu flanco protegido por um pequeno rio, e os outros povos à esquerda e atrás. Há pelo menos 1,5 quilômetro ou mais para trás estavam suas carroças de carregamento e os não combatentes; pois as mulheres e crianças tinham vindo até aqui para assistir a esse grande dia da história de seu povo.

A formação de Aécio era mais complexa. Ele colocara Sangiban e seus 3 mil alanos no meio, como prometido. Estavam desmontados, suas compridas lanças apoiadas no chão como piques. Atrás deles estavam enfileiradas suas melhores legiões de exércitos de campo, os herulianos, batavos e os cornuti seniores, e mantidos de reserva estavam as coortes remanescentes da Guarda Palatina. Na ala esquerda tinha sua cavalaria Augustana, eles mesmos salvos de serem rodeados pela presença da colina, junto com as últimas centúrias das legiões da fronteira, com exceção apenas da XII Fulminata, os rapazes armados com raios. Então Aécio mandou posicionar no alto da colina suas máquinas de fundas e atiradoras de flechas, atrás de fortes fileiras de aduelas e trincheiras que a Guarda Palatina já teria estabelecido. Apenas leves artilharias de campo, mas muito eficientes naquela altura dominante.

Na extrema direita do campo romano estava a grande ala da nação visigoda, com seus 15 mil homens fortes. Entre as muitas coloridas bandeiras decoradas com símbolos cristãos ainda podia ser vista a ocasional silhueta de um corvo: o pássaro de Odin. Diante deles estava todo aquele espaço da planície desolada pelo qual deviam dar a volta e ceifar a vasta máquina de guerra do outro lado. Já tinham identificado as bandeiras do Javali Negro: os vândalos.

Teodorico assentiu gravemente, olhando para aquelas condenadas insígnias por debaixo de suas sobrancelhas peludas.

— Que assim seja, para felicidade ou desgraça — falou. — Que tenhamos uma tarde de merecida felicidade, antes de nossa longa tristeza noturna.

Ele chamou seus filhos para que ficassem a seu lado, e colocou uma das mãos sobre o peito coberto com a armadura; e os príncipes fizeram o mesmo. Debaixo de suas couraças de bronze, pai e filhos usavam um medalhão de prata com um único cacho do cabelo muito claro de uma jovem. Eles juntaram as mãos direitas. Para eles, essa batalha não tinha nada a ver com o futuro do mundo.

O sol estava nascendo rapidamente ao leste, brilhando sobre escudos e espadas. Aécio cavalgava incessantemente entre suas fileiras com seu cavalo branco. Dava muitas ordens curtas, mas nenhuma grande oração. Havia múltiplos motivos e lealdades aqui hoje — todas as nações do rio Volga até o Atlântico estavam presentes. Mas ele falava de volta com cada legião e grupo de homens, e viu determinação em cada um daqueles rostos.

Do outro lado deles, a no máximo 1,5 quilômetros, estava o exército de Átila. Era impossível contar, mas os romanos provavelmente estavam excedidos em números numa proporção de cinco para um. Ainda assim, era apenas a segunda vez que Átila enfrentara um exército profissional num campo de batalha aberto — e a primeira vez que enfrentava um comandante que sabia vencer. Os hunos, e seus seguidores menos comprometidos em especial, já exibiam um profundo medo de que a força de Roma tivesse permanecido intacta, apesar de todas as presunções de decadência e declínio.

O sol subiu ainda mais, a planície livre de qualquer neblina. Era o terreno perfeito para o veloz ataque dos cavaleiros hunos com sua letal tempestade de flechas. Mas Átila não fez nada. Ficou sentado em seu pônei castanho enlameado como um cavaleiro de pedra, olhando para seu adversário, o general comandante Aécio, enquanto este incansavelmente organizava suas fileiras.

— Grande Tanjou — começou Chanat, aproximando-se dele.

Átila não reagiu durante um longo tempo. Então falou alguma coisa sobre como um antigo castelo cheio de hera ainda pode resistir a ataques se suas muralhas forem fortes.

— Meu senhor?

— Mas não importa. — Ele olhou para Chanat e mostrou os dentes. — Minha guia Enkhtuya já examinou as entranhas. "Hoje, o líder de seus inimigos morrerá durante a batalha": aí está uma profecia simples e direta para você, velho Chanat. — Ele ficou observando o campo de novo. — O dia de Aécio está quase no fim. — Ele socou com o punho sua sela de modo que seu cavalo relinchou e se mexeu.

— Então nos deixe lutar, Grande Tanjou. Está na hora.

Átila fez que sim.

— Minha ordem está chegando.

— General Aécio, senhor. Destacamento de guerra se aproximando do norte.

Aécio suspirou. Mais uma forcinha voluntária vindo atrapalhar suas fileiras. Podia passar sem aquilo, francamente. Ele cavalgou para a traseira de suas fileiras e andou ao longo da colina.

Do outro lado da terra ensolarada vinha uma arrumada força de, no máximo, duzentos homens, suas lanças apontadas para o céu. O coração de Aécio acelerou, apesar de suas ressalvas mais racionais. Duzentos vindo combater duzentos mil. Isto era coragem.

Conforme eles se aproximavam ele avistou o líder da coluna, um sujeito de ombros largos e barba branca. Ele arfou.

O líder freou e acenou.

— General comandante Aécio dos romanos. Ciddwmtarth dos celtas ocidentais e seus cavaleiros, a seu serviço.

Aécio tentou responder, mas não encontrou as palavras certas. Conseguiu apenas notar o antebraço de Lúcio com sua guarda de couro e cheia de tachas.

Os olhos do soldado cintilaram em seu rosto enrugado ao ver este reconhecidamente sério general romano tão comovido. Então ele tinha um coração, afinal.

— Galante bretão vem a cavalo para resgatar toda a Europa das mãos da tirania dos hunos. — A voz de Lúcio era grave e seca.

Aécio falou com profunda sinceridade:

— É bem-vindo, amigo, bem-vindo. Pediu ajuda e não recebeu nenhuma. Agora vem a galope nos ajudar espontaneamente. — Ele balançou a cabeça.

Lúcio não disse nada.

— Seu povo estará seguro enquanto estiver longe?

— Haverá mais batalhas a se lutar quando retornarmos — respondeu Lúcio laconicamente.

Aécio se recuperou.

— Isto não será esquecido. — Ele olhou para o homem viajando atrás de Lúcio: talvez tivesse uns 50 anos, mas seu cabelo ainda era escuro, seu rosto sem rugas, seus olhos castanhos observando aquela conversa com uma atenção silenciosa. — E você. Você é...?

O homem acenou.

— Meu nome é Cadoc, filho de Ciddwmtarth. — E ele sorriu. Sim, o destino era mesmo estranho.

— E pensar — murmurou Aécio, balançando a cabeça mais uma vez —, e pensar que uma vez houvera quatro garotos que brincavam juntos numa planície cita. Um romano, um huno, um grego e um celta, todos escravos.

— *Tomado* como escravo — grunhiu Lúcio. — Não nascido como um.

— Nascido como escravo, não. Nobremente nascido — concordou Aécio rapidamente.

Lúcio bufou. Cadoc ainda estava sorrindo. Então falou:

— As irmãs que tecem a teia tecem nela muitos truques e reviravoltas. O garoto grego...

— Orestes. Ele ainda acompanha Átila, também. Os quatro garotos. Hoje estamos todos juntos mais uma vez.

— Para brincarmos juntos numa ampla e arejada planície, como antigamente.

Aécio podia sentir seus olhos começando a marejar. Como a vida era desesperadamente triste. Não a juventude: a juventude era docemente ignorante. Mas como era triste virar adulto. Ele se controlou, dizendo aos outros mais uma vez que eram mais que bem-vindos.

A única resposta de Lúcio foi perguntar onde ele e seus cavaleiros deveriam lutar. Aécio disse que podiam escolher. Não tinha jurisdição sobre homens de tamanho valor.

— Muito bem — respondeu Lúcio, fazendo seu cavalo avançar. — Mas primeiros devemos falar com Átila.

— Vocês...?

Entre as estupefatas fileiras dos exércitos opostos, dois homens saíram das linhas romanas atravessando a divisória entre eles, andando lentamente com seus cavalos e sem pressa. Um era um velho sujeito com compridos cabelos brancos, usando uma faixa de ouro, e logo atrás um sujeito de meia-idade de aparência pacata.

Prontos para cumprimentá-los, os hunos abaixaram seus arcos.

O velho sujeito examinou as fileiras hunas até achar quem queria, e cavalgou diretamente até ele. Cordas de arcos hunos rangeram. O Grande Tanjou apareceu em seu pequeno pônei. A dupla parou. Olhos encontraram destemidos olhos.

— Conheço você — disse o rei dos hunos.

— Desde que era garoto você me conhece — confirmou o velho, e sua voz era forte, amarga e destemida.

O Grande Tanjou olhou para o outro sujeito, e depois de volta para o líder.

— Uma vez salvei sua vida nos becos de Roma — disse Lúcio. — Uma vez salvei sua vida num vinhedo. Uma vez salvei sua vida num adorável planalto nas montanhas da Itália. Meus homens morreram em vez de entregá-lo a seus inimigos.

— Que se revelaram romanos, também.

— Que se revelaram romanos, também — concordou o celta, quase com impaciência. — Salvei a vida de um garoto, só para ele causar tudo isso — ele abriu os braços amplamente —, essa destruição sobre o mundo todo?

— Coisas da Eternidade! — zombou Átila. — Cada homem tem seu fardo para carregar. Você tem o seu. Eu tenho o meu.

A voz de Lúcio tremeu de raiva:

— Se um dia tiver devido algo a alguém, você deveu sua vida a mim naqueles dias, Átila. Não era mais que um fugitivo sem amigos, naquela época.

O rei recuou, nuvens tempestuosas passando pela expressão em seu furioso rosto.

Outro homem se aproximou: o grego calvo. Ele observou os dois atentamente, e então um sorriso se esgueirou em seu rosto habitualmente inexpressivo.

— Ora, ora — falou de modo suave.

— Esta batalha — exigiu Lúcio bruscamente. — Quantos homens irão morrer? Quantas viúvas irá fazer?

— Dezenas de milhares! — gritou Átila. — E ainda assim bem menos do que os romanos fizeram em seus 12 séculos de tirania. É um tolo de estar aqui, velho Lúcio. Este dia será cruel além da sua imaginação. Mas me lembro de você. Fique aqui e quando a batalha tiver terminado, poderei recompensá-lo com ouro, apesar de sem dúvida você ter uma alma nobre demais para estar interessado em mero ouro.

Lúcio não se dignou a responder.

Os olhos de Átila brilharam perigosamente.

— Então larguem suas lanças e vão embora, você e seus celtas. Ninguém está mais interessado em vocês, nem eu nem Roma. Voltem para sua miserável e enevoada ilha se ainda tiverem algum juízo. Não têm nenhum valor aqui. O que seu pequeno reinado na ilha tem a ver com Roma, ou Roma com vocês?

— Muito — respondeu Lúcio. — A Bretanha pode ser uma ilha, uma doce e verde ilha. Mas nenhum homem é uma ilha.

Átila se inclinou para a frente e cuspiu.

— Para mim, para meu povo e para essa grande batalha diante de nós — disse —, a sorte está lançada. — Seus lábios curvaram-se com a amarga alusão, e ele acrescentou em voz baixa:

"Por um Rei dos Reis da Palestina
Dois impérios foram unidos,
Por um Rei do Terror do Oriente
Dois impérios serão destruídos..."

O segundo celta instantaneamente respondeu, sua voz ainda baixa, mas cada palavra pronunciada claramente:

"Quando o sábio manteve seu conselho.
O conquistador manteve sua coroa;
O nascimento de um império foi a Itália,
O outro foi o seu próprio."

Átila olhou furioso para ele, puxando suas rédeas até o peito como que para se proteger.

— O que é isto? — perguntou rispidamente. — O que está dizendo?

Cadoc simplesmente sorriu educadamente e não falou mais nada.

Em vez disso, Lúcio disse:

— Ele tem um talento excepcional para a poesia, meu filho. Ensinei muita coisa a ele: velhas rimas, versos, até pedaços de antigas profecias, supostamente! — Ele deu uma risada curta, cética ou irônica, era impossível saber. — E sabe, ele se lembra de cada palavra. É um dom de meu povo. — Ele fitou Átila nos olhos, e em seguida Orestes. — *Cada palavra.*

O cavalo de Átila estava inquieto debaixo dele, andando para os lados, mordendo seu freio, sentindo sua agitação.

— Fale aquele verso mais uma vez. Repita-o para mim — vociferou. — Fale!

Pesadas sombras passaram por seu rosto novamente, e a seu lado Orestes também parecia estranhamente perturbado. Mas pai e filho já tinham dado a volta com seus cavalos e estavam voltando para as linhas romanas.

— Fale! — rugiu Átila atrás deles. — Maldito poeta de olhos castanhos!

Em todas as fileiras hunas, seus guerreiros miraram flechas nas costas dos cavaleiros em retirada, mas Átila baixou o braço furiosamente, e seus arcos também foram baixados.

Na frente deles, as distantes fileiras romanas começaram a tremular debaixo do calor de verão. Os olhos amarelos de lobo de Átila pareciam brilhar também, aqueles antigos e cintilantes olhos que pareciam ter visto tudo e conhecido tudo e não encontrar descanso nem contentamento no mundo inteiro. Aqueles olhos brilhavam como se ele mesmo estivesse profundamente emocionado. O galante grupo de guerra celta em breve correria rumo à morte aqui nessas solitárias planícies da Gália, leais até a morte a um império cujos dias estavam no fim, pisoteados pelos cascos de 200 mil de seus guerreiros. Não tinha Astur desejado aquilo há muito tempo? *"Duras são as vontades de Deus, Minhas mágoas só aumentarão, E ainda devo chorar, amada, Pois as guerras nunca cessarão."* Uma antiga canção que alguém que ele conheceu costumava cantar sozinho. E então ocorreu a ele quem era a pessoa que costumava entoar aquela antiga canção sozinha, suavemente, à luz da fogueira, na Itália anos antes.

Então que começasse.

Ou que tudo ruísse.

A 20 ou 30 metros de distância, Lúcio freou, virou de lado em sua sela, e se dirigiu a Átila uma última vez:

— A propósito — falou —, suas carroças de suprimentos estão pegando fogo.

Átila olhou para trás, e imediatamente começou a chicotear seu cavalo para que se movesse, a tristeza transformada numa raiva barulhenta. De 2 ou 3 quilômetros atrás da horda huna, uma espessa fumaça negra subia alto em meio ao ar matinal.

CAPÍTULO 9
O CAMPO DE COLHEITA

Aécio usara suas forças especiais batavas, seus superventores, exatamente como deviam ser usados, habilmente e em segredo.

A centúria única de homens de armaduras leves havia beirado a colina assim que seu controle foi consolidado pela Guarda Palatina. Eles rastejaram por uma vala de drenagem, bem distante das linhas hunas, que descia até o rio que formava a supostamente segura ala direita de Átila. Segura o bastante para grandes ataques da cavalaria, é claro. Mas os hunos erroneamente acharam que seu próprio medo de rios profundos e agitados era universal, e seu foco estava em outro lugar.

Os batavos atravessaram o rio rapidamente como crocodilos atravessando o serpenteante Nilo, respirando com a ajuda de juncos ocos, nadando com determinação. Eles escorregaram para cima pela junça da margem, pingando como vampiros saídos da água, lentilhas-d'água presas em suas leves couraças de couro. Suas mochilas também pingavam, mas os conteúdos permaneciam secos como a areia do deserto, protegidos por três camadas de oleado. Eles se esgueiraram pela margem do rio até chegar às carroças de suprimentos.

As grandes carroças hunas de rodas altas estavam inteiramente desprotegidas por guerreiros, apesar de haver velhos, mulheres e crianças agrupados em cima dela, olhando para o sul, mastigando pedaços de carne assada, esperando a batalha começar. Na carroça mais próxima, os *superventores* notaram, rindo entre eles, uma idosa até mesmo usava esses tediosos minutos antes da luta para consertar a costura de um justilho de couro.

O choque e o medo os espantariam rápido o bastante. E a velocidade na hora de recuar seria tudo.

Os oitenta homens chegaram gritando e berrando pelos canaviais, enlameados e cheios de ervas, suas espadas girando. As mulheres deram uma olhada aterrorizada naqueles demônios do rio, pegaram seus filhos das carroças e saíram correndo. Os *superventores* estavam nas carroças em instantes, ajoelhando atrás das sólidas rodas de madeira com uma mistura especial de nafta, enxofre e óleo altamente refinado em chumaços de lã de carneiro, grudenta e letalmente inflamável. Atrás das últimas fileiras das linhas hunas, as carroças se espalhavam, empilhadas até o alto com saques de metade do mundo civilizado. Poderia haver cem, não, trezentas ou quatrocentas — eles não teriam como danificar a todas. Mas quando a notícia chegou aos ouvidos dos guerreiros hunos mais próximos dali, sentados em seus cavalos nas linhas de batalha traseiras, os batavos já tinham preparado mais de trinta carroças.

Cerca de duzentos guerreiros a cavalo vieram galopando furiosamente de volta pela grama na direção deles.

O comandante dos *superventores* se ajoelhou, abriu seu barril de pólvora e movimentou a roda.

— Senhor, estamos ao alcance deles!

As primeiras flechas acertaram o chão perto dali. Um tenente júnior estendeu um cajado de madeira coberto com um borrão de piche e o comandante o acendeu.

— Agora corram! — bramiu. — Todos vocês, para o rio!

A maior parte do grupo correu para a água, agachando-se bem baixo, enquanto o tenente passava pala fileira de carroças com a tocha acesa esticada. Toda vez que ela se encostava a uma roda preparada, a carroça explodia em chamas como meda de feno seco.

Os hunos estavam surpresos e indecisos, alguns partindo na direção das carroças incendiadas, querendo apagar o fogo e salvar o saque, apesar de só Deus saber como. Aquele momento de confusão foi a chance de o tenente escapar, e ele a agarrou, correndo na direção do rio, abaixando-se por trás de um amieiro baixo para se proteger enquanto as flechas atravessavam todas as folhas ao redor e mergulhando de cabeça no rio. Cavaleiros chegaram à margem acima dele, uivando de fúria, os cavalos mostrando impaciência, balançando as cabeças brutas, relutando contra ter que entrar numa corrente tão veloz sem conseguir enxergar o fundo. Os guerreiros sacaram seus arcos e as flechas perfuravam a superfície da água, mas instantaneamente perdiam sua trajetória, espalhando-se na superfície como pedregulhos ou girando com a poderosa corrente. Em todo caso, os batavos já estavam mergulhados em profundezas escuras, seus pulmões forçadamente vazios, navegando apenas com a corrente puxando-os de volta para segurança, nadando como tritões com sorrisos nos rostos repuxados de água.

Conforme Aécio bem sabia, essas extravagantes táticas não tinham efeito algum no progresso material da batalha, mas faziam maravilhas pela moral. Suas fileiras comemoravam descontroladamente enquanto a fumaça negra subia pelos ares atrás do exército huno, e viam o próprio líder huno, o temível Átila, galopando furiosamente para avaliar o estrago.

— Uma pomposa brincadeirinha — balbuciou Aécio —, porém útil.

Tatullus sorriu.

— Por que ele está perdendo tempo? Precisa andar logo com isso. — Ele balançou a cabeça para a direita.

Aécio assentiu. O sol estava, como sempre, dando a volta. Com cada demora, os hunos teriam que lutar cada vez mais de frente para ele.

O comandante dos *superventores* reapareceu, ainda correndo. Bem, forças especiais supostamente cobriam 60 quilômetros por dia com mochilas de 27 quilos nas costas. Era um dia tranquilo para eles.

Ele o saudou.

— Tarefa cumprida, senhor.

— Baixas?

— Nenhuma, senhor, a não ser um novato que escorregou saindo do rio e se machucou. Está recebendo curativos agora mesmo.

Aécio sorriu.

— Bom homem. Para a retaguarda agora. Haverá mais trabalho para vocês mais tarde.

— Sim, senhor.

Era o final da manhã e ainda não acontecera mais nada. As táticas demoradas de Átila eram exaustivas para os romanos, mas testariam suas próprias paciências indisciplinadas de guerreiro até o limite. Mais cedo ou mais tarde teriam que atacar. Aquele 1,5 quilômetro entre eles os cansaria, especialmente com seus cavalos, mal-alimentados durante as últimas semanas e meses. E então encontrariam os piques cheios de terra dos alanos e, atrás deles, dos legados romanos. Era isso que Aécio queria. Com relação à iminente tempestade de flechas, ele tinha duas maneiras de lidar com ela.

Enquanto isso os dois exércitos continuavam paralisados, e o sol prosseguiu dando a volta. Cilindros em formato de dragões, birutas, tomadas pelo vento, os cavalos hunos pisoteavam, indóceis. Ocasionalmente vinham incursões de suas linhas, zombadas e bruscamente rejeitadas, os cavaleiros recuando desordenadamente. Então, conforme o ar se esquentava, uma leve brisa veio do sul.

Aécio olhou com intensidade para seu centurião.

Tatullus pegou uma pequena pena branca, ergueu-a acima da cabeça e a soltou. Ela rodopiou rapidamente, e em seguida flutuou regularmente até as linhas hunas.

O centurião olhou em volta, observando o horizonte.

— Um calmo dia de verão. Junho, Gália. Algumas nuvens baixas a oeste. — Ele sorriu para Aécio. — Sim. Concluo que sim.

Aécio assentiu, e Tatullus bramiu para a fileira da frente:

— Disparar a cortina de fumaça!

De imediato um grande lençol de fogo se espalhou à frente da linha romana, e rapidamente queimou formando uma espessa fumaça. Os auxiliares corriam entre as fileiras e derramavam óleo e galhos secos, montes de folhas, levavam fardos de feno e, o melhor de tudo, densas gramas de verão. A cortina de fumaça aumentou, ergueu-se alto a 12, 15 metros, e viajou para norte em direção às linhas hunas. Em alguns minutos estariam cegados por ela. E, quando passassem pelo meio da fumaça, estariam cegados pelo sol.

Mãos suadas apertavam seus piques, homens se agachavam. Alguns usavam as pontas de lenços sujos para limpar o suor escorrendo de suas testas e fazendo arder seus olhos, e então rapidamente voltavam a segurar os piques. O suor teria que escorrer, pois todos estavam sentindo agora. A terra estava estremecendo. Atrás da fumaça, os hunos estavam avançando.

O barulho seguinte foi do distante e abafado rangido das molas de torção dos rapazes armados com raios e seus atiradores de flechas e máquinas de funda. É claro. De sua posição podiam ver os hunos avançando debaixo deles. Graças a Deus haviam dominado aquela colina. Em seguida vieram os gritos de homens e cavalos como sopranos em erupção acima do estampido forte do avanço. Os primeiros derramamentos de sangue. Aqueles dardos de cabeça de aço estavam acertando seus alvos, cavalos rolando para a frente e tropeçando, outros avançando logo atrás, se emaranhando.

A cortina de fumaça funcionara. Os hunos não estavam atirando, não através daquela grossa cortina. Estavam passando por ela.

— Firmes, homens! — gritou Aécio. — Ponham todo seu peso nesses piques agora. Segurem a formação. Lá vêm eles.

Muitos deles viram a cena numa velocidade surrealmente lenta. Em meio à flutuante e enevoada muralha de fumaça, apenas 30 ou 40 metros à frente de seus piques, primeiro emergiram aquelas grandes e brutas cabeças dos cavalos hunos, e seus cascos e patas, e então os animais inteiros, e montados neles selvagens nus, rodopiando suas espadas, machados e laços acima de suas cabeças raspadas e tatuadas, uivando como demônios libertados do inferno.

Eles atingiram os alanos com mais força, mas não antes dos legados romanos terem parado atrás e arremessado os dardos de seus articulados lançadores numa saraivada feroz, tão perfeitamente mirada e ensaiada que talvez metade dos cavaleiros hunos da primeira fila tivesse sido derrubada, atrasando os companheiros que vinham atrás e embaralhando-os justo onde não queriam estar. Muitos pularam no chão e ficaram deitados ilesos, mas aturdidos. Então os lanceiros alanos quebraram a formação e avançaram para matá-los onde estavam deitados.

— De volta para a linha, seus tolos! Mantenham a formação! Voltem *agora*!

Mas os alanos não tinham disciplina. Vendo o que achavam ser o impotente caos dos hunos diante deles, agiam como indivíduos de vontade própria, fincando seus piques e avançando, sacando as espadas. Era loucura. Apesar de cem ou mais hunos terem morrido naquela primeira saraivada de dardos, muitos outros estavam vindo atrás, e aqueles que tinham perdido seus cavalos e ficado aturdidos no chão imediatamente estavam novamente de pé, as adagas e afiados *chekans* nas mãos. Os alanos foram cercados e esquartejados.

Sangiban, assistindo de cima de seu cavalo, berrou de raiva:

— Atirem neles! — gritou. — Onde estão vocês, arqueiros?

Mas os homens de Aécio não podiam atirar sem arriscar atingir os soldados alanos a pé, que foram massacrados diante de seus próprios olhos. Encurralados, os alanos lutavam como leões, era verdade, mas estavam perdidos sem formação.

— Herculianos, avancem. Assumam posições de pique.

Era um alívio saber que aquelas velhas mãos segurariam a fileira... até serem cortados exatamente onde estavam.

Os inquietos cavaleiros hunos tiveram seu avanço interrompido pelos dardos inimigos e pela própria sede de sangue ao pararem para escalpelar os alanos aturdidos e mortos. Avançaram mais uma vez, porém sem disciplina, atirando-se nas linhas de piques, gritando "Astur é Grande e vai prevalecer!", como guerreiros orgulhosos e solitários, apenas para serem atingidos e arremessados ao chão. Os cavalos empinavam, urrando, seus cavaleiros atirados para trás, os cascos se embaralhando pelo ar, uma ponta de pique enfiada fundo em seus peitos fortes. Os legados sabiam que não era hora de admirar aqueles feitos, rapidamente tirando os piques das bestas e os apoiando no chão de volta. O próximo ataque viria em breve.

— Chuva de flechas a caminho! — gritaram do flanco.

Imediatamente as tropas da retaguarda ergueram seus escudos acima de suas cabeças e se agruparam. As flechas escorregavam sobre o bronze, espetavam no couro e na madeira, e ficavam ali, tremendo. Legados desceram seus escudos para a frente deles e cortaram as hastes das flechas com as espadas. Aqui e ali se ouvia um grito de um homem sendo atingido, lento demais com seu escudo ou simplesmente sem muita sorte. Mas Aécio pôde concluir de imediato, pela escassez de gritos, que pouco estrago havia sido feito. Agora viria sua nova tática, pois ele sabia como os hunos lutavam.

A linha de frente avançara e estava emperrada nos piques dos romanos. Enquanto isso, cavaleiros arqueiros de poucas armaduras galopavam de um lado para o outro atrás deles, pretendendo soltar sua tempestade de flechas por cima das cabeças de seus companheiros da primeira fila para alcançar as fileiras da retaguarda romana. Aquele era o plano. Porém, assim que começaram, Aécio acenou com a cabeça e a pesada cavalaria visigoda partiu, seus visores abaixados, escudos erguidos, poderosas lanças de freixo ocultadas.

Eles galoparam em volta da traseira das linhas de batalha numa varredura gigantesca, através da cortina de fumaça, e ceifaram os arqueiros hunos por trás. Muitos deles mal tiveram tempo de correr antes daquela grande e cintilante serpente metálica. A cabeça em formato de diamante como a de uma jararaca se enfiou no meio deles e os fez rolar, se separando uns dos outros, causando um verdadeiro caos. Eles não pararam por um único momento, atravessando a frente do principal exército huno, dando a volta na colina, e de volta para suas estações na ala direita dos romanos. Em seu rastro sobraram muitas centenas de corpos espalhados e dilacerados.

Enquanto a triunfante cavalaria visigoda pegava fôlego, os artilheiros na colina atacavam, soltando suas flechas em qualquer huno que atravessasse o campo para enfrentar a fileira de piques. Átila devia estar furioso. Aquela colina estava se mostrando essencial, uma permanente ala à parte. Uma vez que a batalha estivesse tão íntima, ninguém poderia atirar próximo de seus próprios homens. Mas daquela maldita colina...

Cada tática individual de Aécio estava compensando. A chuva de flechas foi enfraquecida ou mesmo neutralizada pelo contra-ataque e pela boa e velha disciplina com escudos. A cavalaria huna, com seus cavalos já cansados antes mesmo de começarem, estava presa contra os legados e suas implacáveis linhas de piques. Com a cavalaria visigoda e os soberbos cavalos augustanos e os mouros sempre prontos para cavalgar para longe e avançar tanto da direita quanto da esquerda contra o inimigo, parecia que tudo estava indo da maneira como Aécio queria. E assim eles continuaram a lutar. Depois do meio-dia, depois do meio da tarde. *Pedites* corriam levando água. Os herculianos recuaram exaustos, e os batavos tomaram seus lugares no meio. Os corpos do inimigo estavam formando pilhas altas por toda a planície. A artilharia na colina continuava a trabalhar implacavelmente. E ainda assim mais hunos continuavam avançando.

Agora era uma terrível batalha de atrito. Os hunos lutavam ferozmente, mas sem imaginação, sem táticas novas. Tendo isso em vista, Aécio sabia, era apenas uma questão de se a vantagem em números dos hunos uma hora triunfaria sobre a exaustão dos romanos.

Ele cavalgou atrás das fileiras para ver os feridos sendo enfaixados e salvos, os mortos estirados para um enterro mais tarde. Já havia muitos ali. Pediu pelos números de apenas uma legião, encontrando o *primus pilus* dos herculianos.

— Mais da metade de meus homens, senhor.

— Feridos?

— Não, senhor. Mortos.

Aécio colocou as costas de sua mão na frente da boca. Toda guerra era terrível, mas esta estava em seu ponto mais pavoroso. Uma geração inteira estava sendo varrida em um dia pela loucura de um rei.

Um *optio* veio correndo.

— Os batavos estão praticamente exaustos, senhor.

Ele assentiu.

— Mande-os retroceder. Mande para a frente as legiões da fronteira.

— E os hunos estão fazendo novos ataques na colina, senhor.

Inferno. Aquilo não podia acontecer.

— Mande o resto da Guarda Palatina para protegê-la.

— Sim, senhor.

Era a décima segunda hora desde o amanhecer? Ele imaginava que sim. Mais quatro horas de luz neste longo dia de verão. À noite estaria decidido. E eles já estavam chegando num ponto crítico.

Na linha de frente a batalha estava sangrenta, feroz e incansável. Um feioso e estagnado impasse, um processo de desgaste severo e ensanguentado. Não havia espaço para a extravagância da cavalaria agora, nada de brilhantes manobras rodeando o inimigo, nada além dos velhos movimentos de apunhalar e talhar, trabalhando duramente mergulhados até o joelho na lama vermelha. Na confusão, Punhos, Arapovian e Malchus lutaram lado a lado como antes, protegendo-se uns aos outros, ao mesmo tempo que continham o avanço de mais hunos.

Os hunos odiavam esse combate corpo a corpo. Seus laços eram inúteis na confusão; seus arcos e flechas, um peso desnecessário; e sua habilidade com a espada, pobre e desordenada. Seus pôneis, tão velozes e firmes nas vastas estepes da Ásia, aqui apenas tropeçavam cansados nos montes de mortos. Os romanos não davam trégua. Alguns arqueiros nas laterais atingiam qualquer huno fora de seu cavalo e o mandavam cambaleando até o inferno.

O rei Teodorico cavalgou até Aécio quando dois batedores voltaram ao mesmo tempo.

— Senhor, a Guarda Palatina está encalacrada e cercada na colina.

— Eles devem protegê-la, até o último homem.

— Os garotos da artilharia estão mortos, senhor. A Guarda não conseguiu salvá-los.

Sim, as máquinas atiradoras de flechas realmente haviam se tornado silenciosas; as máquinas de funda não trabalhavam mais.

— E você? Quais são as boas notícias?

O segundo batedor, ainda sem fôlego, respondeu:

— Senhor, grandes quantidades de inimigos foram vistas partindo para o norte e para o oeste além das carroças de suprimentos.

— Que povos?

— Estavam muito longe para se distinguir, senhor. Mas muitos desertando.

O rei Teodorico socou com seu forte punho a palma da outra mão.

— Este dia está terminando, romano.

Estava, de fato. Não havia mais escolhas táticas para tomar. Não havia restado homens o bastante para Aécio montar novas disposições. Precisavam simplesmente aguentar firme.

O rei Teodorico balançou sua cabeça desgrenhada, já dando a volta com seu cavalo e retornando para a ala direita.

— É hora de os visigodos avançarem contra o inimigo.

— Vai deixar nosso flanco desprotegido! — gritou Aécio atrás dele. — Precisa protegê-lo!

Teodorico olhou para trás.

— Com todo o respeito, meu velho amigo romano, não estou, e nunca estarei, debaixo de suas ordens. Mas não tenha medo. Meus guerreiros vão acabar com os hunos em nosso ataque. Sua ala estará a salvo.

A luz do sol agora estava atrás deles quando os visigodos dispararam, uma única grande coluna de milhares de cavaleiros fortemente armados. Adiante, uma horda de muitos outros, mas já parecendo hesitantes, indistintos, apertando os olhos contra o sol. Os visigodos precisaram cavalgar separados para se desviar das montanhas de mortos. À sua frente seguia o rei de cabelos brancos, sem escudo e apenas com um machado de duas cabeças. Alguns nas fileiras romanas o viram partindo e comentaram que ele devia estar querendo morrer.

Flechas hunas choveram sobre a coluna assim que sua arrancada foi notada. Mas com escudos erguidos e *spangenhelms* abaixados, eles sofreram poucos danos. E seus enormes cavalos, apesar de terem galopado o dia todo, ainda tinham forças para prosseguir uma vez mais, como trovões por cima do terreno revirado e maltratado, suas crinas voando, as lanças dos guerreiros abaixadas.

Os hunos começaram a se afastar e a recuar conforme a trovejante coluna se aproximava, mas só conseguiam recuar em cima das próprias fileiras traseiras. Estavam agrupados muito perto para se mexerem, se empurrando, entrando em pânico e gritando quando os godos os alcançaram. E os visigodos os atropelaram com tanta ferocidade que rapidamente os romanos não os viam mais, apenas a ocasional bandeira erguida acima de suas cabeças.

Durante alguns minutos foi impossível dizer o que tinha acontecido. Enquanto isso a última das fronteiras da legião havia lutado até o ponto da exaustão. Aqui e ali, cavaleiros hunos se aproximavam o bastante para pegar piques caídos no chão e cavalgar para cima deles. O meio, o próprio peitoral da força romana, estava caindo aos pedaços.

— Mandem todos os homens para lá! — rugiu Aécio. — Segurem aquela fileira! Mantenham a formação a todo custo! Nenhum homem cede ou então estamos perdidos!

Os últimos remanescentes, as forças especiais dos batavos, os voluntários bretões e os duzentos celtas com Lúcio no comando avançaram para a linha de frente pelas fileiras e deram seu último apoio às legiões exaustas e devastadas. Um grupo de cavaleiros hunos havia passado, se virado, e estava atacando a linha de frente romana por trás, suas espadas curvadas girando. Os homens olharam por cima dos ombros e gritaram, sabendo que estariam prestes a ser cercados e mortos, não importava o que fizessem. Era neste momento da batalha que sempre, sempre, quando os homens se separavam e corriam para salvar a própria pele e a formação se embaralhava, que o dia era perdido.

Mas agora os próprios hunos estavam gritando e se viravam para se defender. Dois cavaleiros romanos avançaram em cima deles a todo galope. Um brandia uma enorme alabarda de cima de sua sela, girando a comprida haste acima da cabeça e atravessando peitos e pescoços de homens, rugindo e respingado de sangue.

Os cavaleiros hunos se desesperaram. Um deles tentou saltar por cima da linha romana e fugir, mas um enorme sujeito com um porrete pesado o derrubou de sua sela, então atingiu seu rosto com uma única pisada de sua bota esquerda. Enquanto o romano se virava para reconquistar a segurança de sua fileira, ele se levantou. A ponta curvada de um chekan abriu um corte em seu crânio e ele caiu para a frente, seu rosto uma máscara de sangue. O guerreiro huno, um velho musculoso com esvoaçantes e compridos cabelos grisalhos e belos bigodes, galopou novamente, pendurado baixo junto à lateral de seu cavalo, as coxas apertando o animal com força, e estava prestes a atingi-lo uma segunda vez com um chekan quando um espadachim oriental saltou na frente do romano caído ao lado de seu porrete, equilibrando-se de soslaio, sua espada no nível do horizonte. No último segundo ele se abaixou, se levantou de novo, girou e fez com sua espada um arco largo num único movimento sinuoso. O velho guerreiro jogou a cabeça para trás e uivou, seu chekan voando de sua mão enquanto ele segurava a coxa, cortada mesmo por baixo do couro até o osso. Exausto, seu cavalo diminuiu até um trote distraído enquanto sentia o aperto de seu cavaleiro reduzir. O oriental correu atrás dele, sua espada ainda girando. Então parou abruptamente e deixou o velho guerreiro cavalgar lentamente de volta às linhas hunas, caído em cima de sua sela de madeira.

O oriental foi checar o homem caído com seu porrete. Ele estava ajoelhado, aturdido, com um segundo ferimento em seu grande ombro, onde a cabeça de uma flecha estava enterrada fundo.

Arapovian o chamou.

Ele levantou o olhar e sorriu lentamente.

— Um dos melhores do mundo, meu ágil companheiro parse, cacete! — Em seguida, levantou-se mais uma vez, apoiando o porrete no ombro e virando-se para encarar o massacre mais uma vez

A fileira romana se curvava e ondulava, se separava e se reunia novamente. Homens caíam para a frente e para trás, gritando, pondo as mãos em suas gargantas e peitos. Muito estavam caídos na lama, morrendo, e muitos deles, até mesmo as mais duras legiões, terminaram suas vidas como as haviam começado: chorando por suas mães. Nenhum médico viria, estavam todos mortos. Tampouco viriam seus companheiros; também estavam todos mortos ou lutando. O sol estava deslizando para baixo em meio ao céu, e o campo estava ceifado, plano como um campo de colheita.

Aécio rastejou de debaixo de seu terceiro cavalo caído, sem capacete e sem espada, e pulou em cima de outro animal abatido e desfigurado, encostando no focinho que expirava pedaços de grama sangrenta, desesperado para comer, mas doente. Ele olhou em volta. Seu exército estava quase destruído.

Mas do outro lado do campo... O exército do inimigo estava diminuindo. As alas estavam recuando. Havia um enorme arco côncavo perto do meio, e a ilimitada profundidade que a horda exibira naquela manhã, estendendo-se muitos metros atrás em meio à distância azul, havia encolhido. Estavam dispersos e se separando. Ao leste havia uma nuvem de pó colorido de dourado pelo pôr do sol, erguida pelos muitos que iam embora.

Mais perto, antes daquela névoa de poeira, havia uma brilhante serpente de cavaleiros blindados: os guerreiros godos que entravam no meio do flanco disperso dos hunos mais uma vez. A serpente se enrolou num grande grupo. Diante dos olhos de Aécio, embaçados pela poeira, a fileira huna dobrou-se contra si mesma, derrubada. Os godos avançavam neles, cansados demais para galopar agora, e apenas trotando, mas com as lanças ainda abaixadas, implacáveis. Os hunos quebraram a formação e fugiram.

Pareceu escurecer rapidamente aquele dia. O sol já assistira o suficiente.

Aécio também havia visto o bastante, mas ainda não era o fim. Seu trabalho não acabara. Tinham muitos poucos batedores. Precisavam encontrar mais. Ele pediu que uma carroça fosse levada até ele e empilhada com selas, e em seguida subiu nela. Um sujeito imundo passou por baixo dele, se ajoelhou e limpou sua espada num raro pedaço de grama limpa.

— Você, homem — chamou Aécio. — Suba aqui. Empreste-me seus olhos.

O sujeito subiu e olhou para o norte.

— Você — balbuciou Aécio.

— Eu mesmo — confirmou Arapovian. Depois de um momento, ele falou: — Aqui está a ironia. Átila está empilhando selas numa carroça assim como nós. — Ele olhou para Aécio. — Como ele emula você em tudo que faz.

— O que mais?

— Estão puxando o resto de suas carroças num círculo, a mais antiga tática huna. Mas tantos fugiram que o círculo é pequeno. Por que não bate em retirada?

— Porque acha que vamos avançar nele durante a noite e destruí-lo.

— Faríamos isso se tivéssemos algum homem restante.

Arapovian imediatamente se arrependeu da piada cruel. Aécio abaixou a cabeça e ergueu sua mão para seus olhos. Arapovian falou suavemente:

— Mas a batalha acabou.

Aécio levantou o olhar novamente e observou o cenário da carnificina.

— A batalha realmente acabou — concordou. O tom de sua voz partiu o coração do armênio. — E ambos os lados perderam.

CAPÍTULO 10

SENHORES ENTRE HOMENS

Átila se ajoelhou na terra ao lado do homem moribundo.

Orestes, parado atrás dele, disse:

— O corpo de lorde Geukchu não pôde ser encontrado, mas ele foi visto lutando até o final contra a fileira romana. Noyan tombou diante dos cavalos visigodos.

Átila mal reagiu. Seu rosto estava acinzentado e profundamente sulcado, as bochechas encovadas, os olhos desinteressados. Ele colocou a forte mão debaixo do guerreiro caído e levantou um pouco sua cabeça.

Os olhos de Chanat tremularam. Continuava a escorrer sangue do profundo corte em sua coxa, mesmo com ataduras apertadas. Ele conseguiu colocar uma das mãos nos braços de Átila.

— Grande Tanjou — sussurrou.

Átila baixou a cabeça e seus cabelos grisalhos soltos roçaram as costas da mão de Chanat.

— Como chegamos longe juntos, velho amigo, o primeiro de meus escolhidos. Foi o primeiro a me encontrar nas planícies de minha terra quando parti para o exílio. Cavalgamos juntos contra os hunos kutrigur e unimos nosso povo numa poderosa irmandade. Aquele Chanat, o Corajoso, o Misericordioso, nos fez voltar e lutar por aquela vila esquecida no deserto, pois seu grande coração estava muito comovido. Nada disso será esquecido nas canções do povo, meu irmão Chanat, filho do lorde Subotai, orgulhoso pai do guerreiro Aladar, que escolheu sua morte diante das muralhas de Constantinopla.

A mão de Chanat apertou um pouco mais o braço de Átila. Em seguida, ele morreu.

Depois de alguns instantes, Átila se levantou, nu até a cintura, e largou seu justilho no chão como se fosse lixo. Derramou um punhado de terra por cima dos cabelos grisalhos, desembainhou a espada, desafivelou o cinto de couro que segurava a bainha, tirou a bainha do mesmo e deixou que ela caísse em meio à poeira. Ele afivelou o cinto de volta em cima da cintura e passou a espada nua por ele. Então olhou em volta pelo grosseiro acampamento de carroças.

— Morreremos aqui — falou. — Ao lado de nosso irmão Chanat.

O corpo ensanguentado e atropelado do rei Teodorico estava deitado numa pira de lascas de madeira. Seus dois filhos mantinham vigília e choravam. Alguns diziam que o rei fora atropelado pelos hunos, outros que na furiosa confusão da batalha seus próprios guerreiros o pisotearam. Mas aquilo não importava mais agora. Amalasunta fora vingada verdadeiramente. A coluna visigoda, irrompendo em meio ao inimigo diversas vezes, havia finalmente alcançado onde se sentavam em seus cavalos os três filhos de Genserico, debaixo da bandeira do Javali Negro, horrorizados ao descobrir que milhares de seus homens, os melhores cavaleiros vândalos, não tinham conseguido protegê-los. Os três irmãos, Frederico, Eurico e o idiota Godrico, aquele que fora tão brevemente casado com a princesa Amalasunta, foram amarrados com cordas, arrastados de volta para as linhas godas, e tiveram as cabeças decepadas. Elas seriam conservadas em sal e enviadas para Genserico num saco.

Enquanto morria, Teodorico sussurrara:

— Assim é a justiça. Esta foi a justiça goda para aquele tirano entre os homens. Agora o espírito de minha amada garotinha de cabelos claros vai dormir em paz nas Cortes do Céu. — Lágrimas e sangue se misturavam em sua barba branca. Ele fechou os olhos, e a respiração diminuiu. Então colocou uma das grandes mãos manchadas de sangue sobre a cabeça do jovem Teodorico. — Essa vida é um suspiro entre dois segredos, o voo do pardal através de um salão de refeições assolado durante a noite. Mas *Gaeđ a Wyrd swa hio scel,* o Destino sempre segue como deveria. Você, meu filho, será um grande rei para meu povo. Governe bem e com sabedoria, como é próprio de um visigodo. Turismundo — ele tocou sua cabeça —, você será um grande servo para seu irmão e um grande homem entre os homens. Que o senhor lhe abençoe e lhe proteja. Ame sua mãe e cuide dela em sua velhice, como eu os amei, com todo o meu coração. — Sua mão escorregou para baixo, sua cabeça se deitou de volta e sua respiração parou.

Bem depois do pôr do sol, as tochas dos godos queimavam por seu rei morto. Aécio se aproximou segurando uma tocha também. Eles lamentaram por Teodorico e o louvaram.

"Senhor esbanjador de anéis
De seu tesouro dourado na estrada funérea
Corajosamente, ele os comprava, intrepidamente os acumulava,
Severamente os guardava, contra os reis orientais.
Um Senhor entre os homens, o seu alto renome,
Deixe a pira levá-lo, envolvê-lo de fogo,
Enrolado em chamas, nosso rei dos homens!
Pesados os nossos corações com a memória poderosa dele,
Silenciado o nosso riso, mas fluentes nossas lágrimas,
Não usarão mais gargantilhas agora, nossas mais belas moças,
A prata não brilhará sobre elas, nenhum broche as adornará,
Frequente e repetidamente, em caminhos tristes de exílio,

Chorarão profundamente por ele, defensor do povo,
Destituídas andarão, baixo vão falar,
Curvado sob a angústia, os espíritos elevados extintos,
Muitas lanças, frias como a madrugada ao toque,
Deitadas pela manhã, varridas pelo luto,
Guerreiros não devem acordar com aquele triste amanhecer,
As asas do corvo escuro sobre colinas condenadas,
Notícias da águia, de como ele montou e fez a guerra,
Inúmeros seus inimigos, inúmeros feridos,
Senhor dos senhores-lobo, ele atormentou os mortos!"

— Uma grande pira está queimando — observou Orestes.

Átila se virou do distante brilho laranja, sem querer ver.

— É como as feitiçarias disseram. O comandante inimigo está morto. Aécio está morto.

Mas logo eles souberam que fora Teodorico quem morrera. Aécio ainda estava vivo.

Átila agarrou o braço do mensageiro, pronto para quebrá-lo.

— Tem certeza disso?

— Ele foi visto perto da pira de Teodorico.

A expressão no rosto de Átila era insondável. Assim foram cumpridas as profecias de uma feiticeira.

Ali perto, uma pessoa pouco notada estava sentada de pernas cruzadas no chão como se num banquete huno, em vez de no pior campo de mortes da história de seu povo.

— Aí vai outra profecia para você, meu mestre — disse ele. — Nenhum homem jamais vai entender uma profecia corretamente, até ela acontecer. Você entende uma profecia apenas como entende a própria vida: olhando para trás.

Átila não disse uma palavra, mas se afastou daquela voz cantarolada que o atormentava. Ele subiu em sua carroça, sacou a espada nua e ficou em pé durante um longo tempo olhando para o sul através da escuridão da noite: na direção da pira funerária daquele muito amado rei de tão nobre coração, deitado sobre seu escudo de couro entre as preces de padres cristãos, cercado por uma floresta de lanças.

Era como a pira de um antigo herói legendário. As chamas provocavam danos no quente abrigo de ossos, ligamentos ósseos explodiam, costelas caíam como lascas de madeira em meio ao fogo. Os filhos presenciaram sem piscar o corpo de seu pai sendo consumido. Sua irmã e seu pai estavam juntos novamente.

Enquanto a pira estalava e produzia uma enorme chuva de fagulhas, Turismundo procurou por Aécio. Agora que seu pai havia partido, ele queria estar perto do general comandante. Mas Aécio havia desaparecido.

Ele andara sozinho para o escuro campo de batalha, sem nada além de uma faca na mão. De todo lugar chegavam a seus ouvidos os gemidos dos moribundos. Pequenos grupos de soldados romanos sobreviventes trabalhavam incessantemente no meio deles, tentando levá-los em macas. Mas havia muitos, muitos mais feridos que ilesos. Ficariam trabalhando a noite toda. Ele voltaria em breve e os ajudaria. Na exaustão final talvez encontrasse consolo. Pois os gemidos os atingiam como adagas em brasa, cada um deles como uma acusação. Alguns dos que morriam chamavam por Deus, alguns por suas mães, alguns pela morte. Dos três, apenas a sempre fiel morte viria buscá-los.

E pelo quê? Haviam sido necessárias as forças unidas de todas as nações romanas e visigodas para fazê-lo parar, o Flagelo de Deus. E aquilo fora tudo que fizeram. Não o haviam derrotado. Nunca o derrotariam. Era a mesma coisa que tentar derrotar o vento. Quanto aos homens que restaram a Roma, Aécio silenciara um *optio* que tentara lhe relatar os números. Ele já sabia quais eram. Metade dos guerreiros godos estava morta pelo campo. Sete ou oito mil tinham trocado suas vidas por Roma. Dos 25 mil de seu próprio exército, que tinham suportado o peso do ataque dos hunos, ele duvidava ainda ter 5 mil de pé. As legiões herculianas e batavas efetivamente não existiam mais. A Guarda Palatina realmente lutara até o último homem, protegendo o flanco esquerdo do exército naquela colina, com os hunos retrocedendo apenas quando a Guarda estava morta e viram sua própria horda recuando. Os *superventores* estavam dizimados. Da cavalaria Augustana, mal restavam oito... Havia algum consolo em saber que, por mais que tivessem perdido muitos, os hunos tinham perdido três ou quatro vezes mais?

Ele parou ao lado de um de seus mortos. Não, não havia consolo. O capitão Malchus teve um braço completamente decepado; seu rosto era como uma máscara de puro sangue. Aécio cobriu aquela face com um pedaço de sua capa. O visigodo Jormunreik estava deitado de bruços, a mão ainda segurando o machado. Aécio se abaixou e tocou sua cabeça, apenas uma vez, sem dizer nada. Havia visto vacas tocarem bezerros mortos dessa maneira, apenas com um gentil toque, e entendeu por quê. E aqui estava também estirado aquele grande gigante bruto do Reno, Punhos. Aécio se lembrou da vez em que se conheceram, na estrada para Azimuntium. Punhos, filho da prostituta do Reno Volumella. Aécio ajoelhou a seu lado e passou a mão por seu rosto, fechando seus olhos.

— Nada de filho de uma puta — balbuciou —, e sim o mais corajoso de todos.

CAPÍTULO 11
O REI LOUCO

Outro homem caminhava pelo campo de batalha também, carregando uma espada. Ele não se importava. Murmurava para si mesmo sobre Roma e sobre a China, andando entre os mortos. Todos tinham partido para um mundo de luz. Não era assim? Trabalhos dos anjos, portanto. Ele não sorria. Trabalho da Eternidade.

A lua estava refletida em poças de sangue de cavalo. Como se tivesse despencado até a Terra.

Havia um saqueador revirando os bolsos dos mortos, roubando broches esmaltados, fíbulas, anéis de dedos quebrados. Talvez fosse de um dos vilarejos ou até mesmo alguém de seu povo, mas ele o matou assim mesmo. Andou silenciosamente por trás do homem e enfiou-lhe a espada na nuca. Mas imediatamente no meio da escuridão notou outro. Ele se sentia cansado. Não poderia matar a todos.

Havia um soldado só com uma perna morrendo. Havia um cavalo que ainda dava coices. Estava cansado de matar. Cansado entre as pilhas de mortos e moribundos, entre as poças de sangue e armas quebradas da guerra, entre os arco-íris mortos e a lua caída refletida nas poças de sangue. Ele se ajoelhou abruptamente e fincou a espada na terra. Que ficasse ali, junto com os mortos gelados.

De madrugada, Átila percebeu que os hunos não podiam mais atacá-lo. Eles, ou o que restava deles, também estavam exaustos.

Deu a ordem de que desfizessem o acampamento, e os esfarrapados remanescentes de sua horda cavalgaram para o leste.

Assim que se foram, os romanos e os visigodos fizeram a mesma coisa. Dois terços dos homens estavam feridos e morrendo, e a coluna viajava muito lentamente. Um vasto silêncio pairava sobre os Campos Cataláunicos, acima das pilhas de incontáveis mortos.

Naquele inverno, houve invasões de muitas matilhas de lobos naquele país.

Com seus espíritos quebrados, o exército maltrapilho de Átila e seus amargurados mercenários vingaram-se terrivelmente nas populações nativas pelas quais passavam durante seu taciturno retiro até suas terras natais. Alguns prisioneiros borgonheses foram amarrados, pendurados em árvores e usados para a prática de tiro ao alvo. Fizeram as crianças daquele povo assistir, achando engraçado que pudessem ver seus pais espetados até a morte por flechas.

Suas diversões deixavam corpos estirados pela estrada, mulheres grávidas dilaceradas, os fetos ainda não nascidos tirados de seus ventres e colocados em piques. Ouro fundido era derramado dentro das bocas de judeus capturados, a quem os mercenários ridicularizavam como sendo descrentes sem Cristo. Os últimos acampamentos e cavernas do quieto povo da floresta da Boêmia, que caçavam roedores e se alimentavam de raízes e bagas, de olhos castanhos, sonhadores e silenciosos, uma tribo de crianças, que até mesmo naquela idade vivia como tinha vivido na Europa durante séculos, talvez milênios, falando uma língua que ninguém mais entendia, como se fossem do Éden antes da queda: eles também foram extintos pela pungência de Átila, um povo sem nome, desconhecido, pretérito, inocentes como o ar. Foram cercados e mortos com espadas, morrendo levemente como haviam vivido, suas pequenas vilas de cabanas de palha deixadas queimando em meio às clareiras ensolaradas. Todos sofriam com as hordas de Átila.

A Europa gemia e sangrava, e o próprio rei cavalgava em silêncio na frente de sua derrotada horda assassina. Seus olhos fixos à frente, indiferentes à devastação deixada em seu rastro negro e enfumaçado. Todo o mundo estava queimando e não havia nada para salvar. Se ele não poderia ser o Mestre do Mundo, seria seu Destruidor.

Apenas uma coisa era pior do que um exército se aproximando, diziam na época: um exército se retirando. Toda a esperança e ordem perdidas, deixadas para obter apenas uma satisfação vazia de massacrar os mais fracos e indefesos com a destruição que não tinham conseguido causar em seus inimigos armados, numa amarga represália pelo seu destino. Até mesmo a natureza sofria, punida por sua ira mal-humorada. Florestas inteiras de verão eram incendiadas, assoladas, paisagens inteiras transformadas em cinzas e caladas e desnudas de vida.

Pelas estradas para a Itália e para o leste, o povo vinha fugindo. Vejam-nos fugindo, empurrados pelo vento, como palha soprada no ar vazio, bonecos dançando conforme seu antigo rugido trágico, através dos campos desolados. Através das longas eras.

Aécio estava certo em pensar que Átila falhara, mas mesmo assim não pararia. A destruição se tornara o próprio ar que ele respirava. A morte tinha se tornado sua vida.

Aécio afinal voltou a Ravena e se deparou com as piores acusações e exigências de Valentiniano para saber o que havia acontecido com seu exército. Aécio contou com exagerada calma que não sobrara um exército romano. Talvez devessem negociar com os visigodos, o único exército armado com alguma significância que restava na Europa Ocidental. Valentiniano urrou, rasgou seus mantos e mordeu sua língua até cuspir sangue nos chãos de mármore branco do palácio.

Então ele recebeu as inacreditáveis notícias de que Átila estava marchando novamente, dando a volta pela Nórica. E estava cavalgando na direção de Aquileia. Que ainda tinha homens para lutar e, ainda mais inacreditavelmente, *vontade*...

Tinham feito tudo aquilo para nada. Não havia restado ninguém para se opor a ele. Ele entraria em Ravena, e então em Roma, e as queimaria até o chão. Quantos homens ainda teriam? Dez mil: os esfarrapados remanescentes de seu então poderoso exército, o resto tendo sido destruído nos Campos Cataláunicos ou então desertado e sumido de volta para a vastidão da Cítia. Mas ainda assim, 10 mil dos mais leais homens cavalgavam ao lado dele — e os romanos não tinham ninguém que os reprimisse. Ninguém. Não podiam esperar que os visigodos lutassem pela Itália como haviam lutado pela Gália.

Do lado de fora do palácio, Aécio falou com o restante de sua guarda pessoal:

— Precisamos ir agora. Pegar um navio para o leste. Não há nada mais para vocês aqui.

Arapovian o encarou duramente com seus olhos pretos como carvão, e finalmente concordou.

— Eu me sentiria como um desertor — falou —, exceto que, como em Viminacium, não sobrou nada para desertar.

— Serviu Roma bem, oriental. Melhor que ninguém.

Arapovian subiu em seu cavalo.

— Para onde você vai agora?

— Para o leste, como vocês dizem. Não para meu país, ele não existe mais. Mas para algum lugar ali. Talvez bem longe ao leste. Quanto mais longe, melhor. Ele fez com que seu cavalo começasse a andar.

— Que Deus o acompanhe, oriental.

Arapovian ergueu sua mão direita e gritou de volta:

— E você também, general comandante Aécio.

— E você, centurião?

Tatullus fez uma careta.

— Vou ficar. Como sempre.

Finalmente ele foi até uma hospedaria simples e pediu para falar com dois dos hóspedes. Momentos mais tarde eles apareceram na porta. Lúcio e Cadoc.

Aécio contou a eles sobre a aproximação de Átila.

— Deviam navegar de volta para casa agora, para sempre. Se esqueçam de Roma, assim como Roma se esqueceu de vocês.

Lúcio balançou a cabeça.

— A Bretanha vai esperar por nós. Mesmo não sabendo explicar muito bem por que, mas nós, meu filho e eu, ainda somos necessários aqui, com você. Ficaremos até o final.

Agora, todas as noites, Átila tinha visões e um sono interrompido. Ele via seus cavaleiros subindo os degraus do Capitólio Romano, arrancando os olhos das estátuas dos imperadores com as pontas de suas lanças. Nesses sonhos ele falava os nomes de Roma e de Aécio incessantemente.

Aquileia não ofereceu qualquer resistência a ele. Reunindo seus mais notáveis moradores, pediu que levassem até ele um homem chamado Nemesiano. Aquele venerável senador estava velho e fraco demais para se mexer agora, lhe responderam. Mas sua villa ficava em...

Ele saiu a galope, Orestes mal capaz de acompanhá-lo.

Ele arrastou o senador de cabelos brancos de sua cama e para fora de casa até o belo terraço com vista para a grande cidade de Aquileia, com o Adriático outonal atrás, agitando sua adaga acima da cidade.

— Tudo isto — vociferou —, tudo isto será destruído primeiro. Por sua causa.

Nemesiano estava de quatro, chorando. Orestes freou seu cavalo e desmontou com meia dúzia de guerreiros. O senador os encarou, olhando suas tatuagens, cabeças raspadas, vergões, colares feitos de dentes e mandíbulas, com enojada descrença. Então ele se virou de volta para Átila, quase soluçando.

— Mas por que eu? *Por que eu?*

Átila se agachou e suspirou, afiando sua adaga numa chapa de arenito no chão.

— N-n-não, não faça isto — gaguejou Nemesiano. — É de jasper, a melhor pedra...

Átila olhou para ele com as sobrancelhas arqueadas e riu. Ele continuou a afiar.

— *Por que eu?* — repetiu. — Uma pergunta que os deuses acham cansativa.

O velho mordera seu lábio inferior e ele agora estava sangrando. Os pingos de sangue se destacavam em seu rosto pálido como bagas sobre a neve velha.

— Quarenta anos atrás — começou Átila —, na estrada para Aquileia, havia três crianças. Eram pequenas, estavam fracas e com fome. Não havia ninguém para cuidar delas. E então você apareceu na estrada.

Nemesiano pareceu esperançoso.

— Quarenta anos é muito tempo. Talvez seja difícil para você...

— Havia um garoto, um bruto garoto bárbaro, suas bochechas marcadas com as tatuagens azuis de seu povo. Uma criatura amedrontadora. — Átila jogou seu cabelo para trás das orelhas com argolas de ouro e o homem viu e gemeu. — Havia outro garoto, um escravo grego loiro. — Ele apontou para Orestes com a adaga. Nemesiano olhava de um para o outro. O sangue manchava seu roupão bordado. — E havia uma garotinha. Seu nome era Pelágia. Era irmã do escravo grego. Ele a amava muito. Ela tinha 6 anos.

A não ser pelos soluços de Nemesiano, só havia silêncio. Então ele começou a dizer "por favor" sem parar.

Átila o observou.

— Shhh — sussurrou suavemente.

Nemesiano ficou em silêncio.

O bárbaro tatuado também a amava, pois era inocente como a primavera. Talvez porque ela fosse tudo que ele não era.

O velho começou a balançar a cabeça muito lentamente.

— Não, não, não — murmurou baixo, quase inaudivelmente.

— Você os recolheu, e cuidou deles. — Átila balançava a cabeça da mesma maneira, como se simpatizando com a tristeza do homem. — Ah, como cuidou deles.

Ele se levantou e andou até o homem.

— Então esta é a resposta à sua pergunta balida, "Por que eu? Oh, deuses cruéis, por que eu?" — Ele prendeu a cabeça do homem na curva de seu braço esquerdo. — Os deuses não são cruéis, afinal. São apenas justos, e suas punições são cães do paraíso farejando os rastros de nossos pecados. Com o tempo, depois de longos anos, às vezes até mesmo quarenta anos depois que o pecado foi cometido, desfrutado e esquecido, aqueles incansáveis cães de caça vão procurar você. Eles correm a noite toda através das florestas escuras, o caminho à frente iluminado pelo fogo de seus olhos. Eles não desaceleram nem param, seus narizes colados no chão, seguindo até a fonte e origem do malcheiroso odor de seus pecados que gritam para os céus pedindo vingança. — Ele segurou a adaga imóvel na frente do olho esquerdo do velho. — Está vendo agora? Está vendo, *por que eu*?

Com uma espetada e um movimento de lado da ponta da adaga, ele empalou e arrancou o olho de Nemesiano. O globo aquoso voou da ponta da adaga e caiu no chão, ficando ali, tremendo ligeiramente como alguma criatura marinha primitiva tirada de forma prematura do fundo do mar. O velho urrou e se debateu, e lágrimas caíram do soquete onde as raízes de seu globo ocular se dependuravam por cima da pálpebra inferior, como as raízes sangrentas de algum tipo de planta desenterrada feita de carne e sangue. Lágrimas e sangue desciam pelas bochechas envelhecidas e suas mãos manchadas pela idade apertaram o grosso antebraço de Átila numa inútil oposição.

— Está vendo agora? — perguntou Átila mais uma vez. — Não. Temo que só esteja vendo pela metade.

Mais um golpe de adaga e então havia dois globos oculares perdendo seu brilho no chão. Os soquetes no rosto do homem se encheram de um sangue aguado.

— Agora você vê — disse Átila. Ele soltou a cabeça de Nemesiano e limpou a lâmina de sua adaga no roupão do velho. — Agora você vê.

Nemesiano caiu e ficou deitado, gemendo.

— Você não vai, temo eu, poder assistir ao iminente incêndio de sua amada cidade. — Ele guardou a adaga dentro do justilho de couro. — Mas vai sentir o cheiro.

Ele olhou para Orestes. O grego assentiu. E então eles voltaram para Aquileia.

Era uma grande cidade, um grande porto, um dos melhores em toda a Itália. E agora? Agora a visão de Aquileia mal pode ser encontrada. Nada mais que montes de pedras sobre os quais o vento sul sopra. Sopra e segue em frente.

Depois de Aquileia, Átila cavalgou pela Itália e incendiou Patavium, Vicentia, Verona, Placentia... Em Mântua um poeta local chamado Marulus dirigiu floridos versos elogiosos ao conquistador. Átila mandou que o queimassem numa pira feita com seus próprios livros.

Só quando chegou a Mediolanum ele soube que Gala Placídia havia morrido um ano antes. Cerrou os dentes e açoitou o homem que lhe trouxe a notícia. Aquela noite ele sonhou estar esfaqueando uma galeria de estátuas, fazendo-as cair aos pedaços no chão, esmagando-as com os pés. Gala, numa *stola* verde, se colocou entre elas e sumiu antes que ele pudesse quebrá-la. No final do corredor estava sentado um rei com chifres num trono de madeira, suas mãos nada mais que garras, despojado de trajes reais, usando apenas uma imunda tanga, seu peitoral velho caído, seu cabelo cheio de pele e penas. O rei ergueu a cabeça lentamente, os olhos avermelhados, abatidos, tomados de horror, e então aquele terrível sorriso...

Átila acordou gritando.

Orestes veio acalmá-lo.

— Estamos nos aproximando de Roma.

— E Roma está vindo nos receber — respondeu Átila.

Ravena mesmo não era mais que uma corte de macacos tagarelas usando togas. Ainda falavam em comprar Átila.

— Por quê? Por quê? O que ele *quer*? — exigiu saber Valentiniano.

— Não queira saber demais daquele coração negro, majestade — aconselhou Aécio em voz baixa. — Pode se perder como se num labirinto à meia-noite, e nunca mais encontrar a luz.

— Ele era seu amigo, não era? — O imperador estava se segurando agora, encarando Aécio fixamente. — Um grande amigo. Você o conhecia bem.

— Há muito tempo.

Aécio tratou de organizar o último grupo de soldados que conseguiu.

Em Mediolanum, Átila havia se instalado no palácio imperial, onde incessantemente andava por seus intermináveis corredores de mármore, murmurando sozinho. Parecia não ter pressa para avançar sobre Roma. Alguns cochichavam que ele estava cheio de superstições, lembrando-se do destino de Alarico, que marchara contra Roma triunfante e morrera apenas seis dias depois.

O desespero e a fúria competiam por seu coração. Um dia, num vestíbulo abandonado, ele encontrou um grande mural representando os reis da Cítia ajoelhados em tributo a uma sucessão de imperadores romanos. Gritando pelos corredores desertos do palácio, ele exigiu que o mural fosse repintado retratando a si mesmo no trono e os imperadores de Roma ajoelhados diante dele. Depois, sem qualquer motivo aparente, mandou que executassem os apavorados pintores do mural.

Outras vezes ele discursava sobre seus grandiosos planos, enquanto suas poucas forças além das muralhas da cidade diminuíam a cada dia. Em breve, ele tomaria Roma, e então Constantinopla — aquelas seriam suas bases. Então se viraria contra o instável Império Sassânida da Pérsia, e depois a Índia, e finalmente a Grande Muralha. Destruiriam a própria China, o maior e mais antigo inimigo de todos... Ele se tornaria rei do mundo.

Seus homens se sentiam sem objetivo e abandonados enquanto saqueavam os campos ao redor. Orestes ficava com ele, assim como a bruxa Enkhtuya e, nos cantos mais distantes, aparecendo e desaparecendo todos os dias como o orvalho, o xamã Pássaro Miúdo.

— Um rei teve um poderoso império certa vez — falou Pássaro Miúdo —, mas em troca de que ele o entregou de mãos beijadas? Por um império maior.

Átila franziu o cenho.

O xamã riu.

— O ilimitado e infinito império do nada. — Ele ousou colocar sua mão na cabeça branca de Átila. — Oh, Pequeno Pai de Tudo e de Nada.

— Silêncio, tolo, ou corto fora sua língua.

— Fique com ela à vontade, mestre. Você já ficou com tudo o mais de seu povo.

Um golpe selvagem, uma pisada em seu tornozelo, um grito agonizante, e o pequeno xamã saiu mancando do palácio.

Uma criatura estranha e cheia de penas, sentada num leão de pedra no fórum de Mediolanum, cantava para o povo assustado:

"Em nossas perguntas da solidão
Tempestades e estepes vazias,
Achamos que tais coisas nunca terminariam.

Vimos o homem branco curvado sobre a terra
Com suas espadas, suas lanças e seu ouro

Suas cidades, suas ruas, seus palácios cobertos de nuvens,
E com a terra do Povo,
E com o esconderijo do leão sumido
Ele caçava para nada, o feroz leão da Líbia
E pensamos, isso não pode durar. Isto vai acabar.

Duas vezes agora, Ó meu povo, estivemos errados."

Ele levantou os braços e gargalhou. O povo de Mediolanum saiu correndo.

Certo dia, Pássaro Miúdo entrou no palácio na ponta dos pés e encontrou seu mestre sentado sozinho num dos velhos tronos imperiais numa grande câmara de audiência. Estava falando sozinho, seus olhos observando as paredes e tetos de afrescos, sem enxergar de verdade nada. Pássaro Miúdo poderia ter chorado, mas em vez disso sentou-se diante do Grande Tanjou e esperou. Átila o encarou. Bem fundo em seu coração havia desespero, assim como talvez no fundo do coração da sanidade exista esperança.

O rei subitamente se levantou e abriu amplamente os braços.

— Fiquem quietos e me escutem, oh, povo!

Pássaro Miúdo ficou sentado olhando para ele, de pernas cruzadas e olhos esbugalhados, como uma criança já na sétima década de vida.

Houve um longo silêncio, Átila mantendo a cabeça baixa. Então falou, tão baixo que Pássaro Miúdo se esforçou para ouvir:

— Ele está muito irado conosco, ele nos abandonou completamente, fomos rejeitados e desprezados. Está no livro dos cristãos, eu o conhecia quando era criança. Longas tardes romanas de inverno com o pedagogo, um refém, o sol frio mergulhando baixo além das barras. Somos o povo de Gogue e Magogue. Eu desprezava os ossos e trapos e adorados fragmentos dos santos em suas igrejas, e as profecias de seus livros santos, mas agora elas voltaram para me assombrar na minha velhice. Agora caminho para a casa da morte sozinho e com passos incertos, e deixo meu povo abandonado por seu deus.

— Oh, meu louco mestre, não fale assim.

— Seremos desintegrados, que nem na velha canção, "como o vento, como o vento". E do grande povo huno nos anos futuros não haverá nem vista nem sinal em todo o vasto mundo, como se nunca tivéssemos existido. E sou eu...? Um rei dos reis da Palestina, um rei de terror do leste. Oh, meus sonhos são implacáveis agora, vêm a mim todas as noites sem descanso, aqueles videntes e profetas debaixo das árvores naquela manhã nebulosa de minha infância há tanto tempo, quando eu não tinha ninguém além do amado Orestes para me confortar. Deitamos sua irmã na terra...

Pássaro Miúdo foi até ele.

Átila não viu. Seus olhos perambulavam.

— Conforto não há, consolo não há, à meia-noite meu coração murmura que nem deuses há! Tomaram o Oriente de mim, tomaram o Ocidente de mim, tiraram meu ódio de mim e meu amor de mim; triste é minha canção agora, minha cabeça é pesada, meu coração murmura uma canção de cinzas. E você, que tiraste tudo de mim, não é nada além de um vazio sem forma, sem voz, sem sentido e sem sentimentos, o começo e o fim de todas as coisas, para todo o sempre.

"Suas profecias zumbem em meus ouvidos como moscas raivosas. Dois impérios foram derrubados... O nascimento de um império foi a Itália. O outro foi o seu próprio. E sou eu...? É uma ideia que mal posso suportar, oh, ajude-me a suportar, pequeno xamã, da mesma maneira com que ajudaria um velho cambaleando debaixo de um fardo. Bobo da sorte, imbecil da história."

Ele se inclinou para a frente e colocou as mãos nos ombros magros de Pássaro Miúdo.

Pássaro Miúdo se encolheu como se o toque tivesse sido gelado como a geada da Cítia.

— É como pedir a um rato para suportar o peso de uma pedra nas costas, meu mestre.

Os braços de Átila caíram para os lados de seu corpo, e ele se sentou novamente.

— Em minha esbranquiçada velhice, achei que tinha reverência, piedade, glória, soberania, e agora tudo se foi, tudo foi tirado de mim, meu império vacila e míngua como a vela de sebo de um indigente. Um vidente certa vez disse que meu filho Ellak herdaria meu império. Agora sei de que império ele estava falando: do grande, infinito império do nada.

— Não fale assim, mestre.

— Meus filhos disputam uns com os outros e em breve estarão em guerra uns com os outros, quando seu pai tiver morrido e nada restar dele a não ser pegadas e ossos desvanecendo. Minha Checa não existe mais em carne, montículos de pó debaixo do sol, as costelas de gado morto há muito já branqueadas, nenhum canto de passarinho, nenhuma água doce, um deserto vazio, uma vila esfarrapada ao lado de um lago moribundo.

"Estou tão quebrado quanto o gelo que se fende. Não existe ninguém para me ajudar a suportar isto; um rei deve morrer sozinho. Meu coração canta de tristeza, uma solitária tristeza no alto de uma montanha que apenas um rei moribundo pode conhecer. A loucura do rei Goll. Ouvi o escravo celta cantando, há muito tempo, que conhecia as antigas profecias sibilinas. O lobo cinza me conhece... As lebres correm atrevidas por mim... 'Elas não vão se acalmar, as folhas flutuantes, em volta de mim, as folhas das faias envelhecem.' Rei Goll, velho amigo, eu o conheço, e vejo seu rosto na água. Fui eu que os trouxe a este lugar e a este predestinado fim? — Ele se inquietou e tremeu, os olhos selvagens, as mãos segurando com força os florões do trono estrangeiro. — Oh, ficarei louco! Oh, não me deixe ficar louco!"

— Oh, Pai — disse Pássaro Miúdo, deitando sua cabeça no colo de seu senhor —, meu coração fará companhia ao seu enquanto ambos se partem.

CAPÍTULO 12
O DEUS QUE TROVEJOU

Finalmente chegaram notícias de que Átila estava marchando em direção a Roma.

Aécio viajou pela via Flamínia partindo de Ravena para interceptá-lo, com uma força de menos de mil homens. Um número ridículo. Ele esperava que os cidadãos de Ravena, Florença e da própria Roma pudessem se juntar a ele nessa batalha final e miserável da história de Roma, pouco mais que uma escaramuça. Mas o povo já fugira.

Enquanto Aécio e sua coluna se aproximavam da semiabandonada cidade nas sete colinas, no entanto, viram uma cena extraordinária: um cortejo sem armas liderado pelo bispo de Roma, Leão, seguindo para o norte, para encontrarem Átila. Padres em seus casulos carregavam cruzes, bandeiras, incensários e cantavam hinos; o ouro de custódias e dalmáticas brilhava sob o sol italiano; o bispo Leão em pessoa, atarracado, de rosto redondo e alegre como o compatriota Campaniano que era, cavalgando um roliço cavalo branco ligeiramente pequeno demais para ele, estava flanqueado por longas fileiras de garotos do coral e diáconos.

— Que diabos é isto?

O bispo freou.

— General comandante Aécio? Junte-se a nós. Cavalgue conosco. E permita que falemos com Átila primeiro, antes...

— Falar com Átila! Sua Santidade, como todo o respeito, *falar* com ele, implorar a ele, pagar a ele, a essa altura, é como uma corça implorando para um leão, quando o leão já cravou os dentes no traseiro dela!

O bispo sorriu indulgentemente. Tais vigorosos sorrisos o lembravam de sua infância no campo.

— *Falar* com Átila — recomeçou ele calmamente —, antes de você e seus bravos soldados se alinharem para enfrentá-lo em batalha.

Aécio o encarou. Então deu as ordens para que se juntassem atrás da comitiva.

Foi perto do rio Mincio que Átila e o bispo de Roma tiveram sua conversa. Na gentil terra de Virgílio e Catulo, agora pisoteada pela cavalaria bárbara.

No pequeno partido de padres e capelães de Leão também havia um velho corpulento de barba branca, e um homem mais jovem de olhos castanhos. Alguns diziam que eles vinham da Bretanha, mas outros duvidavam e achavam que aquilo era lenda. Muitas lorotas surgiram a respeito daquele encontro. Que Átila, os bretões e o partido papal trocaram antigos versos sibilinos, e que, depois que ele os ouvira até o fim, o terrível rei dos hunos, o Flagelo de Deus, baixou sua cabeça e começou a voltar com seus homens. Alguns até mesmo alegaram que Roma fora salva pelo supersticioso horror de Átila pela igreja cristã, e algumas velhas e ilegíveis rimas. Outros diziam que sua força estava exausta de qualquer maneira; ele fora derrotado nos Campos Cataláunicos.

Mas o encontro confirmou algo. As legiões de Roma realmente eram coisa do passado. Átila não temia inimigos, mas temia o deus dos cristãos: o deus que trovejara sobre ele das escuras profundezas daquela catedral em Rhemi. O velho poder militar de Roma fora extinto, mas o novo poder da igreja o substituíra.

*

— Não foi o padre dos cristãos que me fez partir — disse Átila —, mas aquele outro, no manto branco, parado atrás dele.

Orestes franziu o cenho.

— Não havia ninguém de manto branco lá.

— Ele erguia uma espada em chamas.

Orestes ficou em silêncio e então saiu da tenda do rei. Escutou uma voz cantarolando longe na escuridão.

"O Grande Espírito deseja.
Sequem seus olhos.
O homem branco vem.
Um Povo se vai."

CAPÍTLO 13
O LEITO DE MORTE

No oeste da Bretanha, um velho e seu filho finalmente voltaram para sua modesta casa. O velho desceu com facilidade de seu cavalo e uma mulher apenas alguns anos mais nova saiu, chorou e o abraçou. Eles ficaram abraçados, e então entraram. O mais jovem foi deixar os cavalos no estábulo.

A mulher falou:

— Os cristãos venceram?

Lúcio fez que sim.

— Desta vez. — Ela o ajudou a tirar seu pesado manto bretão. — Alguma notícia?

Ela balançou a cabeça.

— Da fortaleza de guerra?

— Tem estado quieta. Um mensageiro partiu dela, viajando pelo mar, mas...

— Ainda não voltou?

Seirian balançou a cabeça novamente, e disse em tom de súplica:

— Mas a fortaleza de guerra não pode ter caído?

Lúcio se virou e viu Cadoc entrando pela soleira, desafivelando a bainha. Ele estendeu uma das mãos para o filho.

— Fique com ela.

Cadoc ergueu o olhar, a mão ainda na fivela, os olhos brilhantes e proféticos.

Os filhos de Átila já estavam disputando sua herança enquanto o envelhecido rei sentava em seu trono de madeira em sua tenda no Ungvar, o arco numa das mãos, olhando para a frente, o rosto cinzento como chumbo velho, seus pensamentos o devorando.

— Pois dessa geração de homens eles não dirão que fomos os mais fortes. A grande Águia dos Céus vira sua cabeça para longe, seus olhos dourados não mais nos fitam, sua atenção está longe sobre outros reis e impérios agora. Somos criaturas pequenas para ela, somos grilos chilreando na grama, somos tediosos, todas as nossas ostentações e guerras são ridículas para ela. Ele nos deixou aqui, nosso Pai de Tudo nos abandonou, e somos meros órfãos das estepes, órfãos do mundo. O ouro, as pedras preciosas e todo o tesouro de sua divina bênção foram passados para outro povo, e estamos completamente esquecidos.

"Li tudo no livro dos judeus e dos cristãos. Ele nos separou no dia de sua ira feroz. Levou-nos para a escuridão e não para a luz. Certamente se virou contra nós. Tornou nossas correntes pesadas, e nossos caminhos desesperados. A alegria em nossos corações acabou, pois ele apontou seu arco para nós e nos tornou um alvo para sua flecha. Nossa dança virou luto, e a coroa do mundo caiu de nossas cabeças.

"Os fantasmas de meu povo vieram até mim, esqueléticos, quase sem carne, me arranhando, bruxos antigos de tetas enrugadas, dizendo que matei meu pai; e que agora meu pai me matou. Lorde Astur está contra mim, o vento do mundo se virou contra mim, meus filhos brigam diante de meus olhos, a batalha foi perdida e o sonho acabou. Somos todos órfãos no final, ó minha alma.

"Como todas as coisas decaem e perecem! E como todas as coisas voltam. Nossos crimes e iniquidades, que achávamos ter deixado para trás, na estrada, há muito tempo, enquanto avançávamos para nossa glória, na verdade corriam na nossa frente durante a noite enquanto estávamos dormindo e nos esperavam na estrada para nos receber, com sorrisos sombrios e mãos estendidas."

Mas seu orgulho era grande demais, e, em vez de pedir perdão, ele desceria orgulhoso e impenitente para o inferno. Uma grande cidade que se parecia muito com a de Roma.

Apenas o vento tocará a flauta do pastor,
Apenas o vento do norte cantará sua canção,
Oh, meu Povo...

Num banquete, ele repartiu seu império imaginário entre seus filhos favoritos. A China para Dengizek, a Gália para Emnedzar, a Itália para Ûzindar, a terra pátria de Ungvar para seu amado Ellak, a Pérsia para Ernak e a África para Geisen. Mesmo antes de terminar de falar, seus filhos já riam entre si. Velho tolo!

Eram astutos e pequenos de espírito, os filhos de Átila. Não tinham força interior. Tudo fora esmigalhado de dentro deles pela grande rocha que fora seu pai. Ervas daninhas em sua sombra, sem luz e aproveitadores. Pássaro Miúdo se virou, choramingando, incapaz de assistir. Eles zombavam dele na sua frente, aqueles filhos ingratos.

Átila anunciou que este também era um banquete de casamento, pois havia desposado uma nova noiva, uma borgonhesa. Seu nome era Idilco, e tinha 19 ou 20 anos. As mulheres a levaram para dentro da tenda. Era muito bela, e os filhos de Átila fizeram comentários lascivos e assobiaram. Brincaram entre si que velhos javalis não tinham nada a ver com jovens porcas, e gritaram que, apesar de a faca castrar rapidamente e de a idade o fazer lentamente, as duas castravam no final.

A mão de Orestes estava em sua espada. Mas Átila apenas olhava fixamente para a frente, seu outrora poderoso punho segurando com força uma taça de madeira, sem escutá-los.

Idilco sorriu.

*

Naquela noite, o imperador Marciano de Constantinopla sonhou com um grande arco quebrado no céu, como uma estranha constelação nova. O sonho o intrigou profundamente.

Entre as tendas hunas, a gelada madrugada revelou os foliões dormindo entre as jarras vazias em pilhas de peles animais. Os fogos queimavam baixo. Mas não havia sinal de Átila. Depois de um tempo, seu fiel servo Orestes bateu na porta de couro de sua tenda. Não houve resposta. Orestes chamou de novo e de novo, mas havia apenas silêncio. Finalmente ele cortou os laços e entrou.

Com seu angustiado grito, os guerreiros vieram correndo.

Idilco estava agachada num canto, tremendo como um animal assustado. Átila estava deitado de costas no sofá, nu. O sangue jorrava em torrentes de sua boca, encharcando metade de seu corpo. Seus olhos estavam virados para o céu.

Orestes andou até a garota, com a faca em punho.

Ela se levantou e estendeu a mão, um dedo acusatório balançando.

— Não vou lhe permitir ter tempo para uma maldição de morte — disse ele, agarrando seus longos cabelos claros.

Ela recuou.

— Não é uma maldição, é uma verdade. Vai escutá-la.

Orestes parou. A atmosfera na tenda estava pesada de horror e abafada pelo cheiro metálico de sangue.

— Os hunos lutaram com os borgonheses vinte anos atrás. A minha idade. Sob seu rei Ruga, aquele bêbado imundo, aquele mercenário, os hunos foram pagos pelos romanos para lutar contra os borgonheses, meu povo. — A garota parecia mais forte conforme falava. — Minha mãe era muito bela. Ela foi estuprada. Meu pai foi assassinado. Talvez eu seja metade huna, eu não sei, não me importo. Então todas as coisas voltam. Os hunos destruíram minha família. — Ela jogou seu cabelo para trás e sorriu. — Agora eu destruí seu rei. — Ela olhou para a horrível chacota de leito nupcial. — Cortei sua garganta como a de um porco. Ainda tenho seu sangue e sua semente em mim. Mas talvez seja como as antigas profecias dizem. Seu próprio sangue o destruirá. Está certo. O povo huno devorou a si mesmo. Agora pode me matar. — Ela olhou para o antebraço de Orestes. — *Pode me matar!*

Ele olhou nos olhos ardentes e triunfantes da jovem. E então a matou.

O corpo de Átila foi queimado numa pira funerária, deitado sob um pavilhão de seda. Cavaleiros galopavam em volta dela, cortando a si mesmos em faixas ensanguentadas. Muitos cavalos foram sacrificados, seus corpos erguidos e empalados em compridos piques em volta da pira. Havia flautas lamentando, tambores furiosos e mulheres chorando. A poeira obscurecia o sol enquanto milhares de cavaleiros galopavam selvagemente pela planície, disparando flechas contra o céu avermelhado.

Seus ossos calcificados foram postos num caixão triplo de ouro, prata e ferro, com muitos ornamentos e armas cravejadas de joias, taças de ouro e sacos de joias. O rio Tisza foi desviado para um canal vizinho, o imenso caixão enterrado no leito, e o percurso do rio restaurado, para correr por cima do local do sepultamento novamente por toda a eternidade. Os escravos que o enterraram foram assassinados e atirados no rio. Até hoje seu túmulo permanece desconhecido.

Durante a noite toda, os tambores continuaram a soar, guerreiros cansados balançando as cabeças, os cabelos soltos dos nós no alto, e caídos como crinas de cavalos na chuva, se embaralhando e dançando em volta do fogo. Seus olhos estavam fechados, suas bochechas marcadas refletiam a luz do fogo e brilhavam. Em suas gargantas fortes um murmúrio coletivo, um zumbido baixo como uma só voz, antiga como a Terra, cansada, mas implacável, disposta a não se render para ninguém além da própria Terra.

*

Sem qualquer discussão, sem qualquer palavra do filho mais velho, Dengizek, agora supostamente o rei, o povo desmontou suas tendas no dia seguinte e partiu para os desertos do leste dos quais tinham irrompido tão subitamente para sacudir os pilares da terra. As grandes carroças rolavam em meio à neblina de poeira laranja, suas canções subindo pelo ar enquanto sumiam nas estepes escurecidas. Um povo em seu orgulhoso ápice, mais temido que qualquer outro na terra, noticiado qual nunca mais se ouviu falar. Filhos de bruxas e demônios do vento, agora derretendo. "*Como o vento, como o vento.*"

Depois da grande horda ter ido embora, um único homem permaneceu. Ele tinha penas e laços nos cabelos e usava uma camisa de pele de cabra decorada com pequenos homens pretos de palitinhos. Estava sentado no alto de uma pedra dourada de calcário olhando por cima do grande rio na direção do sul e do oeste, acima de toda a Europa. Uma suave brisa noturna agitou a grama e as rosas amarelas, e o pôr do sol estava lindo sobre a água. Como era belo o mundo e todo o seu mistério. Ele não entendia nada sobre ele, afinal. O mundo era como era, inimaginavelmente belo, e partia seu coração deixá-lo.

Não chore, Pássaro Miúdo,
Solitário da tribo, inquieto,
Esquecido, sem ninho,
Palavras em seus lábios que guardam
A história do Povo,
Mais rara que o ouro.

Eu o saúdo, amansador da terra,
Construtor de pontes, construtor de fortalezas,
Domador do Danúbio, irmão romano!
Chamou-nos de tempestade do leste,
Tempestade que não passaria nunca,
Mas você é a tempestade do oeste,
Tempestade que não descansará nunca.

CAPÍTULO 14
A MORTE DE UM TRAIDOR

Demoraram algumas semanas para que chegasse até Ravena e Constantinopla a notícia que Átila, rei dos hunos, havia morrido — pelas mãos de uma garota de 20 anos.

Marciano entendeu seu sonho.

Valentiniano se embebedou.

Aécio baixou a cabeça.

Valentiniano observou Aécio, e o que parecia ser sua tristeza. Apenas alguns dias mais tarde ele o chamou até o palácio.

O imperador estava com mais guardas em volta dele que o habitual, e também diversos de seus cortesãos e conselheiros mais próximos, incluindo aquele velho orador Quintiliano, o especialista em hunos.

O general fez uma reverência secamente. Seguiu-se um silêncio prolongado e incômodo, mas Aécio não se incomodou. Tinha experimentado coisas muito piores que a intimidação ritualística de uma audiência imperial.

Parado ali, em toda a sua triste majestade, sozinho, em silêncio e destemido naquele vasto salão ecoando, suas paredes cobertas de brilhantes mosaicos mostrando o imperador como Senhor de Tudo, seus grandes pilares de pórfiro desaparecendo na escuridão abobadada acima, o imperador no alto de seu trono olhava para baixo julgando divinamente. Tudo era projetado para diminuir qualquer homem mortal que parasse diante daquele resplandecente trono dourado. Mas Aécio não se sentiu diminuído.

Os olhos do imperador estavam marejados e sem foco, e sua voz era baixa e sinuosa:

— Então — começou —, ele foi morto por uma cruel e bela dama. Seu... *alter ego.*

Aécio não respondeu.

A boca de Valentiniano começou a trabalhar:

— Seu amigo de infância, o Flagelo de Deus, não existe mais. Deve sentir como se uma luz tivesse se apagado em sua vida, que seu propósito aqui, sua *missão,* acabou. Que sua carreira toda acabou, na verdade.

Ainda assim Aécio não respondeu.

Valentiniano ficou de pé, tremendo.

— Responda-me, seu maldito! Parado aí nessa insolência muda, como Cristo diante de Pilatos! Quem você acha que é?

— Perdoe-me, Majestade. Não tinha percebido que você havia feito uma pergunta.

O imperador soltou um grito estrangulado e desceu correndo os degraus na direção dele. Ele lutou para se controlar, ficou quieto novamente e começou a andar em volta de Aécio, examinando-o como se fosse um estranho animal num alojamento de feras. Aécio permaneceu imóvel.

— Você me deixa ansioso, general comandante. Não é como os outros homens.

Aécio quase sorriu ao ouvir aquilo. *Vindo de você, Vossa Majestade...*

— E, sabe, isso nos deixa com um problema. Na verdade, meus sonhos indicam muitos problemas, e a palavra de Deus que chega até mim durante a noite me oferece apenas uma solução.

— Majestade, meu desejo mais ardente é ser dispensado da corte, abandonar meu posto de comando e partir em peregrinação. Até Jerusalém.

— Até Jerusalém, você diz! — Sua boca começou a tremer novamente e suas palavras tornaram-se incompreensíveis. — E o que vai fazer, dizer e planejar lá no misterioso e brilhante Oriente, imagino? A velha imperatriz também não está lá? A velha Eudóxia, uma grande e ardilosa inimiga da imperatriz Pulchéria, não?

— Majestade, não acredito...

— E eu também não acredito! — gritou Valentiniano furiosamente. — Não acredito que seja seu "mais ardente desejo" ir para Jerusalém, para sujar seus joelhos rezando no caminho pela Via Dolorosa até o Santo Sepulcro, junto com todos os outros peregrinos malnascidos! Não se rebaixaria a tanto, general comandante, grande vitorioso dos Campos Cataláunicos! Não, não podemos deixar você ir embora, precisamos *monitorar* você. Não há necessidade de você visitar Jerusalém para ver a cavalaria com seus próprios olhos. Vou mostrar-lhe a cavalaria bem aqui!

O imperador começou a remexer dentro de seus mantos. Os olhos cinzentos de Aécio estavam parados, olhando diretamente para a frente. Ele não se mexeu para tentar se proteger.

— Vou mostrar-lhe a cavalaria, seu, seu... — Saliva imperial voou no rosto de Aécio. — Seu *traidor* descarado! Estenda seus braços!

Quatro guardas o seguraram, dois em cada braço. Ele não podia resistir, nem tentou. Apenas olhou para a esquerda e para a direita para observar seus rostos. Rapazes de 18 ou 19 anos, novos funcionários, escravos obedientes. Apesar de mal o reconhecerem, baixaram seus rostos diante de seu olhar penetrante. Aécio queria dizer alguma coisa a eles, neste último momento, sabendo que a culpa não era deles, mas subitamente seu corpo estava chamejante de agonia e sua garganta estava retesada e sem palavras. Pois Valentiniano havia pegado uma longa espada e a enfiara debaixo de suas costelas. Aécio arfou e suas pálpebras tremularam e baixaram. Através da névoa ele viu o rosto sorridente do imperador, seu queixo respingado de cuspe quase tocando o seu enquanto ele torcia a faca.

Os quatro guardas largaram seus braços e ele recuou, cambaleando. Foi quando os outros cortesãos e conselheiros o cercaram com suas próprias adagas nas mãos, e se juntaram para matar o homem que os salvara da ruína uma dúzia de vezes. Apenas o velho Quintiliano ficou parado para trás.

Seus olhos estavam membranosos com a morte, embaçados e enevoados, seu corpo se retorcia e caía, seu último fôlego deixando seu corpo. O que ele via enquanto caía? Via a Cidade nas Sete Colinas, a grande Basílica de São Pedro, o monte Capitolino? Via suas amadas legiões, plumas vermelhas e bandeiras esvoaçantes na brisa? O rosto austero do inimigo, o Flagelo de Deus? Ou teve uma visão de Jerusalém?

Enquanto ficaram de pé olhando para o corpo atacado, Quintiliano falou atrás deles:

— Vossa majestade — disse calmamente —, acaba de cortar sua mão direita com a esquerda.

Para Aécio não houve canções de elogio ou lamento. Leitor, não sou eu que componho as ironias da história. Posso apenas contar a verdade. Apenas um punhado lamentou a morte de Aécio, um punhado em toda a Itália. A maior parte de seus amigos morrera nos Campos Cataláunicos. Se a notícia um dia chegasse à ilha da Bretanha, haveria luto. Na corte dos visigodos, em Tolosa, houve um profundo luto. Mas em sua terra natal...

Átila, o Destruidor morreu sendo elogiado, amado e glorificado por exuberantes rituais funerários, muito adorado entre seu ardente povo.

Aécio, o salvador, o último e mais nobre romano de todos, com quem toda a cristandade e o Ocidente têm uma dívida incalculável — teve seu corpo enrolado num saco e quietamente jogado num pântano. Aquilo ele tinha em comum com seu antigo inimigo: ninguém sabe onde foi enterrado.

Mas certamente os crentes devem ter razão, e a história deste mundo não é tudo; deve haver outra história, na qual a justiça será feita. Oh, precisa existir. Do contrário este mundo não vale um punhado de esterco.

A viúva do imperador Teodósio, Eudóxia, ainda estava em Jerusalém quando soube da morte de Aécio. Ela imediatamente foi até a igreja do Santo Sepulcro para rezar. Rezou por um longo tempo. E durante muitas noites depois ela gostava de sentar-se numa varanda iluminada pela lua e olhar para a Cidade Dourada de Sião.

Ela nunca mais voltou para Constantinopla.

Apenas algumas semanas mais tarde, o imperador Valentiniano estava observando seus soldados se exercitando no Campo de Marte quando foi cercado e assassinado por dois deles, que observaram: "Ele morre fácil para um deus!" Nenhum dos outros soldados lutou para defendê-lo. Alguns dizem que os assassinos do imperador haviam servido o próprio Aécio, e até mesmo lutado na batalha dos Campos Cataláunicos. Alguns afirmam que um deles era um centurião com semblante de ferro e olhos duros que não piscavam.

Dois anos depois, os vândalos subiram o rio Tibre e saquearam Roma. Haviam partido de Cartago. O saque foi selvagem e impiedoso, pois mal havia uma defesa na cidade, e o rei Genserico não havia ficado menos cruel desde que seus três filhos foram mortos na Gália. O bispo Leão implorou a ele que poupasse vidas. Quando os vândalos se retiraram, deixaram para trás teatros e circos em ruínas, sobreviventes confusos e errantes, perdidos no imenso espaço vazio de seus arruinados banhos públicos, bibliotecas outrora imponentes e salas de justiça. Tudo foi revistado e desnudado. Ainda assim, da igreja de São Pedro, hinos de louvor ainda soavam. O que eram tesouros e estátuas comparados a vidas humanas? O Senhor dava e o Senhor tirava, pregava o bispo Leão. Abençoado era o nome de Deus.

Os vândalos não ficaram ricos com o saque. Uma enorme tempestade de verão caiu, e grande parte da frota de Genserico foi atingida e afundou. Todos os tesouros de Roma dormem no fundo do Mediterrâneo em algum lugar entre Roma e Cartago. Dormem para sempre naquelas profundezas silenciosas entre as algas, metade dos tesouros do Mundo Antigo: diademas de pérolas indianas, esmeraldas egípcias, cálices de prata, aquele inestimável lustre de ouro maciço, pendurado com cinquenta golfinhos, que um dia estivera pendurado no Palácio de Latrão. Talvez até mesmo a Arca da Aliança, que Tito roubara de Jerusalém quatro longos séculos antes...

Depois de Valentiniano houve uma sucessão de imperadores entronizados e rapidamente assassinados, cada um mais débil e menos memorável que o anterior. No ano de 476 d.C., o enervante ato final foi encenado.

O penúltimo imperador de Roma, Júlio Nepos, foi deposto por um velho e traiçoeiro soldado, cujo filho, Rômulo Augusto, foi instalado em seu lugar. Muitos diziam que o rapaz na verdade era neto do velho guerreiro, mas ele mentiu para provar sua potência. O velho soldado devia ter 70 e poucos anos. Era grego de nascimento, seu nome era Orestes, e seu filho herdara seus cabelos claros. Em sua juventude havia sido o braço direito de Átila. Era incrível, mas era verdade. O último imperador foi o filho de Orestes.

"Quatro lutarão pelo fim do mundo. Um com um império, Um com uma espada, Dois serão salvos e um será ouvido, Um com um Filho e Um com a Palavra." Aécio, Átila, Orestes e Cadoc, os quatro garotos que brincaram juntos na planície da Cítia, tanto tempo atrás. Era o que a antiga rima dizia.

Mas o reinado de Rômulo Augusto não foi mais permanente que o de seus predecessores. Apenas dois meses depois, o próprio porta-estandarte de Orestes, Odoacro, um ostrogodo, matou Orestes em seu turno. Rômulo Augusto foi deposto oficialmente em

4 de setembro de 476 d.C. Fazia precisamente 12 séculos e seis *lustras* desde que o primeiro Rômulo fundara a cidade.

A musa da ironia ainda não tinha terminado.

Odoacro previamente visitara Severinus, o mais celebrado santo de Nórico. O imenso senhor da guerra godo, vestindo uma pele de urso negra, teve que se abaixar para entrar no aposento do santo.

Que disse:

— Vou lhe dar dois conselhos. Primeiro, vá até Roma e se tornará rei da Itália. E segundo, cuidado para não bater sua cabeça na hora de sair.

Escrevo estas linhas no monastério de São Severinus, onde o santo está enterrado.

Odoacro matou o velho pai do último imperador, Orestes, que morreu como vivera, sem dizer uma palavra em protesto ou explicação; mas Odoacro não conseguiu matar o garoto. Era muito pequeno, com no máximo 6 ou 7 anos, de cachos loiros, olhos azuis e parecendo absurdamente com um querubim.

— Do que gostaria, garoto?

O garoto levantou o olhar para o imponente guerreiro e então sussurrou:

— Gostaria de plantar verduras numa horta.

Odoacro o despachou para um monastério perto de Nápoles, para ser cuidado pelos irmãos leigos. Ele mesmo, enquanto isso, desdenhava da púrpura imperial e do diadema. Abruptamente pronunciou o Império de Roma como terminado, cortou todos os laços e alianças com Constantinopla, delimitou suas fronteiras nos limites da Gália, Récia e Nórica, e se autodeclarou rei Odoacro da Itália.

EPÍLOGO
O MUNDO QUE FOI PERDIDO E CONQUISTADO

E eu, o menor de todos,
Fui deixado para chorar, e contar sobre suas quedas...

Assim eu, Prisco de Pânio, em meu nonagésimo ano, com a mão intratável e tomada pela artrite, baixo minha caneta, em meu cubículo simples no monastério de São Severinus.

Tenho uma pequena moeda de ouro em minha mesa diante de mim. É o único ouro que possuo. É frisado em sua borda, grosseiramente estampado com uma águia estilizada, as asas abertas, e foi dado a mim pelo homem a quem chamavam de Flagelo de Deus. Ele agora está enterrado em silêncio junto com o resto dos mortos. Quando chegar a minha vez de ir para debaixo da terra, talvez os monges a encontrem e se perguntem de onde ela veio, e a mantenham em segurança na sacristia como algum tesouro. Ou talvez a derretam para usar em um trabalho de cloisonné ou para realçar uma Bíblia. Talvez este ouro das mãos de um rei pagão vá se tornar a beirada de uma página do Evangelho. As ironias são muitas e nada permanece inalterado, nem mesmo o ouro.

À noite posso fechar meus olhos pacificamente neste monastério italiano entre os delicados traços de esculturas em pedras, silencioso a não ser pelos ruídos das sandálias e pelo sussurro de hábitos de lã marrom por cima de desgastadas lajes. Aqui os sete ofícios do dia são mantidos com uma regularidade serena pela qual sou agradecido num mundo entregue à escuridão e ao caos. Num reino muito esfarrapado e partido, muito ameaçado pela escuridão além, mas sob o comando de um rei cristão, Odoacro, posso agradecer com o resto deles pelo triunfo da cristandade.

Nem o insaciável apetite de Átila pela ruína, nem a própria grande severidade monolítica de Roma; algo mais suave que as duas sobreviveu àqueles terríveis dias. Aqui, onde os quietos irmãos de sandálias cuidam de seus vinhedos e de suas oliveiras, e se abaixam para cortar o trigo com suas foices de cabos de madeira, e os sinos das cabras tilintam das colinas ao redor. Aqui realmente está esse outro caminho, que eu pessoalmente acredito poder ser a verdadeira civilização...

Mas quem pode dizer que aqueles que pensavam diferentemente, e lutaram por um caminho diferente, também não foram heróis? A minha é apenas uma das versões. Quando Deus andou na terra deu origem a muitas versões.

Então, em memória dessas coisas, e do homem que acho ter sido o mais nobre, assim como o último dos romanos — uma vez meu teimoso pupilo —, deixo estes fragmentos da história para a posterioridade. Sei que a posterioridade parece para mim agora, neste ano de Nosso Senhor de 488 d.C., um lugar sombrio e indiferente, onde os pergaminhos e os livros das histórias passadas serão vistos praticamente como gravetos para inflamar uma fogueira. A luz do aprendizado está se apagando em toda a Europa.

Ainda assim, apesar de me parecer provável que a posterioridade não vá se importar com o que eu tenha escrito, e que o nome de Aécio, o mais nobre dos romanos, será perdido nas folhas espalhadas dos anos por vir, ele, cujo nome deveria ser amplamente conhecido como o de Alexandre, ou de Aníbal, ou de César — ainda assim foi por ele que escrevi.

Há um rapaz tímido e bem simples de cerca de 18 anos que vive aqui conosco no monastério. Um irmão de hábito com cachos dourados chamado Rômulo, que não gosta de nada mais que ajudar os monges na horta de verduras, e a alimentar as galinhas e as cabras. Ele tem um herbário só seu, cheio de coentro, salsa e cebolinhas. Adora plantar feijão e lentilhas, rabanetes, alface, e gosta muito do humilde e abundante nabo. Certa vez esteve sentado no trono imperial de Roma, e usou o manto púrpura — mas aquilo foi há muito tempo, em outro mundo.

Nunca mais um imperador se sentará vestido de púrpura no trono, nem ficará debaixo de seu guarda-sol amarelo nos degraus do Capitolino para cumprimentar outro grande exército voltando triunfante ao sul entre o som de trombetas de bronze e tambores barulhentos, pela via Flamínia, passando pelo Mausoléu de Augusto. Pela Coluna de Marco Aurélio, subindo o monte Capitolino até o Templo de Júpiter. Nunca mais a luz do sol vai dançar sobre os capacetes de bronze da cavalaria enquanto seus cavalos pisoteiam sobre o Campo de Marte, nem sobre a fofoca e as tramoias de senadores nas Termas de Caracala, sobre tabuleiros de xadrez ou passeando entre as lojas, bibliotecas e jardins esculpidos. Para que servem bibliotecas e termas para os bárbaros?

Nem os pais levarão seus filhos para o Palatino cheio de pinheiros, passando pela Domus Augusta de Domiciano para ver a caverna onde Caco uma vez lutara, nem a figueira debaixo da qual Rômulo e Remo foram amamentados. Nunca mais um quarto de milhão de romanos irá rugir no Circo Máximo enquanto as carruagens competem, nem no Coliseu com os feitos dos gladiadores e das bestas selvagens. A Insula de Felicula de fama distante, com 16 andares de altura, virou escombros, e quanto tempo vai demorar até outra maravilha deste tipo ser construída, camada sobre camada?

A Europa é uma terra de cabanas de troncos de árvore e cabanas de barro agora, de estradas cheias de mato, aquedutos despedaçados, grupos de guerra passantes brincando de jogos grosseiros com punhados de mosaicos coloridos nas ruínas de vilarejos devastados. Tudo que é feito pode sempre ser desfeito. O próprio Fórum, onde Cícero e César certa vez discursaram, virou a casa de gatos selvagens.

A Rostra, uma vez decorada com as pontas de navios capturados, e — sim, com a cabeça e as mãos de Cícero decepadas também — está arruinada. Roma nunca foi perfeita, mas nós a amávamos.

Todas essas coisas em breve serão esquecidas neste novo mundo. Nunca mais os grandes navios de grãos vão abrir caminho entre os sulcos salgados da Líbia e do Egito, nunca mais o porto de Óstia vai ressoar com os gritos dos comerciantes e negociantes de metade do mundo, trazendo cobre, latão e ouro siluriano da Bretanha, vidro e couro de Levante, pedras e temperos do distante Ceilão. Nunca mais existiriam essas coisas, pois agora todas estão acabadas. E, no entanto, como começamos a conseguir discernir, muito estranhamente, Roma foi um mundo tanto perdido quanto conquistado. Sua alma não foi destruída, e sobrevive milagrosamente em outros corpos, outras formas. Ela era a mãe que morreu durante o parto — um longo, agonizante século de trabalho de parto, sua cria severa, porém gentil fé dos novos povos bárbaros da Europa. Qualquer outro triunfo teria sido bem pior; e foi por isso que tantos lutaram e morreram para derrotar a escuridão pagã dos hunos.

Tudo do mundo dos homens deve desaparecer e nada deve permanecer, apesar de existirem coisas que não podem mudar, mas que são pegas no tempo como insetos presos no âmbar, encurralados e mortos em sua goma brilhante, clara e negligente, para sempre leais a um mundo que não perceberam que acabou. Assim foi o último e mais nobre de todos os romanos...

O Povo está seguindo em frente, sobre as intermináveis planícies, tropeçando na terra partida. Em suas orelhas cobertas, as antigas canções de penitência e de cinzas. Canções de pesar e do túmulo, de jovens enterrados antes dos velhos, crianças sepultadas por seus pais, e uma tristeza imensurável pelo curso da natureza sendo revogado pela guerra, pela fome e pela peste. Templos quebrados, torres caídas, nuvens de poeira de tijolos, tijolos coloridos de sangue seco, queimados pelo sol nos antigos fornos da Babilônia, Nínive e Tiro...

Finalmente chegarão a um verde vale, aquelas multidões atingidas pela peste, com o anjo da história sempre atrás deles, os apressando, sua espada queimando cruel e claramente como a espada do querubim nos portões do Éden. Vão olhar aquele agradável vale de córregos e pastos tranquilos, e vão começar a reconstruir. Oh, a compaixão e a grandeza.

A própria pedra de suas construções destinada a cair novamente, seu lar nunca seguro, sua construção nunca pronta, nunca conhecerão o descanso do intemperismo do céu. Suas construções irão sempre cair, sempre irão ser reconstruídas, nunca irão se render. Nunca pararão de perambular, procurando, pelas planícies intermináveis, uma tempestade que nunca terá fim. É a própria humanidade essa tempestade, levada por Deus, assombrada por Deus, a mais lamentável e magnífica de todas as criações.

Nunca irão se desesperar, apesar de suas mais orgulhosas torres serem queimadas até virarem cinzas, apesar de suas cidades serem inundadas pelas águas das profundezas, apesar de a praga e a fome o cercarem completamente, apesar de o sol os queimá-los de dia e do gelo os congelar à noite, apesar do dia guardar seus trabalhos e a noite guardar seus terrores, apesar de serem, tão pequenas, fracas, nuas, bípedes criaturas, tantas pequenas parcelas de carne mortal, e da morte andar a seu lado diariamente. Nunca perderão as esperanças, caminhando resolutos contra a tempestade iminente, que é seu próprio reflexo, sem abaixar a cabeça, impávidos, invictos. Foram feitos para sofrer e para suportar, para cair e para triunfar, e para nunca se render.

Entre todas as maravilhas da Terra, a mais maravilhosa é o homem. Então eu o saúdo, reconhecendo-o como feito pelas próprias mãos do Deus Vivo, na tragédia de seu destino e na grandiosidade de seu coração.

Hic finis Historiae Prisci Panii, Anno Domini 488.

LINHA DO TEMPO

DATA – EVENTO

378 Batalha de Adrianópolis. O Império Romano do Oriente é derrotado pelos godos

395 Primeiros rumores dos hunos, em ataques na Pérsia e Armênia. Honório se torna imperador do Ocidente

398 Nascimento de Átila e Aécio

406 Nascimento de Athenaïs

410 Invasão da Itália por Alarico, o godo. Saque de Roma. O garoto Átila, mantido refém em Roma, começa sua longa viagem de volta para a Cítia

419 Nascimento de Valentiniano

422 Nascimento de Honória

425 Morte de Honório. Valentiniano III, filho de Gala Placídia, vira imperador do Ocidente

429 A África é invadida pelos vândalos sob o comando do rei Genserico

437 Honória é exilada para o Oriente

441 Átila volta para seu povo. A Reunião das Tribos

449 Os hunos atravessam o Danúbio e atacam Margus. Invasão do Oriente

450 Morte de Gala Placídia e de Teodósio II. Marciano se torna imperador do Oriente

451 Átila invade o Ocidente, devastando as cidades do Reno e do Norte da Gália. A Batalha dos Campos Cataláunicos

452 Átila invade a Itália.

453 Morte de Átila e Aécio

454 Morte de Valentiniano

455 Os vândalos saqueiam Roma

476 Odoacro, o godo, força Rômulo Augusto a abdicar, declarando-se rei da Itália. É o fim do Império Romano

NOTAS DO AUTOR

Os leitores podem querer saber o quanto nessa trilogia é realmente fato. A resposta curta é: muita coisa. Obviamente é um trabalho de imaginação histórica em vez de uma história real, mas muitos dos detalhes são autênticos, do escandaloso comportamento da princesa Honória e sua gravidez pré-matrimonial, até a obsessão do imperador Honório com suas galinhas de estimação, até o magnificamente desdenhoso tratamento de Átila em relação à atrapalhada tentativa de assassinato bizantina e as cinquenta libras de ouro.

Onde inventei, tentei ao menos manter-me dentro dos limites das possibilidades dos detalhes mais importantes da história. Por exemplo, apesar de não haver provas de Átila ter passado algum tempo em Roma como refém, sabemos que Aécio foi refém no acampamento dos hunos, onde parece quase certo que ele tenha encontrado e conhecido Átila. Além disso, era muito comum reis bárbaros mandarem seus filhos para Roma durante um ou dois anos, em parte como uma promessa de intenções pacíficas, e em parte para que se tornassem "civilizados". Ambos príncipes vândalos, Genserico e Berico foram reféns em Roma, então parece perfeitamente possível que Átila também tenha sido.

Listar as fontes de cada fato dessa trilogia seria impraticável, e uma leitura muito chata também; mas, se você quiser saber mais sobre esse tempestuoso e apocalíptico período na história do Ocidente, estes são os livros de que mais gostei enquanto pesquisava: o recente *The Fall of the Roman Empire*, de Peter Heather, é um animado e agradável levantamento do século V como um todo; *Byzantium: The Early Centuries*, de John Julius Norwich, é informativo e muito divertido, contendo bastante fofoca. (Meu imperador favorito é Constantino V, ou Coprónimo, literalmente "Constantino Esterco", por ter defecado na fonte de seu próprio batismo quando criança, pobre coitado. Infelizmente isto aconteceu três séculos depois de Átila, então não havia como inseri-lo na história justificadamente.)

Se conseguir uma cópia, tente ler *The Fifteen Decisive Battles of the World, from Marathon to Waterloo*, de Edward Creasy, publicado pela primeira vez em 1851 e ainda uma ótima leitura. Foi onde li pela primeira vez os detalhes sobre a batalha dos Campos Cataláunicos. E, além destes, há o pai de todos: o enorme e magistral *Declínio e Queda do Império Romano*, de Edward Gibbon, completado em 1788 e certamente ainda o melhor trabalho sobre a história. Parece intimidador, e o estilo é o clássico do século XVIII, mas ainda assim o recomendo. É fantasticamente erudito e muitas vezes engraçado também, com todas as ironias maliciosas e ferinas de Gibbon. Há boas versões resumidas hoje em dia também.

Existem duas fascinantes e assombrosas notas de rodapé para a história, que o próprio Prisco não poderia saber. Foi exatamente mil anos depois da morte de Átila, quase no mesmo dia, em 29 de maio de 1453, que a grande cidade de Constantinopla finalmente caiu diante de um invasor estrangeiro: o exército islâmico dos turcos otomanos. Mas apesar da religião de Maomé ser, é claro, desconhecida nos tempos de Átila, a maioria dos historiadores agora concorda que os hunos eram de origem turco-mongol. Então foram seus descendentes diretos que finalmente venceram as poderosas muralhas de Teodósio, onde seu temível antepassado falhou um milênio antes.

A última nota pungente para a história vem de 1577. Durante 11 longos séculos o corpo mumificado de Gala Placídia esteve sentado num trono com suas vestes de Estado dentro de seu mausoléu em Ravena, tão rígida e implacável na morte quanto fora em vida. Ainda se pode visitar seu sarcófago hoje em dia, o maior entre os menores de Valentiniano, à esquerda, e de Honório, à direita. E então, em 1577, algumas crianças colocaram um círio aceso no postigo, e as vestes e o corpo deitado em palha seca pegaram fogo e queimaram em segundos. Das cinzas às cinzas, como dizem, e do pó ao pó.

WN

OCEANO ATLÂNTICO
HIBÉRNIA
Pictos
BRITÂNIA
Saxões
ESCÂNDIA
GERMÂNIA
Francos
Colônia
Rio Reno
Mogúncia
ARMÓRICA
Lutécia
Aureliana
Augusta Treverorum
Muralha Aureliana
Campos Cataláunicos
Montanhas
GÁLIA
Visigodos
Burgúndios
Rio Danúbio
Carnuntum
Aquincum
Ungvar
Rio Ródano
Mediolanum
Aquileia
PANÔNIA
Tolosa
Narbo
Massília
Ravena
Sirmium
Singidunum
ILÍRIA
HISPÂNIA
Suevos
Roma
Nápoles
Nova Cartago
MEDITERRÂNE
Tessalôn
MAURITÂNIA
REINO DOS VÂNDALOS
NUMÍDIA
Hipona
Cartago
Sicília
Messina
Leptis Magna
Império Romano Ocidental
Foederati
Império Romano Oriental

O IMPÉRIO ROMANO E AS TERRAS BÁRBARAS, 441 D.C.
CÍTIA
Rio Borysthenes
Terra dos hunos
Tanais
Rio Tanais
MAEOTIS PALUS
Cordilheira do Cáucaso
MAR DE ARAL
Rio Oxus
CHORASMIA
MAR CÁSPIO
Portas Cáspias
Chersonesus
MAR EUXINO
Marcianópolis
Constantinopla
PONTO
Nicomédia
Nicaea
ARMÊNIA
Rio Tigre
Rio Eufrates
PÉRSIA SASSÂNIDA
Antioquia
Chipre
Jerusalém
EGITO

Este livro foi composto com a tipologia Palatino, em corpo 11/16,7 impresso em papel off-white pelo Sistema Cameron da Divisão Gráfica da Distribuidora Record.